ULRIKE RENK
DIE FRAU DES SEIDENWEBERS

AF184961

atb aufbau taschenbuch

ULRIKE RENK, Jahrgang 1967, studierte Literatur und Medienwissenschaften und lebt mit ihrer Familie in Krefeld. Familiengeschichten haben sie schon immer fasziniert, und so verwebt sie in ihren erfolgreichen Romanen Realität mit Fiktion. Im Aufbau Taschenbuch liegen ihre Australien-Saga, die Ostpreußen-Saga, die Seidenstadt-Saga und zahlreiche historische Romane vor.
Mehr Informationen zur Autorin unter www.ulrikerenk.de.

Im November 1753 macht sich Anna te Kloot in die Weberstadt Krefeld auf. Sie verlässt ihren Bruder, um ihrem Onkel den Haushalt zu führen. Auf der Reise lernt sie Claes ter Meer kennen. Dann wird die Postkutsche von zwei französischen Offizieren überfallen. Claes gelingt es, ihr Leben zu retten, doch sie rauben Annas Kette, eines der letzten Erinnerungsstücke an ihre Mutter. In der mennonitischen Gemeinde Krefelds wird Anna schnell aufgenommen. Mit Claes verbindet sie die Liebe zur Literatur und den Naturwissenschaften. Anna entwickelt eine tiefe Zuneigung zu ihm, sie gesteht ihm ihre Liebe. Doch sein Herz ist gebunden. Für Anna bricht eine Welt zusammen, und sie flieht in die Arme eines anderen.

ULRIKE RENK

Die FRAU des SEIDEN- WEBERS

Historischer Roman

atb aufbau taschenbuch

MIX
Papier aus verantwor-
tungsvollen Quellen
FSC® C083411

ISBN 978-3-7466-3380-0

Aufbau Taschenbuch ist eine Marke
der Aufbau Verlag GmbH & Co. KG

2. Auflage 2021
© Aufbau Verlag GmbH & Co. KG, Berlin 2010
Umschlaggestaltung www.buerosued.de, München
unter Verwendung von Motiven von
© Lee Avsion/Arangel, © View of Nuremberg,
1496-97 (w/c on paper), Dürer, Albrecht (1471–1528) /
Kunsthalle, Bremen, Germany / Bridgeman Images
Satz LVD GmbH, Berlin
Druck und Binden CPI books GmbH, Leck, Germany
Printed in Germany

www.aufbau-verlag.de

Für Thomas

»You can't tell me, it' s not worth trying for
I can't help it, there is nothing I want more«

›Bryan Adams‹

Kapitel 1

Es war bitterkalt und dunkel, als Anna aufstand. Sie machte sich nicht die Mühe, die Kerze zu entzünden. Sie schüttelte den Kopf, vermeinte den Schnee und Reif aus ihren langen, dunklen Haaren rieseln zu spüren. Es hatte geschneit in der Nacht, der letzten Nacht, die sie in diesem Zimmer, in diesem Bett, in diesem inzwischen verhassten Haus verbracht hatte. Da Vollmond war, hatte sie den feinen Pulverschnee durch die Dachpfannen und Strohpuppen rieseln sehen. Wie feine Nadelstiche hatte sie ihn auf ihrer Haut gespürt. Sie strich sich über ihr Gesicht, fuhr mit gespreizten Fingern durch die Haare, flocht dann einen festen Zopf.

Der Mond war inzwischen untergegangen, und es würde noch einige Stunden dauern, bevor die Sonne aufging. Es war die Stunde der Wesenlosigkeit zwischen Nacht und Tag, ein tiefes Schweigen lag über dem Haus.

In dieser letzten Nacht hatte sie keinen Schlaf gefunden, hatte sich immer und immer wieder in die Decken eingewickelt, gewälzt, die Augen geschlossen und versucht, alle Gedanken und Ängste zu verbannen. Es war ihr nicht gelungen.

Mit einer schnellen Bewegung schlüpfte sie aus ihrem Nachtgewand, zog die klamme Wäsche an, die dicken Strümpfe. Das Reisekleid lag über dem Stuhl. Anna zwängte sich hinein, schloss die Haken. Ihre Schuhe standen unten im Flur.

Sie drehte sich um ihre Achse, obwohl sie nichts sah. Noch einmal atmete sie den modrigen Geruch des Mansardenzimmers ein. Nun war er vermischt mit dem metallenen Geruch von feinem Schnee und Eis.

Die Diele vor der Tür war locker und knarzte, wenn sie darauf trat. Drei Jahre lang hatte sie vermieden, das Brett zu berühren, denn das Geräusch ging durch das stille Haus. Heute nicht. Diesmal trat sie wuchtig auf, genoss den Ton, sah gleichsam vor ihrem inneren Auge die Schwägerin ein Stockwerk tiefer aus dem Schlaf hochschrecken.

Christine, die Frau ihres Bruders, die ihr das Leben zur Hölle gemacht hatte, sie würde nun im Bett sitzen, in dem großen Bett, das einst Annas Eltern gehört hatte und in dem Anna geboren worden war. Christine würde dort sitzen und schimpfen. »Friederich, deine Schwester macht Lärm. Tu was!«

Dann würde sie sich wieder hinlegen, sich in die Daunendecke kuscheln. Der kleine Ofen in der Ecke des Raumes strahlte bestimmt eine angenehme Wärme aus. Kein Schnee, kein Eis, kein Zugwind störten ihren Schlaf.

Nein, Anna wollte nicht neiden. Sie gönnte Christine alles Glück der Welt. Langsam stieg sie die steile Stiege hinab, einen kurzen Moment stockte sie auf dem Absatz, hielt die Luft an und lauschte. Kein Ton war zu hören.

In der Küche glimmte noch das Feuer. Anna legte einige Scheite auf und blies in den Ofen. Sie rieb ihre kalten Finger aneinander, hockte vor der Glut. Gleich schon würden die Flammen auflodern und Wärme verstrahlen.

Ein letztes Mal würde sie das Frühstück bereiten. Aus der Kammer neben der Küche hörte sie Geräusche. Auch das Mädchen war schon wach. Sie würde die Öfen in den Wohnräumen anfachen und Wasser holen.

Anna überlegte, ob sie ihren Bruder wecken sollte. Um neun mussten sie in Solingen sein, um die Postkutsche nach Düsseldorf zu erreichen. Es war vier Uhr in der Frühe, die Zeit drängte. Sie konnte sich nicht entschließen, die Treppe noch mal hochzusteigen. Endlich hörte sie Geräusche, ihr Bruder schien erwacht zu sein.

Sie strich über das raue Holz des Gesindetisches in der Küche, während Sophia nebenan den Tisch deckte. Als Anna klein gewesen war, hatten sie in der Küche gefrühstückt. Für Gäste wurde der Tisch in der Stube gedeckt. Seit Christine in diesem Haus wohnte, war alles feiner geworden, aber nicht besser. Vor fünf Jahren waren Annas Eltern an Diphtherie gestorben. Friederich übernahm die Leinenfärberei, und Anna führte ihm den Haushalt. Auch wenn der Verlust der Eltern schwer war, hatten sie es doch gut miteinander. Bis Christine gekommen war.

»Verdammt, es ist kalt!« Hans, der Knecht, trat ein, schüttelte den Schnee von den Schultern, stellte sich an den Herd und rieb sich die Hände.

»Nicht fluchen, Hans.« Anna lächelte.

»Ich habe die Kutsche fertig gemacht, aber wir werden an der Steigung Probleme haben.«

»Warum?«

»Es ist glatt. Ich habe Bauer Stünnes schon gestern Bescheid gegeben. Wir müssen seine Pferde vorspannen, um die Steigung zu schaffen.«

Unruhig rührte Anna die Buchweizengrütze um. Sie spürte ihr Herz in der Brust schlagen, es fühlte sich an, als wäre dort ein kleines Tier gefangen. Nur einmal war sie bisher so weit gereist, vor sechs Jahren. Doch damals war sie zusammen mit ihrem Vater gefahren. Bis Solingen wollte Friederich mitkommen, aber ab da würde sie auf sich alleine gestellt sein, zum ersten Mal in ihrem Leben.

»Ich habe Eure Truhe schon aufgeladen, Mademoiselle Anna. Die Pferde stehen bereit.« Hans nahm sich eine irdene Schüssel und hielt sie Anna hin. Sie gab ihm Grütze und sah ihm zu, wie er zufrieden aß. Sie selbst verspürte keinen Hunger. Trotzdem schnitt sie einige Scheiben von dem frischgebackenen Brot. Es war noch zu warm, um es mit Butter zu bestreichen. Auch vom Speck schnitt sie etwas ab. In der Kammer waren noch Äpfel, auch davon steckte sie sich welche ein. Sie rochen süß nach Sonne.

»Guten Morgen.« Friederich betrat die Küche. »Fertig?«

»Willst du nicht frühstücken?«

Annas Bruder schüttelte den Kopf. »Ich habe dir noch mal genau aufgeschrieben, welche Verbindungen du nehmen musst. Und auch an wen du dich zu wenden hast, wenn du in Kaiserswerth angekommen bist. Außerdem habe ich Onkel Arnold einen Brief geschrieben.«

Anna spürte einen dicken Kloß im Hals, mühsam versuchte sie zu schlucken. Schweiß rann ihr den Rücken hinunter. Sie biss sich auf die Unterlippe. Ihr Bruder musterte sie mit zusammengezogenen Augenbrauen.

»Wir müssen los«, sagte er und drehte sich um. »Ist die Kutsche fertig, Hans?«

Der Knecht nickte.

Im Flur vor dem Spiegel rückte Anna ihre Haube zurecht. Sie nahm ihren Mantel und das Umschlagtuch. Noch einmal ging sie langsam durch die Räume im Erdgeschoss. Vermutlich würde sie nie wieder nach Radevormwald zurückkehren.

Es war kalt und dunkel. Anna zog das Tuch fester um ihre Schultern, trotzdem wollte sich kein wohliges Gefühl einstellen. Sie zitterte, aber nicht nur vor Kälte. Die Zukunft und das, was vor ihr lag, machten ihr Angst. Vor drei Monaten, als der Brief des Onkels gekommen war, hatte sie es als Chance angesehen. Seine älteste Tochter Katrina würde heiraten. Da sie ihm den Haushalt führte, seit seine Frau vor einem Jahr im Wochenbett gestorben war, brauchte er nun Hilfe.

Anna hatte sich entschlossen, zu ihm nach Krefeld zu ziehen. Voller Freude stürzte sie sich in die Vorbereitungen. Doch nun beschlichen sie Zweifel und Ängste. Was, wenn sie mit dem Onkel nicht auskäme? Wenn er ähnlich hart mit ihr umspringen würde wie ihre Schwägerin? Vom Regen in die Traufe?

Würde sie Anschluss finden in der Fremde, würde sie sich dort wohlfühlen? Niemand konnte ihr diese Fragen beantworten. Sie umklammerte den Bügel ihrer Ledertasche, die sie auf dem Schoß hielt, schloss die Augen und betete.

Sie musste eingenickt sein, denn als der Wagen abrupt anhielt, kippte sie zur Seite und stieß sich den Kopf. Draußen war das erste Licht des Morgens zu erahnen. Trotzdem konnte sie nicht viel erkennen. Hans war vom Kutschbock abgestiegen und leuchtete mit der Öllampe. Sie konnte ihn nur schemenhaft erkennen.

Anna öffnete den Wagenschlag und stieg aus. »Ist etwas passiert?«

»Alleine schaffen wir die Steigung nicht. Stünnes ist nicht da.« Hans brummte mürrisch.

»Wann hast du mit ihm gesprochen?«, fragte Friederich.

»Gestern. Wenn er nicht kommt, haben wir ein Problem. Dann können wir direkt umkehren.« Friederich sprang vom Kutschbock.

Die Pferde schnaubten. Anna trat neben sie und streichelte dem einen Tier über die Nüstern. Sie mochte den Geruch, die weiche Haut und die großen Augen der Pferde.

»Wenn wir die Postkutsche verpassen, kannst du erst im Frühjahr nach Krefeld,« sagte ihr Bruder.

Anna konnte den Ärger in seiner Stimme hören.

»Warum?«

»Die Postkutsche fährt nur einmal in der Woche. Wir haben Anfang November, und die Straßenverhältnisse werden nicht besser. Ich finde es jetzt schon riskant.«

»Der Onkel braucht mich aber jetzt.«

»Das weiß ich, Anna. Ich kann ja nichts dafür, dass es so lange gedauert hat, bis wir alles geklärt hatten. Die politische Lage ist zudem angespannt, wie du weißt.«

Ihre Familie gehörte zu den wenigen Mennoniten, die im Bergischen Land verblieben waren, nachdem der katholische Erzherzog vom Berg die Täufergemeinden aufgelöst hatte. Sie wurden geduldet, aber hatten mit manchen Repressalien zu kämpfen. Immer wieder hatte ihr Bruder überlegt zu konvertieren, doch bislang war es bei den Überlegungen geblieben.

Nach Krefeld waren viele der Familien geflohen. Dort durften sie ihren Glauben frei ausüben, sogar eine schlichte Kirche war gebaut worden.

»Warum …« Anna zögerte. Schon seit Wochen brannte ihr eine Frage auf den Lippen, bisher hatte sie sich jedoch nicht getraut, diese auch zu stellen. Nun erschien ihr der richtige Zeitpunkt gekommen. »Warum zieht ihr nicht mit um? Der Onkel hat es dir doch schon oft angeboten.«

Langsam wurde es heller. Anna konnte seinen Umriss erahnen. Friederich trat neben sie. Er schüttelte den Kopf.

»Das Geschäft läuft gut hier. Ich habe meinen Kundenstamm, ich kenne meine Arbeiter. In Krefeld müsste ich ganz von vorne anfangen. Vermutlich würde Onkel Arnold mich bei sich anstellen, aber das wäre nicht dasselbe, wie ein eigenes Geschäft zu leiten. Ich könnte Christine nicht das Leben bieten, das sie jetzt hat.«

Anna nickte. Sie hatte sich gedacht, dass Christine bei dieser Entscheidung eine große Rolle spielte. Im Grunde war sie auch froh, endlich von ihrer Schwägerin wegzukommen. Doch um ihren Bruder tat es ihr leid. Sie legte ihm die Hand auf den Arm, spürte den dicken Wollstoff, der von Raureif benetzt war. Er roch leicht nach Tabak und Leder, genauso wie ihr Vater immer gerochen hatte. Anna schloss für einen Moment die Augen, schluckte die Tränen hinunter.

»Du wirst es gut bei Onkel Arnold haben, er gleicht Vater sehr. Und das Leben in Krefeld wird sicherlich anders, aber auch besser für dich sein. Ich weiß«, Friederich stockte, »dass du es nicht leicht hattest in den letzten Jahren.«

Plötzlich schnaubten die Pferde und wieherten. Hinter dem Hügel erklang die Antwort.

»Dem Himmel sei Dank, Bauer Stünnes!« Friederich ging ihnen entgegen.

Anna stampfte mit den Füßen auf, versuchte das Blut zum Zirkulieren zu bringen.

Es erschien ihr eine Ewigkeit zu dauern, bis die Männer die

12

beiden zusätzlichen Pferde vor den Wagen gespannt hatten. Doch endlich war es geschafft. Sie öffnete die Tür der Kutsche, wollte einsteigen, aber ihr Bruder hielt sie zurück. »Es ist zu gefährlich. Der Boden ist vereist, die Radspuren sind tief. Die Kutsche könnte wegrutschen oder umkippen. Wir werden laufen. Allerdings in sicherer Entfernung.« »Es ist schon schwierig, eine Kutsche bei normalen Wetterverhältnissen hier hochzuziehen.« Der Bauer fluchte und schwang die Peitsche. »Auf, auf, vorwärts!« »Zu dumm, dass es keinen anderen Weg gibt. Über den Fluss kommen wir bei dem Wetter auch nicht, seit die Brücke eingestürzt ist. Wir müssen diesen Umweg nehmen.« Auch Friederich schaute sich besorgt zu dem Wagen um.

Endlich hatten die Pferde Tritt gefasst und zogen nun die Kutsche langsam den steilen Abhang nach oben. Immer wieder schwankte das Gefährt. Durch den Anstieg wurde Anna warm. Sie konnte ihre Füße wieder fühlen, wie tausend kleine Nadeln stach es dort. Doch das war besser als das taube Gefühl der Kälte, fand sie.

Keuchend erreichten sie den Kamm des Hügels. Friederich bedankte sich beim Bauern, der erleichtert schien, diese schwierige Aufgabe gemeistert zu haben. Sobald die beiden zusätzlichen Pferde abgespannt worden waren, schnalzte Hans, und die Kutsche setzte sich wieder in Bewegung.

Allmählich wurde es hell. Anna konnte die Umgebung erahnen. Sie starrte nach draußen, doch durch ihren Atem beschlug die Scheibe. Als die Fichten von Erlen und Weiden abgelöst wurden, wusste sie, dass sie sich der Wupper näherten. Sie würden über die Kräwinklerbrücke fahren und danach Remscheid erreichen.

Der Wagen fuhr nun schneller. Hier war die Straße breiter und besser instand gehalten. Anna konnte es hören, als sie die Steinbrücke befuhren. Das Klappern der Hufe und auch das Geräusch der Räder wurden lauter. Die Sonne ging in dem Moment über den Hügeln auf, als sie in der Mitte der Brücke waren. Der Anblick war wunderschön, und Anna hielt für einen Moment die Luft an.

Die kleine Stadt war schon zum Leben erwacht. Vor einem Gasthaus hielten sie an.

»Für eine längere Rast ist keine Zeit, aber kurz aufwärmen können wir uns.« Friederich öffnete den Wagenschlag und half Anna heraus.

Ihnen schlug der Duft von Kohlsuppe entgegen. Das Feuer im Kamin brannte heimelig. Anna stellte sich davor, um sich zu wärmen. Ihr Bruder brachte ihr einen Humpen warmes Bier. Anna trank es hastig, spürte die Wärme, die sich endlich wieder in ihrem Körper ausbreitete.

»Wir müssen weiter, Anna, sonst verpassen wir die Postkutsche.« Friederich kam mit einem Schwall kalter Luft in den Schankraum. Er legte ein Geldstück auf den Tisch und nickte der Wirtsfrau zu.

Diesmal setzte er sich nicht auf den Kutschbock, sondern stieg mit Anna in den Wagen.

»Die erste Hälfte der Strecke haben wir geschafft. Jetzt noch mal so weit, und wir sind in Solingen. Dort steigst du in die Postkutsche. Diese nimmt dich mit bis nach Düsseldorf. Dort wirst du mit der Fähre übersetzen. Ich hoffe, alles klappt reibungslos.« Er sah an ihr vorbei. Ihr Bruder knetete unruhig seine Hände. Anna wusste, dass er nicht ohne Grund zu ihr in den Wagen gestiegen war. Irgendetwas wollte er ihr sagen.

»Die Reiseroute haben wir doch schon besprochen. Ich nehme nicht an, dass sich etwas geändert hat.« Anna lächelte.

»Nein, nein. Ich wollte nur sichergehen, dass du dir alles gemerkt hast.«

»Friederich, du hast es mir mindestens zehn Mal erklärt und auch aufgeschrieben.« Sie beugte sich vor und ergriff seine Hand. »Da ist doch noch etwas anderes, oder?«

Er erwiderte ihren Griff, hielt ihre Finger zwischen beiden Händen. Endlich schaute er sie an.

»Anna, wir sind ein Stück unseres Lebens gemeinsam ge-

14

gangen. Du hast mich immer unterstützt, warst immer für mich da. Nach dem Tod der Eltern hast du mich aufrecht gehalten. Ich möchte dir dafür danken.«

»Aber das war doch selbstverständlich.« Anna biss sich auf die Lippe. Ihr Bruder war kein Mann der großen Worte, sie wusste, wie viel Überwindung es ihn kostete, dies auszusprechen.

»Vielleicht sehen wir uns nie wieder, Anna. Ist dir das bewusst?«

Sie nickte. Wieder spürte sie den Kloß in ihrem Hals und schluckte hart.

»Du wirst es gut haben in Krefeld. Onkel Arnold wird für dich sorgen. Die Gemeinde dort ist groß, und sicherlich findest du auch einen Mann, der dich liebt und ehrt.«

Anna zwinkerte heftig. Sie wollte jetzt nicht weinen.

»Ich freue mich auf die Zukunft. Wirklich.« Sie versuchte zu lächeln.

»Ich finde dich trotzdem sehr tapfer. Ich weiß, es war nicht leicht bei uns für dich in den vergangenen Jahren.« Ihr Bruder senkte den Kopf. »Es war auch nicht leicht für Christine, und so manches harsche Wort hat sie nicht so gemeint, da bin ich mir sicher.«

O doch, das hat sie, dachte Anna, sagte es aber nicht. Viele der Vorfälle zwischen ihr und ihrer Schwägerin hatte Friederich gar nicht mitbekommen. Er verließ morgens das Haus und kehrte erst abends zurück. Die langen Stunden dazwischen hatte sie mit Christine alleine verbracht. Sie war ihrer Gehässigkeit, ihren Vorwürfen und auch dem harten Tagewerk schutzlos ausgeliefert gewesen.

»Nun ja.« Friederich ließ ihre Hand los, nestelte an seiner Manteltasche. Er zog ein kleines Samtsäckchen hervor und öffnete die Kordel. In seiner Hand schimmerte es plötzlich.

»Dies ist Mutters Schmuck. Ihr Ehering und die Kette, die ihr Vater zu meiner Geburt geschenkt hat.«

Mit großen Augen starrte Anna auf die Schmuckstücke.

Ihre Mutter hatte sie immer getragen, sie gehörten zu ihr, und irgendwie hatte Anna geglaubt, dass sie auch damit begraben worden war.

»Ich wollte Christine die Sachen schenken, sobald sie das erste Kind geboren hat.« Friederich räusperte sich. Die Ehe war in den drei Jahren kinderlos geblieben. »Aber nun ist der Zeitpunkt gekommen, dir die Sachen zu geben.«

Anna hielt den Atem an. Sie war überwältigt. »Das … das kann ich nicht annehmen, Friederich. Ich wusste gar nicht …«

»Doch, das kannst du.« Er nahm ihre Hand, drehte die Handfläche nach oben und legte das Samtsäckchen hinein. »Es gehört dir. Ich hätte es dir schon längst geben sollen, geben müssen.« Dann schloss er ihre Finger über dem Schmuck.

»Aber, Friederich.« Anna schüttelte den Kopf. Eine Haarsträhne löste sich unter ihrer Haube. »Ihr werdet bestimmt Kinder haben. Christine …«

»Nein. Mutters Schmuck gehört dir. Dir allein. Komm, leg die Kette um. Ich helfe dir.«

Anna besah den Schmuck, Tränen stiegen ihr in die Augen. Sie streichelte über das kühle Gold. Dann streifte sie den Ring über. Er war schlicht, nur eine Perle zierte ihn. Vater hatte oft erzählt, wie er den Ring in Amsterdam gesehen und gekauft hatte. Das war lange, bevor er ihre Mutter ehelichte.

»Dieser Ring war wie geschaffen für die Frau, die ich lieben würde«, hatte er immer gesagt und dann seine Frau voller Stolz und Liebe angesehen.

Friederich nahm Anna die Kette ab und riss sie damit aus ihren Gedanken. »Dreh dich um und öffne deinen Mantel.«

Sie tat, wie er ihr gesagt hatte, fühlte die eisige Luft auf ihrem Hals, spürte seinen warmen Atem, als er sich vorbeugte und ihr die Kette umlegte. Es dauerte einen Moment, bis er den Verschluss eingehakt hatte. Die Kette war schwer und fühlte sich ungewohnt an. Anna griff nach dem Medaillon, hielt es in ihrer Hand fest. Sie schloss die Augen. Das Bild ihrer Mutter stand vor ihr, als hätte sie sie erst gestern gesehen.

»Danke«, quetschte sie heraus.

»Es gibt noch etwas.« Die Stimme ihres Bruders klang belegt, er räusperte sich mehrfach. Anna schloss den Mantel, zog das Tuch wieder um ihre Schultern und drehte sich zu ihm um. Nun war sie diejenige, die seinem Blick auswich.

»Ich möchte dich um etwas bitten.« Wieder lehnte sich Friederich nach vorne und ergriff ihre Hände. »Ich möchte, dass du mir schreibst. Ich werde versuchen, auch nach Krefeld zu kommen, so es meine Geschäfte zulassen. Ich habe vor, meine Handelsbeziehungen über den Rhein hin zu erweitern.«

Anna nickte stumm.

»Falls du Sorgen oder Kummer hast, lass es mich wissen. Nach Christine bist du der wichtigste Mensch in meinem Leben.«

Anna hob den Kopf und sah ihn an. Nach Christine, diese Worte taten ihr weh. War sie nicht blutsverwandt mit ihm? Stand sie ihm nicht eigentlich näher?

»Ich nehme an, dass Onkel Arnold einen passenden Mann für dich finden wird. Jemand, der dich so liebt, wie du es verdienst. Und obwohl ich unserem Onkel vertraue, würde ich davon gerne erfahren.«

»Ach, Friederich. Erstmal werde ich mich doch einleben müssen in der fremden Stadt bei den fremden Menschen. Und dann soll ich doch dem Onkel den Haushalt führen. In den nächsten Jahren wird für mich nicht die Zeit sein, um eine Ehe zu schließen.« Anna schnaubte leise. Es hatte einen Mann gegeben, den sie nett fand, mehr als nett. Doch ihn zog es weg vom dörflichen Leben. Er suchte das Abenteuer. Vor drei Jahren war er nach Genua aufgebrochen, und seitdem hatte niemand mehr von ihm gehört. Der Gedanke, noch mal ihr Herz zu verlieren, machte Anna Angst.

»Du bist fast sechsundzwanzig. Irgendwann in den nächsten Jahren solltest du auch eine Familie gründen.« Besorgt schaute Friederich sie an. Er ahnte, was in ihren Gedanken vor sich ging. »Nicht jeder ist auf Abenteuer aus oder ein Hallodri.«

Anna neigte den Kopf. Das Thema behagte ihr nicht. So manche Nacht hatte sie weinend auf dem Fenstersitz in ihrem Zimmer verbracht, bis Christine sie schließlich in das Mansardenzimmer abgeschoben hatte.

»Ich werde mich allen Herausforderungen stellen, Friederich. Gott hat einen Plan, das weiß ich. Und vielleicht bedeutet dieser Plan, für Onkel Arnolds Familie zu sorgen und da zu sein.«

Friederich seufzte. Dann griff er wieder in seine Manteltasche. »Hier ist noch etwas.«

Diesmal war es ein Ledersäckchen, das schwer in seiner Hand zu wiegen schien.

»Geld?«, fragte Anna erstaunt. »Du hast mir schon Geld gegeben. Ich habe es in den Saum meines Mantels genäht. Außerdem die Bürgschaften.«

»Ja, ich weiß. Der Zoll und die Reise sind auch bezahlt. Aber wer weiß, was noch so passiert. Es sind seltene Goldmünzen, die Vater im Garten vergraben hatte.«

»Das kann ich unmöglich annehmen.« Anna hob abwehrend die Hände. In diesem Moment schien die Sonne durch das Kutschenfenster, und der Goldreif an ihrem Finger funkelte auf.

»Doch, das kannst du. Es ist nur ein Teil und wenig genug. Nimm es bitte.« Friederich schien die Luft anzuhalten. »Bitte.« Das Wort klang gepresst.

Anna schüttelte den Kopf.

»Bitte, Anna. Ich habe sowieso das Gefühl, dich im Stich zu lassen.«

»Aber es war doch meine Entscheidung zu gehen.«

»Trotzdem.«

Anna war überrascht, als sie Solingen erreichten. Atemlos betrachtete sie das Stadtbild. Bisher war sie nur wenige Male so weit weg von zu Hause gewesen. Alles erschien fremd und neu.

Plötzlich erreichten sie viel zu schnell die Poststation. Die Kutsche wartete schon. Schnell wurde ihr Gepäck verladen. Dann nahm Anna ihren Bruder noch einmal in den Arm. »Mach es gut«, sagte er und stopfte ihr den Geldbeutel, den er die ganze Zeit in der Hand gehalten hatte, in die Manteltasche. Sie bemerkte es wohl und nahm es hin. »Danke, Friederich. Möge Gott mit dir sein.« »Und mit dir. Wir werden uns wiedersehen.«

Anna stieg in die Postkutsche. Sie war der einzige Passagier an diesem Morgen, und kaum hatte sie Platz genommen, fuhr die Kutsche schon los.

Kapitel 2

Solange sie konnte, winkte sie ihrem Bruder. Schließlich bog die Kutsche in eine Gasse, und sie verlor ihn aus den Augen. Viele kleine Fachwerkhäuser schmiegten sich in den winkeligen Gassen aneinander. Die Kutsche konnte auf dem Kopfsteinpflaster nur langsam fahren. Abwässer waren gefroren, und immer wieder rutschten die Pferde auf den vereisten Pfützen aus. Anna sah aus dem Fenster, versuchte nicht an den Abschied zu denken, sondern all das Neue in sich aufzunehmen. Doch immer wieder verschwamm ihr Blick. Das kalte Metall des Goldringes ihrer Mutter fühlte sich schwer und ungewohnt an ihrem schlanken Finger an. Unbewusst drehte und rieb sie den Ring. Das Metall erwärmte sich. Der Ring war ihr zu groß, sie würde ihn enger machen lassen müssen. Sie erinnerte sich an die Hände ihrer Mutter, die durch ständige Arbeit rau und schrundig geworden waren. Nie hatten diese Hände geruht. Sie hatte den Haushalt geführt, die Küche verwaltet und selbst abends, wenn die Familie vor dem Kaminfeuer saß, war Näh- oder Flickzeug in ihren Fingern.

Sieben Kinder hatte ihre Mutter ihrem Vater geboren, fünf davon begraben. Nur Friederich und Anna hatten überlebt. Der Ring gehört von Rechts wegen Christine, dachte Anna und war doch froh, dass ihr Bruder sich so entschieden hatte. Ganz fest glaubte Anna daran, dass Christine ihm einen Erben gebären würde. Sie wünschte es ihrer Schwägerin von Herzen und war davon überzeugt, dass die Härte in Christines Wesen auch von ihrer Kinderlosigkeit herrührte.

Die Kutsche wurde noch langsamer und hielt schließlich an. Sie standen vor einer großen Kirche mit einem imposanten Turm. Es war die lutherische Kirche, wie Anna wusste. Vor ein paar Monaten waren sie hier gewesen, um einen Prediger zu hören.

Ein Mann mit hochrotem Kopf riss den Wagenschlag auf und stieg keuchend ein. Als er Anna sah, zögerte er kurz, ließ sich aber dann mit einem lauten Seufzer ihr gegenüber nieder und schloss die Tür. Mit ihm zusammen waren ein Schwall eiskalter Luft und der Geruch von Kohl und Pfeifentabak in die Kutsche gedrungen.

»Einen wunderbaren Tag wünsche ich Euch, schöne Frau. Was ein Glück, dass ich die Kutsche noch erwischt habe. Bis zur Poststation habe ich es nicht mehr geschafft, aber ich wusste, dass sie hier vorbeikommt, und habe mich einfach mitten auf die Straße gestellt.« Der Mann holte tief Luft. »Verzeiht.« Wieder pustete er laut die Luft hinaus.

Anna lachte. »Nun kommt erst einmal zu Euch.«

»Jaja. Ich bin seit gestern unterwegs. Von Frankfurt her. Irgendeine Brücke war gesperrt, dann gab es einen Brand, schließlich ist das Wagenrad gebrochen. So ein Elend! Ich bin von der Postkutsche runter, habe mich mitnehmen lassen, aber kam nur vom Regen in die Traufe. Und schließlich bin ich in Solingen gelandet. Aber das Posthaus war voll. Ich habe eine Unterkunft in einer anderen Pension gefunden.« Er räusperte sich, und Anna meinte, eine leichte Röte aus dem Kragen den Hals hoch und über die Wangen kriechen zu sehen. Irgendwas war passiert, das ihn aufgehalten hatte. Sie konnte sich schon denken, was oder wer es war, und verkniff sich ein Lachen. »Nun habt Ihr die Postkutsche ja doch erreicht. Das ist doch alles, was zählt. Ihr kommt von Frankfurt und wollt nach Düsseldorf?«

»Ja, genau.« Der Mann hustete kurz und fuhr sich über die Haare. Sie waren in einem hellen Ton, ohne gepudert zu sein, er hatte sie flüchtig zu einem Zopf zusammengefasst. Anna war sich sicher, dass er normalerweise die Haare über den Ohren eingedreht hatte. Dazu war wohl heute keine Zeit gewesen. Nun nahm sie auch ein sehr blumiges Parfüm wahr, ein Hauch von Duft, der aus seinen Kleidern drang. Der Mann war groß und hager, hatte eine strenge Nase, aber gütige Augen. Um seine Mundwinkel hatten sich tiefe Falten eingegraben, doch ebenso waren Lachfältchen wie Speichen eines Wagenrades um seine Augen zu erkennen. Das Parfüm passte nicht zum ihm und war auch sicher nicht seines.

»Eigentlich muss ich nach Krefeld. Aber dorthin führt ja noch kein Postweg, auch wenn König Friedrich es längst versprochen hat. So muss man über Umwege reisen und den letzten Teil der Strecke privat realisieren.«

»Ach«, entfuhr es Anna. »Nach Krefeld. Dort will ich auch hin.«

Verwundert zog der Mann die Augenbrauen hoch. »So weit und alleine?«

»Nun ja. Ich fahre, um bei meinem Onkel zu leben. Meine Eltern sind verstorben.« Wieder drehte Anna den Ring an ihrem Finger. Es würde eine Angewohnheit werden, da war sie sich jetzt schon sicher. »Und mein Bruder kann mich nicht die ganze Strecke begleiten. Er hat Verpflichtungen.«

»Dann werden wir gemeinsam reisen.« Der Mann lächelte, und die Lachfältchen vertieften sich. Er war Anna auf Anhieb sympathisch. »Ich habe mich, verzeiht, noch gar nicht vorgestellt. Claes ter Meer.« Er erhob sich halb, reichte ihr die Hand.

»Anna te Kloot.«

21

»Madame te Kloot, wie angenehm Euch als Reisebegleitung anzutreffen. Ihr seid nicht zufällig mit Arnold te Kloot verwandt?«

»Mademoiselle te Kloot.« Anna versuchte nicht zu kokettieren. Sie wollte keinen falschen Eindruck erwecken. »Ja, das ist mein Onkel, zu dem ich reise.« Sie warf einen Blick aus dem Fenster, doch inzwischen hatten sie die Stadt verlassen und fuhren durch die Hügel des Bergischen Landes. »Meine Familie stammt aus Radevormwald. Mein Onkel lebt allerdings schon seit Jahrzehnten in Krefeld und führt dort seine Geschäfte.«

»Ich weiß. Er ist unser Nachbar. Meine Mutter hat auf der Mühlenstraße eine kleine Rossmühle. Und Ihr reist zu Eurem Onkel?« Ter Meer sah sie interessiert an.

»Ja. Ich werde ihm den Haushalt führen. Seine älteste Tochter tat dies bisher, aber sie wird heiraten.«

Ter Meer schmunzelte. »Ich weiß. Sie heiratet meinen Bruder Adam. Wir werden quasi miteinander verwandt sein.«

Anna sah ihn erstaunt an. »Das ist doch nicht Euer Ernst. Ach, wie erfreulich!«

Tausend Gedanken schossen ihr durch den Kopf. Gab es so was wie Zufall, oder war es Schicksal, dass sie auf dieser Reise diesen Mann traf? Bis vor wenigen Augenblicken hatte sie sich ganz verloren gefühlt, doch nun war hier jemand, der aus ihrer zukünftigen Heimat stammte und mit dem sie über vier Ecken verschwägert sein würde.

»Dann kennt Ihr sicher meine Familie?«, fragte sie und beugte sich interessiert vor.

»O ja. Sie haben eine Leinenbleicherei. Das hat mein Vater bis zu seinem Tod auch gemacht. Meine Mutter hat, wie gesagt, die Mühle, und Adam hilft ihr damit. Ich und mein Bruder Abraham versuchen uns jetzt in Bandweberei. Deshalb war ich auch in Frankfurt.«

»Welch unverhofftes Treffen! Ich bin froh, dass Eure Reise so verlaufen ist, und wir nun zusammen fahren können. Ich hatte mich doch etwas verloren gefühlt, zumal ich Krefeld nicht gut kenne.«

»Wart Ihr schon einmal dort?«

»Ja, aber das ist Jahre her.«

Das Geräusch der Hufe und des Wagens hatte sich wieder verändert, sie hatten die gepflasterte Straße verlassen. Im Herbst und im Frühjahr, wenn der Boden matschig war, bildeten sich tiefe Furchen durch die Räder. Diese Furchen waren nun gefroren. Hin und wieder kam die Postkutsche aus der Spur und schwankte gewaltig. Mehrfach hielt Anna vor Schreck die Luft an.

»Keine Sorge«, beruhigte ter Meer sie. »Ich bin schon oft mit der Post gereist, und nur einmal ist der Wagen umgestürzt. Die Kutscher sind erfahren und besonnen.«

Inzwischen hatte sich der Himmel zugezogen. Das Licht war gelblich-grau, dicke Wolken zogen im Westen auf.

Die Zeit schien wie im Fluge zu verstreichen. Er erzählte von der Stadt, von der Gemeinde, denn auch die ter Meers waren Mennoniten.

»Unsere Gemeinde ist groß. Wir haben ein eigenes Gotteshaus, viele Prediger finden den Weg nach Krefeld.«

»Ja, darauf freue ich mich. In Radevormwald können wir uns zu dem Glauben nicht offen bekennen.«

Die Landschaft veränderte sich. Hin und wieder hielten sie an, der Kutscher lieferte Post und Zeitungen aus, nahm Briefe an und so manch anderes Stück, was verschickt werden sollte.

Die Unterbrechungen waren nur kurz. Ein etwas längerer Aufenthalt war in Hilden vorgesehen, doch auf Grund der Wetterlage – inzwischen fielen dicke Schneeflocken – beschlossen sie, weiterzufahren und erst in Eller Rast zu machen.

In Hilden stieg eine Frau zu und setzte sich neben Anna. Obwohl die Kutsche auf ihren gepolsterten Lederbänken vier Leuten bequem Platz bot, musste Anna sich ganz in die Ecke quetschen und hatte immer noch das Gefühl, erdrückt zu werden.

»Madame Brues«, stellte sie sich vor und musterte ter Meer mit strengem Blick. Sie versuchte kurz, sich zu Anna umzudrehen, gab aber rasch schnaufend auf. Sie verströmte einen strengen Schweißgeruch, gemischt mit dem von saurer Milch. Anna atmete durch den Mund.

Von nun an war es mit der gepflegten Konversation vorbei, die Anna von ihren düstern Gedanken und Sorgen abgelenkt hatte. Madame Brues redete. Ein Wortschwall brach wie ein rauschender Bach aus ihr hervor. Sie holte immer wieder tief und geräuschvoll Luft, ließ aber niemand anderen zu Wort kommen.

Zuerst ließ sie sich über den frühen und ungewöhnlich scharfen Wintereinbruch aus, dann über das Wetter und seine Phänomene im Allgemeinen, und schließlich berichtete sie detailliert über ihre weitläufige Familie.

Anna sah zu Claes ter Meer hinüber. Die ersten zwanzig Minuten hatte er versucht, dem Monolog zu folgen und hin und wieder einen Einwand eingeworfen. Da aber Madame Brues überhaupt nicht reagierte, gab er es auf. Sein Blick wurde zunehmend glasiger. Zweimal unterdrückte er ein Gähnen. Anna lächelte belustigt. Der Mittag war lange verstrichen. Dadurch, dass es so bedeckt und duster war, konnte Anna nicht einschätzen, wieviel Zeit schon vergangen war. Es erschien ihr, als würde sie seit Ewigkeiten in der Kutsche sitzen. Der Rücken tat ihr weh, ihre Füße spürte sie wegen der Kälte kaum. Immer wieder griff sie zu ihrem Hals, befingerte die Kette, drehte den Ring an ihrem Finger.

Plötzlich verlangsamte die Kutsche ihre Fahrt. Sollten sie etwa schon in Eller sein? Anna sehnte sich danach, aufzustehen und ihre eingefrorenen Glieder zu bewegen. Ein lauter Ruf erscholl. Anna beugte sich noch weiter vor, konnte aber nicht erkennen, wer dort war. Vor ihnen war eine Landwehr, und offensichtlich mussten sie die May passieren.

»Nanu?« Auch Claes ter Meer beugte sich vor und schaute nach draußen. »Was hält uns auf?«

Endlich hatte Madame Brues ihren Monolog beendet.»Hoffentlich ist das kein Überfall«, hauchte sie.

»Ein Überfall?« Ter Meer lachte.»Hier? Unmöglich. Wer sollte uns überfallen?«

»Die Franzosen. Es sind Truppen in Benrath und Erkrath stationiert. Immer wieder gibt es Soldaten, die Höfe überfallen. Sie wollen Nahrung und Geld. Manchmal schänden sie die Frauen.« Der riesige Busen der Frau wogte aufgeregt, ihre Hände zitterten. Die dicken Schweinsbäckchen und das Doppelkinn färbten sich rötlich.»Ich brauche mein Riechsalz!«

Vor sich auf dem Boden stand ein Korb, sie beugte sich keuchend vor, konnte ihn aber nicht ergreifen.

»O Himmel...«, stöhnte Madame Brues.»Mein Riechsalz. Im Korb.«

Sie wedelte mit den Händen, schob sich zurück, drückte Anna noch mehr in die Ecke und schloss die Augen.

Ter Meer lachte leise, lehnte sich nach vorne und öffnete den Korb. Schnell fand er das gesuchte Gefäß und reichte es Madame Brues.

»Beruhigen Sie sich! Ich werde nachsehen, was los ist.« Er öffnete den rechten Kutschenschlag und stieg aus.

Anna öffnete die linke Tür, zwängte sich aus dem Sitz und sprang nach draußen.

Plötzlich hörte sie aufgeregte Stimmen. Die Männer sprachen französisch. Ihr Vater hatte nicht nur dafür gesorgt, dass seine Kinder lesen und schreiben konnten, sie hatten auch gute Kenntnisse in Französisch, Englisch sowie Niederländisch.

Gebannt blieb Anna stehen und lauschte.

25

Kapitel 3

»Wir haben den Zoll schon bezahlt.« Der Kutscher schien ärgerlich. »Hier ist das Siegel.«

»Dann zahlt Ihr noch mal.« Die Stimme klang unfreundlich. Es war tatsächlich ein Franzose.

»Warum sollte ich?«

»Gibt es ein Problem?« Claes ter Meer war an den Kutschbock getreten. Anna ging zwei Schritte weiter nach vorne. Nun sah sie einen Reiter, der schräg vor der Postkutsche stand. Sie drückte sich an die Wand des Wagens, um nicht entdeckt zu werden.

»Diese beiden französischen Offiziere verlangen Zoll. Ich habe den Zoll aber schon entrichtet«, sagte der Kutscher empört.

»Meine Herren, wie Ihr seht, hat unser Kutscher das Siegel. Der Zoll ist bezahlt. Wir möchten unsere Fahrt nun fortsetzen«, sagte Claes ter Meer nachdrücklich. Auch er sprach fließend Französisch.

»Wir werden Euch nicht durchlassen, solange Ihr nicht bezahlt habt.« Das sagte jemand, der auf der anderen Seite der Kutsche stand und den Anna nicht sehen konnte. Es klang gehässig.

Das Pferd des Reiters vor der Kutsche ging plötzlich zwei Schritte nach hinten. Er trug einen dunklen Wollmantel, hohe Lederstiefel und weiße Hosen. Mit einem Handgriff zog er eine Pistole aus dem Futteral am Sattel. Sein Mantel öffnete sich dabei. Anna konnte die blaue Uniformjacke mit den roten Aufschlägen erkennen. Der Griff der Pistole war aus zisieliertem Silber. Er spannte den Hahn.

Anna wich zurück. Die Tür des Wagens war zugefallen. Anna tastete sich am Gefährt entlang. Hinter dem Wagen ging sie in die Hocke. Links und rechts der Straße waren Gräben, dahinter kahle, schneebedeckte Felder. Es gab keinen Unterschlupf, kein Versteck.

Was würden die Männer tun? Würden sie den Zoll erpressen? Möglicherweise mit Gewalt? In ihrer Manteltasche wog das Ledersäckchen mit den Goldstücken ihres Bruders schwer. Der eine Franzose hatte nicht nur die Pistole, auch einen Degen führte er mit sich, und er machte durchaus den Eindruck, als ob er damit umgehen konnte.

Anna kroch zur rechten Seite, spähte hinter der Kutsche hervor. Auch der zweite Mann war beritten, er trug ebenfalls eine französische Uniform. Er hatte den Degen in der Hand, die Spitze der Waffe zeigte auf ter Meer.

»Ihr wollt euch nicht wirklich mit uns anlegen, mon ami?«

»Was Ihr hier tut ist unrechtmäßig. Nennt mir Euren Namen!«

»Damit Ihr uns meldet?« Der Franzose lachte schallend. Es klang böse. »Hast du das gehört, Jean-Paul? Dieser Deutsche ist lustig.«

»Wir werden ihm den Witz schon austreiben. Wie viele Passagiere führt Ihr mit Euch außer dem Witzbold dort, Kutscher?«

»Zwei. Es sind beides Frauen. Ich bitte Euch, lasst uns in Frieden weiterziehen, und wir werden kein Wort über diese Begegnung verlieren.«

Anna konnte die Angst in der Stimme des Kutschers hören.

»Wenn Ihr nicht zahlt, hat Euer letztes Stündlein geschlagen. Frauen sagtet Ihr? Wo sind sie?«

Anna hörte, dass er sein Pferd an der Kutsche entlangleitete. Blitzschnell kroch sie unter den Wagen und hoffte, dass er sie nicht sehen würde.

Mit dem Degen öffnete der Franzose den Wagenschlag.

»Schöne Frau«, sagte er zu Madame Brues. »Darf ich Euch bitten, den Wagen zu verlassen? Kutscher, sprachet Ihr nicht von zwei Frauen? Hier ist nur eine. Wo ist die andere?«

Anna fluchte leise.

»Nein, nein«, hörte sie ter Meer laut und deutlich sagen. Lauter als zuvor, so als wolle er jemanden warnen. »Nur eine

27

Dame reiste mit mir zusammen. Die zweite Dame hat uns an der letzten Station verlassen. Nicht wahr, Kutscher?«

»Nein, es …«

»Kutscher!«

Der Postler verstummte. Anna begriff, dass ter Meer sie schützen wollte. Das Gefährt schaukelte und schwankte, als Madame Brues ausstieg. Sie blieb dicht am Wagen stehen. Anna konnte erkennen, dass die Frau vor Furcht zitterte. »Was wollt Ihr von uns?«, fragte sie mit hoher Stimme in einem gebrochenen Französisch.

»O Gaston, diese Frau wiegt zwei weitere auf! Lieber Herrgott, zwischen diesen Brüsten kannst du einen Mann ersticken.« Jean-Paul lachte rau.

»Für solche Spielchen haben wir keine Zeit, Jean-Paul!« Gaston klang verärgert. »Nimm ihr das Geld ab! Dürfte ich auch um Eure Börse bitten, werter Herr?«, sagte er zu ter Meer.

»Meine Börse? Ich führe keine mit mir. Ich bin geschäftlich unterwegs und habe fast nur Bürgschaften bei mir, die werden euch nicht weiterbringen. Ein paar Geldstücke habe ich – sie sind allerdings in der Kutsche. Soll ich sie holen?«

Der Franzose schwieg, überlegte.

In der Kutsche? Anna überlegte. Claes hatte eine größere Reisetasche unter den Sitz geschoben. War dort seine Börse oder vielleicht noch etwas anderes? Vielleicht besaß er eine Waffe, denn Geld führte man am Leibe bei sich. Aber das konnte nicht sein. Er war Mennonit, genau wie sie. Zu ihrem Glauben gehörte auch, dass sie sich nicht verteidigten, selbst dann nicht, wenn sie angegriffen wurden. »Halte dem Feind auch die andere Wange hin«, war eine der wichtigsten Überzeugungen ihres Glaubens.

»In der Kutsche?« Der Franzose lachte. »Ihr glaubt doch nicht, dass ich Euch in die Kutsche an Euer Gepäck lasse. Wer weiß, was sich dort so findet.«

Offensichtlich hatte er den gleichen Gedanken wie Anna, nur wusste er nicht, dass ter Meer Mennonit war.

»Was ist denn in Euren Manteltaschen? Umstülpen reicht mir«, fuhr er fort.

Anna war zur rechten Seite des Wagens gekrochen. Sie konnte die Stiefel von ter Meer sehen und die Beine der Pferde.

Claes ging einen Schritt nach vorne.

»Zwei Goldstücke, werter Herr, mehr trage ich nicht bei mir.«

»Das ist ja kaum zu glauben!«

Unterdessen bedrängte der andere Franzose Madame Brues.

»Was habt Ihr an Geld dabei? Schmuck?«

»Ich habe kein Geld, nur ein paar Münzen.« Ihre Stimme klang schrill.

Anna wandte sich wieder der linken Seite zu, schob sich nach vorne, versuchte etwas zu sehen.

Sie sah Madame Brues' Schuhe, den Rocksaum, dahinter die Beine des Pferdes des Franzosen.

Madame Brues drehte sich um, langte in die Kutsche, wollte wohl ihren Korb holen.

»Ich habe nur wenig Geld, aber Ihr könnt alles haben, solange Ihr mich am Leben lasst.«

Der Offizier lachte schroff. »Aber sicher, Madame.«

Er sprang vom Pferd. Anna sah die schwarzen Stiefelschäfte, dann trat er hinter die Frau. »Bleibt so«, befahl er mit tiefer Stimme. »Das ist ideal. Lehnt Euch einfach vor.«

»Nein ... nein ...«, schrie sie, dann ging ihr Schreien in Wimmern über.

»Gaston, das musst du dir anschauen. So ein Hinterteil hast du noch nie gesehen.«

»Bitte, Monsieur, nicht ...«, flehte Madame Brues.

Der Franzose zog seinen Degen. Mit der Spitze der Waffe hob er den Rocksaum an.

»Mon Dieu!«

Anna blieb wie erstarrt liegen. Würde er die Frau schänden?

Nun beugte sich der Franzose vor, griff nach dem Rock und

schob ihn hoch. Seine Pistole, die er wohl in die Manteltasche gesteckt hatte, fiel herunter. Sie landete weich im Schnee, nur eine Armlänge von Anna entfernt.

Ich könnte, dachte sie und schob sich näher an den Wagenrand heran, ich könnte einfach danach greifen. Der runde Griff war aus dunklem Holz, der Waffenlauf mit ziseliertem Silber verziert. Anna wurde sich bewusst, dass sie keine Ahnung hatte, wie die Waffe funktionierte. Sie hatte noch nicht einmal eine Pistole in der Hand gehalten. Zwar besaß ihr Bruder zwei Gewehre, doch diese nutzte er ausschließlich für die Jagd.

Plötzlich hörte sie Stoff reißen, Madame Brues schrie auf. »Welch unvergleichlicher Anblick! Geradezu monströs. Ein Berg an Fleisch, ach, was sage ich da, ein ganzes Gebirge.« Der Franzose lachte wieder. »Dieses gilt es zu besteigen.«

Mit der flachen Hand klatsche er auf die nackte Haut der Frau. Wieder schrie sie auf, und dann begann sie monoton zu beten.

»Gegrüßet seiest du, Maria, voller Gnade, der Herr ist mit dir. Du bist gebenedeit unter den Frauen, und gebenedeit ist die Frucht deines Lebens, Jesus. Heilige Maria, Mutter Gottes, bitte für uns Sünder, jetzt und in der Stunde unseres Todes. Amen. Gegrüßet seiest du ...«

Anna schob sich ein wenig nach vorne, streckte vorsichtig die Hand aus. Die Waffe – sie wollte die Waffe erreichen. Warum tat ter Meer denn nichts? Der Kutscher? Wie konnten sie dies nur hinnehmen? Anna wusste, dass diese Gedanken ungerecht waren, dass den Männern die Hände gebunden waren, sie wurden in Schach gehalten von dem anderen Franzosen.

Nur noch ein Stückchen fehlte, nur noch wenige Zentimeter, dann würde sie die Pistole fassen können. Ihr Herz klopfte heftig in ihrer Brust, ihr Atem ging stoßweise, kleine Dampfwölkchen bildeten sich vor ihrem Mund. Sie presste die Lippen zusammen, versuchte langsamer und flacher zu atmen.

Sie streckte die Hand aus, erreichte den Lauf der Waffe, wollte ihn umfassen, als der Schuh des Franzosen auf ihre Hand trat.

»Was haben wir denn hier?« Er bückte sich, spähte unter den Wagen, nahm seine Waffe mit einem schnellen Griff an sich. »Ein kleines Vögelchen, ein Mäuschen. Kommt heraus!« Anna biss sich auf die Lippen, verfluchte sich selbst. »Nun macht schon. Allez, allez!« Langsam kroch sie unter dem Wagen hervor. Der Soldat hielt die Waffe auf sie gerichtet. Madame Brues lehnte immer noch mit dem Oberkörper im Wagen. Doch sie schien zu begreifen, dass der Franzose nun abgelenkt war. Mit einer schnellen Bewegung ließ sie die Röcke wieder über ihr Hinterteil fallen.

»Was für ein hübsches Vögelchen haben wir denn hier?« Der Franzose ließ seinen lüsternen Blick über Anna gleiten. Sie zog den Mantel am Kragen enger zusammen, hatte aber trotzdem das Gefühl, von seinem Blick ausgezogen zu werden. Beschämt senkte sie den Kopf.

Der französische Offizier war groß, viel größer als sie. Kräftig war er zudem. Sein Gesicht war fleischig und aufgedunsen, geplatzte Äderchen bedeckten die Wangen und die knollige Nase. Sein Atem stank nach Branntwein, stellte Anna fest, als er auf sie zutrat.

»Nun denn, da haben wir ja ein noch attraktiveres Objekt. Wie schön Euch zu treffen, Madame. Ihr wolltet Euch doch nicht wirklich meine Waffe aneignen?« Er lachte. Mit dem Lauf der Pistole fuhr er an ihrer Haube entlang, berührte ihre Wange.

»Ein Schuss aus dieser Waffe kann Ihnen das hübsche Haupt rauben.« Er drückte den Lauf ein wenig fester gegen ihren Kopf, zwang sie das Kinn zu heben. »Na, haben wir Angst?«

Aus den Augenwinkeln nahm Anna eine Bewegung wahr. Mit erhobenen Händen kam Claes ter Meer von der anderen Seite der Kutsche, hinter ihm der andere Soldat.

»Lass es, Jean-Paul. Es hält uns nur auf. Ich habe das Geld dieses Mannes und die Abgabe für die nächsten zwei Zollstationen vom Kutscher. Das sollte reichen.«

»Schau dir dieses hübsche Vögelchen an! Sie hatte sich unter der Kutsche versteckt. So eine leckere Zugabe kann ich mir einfach nicht entgehen lassen.« Mit der Waffe fuhr er an Annas Hals entlang. Dann riss er ihr mit einem Ruck den Mantel auf, der Knopf sprang auf den Boden, legte seine linke Hand auf ihren Ausschnitt, strich über ihre Brüste.

Anna schloss entsetzt die Augen. Sie spürte seinen harten Griff, seine fordernde Hand. Seine Finger zwangen sich zwischen Stoff und Haut, er zog an ihrem Kleid, die Haken und Ösen platzten auf. Mit einem weiteren Ruck zog er das Oberteil auseinander.

Die kalte Luft stach wie Nadeln auf ihrer nackten Haut. Tränen schossen ihr in die Augen.

»Wenn Ihr nicht wollt, dass ich Euer Kleid vollständig ruiniere, solltet Ihr Euch nun freiwillig entkleiden, Madame!«

Seine Hand fuhr an ihrem Körper entlang, er öffnete den Mantel noch weiter, stutzte kurz und zog dann die kleine Lederbörse aus ihrer Tasche.

»Voilà!«

»Bitte …«, flehte Anna. Im Saum ihres Mantels hatte sie ihr restliches Geld eingenäht, würde er auch das finden?

Seine Hand glitt wieder über ihren Hals, er befingerte die Kette, riss sie ab und steckte auch sie in seine Tasche.

»Bitte … das ist die Kette meiner Mutter, gebt sie mir zurück.«

»Ich werde Euch etwas ganz anderes geben, wenn Ihr nicht Eure Röcke lüftet.« Nun klang er bedrohlich.

Plötzlich knallte es. Das Geräusch scholl über die weiten Felder, ein Schwarm Krähen stieg mit lauten Krächzen in die Luft. Jean-Pauls Pferd bäumte sich erschrocken auf, auch das andere Tier wich zurück.

Claes ter Meer hielt eine rauchende Pistole in der Hand.

32

»Verflucht, das kann man fast bis zur May hören. Egal, wie betrunken die Besatzung dort ist, das wird sie aufwecken! Was hast du getan, Gaston?«, schrie Jean-Paul. Er griff nach den Zügeln seines Pferdes, zog es zu sich heran und sprang auf. »Lass uns verschwinden!«

»Er hat meine Waffe ...«

»Vergiss deine Waffe. Allez, allez, schnell weg.« Schon gab er dem Pferd die Sporen und sprengte davon.

Gaston zügelte sein Pferd, das aufgeregt hin und her tänzelte, ritt auf Anna zu. Sie hatte den Mantel vor ihrer Brust zusammengeklaubt, stand zitternd da, Tränen liefen ihr über die Wangen.

»Es tut mir leid, Madame. Ich wollte nur Geld. Aber wenn mein Kamerad getrunken hat, ist er kaum aufzuhalten.« Dann wendete er sein Pferd und ritt hinter seinem Spießgesellen davon.

Kapitel 4

»Sind sie weg?«, fragte Madame Brues mit tränenerstickter Stimme. Es klang dumpf aus dem Inneren des Wagens.

»Um Gottes willen!« Der Kutscher war vom Bock gesprungen, sein Gesicht war totenblass. »Was haben die Kerle gemacht?«

Anna versuchte mit zitternden Fingern ihr Kleid zu schließen. Einige Haken waren nur aufgesprungen und nicht abgerissen. Notdürftig bedeckte sie ihre nackte Haut. Ter Meer trat zu ihr, wandte jedoch den Blick ab, um sie nicht zu beschämen. Immer noch hielt er die Pistole in der Hand, es roch nach Pulver.

»Es war wie im Traum. Dieser Gaston beobachtete Euch und seinen Kumpan, beachtete mich für einen Augenblick nicht. Ich habe gehandelt, ohne nachzudenken. Grundgütiger!« Entsetzt ließ er die Waffe fallen. »Ich hätte ihn verletzen können oder gar Schlimmeres.«

»Habt Ihr geschossen?« Madame Brues hatte sich nun umgedreht und richtete ihre Kleidung.

»Nein, der Schuss löste sich aus der Waffe, als ich sie ihm aus der Hand riss. Aber ich habe gar nicht nachgedacht. Was hätte ich mit der Pistole getan? Ihn bedroht? O Gott!« Er schüttelte den Kopf.

Anna hatte den Mantel, so gut es ging, verschlossen, ihr Umschlagtuch fest vor der Brust verknotet. Sie trat auf ihn zu und legte die Hand auf seinen Arm.

»Ihr wolltet helfen. Gott wird das verstehen.« Anna rieb sich die Tränen von den Wangen. Plötzlich stellte sie fest, dass der Ring ihrer Mutter verschwunden war. Sie musste ihn verloren haben. Verstört suchte sie den Boden ab, konnte ihn aber nicht entdecken.

»O nein. Der Ring …«

»Was ist denn, Kindchen?« Madame Brues zog mit lautem Ploppen einen Korken aus einem kleinen Krug, den sie aus ihrem Korb gefischt hatte. Sie trank einen großen Schluck, reichte Anna dann den Krug.

Vorsichtig schnupperte Anna, es roch nach scharfem Branntwein. Normalerweise trank sie so etwas nicht, doch dies war keine normale Situation. Der Branntwein rann ihr scharf die Kehle hinunter, sie musste husten, hätte sich beinahe verschluckt. Keuchend reichte sie die Flasche an ter Meer weiter. Auch er trank gierig.

Anna bückte sich wieder, spähte unter den Wagen.

»Was sucht Ihr denn?«, fragte ter Meer.

»Den Ring meiner Mutter, die letzte Erinnerung, die ich an sie habe. Der Kerl hat mir die Kette geraubt – aber ich hatte noch den Ring. Ich muss ihn verloren haben.«

In diesem Moment brachen die Wolken auf. Die Sonne stand tief am Himmel, dunkelrot leuchtete sie über die verschneiten Felder.

Etwas blitzte im Sonnenlicht auf. Claes bückte sich.
»Ein Goldreif mit einer Perle? Dieser hier?«

Wieder standen Tränen in Annas Augen, doch diesmal vor Erleichterung. Sie streifte den Ring über, ballte die Faust zusammen. »Danke.«

»Es wird bald dunkel, wir sollten uns beeilen«, drängte der Kutscher. »Übrigens, keine Sorge, ich habe ihnen nicht das Zollgeld gegeben. Ich habe für solche Fälle immer einen Beutel mit Kupferknöpfen.«

»Macht Euch keine Gedanken, guter Mann. Wir haben Glück im Unglück gehabt.« Ter Meer klopfte ihm auf die Schulter. »Und Ihr habt recht, wir sollten schleunigst aufbrechen.«

Anna kauerte sich in die Ecke der Kutsche. Immer wieder kontrollierte sie, ob das Tuch ihre Brust bedeckte. Sie erwähnte nicht, dass der Franzose ihr Geld genommen hatte.

»Was passiert denn nun?«, fragte Madame Brues. »Werden wir den Vorfall der Kommandantur melden? Ich habe so was noch nie erlebt. Aber ich habe davon gehört, dass die Franzosen immer frecher und aufdringlicher werden. Dagegen sollte der König etwas tun.«

»Dem König sind die Hände gebunden. Österreich und Russland üben Druck aus. Er hat kaum eine Wahl, als die Truppen hier zu lassen. Allerdings billigen die Kommandeure der französischen Truppen solche Taten auch nicht, es wird schwer geahndet.« Ter Meer schaute besorgt zu Anna. »Habt Ihr Euch beruhigt, Mademoiselle te Kloot?«

Anna nickte abwesend. In Gedanken ging sie immer wieder die Szene mit Jean-Paul durch. Sie hatte sich sein Gesicht eingeprägt, wie eingebrannt in ihrem Hirn sah sie es vor sich. Die dicken Lippen, die fleischige Nase, die wabbelnden Wangen und das fette Kinn. Dazu eiskalte hellblaue Augen. Jean-Paul. Niemals würde sie diesen Mann vergessen, der sie derart an ihre Grenzen gebracht hatte.

Kurze Zeit später erreichten sie die Zollstation. Lautes Lachen erscholl aus dem Gebäude und Gesang.

»Ich gehe nachschauen«, sagte der Kutscher zu ihnen.

»Es klingt, als seien sie betrunken.« Madame Brues seufzte schwer.

»Davon sprach doch auch der eine Franzose.« Ter Meer schüttelte verärgert den Kopf. »Keine Moral mehr heutzutage.«

Die Dämmerung fiel nun schnell herein, schon bald würde es dunkel sein. Obwohl der Branntwein sie kurzzeitig gewärmt hatte, zitterte sie nun wieder. Die Wahrscheinlichkeit, die Fähre heute noch zu erreichen, schwand mit jeder Minute.

»Wir werden es nicht schaffen«, murmelte sie.

Ter Meer sah sie besorgt an. »Die Fähre? Nein, auf keinen Fall. Und selbst wenn, in der Dunkelheit zu fahren käme einem Selbstmord gleich. Ich vermute, dass wir hier nächtigen werden.«

»Hier?« Anna starrte in die Dämmerung. »Aber hier ist doch nichts.«

»O doch, neben jeder Zollstation ist für gewöhnlich ein Gasthaus. Und hier ist ganz sicher eines, ich habe hier schon mal genächtigt. Das Essen war einfach, aber gut, der Kamin groß, und die Strohmatratzen waren einigermaßen sauber.«

Anna schluckte hart, so hatte sie sich diese Reise nicht vorgestellt. Eine Nacht in einem fremden Gasthaus? Sie hatte Angst, dass die Franzosen zurückkommen würden, Angst vor anderen betrunkenen Soldaten.

»Macht Euch keine Sorgen, wir bleiben zusammen«, versuchte ter Meer sie zu beruhigen.

Anna nickte stumm. Es schien eine Ewigkeit zu dauern, bis der Kutscher zurückkehrte. Doch schließlich trat er aus dem Zollhaus. Er schüttelte den Kopf, öffnete dann den Wagenschlag.

»Sie sind betrunken. Ich habe versucht, mit Ihnen zu reden, aber es war nichts zu machen.« Eine Salve lauten Gelächters klang vom Zollhaus zu ihnen. Der Kutscher schaute sich kurz um, wandte sich dann wieder seinen Passagieren zu. Er hatte die Stirn in Furchen gelegt, sah ärgerlich aus. »Nur der Zöllner war noch einigermaßen ansprechbar. Ich habe ihn aufgefordert, den Vorfall der Kommandantur zu melden. Wahrscheinlich haben sich die beiden Spitzbuben darauf spezialisiert, einsame Zollstationen ausfindig zu machen. Elendig ist das.«

»Aber nicht zu ändern«, sagte ter Meer. »Guter Mann, wir sind fast erfroren. Wir geht es nun weiter?«

»Bis nach Eller haben wir mindestens zwei weitere Stunden Fahrt, je nach Zustand der Straße. Dorthin führt nur ein einfacher Karrenweg. Es ist unverantwortlich, diesen in der Dunkelheit zu befahren. Und auch zu gefährlich, einen weiteren Überfall sollten wir nicht riskieren. Außerdem müssen die Pferde gefüttert und getränkt werden. Ich schlage vor, dass wir im Wirtshaus ›Zur Linde‹ Quartier nehmen und morgen in aller Frühe weiterfahren.« Er schaute sie der Reihe nach an. Ter Meer und Madame Brues nickten eifrig.

»Mademoiselle?« Der Kutscher sah sie fragend an.

»Was immer Ihr meint«, sagte Anna erschöpft.

»Es ist hier gleich ein Stück die Straße hinunter.« Er schloss die Wagentür wieder, und kurz darauf setzte sich die Kutsche in Bewegung. Wenige Minuten später hielt sie jedoch wieder an.

Sie stiegen aus. Zwei große Fackeln beleuchteten ein schönes Fachwerkhaus. Im Hof stand ein großer Baum. Wahrscheinlich die Linde, die dem Anwesen ihren Namen gegeben hatte.

Der Kutscher öffnete die große Holztür und führte sie in einen großen, anheimelnd warmen Raum. Im Kamin knisterte ein Feuer, es duftete nach Braten und frischem Bier. Sie bekamen zu essen und zu trinken, kleine, aber saubere Zimmer. Erschöpft fiel Anna in den Schlaf.

Kapitel 5

Früh am nächsten Morgen – draußen war es noch dunkel – klopfte jemand an die Tür zu ihrem Zimmer. Anna fuhr erschrocken hoch. Verwirrt sah sie sich um und wusste im ersten Augenblick nicht, wo sie war. Dann kehrten langsam die Erinnerungen zurück.

Das Letzte, woran sie sich erinnern konnte, war, dass sie mit der Wirtsfrau im Gesindezimmer gesessen hatte. Auf der kleinen Kommode stand eine Kerze, die fast heruntergebrannt war. Anna schaute sich um. Außer der Kommode standen nur das Bett und ein Stuhl in der kleinen Kammer. Über dem Stuhl hingen ihr Kleid und ihr Mantel.

Wieder klopfte es an die Tür. »Mademoiselle te Kloot? Wir wollen gleich aufbrechen.«

»Ja.«

In der Wirtstube flackerte ein munteres Feuer im Kamin. Der Tisch davor war reich gedeckt. Auf einmal merkte Anna, wie sehr ihr Magen knurrte.

»Habt Ihr gut geschlafen?« Die Wirtsfrau brachte einen Krug mit warmem Schwarzbier. »Nehmt Euch! Wir brauen es selbst. Es ist das Beste zur Stärkung. Ihr habt ja noch eine lange Reise vor Euch.«

»Ich habe ganz wunderbar geschlafen. Mir tut zwar alles weh, aber das liegt bestimmt nicht an Eurem Bett.«

»Nein, daran ist die Kutschfahrt schuld. Mögt Ihr einen Teller Eintopf?«

Anna nickte, setzte sich an den Tisch, schenkte sich von dem Bier ein und trank.

Kurz darauf stellte ihr die Magd einen Teller dampfenden Eintopfs hin. Anna aß hungrig. Sie brach sich einen Kanten von dem noch warmen Brot ab, wischte damit den Teller aus.

»Guten Morgen.« Claes ter Meer nahm ihr gegenüber Platz.

Er war unrasiert, und sein Gesicht erschien verquollen.

»Guten Morgen. Wir wollen bald los?«

»So schnell es geht. Immerhin haben wir noch eine lange Strecke vor uns.«

Er kniff die Augen zusammen und unterdrückte ein Gähnen.

»Ich habe wunderbar geschlafen. Ihr nicht? Mein Bett war sauber und bequem.« Anna lächelte ihm zu.

»Doch, ja, das war meines wahrscheinlich auch. Wirklich erinnern kann ich mich nicht. Lange geschlafen habe ich auch nicht. Der Wirt hat gestern noch ein neues Bierfass angestochen. Er und die anderen Männer haben sich sehr für den Überfall interessiert. Es gab noch andere, ähnliche Vorkommnisse in der Gegend. Die Kommandantur hat bisher nichts dagegen unternommen. Dürfte auch schwer sein.«

»Dann seid Ihr also erst spät ins Bett gekommen?«

»Eher sehr früh – kann höchstens zwei Stunden her sein. Sei's drum, wir brauchen uns gleich nur in die Kutsche zu setzen und uns befördern zu lassen.« Er schenkte sich einen Becher Bier ein, nahm sich ein Stück Brot.

Erst als sie fast fertig waren, tauchte Madame Brues auf. Sie schien atemlos und gehetzt, ließ sich auf den Stuhl neben Anna fallen und seufzte tief.

»Guten Morgen«, begrüßte Anna sie. »Gut geschlafen?«

»Gut geschlafen?« Madame Brues nahm sich einen Becher Bier. »Wie ein Stein. Ich hatte das Gefühl, ich würde gar nicht mehr wach werden. Nein, nein, ich werde zu alt für solch anstrengenden Reisen.«

»Nun, noch heute, dann haben wir es hoffentlich überstanden.«

Der Kutscher kam aus der Küche, wo er seine Mahlzeit zu sich genommen hatte. »Guten Morgen, die Herrschaften. Der Knecht ist dabei, die Pferde anzuspannen, wir können bald aufbrechen.«

»Moment, ich habe noch gar nicht richtig gefrühstückt«,

empörte sich Madame Brues. Dann schaute sie auf Annas Teller. »Und ich habe keinen Eintopf. Wirtin!«

Es verblüffte Anna, welche Mengen an Nahrung die Frau in sich aufnehmen konnte. Nach zwei Tellern Eintopf, vier gekochten Eiern, vier dicken Scheiben Brot mit Butter und Honig verspeiste die Frau auch noch ein großes Stück geräucherten Speck. Dann trank sie den dritten Becher Bier, rülpste einmal, rieb sich das Fett vom Kinn und stand auf. »Von mir aus können wir nun.«

Madame Brues legte einige Taler auf den Tisch. Anna nahm ihre Tasche und suchte verzweifelt darin. Irgendwo würde sie doch sicher noch ein oder zwei Taler finden, sie hatte ein paar lose Geldstücke für ein Essen eingepackt, aber nun fand sie sie nicht. Ihr restliches Geld war im Saum ihres Mantels eingenäht. Sie würde ihn auftrennen müssen.

»Der Schuft hat Euch gestern Euer Geld abgenommen, nicht wahr?« Claes ter Meer war neben sie getreten. »Ihr habt es zwar nicht gesagt, aber ich habe gesehen, wie er etwas aus Eurer Manteltasche gezogen hat.«

»Ja, hat er. Ich habe noch Geld …«

»Ich habe Eure Zeche schon beglichen. Kommt, die Kutsche wartet.«

»Das kann ich nicht annehmen, Monsieur ter Meer.« Anna schüttelte den Kopf.

»Ihr seid meine zukünftige Nachbarin, Eure Cousine wird meinen Bruder ehelichen. Wir werden das in Krefeld klären. Und nun sollten wir los.« Er zwinkerte ihr zu und reichte ihr den Mantel.

Ganz schwach war die Morgendämmerung zu erkennen, als sie losfuhren. Alle drei schwiegen, hingen ihren Gedanken nach. Die Kutsche schaukelte sachte, und schon bald schnarchte Madame Brues vor sich hin.

Hin und wieder sah Anna zu Claes. Er war ein perfekter Gentleman, höflich, gebildet und zuvorkommend. Sie konnte sich nicht daran erinnern, ob er von seiner Frau gesprochen hatte. Vielleicht, dachte sie und lächelte, vielleicht war er noch nicht verheiratet.

Immer wieder fiel sein Kopf auf die Brust, er schreckte hoch, riss die Augen auf und nickte kurze Zeit später wieder ein. Zu gerne hätte sie sich neben ihn gesetzt, ihn in den Arm genommen, seinen Kopf an ihre Brust gedrückt und seinen Schlaf bewacht. Doch natürlich kam so etwas nicht in Frage. Nicht einmal hatte sie beobachtet, dass ihr Bruder ihre Schwägerin in den Arm nahm. Ihr Elternhaus war hellhörig, deshalb wusste sie, dass das Feuer der Leidenschaft durchaus im Schlafzimmer der beiden aufloderte, doch vor anderen zeigten sie es nicht.

Langsam erwachte der Tag, aber das Licht blieb grau, und aus allen Dingen schien die Farbe gewichen zu sein. Wie ausgewaschen lag die Landschaft da. Sie fuhren an Feldern vorbei. Hin und wieder leuchteten einige Schlehen auf, wiegten sich sanft im Wind.

Anna schaute nach draußen, der Himmel war kalt und feucht. Trotzdem fror sie nicht so wie am Tag zuvor. Die wenigen Stunden Schlaf hatten ihr gutgetan.

Hin und wieder vermeinte sie, Hufgetrappel zu vernehmen, aber es war nur das Echo der Postkutsche oder ihre Einbildung. Immer noch fürchtete sie sich vor einem erneuten Überfall.

Die Stunden vergingen. Dann endlich erreichten sie Eller. Hier war die nächste Poststation und sie machten eine längere Rast. Da die Pferde über Nacht geruht hatten, mussten sie nicht ausgetauscht werden. Anna schaute sich um. Es tat ihr gut, sich bewegen zu können. Ihre Muskeln waren wieder verspannt, der Rücken schmerzte.

»Wo ist denn der Fluss?«, murmelte sie verblüfft. Das Dorf war winzig, nur das Schloss sah imposant aus.

»Welcher Fluss?« Ter Meer trat zu ihr. Inzwischen sah er ausgeruhter und wacher aus. Er nahm eine Pfeife aus der Tasche, zündete sie umständlich an. »Im Posthaus gibt es Wein.« Anna schüttelte den Kopf. Sie war weder hungrig noch durstig, aber sie wollte endlich ankommen.

»Der Rhein – den müssen wir doch überqueren.« Claes lachte leise. »Wir sind hier im Norden, vor uns liegt Düsseldorf. Da müssen wir noch durch und dann nach Kaiserswerth. Dort ist die Fähre. Die Postkutsche fährt weiter. Sie überquert den Rhein erst später bei Mündelheim. Wir könnten in der Postkutsche bleiben und dann von Uerdingen aus nach Krefeld fahren, doch es wäre ein Umweg.«

»Ja, so etwas sagte mein Bruder mir auch. Er hat dem Onkel geschrieben, dass dieser mich in Kierst abholen soll. Ich hoffe, es geht alles gut.« Anna fröstelte.

»Das wird es schon. Wir haben bestimmt alle Abenteuer dieser Reise hinter uns. Krefeld werden wir mit viel Glück heute Abend erreichen.« Er legte ihr kurz die Hand auf die Schulter, wandte sich dann ab und ging ins Posthaus.

In Düsseldorf verließ Madame Brues die Reisegesellschaft. Nach dem Aufenthalt in Eller erzählte sie wieder ohne Punkt und Komma von ihrer Familie. Sie drückte Anna, bevor sie ausstieg, und blinzelte ein paar Tränen weg.

»Ich wünsche Euch alles Gute, Kindchen. Passt gut auf Euch auf«, sagte sie und wandte sich dann ter Meer zu. Einen Augenblick schien sie zu zögern, ob sie ihn auch in den Arm nehmen sollte, ließ dann jedoch von dem Vorhaben ab und reichte ihm nur die Hand. »Euch wünsche ich gleichfalls eine gute Weiterfahrt. Passt gut auf die Kleine auf.«

Claes seufzte erleichtert auf, als sich die Tür hinter ihr schloss und die Kutsche sich wieder in Bewegung setzte.

Dunkle Wolken zogen vom Westen auf. Es war aber bei weitem nicht so beißend kalt wie gestern.

Als sie Düsseldorf durchquerten, fragte Anna nach der Familie ihres Onkels. All die Fragen, die sie sich gestern nicht zu fragen getraut hatte, stellte sie nun. Amüsiert stand Claes ihr Rede und Antwort.

Sie kamen von einem zum anderen, und irgendwann erzählte ter Meer ihr von seiner großen Leidenschaft – Bücher. »Ich habe eine ganze Bibliothek. Über zweitausend Exemplare werden es nun sein. Dummerweise habe ich immer das Gefühl, ein Buch besitzen zu müssen. Es ist wie eine Sucht. Meine Mutter ist schon völlig verzweifelt. Ich habe eigens einen Anbau errichten lassen. Ein Zimmer aus gutem Backstein mit einem Kachelofen. Dort kann ich die Bücher gut und trocken lagern.«

»Ein Kachelofen? So etwas hat mein Bruder in der Stube, allerdings ohne Kamin. Ich habe gehört, mit Kamin heizt er besser, und auch die Luft ist reiner.«

»Das ist so. Ich habe ja an unser Haus anbauen und konnte so einen Kamin entsprechend hochziehen lassen. Ich bin begeistert und werde Euch meine Bibliothek gerne zeigen.« Claes lächelte sie an.

»O bitte! Ich lese für mein Leben gerne. Das ist die eine Leidenschaft, die ich habe, und ich hoffe, dass Gott sie mir verzeiht.« Anna verschränkte die Hände. Sie war sich nicht sicher, ob lesen nicht ein eitles Vergnügen war. Mehrfach hatte sie darüber mit dem Prediger gesprochen. Dieser war der Meinung, dass die Bibel und theologische Texte durchaus lesenswert und gottesfürchtig seien, aber alles Weitere nicht. Sie interessierte sich allerdings auch für Philosophie und Naturwissenschaften, für nicht gottesfürchtige Themen. In fremde Welten abtauchen, darin aufgehen, mit den Menschen mitfiebern und mitleiden war eine Gnade. Etwas, was sie sich nicht entgehen lassen wollte. Trotzdem traute sie sich in diesem Moment nicht, dies Claes so deutlich zu sagen.

Sie wusste nicht, wie streng die Gemeinde in Krefeld war, wie der Prediger reagieren würde. Und sie wusste nicht, was Claes von ihr halten würde. Er als Mann konnte Leidenschaften ganz anders nachgehen als sie. Anna sah das schwache Glimmen einer beginnenden Freundschaft, und dies wollte sie auf keinen Fall durch einen überstürzten Lufthauch zum Erlöschen bringen.

Als sie durch Düsseldorf fuhren, verstummte ihr Gespräch. Hier waren die Wege wieder gepflastert, die Häuser standen dicht an dicht. Anna beugte sich zu dem Fenster der Tür vor. Inzwischen wusste sie, welchen Abstand sie zu halten hatte, so dass die Scheibe nicht sofort beschlug. Staunend betrachtete sie die Fachwerk- und Backsteinhäuser.

Sie hielten noch einmal an einer Poststation, der Kutscher tauschte nur Nachrichten, dann fuhren sie weiter.

»Der nächste Halt ist Kaiserswerth«, sagte Claes ter Meer. »Wir haben kurz nach Mittag und werden heute noch übersetzen können.«

»Es ist so aufregend«, sagte sie leise. »Ich kann mich beim besten Willen nicht an die Fahrt erinnern, die ich damals mit meinem Vater gemacht habe.«

»Macht Euch keine Sorgen, der Fährmann weiß, was er tut. Vorher gab es hier eine Schiffsbrücke, doch der schwere Eisgang auf dem Rhein vor vier Jahren hat sie zerstört. Also fährt seitdem entweder ein großes Plattschiff oder ein kleinerer Nachen, je nachdem wie viele Leute übersetzen wollen.« Ter Meer lächelte beruhigend.

»Für mich ist es trotzdem ein Abenteuer.«

Sie erreichten Kaiserswerth und machten Halt in einer kleinen Schänke. Der Kutscher lud Annas Gepäck ab, während sie in der Wirtschaft eine heiße Suppe trank. Obwohl es schon gut nach Mittag war, war es nicht heller als am frühen Morgen. Dicke Wolken hingen tief am Himmel, es nieselte.

»Typisch Niederrhein«, sagte Claes und schüttelte sich wie ein junger Hund, als er in die Stube trat. »Der Nachen ist bereit, wir können übersetzen.«

Anna suchte noch schnell den Abort hinter dem Gasthaus

auf. Sie hätte sich gerne von dem freundlichen Kutscher verabschiedet, aber er war schon gefahren, als sie wieder vor das Haus trat.

»Eure Truhe ist verladen, mein Gepäck auch. Wir können, Mademoiselle te Kloot.« Claes ter Meer reichte ihr den Arm. »Es geht weiter.«

Ja, dachte Anna und holte tief Luft, bevor sie seinen Arm nahm.

Kapitel 6

Sie war noch nie an der See gewesen, aber die endlose Wasserlandschaft erschien ihr so, wie Anna sich das Meer vorstellte. Das andere Ufer war kaum zu erahnen. Nur mit viel Phantasie konnte man durch die Nebelschwaden Land auf der anderen Seite ausmachen.

Der Nachen war etwa dreißig Fuß lang. In der Mitte befand sich etwas, das wie eine Schachtel aussah.

Friederich, Annas Bruder, hatte dem Postkutscher nicht nur die Zölle und die Reisekosten für seine Schwester mitgegeben, sondern auch das Geld für die Überfahrt. Der Postler hatte die Kosten beglichen, bevor er weiterfuhr.

Anna betete kurz für ihren Bruder und den Kutscher, dann bestieg sie das schwankende Boot.

Nebelschwaden lagen über dem Rhein. Der Regen wurde dichter. Erst hatte Anna sich gefreut, dass es nicht mehr schneite, doch Schnee konnte man vom Mantel abklopfen, aber der Regen durchweichte alles. Ihre Haube, den Mantel, fast bis auf die Haut ging die kalte Feuchtigkeit.

Endlich konnte Anna das andere Ufer ausmachen. Die Ruderer verlangsamten die Fahrt, das Geräusch unter dem Bug veränderte sich, aus dem Rauschen der Wellen wurde ein Glucksen.

Claes ter Meer trat zu ihr.»Und? Habt Ihr die Fahrt genossen?«

Anna zögerte, dann nickte sie. Er reichte ihr die Hand und half ihr, den Landungssteg zu erklimmen. Es fühlte sich seltsam an, wieder festen Boden unter den Füßen zu haben. Für einen Moment dachte sie, die Erde würde schwanken, doch es war nur ihre Einbildung.

Während ter Meer sich um das Gepäck kümmerte, stieg Anna langsam den schmalen Pfad zum Deich hinauf. Oben hinter dem Deich war ein kleines Gasthaus. Anna betrat es voller Neugierde und Anspannung. Würde ihr Onkel hier auf sie warten? Doch der Raum war leer, das Feuer heruntergebrannt. Es roch nach kaltem Rauch und nach feuchtem Stroh, so ganz anders und gar nicht heimelig wie die Gasthäuser, die sie bisher betreten hatte.

»Hallo?«, rief sie vorsichtig, doch niemand antwortete. Sie trat wieder nach draußen. Ter Meer stapfte den Deich empor und kam zu ihr.»Ich lasse das Gepäck zum Gutshof Kierst bringen. Dort können wir uns aufwärmen und in Erfahrung bringen, ob schon jemand aus Krefeld gekommen ist, um Euch abzuholen.«

Anna drehte sich zu dem kleinen Gasthof um.»Das ist ein Gutshof?«

Claes lachte.»Nein, der Gasthof gehört einem Mann, der seinen Rum lieber selbst trinkt, als ihn auszuschenken, seit seine Frau an Auszehrung gestorben ist. Der Gutshof ist ein Stück weiter den Weg hinunter. Kommt, ich zeige es Euch.«

Anna hob ihren Rock ein wenig ab, nahm mit der anderen Claes' Arm. Sie gingen über den matschigen Weg auf das kleine Dorf zu.

Aus dem Nieselregen wurde plötzlich ein Wolkenbruch. Der Regen prasselte so heftig, dass das Wasser in den Gräben rauschte und gluckerte. Auf den Pfützen, die den Weg bedeckten, bildeten sich immer wieder dicke Blasen und zerplatzten dann.

»Kommt, kommt!« Ter Meer fasste sie am Ellenbogen und zog sie mit sich. »Es ist nicht weit.«

Egal, wie weit es war, Anna war jetzt schon bis auf die Haut durchnässt. Der dicke Wollstoff ihres Mantels wog schwer, ihre Röcke saugten sich mit schlammigem Wasser voll. Sie stolperte mehrfach und wäre sicherlich hingefallen, wenn ter Meer sie nicht festgehalten hätte.

Durch den dicken Regenschleier konnte sie einen großen Vierkanthof ausmachen. Ein Graben umgab das Gemäuer. Über eine rutschige Holzbrücke gingen sie zum Tor, welches geöffnet war. Sie betraten den gepflasterten Hof. Claes ging zielstrebig über den Hof zum Haupthaus und öffnete die schwere Tür aus dickem Eichenholz. Das Holz war so alt, dass es fast schwarz erschien.

In der Wohnhalle loderte ein großes Feuer im Kamin. Anna blieb erschöpft stehen, langsam zog sie ihren nassen Mantel aus. Der Wollstoff dampfte in der Wärme. Sie wischte sich über das Gesicht, doch aus ihren Haaren rann das Wasser über ihre Stirn und in den Nacken.

Anna nahm die Haube ab, löste den Knoten. Ihre dichten, dunklen Haare hatte sie zu einem Zopf geflochten, der nun schwer und nass herunterhing. Sie strich das Wasser aus den Haaren. Um sie herum bildete sich eine große Pfütze. Trotz des großen Feuers zitterte sie vor Kälte.

»Du meine Güte, da seid Ihr aber zum falschen Zeitpunkt aufgebrochen. Monsieur ter Meer, welche Freude, Euch wiederzusehen. Seid Ihr mit der Fähre gekommen?«

Anna musste zweimal hingucken, die Frau, die in die Halle gekommen war, war nicht größer als ein zehnjähriges Kind, doch ihre Haut war runzelig und das aufgesteckte Haar schlohweiß.

»Und wen habt Ihr da mitgebracht? Habt Ihr eine Maid aus den Fluten gezogen?«

»Madame Lobach, ich bin sehr erfreut, Euch wiederzusehen, und es tut mir herzlich leid, dass wir Eure Halle in einen Tümpel verwandeln. Dies ist Mademoiselle te Kloot. Wir hofften, dass ihr Onkel sie hier erwarten würde.«

»Arnold te Kloot ist Euer Onkel? Nein, ich habe ihn nicht gesehen, aber er kommt bestimmt noch. Nun tretet ein! So nass lässt man ja nicht mal einen Hund warten.«

Sie schickte ter Meer in die Küche, wies eine Magd an, ihm trockene Kleidung zu bringen. Anna führte sie einen Gang hinunter und öffnete die Tür zu einem kleinen Raum. Auch dort loderte ein Feuer in einem Kamin.

»Die Halle ist zugig. Dies ist mein Nähzimmer, hier halte ich mich gerne auf. Könnt Ihr Euch Eurer Kleidung alleine entledigen, oder braucht Ihr Hilfe?«

Bisher hatte Anna vor lauter Staunen keinen Ton hervorbringen können. »Nein, das geht schon«, stammelte sie nun.

»Dann macht! Ich besorge Euch trockene Sachen.«

Wie ein Wirbelwind verließ sie das Zimmer wieder und schloss die Tür hinter sich. Einen Moment zögerte Anna. Sie sollte sich hier ausziehen? In einem fremden Haus? Doch dann spürte sie das Gewicht ihrer nassen Kleidung. Schauer der Kälte liefen ihr über den Rücken. Mit klammen Fingern öffnete sie die Knöpfe, die Haken und Ösen. Nach und nach legte sie Mantel, Kleid und die zwei Unterkleider ab. Auch ihr Mieder und die Unterhose waren feucht. Diese auszuziehen traute sie sich nicht. Suchend sah sie sich um. Am Kamin stand ein gemütlicher Sessel, darauf lag ein bunt gewebtes Umschlagtuch. Nun streifte sie die letzten Sachen ab, breitete alles über die beiden Stühle aus, die an dem kleinen Tisch vor dem Fenster standen. Dann wickelte sie sich in das Tuch und kauerte sich in den Sessel, die Beine angezogen.

Nervös lauschte sie auf jedes Geräusch. Der Regen rauschte, das Holz im Kamin knackte, ein Scheit brach auf, Funken stoben, dann beruhigte es sich wieder.

Es roch nach Gewürzen, nach Lavendel und Rosmarin, nach anderen, fremden Gerüchen. Süßlich, aber nicht unangenehm. Anna sah sich um. In der einen Ecke lagen Leinenbündel. Vor dem Kamin stand ein Korb mit exquisit gewebten Borten. Auf dem Tisch stand eine Schachtel mit bunten Bändern. Zwirn in mancherlei Farben lag auf einer Truhe. In der anderen Ecke stand ein schlichtes Regal mit Büchern. Zu gerne wäre Anna aufgestanden und hätte sie in die Hand genommen, doch sie traute sich nicht.

Mit einem lauten Knarren öffnete sich die Tür des Zimmers. Anna hat keine Schritte gehört, aber die kleine Person schien fast zu schweben. Madame Lobach war kaum hinter dem Kleiderberg zu erkennen, den sie nun vor Anna niederlegte.

»Das sind Sachen meiner Tochter, Gott habe sie selig, sie sollten Euch passen«, sagte Madame Lobach. Dann drehte sie sich um, betrachtete Annas nasse Kleidung. »Ich lasse das von der Magd in die Küche bringen, dort trocknen sie schneller. Allerdings bezweifle ich, dass Ihr heute noch weiterreisen könnt.«

»Warum?« Anna zog sich an. Die Sachen waren sauber und dufteten wie frisch gewaschen, sie wollte fragen, wann die Tochter verstorben sei, brachte es dann aber nicht über sich.

»Das Wetter spielt verrückt. Vor ein paar Tagen hatten wir Frost, Eis, Schnee und nun Regen. Die Straßen sind kaum zu passieren, schon gar nicht mit einer Kutsche.«

»Ihr kennt meinen Onkel?«, fragte Anna und zog sich das Kleid über den Kopf. Sie stellte fest, dass es im Rücken zugeknöpft wurde. »Ich glaube, Ihr müsst mir helfen …«

»Die Knöpfe?« Madame Lobach lachte leise. Sie trat hinter Anna und schloss mit flinken Fingern das Kleid. »Ein wenig groß ist es für Euch, aber für heute wird es gehen. Sophie war stämmiger als Ihr und eitel. Sie mochte keine Knöpfe vor der Brust. Vor drei Monaten starb sie im Kindbett, Gott wird wissen, warum er sie so früh zu sich gerufen hat.«

Anna verwunderte es, dass eine so kleine Frau eine Tochter gehabt haben sollte, die größer und breiter als Anna gewesen sein sollte. Sie drehte sich zu Madame Lobach um, betrachtete die kleine, agile Person verblüfft.

»Ich habe zwei Kinder. Meinen Sohn Thomas und Sophie. Auch ich wäre beinahe im Kindbett gestorben. Die Hebamme glaubte nicht, dass ich überhaupt Kinder gebären könnte, aber ich hatte Glück. Das Kleid steht Euch. Ihr könnt es behalten und enger machen, wenn Ihr wollt. Ich habe dafür keine Verwendung mehr.« Sie schaute zur Seite, seufzte. »Gott gibt und Gott nimmt. Wir müssen es akzeptieren.«

Anna nickte, unfähig, passende Worte zu finden. »Es riecht so köstlich hier«, sagte sie, nur um etwas zu sagen.

»Ach, das sind meine Gewürze.« Schon schien Madame Lobach wieder aufzublühen. »Ich liebe Gewürze. Das ist Zimt, Kardamom und Vanille. Ich habe sie dort hinten in kleinen Gefäßen. Hier stehen sie trocken, denn das Feuer brennt immer. Der Hof ist alt und feucht. Wir haben viel Platz, aber den meisten können wir kaum nutzen. Sei's drum, für heute werdet Ihr ein warmes Quartier bekommen. Und nun kommt mit! Monsieur ter Meer wartet gewiss schon auf uns. Ach nein, Eure Haare … nehmt das Handtuch hier und trocknet die Haare vor dem Feuer. Sonst ist die Kleidung direkt wieder nass. Wunderschöne Haare habt Ihr.«

Sie redete wie ein Wasserfall, aber es war anders als bei Madame Brues. Anna hatte den Eindruck, dass Madame Lobach keine Fragen aufkommen lassen wollte.

»Zur Tür heraus und dann links den Gang hinunter, so kommt Ihr zur Halle. Lasst Euch Zeit!« Sie zwinkerte Anna zu und verließ den Raum.

Anna löste den Zopf, nahm das Handtuch und rieb die nassen Haare. Sie setzte sich wieder in den Sessel, zog ihn noch näher zum Kamin, genoss die Wärme und das Gefühl, aufgenommen zu sein.

Auch gestern in dem Gasthof hatte sie sich wohl und willkommen gefühlt, doch hier war es noch ein wenig anders. Heimeliger und vertrauter. Und das, obwohl sie die Frau noch nie zuvor gesehen hatte. Aber Madame Lobach kannte Claes ter Meer, offenbar sogar sehr gut.

Anna ging zur Tür. Einen Moment zögerte sie verzagt, dann drückte sie die Klinke hinunter.

Sie wandte sich links, ging den Flur entlang. Deutlich spürte sie den Luftzug an ihren Füßen und Knöcheln. Madame Lobach hatte ihr zwar zwei Paar dicke Wollsocken gebracht, aber keine Schuhe. Und ihre durchweichten Stiefel wollte Anna nicht anziehen.

Plötzlich hörte sie Gelächter und Wortfetzen. Ein köstlicher Duft hing in der Luft. Sie bog um die Ecke, links von ihr lag die Küche, daran erinnerte sie sich, und dann stand sie in der Halle.

Ein kleiner Tisch war vor dem imposanten Kamin gedeckt. Dort saßen Madame Lobach und Claes ter Meer, offensichtlich ins Gespräch vertieft. Es schien ein heiteres Gespräch zu sein, denn beide lachten wieder lauthals. Anna blieb verlegen stehen. Sie fühlte sich plötzlich seltsam, als Fremde, als fünftes Rad am Wagen. Sie war nur hier, weil sie zufällig Claes ter Meer in der Postkutsche getroffen hatte, der zufällig aus ihrer zukünftigen Heimatstadt stammte und dessen Bruder ihre Cousine ehelichen würde.

In diesem Moment hob ter Meer den Kopf und sah sie.

»Mademoiselle te Kloot, gesellt Euch zu uns. Kommt!«

Er erhob sich, schob ihr einen Stuhl zurecht. Anna nahm Platz, senkte verlegen den Kopf.

»Endlich seid Ihr da.« Madame Lobach legte ihr die Hand kurz auf den Arm und lächelte ihr zu. »Ihr seht müde aus. Ich habe Kaffee, möchtet Ihr?«

»Kaffee? Echten Kaffee?«, fragte Anna, die wohl von dem Getränk gehört, es aber noch nie gekostet hatte. Madame Lobach nickte.

»Johanna, bitte bring den Kaffee«, rief sie. Ihre Stimme war nicht laut, aber sie war deutlich in der hohen Halle zu hören.

Anna schaute zu Claes. Er schien vollkommen gelöst und entspannt zu sein, fühlte sich sichtlich wohl. Auch er hatte trockene Kleidung an, war frisch rasiert. Er lächelte ihr zu.

Anna lächelte zurück, fühlte sich jedoch wie ein Eindringling auf unvertrautem Gebiet. Madame Lobach schien das zu spüren.

»Ihr müsst ihn vorsichtig trinken«, sagte sie, als der Kaffee in kleinen Porzellanschalen serviert wurde. »Vielleicht mögt ihr dazu auch Cassonade? Probiert es einfach aus. In Frankreich trinkt man Kaffee wohl auch mit Rahm, habe ich gehört. Aber das kann ich mir nicht vorstellen.«

Anna nippte an dem dampfenden Getränk. Zuerst schmeckte es bitter, doch dann spürte sie die belebende Wirkung.

Sie nahm das kleine Schälchen, das ihr Madame Lobach reichte. Dort drin befand sich etwas, was aussah wie brauner Sand.

»Es ist süß. Probiert es ruhig.« Madame Lobach lachte sanft. »Ich habe es von den Franzosen.«

Anna steckte vorsichtig den Zeigefinger in die krümelige Masse, etwas blieb an ihrem Finger hängen und sie leckte es ab. Sie schmeckte eine überraschende Süße, anders als Honig, nicht so klebrig und viel reiner im Geschmack. Überrascht zog sie die Augenbrauen hoch.

»Das ist köstlich.«

»Ja, und beinahe unerschwinglich. Es kommt von Übersee und wird aus einer Art Schilf gewonnen, wurde mir gesagt.«

Anna lehnte sich zurück, der Kamin strahlte eine behagliche Wärme aus, doch an den Füßen und im Rücken spürte sie den kalten Luftzug. Die Wohnhalle des Hauses war groß, die hohe Decke warf ein geisterhaftes Echo.

Anna merkte, wie erschöpft sie war. Johanna, das Mädchen, brachte Suppe. Es war eine kräftige Brühe, die guttat.

»Mögt Ihr einen Becher Wein?« Madame Lobach griff zu einem Krug und schenkte Anna ein. »Ihr zieht also nach Krefeld?«

»Ja, zu meinem Onkel. Seine Tochter heiratet, und er hat niemand für die kleineren Kinder.«

»Katrina heiratet doch Euren Bruder, nicht wahr?« Madame Lobach wandte sich ter Meer zu.

»Richtig. Adam hat sie erwählt. Die beiden scheinen sehr glücklich zu sein. Dann sind nur noch Abraham und ich übrig.«

»Eure Mutter wird die Vermählung sehr freuen. Bleibt er denn weiterhin im Geschäft?«

»Nun, die Mühle kann sie unmöglich alleine betreiben. Vor zwei Jahren haben wir unsere Pferde durch Rotz verloren, so wie fast alle Krefelder.« Ter Meer nippte am Wein, nickte dann. »Ein edles Gesöff.«

»Aus Burgund. Ja, mit Rotz hatten wir auch unsere Schwierigkeiten und auch mit der Schafkrankheit. Dabei sind die Schafe wichtig, um den Deich abzugrasen. Habt Ihr Eure Bestände inzwischen wieder ergänzen können?«

»Wir haben zwei Kaltblüter für die Mühle, doch der eine lahmt immer wieder mal. Ich habe noch keinen Ersatz gefunden. An Reittieren haben wir drei, wir teilen sie uns brüderlich.«

»Ich hätte da ein zweijähriges Kaltblut, noch nicht ausgebildet, aber ein schönes und starkes Tier. Habt Ihr Interesse?«, fragte Madame Lobach.

»Ich weiß nicht, ob wir uns das momentan leisten können. Wir haben gerade zwei Dreifensterhäuser mit Webstühlen ausgestattet.«

»Über den Preis lässt sich sicherlich reden. Schließlich ist Eure Mutter eine entfernte Cousine von mir, und wir sind über fünf Ecken verwandt.« Sie zwinkerte ihm zu.

Nun verstand Anna langsam die Zusammenhänge und auch, warum sie so herzlich willkommen geheißen worden waren. Sie lehnte sich zurück, trank den tiefroten Wein und lauschte dem Gespräch. Namen fielen, die sie sich merken wollte, doch sie wurde immer müder.

Das Essen wurde serviert, gebratene Ente, Rotkohl und sämige Soße und Pastinaken.

Nachdem die Teller abgeräumt worden waren, zündete sich ter Meer eine Pfeife an.

Madame Lobach schaute besorgt zu Anna. »Ihr seid müde und solltet schlafen gehen. Kommt, ich zeige Euch das Zimmer. Johanna wird Euch einen heißen Ziegelstein bringen.« Sie stand auf. Anna folgte ihr. Die Öllampen flackerten im Windzug und warfen seltsame Schatten an die Wände. Madame Lohbach öffnete die Tür zu einem kleinen, aber gemütlichen Zimmer. Sie stellte die Lampe auf eine Kommode und wies auf das Bett.

»Ich hoffe, Ihr werdet erholsamen Schlaf finden.«

»Vielen Dank.« Anna suchte nach ein paar passenden Worten, doch ihr wollte nichts mehr einfallen. Alles in ihrem Kopf verschwamm, und das Zimmer schien sich langsam zu drehen.

»Ich schicke das Mädchen«, sagte die Dame des Hauses und ließ Anna alleine.

Nach ein paar Minuten kam Johanna. Anna stand immer noch in der Mitte des Raumes, hatte sich nicht rühren können.

Das Mädchen legte einen dampfenden Ziegelstein unter das Daunenbett. Dann trat sie hinter Anna und öffnete die Knöpfe des Kleides.

»Braucht Ihr sonst noch etwas, Madame? Das Nachtgeschirr steht dort unter dem Tischchen. Frisches Wasser bringe ich Euch in der Früh.«

»Danke.« Gedankenverloren legte Anna die Kleidung ab, faltete sie und legte sie auf den Stuhl unter dem Fenster. Dann kroch sie unter die Decke. Durch den Ziegelstein war es angenehm warm und behaglich. Anna schlief sofort ein.

Kapitel 7

Als sie aufwachte, war es draußen schon hell. Sie setzte sich auf, überrascht, dass niemand sie geweckt hatte. Das Licht tat ihr in den Augen weh, ihr Kopf pochte, und ihr Hals schmerzte, so dass sie kaum schlucken konnte. Sie ließ sich wieder in das Kissen zurücksinken. Um sie herum verwischte alles.

»Ruhig, ruhig, Kindchen. Trinkt einen Schluck Wasser.« Die Stimme kam Anna bekannt vor, doch sie konnte sie nicht einordnen. Dann legte ihr jemand die Hände um den Hals und drückte zu. Anna versuchte zu schreien, doch das gelang ihr ebenso wenig wie die Augen zu öffnen. Sie rutschte ab in das nebelige Land von verwirrenden Träumen.

Als sie wieder wach wurde, legte jemand seine kühle Hand auf ihre glühende Stirn.

»Das Fieber will einfach nicht sinken. Wir machen noch einen Breiwickel.« Anna hörte die Worte, wusste aber nicht, worauf sie sich bezogen. Nur kurz schaffte sie es, die Augen zu öffnen. In der Ecke des Raumes glühte eine Kohlenpfanne. Es war dunkel, mehrere Kerzen brannten. Sie wusste nicht, wo sie war. Wo war ihr Bruder? Wer sprach da? Dann umfing sie wieder das Dunkel.

»Guten Morgen.«

Verwirrt sah Anna die kleine Frau an, die neben ihrem Bett saß und nähte. Die Frau lächelte ihr freundlich zu.

»Endlich sind Eure Augen wieder klar. Ich denke, Ihr habt es überstanden.«

»Wo bin ich? Wer seid Ihr?« Anna hob den Kopf, ihr war schwindelig, aber sie fühlte sich nicht so benommen wie zuvor.

»Ich lasse Euch eine kräftige Hühnerbrühe bringen. In den letzten Tagen haben wir nicht viel Nahrung in Euch einflößen können. Ihr ward sehr krank, Anna.«

»In den letzten Tagen?«

»Ja, am Donnerstag seid Ihr mit Monsieur ter Meer hierhergekommen. Heute ist Montag. Ihr seid in Haus Kierst, kurz vor Krefeld. Ein Wolkenbruch hat Euch überrascht, nachdem Ihr die Fähre verlassen hattet. Dieser und auch die anstrengende Reise haben Euch krank gemacht, sehr krank. Aber nun scheint ja alles gut zu werden.«

Die kleine Frau stand auf und verließ das Zimmer.

Anna erinnerte sich. Die Frau war Madame Lobach. Wo war Claes ter Meer?

Vorsichtig setzte Anna sich auf. Sie trug ein Nachtgewand, das ihr viel zu groß war. Das war bestimmt auch von Madame Lobachs Tochter.

Die Sonne schien, aber große Wolkenfetzen jagten über den Himmel. Vom Bett aus konnte Anna nach draußen sehen. Der Blick ging in den Hof. In diesem Moment fuhr dort eine Kutsche vor, und ein Mann stieg aus. Sie konnte nicht sehen, was er machte, ob er zur Pforte ging oder etwas auslud. Das Sitzen strengte sie an, sie rückte das Kissen zurecht und lehnte sich zurück.

An der einen Wand stand ihre Truhe. Sie war noch verschlossen. Darüber lagen ihr gesäubertes Kleid und der ausgebürstete Mantel. Auch ihre lederne Reisetasche befand sich dort.

Anna verspürte einen brennenden Durst. Ihr Blick wanderte weiter durchs Zimmer. Auf der Kommode stand ein Krug mit Wasser, daneben ein Glas. Ob sie versuchen sollte aufzustehen? Sie streifte die Decke zur Seite, richtete sich auf, ihr wurde wieder schwindelig, aber nachdem sie ein paar Mal tief Luft geholt hatte, ging es. Sie stand auf, hielt sich am Bett fest, tastete sich dann zu dem Sessel, in dem Madame Lobach gesessen hatte, und ging wackelig die wenigen Schritte zur Kommode.

Das Wasser im Krug war kühl und schmeckte frisch. Anna trank gierig zwei Gläser, schenkte sich ein drittes ein. Schon fühlte sie sich besser.

Auf einmal hörte sie Schritte im Flur. Schnell schlüpfte sie wieder unter die Decke.

Das Mädchen, Johanna, öffnete die Tür mit dem Ellenbogen. Sie trug ein Tablett, welches sie auf der Kommode abstellte.

»Ich habe Suppe für Euch, frisches Brot und ein wenig Starkbier. Damit bekommen wir Euch wieder auf die Beine. Euer

Onkel ist gerade eingetroffen.« Sie reichte Anna die Schale mit der Brühe. Anna aß vorsichtig, die Suppe war sehr heiß, aber kräftig und schmeckte köstlich.

»Mein Onkel?«, fragte Anna und biss von dem Brot ab, das Johanna ihr reichte.

»Ja. Monsieur ter Meer ist am Freitag abgereist, als feststand, dass Ihr zu krank seid, um weiterzufahren. Er wollte Eurem Onkel Bescheid sagen.« Das Mädchen stand neben dem Bett, die Hände im Rücken verschränkt. Offensichtlich freute es sie, ein wenig plaudern zu können. »Und gerade ist Euer Onkel gekommen. Ich fürchte jedoch, dass Ihr noch nicht kräftig genug seid, um reisen zu können.«

»Wie lange fährt man von hier bis nach Krefeld?« Anna kaute, schluckte, biss wieder ab. Sie merkte, wie viel Hunger sie auf einmal hatte.

»Oh, das kommt auf das Wetter an. Zwei oder drei Stunden. Länger, wenn die Straßenverhältnisse schlecht sind. Ich würde sagen, im Moment länger.«

»Und ich hatte gedacht, ich wäre so gut wie dort.« Anna seufzte. »Stattdessen habe ich Euch hier große Umstände gemacht.«

»Es geht Euch ja nun besser, und darüber sind wir sehr froh. Über die Umstände müsst Ihr Euch aber keine Gedanken machen. Ich glaube, Madame hat es gutgetan, Euch pflegen zu können. Der Tod ihrer Tochter schmerzt sie sehr, auch wenn sie es nicht zeigen mag.«

Anna nickte verstehend. »Was ist mit dem Kind?«, fragte sie dann.

»Der Junge ist bei einer Amme. Es scheint, als würde er es schaffen. Das hofft meine Herrin zumindest.« Johanna reichte Anna den Becher mit dem Bier. »Ihr müsst trinken, damit Ihr wieder zu Kräften kommt. Madame freut sich immer über Besuch, in diesen Zeiten besonders.«

Anna trank, verschluckte sich und musste husten. »Kommt Monsieur ter Meer öfter zu Besuch?«

»Öfter? Nun ja, er ist geschäftlich viel auf Reisen. Immer wenn er mit der Fähre hier übersetzt, schaut er vorbei. Madame ist mit seiner Mutter verwandt.«

»Gibt es auch einen Monsieur Lobach?« Anna wurde neugierig.

»Natürlich. Er ist gerade am Oberrhein. Immer unterwegs. Geschäftlich.«

»Der Familie geht es gut, nicht wahr? Ich habe noch nie so bequem gelegen und selten so gut gespeist. Dann Kaffee und dieses süße Zeug ... wie nannte sie es gleich?«

»Cassonade. Nun ja, die Großeltern von Madame haben unter glücklichen Umständen Renten gekauft. Das war nach dem Dreißigjährigen Krieg. Genug Renten, um gut davon leben zu können und das Gut hier zu kaufen. Dann gibt es die Pferdezucht, und Monsieur ist im Weinhandel, auch in der dritten Generation. Dies ist ein gutes Haus, und ich fühle mich hier sehr wohl. Ja, es geht uns gut.« Sie nickte so heftig, dass ihre Haube herunterrutschte. Ein Schwall roter Locken, fast wie ein Wasserfall, ergoss sich auf ihre Schultern.

»O je.« Johanna nahm die Haube ab, fasste mit flinken Bewegungen die Haare zusammen und steckte sie wieder fest, dann zog sie die Haube über.

Anna lächelte. »Kennt Ihr denn auch meine Familie? Die te Kloot?«

»Flüchtig. Euer Onkel war ein paar Mal hier, geschäftlich. Worum es genau ging, weiß ich nicht.«

Anna hätte zu gerne noch mal nachgehakt, doch ein Ruf klang durch den Flur.

»Johanna?«

»Ich bin hier!« Eifrig klaubte das Mädchen die Suppenschale, den Becher und den Teller zusammen, stellte alles auf das Tablett und öffnete die Tür mit dem Ellenbogen. »Hier bin ich.«

Vor der Tür stand Madame Lobach. Sie kam in das Zimmer und schaute Anna nachdenklich an. »Habt Ihr gegessen?«

Anna nickte.

»Euer Onkel ist gekommen. Morgen werdet Ihr nach Krefeld reisen.«

Früh am nächsten Morgen zog sie sich an und suchte den Weg in die Halle. Lauter Ängste gingen ihr durch den Kopf, doch ging sie beherzt weiter.

Wieder war das Tischchen vor den Kamin geschoben worden. Wieder hockte Madame Lobach auf dem besonders hoch gepolsterten Stuhl, die Füße auf einem Schemel. Ihr gegenüber und mit dem Rücken zu Anna saß ein Mann, das musste Arnold te Kloot sein. Langsam ging Anna weiter auf den Kamin zu. Madame Lobach entdeckte sie und stand auf.

»Mademoiselle te Kloot, wie schön Euch wohlauf zu sehen.« Auch der Mann erhob sich und drehte sich zu ihr um. Anna musterte sein Gesicht. Die grauen Haare hatte er zurückgekämmt und zu einem Zopf zusammengefasst. Er trug keine Perücke, und die Haare waren nicht zu Locken aufgedreht. Die buschigen Augenbrauen über den wachen, blauen Augen hoben sich. Die Nase war scharf geschnitten, und um den Mund gruben sich tiefe Falten. Doch sein Blick war gütig, das Lächeln mild. Er erinnerte sie an ihren Vater.

»Anna! Wie schön, dass du endlich da bist.« Er kam mit ausgestreckten Armen auf sie zu, ergriff ihre Hände und zog sie zu sich heran. Aufmerksam schien er ihr Gesicht zu mustern so wie sie seines kurz zuvor. Dann nickte er.

»Du bist das Kind deines Vaters, das ist nicht zu verkennen. Nur die wunderbaren Haare hast du ganz sicher von deiner Mutter.«

Anna wusste nicht, was sie darauf erwidern sollte. Sie nickte verlegen.

»Ich habe schon gehört, dass du eine aufregende Reise gehabt hast. Und dann bist du Arme noch krank geworden.« Ein Schatten legte sich über sein Gesicht.

»Nun, Eurer Nichte geht es ja wieder gut genug, so dass sie aufstehen konnte«, erklärte Madame Lobach.

59

Anna spürte, dass irgendwas im Raum lag, eine gewisse Traurigkeit. Verwundert schaute sie von ihrem Onkel zu Madame Lobach. Was war geschehen? Frühstück wurde aufgetragen, auch Kaffee wurde wieder gereicht. Diesmal probierte Anna das Getränk mit Cassonade, es schmeckte gar nicht mehr bitter.

Nur verhalten unterhielten sie sich während des einfachen Mahles. Anna fühlte sich beklommen, wusste nicht so recht, wie sie das Gespräch mit dem Onkel suchen sollte.

»Hat dir Monsieur ter Meer ausgerichtet, dass ich hier bin?«, fragte sie schließlich.

»Ja, und das war auch gut so, denn der letzte Brief deines Bruders, in dem er mir den Ankunftstag mitteilen wollte, ist offenbar verloren gegangen. Ich habe gar nicht mehr mit dir gerechnet, hatte vermutet, dass du es dir anders überlegt hättest. Umso glücklicher bin ich, dich hier anzutreffen.« Er zögerte kurz. »Ich wollte eigentlich sofort kommen. Doch meine kleine Annemie ist leider verstorben. Wir mussten sie zu Grabe tragen.«

Das war es also, was wie ein großer Schatten über ihm lag. Anna schluckte. »Annemie war deine jüngste Tochter?«

»Gerade ein Jahr alt durfte sie werden. Gott gibt und Gott nimmt. Nun ist das Kind bei seiner Mutter, die es nie kennenlernen durfte.« Er seufzte.

»Das tut mir von Herzen leid.« Anna legte die Hand auf seinen Arm.

»Uns allen, mein Kind. Sie war so ein Sonnenschein, und ich bedauere, dass du sie nicht mehr treffen wirst. Alle anderen freuen sich auf dich. Vor allem Katrina.«

»Katrina ist deine Älteste und zwei Jahre jünger als ich, nicht wahr?«

»Ja, sie ist dreiundzwanzig. Zu jung zum Heiraten, wie ich finde. Aber die beiden haben sich entschieden.«

»Meine Tochter war vierundzwanzig, als sie heiratete. Das ist nun schon vier Jahre her.« Versonnen schaute Madame Lobach in die Flammen des Kaminfeuers. Ihre Augen glitzerten feucht.

»Wie geht es Eurem Enkel?«, fragte te Kloot.

»Er lebt. Wollen wir das Beste hoffen.«

»Ja. Wir sollten beten.« Er faltete die Hände, schloss die Augen und senkte den Kopf. Anna und Madame Lobach folgten seinem Beispiel.

Dann hob er den Kopf wieder. »Anna, meinst du, mit mir nach Krefeld fahren zu können? Fühlst du dich stark genug?«

»Ich denke schon.«

In Annas Kopf tanzten die Gedanken Reigen. Ihr Onkel war erneut von einem bitteren Schicksalsschlag getroffen worden, und das genau zu dem Zeitpunkt, als sie zur Familie kommen sollte. War das ein schlechtes Omen?

Es gab noch drei weitere kleine Kinder. Joseph, er war fünf oder sechs, Aaron, er war acht, und Elisabeth, sie war zehn. Katrina stammte aus der ersten Ehe ihres Onkels. Anna war sehr gespannt auf Krefeld und die Familie.

Es war schon fast Tag, als sie in die Kutsche stiegen und losfuhren. Anna schaute aus dem Fenster. Dichtes Schneetreiben verwehrte ihr jedoch den Blick.

»Das ist Lank, ein kleiner Ort«, erklärte ihr Onkel. »Dort hinten könntest du bei guter Sicht Haus Latum erblicken, ein ehemaliger Rittersitz, heute im Besitz der Familie Backum.«

Sie fuhren durch einen dichten Wald, dann wieder in eine Ortschaft hinein.

»Das ist Bösinghoven«, erzählte der Onkel. »Von hier an geht es geradewegs nach Krefeld.«

Die Wege waren holperig. Es wurde nicht richtig hell. So sehr sich Anna auch anstrengte, sie konnte kaum etwas von der Landschaft erkennen. Alle Erklärungen, wo sie waren und wer dort wohnte, gingen an ihr vorüber. Irgendwann nickte sie ein. Als sie wieder wach wurde, fuhren sie durch ein imposantes Doppeltor.

»Jetzt sind wir gleich da, Anna. Wenn wir diese Straße geradeaus durchfahren, kommen wir zum Schwanenmarkt. Dort stehen das Rathaus und die Alte Kirche. Da wir aber in der Mühlenstraße wohnen, fahren wir links an der Stadtmauer entlang.«

Anna versuchte sich den Weg einzuprägen, aber sie war zu überwältigt von den Eindrücken.

Die Stadt war wie ein Schachbrett angelegt. Gerade Straßen, große Grundstücke, hohe Mauern, Gärten, viele Bäume. Die Kutsche schien mehr zu rutschen als zu fahren. Immer noch fiel Schneeregen.

Schließlich hielten sie vor einem Haus. Anna stieg aus. Backstein, drei Fenster, eine Toreinfahrt. Die Kutsche fuhr durch das Tor, der Onkel schloss die Tür zum Haus auf. Anna folgte ihm langsam. Endlich war sie angekommen.

Kapitel 8

»Sie fiebert hoch. Da ist nichts zu machen.« Madame Lobach sah Claes ter Meer besorgt an.

»Wie gefährlich ist es für sie?«, fragte Claes und rieb sich über das Gesicht.

»Das weiß Gott alleine, aber ich halte sie für eine starke Frau, sie wird es überstehen.«

Claes nickte, er hatte Anna te Kloot in den zwei Tagen in sein Herz geschlossen. Sie hatte eine natürliche Anmut und einen feinen Humor. Er bewunderte sie für ihren Mut, so weit von Zuhause entfernt ein neues Leben anzufangen. Obwohl Arnold te Kloot ihr Onkel war, kannte sie ihn nicht und wusste nicht, worauf sie sich einließ.

»Ihr könnt einen meiner Hengste nehmen«, sagte Madame Lobach und holte ihn aus seinen Gedanken zurück. Sie legte ihm die Hand auf den Arm. »Und auch den Kaltblüter wollte ich Euch noch zeigen, er steht im Stall.«

»Euren Hengst? Seid Ihr Euch da sicher? Was wird Euer Mann dazu sagen?«

»Mein Mann ist weit weg. Wer weiß, wann er wieder hierherkommt. Ihm ist sein Weinhandel wichtiger als die Pferdezucht, solange er ein gut eingerittenes Tier hat. Nehmt das Pferd und reitet nach Hause. Eure Familie wartet sicherlich auf Euch. Ihr könnt te Kloot den Hengst mitgeben, wenn er seine Nichte abholt.«

»Das ist eine wunderbare Idee. Ansonsten hätte ich einen der Bauern fragen müssen, ob er mich in die Stadt bringt. Aber so ist es natürlich viel einfacher.«

Madame Lobach führte ihn in den Stall, ließ den Hengst satteln und zeigte ihm den Kaltblüter. Sie wurden sich über den Preis einig und über die Raten. Das große Tier wirkte ruhig und sanft, obwohl es noch jung war.

Kurz darauf befand sich Claes auf dem Heimweg. Den Kaltblüter führte er mit sich.

In Frankfurt hatte er etliche Muster von Brokaten und Bändern gekauft. Diese und den Bauplan für einen neuartigen Webstuhl, außerdem Wein und Tabak ließ er in dem liegengebliebenen Postwagen. Die Reparatur würde sicherlich mehrere Tage dauern, aber dann würde der Wagen mitsamt Gepäck seinen Weg fortsetzen. Im ersten Moment hatte er den Unfall verflucht, dann aber nach einer schnellen Lösung gesucht, und jetzt war er froh darüber. Anna te Kloot kennenzulernen war die Unbill der letzten Tage wert.

Langsam ritt er durch Lank, lenkte die Pferde in Richtung Bösinghoven. Es nieselte, der Weg war schlammig, er konnte in Ruhe seinen Gedanken nachhängen.

Sein Bruder Adam half bisher der Mutter die Mühle zu bewirtschaften. Das Auskommen hatte immer gereicht. Doch seitdem ein Pferd weniger da war, konnten sie nicht mehr effektiv arbeiten. Vielleicht hatte sich das nun erledigt. Claes schaute über die Schulter zu dem Kaltblüter. Das Pferd trottete gleichmütig mit.

Claes führte die Leinenbleicherei der Familie. Sein jüngster Bruder Abraham hatte zusammen mit seinem Kompagnon Christoph Taschner eine Wollweberei. Die Gebrüder von der Leyen machten ihnen und den anderen Webern das Geschäft schwer. Die Handwerker, die die Webstühle bauten, wurden bestochen. Sie durften nur für die von der Leyens arbeiten. Taten sie das nicht, hatten sie kaum noch Aufträge und mussten mit Schwierigkeiten rechnen. Bisher hatten sich die Weber noch behaupten können, doch Claes fürchtete um ihre Zukunft. Leinen, Wolltuch, Bänder und anderes gingen, aber die wirklich gewinnbringenden Geschäfte lagen in der Seide. Seidentücher, Strümpfe, Gezier und große Stoffe, all das brachte Geld. Sie hatten die Fähigkeiten, aber nicht ausreichend Webstühle für das Gewerbe. Die von der Leyens beschäftigten einige hundert Weber. Eine neue Stadterweiterung stand im Raum. Die Stadtgrenze, die Mauern sollten erweitert werden, um mehr Webern Platz zu bieten.

Claes seufzte. Natürlich wäre das für Krefeld, für sie alle von Vorteil. Er sah jedoch das Geschäft der Familie in Gefahr. Noch betrieben sie Mischgeschäfte, noch hatten sie genug Einkommen. Aber Adam würde heiraten. Und er würde mit seiner Frau wahrscheinlich Kinder bekommen. Mehr Mäuler waren dann zu stopfen.

Claes freute sich für seinen Bruder. Für ihn selbst stand eine Heirat nicht zur Debatte. Wieder seufzte Claes. Manchmal war das Leben ungerecht. Adam würde Katrina te Kloot heiraten. Katrina war eine wunderschöne Frau mit leuchtenden grünen Augen und kupferfarbenem Haar. Sie konnte jeden in Grund und Boden schweigen oder reden, je nach Laune, und launisch war sie.

Aber sein Bruder liebte Katrina von Herzen. Claes gönnte es ihm, er hingegen wurde mit Katrina nicht warm. Natürlich hatte sie auch kein leichtes Leben gehabt, aber wer hatte das schon? Ihre Mutter starb, der Vater heiratete neu, die zweite Frau bekam Kinder, starb im Wochenbett.

Katrina war für die Kinder und den Vater da, sie erledigte alle Aufgaben, ohne zu klagen, allerdings auch ohne Herzlichkeit. Ihre Ehe mit Adam erschien Claes wie eine Flucht. Er hoffte, dass er sich täuschte. Im ersten Moment war er erschrocken, als ihm klar wurde, wer Anna te Kloot war und weshalb sie nach Krefeld kam. Sie stellte sich unwissentlich einer schweren Aufgabe. Warum tat sie das?, fragte sich Claes. Sicherlich wollte sie einem anderen Leben entrinnen, doch welchem? Ihre Eltern waren tot, und von ihrem Bruder sprach sie nur in lobenden Tönen. Er konnte sich keinen Reim darauf machen. Und gerade deshalb schätzte er ihren Mut, den Sprung ins kalte Wasser zu wagen zugunsten der Familie. Und außerdem hoffte er, dass Anna mit Katrina zurechtkäme, einfach würde es sicherlich nicht für Anna werden. Er schwor sich, sie, soweit er konnte, zu unterstützen.

Inzwischen lenkte er die Pferde auf die Straße in Richtung Krefeld. Der Hengst war leichtläufig und reagierte sofort auf jeden Zügelgriff, der Kaltblüter trottete lammfromm hinterher.

Madame Lobach. Margot Lobach, geborene Scheuten. Sie waren über seine Mutter und über seinen Vater entfernt miteinander verwandt. Er kannte sie fast sein ganzes Leben. Diese sehr kleine, aber starke Frau. Immer hatte er sie bewundert, immer zu ihr aufgeschaut. Größe hatte in seinen Augen nichts mit Körperlänge zu tun, und Margot meisterte alle Hänseleien mit Bravour.

Sieben Jahre war sie älter als er, und als sie ins heiratsfähige Alter kam, war er noch lange nicht so weit, eine Familie ernähren zu können. Bei der kritischen Lage wäre es auch jetzt kaum möglich. In Europa drohte Krieg, so sich nicht Russland und Frankreich zurückziehen sollten. Die Zeichen waren deutlich, und der König fühlte sich in die Ecke gedrängt. Friedrich der Zweite war ein Stratege, kein Zauderer. Er würde handeln, bald.

Wieder seufzte Claes. Seit über zwanzig Jahren liebte er Margot Scheuten – nun Madame Lobach. Als sie Carl Lobach heiratete, war Claes achtzehn. Viel zu jung, um ihr die Ehe anzubieten, und trotzdem war er bis auf die Knochen enttäuscht, dass sie den anderen wählte. Höhnisch erschien es ihm damals. Später wurde ihm bewusst, dass Ehen durchaus aus finanziellen Gründen geschlossen wurden und nicht aus Liebe. Außerdem wurde er sich klar, dass sie als Kleinwüchsige die erste Chance ergriffen hatte.

Carl Lobach sah in ihr gewiss nur die Mitgift und dann die Mutter der Kinder, die wundersamerweise ohne große Probleme geboren worden waren. Seit der Geburt der Tochter, die nun gerade verstorben war, befand sich Carl immer wieder auf Reisen. Der Weinhandel trieb ihn durch Europa. Margot war es recht und billig. Sie hatte die Pferdezucht und den Hof und war froh, wenn er sich so wenig wie möglich blicken ließ.

Claes hatte versucht, ihr seine Gefühle zu gestehen, war jedoch gescheitert. Sie ging mit ihm wohlwollend und freundlich um, wenn auch distanziert. Eine Weile hatte er Haus Kierst gemieden, aber dann hatte er es als sein Schicksal hingenommen. Sie hatten Kontakt, verbrachten manchen Abend redend vor dem Kaminfeuer, erfreuten sich an den Gesprächen. Mehr konnte er nicht erhoffen und wünschen.

Er ritt an vereinzelten Gehöften vorbei. Aus dem verhangenen Himmel sickerte es herab. Feine Tröpfchen legten sich wie ein Schleier auf seine Haut und das Fell der Pferde. Ihr Atem wurde zu Dampf.

Anna – sie ging ihm nicht aus dem Kopf. Ihre naive, aber freundliche Art hatte etwas Faszinierendes. Nun wurde die Straße breiter, die Furchen im Schlamm waren tiefer. Er näherte sich der Stadt. Nachdem er das Doppeltor passiert hatte, ritt er auf direktem Weg an der Stadtmauer entlang zur Mühlenstraße. Die Rossmühle befand sich auf dem hinteren Teil des langgestreckten Grundstücks. Er stellte die Pferde in den Stall, rieb sie trocken, gab ihnen Heu und Wasser. Dann erst ging er zum Wohnhaus.

Seine Mutter saß in der Küche am großen Tisch und nähte. Es roch herrlich nach frischem Brot und Sauerkraut. »Claes!« Seine Mutter umarmte ihn, bevor er den Mantel ausgezogen hatte. »Wir hatten schon gestern mit dir gerechnet. Ist etwas passiert? Nun zieh mal die feuchten Sachen aus und wärm dich am Feuer. Möchtest du lieber Bier oder Würzwein?« Die Worte sprudelten nur so aus ihr heraus, ihre Wangen waren gerötet, und ihre Hände flatterten wie kleine Vögel. Claes lachte. »Beruhige dich, Mutter. Würzwein wäre herrlich.« Er hängte den durchweichten Mantel über einen Stuhl und stellte diesen vor den Kamin, der Geruch von feuchter Wolle verbreitete sich im Raum.

»Einen schönen Gruß von Madame Lobach.«

»Ach, du bist über Kierst gekommen und nicht über Uerdingen? Wie geht es Margot? Wie kommt sie mit Sophies Tod zurecht? Was macht der Kleine?«

Wieder lachte Claes. »Nun lass mich doch erst einmal ankommen.«

Seine Mutter reichte ihm einen Becher mit heißem Würzwein. Claes wärmte sich die Hände an dem warmen Gefäß und sog den Duft tief ein, dann trank er einen Schluck. Ein Holzscheit im Kamin knackte und zerbarst.

Er legte Holz nach, schürte die Glut und setzte sich dann an den Tisch. Seine Mutter nahm neben ihm Platz und schaute ihn aufmerksam an.

»Madame Lobach geht es soweit gut, sie betrauert den Tod ihrer Tochter, hat sich aber damit abgefunden. Das Kind wird von einer Amme gut versorgt und scheint zu gedeihen.«

»Dann wollen wir mal das Beste hoffen. Gerade gestern hatten wir den Tod in der Nachbarschaft.« Änne ter Meer senkte den Kopf.

»Wer?« Leben und Tod lagen eng beieinander, und doch war es etwas, was Claes immer wieder betroffen machte.

»Die kleine Annemie von Arnold te Kloot. Nun ist sie ihrer Mutter gefolgt.«

»Das tut mir leid. Sie war immer schon ein schwächliches Kind.« Claes seufzte. »Ich muss nachher noch zu te Kloot. Seine Nichte Anna ist bei Lobachs. Sie ist allerdings erkrankt. Wir hatten ein wenig Pech auf der Reise. Ich traf sie in Solingen in der Postkutsche.«

»Solingen?«

»Eine lange Geschichte, Mutter. Ich werde sie dir nachher erzählen.« Claes trank einen weiteren Schluck Wein. »Ich habe dir übrigens etwas mitgebracht. Es ist im Stall.«

»Im Stall?«

»Ja, komm, ich zeige es dir.«

Änne ter Meer holte sich ihr Umschlagtuch. In diesem Moment ging die Tür auf, und mit einem Schwall feuchtkalter Luft traten Adam und Abraham ein.

»Claes, schön, dass du wieder da bist. Was hast du denn da für Schätzchen in den Stall gestellt? Die beiden hast du doch wohl nicht gekauft?« Abraham umarmte seinen Bruder herzlich, Adam klopfte ihm flüchtig auf die Schulter.

»Ich habe den Kaltblüter gekauft. Der Hengst ist eine Leihgabe.«

»Ist nicht dein Ernst? Ich habe mir den Dicken einmal angesehen, der ist noch keine zwei Jahre alt.« Adam nahm sich von dem Würzwein. »Ist der denn überhaupt ausgebildet?«

»Nein, noch nicht richtig. Er ist fast zwei und sollte zum Holzrücken eingesetzt werden. Aber Madame Lobach meinte, da wir dringend ein zweites Arbeitspferd brauchen, wäre er hier besser aufgehoben. Ich habe ihn für einen guten Preis bekommen.«

»Ist das so? Madame Lobach, da warst du also.« Adam zog die Augenbrauen hoch.

»Hat sich so ergeben. Ich habe übrigens die Cousine deiner zukünftigen Frau getroffen, Anna te Kloot.«

»Sie kommt doch? Katrina war schon ganz verzweifelt, weil sie nichts mehr gehört haben. Wobei jetzt natürlich die größte Last von der Familie genommen wurde.«

Claes sah seinen Bruder entsetzt an. »Ich hoffe, du meinst das nicht so, wie es klingt, Adam. Arnold hat seine jüngste Tochter vergöttert, sie war nie eine Last.«

»Das Mädchen hat ihn seine Frau gekostet. Einen Säugling aufzuziehen ist kein Kinderspiel, und diese Last lag ja eher auf Katrinas Schultern als auf Arnolds.«

»Die Last?« Abraham nahm sich auch einen Becher Würzwein. »Sieht sie das so? Ich hoffe, ihr wünscht euch keine eigenen Kinder.«

Plötzlich schien es in dem Raum zu knistern.

Adam starrte seinen jüngsten Bruder an. Sein Blick sagte: Noch ein Wort, und du bist des Todes.

»Nun, nun«, versuchte Änne ihre Söhne zu beschwichtigen. »Du hast ein Pferd gekauft, Claes? Können wir uns das leisten? Wo ist es?« Sie zog ihr Umschlagtuch fest um die Schultern. »Zeig es mir. Hat es einen Namen?«

Claes schloss kurz die Augen und holte tief Luft. Eines Tages würde er seinem Bruder die Meinung sagen müssen. Aber dies war nicht der rechte Zeitpunkt.

»Im Stall. Nach dem Namen habe ich nicht gefragt. Du kannst frei wählen.« Er ging zur Tür, öffnete sie. Seine Mutter folgte ihm. Bevor sie das Haus verließ, drehte sie sich kurz um. »Abraham, bitte hole neues Holz.«

Abraham schaute zu dem Stapel neben dem Ofen, es waren noch genügend Holzscheite vorhanden. Dann blickte er zu seinem Bruder. Dieser saß mit sichtlich angespannten Schultern am Tisch, hielt den Becher Wein fest umklammert.

»Natürlich, Mutter«, sagte Abraham seufzend und folgte ihr nach draußen.

Kapitel 9

»Was für ein prachtvolles Tier.« Änne strich dem Pferd über die weichen Nüstern. »Können wir uns das wirklich leisten?«

»Ja, nach und nach, in vier gleichen Teilen. Außerdem war die Roggenernte dieses Jahr nicht besonders, und der Preis für Buchweizen wird wieder steigen. Das Lager ist voll, wir müssen nur mahlen. Mit nur einem Pferd könnten wir das nicht. Die alte Hilde kann auch nicht mehr so.« Claes sah in die Box, in der ihr altes Arbeitspferd stand. Seit Jahren verrichtete sie treu ihren Dienst. Er nahm eine Möhre aus der Futterkiste und reichte sie dem Tier. »Mit dem hier, auch wenn wir ihn erst eingewöhnen müssen, wird es leichter. Wir werden höhere Erträge schaffen.«

»Natürlich. Wir hatten ja schon eine Weile mit dem Gedanken gespielt, ein weiteres Pferd zu kaufen.« Änne legte die Hand auf den Arm ihres Sohnes. »Danke.«

»Wie willst du ihn nennen?«

Sie sah wieder in die Box. »Ich werde eine Nacht darüber schlafen. Er ist wirklich schön, das glänzende Fell und die klaren Augen. Er soll einen besonderen Namen erhalten.«

»Hast du die Baupläne für die Webstühle kaufen können?« Abraham war zu ihnen in den Stall gekommen.

»Ja. Sie sind bei meinem Gepäck, und das ist noch auf der Postkutsche. Lange Geschichte, erzähle ich euch gerne. Aber gibt es in diesem Haus gar nichts mehr zu essen?« Claes zwinkerte seiner Mutter zu.

Änne schlug die Hand vor den Mund. »Natürlich. Komm! Es gibt Sauerkraut und frische Würste, dazu Bauchfleisch.« Eilig verließ sie den Stall.

Claes erzählte von der Reise, als alle am Tisch saßen und aßen. Die Spannung zwischen den Brüdern war vorerst gewichen.

»Diese Geschichte mit den beiden Franzosen ist merkwürdig«, sagte Adam nachdenklich. »Die Truppen sind hier stationiert und sehr diszipliniert. Außerdem hattest du ja den Eindruck, dass es sich nicht um Gemeine, sondern um Offiziere handelte. Wenn das so weitergeht, stehen uns harte Zeiten bevor.«

»Ich hoffe, der König handelt endlich. Dieser Streit mit der Zarin ist unerträglich. Frankreich und England sind im Grunde mehr mit ihren Kolonien beschäftigt. Die beiden Offiziere mögen Einzelfälle sein. Soweit ich das weiß, gehen auch die Franzosen gegen solche Männer hart vor. Natürlich haben die Franzosen nicht die Disziplin der preußischen Truppen.« Claes lehnte sich zurück und nahm die Pfeife hervor. Fragend schaute er seine Mutter an. Sie nickte lächelnd. »Möchtest du einen Likör?« Sie winkte dem Mädchen, das den Tisch zügig abräumte. Schon bald standen eine Flasche und Gläser auf dem Tisch.

Die Männer zündeten ihre Pfeifen an. Es war schon tiefe Nacht, als sie nach langen Gesprächen endlich ins Bett gingen. Noch eine Weile lag Claes wach, schaute durch das Fenster in den Himmel. Der Regen hatte nachgelassen, und die Sterne funkelten. Er liebte es zu reisen, neue Eindrücke zu gewinnen und Erkenntnisse zu erlangen, aber hier in Krefeld im Haus seiner Familie fühlte er sich wirklich wohl.

Ihm fiel ein, dass er vergessen hatte, zum Nachbar te Kloot zu gehen, aber morgen war auch noch ein Tag.

Die Sonne stand schon am Himmel, als Claes aufwachte. Er hatte tief und fest geschlafen, das erste Mal seit langem. Aus der Küche hörte er das Geklapper des Geschirrs und die muntere Stimme seine Mutter. Die Gute – sie hatte ihn nicht geweckt.

Er ging nach unten, wollte sich heißes Wasser zum Waschen holen.

»Guten Morgen, mein Junge«, begrüßte ihn seine Mutter herzlich.

»Es ist fast Mittag. Du hättest mich wecken sollen.«

»Ein wenig Schlaf kann dir nach einer solchen Reise nicht schaden. Und ein Bad auch nicht. Ich habe die Zinkwanne vorbereiten lassen. Lina kocht schon zwei Kessel mit Wasser.«
»Das ist eine wunderbare Idee.« Claes küsste seine Mutter auf die Wange. »Du bist zu gut zu uns.«
Kurze Zeit später saß er in der Zinkwanne, genoss das heiße Wasser. Er fühlte sich rundherum wohl. Einzig der Gedanke an den Besuch bei seinem trauernden Nachbarn machte Claes zu schaffen.
»Bis du bald fertig?« Sein Bruder Abraham stand vor der Tür.
»Wieso?« Claes lachte leise. »Willst du auch in die Wanne?«
»Keine schlechte Idee, leider fehlt mir heute die Zeit. Ich habe ein paar Dinge, die ich mit dir besprechen wollte. Es geht um die Bandweber.«
Abraham war Claes der Liebste von den Geschwistern, abgesehen von seiner Schwester Elisabeth. Doch Elisabeth war schon einige Jahre verheiratet und lebte mit ihrem Mann und den Kindern in Moers.
»Ich bin gleich so weit.« Claes stieg mit leichtem Bedauern aus dem angenehm warmen Wasser und rubbelte sich mit einem harten Handtuch trocken. Er hatte das Gefühl, seine Haut würde glühen. Doch seine Muskeln waren trotz der langen und anstrengenden Reise entspannt.
Voller Tatendrang betrat er die Küche. Obwohl sie eine gute Stube besaßen, versammelten sich die Brüder am liebsten um den schrundigen alten Holztisch in der Küche. Lina, das Mädchen, stellte ihm einen Becher Starkbier und eine Schüssel mit Eintopf hin.
Abraham stand am Fenster und schaute in den großen Garten. Am unteren Ende des Grundstücks, zur Stadtmauer hin, waren die Rossmühle, daneben die Ställe und ein Verschlag, in dem sie jedes Jahr ein Schwein mit Küchenabfällen mästeten. Es wurde im November geschlachtet, gepökelt und geräuchert.

»Was hast du auf dem Herzen?« Claes genoss den heißen Eintopf mit der frischen Blutwurst.

»Was machen wir mit den Bandwebern? Die Häuser sind fertig.«

Sie hatten das Grundstück hinter der Mühle kaufen können und dort drei Häuser für ihre Weber errichtet. Die Häuser hatten sie nach dem Vorbild der Arbeiterhäuser der von der Leyens bauen lassen. Die Häuser hatten zur Straße hin zwei Fenster, die Räume waren groß und hoch genug, um jeweils einen Webstuhl vor dem Fenster zu fassen. In den Hinterhäusern und Mansarden lagen die Schlafräume der Familien. Große Öfen hielten die Arbeits- und Wohnstube warm und trocken, so dass der Stoff nicht litt. Zwei Häuser waren von ihnen vollständig eingerichtet worden, so dass die Arbeiter den Betrieb aufnehmen konnten. Das dritte Haus stand noch leer.

»Ich habe die Pläne bekommen. Wir können damit Wirkstühle bauen und Posamenten herstellen. Allerdings bräuchten wir fachlich ausgebildete Arbeiter dafür.«

»Wie lange wird es dauern? Es ist eine Schande, das Haus leer stehen zu lassen, zumal wir es trotzdem beheizen müssen, damit keine Feuchtigkeit hochzieht.«

»Abraham, die Pläne sollten mit der nächsten Post kommen. Ich hatte gehofft, sie wären schon da.«

»Ich habe Martin heute früh losgeschickt, um sich danach zu erkundigen, aber noch ist nichts angekommen. Adam war wütend, er wollte mit Martin das neue Pferd ausprobieren.«

»Adam ist immer wütend, wenn etwas nicht so verläuft, wie er sich das vorstellt.« Claes zuckte mit den Schultern. »Aber Martin ist nicht sein Knecht, sondern Mutters. Und außerdem wird Martin ja nun nicht den ganzen Morgen dafür gebraucht haben.«

»Gut, gesetzt den Fall, wir haben die Pläne in den nächsten Tagen, was dann?«

»Die Rahmen können wir schon jetzt bauen lassen, sie unterscheiden sich nicht von den anderen Webstühlen. Nur die

Schiffchen werden anders eingesetzt, und die Kettfäden anders verbunden. Im Grunde ist es nicht schwierig. Joseph Gryuters ist unser fähigster Weber, er ist von rascher Auffassungsgabe und lernt schnell. Ihm traue ich das zu. Er könnte sich dann einen zweiten Mann dazu wählen.«

»Sein Sohn Lukas ist bald vierzehn.«

»Das wäre eine Möglichkeit, ja.« Claes leerte den Becher, wischte sich über den Mund und seufzte zufrieden. »Ich werde nun Arnold aufsuchen. Danach erkundige ich mich nach der Post. Redest du mit Gryuters?«

»Natürlich. Kann ich sonst noch etwas für dich tun?«

»Was ist mit dem Flachs? Wir sollten Inventur machen, bevor das Jahr zu Ende geht.«

Claes nahm seinen Mantel. Als letztes Jahr die Mühlenstraße gepflastert worden war, hatten sie einen großen Weg über das Grundstück mit Steinen belegen lassen. Vorher mussten sie mit Bohlen vorliebnehmen. Im Frühjahr und Herbst versanken die Bohlen im Matsch, und nur mit Mühe konnten die beladenen Fuhrwerke den Hof verlassen. So kam er nun trockenen Fußes zu der kleinen Mühle.

Seine Mutter beobachtete Adam und Martin, die versuchten, den jungen Hengst einzuspannen. Die Luft war kühl, aber trocken, es roch intensiv nach Pferd und leicht süßlich nach Buchweizen.

»Wird es gehen?«, fragte Claes.

»Ich bin zuversichtlich. Das Tier ist geduldig.« Seine Mutter lächelte ihm zu.

»Anders als Adam«, murmelte Claes.

»Nun ja. Gehst du zu te Kloot?«

»Das war mein Anliegen.«

»Arnold wollte etwas mit dir besprechen. Richte ihm meinen herzlichen Gruß aus.«

»Natürlich, Mutter.«

Kurz schaute er bei den Webern vorbei, lobte ihre Arbeit, kontrollierte die Webstühle. Da sie neu waren, bestand die Gefahr, dass sich das Holz im Laufe der Zeit verzog. Aber der Stellmacher, den sie beauftragt hatten, hatte gute Arbeit geleistet.

Claes kontrollierte den Vorrat an Flachs, den sie in einem Schuppen zwischen den neuen Weberhäusern und der Rossmühle lagerten. Dann ging er die Mühlenstraße hinunter zum Haus der te Kloots.

Das Mädchen öffnete ihm die Tür und führte ihn in die Stube. Dort saß Katrina über eine Näharbeit gebeugt.

»Ich wünsche Euch einen schönen Tag, Katrina.«

»Claes, ich dachte, Ihr wäret noch auf Reisen.«

»Ich bin gestern zurückgekehrt. Es ist kein ideales Wetter zum Reisen. Ist Euer Vater zu sprechen?«

»Er ist im Kontor.« Katrina stand auf und führte Claes über den Flur zu dem kleinen Arbeitszimmer. Sie klopfte an die Tür, öffnete sie dann.

»Vater? Claes ter Meer.«

Kurz lächelte sie Claes zu. Ein Lächeln, das ihre Augen nicht erreichte. Sie war bildhübsch mit dem seidenweichen, kupferfarbenen Haaren und den außergewöhnlichen grünen Augen, aber keine Frau, der Claes einen leidenschaftlichen Gedanken geschenkt hätte.

»Arnold.«

Te Kloot war aufgestanden und kam Claes mit ausgestreckten Händen entgegen.

»Ihr seid zurück, Claes? Wie war die Reise? Nehmt Platz.«

Er führte Claes zu zwei kleinen Sesseln vor dem Kamin.

»Die Reise war lang und anstrengend, aber sie hat sich gelohnt. Ich habe Baumuster für Posamentenwirkstühle gekauft.«

»Ich hoffe, die Brüder von der Leyen werden es Euch nicht neiden.«

»Noch ist genug Platz in dieser Stadt für Weberei aller Art.«

Claes senkte kurz den Kopf, faltete die Hände. »Ich habe von Eurem Schicksalsschlag erfahren. Mein aufrichtiges Beileid. Annemie war ein wundervolles Kind, ein besonderes Kind.«

»Ja.« Arnold te Kloot nickte. »Ja, sie war ein Geschenk. Gottes Wege sind unergründlich, aber es grämt mein Herz. Einzig der Gedanke, dass sie nun endlich mit ihrer Mutter vereint ist, tröstet mich.«

Für einen Moment schwiegen die Männer. Claes konnte das Feuer knistern hören und nahm den schweren Atem seines Nachbarn wahr.

»Allerdings«, unterbrach Claes dann die Stille, »habe ich auch eine gute Nachricht für Euch. Auf meiner Reise traf ich Eure Nichte Anna.«

»Anna? Wirklich? Wo ist sie?«

»Ich musste sie bei Madame Lobach zurücklassen, da sie erkrankt ist. Ein Fieber, durch das nasskalte Wetter vermutlich. Aber sie wird genesen, meinte Madame Lobach zuversichtlich.«

»Das sind tatsächlich gute Nachrichten. Soll ich sofort losfahren, um sie abzuholen?«

Claes überlegte. »Gebt ihr ein paar Tage, um sich zu erholen.«

Zweifelnd sah Arnold ihn an. »Ist sie so schwächlich?«

»Das glaube ich kaum. Sie machte eigentlich einen sehr gesunden Eindruck. Wir sind jedoch überfallen worden, eine aufregende Geschichte, die sicherlich ihren Nerven nicht zuträglich war. In Kierst gerieten wir dann in ein Unwetter. Das mag den Ausschlag gegeben haben.«

»Dann bin ich ja froh. Katrina hatte schon daran gedacht, die Hochzeit mit Eurem Bruder zu verschieben. Ich denke allerdings, dass ich mit den Kindern nun auch so zurechtkommen werde. Annemie war unser Sonnenschein, aber auch unser Sorgenkind.«

»Eure Nichte freut sich auf Euch und die Kinder. Ich hatte schon den Eindruck, dass sie diese Aufgabe mit ganzem Herzen erfüllen möchte.« Claes erhob sich. »Wenn Ihr nach Kierst reist, bitte nehmt den Hengst von Madame mit, sie lieh ihn mir freundlicherweise.«

»Den Wunsch erfülle ich Euch gerne.«

In der Tür drehte sich Claes noch einmal um. »Und natürlich soll ich Euch einen herzlichen Gruß von meiner Mutter ausrichten.«

»Eure Mutter ist eine ganz besondere Frau. Bitte richtet Ihr meine besten Wünsche aus.«

Auf dem Weg nach draußen nickte er kurz Katrina zu. Er überließ es ihrem Vater, ihr von der Ankunft der Cousine zu erzählen, und hoffte, sie möge Anna freundlich aufnehmen. Sicher war er sich da nicht.

Kapitel 10

Obwohl es Dienstag war, roch es nach Braten, als Anna zum ersten Mal das Haus ihres Onkels betrat.

Arnold war stehen geblieben und schnupperte. »Mir scheint, Katrina möchte dich gleich beeindrucken und hat mit dem Mädchen etwas Leckeres gezaubert.« Er lächelte ihr zu und nahm ihre Hand. »Du brauchst nicht besorgt zu sein, wir sind alle nett und freuen uns sehr, dass du zu uns gekommen bist.«

Anna schämte sich, dass ihr Onkel ihre Nervosität so offensichtlich zu sehen schien.

»Komm hier entlang, Katrina ist sicherlich in der Küche.« Vor der Tür blieb er abrupt stehen, so dass Anna beinahe auf ihn aufgeprallt wäre. »Oder möchtest du lieber erst dein Zimmer sehen?«

»Nein, Onkel. Es ist schon gut so.«

Katrina war tatsächlich in der Küche. Sie rührte Rahm in einen Teig. Das Mädchen schürte das Feuer, und am Tisch saß ein kleiner Junge. Er hatte, genau wie Annas Cousine, rötliche Haare, sein Gesicht und die Hände waren von Sommersprossen übersät.

»Vater!« Der Junge sprang auf und stürmte auf sie zu.
»Joseph!« Katrina schaute auf, die Augenbrauen zusammengezogen, die Stirn gerunzelt. Ihre Stimme war nicht laut, aber scharf. Joseph blieb stehen und senkte den Kopf.
»Nun, nun, Katrina, sei nicht so streng mit ihm. Komm her, Joseph, und begrüß deine Cousine Anna.« Er kam näher und Anna ging in die Hocke, so dass sie auf einer Augenhöhe mit ihm war.
»Hallo, Joseph. Ich freue mich, dich kennenzulernen.« Erst schaute er sie nachdenklich an, dann grinste er. »Ich freue mich auch. Weil du da bist, gibt es nachher süße Küchlein.«

Anna lachte. Dann richtete sie sich auf, ging auf Katrina zu. Ihr Onkel hatte sie zur Begrüßung herzlich umarmt, das Gleiche wollte sie nun auch machen, doch Katrina wischte sich die Hände an einem Tuch ab und streckte ihr dann kühl die Rechte entgegen.

»Willkommen in Krefeld. Du hast oben das Zimmer nach vorne heraus, ich hoffe, es stört dich nicht. Es ist ein kleiner Kamin im Zimmer, aber wir heizen meist nur die unteren Räume. Ich habe dir aber ein Feuer anmachen lassen. Georg, unser Knecht, wird deine Sachen nach oben bringen. Wir essen, sobald die Kinder aus der Schule da sind.«

Katrina schüttelte ihr kurz die Hand, ein schwacher Händedruck nur, dem sie sich schnell wieder entzog, so als wäre ihr jeder Körperkontakt zuwider.

Erstaunt sah Anna sie an. Sollte sich ihre Cousine nicht freuen? War durch Annas Ankunft nicht eine Last von ihren Schultern genommen worden? Möglicherweise war Katrina aber auch nur schüchtern und wusste nicht, wie sie sich verhalten sollte. Anna beschloss, herzlich zu sein und der kühlen Begrüßung keinen Wert zuzumessen.

»Gib mir deinen Mantel«, sagte Arnold. »Setz dich ans Feuer und fühl dich willkommen. Wir haben sicherlich etwas Heißes zu trinken.«

»Aber, Vater, nicht hier in der Küche. Bring sie in die Stube. Ich komme gleich mit heißem Würzwein.«

»Nun gut.« Arnold führte Anna in die Stube. Es schien ihr, als würde er klaglos das machen, was seine Tochter ihm sagte. An der einen Wand befand sich ein Regal mit einigen Büchern. Ein Esstisch stand vor den Fenstern, und am Kamin waren mehrere gemütliche Polstersessel aufgestellt.

»Setz dich hierhin. Oder möchtest du dich erstmal umsehen?«

Anna war in der Tür stehengeblieben. »Es ist schon recht, Onkel. Macht Euch keine Gedanken um mich.« Sie trat zu dem Regal, musterte die Bücher. Auf einem kleinen Tisch neben dem Kamin lagen Zeitungen aus Amsterdam und England. Der Raum war nicht groß, aber sehr behaglich. Sie konnte sich gut vorstellen, dass ihr Onkel dort die Abende lesend verbrachte. Sogleich fühlte sie sich wohl.

Die ersten Tage verliefen turbulent. Anna war verwirrt, das Haus wirkte groß und verwinkelt. Es war schon etliche Jahrzehnte alt, und offensichtlich war ständig angebaut worden.

Bis auf Joseph waren die Kinder ihr gegenüber zurückhaltend. Katrina blieb kühl, egal, was Anna auch tat.

Anna versuchte sich so schnell wie möglich einzuleben, beobachtete ihre Cousine genau. Bald kam sie hinter das Ordnungsprinzip der Küche und des Vorratsraumes. Sie wusste, dass ihr Onkel am späten Vormittag gerne zwei Tassen Tee trank. Sie hatte zwar von dem Getränk gehört, es selbst aber noch nie gekostet. Zu Anfang fand sie es bitter, doch dann gewöhnte sie sich an den Geschmack.

»Den Tee habe ich von niederländischen Handelspartnern«, erklärte Arnold ihr stolz, als sie ihm eines Vormittags das Getränk brachte. Katrina hatte ihr gerne diese Aufgabe überlassen.

»Komm, setz dich zu mir, Mädchen.« Der Onkel wies auf den zweiten Sessel am Kamin. »Ich hoffe, du hast dich gut eingelebt.«

Anna nickte. »Doch, ja. Jule macht es mir leicht. Sie ist geduldig und erklärt mir auch zum zehnten Mal, wo etwas ist.«
Jule, die Magd, war schon seit Jahren bei der Familie. Sie hatte eine herzliche und mütterliche Art, immer ein freundliches Wort und oft genug eine Leckerei für die Kinder, etwas, was Katrina nicht gut litt.

»Wir sind sehr froh, dass du da bist. Du hast eine erfrischende Art, und alle haben dich in ihr Herz geschlossen. Katrina auch«, sagte er nachdenklich. »Nur zeigen kann sie es nicht. Es ist ihr immer schon schwergefallen, Gefühle zu zeigen.« Er räusperte sich. »Nur ter Meer gegenüber nicht.«

Er zog die Augenbrauen zusammen und sah auf einmal finster aus.

»Wir kommen gut zurecht, Onkel.« Anna dachte an ihre Schwägerin Christine. Diese war deutlich unfreundlicher ihr gegenüber gewesen. Mit Zurückhaltung und einer leichten Ablehnung konnte sie leben, zumal Katrina ja nur noch wenige Monate in dem Haushalt verweilen würde.

Am Sonntag besuchte sie das erste Mal mit der Familie zusammen die Kirche. Bisher hatte sie Gottesdienst immer nur in Privathäusern erlebt oder besondere Predigten in evangelischen oder katholischen Kirchen, zu denen ihr Bruder sie mitgenommen hatte.

Durch ein Tor kamen sie auf den kleinen Kirchhof. Die Kirche war rechteckig, mit hohen Fenstern und sehr schlicht. Andächtig lauschte Anna der dreistündigen Predigt. Es berührte sie, die getragenen Psalme mit der Gemeinde zu singen. Vor und nach dem Gottesdienst wurde sie einigen Gemeindemitgliedern und auch dem Prediger Johann Remkes vorgestellt. Ihr Onkel begann ein längeres Gespräch mit einem Mann, der einen sehr teuren Mantel und Schnallenschuhe trug. Verwirrt schaute sie sich um. Katrina stand in der einen Ecke des Kirchhofes und sprach mit einem Mann. Das konnte nur Adam ter Meer sein, vermutete Anna und traute sich nicht, zu ihnen zu treten.

Links hinter der Kirche wuchs ein Baum. Anna betrachtete die Rinde.

»Mademoiselle te Kloot.« Es war die vertraute Stimme von Claes. »Wie schön, Euch hier und genesen zu sehen. Habt Ihr Euch eingelebt?«

»Monsieur ter Meer, die Freude ist ganz auf meiner Seite.« Anna lächelte ihn an. »Noch ist vieles neu und nicht vertraut, doch ich bin guten Mutes.«

Nervös zupfte sie an einem Ast des Baumes.

»Das ist ein Maulbeerbaum«, erklärte Claes. »Seine Blätter werden für die Seidenraupen benötigt, sie fressen nichts anderes. Vor ein paar Jahren pflanzte Monsieur von der Leyen den Baum, er wurde ihm aus China mitgebracht. Ich bin überrascht, dass er hier tatsächlich wächst. Das mag an der geschützten Lage zwischen Kirche und Mauer liegen.«

Anna überlegte, ob es etwas Kluges gab, was sie erwidern konnte, aber ihr fiel nichts ein. Quälende Unsicherheit überfiel sie.

»Sei's drum.« Ter Meer fasste sie beim Ellenbogen und zog sie wieder in die Mitte des Kirchhofes. »Ihr habt Euch also eingelebt?«

»Eingelebt? Nach ein paar Tagen?« Anna lachte heiser. »Einmal war ich bisher auf dem Markt. Freitags ist Markt am Schwanenbrunnen.« Fragend sah sie ihn an. »Auf der Niederstraße ist ein guter Schlachter, auf der Oberstraße der beste Bäcker.« Sie sah ihn an, runzelte die Stirn. »Nicht wahr?«

Ter Meer lachte. »Vortrefflich, Mademoiselle te Kloot. Bald wird Euch nichts mehr von alteingesessenen Krefeldern unterscheiden.« Dann wurde er wieder ernst. »Und sonst? Die Familie?«

Anna wusste, dass er die Frage ernst meinte.

»Alles ist gut. Es ist fremd und neu, aber die Kinder sind herzlich und mein Onkel auch.« Sie machte eine unbestimmte Geste und lächelte, allerdings sah sie ihn nicht an.

»Und Katrina?«

»Oh.« Anna schluckte. »Sie ist bezaubernd, sonst hätte Ihr
Bruder sie doch kaum zur Frau gewählt, nicht wahr?«
Ihre Blicke trafen sich, und Anna spürte sein Mitleid. Das
war nun das Letzte, was sie wollte. Sie straffte ihre Schultern.
»Anna?« Ihr Onkel trat zu ihnen. Erleichtert drehte Anna
sich zu ihm um. »Claes! Wie nett, Euch zu treffen. Ihr kennt
meine Nichte ja schon.«
»Das stimmt. Und ich bin froh, sie so erholt hier zu treffen.
Ich wünsche Euch und Eurer Familie einen schönen Sonntag.«
Claes verbeugte sich leicht und wandte sich um.
Anna sah ihm hinterher. Gerne hätte sie sich noch unver-
fänglich mit ihm unterhalten, auch war sie neugierig auf die
vielen Bücher, von denen er gesprochen hatte. Sicherlich
würde sich bald wieder eine Gelegenheit dazu ergeben.

Immer besser lernte sie in den kommenden Wochen und
Monaten die Stadt kennen. Freitags war Markt, viele Bauern
kamen in die Stadt, um ihre Ware anzubieten. Kohl und Hül-
senfrüchte bestimmten den Speiseplan. Mehr und mehr über-
ließ Katrina es Anna, mit der Magd die täglichen Belange zu re-
geln.
Katrina arbeitete an ihrer Aussteuer. Sie nähte Bettwäsche,
Tischwäsche und Kleidung. Mehr und mehr füllte sich ihre
Truhe.
Die Zeit verging. Nach Weihnachten gab die Familie ter
Meer eine kleine Gesellschaft für das Brautpaar.
Der große Tisch in der Stube war fein gedeckt, das Essen
reichhaltig und köstlich.
Anna hatte Madame ter Meer sowohl in der Kirche als auch
auf dem Markt des Öfteren getroffen und auch einige Sätze
mit ihr gewechselt. Die Frau hatte ein gütiges und offenes
Lächeln, immer ein aufmunterndes Wort und einen guten Rat-
schlag. Anna mochte sie sehr.
Auch Adam und Abraham hatte sie flüchtig kennengelernt.
Adam erschien ihr distanziert, jedoch höflich. Er umgab Ka-

trina mit viel Aufmerksamkeit und war sehr liebevoll zu ihr. Das erinnerte Anna an ihren Bruder und seine Frau. Abraham jedoch erschien völlig unbeteiligt. Hin und wieder hatte er ein paar Floskeln mit ihr getauscht. Nun begrüßte er sie knapp.

Etwas enttäuscht war Anna, dass Abraham ihr Tischnachbar zur Rechten war und sein Kompagnon zu ihrer Linken saß. Ihn hatte sie bisher noch nie getroffen. Er war ein angenehmer Mensch, der höflich mit ihr plauderte.

»Und wie gefällt Euch Krefeld, Mademoiselle te Kloot?«

»Eine wunderbare Stadt. Ich bin begeistert. Auch von den Möglichkeiten hier, der deutschen und lateinischen Schule, die Kinder besuchen sie.«

»Kinder?«, fragte Taschner.

»Die Kinder meines Onkels.« Anna lächelte verlegen.

»Bald schon wird es auch eine katholische Schule geben.«

Abraham ter Meer lehnte sich vor. »Der Antrag steht ja schon länger. Ich bin mir sicher, dass er bald genehmigt wird.«

»Eine katholische Schule?« Anna war überrascht.

»Natürlich. Mademoiselle. Fast die Hälfte der Einwohner Krefelds ist katholisch. Ihnen soll nun auch endlich wieder ein Gotteshaus zugestanden werden. Im Frühjahr wird mit dem Bau begonnen werden.«

»Und das sagt Ihr so leichthin, Monsieur ter Meer?«

»Leichthin?« Er legte das Besteck zur Seite und sah sie an. »Habt Ihr das so empfunden? Aber ja, warum nicht? Haben sie keinen Anspruch auf eine Kirche, auf ihre konfessionelle Schule? Wir können stolz, froh und dankbar sein, dass wir Mennoniten hier in Krefeld so viele Freiheiten haben. Eine Kirche, die besonderen Bürgerrechte, die Möglichkeit, unseren Glauben frei zu leben und unsere Kinder wohl ausbilden zu lassen. Ihr solltet am besten wissen, wie es ist, nicht frei nach seinem Glauben leben zu können. Soweit ich weiß, sieht es im Bergischen ganz anders für unsere Glaubensbrüder und -schwestern aus.«

»Damit habt Ihr vollkommen recht, Monsieur ter Meer. Ich gestehe, noch bin ich völlig überwältigt von all den Freiheiten hier, dem offenen und angenehmen Leben. Für mich ist es noch neu und ungewohnt, es macht mich zum Teil tatsächlich sprachlos, habe ich doch ganz andere Erfahrungen gemacht. Erfahrungen, die Ihr wahrscheinlich gar nicht kennt, hoffentlich nie kennenlernen werdet. Ich wollte auch nur meine Überraschung zu Eurer Offenheit, Eurer Toleranz zum Ausdruck bringen und mitnichten den Katholiken ein Recht absprechen, was uns zugebilligt wird. Ich fürchte, ich habe mich missverständlich ausgedrückt, und entschuldige mich dafür.«

Ter Meer sah sie für einen Augenblick erstaunt an, dann zog der die Augenbrauen leicht nach oben und murmelte lächelnd: »Touché!«

Er nahm den Krug mit dem dunkelroten Wein und bot ihr etwas an. Anna nickte. Sie spürte die Röte der Verlegenheit ihren Nacken hochsteigen und hatte das Gefühl, sich lächerlich gemacht zu haben. Anna schaute über den Tisch zu Claes. Er hob das Glas und prostete ihr zu.

Hoffentlich, dachte sie, hat er nichts von dem Gespräch mitbekommen. Ich möchte nicht den Eindruck erwecken, missgünstig und kleinherzig zu sein.

Den Rest des Abends verbrachte sie schweigend. Hin und wieder gab sie einsilbige Antworten, wenn sie etwas gefragt wurde. Statt selbst am Gespräch teilzunehmen, lauschte sie lieber.

Die Gespräche waren vielfältig. Politik und die Entwicklung in der Gesellschaft wurden ebenso besprochen wie Himmelserscheinungen und Kometen.

Es überraschte sie, dass Madame ter Meer, Katrina und alle anderen Damen ebenso lebhaft an den Diskussionen teilnahmen wie die Männer. Alle waren sehr belesen, studierten nicht nur die Kölner Gazette, sondern auch Blätter aus Den Haag und Amsterdam sowie eine englische Zeitung.

Noch nie hatte Anna Katrina lesen gesehen. Sie selbst traute sich kaum die Zeitungen, die ihr Onkel bezog, anzurühren. Das Leben zu Hause im Bergischen war tatsächlich anders gewesen, auch wenn ihr Vater ihr Bildung vermittelt hatte. Plötzlich kam sie sich klein und unbedeutend vor.

Nachdem das Mädchen abgeräumt hatte, setzten sie sich mit einem Glas Likör an den Kamin. Endlich hatte Anna die Gelegenheit, mit Claes zu sprechen.

»Ich hoffe, der Abend gefällt Euch. Habt Ihr Euch gut mit meinem Bruder unterhalten?«, fragte Claes.

»Ich muss gestehen, ich bin überwältigt, wie gebildet alle sind. Ich fürchte, da kann ich nicht mithalten.«

»Keine falsche Bescheidenheit, Mademoiselle te Kloot, ich habe einen ganz anderen Eindruck von Euch. Aber, voilà, ich wollte Euch meine Bücher zeigen. Das ist die beste Gelegenheit.« Er reichte ihr die Hand und führte sie aus der Stube, den Gang entlang in einen kleinen Anbau. Bis zur Decke reichten die Regale aus dunklem Holz. Der Kachelofen verströmte eine angenehme Wärme. Warmes Kerzenlicht erhellte den Raum.

»Wie wundervoll!« Anna trat an ein Regal, strich sanft mit den Fingerspitzen über das Leder der Bucheinbände. »Wie außerordentlich!« Sie nahm ein Buch heraus, blätterte kurz, stellte es zurück, nahm das nächste. An einem Buch blieb sie hängen. Es war eine Schrift über kosmische Phänomene. Sie begann zu lesen.

»Mademoiselle te Kloot.« Claes lachte leise. »Das Buch scheint Euch zu faszinieren. Nehmt es mit und lest es! Bringt es zurück und nehmt das nächste!«

»Das ist wirklich Euer Ernst?« Anna drehte sich zu ihm um, sah sein Lächeln.

»Wirklich.«

Kapitel 11

Anna hatte viel versucht, um ihrer Cousine in den letzten Tagen vor der Hochzeit näherzukommen. Sie half ihr die Aussteuertruhe zu ordnen, wusch und plättete ihre Sachen, ging mit ihr einkaufen.

Auf Katrinas Wunsch sollte es zur Hochzeit rheinischen Sauerbraten geben. Anna hatte damit keine Erfahrungen und sah Jule aufmerksam bei der Zubereitung zu. Jule würde sie verlassen, etwas was Anna zur Verzweiflung trieb. Einige Tage nach der Zusammenkunft bei den ter Meers wurde sie unfreiwillig Zeugin eines Gesprächs zwischen ihrer Cousine und ihrem Onkel.

Anna ging durch den Flur zur Küche, als sie Stimmen aus dem Kontor ihres Onkels hörte. Sie blieb stehen.

»Adam hat ein Haus auf der Oberstraße gekauft. Dorthin werden wir ziehen.« Katrina klang trotzig.

»Ich weiß.« Arnold seufzte. »Das Haus ist alt.«

»Adam lässt es auf den neusten Stand bringen. Wir bekommen Kachelöfen.« Jetzt klang Katrina triumphierend.

»Ja.«

Katrina schien zu stocken. »Ich freue mich auf das Haus.«

»Das ist fein, mein Mädchen.« Der Onkel räusperte sich. »Aber das ist nicht, worüber du mit mir sprechen willst.«

»Nein, gewiss nicht. Es geht um Jule.« Katrina holte hörbar Luft. »Alleine schaffe ich den Haushalt nicht. Ich würde sie gerne mitnehmen.«

»Jule? Wie stellst du dir das vor, Katrina? Wie soll Anna es alleine schaffen? Sie ist doch jetzt schon überfordert.«

Anna zuckte getroffen zusammen.

»Das ist wahr.« Katrina klang höhnisch. »Das war keine gute Entscheidung, oder?«

»Katrina!« Arnold wurde laut. »Was erlaubst du dir? Sie ist noch keine zwei Monate hier, alles ist neu, alles ist ungewohnt

für sie. Was sie macht, macht sie gewissenhaft und gut. Du kannst von ihr nicht erwarten, dass sie von jetzt auf gleich alles übernimmt.«
»Aber Vater, das tue ich doch gar nicht.« Katrina klang belustigt. »Ich würde Jule gerne mitnehmen, aber bis wir umziehen können ist Frühjahr. Bis dahin hast du sicherlich eine neue Magd. Sie jetzt schon zu suchen wäre von Vorteil. Sie könnte zusammen mit Anna den Haushalt erlernen. Das war eigentlich alles, was ich sagen wollte.«
Anna hörte, wie Stühle über den Dielenboden geschoben wurden. Katrina und Arnold standen auf, gingen zur Tür. Anna floh in die Küche. Dort nahm sie sich ein Gläschen von dem Branntwein. Sie fühlte sich minderwertig und nutzlos. Katrina hatte recht, was tat sie hier und für wen? Sie setzte sich auf den Schemel vor dem Kamin. Tränen rannen ihr die Wangen hinunter.
Plötzlich hörte sie leise Schritte. Knarrend wurde die Tür geöffnet.
»Jule?«, hauchte eine hohe Stimme. »Jule, bist du hier?«
Anna verharrte wie gefroren auf dem Stuhl. Der Stimme nach musste es Aaron sein, der achtjährige Sohn ihres Onkels. Er sollte sie nicht so aufgelöst sehen.
»Jule?« Nun klang er verzweifelt. »Juuule?«
»Was hast du denn?« Anna stand auf, ging auf ihn zu. Er stand in der Tür, mit Nachthemd bekleidet. Die Haare struppig und verwuschelt. Mit großen Augen sah er sie an.
»Cousine Anna?«, fragte er. »Wo ist Jule?«
Dicke Tränen rannen über seine Wangen. »Es tut mir leid. Ich wollte nicht stören.« Er drehte sich um.
»Aaron.« Anna flüsterte seinen Namen nur. »Was hast du?«
Der Junge drehte sich zu ihr um, schluchzte. Dann presste er die Hand auf sein rechtes Ohr. »Es tut so weh.«
»Schmerzen?« Anna schloss ihn in ihre Arme. »Das Ohr?«
Der Junge nickte und schmieg sich in ihr Kleid.
»Nun, nun, komm.« Sie führte ihn zu dem Schemel, auf dem

sie gerade noch in Tränen aufgelöst gesessen hatte. »Zwiebeln helfen gegen diese Schmerzen.«

Anna war froh, dass sie die Zwiebeln sofort fand. Sie hackte sie klein und tat sie in ein Tuch, welches sie zu einem Beutel band. Den Zwiebelbeutel drückte sie dem Jungen ans Ohr.

»Das wird dir helfen.«

»Wo ist Jule?«, wimmerte der Junge.

»Sie schläft bestimmt.« Anna wunderte sich auch, wo das Mädchen war. Der Brotteig war noch nicht vorbereitet. Schnell knetete sie ihn, ließ den Teig zum Gehen auf dem Ofen stehen. Sie schaute nach dem Feuer, dann entzündete Anna eine Kerze. »Komm!«

Der Junge ließ sich ohne Proteste mitführen, drückte sich eng an sie.

Für einen kleinen Moment blieb sie an der Tür zu seinem und Josephs Zimmer stehen, doch dann zog sie ihn weiter, nahm ihn mit auf ihr Zimmer. Dieser Winter war unerwartet kalt und feucht. Ihr Onkel bestand darauf, dass ihr Kamin immer brannte. Es war warm und behaglich.

Anna steckte Aaron in ihr Bett, deckte ihn gut zu, achtete darauf, dass der Zwiebelbeutel an seinem Ohr lag. Dann setzte sie sich an den Kamin und las. Schon bald war der Junge eingeschlafen, getröstet durch ihre Gegenwart. In diesem Alter alleine zu leiden war grausam, das wusste Anna. Sie las ein paar Seiten, machte sich Notizen, zog sich dann aus und schlüpfte zu ihm ins Bett. Noch nie hatte sie das Bett mit jemandem geteilt. Weder mit einer Magd noch mit sonst einem Menschen. Aaron roch süß nach Milch, unschuldig nach Kind und streng nach Zwiebeln. Er war warm und anschmiegsam. Es dauerte eine Weile, bis sie Ruhe fand, doch dann schlief sie erschöpft ein.

Am nächsten Morgen ging es dem Kind besser. Das Eis zwischen ihnen war gebrochen. Er vertraute ihr, nahm sie an. Das färbte auch auf die anderen beiden ab. Anna war froh über diese Entwicklung.

Am zweiundzwanzigsten Januar 1754 heiratete Katrina te Kloot Adam ter Meer. Pastor Winand traute die beiden im kleinen Kreis. Der Sauerbraten gelang, und Anna freute sich, dass ihr Onkel sie lobte.

Für die erste Zeit zog Katrina zu ihrem Mann und seiner Familie. Noch blieb Jule bei den te Kloots, doch sobald das Haus an der Oberstraße fertig wäre, würde sie zu Katrina ziehen. Tina sollte ihr Ersatz werden. Das Mädchen war fünfzehn Jahre jung und die Tochter eines Webers der Familie. Das Kind war fröhlich und fleißig.

Es wurde Frühjahr. Katrina und Adam bezogen ihr Haus, Jule ging mit. Die ersten Tage ohne Jule war Anna noch unsicher, doch dann nahm sie die Zügel der Haushaltsführung fest in die Hand. Mit ihrem Onkel verstand sie sich prächtig. Sie machten es sich zur Gewohnheit, abends vor dem Kamin zu lesen. Jeder für sich, aber manchmal lasen sie sich auch gegenseitig etwas vor. Anna studierte die Zeitungen und diskutierte mit Arnold die Entwicklung in den Kolonien. In Krefeld kannte sie sich inzwischen gut aus, in der Gemeinde fühlte sie sich wohl.

Einmal in der Woche besuchte sie die Familie ter Meer. Änne begrüßte sie immer herzlich, bot ihr Wein an und führte sie dann in die Bibliothek. Dort tauschte Anna die Bücher, die sie in der Woche zuvor mitgenommen hatte, gegen neue aus. Allmählich traute sie sich auch, mit Claes zu diskutieren. Er ermunterte sie, sich mit Naturwissenschaften zu befassen. Gemeinsam machten sie einige Experimente. Ihre Freundschaft wuchs. Zu Abraham fand sie keinen Zugang. Er erschien ihr zynisch und arrogant.

Die beiden Familien, durch das Paar Katrina und Adam verbunden, wuchsen enger zusammen. Gesellschaften wurden abgehalten, und als es wärmer wurde, machten sie gemeinsame Ausflüge.

»Kannst du reiten, Anna?«, fragte ihr Onkel sie eines Tages, als er die Kutsche anspannen ließ.

»Nein, nicht richtig. Als Kind bin ich öfters geritten, aber die Stute meines Vaters konnte nichts aus der Ruhe bringen. Genauso gut hätte ich auch auf einer Chaiselounge sitzen können.«

»Möchtest du es lernen?«

Erstaunt sah sie ihn an.

»Ich könnte eine Stute erwerben. Ein Bekannter hat sie mir angeboten. Ich dachte, es wäre das passende Tier für dich.« Er rieb sich über das Kinn.

»Meint Ihr nicht, dass das zu gefährlich für Eure Nichte ist?«, mischte sich Claes ein.

»Nun, nicht, wenn sie es vernünftig beigebracht bekommt. Katrina kann auch reiten, und Elisabeth lernt es.«

»Aber Eure Töchter haben früh damit angefangen.« Claes blickte nachdenklich zu Anna. »Ich denke nur an die Gefahren für den zarten Körper Eurer Nichte.«

Anna runzelte die Stirn. »Zerbrechlich bin ich keinesfalls, und einen Einspänner kann ich auch fahren, warum sollte ich es nicht lernen können?«

»Das sehe ich ganz genauso«, sagte Abraham, der zu ihnen getreten war. »Sie ist agil, beweglich, interessiert und lernfreudig. Probiert es aus!«

Anna war sich nicht sicher, ob Abrahams Bemerkung ernst gemeint war oder sarkastisch. Sie warf ihm einen vorsichtigen Blick zu. Mit seinen dunklen Haaren unterschied er sich von den Brüdern. Lachfältchen lagen wie Wagenspeichen um seine Augen. Er hielt sich viel in der freien Natur auf, machte Untersuchungen, arbeitete oft mit seinem Mikroskop. Die Bräune seiner Haut zeugte davon.

Nun sah er sie verschmitzt an. »Wir können doch gleich heute damit anfangen. Meine Stute ist auch ein braves Tier. Die anderen können Erdbeeren suchen, und ich zeige Euch, wie man reitet.«

Anna zögerte.

»Heute?« Claes schüttelte den Kopf. »Bedarf das nicht einer gewissen Vorbereitung?«

»Welcher?«

»Ein Damensattel? Geeignete Kleidung?«

»Wir könnten Mutters Sattel nehmen, aber um das Gefühl für das Tier zu bekommen, sollte sie anders anfangen, meinst du nicht, Claes?« Abraham schaute Anna nachdenklich an.

»Ich habe den Eindruck, dass du Mademoiselle te Kloot zu etwas drängst, was sie gar nicht will, Abraham.«

»Ist das so? Mademoiselle?«

Anna runzelte die Stirn, ein wenig hatte sie das Gefühl, dass die beiden sich einen Spaß mit ihr erlaubten. Es gefiel ihr nicht. Sie hob den Picknickkorb in die Kutsche und stieg ein.

»Vielleicht entscheiden wir das vor Ort«, sagte sie.

An dem Nachmittag kamen sie nicht dazu. Die Sonne schien, es duftete nach frischem Gras und warmer Erde. Die beiden Familien wählten einen Platz hinter der Burg Krakau vor dem Bockumer Wald. Die Kinder liefen los, um die wilden Erdbeeren zu suchen, die hier im Übermaß wuchsen. Es wurde ein angenehmer und harmonischer Nachmittag.

Ein paar Tage später kam Claes zu Anna in die Küche. Sie besprach gerade mit Tina den Speiseplan der nächsten Woche.

»Mademoiselle te Kloot, wollt Ihr tatsächlich reiten lernen?«

Anna schaute auf. »Doch. Warum nicht?«

»Ich habe die Stute meiner Mutter gesattelt. Ich würde es Euch zeigen.«

Anna zögerte kurz, dann stand sie auf. »Lasst mich nur eben ein anderes Kleid anziehen.«

Beide Familien besaßen einen Wallgarten vor der Stadtmauer, dahin führte Claes sie. Auf einer Wiese machte er Halt und erklärte ihr die Grundbegriffe.

»Ihr legt Euer Bein über den Holm, dadurch habt Ihr sicheren Halt, der andere Fuß ist im Steigbügel. Ihr braucht keine Angst zu haben, ich halte das Pferd.«

Es kostete Anna einige Mühe aufzusteigen, aber dann hatte sie es geschafft. Zuerst traute sie sich kaum, sich zu bewegen, steif saß sie da, die Hände um den Sattelknopf gekrallt.

»Nehmt die Zügel! Es ist nicht anders, als eine Kutsche zu lenken, vom Prinzip her. Die Zügel führen genauso zum Maul des Tiers. Ich führe Euch, habt keine Angst.«

Anna nahm die Zügel und tat, wie er ihr geheißen hatte. Nach und nach wurde sie furchtloser und sicherer. Eine Stunde lang schritt Claes neben dem Pferd über die Wiese.

Am Abend taten ihr die Knochen und der Rücken weh, aber dennoch war sie stolz auf sich. Sie hatte ihrem Onkel nichts davon erzählt, wollte erst ganz sicher sein.

Noch einige Male holte Claes sie ab. Beim dritten Mal brachte er sein Pferd mit und ritt neben ihr. Von da an machten sie öfter gemeinsame Ausflüge.

Onkel Arnold war begeistert. Er kaufte die Stute seines Bekannten und ließ für Anna einen Sattel anfertigen.

Eines Tages ritt Anna mit Claes in Richtung Hüls durch das Dykgebiet.

Auf einem Platz zwischen den Inrather Höfen war ein Rad aufgebaut, eine Menschenmenge hatte sich versammelt. Anna hielt ihr Pferd an.

»Was geht hier vor sich?«

Claes schüttelte den Kopf. »Wir sollten weiter reiten.«

»Warum?«

In diesem Moment wurden ein Mann und eine Frau auf den Platz gebracht, beide in Fesseln. Die Frau weinte laut und bitter. Die Menge raunte auf.

Vor dem aufrecht stehenden Rad wurde ein Feuer entfacht und eine Zange erhitzt. Es roch verbrannt.

»Was passiert hier?« Anna wandte sich zu Claes, ihre Augen waren vor Entsetzen geweitet. Ihr Pferd tänzelte nervös, sie zog die Zügel an.

»Lasst uns weiterreiten, Mademoiselle te Kloot. Bitte.«

»Aber ...«

Eine laute Stimme übertönte die flüsternden und zischelnden Menschen.

»Das Gericht zur Herrlichkeit Krefeld hat dich, Ludger Pempelfort, und dich, Maria Grundbach, für schuldig befunden, dem achtjährigen Ansbert, Sohn des Ludger, die Zunge herausgetrennt zu haben, damit er nicht von euren Diebereien erzählen konnte. Das Kind ist verblutet.« Die Menschen schrien auf. »Ruhe!«, befahl der Mann. »Zudem seid ihr für schuldig befunden worden, diverse Taler und anderes Gut gehortet zu haben, was nicht zu eurem Besitz gehört. Bekennt ihr euch schuldig?«

Der gefesselte Mann nickte nur stumm, er hielt den Kopf gesenkt. Seine Hosen färbten sich zwischen den Beinen dunkel. Anna wurde klar, dass er Wasser gelassen hatte. Sie biss sich auf die Lippen.

Die Frau schrie: »Nein. Nein!«

»Nur weg hier.« Claes versuchte, sein Pferd durch die Menge zu treiben, doch die Leute wollten nicht weichen.

Anna saß wie versteinert auf ihrer Stute und betrachtete gebannt das Geschehen. Es roch nach Schweiß und Exkrementen.

Die Männer banden Pempelfort auf das Rad, die Beine und Arme gespreizt, der Kopf fixiert. Er wehrte sich kaum, ließ wie im Tran alles mit sich machen. Nur die Lippen presste er fest zusammen. Mit Gewalt öffneten sie seinen Mund, zogen die Zunge heraus. Er würgte. Mit einem heftigen Schnitt wurde ihm die Zunge abgeschnitten. Die Wunde verschlossen sie mit der glühenden Zange.

Es stank nach verbranntem Fleisch, ein widerlicher Geruch. Annas Magen zog sich zusammen. Ihre Hände griffen in die Mähne der Stute, krallten sich fest. »O mein Gott ...«

Claes griff nach dem Zügel von Annas Pferd, zog es mit sich. »Aus dem Weg, aus dem Weg!«

Die Männer lösten den Strick, der Pempelforts Kopf an das Rad fixierte. Pempelfort röchelte, verdrehte die Augen.

Ein großer, kräftiger Mann mit einer Axt in der Hand trat vor. Er hob die Axt. Anna wusste, was nun folgen musste, wollte es nicht sehen, konnte dennoch die Augen nicht von dem Geschehen abwenden.

Sechs Schläge brauchte er, um den Kopf abzutrennen. Das Blut sprudelte in einer Fontäne aus dem Hals. Es roch metallisch.

Die Frau schrie immer noch. Gellend. Die Schreie hallten Anna in den Ohren. Es klang verzweifelt, fast schon irre. Die Männer banden den Toten vom Rad, schwer schien er zu wiegen. Sie schleiften den geköpften Körper zur Seite, schleppten die immer noch schreiende Frau zum Rad. Ihre Schreie wurden schriller, aber auch heiser. Das war das Letzte, was Anna sah.

Claes schaffte es endlich, die Menschen zur Seite zu drängen, konnte eine Gasse erzwingen. Mit Annas Pferd im Schlepptau verließ er den Platz, ritt um das Gehöft zur Straße.

Kaum war der Weg frei, gab Claes seinem Pferd die Sporen. Er hielt erst an, als sie nichts mehr von den Schreien hören konnten.

Anna hatte sich in der Mähne ihrer Stute festgekrallt. Ihr war schwindelig. Als die Pferde standen, ließ sie sich aus dem Sattel gleiten, rannte hinter das nächste Gestrüpp und übergab sich. Kalter Schweiß stand ihr auf der Stirn, ihr Herz pochte schmerzhaft. Sie würgte, bis nur noch Galle kam.

»Anna, es tut mir so leid.« Claes trat neben sie, legte ihr die Hand auf den Rücken.

Langsam richtete Anna sich auf, in ihren Augen brannten die Tränen.

»Ihr wusstet davon?«

»Ich hatte von dem Urteil gehört, ja. Aber ich wusste nicht, dass es heute vollstreckt werden sollte. Dann wäre ich niemals mit Euch hierhergekommen.«

»Warum haben sie das getan? Es war so grausam.« Anna biss sich auf die Lippen.

»Es ist die Rechtsprechung. Was die beiden ihrem Kind angetan haben, war auch grausam.« Claes nahm ihren Arm, reichte ihr sein Taschentuch.

Anna wischte sich über das Gesicht. »Ich habe Wein dabei. Kommt, setzt Euch!« Unter den Bäumen blühten die letzten Reste späten Waldmeisters. Der süße Duft beruhigte Annas Nerven. Claes reichte ihr ein Fläschchen mit Wein. Sie trank langsam ein paar Schlucke.

»Auch wenn es die Rechtsprechung ist: Was die Leute da getan haben, macht die Tat nicht wieder gut. Es war grausam und schrecklich.« Anna schüttelte den Kopf. »Es war Vergeltung und kein Recht.«

»Eure Gedanken ehren Euch, Anna, aber das einfache Volk erzieht man mit drastischen Mitteln.« Er setzte sich neben sie, seufzte leise. »So ist es jedenfalls gedacht. Ich glaube nicht, das Abschreckung dieser Art wirklich funktioniert.«

»Sie haben sicherlich furchtbar gelitten, aber nun sind sie tot.«

»Anna, wirklich, ich wünschte, ich hätte Euch das ersparen können.«

Erst jetzt wurde ihr bewusst, dass er sie mit Vornamen ansprach. Es erschien ihr richtig.

»Ich habe immer von solchen Hinrichtungen gehört, aber noch nie eine gesehen. Das möchte ich auch nie wieder.« Sie schluckte hart. »Claes, Euch trifft keine Schuld.«

»O doch, ich hätte Euch davor bewahren müssen.« Er schüttelte den Kopf. »Was wäre für Euch eine gerechte Strafe? Sie haben das Kind misshandelt, so dass es starb. Man muss dagegen vorgehen. Abgesehen davon, dass sie gestohlen haben.«

»Bisher habe ich mir dazu keine Gedanken machen müssen. Wir hatten immer Glück, sowohl im Bergischen als auch hier, mit dem Gesinde. Mein Bruder hat einmal den Lohn einbehalten, als ein Bleicher unregelmäßig gearbeitet hat.« Anna nahm ihm die kleine Flasche ab, trank erneut. Der Wein erfrischte sie.»Wenn die Kinder sich streiten oder es Probleme gibt, dann rede ich mit ihnen. Der Onkel ist strenger, er bestraft auch schon mal. Aaron musste neulich das Rohr ertragen, weil er sich unbotmäßig benommen hat.«

»Strafe gehört zur Erziehung dazu.«

»Das stimmt, Claes, aber es sollte in Maßen geschehen.«

»Wahrscheinlich sind die beiden Verurteilten auch in Maßen erzogen worden.«

Ärgerlich stand Anna auf.»Lasst uns weiterreiten.«

Kapitel 12

Der achte August 1754 war ein besonderer Tag für die Herrlichkeit Krefeld. Clemens August, der Kurfürst von Köln, reiste samt seiner Gefolgschaft an, um den Grundstein der katholischen Kirche zu legen.

Die ganze Stadt fieberte diesem Ereignis entgegen. Süße Kuchen wurden gebacken und allerlei Wild erlegt, war doch bekannt, dass Clemens August ein Feinschmecker war.

»Ich verstehe es nicht«, gestand Anna Claes.»Die Herrlichkeit Krefeld gehört zu Moers und somit zu Oranien. Was macht der Kurfürst hier?«

Claes lachte leise und nahm ihren Arm. Er führte sie in die Innenstadt, nahe des Marktplatzes.»Hüls, Linn und Uerdingen gehören zur Grafschaft Köln. Krefeld liegt wie eine Insel darin. Der Kurfürst ist mindestens einmal im Jahr hier und jagt in den Wäldern zwischen Bockum und Latum. Das ist sein Revier. Er ist ein Jäger.«

»Bockum und Latum? Auch Kierst?« Anna fragte arglos. Immer noch hatte sie die Tage dort nicht vergessen, Madame Lobach und ihr herzliches Wesen.

Claes zuckte spürbar zusammen. Anna sah ihn erstaunt an. »Doch, Kierst gehört auch zu seinem Gebiet. Durchaus.« Er schnaubte auf.

»Habe ich etwas Falsches gesagt?«

»Nein, Anna.«

Verwirrt verstummte sie. Etwas war geschehen, etwas, das plötzlich wie eine Wand zwischen ihr und Claes stand, aber sie wusste nicht, was.

»Er ist das Oberhaupt der Katholiken hier im Rheinland und deshalb auch für Krefeld zuständig. Die Oranier und König Friedrich sind Protestanten. Und deshalb wird er den Grundstein der Kirche weihen. Die erste Kirche in Krefeld, die Alte Kirche, war ursprünglich katholisch und dem heiligen Sankt Dionysius geweiht. Dann wurde sie den Protestanten vermacht. Das Kloster durfte immer in den Stadtmauern bleiben. Bisher wurden dort die Messen gelesen. Zuerst heimlich, dann mit öffentlicher Billigung.« Er lacht leise. »Glaube ist manchmal bigott. Wir durften auch am Anfang nur geduldete Gottesdienste abhalten, dann hinter hohen Mauern und immer nur später als die anderen. Die Katholiken beginnen am Sonntag den Reigen mit dem Angelusläuten, um halb zehn ist die Messe, die Reformierten versammeln sich um zehn. Aber erst um halb elf dürfen wir unsere Gottesdienste abhalten. So spät, dass sich keiner versucht fühlt, sich den Tag zu verderben.«

Claes Lachen klang bitter. »Aber das ist egal. Wir werden zwei Tage Festivitäten haben und sie genießen.«

Anna schaute ihn an. Er war blass und wirkte nervös. Auf keinen Fall sah er so aus, als würde er irgendetwas im Moment genießen.

»Madame Lobach ist in der Stadt, habe ich gehört.« Sie versuchte ein unverfängliches Thema zum Plaudern zu finden. »Ich habe sie seit dem letzten Jahr nicht mehr getroffen. Einen Brief schrieb ich ihr, den sie auch beantwortete, doch ich würde mich sehr freuen, sie zu treffen. Sie ist bei ihrer Familie, den Scheutens? Das sind doch auch Eure Verwandte?«

Claes schluckte und hustete. Er ließ ihren Arm los, drehte sich um, holte tief Luft.

»Anna, Ihr seid eine erstaunliche Frau, trefft immer den Nagel auf den Kopf.« Er lachte heiser und schwieg anschließend.

Anna wusste nicht, was sie diesmal falsch gemacht hatte. Ergeben ging sie neben ihm her.

Eine Art Jahrmarkt mit Buden und Büdchen, Ausschank und Verkauf war aufgebaut worden. Musiker waren auf einer Plattform auf dem Marktplatz positioniert und gaben ihre Werke zum Besten.

Der Erzbischof und Kurfürst Clemens August ließ sich nur kurz sehen, winkte dem Volk zu und verschwand dann wieder mit der Familie von der Leyen.

Anna hatte ihn jedoch genau gesehen. Dank Claes stand sie in der ersten Reihe am Markt.

Der Kurfürst war groß und dünn, hatte ein langes, sehr hageres, fast schon eingefallenes Gesicht. Das wunderte sie sehr, denn es wurde berichtet, dass er sich viel Fleisch auftragen ließ.

Seine Perücke war imposant und mit einer schwarzen samtenen Schleife geschmückt. Aber das Auffälligste waren die Schuhe mit den hohen roten Absätzen. Anna konnte kaum den Blick davon wenden.

»Morgen legt er den Grundstein, und wir werden Clemens August wiedersehen, Anna. Und ich schwöre, er wird andere Schuhe mit ebensolchen Absätzen tragen.« Claes lachte.

»Nein!« Anna schüttelte den Kopf.

»O doch. Glaubt mir, Anna, schlicht gehört nicht zu seinem Sprachgebrauch.« Claes lachte noch lauter, als er ihr entsetztes Gesicht sah. »Er ist ein Lebemann.«

»Er ist ein Mann der Kirche.«

»Aber sicherlich nur aus politischen Gründen, meine Liebe, und vielleicht monetären.«

Schockiert sah Anna ihn an. »Er ist es nicht aus tiefer religiöser Überzeugung?«

»Ein hohes Amt in der katholischen Kirche wird selten aus

Überzeugung des Glaubens angestrebt und auch nicht vergeben. Aber das ist politisches Geschwätz und muss Euch nicht interessieren.«

»Tut es aber, oder haltet Ihr mich für zu einfältig?«

»Einfältig?« Claes schüttelte den Kopf. »Nein, Ihr seid eine sehr intelligente, interessierte, eine gebildete junge Dame. Ihr überrascht mich immer wieder, und ich muss gestehen, ich habe Gefallen daran gefunden.«

Anna senkte den Kopf, sie wollte um jeden Preis vermeiden, dass er sah, wie sie rot wurde. Dieser Mann berührte sie. Er berührte ihr Herz und ihre Seele. Ihr Herz klopfte jedes Mal, wenn sie ihn sah, ihre Wangen röteten sich, und ihre Hände wurden für einen Moment feucht. Das gab sich zum Glück nach kurzer Zeit wieder, und dann genoss sie seine Anwesenheit, seinen feinen Humor und die Aufmerksamkeit, die er ihr schenkte.

Zu gerne hätte sie sich irgendjemandem ob ihrer Gefühle anvertraut. Doch eine Vertraute, eine Freundin hatte sie noch nicht gefunden. Oft kam Katrina zu Besuch, oder sie gingen zu ihr, aber immer noch herrschte eine kühle Distanziertheit zwischen den Cousinen.

Sie tauschten Kochrezepte aus, halfen sich in Haushaltsfragen und unterhielten sich über die Schulbildung der Kinder. Auch Joseph besuchte seit Ostern die Schule. Doch Herzensdinge waren das Letzte, was Anna mit ihr besprochen hätte.

In diesen Momenten fehlte ihr die Mutter. Anna drehte den Ring, den sie hatte enger machen lassen, so dass er ihr nicht mehr vom Finger rutschen konnte.

Was mochte Claes für sie empfinden? Oft genug suchte er ihre Gegenwart, sie unternahmen viel gemeinsam, zusammen mit den Familien, aber auch alleine.

Inzwischen sorgte er dafür, dass er freitags nachmittags zu Hause war. Anna hatte es zur Routine gemacht, nach dem Wocheneinkauf auf dem Markt zu ter Meers zu gehen und sich mit neuem Lesestoff einzudecken. Mittlerweile wusste er, welche Bücher sie bevorzugte. Er empfahl ihr eine Reihe Schriften, diskutierte mit ihr darüber. Sie hatte den Eindruck, ständig dazuzulernen und ihren Horizont zu erweitern. Claes sah es mit Vergnügen und einer gewissen Eitelkeit, so meinte sie.

Die Gegend um Krefeld hatte er ihr gezeigt und sie damit vertraut gemacht. Schon zweimal war sie alleine ausgeritten, etwas, was ihr Onkel nicht gerne sah. Aber es bedeutete eine gewisse Art der Eigenständigkeit.

»Mögt Ihr einen süßen Kuchen?« Claes holte sie aus ihren Gedanken in die Menge am Marktplatz zurück. Jetzt, nachdem der Kurfürst sich zurückgezogen hatte, feierten die Leute ausgelassen. Die Feiern würden bis zum Morgen andauern, vielleicht sogar darüber hinaus.

Der Stadt Krefeld ging es gut, es gab reichlich Arbeit und somit Lohn und Brot.

Claes kaufte Kuchen und Bier.

»Werter Bruder, edle Dame.« Abraham stand plötzlich vor ihnen. »Euch hier zu sehen, Ihr, die Festen der Mennonitischen Gemeinde in diesem Auflauf von Prunk und Zierrat, überrascht mich.« Er lachte.

Anna hielt die Luft an. Meinte Abraham den Tadel ernst? Sie sah sich um. Etliche Gemeindemitglieder waren auf den Marktplatz gekommen. Ziemte es sich nicht?

Claes lachte. »Und warum bist du hier?«

»Ich dachte, ich schau mal, ob mir mein großer Bruder ein Bier spendiert. Oder ist so etwas nur edlen Damen vorbehalten? Möglicherweise sogar nur Herzensdamen?«

Anna trank einen Schluck, verschluckte sich, hustete.

Abraham klopfte ihr leicht auf den Rücken.

»Verzeiht, Mademoiselle, sollte ich Euch verlegen gemacht haben?« Er verneigte sich mit einem, wie es ihr schien, spöttischen Lächeln.

»Abraham, mach das nicht.« Claes schüttelte den Kopf.

»Anna, lasst Euch nicht von ihm verunsichern. Mein Bruder ist ein Spaßvogel, er meint es nicht ernst.«

Der Tag war jedoch für Anna verdorben. Schon bald fand sie eine Ausrede, um sich von den Brüdern zu verabschieden und nach Hause zu gehen. In der Mühlenstraße war es ruhig. Die Arbeiter hatten heute freibekommen, um an den Feierlichkeiten teilzuhaben.

Anna nahm sich eine Schüssel mit Erbsen und setzte sich in den Garten, um sie auszulesen.

Nach einer Weile stürmten die Kinder in den Hof. Onkel Arnold hatte sie auf den Marktplatz mitgenommen.

»Anna, Anna!« Joseph lief zu ihr, sein Mund war verschmiert, die Augen strahlten. »Vater hat uns Honigkuchen gekauft. Magst du?« Er hielt ihr ein klebriges Stück Kuchen entgegen, das zum größten Teil zerdrückt war.

»Wie wunderbar, Joseph, aber iss es lieber selbst, es ist ja für dich.«

Der Junge senkte enttäuscht den Kopf, und ihr wurde klar, dass er das Stück eigens für sie aufgehoben hatte. Sie unterdrückte einen Seufzer.

»Nun gut, wir teilen es uns, ja?« Sie nahm den Kuchen und brach ein Stück ab, steckte es in den Mund. Es war so süß, dass sich ihr Mund zusammenzog. Sie kaute und schluckte, spülte schnell mit einem Schluck des Brunnenwassers nach, das sie in einem Krug auf dem Tisch stehen hatte. »Köstlich, mein Lieber.«

Schnell steckte sich Joseph das andere Stück in den Mund. Seine Augen lachten.

»Anna, du bist schon hier? Ich habe dich auf dem Markt gesucht.« Arnold setzte sich neben sie.

»Ich bin schon vor einer Weile gekommen. Es war mir …«, sie stockte, »zu laut und zu voll.«

»Morgen wird es noch voller und lauter werden.« Der Onkel nahm die Pfeife aus der Jackentasche und stopfte sie umständlich.

»Das fürchte ich auch. Ich werde nicht hingehen.«

»Was?« Arnold zog verblüfft die Augenbrauen hoch. »Das kann nicht dein Ernst sein. Ich wollte dich gerade fragen, welches dein schönstes Kleid ist.«

»Warum?«

»Weil du morgen dein schönstes und bestes Kleid anziehen sollst.«

»Aber warum?«

»Anna, wir sind von den von der Leyens zum Empfang eingeladen worden. Das ist wichtig. Kontakte und Geschäfte sind immer wichtig. Es sind nur einige der Krefelder Familien geladen, und wir gehören dazu.«

Anna senkte den Kopf. Natürlich verstand sie, dass es eine besondere Ehre war, trotzdem war es ihr unangenehm.

»Komm, zeig mir mal deine Kleider. Wir suchen das schönste aus. Tina kann es dann ausbürsten, vielleicht auch über Wasserdampf hängen.«

»Muss ich denn wirklich mitkommen?«

»Friedrich von der Leyen hat dich ausdrücklich erwähnt, mein Kind. Er sagte: ›Bringt doch auch Eure entzückende Nichte mit. Sie ist mir nach dem Gottesdienst durch ihre sanftmütige und wohlfällige Art des Öfteren aufgefallen.‹«

»Sanftmütig.« Anna stieß die Luft aus und verzog den Mund. »Er kennt mich nicht.«

»Du machst den Eindruck, mein Kind. Wie du hier zuhause mit dem Kater umgehst, kann er ja nicht wissen.« Arnold schmunzelte.

Mit dem Hauskater stand Anna auf Kriegsfuß. Seit Wochen legte er ihr jeden Morgen eine tote Maus oder Ratte vor ihre Tür, eine zweite vor den Ofen in der Küche. Zu Anfang war sie mehrfach in die Kadaver getreten und hatte sich erschreckt. Der Kater schien sie heiß und innig zu lieben. Auch jetzt lag er wieder zu ihren Füßen. Er folgte ihr auf Schritt und Tritt, blieb hinter ihr stehen oder sitzen. Regelmäßig fiel sie über ihn. Obwohl sie ständig mit ihm schimpfte, ihn mit dem Besen vertrieb oder aus der Küche jagte, gab er nicht auf.

Arnold belustigte sich immer daran. »Wenn der Kater so weitermacht, bringe ich ihn zu einem Bauernhof weit weg. Dann kann er Stallmäuse jagen und andere Leute erschrecken.« Wütend stupste Anna ihn mit dem Fuß an. Das Tier streckte sich nur und schnurrte laut. »Immerhin versieht er seinen Dienst. Mäuse haben wir weder in der Speisekammer noch im Keller. Aber nun komm, lass uns nach deiner Kleidung schauen.«

Das schönste Kleid, das Anna besaß, war aus feinem, blauem Wollstoff. Es war schlicht, die Ärmel lang und eng. Arnold te Kloot seufzte. »Hast du nicht noch etwas anderes? Mit ein wenig mehr Zier? Einem weißen Spitzenkragen?« Anna schüttelte entsetzt den Kopf. »Ich habe nur ein schlichtes Gewand, das reicht doch auch.«

Der Onkel ging in sein Schlafgemach, öffnete eine Truhe. »Ob dir das passt?« Er nahm ein Kleid aus durchwirkter Seide heraus. Es war dunkel, hatte aber einen schimmernden Kragen und goldene Knöpfe am Mieder. Die Ärmel fielen weit und hatten einen Spitzenbesatz.

»Es gehörte meiner Frau. Sie hat es allerdings nie tragen können. Ich habe es ihr aus Amsterdam mitgebracht.«

Vorsichtig strich Anna mit den Fingerspitzen über den Stoff, die Seide raschelte leise.

»Es ist wunderschön.«

»Probier es an.«

»Das kann ich nicht, Onkel.«

»Natürlich kannst du das. Ich schicke dir Tina, sie soll dir helfen.«

»Nein, so meinte ich das nicht. Ich kann doch nicht so etwas anziehen. Es ist nicht schlicht, nicht einfach.«

»Es ist einfach schön, genau wie du.« Der Onkel schüttelte energisch den Kopf und drückte ihr das Kleid in den Arm. »Zieh es an, vielleicht muss es noch geändert werden.«

»Aber …«

»Anna, bei aller Liebe und bei allem Respekt vor Gott, die Zeit ändert sich, und wir müssen mit ihr gehen. Auch wir müssen uns verändern. Die von der Leyens und andere Verleger haben das erkannt. Wir können uns nicht davor verschließen.« Anna biss sich auf die Lippe, suchte nach einer passenden Erwiderung, doch ihr Onkel hatte den Raum schon verlassen. Noch einen Moment blieb sie stehen, das Kleid an sich gedrückt, dann nickte sie ergeben. Sie schloss die Tür zu ihrem Zimmer, lehnte sich dagegen. Dann hielt sie das Kleid hoch, die Arme von sich gestreckt. In die Seide waren winzige Blütenknospen in einem etwas dunkleren Ton eingewoben. Man sah sie nur, wenn man ganz genau hinschaute. Die Sonne schien durchs Fenster, und das Kleid schimmerte plötzlich wie tiefes Wasser.

Vorsichtig zog Anna es an. In der Taille war es ein wenig eng, und die Ärmel reichten ihr bis zu den Fingerspitzen. Da sie aber weit geschnitten waren, störte es Anna nicht. Ihre Cousine Katrina hatte in ihrem alten Zimmer einen Spiegel zurückgelassen, da dieser an den Rändern leicht angelaufen war. Sie hatte Anna angeboten, den Spiegel zu nehmen, doch bisher hatte Anna es nicht für nötig empfunden. Nun aber ging sie in das Zimmer, das nach Staub und Lavendel roch. Sie öffnete die Vorhänge. Dann drehte und wendete sie sich, beschaute erstaunt ihr Spiegelbild. Wie eine andere Person sah sie sich. Leichter und graziler, beschwingter und nicht so voller Ernst.

Erschrocken hielt sie mitten in der Bewegung inne. Wollte sie so sein? Konnte sie diese Leichtigkeit annehmen? Es verlockte sie, aber gleichzeitig verspürte sie Scham. Es gereichte Gott nicht zur Ehre, eitel zu sein.

»Wunderschön, mein Mädchen. Wirklich, es steht dir ausgezeichnet.« Ihr Onkel stand in der Tür und betrachtete sie zufrieden. »Damit wirst du morgen ein Schmuckstück unter den anderen Damen sein.«

»Es geziemt sich nicht.«

»Doch, das tut es. Gott hätte uns nicht die Möglichkeit gegeben, Seide zu weben und zu wirken, wenn er es als böses Teufelswerk betrachtet hätte. Wir verdienen unser Geld mit schönen Stoffen, warum sollen wir sie nicht auch tragen? Versuch mal, es nicht ganz so eng zu sehen, und nimm diesen kummervollen Blick von deinem schönen Gesicht.«

Am Abend saßen sie so wie immer in der Stube und lasen. Die Buchstaben tanzten jedoch vor Annas Augen, und obwohl sie die Seite nun schon das dritte Mal las, konnte sie den Sinn der Worte nicht aufnehmen. Zu verworren waren ihre Gedanken.

»Onkel«, sagte sie schließlich.

»Ja?« Er sah überrascht auf, hatte wohl ihren verzweifelten Tonfall wahrgenommen.

»Ich möchte keine eitle Person werden.«

»Eitel? Ich habe noch nie eine uneitlere Frau als dich gesehen. Wie kommst du darauf?«

»Ich meine, wegen des Kleides. Es ist wunderschön, der Stoff fühlt sich unglaublich weich an …« Anna kniff die Augen zusammen, legte beide Hände an die Wangen.

Ihr Onkel holte tief Luft, überlegte für einen Augenblick.

»Siehst du, Anna, es ist ja so: Du sollst nicht jeden Tag so ein Kleid tragen. Dieses schon gar nicht. Es hat ein Vermögen gekostet. So wie du dich tagtäglich kleidest und gibst, bist du perfekt. Es passt zu dir, es ist Gott gefällig, da bin ich mir sicher. Aber ich habe eine Firma, wir haben einen Stand in der Gesellschaft. Und eben diese Gesellschaft verändert sich. Ich muss meine Firma repräsentieren. Und du, als meine Nichte, musst es auch. Der Kurfürst und seine Gefolgschaft werden dein Kleid immer noch als schlicht empfinden, glaub mir.« Er lehnte sich vor, schenkte ihnen beiden ein Glas Wein ein. »Auch Katrina und ihr Mann werden morgen anwesend sein. Katrinas Kleid, da bin ich mir sicher, wird mehr Aufmerksamkeit erregen als deines.«

Anna kaute auf ihrer Lippe. Dann nahm sie den Wein, nippte

nachdenklich daran. »Du meinst also zu deinem Wohl und dem der Firma ist es meine Pflicht, mich aufzuputzen?«

»Ja!« Arnold nickte entschieden. »So meine ich das.« Dann beugte er sich wieder über die Zeitung aus England, die am Morgen gekommen war.

Anna überlegte. War das tatsächlich so? Was für ein Kleid würde Katrina tragen, und würde die Familie ter Meer auch anwesend sein? Claes? Was würde er über sie denken, wenn er sie in dem Kleid sähe?

»Warum hast du Katrina das Kleid nicht gegeben?«, platzte sie heraus.

»Katrina? Ich habe es ihr angeboten, schon damals als meine Frau starb. Ihre anderen Sachen habe ich verschenkt an Bedürftige, aber das Kleid ... das wollte und konnte ich nicht. Katrina wollte es nicht.« Er räusperte sich, es klang verlegen.

Anna fiel ein, dass Claes einmal erwähnt hatte, dass die Beziehung zwischen ihrer Cousine und deren Stiefmutter alles andere als herzlich gewesen war. Sie nahm noch einen Schluck Wein, beschloss, sich zu entspannen und es gelassen zu sehen. Einmal so ein Kleid zu tragen war tatsächlich mehr als verlockend.

Nachdem sie ihr Glas geleert hatte, stand sie auf.

»Gute Nacht, Onkel.«

»Schlaf gut, mein Kind.«

Sie machte einen Schritt, trat auf den Kater, der laut maunzend entfloh. Anna strauchelte, wäre beinahe gestürzt. »Verfluchtes Vieh, möge es der Teufel holen!«

Ihr Onkel schmunzelte. »Nicht fluchen, Anna, das ist nicht gottgefällig.«

Kapitel 13

Am nächsten Vormittag versammelte sich die Bürgerschaft der Herrlichkeit Krefeld wieder auf dem Schwanenmarkt. Der Kurfürst zu Köln war wiederum aus Uerdingen angereist. Diesmal ging er mit seiner Gefolgschaft in das katholische Pfarrhaus am Rande des Marktes. Zwei große Bürgerhäuser waren abgerissen worden, auf ihrem Platz sollte nun die katholische Kirsche errichtet werden. Der Markt war in den letzten Jahren für die wachsende Stadt zu klein geworden, von nun an sollte das freitägliche Markttreiben auf dem neuen Markt stattfinden. Doch der Brunnen war immer noch der Mittelpunkt der Stadt. Angetan mit seinem Ornat, betrat der Kurfürst den Platz. Das große Kruzifix sowie den Bischofstab ließ er vor sich hertragen. Mit ernstem Gesicht vollzog er die Grundsteinlegung. Sichtlich erleichtert wandte er sich danach zu Friedrich von der Leyen um.

»Und jetzt?«

»Jetzt ziehen wir uns in mein Haus ›Zu den Ketten‹ zurück, Monseigneur.«

»Hier.« Er reichte von der Leyen einen Geldbeutel. »Für die Bürgerwehr und die Musiker. Sie haben gutes Werk getan.«

Anna stand so nahe, dass sie seine Worte vernehmen konnte. Sie schaute zu seinen Füßen. Just in dem Moment hob er sein Ornat an und ging mit dem Seidenweber davon. Anna sah die roten Absätze seiner Schuhe leuchten. Sie unterdrückte ein Kichern, suchte in der Menge Abraham ter Meer. Er stand nicht weit von ihr, ihre Blicke kreuzten sich, und Anna wies lächelnd auf die Schuhe des Bischofs. Abraham verbeugte sich schmunzelnd.

»Komm, Kind. Nun geht es zu der Gesellschaft.« Ihr Onkel fasste sie am Arm. Er wirkte ein wenig nervös, was Anna überraschte. Bisher hatte sie ihn immer souverän und ruhig erlebt, kaum etwas konnte ihn aus der Ruhe bringen. Schon gar nicht eine fauchende Katze, dachte Anna verdrießlich.

Die gute Gesellschaft folgte dem Kurfürsten und den Brüdern von der Leyen in ihr großes Stadthaus. Anders als bei den Gesellschaften, die Anna bisher erlebt hatte, war hier kein Esstisch aufgebaut. Sie wurden in den Saal geführt. Die Flügeltüren zu dem Ziergarten waren geöffnet. Mancherlei Blumensträuße standen in großen Vasen in den Ecken und auf den kleinen Tischen. Ihr Duft füllte den Raum, vermischt mit dem Geruch von Puder und Parfüm.

Zwei große Tafeln standen jeweils an den Kopfseiten des Raumes. Dort wurden Getränke und Kleinigkeiten gereicht. Es gab Brot und Butter, kleine Pasteten, gefüllte Wachteln und vielerlei mehr.

Anna kam aus dem Staunen nicht heraus.

»Mademoiselle te Kloot.« Es war Friedrich von der Leyen, der sie ansprach. Seine Haare waren gepudert und in Locken gelegt, aber er trug keine Perücke. Er war ein kleiner, kräftiger, aber nicht dicker Mann mit einer prominenten Nase. Seine Augen funkelten lebhaft. »Ich habe viel Gutes von Euch gehört. Ihr führt Eurem Onkel den Haushalt und helft ihm mit den Kindern. Ihr seid inzwischen eine Grundfeste der Gemeinde und erbarmt Euch der Armen.«

»Klingt, als wäre ich eine alte Jungfer und verhärmt. Ich tue nur meine Pflicht«, sagte Anna belustigt. »Viele Arme hat diese Stadt ja, Dank Eures und Eures Bruders Zutun, nicht.«

Friedrich zog amüsiert die Augenbrauen hoch. »Und auf den Mund seid Ihr auch nicht gefallen. Das ist gut. Eine Bereicherung für Krefeld.«

»Wenn Ihr das so sehen mögt, bin ich es zufrieden.«

»Ich habe vernommen, dass ihr lest.«

»Natürlich. Ihr doch gewiss auch. Außerdem backe ich Brot.« Sie lachte kurz auf. »Das tut Ihr sicherlich nicht. Nun, und gerade gestern habe ich Erbsen geputzt.«

Nun lachte er laut. »Auch das habe ich gehört, Ihr seid bescheiden.«

»Schlicht, Monsieur, einfach nur schlicht.«

»Reiten könnt Ihr auch. Ich habe Euch neulich in den Wallgärten vor der Stadt gesehen. Eine feine Stute habt Ihr.«

»Sie gehört meinem Onkel. Ich bin froh, dass sie so fromm und geduldig mit mir ist. Reiten würde ich das nicht nennen, aber ich kann mich auf ihr halten.«

»Vielleicht«, sagte er und zwinkerte ihr nun zu, »vielleicht habt Ihr Lust, einmal mit mir auszureiten?«

Anna hielt die Luft an. Das Gespräch war ihr entglitten. Sie spürte, dass er sie in eine Richtung führte, in die sie nicht wollte. Ihn brüsk vor den Kopf zu stoßen konnte ihrem Onkel schaden. Fieberhaft suchte sie eine unverfängliche Antwort.

»Mademoiselle te Kloot. Wie wunderbar, Euch hier zu treffen.« Die Stimme war vertraut, doch es war Abraham und nicht Claes ter Meer, der sie rettete. »Monsieur von der Leyen?« Abraham verneigte sich leicht. »Wunderbare Köstlichkeiten habt Ihr auftischen lassen. Ist das Moselwein?«

»Ein Teil ist von der Mosel, der andere aus Bordeaux. Meine Lieblingsweine. So vollmundig und die leichte Süße, einfach herrlich.« Von der Leyen hob das Glas. »Auf Euch und auf diese wunderbare Dame.« Wieder zwinkerte er Anna zu.

»Ja, beide sind wundervoll. Ich hoffe, es macht Euch nichts aus, wenn ich Euch die Dame für einen Moment entführe. Sie hat neulich einen herrlichen Braten serviert, und meine Mutter platzt, wenn sie das Rezept nicht bekommt. Neugierige Mütter darf man nicht warten lassen. Das versteht Ihr doch?« Nochmals verneigte er sich leicht.

»Braten?« Anna ließ sich mitziehen, nicht ohne kurz dem Gastgeber zugewinkt zu haben. »Welcher Braten?«

»Mademoiselle, oder darf ich Euch Anna nennen? Ihr wäret zum Braten geworden, hätte ich Euch nicht entführt. Monsieur von der Leyen ist durchaus charmant, doch sein lüsterner Ruf eilt ihm voraus.«

»Bitte?« Dann begriff Anna. Sie senkte den Kopf. »Oh, verdammt.«

»Ihr flucht? Welch angenehme Überraschung! Bisher hatte ich Euch für annähernd heilig gehalten.«

Anna schluckte, dann lachte sie. »Ich fluche normalerweise nur über den Kater. Das Vieh ist immer im Weg und macht mir das Leben schwer.«

»Und genau das wollen wir in Hinsicht von Monsieur von der Leyen vermeiden, er hat ähnliche Qualitäten.«

»Er jagt Ratten und Mäuse?« Anna lachte wieder.

»Nein, eher junge und unschuldige Frauen, die sich nicht zu wehren wissen.« Abraham klang plötzlich sehr ernst. Er führte sie an ein Tischchen, an dem seine Mutter saß.

»Anna, wie schön Euch zu sehen, und was für ein wundervolles Kleid.« Änne ter Meer zog Anna neben sich auf das kleine Sofa. »Beeindruckend, nicht wahr? Die von der Leyens haben durch ihren Seidenhandel richtig Geld. Protzig sind sie allerdings nicht, doch weltoffen. Für Krefeld ist das gut.«

Anna nickte nur. Viele der Frauen trugen farbenfrohe, leichte Kleider. Anna entdeckte ihre Cousine Katrina. Ihr Onkel hatte recht gehabt, Katrinas Kleid war deutlich auffallender als Annas. Es war aus Seide, die in einem matten Kupferton schimmerte, passend zu Katrinas Haaren. Das Kleid hatte einen tiefen Ausschnitt und Spitzenbordüren. Katrina trug keine Haube, sondern hatte die Haare hochgesteckt und mit einer großen Schleife verziert. Ihre Wangen leuchteten, und sie lachte. Anna kannte den Mann, mit dem ihre Cousine sprach, nur flüchtig. Abraham trat zu den beiden, stieg in die offensichtlich lustige Unterhaltung ein. Auch Claes kam hinzu.

Anna hatte Claes heute nur flüchtig auf dem Marktplatz gesehen. Sie spürte, dass ihr Herz bei seinem Anblick schneller schlug. Die vier standen dicht beieinander, unterhielten sich, lachten. Anna saß neben Madame ter Meer und fühlte sich ausgeschlossen.

Sie murmelte eine Entschuldigung, stand auf und ging durch

die großen Flügeltüren in den Garten. Auch hier standen kleine Gruppen im Gespräch vereint. Um den Kurfürsten, der nun wieder seine prunkvolle Kleidung trug, hatte sich eine größere Gruppe versammelt. Anna überlegte, ob sie sich dazu gesellen sollte, traute sich aber nicht.

Ein Kiesweg führte durch die mit Buchsbaum begrenzten Beete, in denen allerlei duftende Zierblumen und auch Kräuter wuchsen. Rosen rankten sich an schön geschmiedeten Gittern empor, bildeten eine Art Laubengang. Anna ging in Gedanken den Weg hinunter. Es roch köstlich, die Vögel zwitscherten, und die Sonne schien von einem strahlenden Himmel. Trotzdem kam sie sich töricht vor. Warum schaffte sie es nicht, sich zu den anderen zu gesellen? Sie blieb stehen, starrte auf die Rosen, ohne wirklich etwas zu sehen, und zupfte nervös an den zu langen Ärmeln ihres Kleides. Sie musste sich nur umdrehen und sich überwinden.

»Anna, hier seid Ihr. Ich habe Euch schon gesucht.« Claes kam auf sie zu. Er wirkte entspannt und fröhlich.

»Ein wundervoller Garten«, sagte Anna verlegen.

»Richtig. Wollt Ihr nicht zu uns kommen? Der Kurfürst ist ein eitler Pfau, aber auch sehr gebildet. Es finden interessante Gespräche statt.« Er nahm sie beim Arm und führte sie zurück zum Haus.

Irgendetwas war anders an ihm, Anna kam nur nicht darauf, was es war. Er wirkte beschwingter und weniger ernst als sonst.

»Was für ein wundervolles Kleid Ihr tragt. Ist es neu? Es steht Euch hervorragend.«

»Vielen Dank.«

Auf der Terrasse stand immer noch der Kurfürst, umringt von Menschen. Claes und Anna stellten sich dazu. Clemens August schien etwas zu rezitieren, es war auf Französisch.

Anna lauschte einen Moment. »Das ist doch Voltaire, oder?«

Claes nickte. »Ja, aus seinen Briefen über Newton.«

»Habt Ihr ein Buch von Newton?«

»Gewiss. Seine wissenschaftlichen Abhandlungen über die Axiome. Ich gebe es Euch gerne.«

»Newton war ein phantastischer Mensch. Seine Forschungen zur Optik sind unübertroffen.« »Es war Abraham, der sich neben sie gestellt hatte. »Ich bin dabei, mir nach seinen Anweisungen ein Teleskop zu bauen, um die Himmelskörper besser zu erforschen und zu beobachten.«

»Wann fährst du eigentlich nach Düsseldorf, um dir die bestellte Linse abzuholen?«, fragte Claes seinen Bruder.

»Habt ihr Linsen mit unterschiedlicher Brechung, Monsieur ter Meer?«

»Monsieur ter Meer?« Abraham zog belustigt die Augenbrauen hoch. »Keine Vornamen? Nun denn, ja, Mademoiselle te Kloot, so habe ich es bestellt und hoffe, dass es funktioniert. Nächste Woche wollte ich nach Düsseldorf reisen, Claes.«

»Wollen wir ihn begleiten, Anna?«

»Ich müsste meinen Onkel fragen.« Anna war sich nicht ganz sicher, ob sie wirklich mit beiden Brüdern gemeinsam reisen wollte. Claes gehörte ihr Herz, vor Abrahams Scherzen fürchtete sie sich ein wenig. Natürlich hatte er sie vorhin galant aus einer unangenehmen Situation gerettet, doch das lag nur daran, dass sie sich so naiv in diese Lage gebracht hatte. Sie war sich sicher, dass er innerlich über sie lachte.

»Hast du schon gesehen, die Lobachs sind auch hier«, sagte Abraham nun zu seinem Bruder. Claes streckte sich, strich sich mit der Hand über das Gesicht und die Haare. Anna meinte, eine leichte Röte auf seinen Wangen entdecken zu können.

»Tatsächlich? Wo?«

»Ich habe Carl und Margot vorhin drinnen gesehen.« Abraham lächelte. »Du wirst sie sicher finden.«

»Entschuldigt mich«, murmelte Claes, drehte sich um und ging.

»Wir sind mit Lobachs verwandt, und Claes freut sich immer, wenn er sie sieht. Das ist ja nicht so häufig.« Abraham sah seinem Bruder grinsend hinterher.

»Ich weiß«, murmelte Anna.

»Kommt, Mademoiselle te Kloot, es wird köstlicher Wein kredenzt und auch kalter Braten, Wachteleier und kandierte Früchte.«

Zögernd folgte Anna ihm.

Abraham brachte ihr ein Glas Wein so wie einen Teller mit einer Auswahl an Speisen.

»Monsieur ter Meer?« Ein Mann von großer Statur mit einer Perücke und auffälligen Schnallenschuhen verneigte sich leicht.

»Monsieur Stennes. Ihr wart lange nicht mehr in Krefeld.«

»Die Geschäfte, immerzu unterwegs. Doch heute wollte ich auf jeden Fall anwesend sein, habe ich doch den Wein besorgt. Ich hoffe, er findet Euer Gefallen. Mademoiselle? Oder Madame?«

»Darf ich vorstellen, Mademoiselle te Kloot, die Nichte des Arnold te Kloot. Sie wohnt erst einige Monate in der Stadt. Mademoiselle te Kloot, dies ist Monsieur Heinrich Stennes, er ist ein vorzüglicher Weinhändler.«

Anna kostete den Wein, Stennes sah sie dabei aufmerksam an. Seine blauen Augen bildeten einen auffälligen Kontrast zu den dunklen Koteletten, die unter der Perücke zu erkennen waren. Er war sehr groß, von schlanker Figur. Stennes lächelte freundlich.

»Der Wein ist ganz wunderbar, so samtig mit einer leicht zitronigen Note«, sagte Anna.

»Vorzüglich, Mademoiselle te Kloot. Er stammt aus Bordeaux, einer wunderbaren Gegend im Süden Frankreichs. Ich habe ihn eigens für den heutigen Tag gekauft. Und es freut mich außerordentlich, dass er Euch mundet.« Wieder verneigte er sich.

Ein Geck, dachte Anna, aber ein liebenswerter. Abraham und er tauschten höfliche Floskeln aus, kamen dann auf die internationale Politik zu sprechen.

»Man hört, dass es zu heftigen Konflikten in den Kolonien gekommen ist.« Abraham sah Stennes ernst an. »Ihr ward doch gerade in Frankreich, wie ist die Stimmung dort?«

»Frankreich und England kämpfen im Ohiotal um die Vorherrschaft. Im Grunde sollte uns das nicht interessieren, doch ich fürchte, das ist erst der Anfang. Immer noch sucht die Zarin nach Westen zu expandieren. Sie steht in Verhandlungen mit Frankreich, so habe ich gehört«, sagte Stennes.

»König Ludwig wird sich doch nicht auf so ein Ränkespiel einlassen. Natürlich ist er England nicht wohlgesinnt. Nun ist aber König Georg auch der Kurfürst von Hannover. Eventuell könnte es da zu Schwierigkeiten kommen.«

»Das wollen wir nicht hoffen. Ich habe gehört, dass König Friedrich die Entwicklungen mit Argwohn betrachtet, sich jedoch aus den Konflikten heraushalten will.«

Nur mit halbem Ohr folgte Anna den Gesprächen. Ihr Blick glitt durch den Saal. Sie suchte und fand Claes. Er stand zusammen mit Madame Lobach an einer der Flügeltüren. Die beiden waren offensichtlich in ein lebhaftes Gespräch vertieft. Anna betrachtete sie verstohlen. Margot Lobach sagte etwas, woraufhin Claes den Kopf in den Nacken warf und lauthals lachte. Noch nie hatte Anna ihn derartig lebhaft und heiter gesehen. Sie überlegte, zu ihnen zu gehen und Madame Lobach zu begrüßen, doch irgendetwas hielt sie davon ab.

Kurze Zeit später brach Kurfürst Clemens August auf, um wieder nach Uerdingen zu fahren.

Auch ihr Onkel wollte nach Hause.

»Wenn du willst, bleib ruhig noch. Ich denke, die meisten jungen Leute werden noch hier bleiben und sich vergnügen«, sagte er zu Anna. »Katrina und Adam gewiss auch.«

Anna schüttelte den Kopf. Sie war schweren Wein nicht gewohnt.

»Hat es dir gefallen, Kind?« Arnold fasste sie unter und schlenderte mit ihr Richtung Mühlenstraße. »Ich habe gesehen, dass du den Weinhändler Stennes kennengelernt hast.«

»Ein sehr charmanter Mann.«

»Täusche dich nicht, ich halte ihn für einen Hallodri.«

»Warum?«

»Weil er dir schöne Augen gemacht hat«, brummte ihr Onkel mürrisch.

Anna lachte. »Onkel, meinst du, es wird Krieg geben?«

»Zwischen England und Frankreich ist das so sicher wie das Amen in der Kirche. Ich kann mir aber nicht vorstellen, dass sich das auf Europa ausweitet. Es geht um die Territorien in Nordamerika.«

»Ich habe aber gehört und auch in der Zeitung gelesen, dass die Zarin nach Westen expandieren will, Richtung Polen.«

»Das ist nichts Neues, aber bisher hat sie es noch nicht geschafft.«

»Hoffentlich bleibt das so.«

Kapitel 14

Der Sommer blieb heiter, es war angenehm warm und regnete nur selten. Anna begleitete die Brüder ter Meer nach Düsseldorf, wo Abraham seine Linsen für das Teleskop kaufte. Die nächsten Wochen war er damit beschäftigt, es zusammenzubauen. Dies war eine knifflige Angelegenheit, die ihn ganz in Anspruch nahm.

Begeistert erzählte er bei den gemeinsamen Treffen immer wieder davon und steckte Anna mit seiner Euphorie an.

Wenige Tage später klopfte es abends an die Tür.

»Abraham!« Arnold bat ihn überrascht herein.

»Verzeiht die späte Störung. Ist Mademoiselle te Kloot noch wach?«

»Ist etwas passiert?«

»Nein, nein. Ich habe nur das Teleskop fertig, und heute ist die erste sternklare Nacht. Ich dachte, sie wolle es vielleicht mit mir ausprobieren.«

Anna hatte das Gespräch gehört und kam nun zur Tür.

»Ihr seid tatsächlich fertig? Und es funktioniert?«

»Das kann ich noch nicht sagen, aber ich hoffe schon.« Er hörte sich wie ein kleiner Junge an, dem etwas Besonderes gelungen war. Die Begeisterung leuchtete aus seinen Augen.

»Oh, wie wunderbar. Natürlich komme ich gerne mit. Darf ich, Onkel?«

»Solange ihr euch nicht die ganze Nacht um die Ohren schlagt, nur zu. Ihr werdet dem Kind ja wohl hoffentlich nicht die Sterne vom Himmel holen.« Arnold schmunzelte.

Anna nahm ihr Umschlagtuch und folgte Abraham in den dunklen Hof. Tatsächlich funkelten die Sterne klar und deutlich am Nachthimmel.

»Es ist Mitte September. Jeden Tag wird es nun ein wenig früher dunkel. Das ist für mich von Vorteil, auch wenn ich den Winter nicht herbeisehne«, sagte Abraham.

»Kühler ist es auf jeden Fall schon geworden.« Anna zog das Tuch fester um ihre Schultern.

Abraham führte sie auf den Hof der ter Meers. »Ich habe das Teleskop auf das Flachdach des Stalls gestellt. Hier ist die Leiter. Traut Ihr Euch im Dunkel hochzuklettern, oder soll ich eine Kerze holen?«

Anna zögerte nur kurz, dann griff sie beherzt nach den Stangen der Leiter. Etwas Mühe hatte sie, auf das Dach zu kommen. Von dort hatte man einen wundervollen Ausblick über die Stadtmauer hinaus. Nebelschwaden hatten sich über den Wallgärten gebildet, doch der Himmel selbst war klar.

»Wundervoll«, flüsterte Anna.

»Vorsichtig, dort vorne steht das Teleskop.« Abraham nahm sie bei der Hand und führte Anna zu der Stelle. Er beugte sich vor und schaute durch das Rohr. Anna konnte seinen schnellen Atem hören.

»Es funktioniert. Es funktioniert wirklich. Schaut hier …«

Abraham zeigte Anna, wie sie durch das Rohr schauen musste. Die zuvor funkelnden Punkte am Himmel schienen wundersam vergrößert worden zu sein.

»Dies ist der große Wagen. Seht ihr dort, an der Verlängerung der Deichsel? Das ist der Stern Mizar.« Er zog Anna hoch und zeigte ihr das Sternbild ohne Teleskop. »Seht Ihr, welchen ich meine?«

Anna nickte.

»Und nun schaut durch das Teleskop. Findet Ihr den Stern?«

»Ja ... ja, aber es sind zwei. Wie geht das?« Anna richtete sich wieder auf. Mit bloßem Auge war nur ein Lichtpunkt zu erkennen, aber durch die Linsen sah man zwei von einander getrennte Himmelsobjekte.

»Man nennt das Doppelstern. Sie stehen so eng beieinander, dass man es so nicht entdecken kann, nur mit einem Teleskop. Ich hatte davon gelesen, es aber nicht geglaubt. Doch es ist tatsächlich so. Ich bin fasziniert.«

In diesem Moment ritt jemand in den Hof, leise vor sich hin pfeifend.

»Claes?«, rief Abraham aufgeregt. »Claes, bist du das?«

»Ja. Wo, zum Teufel, bist du?«

»Hier oben, oben auf dem Stall. Pass auf, da vorne steht die Leiter.«

»Was machst du da oben?«

»Das Teleskop ist fertig!« Man konnte den Triumph in seiner Stimme hören.

»Ernsthaft?« Claes führte das Pferd in den Stall, sattelte es ab und versorgte es. Dann stieg er langsam die Leiter hoch. »Wo bist du?«

»Wir sind hier, hier vorne. Pass auf, dass du nicht stolperst.«

Annas Augen hatten sich inzwischen an die Dunkelheit gewöhnt. Sie sah Claes auf sie zukommen.

»Wir?«

»Anna ... Mademoiselle te Kloot ist auch hier.«

»Es ist gut«, flüsterte sie. »Anna, sagt ruhig Anna.«

»So, so.« Claes klang vergnügt. »Zusammen im Dunklen auf dem Dach.«

»Ja, wegen der Astronomie, zum wissenschaftlichen Zweck. Es ist verblüffend, geradezu erstaunlich, was man durch dieses Rohr alles entdecken kann.« Anna schmunzelte. Sie freute sich, Claes zu sehen. Er war die letzten zwei Wochen geschäftlich unterwegs gewesen. Wie immer umgab ihn der leichte Duft von Seife, Tabak und Leder. Sie liebte diesen Geruch. Eine Weile schauten sie abwechselnd durch das Fernrohr und machten sich auf unterschiedliche Entdeckungen aufmerksam. Schließlich richtete Claes sich auf, unterdrückte ein Gähnen.

»Mir reicht es für heute.«

»Ja, es wird doch kühl.« Anna spürte, dass auch sie müde wurde.

»Ich möchte noch ein wenig weiterschauen.« Abraham drehte das Teleskop.

»Anna, ich bringe Euch nach Hause.« Claes führte sie zur Leiter. Vorsichtig stieg Anna hinab.

»Es war traumhaft, beeindruckend.« Anna hakte sich bei Claes unter.

»Abraham wird sich vermutlich die nächsten Monate jede Nacht dort oben aufhalten.« Claes lachte leise.

»Wenn es das Wetter zulässt.« Auch sie schmunzelte bei dem Gedanken.

»Er wird schon für eine Möglichkeit sorgen, das Teleskop so oft wie möglich benutzen zu können. Astronomie hat ihn schon immer fasziniert, bereits als er noch ein kleiner Junge war.«

»Ihr liebt Euren Bruder sehr, nicht wahr?«

»Abraham? Ja. Ich war acht, als er geboren wurde. Wir standen uns schon immer sehr nahe. Lange hatte ich das Bedürfnis, ihn zu beschützen, aber nun ist er erwachsen und schlägt sich wacker.«

»Es muss wundervoll sein, so zusammen aufzuwachsen.«

»Ich hatte immer den Eindruck, dass Ihr Eurem Bruder auch sehr verbunden seid, Anna.«

Anna dachte einen Moment nach. Zu Anfang hatte sie ihren Bruder schmerzlich vermisst und sehr unter Heimweh gelitten, doch nach und nach verblassten die Bilder an ihr Heimatdorf und auch an ihre Familie. Sie ging voll und ganz in dem Leben hier auf, fühlte sich wohl und geborgen. Geborgener und geliebter als in den Jahren zuvor bei ihrem Bruder und seiner Frau. Immer noch freute es sie zwar, wenn ein Brief von ihm eintraf, und auch sie schrieb ein Mal in der Woche mindestens, aber trotzdem würde sie um keinen Preis der Welt mehr zurückgehen.

»Natürlich lieben wir uns auch, er ist mein Bruder. Aber für ihn steht seine Frau Christine an erster Stelle. Ich nehme an, das ist ein natürlicher Prozess.«

»Ein ähnlich enges Verhältnis wie zu Abraham habe ich zu meiner Schwester Elisabeth. Sie lebt mit ihrer Familie in Moers, und wir können uns nicht mehr allzu häufig sehen, und doch ist es so wie früher, wenn wir uns treffen. Die innige Verbundenheit ist nie verschwunden.«

Anna seufzte leise. »Ihr versteht Euch auch gut mit ihrem Gatten?«

»Mit Johannes? Oh, natürlich.«

»Vielleicht liegt es daran.«

»An der Frau Eures Bruders? Habt Ihr Euch nicht verstanden?«

»Es war nicht immer einfach.«

»Ach, ist sie Katrina ähnlich?« Claes blieb stehen, schlug die Hand vor den Mund. »Das habe ich nicht gesagt, das kann ich nicht gesagt haben. Bitte vergesst meine Worte.«

Anna lachte. »Ich habe nichts gehört. Habt Ihr etwas gesagt?«

Vor der Tür des Hauses ihres Onkels blieben sie stehen.

»Es war ein wunderschöner Abend. Danke, Anna.«

»Ihr müsst Euch bei Eurem Bruder bedanken. Es ist sein Teleskop.«

»Das ist natürlich richtig, aber durch Eure Gegenwart wurde das Erlebnis zu einem ganz besonderen. Schlaft gut.«

»Ihr auch.« Anna zögerte einen winzigen Moment, dann öffnete sie die Tür und schlüpfte ins Haus.

In dieser Nacht schloss sie die Vorhänge vor dem Fenster nicht. Ein kleines Stück Himmel konnte sie von ihrem Bett aus sehen. Obwohl sie müde war, fand sie dennoch nicht in den Schlaf.

Er empfindet etwas für mich, dachte sie. Ich bin mir ganz sicher, dass er etwas für mich empfindet. Etwas, das über eine Freundschaft hinausgeht. Er verbringt viel Zeit mit mir, er sagt wundervolle Sachen zu mir. Das würde er doch nicht tun, wenn nicht auch sein Herz, seine Seele berührt wäre. Beglückt faltete sie die Hände, dankte Gott. Endlich fiel sie in einen tiefen Schlaf.

Am nächsten Tag regnete es. Grau verhangen war der Himmel, feiner Nieselregen machte alles feucht.

»Der Sommer ist vorbei.« Ihr Onkel seufzte. »Nun kommt der Herbst. Wir hatten einen ungewöhnlich schönen Sommer. Hoffentlich haben wir im Oktober noch ein paar freundliche Tage und können das Obst ernten.«

»Bestimmt.« Anna konnte das Wetter nicht schrecken. Mit einem seligen Lächeln auf den Lippen verrichtete sie die Hausarbeit. Sie schimpfte noch nicht mal, als Aaron ihr eine tote Maus in den Schuh steckte.

Ihr Onkel sollte recht behalten. In den folgenden Wochen blieb es nass und wurde zunehmend kälter. Das Laub färbte sich schon früh, eine matschige Schicht bedeckte die Straßen.

Anna und Tina kochten Apfelkraut aus den ersten Fallobstäpfeln und legten Gemüse ein. Die schweren Wintervorhänge wurden gewaschen und wieder aufgehängt. Der Onkel kontrollierte die Holzvorräte.

Das Schwein, das sie im Frühjahr gekauft hatten, war schon nach wenigen Wochen durch Krankheit eingegangen. Arnold kaufte kein zweites, sondern brachte einem der Pächter die Küchenabfälle des Haushalts und zahlte ihm einige Kreuzer, um ein Tier großzuziehen. Einmal im Monat kontrollierte er das Wachstum des Schweins.

»Wir werden einen guten Braten zum Weihnachtsfest haben. Auch die Gänse sind dieses Jahr fett, und zu Martini können wir mit einem Festschmaus rechnen.« Zufrieden ließ er sich vor dem Kamin nieder. »Und wenn ich jetzt noch eine Tasse Tee bekommen würde, wäre ich vollends glücklich.«

»Sofort, Onkel.« Scherzhaft deutete Anna einen Knicks an. Seit dem Abend mit dem Teleskop hatte sie Claes kaum gesehen. Er war viel unterwegs, musste einige Dinge der Bleicherei, die der Familie gehörte, regeln. Heute Abend jedoch waren Anna und ihr Onkel bei den ter Meers zu einer kleinen, familiären Gesellschaft eingeladen. Dass auch Katrina und Adam dabei sein würden, konnte Annas Freude nicht trüben.

»Dein Tee.« Sie stellte ihm die Tasse auf das kleine Tischchen neben den Kamin, in dem ein schwaches Feuer loderte. »Vergiss nicht, dass wir gleich bei den ter Meers eingeladen sind.«

»Trinkst du keinen Tee?«, fragte ihr Onkel verwundert.

»Nein, heute nicht. Es sind zwei Fälle von Schafhusten bei unseren Webern aufgetreten, und ich wollte Hühnersuppe und ein paar andere Dinge vorbeibringen.«

»Schafhusten? Bei den Kindern?« Der Onkel schüttelte besorgt den Kopf.

»Bei Hagens und Heymers. Hagens haben einen Säugling, ich hoffe, es kommt nicht zum Äußersten.«

»Ansgar Heymer ist doch erst vor ein paar Wochen verunglückt. Und jetzt ist ein Kind krank? Die arme Frau hat wirklich viel Leid zu ertragen. Gut, dass du dich kümmerst.«

Der Leinenweber Heymer war bei Reparaturarbeiten auf dem Dach seines Hauses abgerutscht und in die Tiefe gestürzt. Er brach sich das Genick. Zwei Tage nach seinem Tod war seine Witwe bei te Kloot vorstellig geworden. Sie bat darum, den Webstuhl weiterzuführen. Mit ihren halbwüchsigen Kindern, versicherte sie, würde sie die Arbeit schon schaffen. Arnold te Kloot wusste, dass die Frauen und Kinder der Weber in die harte Arbeit eingebunden wurden. Die Frau machte einen kräftigen und gesunden Eindruck, auch wenn das Leid tiefe Falten in ihr Gesicht gegraben hatte. Witwen und Alten zahlte die Stadt eine Rente, sobald sie nicht mehr arbeitsfähig waren, aber natürlich lag der Arbeitslohn über diesem Betrag. Er stimmte zu. Dass in der Familie nun Schafhusten aufgetreten war, war ein weiterer Schlag.

Anna packte einen Korb mit Brot, Eiern, etwas Gemüse und Hühnersuppe, die sie am Nachmittag gekocht hatte. Zwei Wolldecken sowie ein Umschlagtuch, das sie nicht mehr trug, legte sie dazu. Dann machte sie sich auf den Weg in die neue Stadt, wo die Weber ihre Häuser hatten.

Hier standen die Häuser dicht an dicht, die meisten zwei Fenster breit und zwei Stockwerke hoch.

Die Familie Hagen freute sich sehr über Annas Besuch, nahm die Gaben dankbar an. Um das kleine Kind stand es jedoch schlecht. Es hatte blutigen Auswurf, und der Hals des Kindes war so angeschwollen, dass es verzweifelt nach Luft rang. Anna und auch die Familie wusste, dass nur noch ein Wunder helfen konnte.

Für Schafhusten war es ungewöhnlich früh im Jahr, normalerweise traten die ersten Fälle im nasskalten November auf. Anna hoffte, dass nicht zu viele Kinder erkranken würden.

Sie verließ die Familie, nachdem sie mit ihnen ein Gebet gesprochen hatte, und ging weiter zum Haus der Heymers. Es wunderte sie, dass kein Kerzenschein durch die Fenster leuchtete. Dunkel und scheinbar verlassen schien es zu sein. Die dreizehnjährige Tochter der Familie war erkrankt. Die beiden älteren Brüder hatte die Mutter zu ihrer Tante nach Hüls geschickt, um einer Ansteckung zu entgehen.

Anna klopfte an die Tür, doch niemand antwortete. Sie drückte die Klinke hinunter, es war nicht abgeschlossen. Die düstere Webstube roch nach feuchter Wolle, aber auch ein anderer, süßlicher Geruch lag in der Luft. Ein wenig wie rostiges Eisen, dachte Anna verwundert.

»Hallo?« Sie ging einen Schritt nach vorne, rutschte aus. Der Boden schien feucht zu sein. Vorsichtig tastete sie sich zum Fensterbrett vor. Dort stand in fast jedem Haus ein Kerzenständer. So auch hier. Daneben die Zunderbüchse, doch sie war leer. Anna konnte den Umriss des Webstuhls ausmachen. Im Hinterzimmer war die Küche, dort schien noch ein Feuer zu glimmen. Sie nahm die Kerze, tastete sich an der Wand entlang. Irgendetwas lag neben dem Webstuhl, es sah aus wie ein großer Ballen Stoff.

Der Geruch wurde intensiver, und Anna spürte Übelkeit in sich hochsteigen. Wo war Madame Heymer? Das Feuer im Ofen war schon fast erloschen. Anna kniete sich nieder, blies vorsichtig in die Glut. Das Feuer glomm auf, und sie entzündete die Kerze mit einem Kienspan. Dann stand sie auf und drehte sich um. Vor Schreck erstarrt blieb sie stehen. Neben dem Webstuhl lag kein Stoffbündel, sondern eine Person. Eine dunkle Pfütze umgab sie, ein Rinnsal floss den leicht abschüssigen Boden entlang zur Tür.

Langsam näherte sich Anna der Person. Der Raum schien plötzlich um einige Grad kälter geworden zu sein. Eine Gänsehaut kroch Anna den Rücken empor, und sie merkte, dass sich die Härchen in ihrem Nacken aufstellten.

»Madame Heymer?«, flüstere sie. »Madame?«

Doch die Frau antwortete nicht. Ihr Rock war hochgeschoben, sie lag mit gespreizten Beinen seltsam verquer auf dem Boden, die Hände hinter den Kopf gelegt. Anna hockte sich neben sie, schob den Rocksaum, der die Nase und den Mund der Frau bedeckten, nach unten und schrak mit einem Aufschrei zurück. Die Kehle der Frau war bis zum Halswirbel durchgeschnitten und klaffte auseinander.

»O mein Gott!« Anna zitterte, ließ beinahe die Kerze fallen, stolperte zurück. Es war das Blut, das den Raum mit süßlich-metallischem Geruch erfüllte, das Blut von Madame Heymer. Plötzlich hörte Anna ein schabendes Geräusch. Ihr war bewusst, dass die Frau ermordet worden war. War der Mörder etwa noch im Haus? Was sollte sie tun? Verängstigt wich sie zurück. Um zur Tür zu kommen, müsste sie über die Tote steigen und durch die Blutlache gehen.

Wieder hörte sie ein Geräusch, wie ein schwaches Klopfen, dann ein Röcheln. Es kam von oben. Dort waren die Schlafräume. Das kranke Mädchen, sie war sicherlich dort oben. War der Täter auch dort? Anna überlegte, sie war hin und her gerissen. Schließlich überwand sie ihre Furcht, nahm den Schürhaken von der Feuerstelle fest in die Hand und schlich langsam die Treppe nach oben. Auch hier war es düster. Den ganzen Tag war es nicht richtig hell geworden, immer wieder hatte es geregnet, und nun dämmerte der Abend. Das Licht der Kerze reichte nicht aus, um den Weg richtig zu beleuchten, unheimliche Schatten tanzten an den Wänden. Anna fror vor Angst und Grauen.

Auf dem Treppenabsatz blieb sie stehen. Aus dem linken Zimmer hörte sie ein Röcheln und Keuchen. Sie hob die Hand mit dem Schürhaken, machte einen Schritt nach vorne und stieß die Tür auf. Krachend knallte diese gegen die Wand, sprang zurück, blieb aber halb offen stehen. Langsam schob Anna sich in den Raum.

Auf einem schlichten Bett lag das Mädchen, ihre Augen waren schreckensweit geöffnet, der Mund verzogen, der Hals geschwollen.

»Mutter?« Dem Kind liefen die Tränen über die Wangen, ihre Schultern zuckten krampfhaft. Sie stieß das Wort röchelnd hervor, hustete, rang verzweifelt nach Luft.

Anna kniete sich neben dem Bett nieder, strich dem Kind die

schweißnassen Haare aus der Stirn. »Shhh, shhh. Beruhig dich. Alles wird gut.«

»Mutter«, flüsterte das Mädchen heiser, hustete wieder, würgte blutigen Schleim hervor. Anna fand ein Tuch neben dem Bett, wischte dem Kind den Mund ab. »Ein Mann ... ein Mann ... Mutter hat geschrien ...« Das Mädchen starrte Anna an. »Ja.« Sie nickte. »Hast du was gehört?« Das Kind kniff die Augen zusammen, weinte heftiger. »Gustav ...« Dann hustete sie wieder, rang nach Luft, riss den Mund weit auf, röchelte.

Plötzlich sackte sie in sich zusammen, der Kopf fiel nach hinten.

Anna schluchzte auf. Es war nicht das erste Mal, dass sie einen Menschen hatte sterben sehen, doch dieser Todeskampf war so verzweifelt gewesen. Tief erschüttert faltete sie die Hände und betete kurz. Dann packte sie wieder die Angst. Gustav – war das der Name des Mörders? Hatte das Kind ihn gekannt? War es jemand aus der Nachbarschaft? Sie musste Hilfe holen, jemanden informieren, die Stadtwache, den Bürgermeister. Anna stand auf, nahm wieder den Schürhaken, den sie fallen gelassen hatte, als sie ans Bett des Kindes geeilt war.

Überall drohten Schatten.

Kapitel 15

Anna schlich sich die Treppe wieder hinunter, immer blieb sie stehen und lauschte. Doch außer dem Geräusch des zunehmenden Regens war nichts zu hören.

An der Toten vorbei und durch die Haustür traute sie sich nicht. Von der Küche aus führte eine Tür in den Hof. Dahinter lag ein kleiner Nutzgarten. Irgendwo quiekte ein Schwein. Es roch nach Kohl und saurer Milch.

Die Gärten waren durch Mauern voneinander abgegrenzt, und Anna konnte keine Türen oder Durchlässe erkennen. So schlich sie sich zurück, drückte sich wieder zwischen Wand und Webstuhl entlang bis zur Haustür. Sie versuchte, der Blutlache, so gut es ging, auszuweichen. Um die Röcke anzuheben, musste sie den Schürhaken senken, den sie bis dahin immer noch erhoben in der Hand gehalten hatte.

Der Regen prasselte nun nieder. Trotzdem fühlte sie sich erleichtert, das Haus endlich verlassen zu haben. Sie klopfte bei den Nachbarn zur Rechten. Holterlinks waren auch Weber ihres Onkels.

Ein Kind öffnete ihr die Tür, sah sie mit großen Augen an. »Ist jemand zu Hause?«, fragte Anna und drängte sich an dem kleinen Jungen vorbei in die Webstube. Die Familie saß im hinteren Teil der Stube um einen Tisch. Es roch nach Speck und Rüben. Der Raum war warm, Lampen flackerten im Lichtzug.

»Mademoiselle te Kloot?« Karl Holterlinks stand auf, wischte sich mit der Hand über den Mund und kam ihr dann entgegen.

»Karl, Ihr müsst die Stadtwache rufen. Sina Heymer …« Anna stockte. Plötzlich wurde ihr flau.

»Setzt Euch.« Der Weber schob ihr einen Stuhl zu, und Anna setzte sich dankbar. Sie zitterte und presste die Hand auf den Mund.

»Ist drüben etwas passiert? Wir haben heute Nachmittag Geschrei gehört, haben dem aber keine Bedeutung zugemessen. Das wird wohl Fritz gewesen sein, Sinas Sohn. Seit dem Tod seines Vater, Gott habe ihn selig, will er das Sagen haben. Immer wieder hat er mit seiner Mutter gestritten. Er will lieber für die von der Leyens Seide weben als für Euch Wolle.« Karl schüttelte den Kopf.

»Nein, nein … ich glaube, ich …« Anna schüttelte den Kopf.

Sie schaffte es nicht, die Worte auszusprechen. »Sina, Sina …
sie ist …«

Karl sah sie erschrocken an. »Da ist etwas passiert. Marie, gib
Mademoiselle einen Schluck Branntwein, sie sieht aus wie ein
Stück gebleichtes Leinen.«

Er zündete einen langen Kienspan an und verließ das Haus.
Kurze Zeit späte kehrte er aufgelöst zurück.

»Guter Gott, sie ist ermordet worden. So etwas habe ich
noch nie gesehen, selbst einem Rind schneidet man so nicht
die Kehle durch.« Er schüttete sich aus dem Krug mit dem
Branntwein einen großen Schluck in seinen Becher, trank ihn
mit einem Schluck aus, schüttelte sich dann wie ein nasser
Hund. »Alles ist voller Blut. Geschändet wurde sie auch. Herrgott, warum bin ich nicht eher rübergegangen?«

»Was ist mit dem Kind? Mit der kleinen Lise?«, fragte seine
Frau, eine schmächtige, blasse Person, die Anna schüchtern
ein Glas Branntwein gereicht hatte.

»Sie ist auch tot«, flüsterte Anna.

»Auch …?«, fragte Karl entsetzt.

»Nein. Sie starb an Schafhusten. In meinen Armen. Vorhin.«

»Krupp? Lise hatte Schafhusten?« Marie schüttelte den
Kopf. »Ich wusste nur, dass sie krank war, aber das? Und Ihr
ward bei ihr? In ihrem Zimmer? Kinder, los, los, nach oben!
Sofort!«

»Du nicht, Gottlieb.« Karl hielt seinen ältesten Sohn zurück.
»Du läufst zur Wache am Stadttor und sagst, dass ein Mord geschehen ist. Ich werde den Bürgermeister Reche informieren.«

Vater und Sohn wandten sich zur Tür.

»Bitte«, Anna räusperte sich, sie hatte das Gefühl, ihre Kehle
sei zugeschnürt und rau. »Bitte gebt meinem Onkel Bescheid.«

Es erschien ihr eine Ewigkeit zu vergehen, bis endlich die
Wache eintraf.

Zusammen mit dem Bürgermeister kam auch ihr Onkel an.
Er musterte sie, schüttelte dann mitleidig den Kopf.

»Du siehst aus wie der lebende Tod. Es tut mir leid, dass du so ein schlimmes Erlebnis hattest. Holterlinks hat mir in groben Zügen berichtet, was vorgefallen ist. Nun komm, Kind. Ich bin mit der Kutsche da. Du musst nicht laufen.«

Er fasste sie am Arm und zog sie hoch.

»Ihr habt die Tote gefunden, Mademoiselle?«, fragte Bürgermeister Reche.

Anna nickte schwach.

»Ich muss Euch dazu ein paar Fragen stellen.«

»Aber nicht jetzt, Monsieur Reche. Seht doch, wie bleich sie ist. Ein vernünftiges Wort wird sie auch nicht sprechen können. Kommt morgen zu uns. Guten Abend.« Onkel Arnold schob Anna aus der Tür und öffnete den Wagenschlag. Anna ließ sich in das Polster der Kutsche sinken. Ihr war übel und kalt. Der Geruch des Blut schien an ihr zu kleben.

»Es ist so schrecklich«, murmelte sie.

»Das glaube ich dir aufs Wort. Ich hoffe, der Mörder wird gefasst. Er soll keine ruhige Minute mehr haben und schleunigst vor Gottes Gericht treten.« Arnold klang wütend und bitter. »Und das gerade du, mein Vögelchen ... gerade du. Es tut mir so leid.«

Zuhause konnte Anna sich kaum rühren. Sie fühlte sich wie gelähmt. Der Schnaps brannte in ihrem Magen und ihrer Kehle.

»Komm, Kind, Tina soll Wasser erhitzen, ein heißes Bad wird dich von all dem kranken Dreck dort befreien.«

Anna schämte sich, sie konnte Tina nicht helfen, die Kessel mit Wasser zu füllen, sie konnte auch nicht das Feuer schüren. Jede Bewegung fiel ihr schwer. Sogar beim Ausziehen musste Tina ihr helfen.

Normalerweise genoss sie das wöchentliche Bad im warmen Wasser, doch diesmal wollte sich keine Entspannung einstellen. Auch warm wollte ihr nicht werden. Schon bald stieg sie aus dem Holzzuber, der ihnen als Badewanne diente. Ihre Kleidung hatte sie Tina gegeben. Sie war sich nicht sicher, ob sie das Kleid, auch wenn es gewaschen war, jemals wieder anziehen konnte.

Als sie im Bett lag, die Decke bis zum Kinn hochgezogen, dennoch fröstelnd, klopfte ihr Onkel an die Tür. »Anna, du hast nichts gegessen, nichts getrunken.« Besorgt schaute er sie an.

»Oh, die Einladung ...« Tränen stiegen Anna in die Augen. »Ich kann nicht.«

»Um Gottes willen, das hätte niemand von dir verlangt. Ich habe ter Meers schon Bescheid gegeben. Sie sind in großer Sorge um dich.« Die Worte hatten etwas Tröstliches. »Es ist noch von der Hühnersuppe da, die du gekocht hast. Möchtest du eine Schale?« Der Gedanke an die Brühe brachte Anna zum Würgen. Stumm schüttelte sie den Kopf.

»Aber etwas trinken musst du.« Arnold drehte sich um und verließ das Zimmer. Kurz darauf kehrte er mit einer staubigen Flasche zurück. »Das ist ein Portwein. Gut für die Nerven, wurde mir gesagt. Ich habe ihn für eine besondere Gelegenheit aufgehoben. Heute scheint mir der richtige Tag zu sein.« Er stellte die bauchige schwarze Flasche auf das kleine Tischchen vor ihrem Fenster, entkorkte sie und füllte zwei Gläser. Das eine gab er ihr, prostete ihr zu und trank.

»Ich lasse dir die Flasche hier, ein paar Schlucke können manchmal Wunder wirken.« Dann nickte er ihr zu und ging. In der Tür blieb er stehen. »Anna, du bist für mich wie eine Tochter geworden. Wenn irgendetwas ist, egal was, du kannst jederzeit zu mir kommen.«

»Danke.«

Der Regen hatte nicht nachgelassen. Anna nippte an dem Port, stellte dann aber das Glas beiseite. Sie hatte das Gefühl, nichts schlucken zu können.

Anna lauschte dem gleichmäßigen Geräusch des Regens, der ihr das Gefühl von Beständigkeit und Vertrautheit gab. Immer wieder fielen ihr die Lider zu, doch dann tauchten die Bilder

der toten Frau vor ihren Augen auf. Der hochgeschobene Rock, der den Kopf halb bedeckte, die gespreizten und merkwürdig angewinkelten Beine. Die nackte Haut und die Scham der Frau. Anna wusste, was es bedeutete, wenn eine Frau geschändet wurde. Die Frauen schrien vor Schmerz und Entsetzen. Es musste furchtbar sein, grauenvoll.

Und dann der Schnitt durch die Kehle, das viele Blut, das überall war, sich im Raum verteilte, klebriges, süßliches Blut, schon mit dem Hauch der Verwesung. Ein Messer oder einen Dolch musste der Mann benutzt haben. War es schnell gegangen? Hatte es sehr geschmerzt? Hatte die Frau es überhaupt gespürt, oder war sie sofort tot gewesen?

Sie war mit dem Wissen gestorben, dass sich ihre sterbende Tochter im Haus befand. Welch ein unvorstellbares Leid, welche grausame Qual hatte sie durchlitten?

Nun endlich löste sich der Knoten im Hals, und die Tränen flossen. Sie weinte bitterlich um die ermordete Frau und das Kind, das alles mit angehört und dann qualvoll erstickt war. Sie weinte um die beiden Menschen, um ihr Leiden, ihre Pein und ihre Schmerzen.

Anna drückte ihr Gesicht in das Kissen, weinte und schluchzte. Erst gegen Morgen fiel sie erschöpft in einen unruhigen Schlaf mit beklemmenden Träumen.

Sie erwachte mit Herzrasen und verquollenen Augen. Es dämmerte gerade erst. Anna stand auf und wusch sich das Gesicht mit dem kalten Brunnenwasser aus dem Krug auf ihrem Frisiertisch. Ein wenig erfrischte es sie. Dann zog sie die Vorhänge beiseite. Die Straße mit den Häusern und dem grauen Pflaster sah so aus wie immer. Auch der Blick über die Stadt hatte sich nicht verändert. Und doch war für Anna alles anders. Das Grauen war in die Stadt eingezogen.

»Bürgermeister Reche will dich sicherlich heute sprechen.« Ihr Onkel schaute sie nachdenklich an, als sie in der Küche saßen. »Du siehst nicht aus, als hättest du viel geschlafen.«

Anna senkte den Kopf.

»Ich werde natürlich bei dem Gespräch dabei sein, wenn du es wünscht.« Arnold nahm sich von dem frischen Brot, zerkrümelte es jedoch nur.

»Ich habe gar nichts zu sagen.«

»Du musst nur erzählen, wie du sie gefunden hast. War da sonst niemand im Haus?«

»Lise, die Tochter. Sie war oben und lag im Sterben.«

»Und der Täter? Hast du ihn gesehen?«

Sie schüttelte den Kopf. »Nein, niemanden.«

Den Vormittag über versuchte Anna, sich mit Näharbeiten zu beschäftigen. Doch sie schaffte es kaum, den Faden in das Nadelöhr zu führen. Ihre Hände zitterten. Als es an der Haustür klopfte, fuhr sie wie getroffen zusammen.

Tina ging, um die Tür zu öffnen.

»Anna!« Es war Abraham ter Meer. »Wie geht es Euch? Wir haben von dem schrecklichen Vorfall gehört und machen uns große Sorgen.«

»Abraham.« Anna hoffte, dass er ihr die Enttäuschung nicht ansah. Wo war Claes? Warum war er nicht gekommen? Doch Abraham blieb in der Tür stehen, verzog kurz das Gesicht, schüttelte dann den Kopf.

»Ich soll Euch von meiner Familie und auch von Claes herzlich grüßen.«

Er weiß es, dachte Anna plötzlich beschämt. Er weiß, wie es um mich bestellt ist, wie ich seinem Bruder gegenüber empfinde. Er weiß es – und alle anderen sicher auch. Sie schluckte hart.

»Das ist sehr freundlich von Euch.« Anna wusste, sie sollte noch ein paar freundliche Worte anfügen, doch ihr wollte nichts einfallen.

»Wenn es irgendetwas gibt, was wir für Euch tun können ...«

»Danke. Ich warte auf den Bürgermeister, er will mich befragen.«

»Die ganze Stadt ist in Aufruhr. Alle suchen nach dem Mörder. Noch gibt es keine Spur.«

»Ich hoffe, er wird gefunden.« Sie wusste, dass sie spröde klang, und hasste sich dafür.

»Nun denn.« Abraham zögerte. »Ich will Euch nicht länger aufhalten.«

»Richtet Eurer Familie einen herzlichen Gruß aus.«

»Das werde ich tun.« Er nickte ihr zu, drehte sich um und ging. »Vor allem Claes werde ich grüßen.« Er sagte es leise, aber Anna konnte es trotzdem hören. Seine Worte klangen bitter.

Es war schon Mittag, als der Bürgermeister kam.

»Mademoiselle te Kloot, Ihr seid ein wichtiger Zeuge. Ich möchte Euch bitten, mir zu erzählen, was gestern vorgefallen ist«, sagte er, nachdem er in der guten Stube ihr gegenüber Platz genommen hatte. Im Kamin brannte ein Feuer, Tina bot ihnen etwas zu trinken an. Arnold stopfte langwierig und umständlich seine Pfeife. Er saß Anna zur Seite.

In kurzen Worten erzählte Anna, wie sie das Haus betreten hatte. Sie versuchte, sachlich zu bleiben und ihr Entsetzen, das greifbar wurde, jetzt wo sie die Bilder wieder hervorrief, zu zügeln. Sie knetete ihre Hände, rang um Fassung.

»Ihr habt niemanden gesehen? Auch vorher nicht? Auf der Straße?«

Anna schüttelte den Kopf. »Ich kann mich nicht erinnern. Jedenfalls habe ich niemanden aus der Tür gehen sehen.«

»Er wäre Euch sicher aufgefallen, seine Kleidung muss voller Blut gewesen sein. Wir vermuten, dass er sie von hinten gepackt, ihr den Kopf zurückgerissen und dann ihre Kehle durchschnitten hat. Er war brachial dabei, es muss ein kräftiger Mann sein. Ich habe einen solchen Schnitt noch nie gesehen. Das Haupt war fast vom Rumpf getrennt.« Bürgermeister Reche redete sich in Rage. Man konnte seine Wut und Empörung über die Tat hören.

Anna schloss die Augen, ihr wurde schwindelig.

»Nein, ich habe niemanden gesehen. Im Haus war nur das

Mädchen, Lise. Es muss jedoch ein Kampf vorausgegangen sein, denn sie sprach von Lärm.«

»Ihr habt sie noch lebend angetroffen?«

»Sie starb in meinen Armen, nach Luft ringend und aufgelöst. Kein friedlicher Tod.« Anna spürte die Tränen, wischte sich über die Augen.

»Was hat sie gesagt, was konnte sie hören?«

»Monsieur Reche, sie konnte kaum sprechen, hustete, würgte, kämpfte um jeden Atemzug. Das Einzige, was sie sagte, war ›Gustav‹.«

»Gustav? Ein Name, immerhin. Habt ihr einen Weber, der so heißt, Monsieur te Kloot?«

Arnold überlegte. »Ja, Gustav Hinrichs. Der wohnt ein paar Häuser weiter. Aber nein, der kann es nicht sein.«

»Gustav Hinrichs, schon mal ein Hinweis. Ich werde dem nachgehen lassen.« Er drehte sich um und erst jetzt sah Anna, dass zwei Männer der Rotte, wie die Bürgerwehr genannt wurde, im Flur warteten. »Martin, Gustav Hinrichs!«

»Nein, nein. Hinrichs ist alt, und ihn plagt die Gicht. Zudem ist er ein schmächtiger Mann. Er kann es nicht gewesen sein.« Arnold schüttelte vehement den Kopf.

»Ich werde das Register durchgehen. Wenn wir Glück haben, ist es ein Arbeiter aus der Stadt. Haben wir Pech, ist es ein Tagelöhner der umliegenden Höfe. Dann hat er sich möglicherweise schon aus dem Staub gemacht. Aber das Mädchen kannte seinen Namen, er war der Familie also nicht unbekannt. Wir befragen die Nachbarn ob dieses Hinweises noch ein Mal. Ihr habt uns sehr geholfen, Mademoiselle te Kloot. Mutig ward Ihr auch, sehr mutig. Fast schon zu mutig. Falls Ihr jemals wieder in so eine Situation kommt, was Gott verhüten mag, dann verlasst den Ort des Verbrechens auf schnellstem Weg. Auch ein Schüreisen hätte Euch nicht geholfen, wenn die Bestie noch da gewesen wäre. Sollte Euch noch etwas einfallen, selbst wenn Ihr es für unwichtig erachtet, scheut Euch nicht, nach mir zu schicken.«

Er erhob sich, verneigte sich leicht und verließ dann die Stube. Im Flur wechselte er noch ein paar Worte mit Arnold. Anna ließ sich zurücksinken. Sie fühlte sich ausgelaugt und erschöpft.

Gegen Abend klopfte es heftig an die Eingangstür des te Klootschen Hauses.

»Es ist Prediger Winands, Herr, er wünscht Euch und Eure Nichte zu sprechen.« Erstaunt sah Arnold te Kloot von seiner abendlichen Lektüre am Kamin auf. »Führe ihn herein, Tina. Anna hat sich zurückgezogen. Frag nach, ob sie sich wohl genug fühlt, sich zu uns zu gesellen.«

Anna lag auf ihrem Bett. Die Dämmerung war längst hereingebrochen, doch sie hatte keine Kerze angezündet. Sie verfolgte die Regentropfen, die in seltsamen Mustern an der Fensterscheibe hinunterliefen. Alle Gedanken versuchte sie zu verdrängen, und doch hallten Schreie in ihren Ohren, sah sie Blut spritzen, fühlte beinahe körperlich den Schmerz der geschundenen Frau. Und das, obwohl sie bei der Tat gar nicht dabei gewesen war.

Ich werde verrückt, dachte sie verzweifelt. In dem Moment klopfte Tina zögernd an ihre Zimmertür. »Mademoiselle? Besuch. Der Prediger Winands.«

Anna stöhnte leise. Zu einem Gespräch über Gottes Willen und den Glauben hatte sie heute keine Kraft. Trotzdem richtete sie sich auf, strich sich über die Haare.

»Ich komme gleich.«

Der dicke Haarknoten in ihrem Nacken hatte sich gelöst. Mit geübten und raschen Bewegungen steckte sie ihn wieder fest, zog die Haube über. Sie trug ein braunes, schlichtes Kleid, das sollte genügen.

In der guten Stube saßen die beiden Herren und sprachen leise miteinander.

»Anna.« Ihr Onkel stand auf, führte sie zu dem kleinen

Sessel, in dem sie immer saß.»Vater Winands hat Neuigkeiten.«

»Mademoiselle te Kloot.« Auch Winands erhob sich. Er nahm ihre Hände in seine, hielt sie fest und sah Anna ernst in die Augen. Dann nickte er und setzte sich wieder. Anna nahm Platz. Mit steifem Rücken saß sie da, wusste nicht, was von ihr verlangt wurde. Sollte sie noch mal über den grausigen Fund sprechen? Das würde sie nicht über sich bringen.

»Mademoiselle te Kloot, die ganze Stadt spricht über den schrecklichen Mordfall. Alle sind entsetzt. Auch Eure Beteiligung ist in aller Munde.«

»Ich war nicht an dem Mord beteiligt«, flüsterte Anna.

»O nein, natürlich nicht. Das war ungeschickt formuliert. Eher muss man Euch als betroffen betrachten. Liebes Kind, es muss furchtbar auf Euch lasten, was Ihr erlebt habt. Falls Ihr darüber reden wollt, so steht Euch meine Tür jederzeit offen.«

»Habt Dank.« Anna senkte den Kopf. Sie wollte nicht reden.

»Manchmal hilft ein Gespräch, sich Dinge von der Seele reden, heißt es so schön, aber auch so recht.« Er sah sie nachdenklich an. »Doch dies ist nicht der Hauptgrund meines Besuchs. Eigentlich schickt mich Bürgermeister Reche.« Er räusperte sich.

»Der Bürgermeister?« Anna wurde wieder flau. Ihr Onkel hatte sie beobachtet und reichte ihr ein Glas Wein.

»Hier, Kind, stärke dich.«

Sie nahm das Glas. Wusste er, worum es ging? Seine Augenbrauen waren zusammengezogen, getrennt nur durch eine tiefe Falte, die immer dann zu sehen war, wenn er Sorgen hatte. Anna nippte an dem Wein.

»Ja, der Bürgermeister schickt mich, Mademoiselle. Ihr habt ein gutes Werk getan.«

»Ich?« Anna schüttelte den Kopf. »Womit?«

»Jede andere Frau hätte nach der Entdeckung, die Ihr gemacht habt, schreiend das Haus verlassen, und das auf dem schnellsten Weg. Ihr ward so mutig und seid geblieben.«

Ich hätte durch das ganze Blut laufen müssen, dachte Anna. Es war kein Mut, es war eher Ekel, der sie zurückgehalten hatte, und Furcht. Kalte, lähmende Furcht.

»Ihr seid geblieben«, fuhr der Prediger fort. »Und nicht nur das. Ihr seid zu dem sterbenden Mädchen geeilt und habt sie in der Stunde der größten Not, in der Stunde ihres Todes begleitet. Das ist wahrhaft tapfer.«

Es war töricht, dachte Anna. Der Schurke hätte sich genauso gut im oberen Stockwerk aufhalten können, und dann säße ich vermutlich nicht hier.

»Ja, Ihr ward tapfer. Und durch eure Tapferkeit, Euren unbeschreiblichen Mut habt Ihr einen Namen erfahren. Dieser Name führte die Rotte der Bürgerwehr zu dem Täter. Ein Tagelöhner. Er wurde in seiner Unterkunft aufgefunden. Es ist sicher, dass er der Täter ist, auch wenn er es noch leugnet. Blutverschmierte Kleidung und ein scharfes Messer, ebenso besudelt, wurden auch dort entdeckt. Er hat wohl nicht damit gerechnet, dass man ihm auf die Spur kommt. Und wer weiß, ob das geschehen wäre, wenn ihr nicht so mutig gewesen wäret.«

Winands nickte und trank einen großen Schluck aus dem Becher, den er vom Tisch nahm.

»Der Täter ... ist gefasst?« Anna schlug sich die Hand vor den Mund. Sie konnte es nicht fassen. So schnell.

»Ja. Alle Zeichen deuten auf ihn, auch wenn er noch nicht geständig ist. Die Nachbarn der Witwe Heymer haben bestätigt, dass er in den letzten Tagen und Wochen in ihrem Haus ein und aus ging. Er hat geholfen, das Dach zu reparieren. Ihr wisst sicherlich, dass bei dem ersten Versuch, das Dach zu dichten, der Weber Heymer unglücklich stürzte und zu Tode kam?«

Anna nickte.

»Nun, der Tagelöhner half der Witwe auch bei anderen Dingen. Vielleicht rechnete er sich eine Verbindung aus, eine Heirat. Ein Aufstieg in die Klasse der festangestellten Arbeiter. Doch Sina hat in ihm nur einen Helfer und keinen zukünftigen Mann gesehen. Das scheint ihr Verhängnis geworden zu sein.«

»Ein Tagelöhner?« Alles um Anna drehte und verwischte sich. Sie stellte das Glas ab, klammerte sich an die Sessellehnen. »Ja, ein einfacher Mensch. Katholik. Nicht aus unserer Gemeinde also. Sina Heymer war mennonitisch. Nicht immer, aber oft habe ich sie bei unseren Gottesdiensten gesehen.«

»Ich weiß. Wolf heißt er. Seinen Vornamen wusste ich nicht.«

»Ihr kennt Gustav Wolf?«

Nun schossen Tränen in Annas Augen, ein fürchterliches Schluchzen, ein unaufhaltsames, grauenvolles Schluchzen drang aus ihrer Kehle. Das Blut hämmerte in ihren Schläfen, und eine üble, gallebittere Welle stieg aus ihrem Magen hoch.

»O Gott. O mein Gott!« Sie presste die geballten Fäuste auf ihren Mund, schüttelte den Kopf.

»Anna? Anna, was ist mit dir?« Ihr Onkel stand auf, beugte sich über sie. »Anna, was ist denn?«

»Ich war es. Ich trage die Schuld. Ich habe den Tagelöhner Wolf zu ihr geschickt, um ihr zu helfen, nachdem ihr Mann gestorben war.« Wieder schluchzte Anna auf. »Das undichte Dach ... Wolf war hier und hat geholfen, die Mauer aufzurichten, die uns nach dem heftigen Regen weggesackt war. Erinnerst du dich, Onkel? Im Frühjahr war das. Er war kräftig und nicht arbeitsscheu, dabei höflich. Als Heymer starb und die Witwe allein dastand, habe ich an ihn gedacht und ihn zu ihr geschickt, das Dach zu reparieren. Ich habe ihm dafür ein paar Kreuzer gegeben. Ich dachte, ich wäre es der Familie schuldig. Und statt Hilfe habe ich ihnen den Tod ins Haus geschickt.«

Für einen Moment schien die Zeit still zustehen. Nichts war zu hören, bis auf das leise Prasseln des Feuers im Kamin und das Klopfen der Regentropfen an den Fensterscheiben.

Anna schaute zu ihrem Onkel. Verzweiflung durchzog sie. Schuld, unmessbare Schuld.

»Grundgütiger«, seufzte ihr Onkel.

Kapitel 16

In den nächsten Tagen bekam Anna viele teilnehmende Besuche. Pfarrer Winands ließ sich fast täglich sehen, auch wenn sie in seiner Gegenwart nur schweigen konnte. Sie schaffte es nicht, über ihre Gefühle und Gedanken zu reden. Die Schuld schien sich unermesslich hoch vor ihr aufzutürmen. Ihr Onkel redete ihr gut zu. »Du konntest es doch nicht wissen. Du hast versucht, der armen Witwe zu helfen. Keiner wusste, was für eine Bestie Gustav Wolf war.« Anna nickte, aber die Worte drangen nicht zu ihr durch. Heinrich Stennes machte seine Aufwartung. Er brachte ihr einen Würztraminer.

»Mademoiselle te Kloot, mit Bestürzung habe ich gehört, was vorgefallen ist. Wie furchtbar für Euch! Ich habe Euch einen ganz besonderen Wein mitgebracht. Er soll die Nerven stärken, das könnt Ihr sicher gebrauchen.«

Stennes blieb eine halbe Stunde, verbrachte die Zeit aber nicht wie einige andere, um über den Mord zu reden, sondern erzählte ihr lustige Anekdoten über seine Reisen. Er verabschiedete sich mit der Bitte, wieder vorsprechen zu dürfen. Anna erlaubte es gütig. Die Zeit mit ihm hatte sie abgelenkt, ihr gutgetan.

Auch Claes kam. Blass und schweigend saß er ihr gegenüber, fand kaum Worte. Er schien ihren Kummer aufzusaugen, ihn anzunehmen wie seinen eigenen. Anna litt. Und Claes litt mit ihr, was es ihr nicht leichter machte. Sie war froh, als er ging und sie sich den Bohnen widmen konnte. Stupide Hausarbeit war die beste Ablenkung, fand sie heraus.

Das Schöffengericht tagte drei Tage und befand Gustav Wolf für schuldig des brutalen Mordes und der Schändung an Sina Heymers. Anfang Oktober sollte er auf dem Richtplatz am Drießdyk hingerichtet werden.

»Ich möchte dabei sein«, sagte Anna bestimmt, als sie zusammen mit den ter Meers das Urteil besprachen. Es war zwei Wochen nach dem Mord und das erste Mal, dass Anna wieder aus dem Haus gegangen war. Die befreundete Familie hatte eine kleine Gesellschaft eingeladen, gutes Essen stand auf dem Tisch.

Zuerst war Anna sehr befangen, aber im Laufe der Zeit taute sie auf. Hier wurde sie angenommen, das spürte sie.

»Ich möchte dabei sein, wenn er stirbt!«, sagte sie nun nachdrücklich.

»Anna, das kann nicht Euer Ernst sein? Das wollt Ihr Euch nicht antun. Damals die Hinrichtung war schon grausam, aber diesmal wird es noch schrecklicher sein.« Claes sah sie beschwörend an.

»Hinrichtung?« Abraham hob fragend den Kopf. Er hatte sich bisher zurückgehalten, kaum ein Wort gesagt.

»Wir wollten nach Hüls, da wurde das Paar geköpft, das ihrem Sohn die Zunge rausgetrennt hatte … wir kamen zufällig vorbei, es war schrecklich.« Claes runzelte die Stirn, vermied es, Anna anzusehen.

»Ja, das war schrecklich, es war grauenhaft, und ich habe vorher noch nie so etwas gesehen«, sagte Anna entschieden und richtete sich auf. »Und trotzdem will, nein, ich muss diesmal dabei sein. Muss sehen, wie er bestraft wird. Ich will dabei sein.«

»Anna, wie könnt Ihr nur? Es wird furchtbar sein.« Claes schüttelte entsetzt den Kopf. »Tut Euch das nicht an.«

»Doch!«

»Ich finde, sie hat recht, Claes. Sie hat es verdient, dabei zu sein«, sagte Abraham.

»Aber … sie ist eine Frau, eine unschuldige Frau unseres Standes. Kein Pöbel und nicht gewöhnlich. Sie hat dort nichts verloren.«

»Ich trage eine Mitschuld, und ich will dabei sein, wie wenigstens des Täters Schuld beglichen wird. Meine werde ich mein Lebtag mit mir tragen. Da gibt es kein Entkommen. Doch das will, nein das muss ich sehen. Ich will sehen, dass er stirbt, tot ist. Nicht aus Rache, Gott bewahre, nur um die Sicherheit zu haben, dass er nie wieder jemandem ein Leid zufügt.« Anna hätte am liebsten aufgestampft.

»Siehst du, Claes, sie weiß, was sie tut und warum.« Abraham klang triumphierend.

»Anna, ihr werdet es bereuen.« Claes stand auf.

»Junge?« Mutter ter Meer sah erschrocken zu ihm hoch.

»Ich hole neuen Wein aus dem Keller und schau kurz nach den Pferden. Dann komme ich wieder.« Claes legte seiner Mutter kurz die Hand auf die Schulter, wandte sich dann um und ging.

Männer können das, einfach gehen, sich herausziehen, frische Luft schnappen, dachte Anna fast neidisch, ich könnte nur in Ohnmacht fallen, um entschuldigt zu sein.

Ihr Entschluss stand fest. Als der Tag der Vollstreckung gekommen war, ließ sie ihre Stute satteln. Onkel Arnold wollte sie begleiten, aber ihn plagte seit Tagen ein hartnäckiger Husten.

»Es tut mir leid, Anna.«

»Mach dir keine Sorgen, Onkel. Abraham wird mich begleiten. Ob Claes sich auch traut, wird sich zeigen.« Anna straffte die Schultern. Sie ritt im Schritt die Straße entlang bis zum Haus der ter Meers. Tatsächlich warteten beide Brüder dort auf sie. Wenn Anna nicht so angespannt gewesen wäre, hätte sie beinahe gelacht.

Der Hinrichtungsplatz am Drießdyk war schon zur frühen Stunde voller Menschen. Fast die ganze Stadt war gekommen, um der Hinrichtung beizuwohnen. Ein noch fast rohes Spanferkel wurde über einem Feuer gedreht, Bier und billiger Wein wurden angeboten, auch Brezeln und hartes Brot.

Befremdet erkannte Anna, dass aus der Strafe, die den Täter heute noch vor Gottes Gericht führen würde, ein Volksfest wurde.

Claes brachte ihre Pferde auf einen der umliegenden Höfe. Die drei stellten sich in die vorderste Reihe. Ein Schöffe verkündete das Urteil, der Angeklagte hatte sich letztendlich schuldig befunden.

Anna fragte sich, ob er wohl für das Geständnis gefoltert worden war? Dann verdrängte sie den Gedanken, der nicht mit ihrem Glauben übereinstimmte. Man tat niemandem Gewalt an. Jemanden zu Tode zu rädern war auch Gewalt. Es war eine übliche Strafe, aber war sie gerecht? Anna war sich nicht sicher. Die Tote wurde dadurch nicht wieder lebendig.

Gustav Wolf wurde auf den Richtplatz geführt. Er schien nicht wirklich bei Besinnung zu sein. Sein Kopf pendelte von einer Seite zur anderen, Speichel floss ihm aus dem Mund, seine Augen waren verdreht.

War das Todesangst?, fragte sich Anna.

Sie legten den Mann auf den Boden, banden seine Arme und Beine an Pflöcken fest. Dann wurden scharfkantige Vierkanthölzer unter seine Extremitäten geschoben. Allein dieser Anblick tat Anna weh. Kurz schloss sie die Augen, betete.

»Gustav Wolf, bekennst du dich schuldig, die Witwe Sina Heymer geschändet und ermordet zu haben?«

»Ja, ja … ja, ich bereue, bei Gott, ich bereue, Gnade Gnaaa … aaahhh …«

Sein Ruf wurde zu einem Schrei. Ein großes Rad fuhren zwei Männer erst über seine Beine, dann über die Arme und den Brustkorb. Anna konnte durch seine winselnden Schreie die Knochen brechen hören.

Rufe des Entsetzens, aber auch der Begeisterung gingen durch die Menge.

Anna zwang sich weiter hinzuschauen. Der Mann war kaum noch bei Bewusstsein, röchelte, keuchte, stöhnte vor Schmerzen. Sie richteten ihn auf, gossen kaltes Brunnenwasser über ihn. Dann wurde er an das Rad gebunden. Seine gebrochenen Glieder führten sie durch die Speichen. Es sah verquer aus, ein seltsam verformter Körper, eine bizarre Einheit mit dem großen Wagenrad. Zwei Stunden dauerte es, bis das Herz des Täters aufhörte zu schlagen. Fast bis zum Ende war er bei Bewusstsein. Er schrie und stöhnte. Immer leiser wurden seine Schreie, und schließlich verstummte er.

Anna spürte feine Schweißperlen auf ihrer Stirn, die Zähne hatte sie so fest zusammengebissen, dass ihr Kiefer schmerzte, ihre Hände waren geballt. Jeder Muskel in ihrem Körper war angespannt.

Seine Schmerzen mussten grausam gewesen sein, dachte Anna. Sie war froh, als sie den Mann vom Rad nahmen und für tot erklärten.

Er würde als Mörder nicht begraben werden, sondern auf einen Acker geworfen werden und den Tieren als Aas dienen.

Schweigend hatten sie die Hinrichtung verfolgt.

Claes holte die Pferde. Sie ritten in Richtung Stadt. Endlich brach Claes das bedrückende Schweigen, das sie gefangen hielt.

»Ich muss noch zum Levenhof, nach einem Jährling schauen.« Er vermied es, Anna anzusehen, obwohl sie seinen Blick suchte.

»Ich muss nach Hause. Eine Lieferung soll morgen rausgehen, Christoph wartet schon auf mich.« Abraham sah Anna an. »Soll ich Euch nach Hause bringen, Anna?«

Sie wich seinem Blick aus.

»Ihr könnt auch gerne mit mir kommen. Der Ritt wird Euch guttun. Nach diesen grausamen Erlebnissen braucht man eine Weile, um wieder zum Alltag zurückzukehren.« Endlich trafen sich Annas und Claes Blicke. Er schien sie zu beschwören.

»Ich würde Euch gerne begleiten«, sagte Anna zu Claes.

»Nun denn. Einen schönen Tag noch!« Abraham gab seinem Pferd die Sporen. Im Ritt riss er seinen Hut hoch, wedelte damit. »Juchhu!«, schrie er. »Auf die Freiheit!«

Anna zügelte ihr Pferd, schaute ihm entsetzt hinterher. Sie konnte kaum ihre Gedanken ordnen.

»Was hat er damit gemeint?«, fragte sie verblüfft.

142

Claes schüttelte den Kopf.»Macht Euch keine Gedanken, er ist ein Jungspund.«

Sie ritten in Richtung Landwehr. Im Sommer waren sie mehrfach dort gewesen. Die Landwehr, dieser langgezogene, dicht bewachsene Wall, bot ihnen Schutz vor dem Wind, der über die Heidelandschaft strich. Anna erinnerte sich an die entspannten Ausflüge dorthin, eine Landwehr gab es auch im Bergischen, und so etwas wie Heimatgefühl war jedes Mal angeklungen, wenn sie dort waren. Als Kind hatte sie oft mit ihrem Bruder dort gespielt. Der Wall mit seiner dichten Baumreihe und die Gräben waren ideal, um zu spielen und zu toben. Mit Claes hatte sie im Schatten der Bäume gelegen, Bücher gelesen, diskutiert und ein Picknick eingenommen. Nun war es zu kalt für solche Aktivitäten. Und er wollte auch gar nicht dorthin, sondern zu einem der Höfe in der Heide hinter der Landwehr.

»Ich habe mir noch nie Gedanken darüber gemacht«, versuchte sie ein Gespräch mit Claes zu beginnen,»aber seit wann gibt es die Landwehr?«

Claes schnaubte leicht, es klang belustigt.»Grenzen dieser Art gibt es von alters her. Das Land hier ist flach. Nahezu eben. Es gibt kaum Hügel, keine Erhebungen. Was lag näher, als dies künstlich anzulegen? Ein Graben, ein Wall, der dicht bepflanzt wurde, noch ein Graben, und Durchgänge, die man kontrollieren kann. Heute sind es eher Zollstationen, jetzt, in der Zeit des Friedens.«

»Frieden«, sagte Anna nachdenklich.»Friedlich war das nicht, was wir gerade miterlebt haben.«

»Eine gerechte Strafe.«

»Gerecht? Oder eher gerächt? Wer fällt das Urteil? Wer maßt es sich an, über Leben und Tod zu urteilen? Macht es Sina wieder lebendig, dass Gustav Wolf so qualvoll gestorben ist? Was unterscheidet seinen Tod von ihrem? War das nicht auch Mord?«

»Anna!«Claes zügelte sein Pferd, sah sie erschrocken an.

143

»Es war ein Urteil, er wurde verurteilt. Vom Gericht und den Schöffen. Das werdet Ihr doch nicht anzweifeln?«

»Das Urteil anzweifeln? Nein. Claes, das ist nicht der Punkt. Er hat gemordet, er ist verurteilt worden. Er ist qualvoll gestorben. Es war grauenvoll. Möchtet Ihr solche Schmerzen erleiden?«

»Nein, Anna, möchte ich nicht.« Claes zögerte, dann fuhr er fort. »Möchtet Ihr so grausam sterben wie Sina Heymers? Geschändet und geschlachtet wie ein Vieh?«

»Natürlich nicht. Aber, Claes, sie ist tot, und nichts macht sie mehr lebendig. Und der Schurke ist auch tot. Jetzt. Nach Stunden der Qual, der grausamen Qual. Sie hat es nicht wieder lebendig gemacht, ihn nicht toter als durch einen Hieb, der ihm den Kopf abtrennt. Ja, er hat noch Stunden gelitten. Hatte Qualen. Das mag seine Buße sein, aber an den Tatsachen ändert es nichts.«

»Anna, wofür soll man noch strafen, wenn man so denkt wie Ihr? Geklautes Gut bleibt geklaut, geschändete Frauen … hach«, er lachte bitter auf, »denen hilft es auch nicht mehr. Wenn man nicht bestraft, wohin führt das dann? Jeder tut, wie er denkt? Wonach es ihm gelüstet? Ohne Pardon und ohne Strafe?«

Einen Moment ritt Anna schweigend neben ihm her.

»Nein. Nein, das meinte ich nicht. Ich spüre diesen Unterschied, Claes. Diesen Unterschied im Denken.« Sie zögerte.

»Ich bin ein Mann, Ihr seid eine Frau, es scheint mir normal zu sein, dass wir unterschiedlich denken.« Er lachte leise, es klang tatsächlich erheitert.

»Claes, welch eitler Gedanke. Sind wir nicht alle Kinder Gottes?«

»Doch.« Er klang ernüchtert. »Ich weiß trotzdem nicht Euren Gedanken zu folgen.«

»Strafe dieser Art ist auch Rache. Jemanden zu töten ist eines, ihn in den Tod zu quälen etwas anderes. Wolf ist qualvoll gestorben, und sein Tod hat nur eines für sich – seine

144

Strafe, sein Tod. Das Opfer macht es nicht lebendig. Claes, er musste sicherlich bestraft werden, auch mit dem Tode. Aber so? So grauenvoll und menschenunwürdig? Er hat gelitten, natürlich. Das haben wir gesehen und gehört. Er hat ganz furchtbar gelitten.«

»Es dient als Abschreckung. Wie sonst sollen wir andere davon abhalten, solche Taten zu begehen?«

»Ich verstehe das, glaube aber nicht, dass es wirklich fruchtet. Er hat doch gewusst, was mit ihm passiert, wenn er gefasst wird. Doch dieses Wissen hat ihn nicht davon abgehalten.«

»Ihn nicht, aber vielleicht andere. Schaut, es waren auch Kinder bei der Hinrichtung. Sie haben das Grauen gesehen und vielleicht wachsen sie nun mit dem Gedanken auf ›sollte ich jemals etwas Böses tun, wird die Strafe fürchterlich sein‹.«

»Möglich, Claes. Aber meint Ihr nicht, dass Wolf als Kind auch Hinrichtungen miterlebt hat? Er war ein Tagelöhner, ist viel herumgekommen. Es hat ihn nicht von der Tat abgehalten.«

Für einen Moment ritt Claes neben ihr her. Sie gelangten an den Durchlass der Landwehr. An der Hückelsmay war ein Baumschließerhaus. Sie mussten warten, bis der Schlagbaum geöffnet wurde. Claes wechselte ein paar höfliche Floskeln mit den Männern der Wache. Er klang heiter. Anna überraschte das. Wie eine dunkle Wolke umgaben sie ihre Gedanken. Obwohl heute ein freundlicher Herbsttag war, standen Nebelschwaden über den Gräben, wie gefangen im dichten Gewirr der Äste. Die Bäume auf der Wehr standen dicht an dicht miteinander verflochten.

Auf der Heide hinter der Wehr wehte ein frischer Wind.

»Kommt, lasst uns ein Wettreiten machen. Wer zuerst am Flötgraben ist.« Claes gab seinem Pferd die Sporen.

Nur kurz zögerte Anna, dann setzte sie ihm nach.

Kapitel 17

Wie Perlen auf einer Schnur reihten sich die großen Gehöfte aneinander, verbunden und geschützt durch den Flötgraben, einem tiefen Wassergraben, der die Höfe meist ringförmig umschloss. Das Gelände zwischen der Landwehr und dem Graben war flach, Heidekraut wuchs hier und duftete jetzt im Herbst. Nur wenige Sträucher und einige Obstbäume gab es. Anna hatte Claes schnell eingeholt. Sein Pferd besaß eine größere Ausdauer, doch auf kurzer Strecke schlug ihn Annas Stute jedes Mal. Eine kleine Brücke führte über den Wasserlauf zum Gehöft. Die drei Hauptgebäude bildeten ein U, rechts war eine weitere Scheune. Der große Hof war gepflastert, zwei Walnussbäume standen jeweils an den Seiten.

Schon einmal war Anna mit Claes hier gewesen. Damals kamen sie von Anrath und wurden von einem Wolkenbruch überrascht. Anna erinnerte sich, dass die Scheutens, denen der Hof gehörte, entfernt mit ter Meers verwandt waren.

Sie wurden herzlich begrüßt und in die große Wohnhalle geführt. Ein Feuer brannte im Kamin. Madame Scheuten trug Brot und selbstgebrautes Bier auf.

Claes folgte dem Knecht zum Stall, um sich das Pferd anzusehen. Die Stute, die seine Mutter für den Betrieb der Mühle hatte, lahmte inzwischen so sehr, dass sie nicht mehr eingesetzt werden konnte.

»Sie ist erst sechs oder sieben«, erklärte Claes dem Gutsherrn, »aber für die Mühle nicht mehr zu gebrauchen. Zwei oder drei Mal könnte sie noch fohlen.«

»Das hört sich doch gut an. Dann tauschen wir einfach. Ihr nehmt die junge Stute da vorne, die mit der großen Blesse, und wir nehmen die alte, lassen sie decken. Lobachs haben einen schönen Deckhengst.«

»Ich weiß.« Claes strich sich über das Kinn. Schon mehrere Wochen war er nicht in Kierst gewesen. Er vermisste Margot schmerzlich. Doch ihr Mann hatte sich ein Bein gebrochen und war nun zu Hause. In seiner Gegenwart war Margot nie gelöst und heiter.

Mit einem Handschlag besiegelten sie das Geschäft. Sie vereinbarten, falls es drei Füllen geben sollte im Laufe der nächsten Jahre, dass ter Meers eins davon bekommen würden.

»Nächste Woche bringe ich Euch die Stute und nehme den Jährling mit.«

»Der Hof wäre der ideale Ort für unseren Kater«, sagte Anna grimmig, als sie zurückritten.

»Wieso? Sind bei Euch nicht genügend Mäuse?« Claes schaute sie belustigt an.

»O doch, die bringt er mir ja auch immer. Er legt sie vor meine Tür oder vor den Herd.«

»Das ist doch wunderbar. Warum wollt Ihr ihn dann loswerden?«

»Weil er mich nie in Ruhe lässt. Er folgt mir überall hin, und wenn ich nicht aufpasse, stolpere ich über das Mistvieh.«

»Ein kluger Kater, er hat erkannt, wie liebenswert Ihr seid, und sucht Eure Nähe. Ich kann das durchaus verstehen.«

Anna spürte, dass sie errötete.

»Es war eine gute Idee, noch dorthin zu reiten. Danke, Claes.«

»Keine Ursache. Mir geht es wie Eurem Kater, ich fühle mich in Eurer Gesellschaft wohl.«

Sie ritten an der Landwehr entlang. Das schaumige, volle Rauschen des auffrischenden Windes in den Bäumen begleitete ihren Weg. Durch das Obertor kamen sie schließlich in die Stadt, die Dämmerung brach herein. Manch Kerzenschein leuchtete durch die Fenster der Häuser. Anna fröstelte. Es war ein langer Tag, und sie war müde.

Claes brachte sie bis zur Tür und verabschiedete sich dann.

»Werdet Ihr schlafen können, oder werden Euch die Bilder verfolgen?«

»Ich weiß es nicht.« Anna schüttelte nachdenklich den Kopf.

»Da bist du ja endlich, Kind!« Ihr Onkel kam ihr entgegen, nahm ihr den Mantel ab. »Ich habe mir schon Sorgen gemacht.«

»Ich bin mit Claes noch zum Levenhof geritten, er hatte dort etwas zu erledigen. Hat Abraham dir das nicht gesagt?«

»Nein. Aber nun bist ja wohlbehalten da. Hast du Hunger? Tina hat einen schönen Eintopf gekocht.«

»Ich habe schon gegessen, danke. Aber ein Glas Wein würde ich wohl nehmen.«

Sie las den Kindern am Kamin noch eine Geschichte vor, schickte sie dann ins Bett. Ihr Onkel studierte die Zeitung, immer wieder schüttelte er den Kopf.

»Seltsame Nachrichten kommen aus Übersee, die Lage scheint sich zuzuspitzen. Wenn das mal nicht zum Krieg führt.«

»Aber wenn, dann doch nur in Übersee und nicht hier.«

»Hoffentlich.«

»Onkel, ich wollte noch etwas mit dir besprechen.«

»Etwas Wichtiges?«

»Nun ja, für mich ist es wichtig. Es geht um den kleinen Fritz Heymer.«

»Was ist mit ihm?«

»Er ist nun Waise, hat keine Familie mehr, nur eine entfernte Cousine seiner Mutter lebt hier. Dort ist er im Moment. Sie hat neun eigene Kinder.«

»Und?«

»Mich lässt der Gedanke nicht los. Er ist erst zehn, auch wenn er großgewachsen ist und kräftig. Eigentlich ist er noch ein Kind.«

Arnold wiegte bedächtig den Kopf. »Die Geschichte lässt dich nicht los, nicht wahr?«

148

»Nein, ich fühle mich immer noch schuldig. Und sein Schicksal rührt mich. Ich möchte etwas für ihn tun.«

»Und was schwebt dir da vor?«

Anna kaute auf ihrer Lippe, sie wusste nicht so recht, wie sie ihren Wunsch äußern sollte.

»Ich habe noch Geld. Es ist nicht viel, aber ein wenig. Friederich gab es mir, bevor ich hierherkam. Bisher habe ich es dank deiner Großzügigkeit nicht gebraucht.«

»Du willst ihm Geld geben? Kind, bei aller Liebe, aber das ist doch vielleicht übertrieben.«

Der Satz schreckte Anna.

»Ich fühle mich verantwortlich, Onkel.« Sie schenkte ihm und sich noch ein Glas Wein ein. Ihr Onkel schien zu spüren, dass es ihr wichtig war. Er faltete die Zeitung und legte sie zur Seite.

»Nun, Verantwortung zu empfinden und sie zu tragen sind ehrenwerte Gefühle. Was genau hast du im Sinn?«

»Wenn ich dir das Geld gebe ... dann ... ich meine, könnten wir ihn nicht zu uns holen? Hier könnte er mit Elisabeth, Aaron und Joseph zusammen aufwachsen. Er könnte die Schule besuchen und später eine gute Arbeit finden.«

»Ihn zu uns holen? Das wäre sehr großmütig, meinst du nicht?« Nachdenklich trank er von dem Wein.

»Möglicherweise erscheint es dir im Moment befremdlich, ein Kind, welches du nicht kennst und zu dem du keinerlei Beziehung hast, in dein Haus zu holen. Für mich wäre es wichtig. Ich fühle mich verantwortlich für Fritz. Es ist natürlich keine Entscheidung, die du heute treffen sollst, aber vielleicht kannst du mal darüber nachdenken?«

Arnold räusperte sich, nickte dann. »Ich verspreche dir, ich werde das tun.«

In den nächsten Tagen kam das Thema nicht mehr zur Rede. Immer wieder lag Anna die Frage auf den Lippen, ob er nun eine Entscheidung getroffen hätte, aber sie traute sich nicht und wollte ihn nicht bedrängen.

Am Sonntag gingen sie alle zusammen zur Kirche. Inzwischen ging auch der kleine Joseph mit, ihr Onkel bestand darauf. Anna dauerte der kleine Kerl. Selten war die Predigt kürzer als zwei Stunden. Während sie Ruhe und Frieden bei den langsam gesungenen Psalmen fand, zog sich die Zeit für ihn schier endlos hin. Doch er ertrug es folgsam und still. Hin und wieder tuschelte er mit Aaron, was der Onkel mit einem strengen Blick bestrafte.

Die Jungen waren froh, nach dem Gottesdienst nach Hause laufen zu können, während die Erwachsenen sich noch auf dem Kirchhof unterhielten.

Anna liebte die schlichte Kirche hinter der hohen Mauer. Es war ein friedlicher und besinnlicher Ort. Hier kam sie zur Ruhe, konnte ihre Gedanken ordnen.

Sie unterhielt sich mit Katrina und einigen anderen Frauen, ihr Onkel schien in ein ernstes Gespräch mit Prediger Winands vertieft zu sein. Nach und nach verabschiedete man sich und ging. Nur ihr Onkel bemerkte nicht, wie die Zeit verstrich. Unruhig trat Anna von einem Bein auf das andere. Ein kalter Wind blies durch die Straßen, fing sich im Kirchhof und wirbelte Laub auf. Am Himmel hingen dunkle Wolken. Es würde bestimmt gleich anfangen zu regnen. Anna zog das Umschlagtuch fester um ihre Schultern. Sie hoffte, dass Tina den Braten nicht hatte austrocknen lassen.

Erst als die ersten Tropfen fielen, sah ihr Onkel zu ihr. Er verabschiedete sich vom Prediger. »Ich komme noch mal auf Euch zu, um das zu klären, Vater.«

Dann nahm er Anna am Arm und eilte mit ihr nach Hause. Er schwieg, und Anna wunderte sich. Normalerweise besprach er es mit ihr, wenn ihn etwas beschäftigte.

Es roch verbrannt, als sie das Haus in der Mühlenstraße betraten. Schon im Flur konnte Anna Tina jammern hören.

»Dieses Mistviech, wenn ich es erwische, schlage ich es tot!«
Anna legte Tuch und Mantel ab, ging in die Küche. Tina

stand über den schrundigen Küchentisch gebeugt, säbelte mit dem großen Messer verzweifelt an dem Schweinebraten herum. Immer noch fluchte sie leise.

»Es ist Sonntag, Tina. Der Tag, um Gott zu ehren und nicht um zu fluchen«, ermahnte Anna sie, konnte sich aber kaum ein Lächeln verkneifen. »Was ist passiert? Es stinkt grausig.«

»Der blöde Kater, dieser Teufel! Er hat den Braten geklaut und angefressen.« Tina sah zu Anna auf, dem Mädchen standen die Tränen in den Augen. Anna war sich nicht sicher, ob aus Scham oder vor Wut.

»Ist noch etwas zu retten?« Anna besah sich das Malheur. Der Kater hatte den Braten von allen Seiten angeknabbert. »Grundgütiger, das kann man getrost wegschmeißen, wenn du alles wegschneidest, bleibt nichts mehr übrig.«

»Aber was essen wir dann?« Nun klang Tina tatsächlich verzweifelt. »Ich wollte es nicht, wirklich nicht.«

»Wie ist das denn passiert?«

»Ich habe den Braten vom Ofen genommen, als die Jungs von der Kirche kamen. Ich dachte, Ihr würdet gleich folgen. Dann habe ich die Wurzeln aufgesetzt und wollte sie ordentlich mit Petersilie würzen, so wie Ihr das immer macht. Dazu bin ich in den Kräutergarten. In der Zeit muss das Vieh den Braten geklaut haben. Irgendwann hab ich es dann gemerkt und habe versucht, ihm das Fleisch abzunehmen. Er ist raus in den Hof.« Nun schluchzte Tina laut. »In den Hof – und ich hinterher – und er über die Mauer zum Nachbarn, und als ich ihn dann endlich hatte und zurückkam, waren die Wurzeln verbrannt.« Tränen liefen ihr über die Wangen. Den Topf habe ich nach draußen gestellt, aber es stinkt immer noch, und außerdem haben wir nichts zu essen.«

»So, so. Was für eine Aufregung am Sonntag.« Onkel Arnold stand in der Küchentür und seufzte. Anna schaute ihn an. Seine Augen funkelten, und er unterdrückte ein Lächeln.

»Beruhige dich erstmal, Tina.« Anna schob ihr einen Stuhl zu und reichte dem Mädchen einen Becher Wasser. »Wir haben noch Schinken in der Vorratskammer. Den können wir machen. Oder eingelegte Heringe, ich habe letzte Woche ein Fässchen auf dem Markt gekauft. Gib den Kindern einen Kanten Brot, sie müssen eben noch ein wenig warten.« Anna öffnete die Tür zum Hof, der Gestank der angebrannten Möhren hielt sich hartnäckig in der Küche. Inzwischen regnete es heftig. Anna blieb für einen Moment in der Tür stehen, der Regen wehte ihr ins Gesicht, und für einen Augenblick war alles unscharf, die Konturen verschwammen wie im Traum.

Anna schüttelte den Kopf, um wieder in die Realität zurückzukehren. Dann ging sie in die Speisekammer. Schnell hatte sie ein Mahl bereitet. Es war kein Sonntagsessen, aber wohlschmeckend und sättigend.

Abends saß sie zusammen mit ihrem Onkel vor dem Kamin. Inzwischen liebte sie diese Abende voller Ruhe und Eintracht. Doch heute schien Arnold seltsam unruhig zu sein. Er schlug ein Buch auf, legte es wieder weg, nahm ein anderes. Dann stopfte er sich die Pfeife, zündete sie umständlich an, schenkte ihnen Wein ein, nippte jedoch nur.

Er hatte etwas auf dem Herzen, brauchte aber noch Zeit, um es in Worte zu fassen. Anna kannte das schon. Sie nahm sich den Korb mit Flickzeug und stopfte Strümpfe.

Mit einem leisen Knarren wurde die Tür zur Stube geöffnet. Anna schaute auf. War etwas mit einem der Kinder? Doch kein Kind schlich sich in den Raum, sondern der Kater. Für einen Moment blieb er stehen, dann kam er geradewegs auf Anna zu, maunzte kurz und sprang ihr auf den Schoß. Dort rollte er sich zusammen und schnurrte laut.

»Du Teufelsbraten«, murmelte Anna. »Man sollte dich wegbringen.« Doch sie vergrub ihre Hände in das dichte, warme Fell, genoss die Nähe und Wärme des Tieres.

»Ich hoffe doch, dass es ihm geschmeckt hat.« Arnold betrachtete die beiden schmunzelnd. »Und so gerne ich den Braten selbst gegessen hätte, ich gönne ihn ihm. Wenn dort so etwas verführerisch Duftendes lieg, ist es durchaus schwer zu widerstehen. Und er ist nur ein Kater, kein Heiliger.«

Anna kicherte. »Ja, und irgendwie habe ich ihn auch in mein Herz geschlossen.«

»Er dich offensichtlich auch, was mich nicht wundert. Du hast ein liebenswertes Wesen. Fast ein Jahr bist du jetzt hier, und die Kinder haben sich zu ihrem Guten entwickelt. Elisabeth ist fleißig und ordentlich geworden, Aaron weniger wild und Joseph – früher hat der Kleine so viel gejammert. Aber nun lacht er mehr. Alle sind folgsam, darauf bedacht, dir zu gefallen, und lernen gut. Das ist dir zuzuschreiben.«

Anna senkte den Kopf. »Es ist schön, so etwas zu hören, Onkel, aber so ganz stimmt das sicherlich nicht. Sie entwickeln sich und werden größer, älter, vernünftiger.«

»Das ist ganz sicher so, dem Herrn sei Dank, aber die Kinder dieses Jahr zu sehen und im Jahr zuvor macht einen himmelweiten Unterschied.« Er zog heftig an seiner Pfeife, runzelte die Stirn. »Ich liebe meine Tochter Katrina. Sie ist alles, was mir aus meiner ersten Ehe geblieben ist. Sie ist eine gute Frau und rechtschaffend. Wirkliche Wärme und Herzlichkeit besitzt sie nicht. Du schon.«

»Nein, Onkel, ich glaube, das siehst du falsch. Vor zwei Jahren ist die Mutter der Kinder gestorben, sie mussten mit ihrer Trauer und dem Verlust leben. Ich weiß, wie das ist, es ist furchtbar. Nun ist ein weiteres Jahr vergangen, und sie haben sich daran gewöhnt. Die Erinnerungen verblassen, sind nicht mehr so schmerzhaft. Sie können anders damit umgehen, wachsen in ihr Leben ohne Mutter hinein.«

»Siehst du«, Arnold nickte, »genau das meinte ich.«

»Bitte?«

»Anna, du bist so bescheiden, du siehst gar nicht, was du alles für uns tust. Du bist wohltätig und gnädig.«

»Nein, Onkel.« Anna errötete.

»Doch, lass es dir gesagt sein. Allzu oft sage ich solche Dinge nicht. Also merke es dir, bewahre es dir.«

»Aber ich bin mir sicher, dass Katrina auch alles gegeben hat, was sie konnte. Sie hatte es schwer, hat selbst ihre Mutter verloren, dann die Stiefmutter und weitere Geschwister … es war sicher nicht einfach für sie.«

»Du bist hierhergekommen, um ihren Platz einzunehmen. Hat sich Katrina jemals dafür bedankt? Ich glaube kaum. Du bist hierhergekommen, ohne uns zu kennen. Du hast sofort deine Aufgaben klaglos übernommen, damit Katrina ohne Sorge heiraten konnte, was sie auch getan hat. Du hast dich noch nie beklagt, nie Ansprüche gestellt, hast nie etwas eingefordert. Dann passieren solche Dinge wie heute Mittag – statt zu schimpfen, lachst du und zauberst ein neues Essen. Du bist gesegnet, die Güte und Herzlichkeit in Person. Und du verteidigst Katrina auch noch. Sie ist dir gegenüber missgünstig, glaub nur nicht, dass ich es nicht bemerkt hätte.«

»Bitte hör auf, du machst mich ganz verlegen, Onkel. So ist das nicht.« Anna schluckte. »Meine Reise hierhin war auch eine Flucht vor meinem Leben dort. Und ich bereue es nicht. Ich fühle mich hier wohl und aufgenommen. Ihr alle nehmt mich hin, mit meinen Fehlern und Makeln. Ich kenne mich genau, ich weiß, was ich kann und was nicht.« Peinlich berührt von seinen Worten, drehte sie den Ring ihrer Mutter am Finger, eine Angewohnheit, von der sie nicht lassen konnte. Ihr Blick fiel auf die Hände, sie bemerkte, was sie tat, und hob die rechte Hand. »Dieser Ring gehörte meiner Mutter. Mein Vater hat ihn ihr geschenkt. Ich trage ihn zu ihrem Andenken. Ich bin die einzige Frau der Gemeinde, die einen Ring trägt. Und glaube wohl, ich habe das Gespött, Gelächter und die Nachrede hinter meinem Rücken darüber gespürt. Du bestimmt auch. Wahrscheinlich wurdest du sogar auf mein eitles Gebaren angesprochen. Doch mir gegenüber hast du es nie erwähnt.«

»Anna, jeder weiß, dass du hier weder geboren noch aufgewachsen bist. Sobald ein lästerliches Wort über dich fällt, unterbinde ich es. Und du hast recht, es wurde getratscht am Anfang. Du bist so ein Widerspruch. Schlichte Kleidung, schlichter, als die Frauen sie hier tragen. Schlicht und dann der Goldreif am Finger, mit Perle zudem. Ein eitles Objekt. Ich wusste, dass es eine Erinnerung an deine Mutter ist, dass mein Bruder diesen Ring der Frau schenkte, die er von Herzen liebte. Und die Krefelder sind eitel, sie beharren auf ihrem Glauben – kein Zierrat und kein Schmuck, aber Schleifen, Locken und schöne Kleider gelten als weltoffen, Fortschritt, das ist für sie kein Zierrat. Ich halte von dem Ganzen nichts. Solche Diskussionen sind fruchtlos. Wir entwickeln uns weiter und müssen mit der Zeit gehen.« Er schnaufte.»Krefeld ist eine reformierte Stadt, alle Ämter bekleiden Reformierte, Geld verdienen jedoch die Mennoniten, der größte Anteil der Stadtbevölkerung ist allerdings katholisch.« Seine Stimme wurde immer lauter.

Anna schenkte den Wein nach.»Darüber müssen wir doch nicht streiten. Ich komme aus keiner gefügten und gewachsenen Gemeinde. Wir waren eine Handvoll Mennoniten im Bergischen. Es gibt dort keine Kirche, kein Gotteshaus. Die Versammlungen finden immer noch heimlich statt, in irgendeinem Haus. Durchreisende Prediger halten den Gottesdienst, es gibt keinen Seelsorger für die Gemeinde. Es gibt unter den Gemeindemitgliedern rigide Regeln über das Benehmen und die Kleidung, aber nicht was Schmuck anbelangt.« Wieder drehte Anna den Ring an ihrem Finger.»Ich kann ihn abnehmen, das ist kein Problem. Den Ring muss ich nicht tragen. Es ist für mich nur ein Symbol.«

Arnold lachte leise, dann lehnte er sich vor, tätschelte ihr Knie.»Mach dir mal keine Gedanken. Die Kleider der Frauen werden heller, sogar florale Muster habe ich entdeckt. Heute noch in der Kirche. Ja, keine der Frauen trägt einen Ring, aber deine Kleidung ist weitaus schlichter als die ihre. Der Ring bedeutet dir viel, er hat meinem Bruder viel bedeutet und deiner Mutter sicherlich auch. Also darfst du ihn auf jeden Fall tragen. Immer.«
»Danke.«

Arnold lehnte sich zurück, betrachtete sie für einen Moment, stopfte seine Pfeife erneut. »Aber es gibt etwas, worüber ich mit dir reden muss.«

Anna zuckte zurück. Arnolds Stimme hatte sich verändert, er wirkte plötzlich sehr ernst. Der Kater bemerkte den Stimmungswechsel, er schaute Anna an, streckte sich dann, drehte sich auf den Rücken und schien noch lauter zu schnurren, so als wolle er sie beruhigen. Anna kraulte ihn gedankenverloren. »Ich habe heute lange mit Pfarrer Winands gesprochen. Es ging auch um dich.« Arnold stockte, stocherte in der Pfeife.

Anna wagte kaum, sich zu rühren. Was hatte sie falsch gemacht?

»Ich habe also lange mit dem Prediger gesprochen, ich muss noch mit dem Bürgermeister reden. Ganz so einfach ist es nicht, was du dir da vorstellst.«

»Was meinst du denn?« Anna hielt den Atem an, sie hatte keine Vorstellung davon, worüber er sprach.

»Fritz, das ist alles nicht so einfach.«

»Fritz? Welcher Fritz?«

»Fritz Heymer. Ich kann ihn an Kindes statt annehmen, doch das möchte ich nicht. Aber seine Vormundschaft kann ich übernehmen. Und das werde ich.«

»Oh.« Anna sank zurück. »Wirklich?«

»Ja, wirklich. Du hast mich verblüfft. Nahezu schockiert mit deiner Bitte.«

»Schockiert?«, flüsterte Anna.

»Ja, doch. Es hat mich schon beeindruckt. Ich habe darüber tagelang gegrübelt. Wie kamst du auf den Gedanken? Und dann habe ich dich beobachtet, habe nachgedacht, und mir wurde klar – du lebst unseren Glauben. Nächstenliebe. Weißt du, Schlichtheit kann auch überzogen als Zier verwendet werden, als eitle Verstellung. Davon hast du nichts, aber auch gar nichts, in dir. Du versuchst, deinen Nächsten zu lieben wie dich selbst, mit jeder Faser deines Körpers, deiner Seele. Das macht dich beneidenswert schlicht und ehrlich. Es macht dich aus.« Er seufzte.

Anna hielt den Atem an, sie wusste nichts zu erwidern, hätte trotzdem tausend Einsprüche gehabt. So war sie nicht, so edel und rein. Sie war ein Mensch mit Gefühlen, Gedanken und Bedürfnissen. Auch Wut und Ärger gehörten dazu, Neid, Missgunst. Sie sah sich als durch und durch menschlich, traute sich aber oft nicht, den Mund aufzumachen.

»Ich habe darüber nachgedacht«, fuhr er fort. »Die letzten Tage und Nächte. Du hast mich überrascht, hast mich fast schon bloßgestellt mit meiner ablehnenden Haltung, forderst du doch nichts für dich, sondern ein Heim für eine mittellose Waise. Um ihn kümmern würdest du dich, das weiß ich, das sehe ich an meinen Kindern, und für ihn aufkommen wolltest du auch. Mit deinem Erbe, deiner Aussteuer, denn dafür wäre das Geld eigentlich. Ist dir das bewusst?«

Anna nickte. Sie hatte darüber nachgedacht. Aber eine Ehe lag so fern von ihr wie der Mizar im Großen Wagen. Natürlich war Claes in ihrem Herzen, natürlich erhoffte sie sich im nächsten Jahr eine Erklärung von ihm, aber das Schicksal des Jungen galt es jetzt zu entscheiden. Lösungen für ihre Zukunft würden sich immer noch finden.

»Aber ich ... Onkel ... ich bin nicht hierhergekommen, um zu heiraten, sondern um dir zu helfen.«

Arnold lachte leise. »Das ist mir bewusst, mein Kind. Heiraten sollst du trotzdem irgendwann, und es soll nicht von Fritz und seinem Schicksal abhängen. Das ist nämlich besiegelt, er kommt hierher, zu uns. Wie das mit seinen Bürgerrechten aussieht, ist noch fraglich. Ein Zuhause und eine Ausbildung und dank dir Liebe und Geborgenheit sind ihm gewiss.« Nun strahlte Arnold. »Wir richten noch die Mansarde her, dann kann er nächste Woche einziehen.«

Anna saß starr in ihrem Sessel, sah ihn an, nahm seine Worte in sich auf.

»Wirklich?«, flüsterte sie dann.

»Wirklich!«

Anna musste den Kater von ihrem Schoß schubsen, fauchend und beleidigt stob er davon, dann fiel sie ihrem Onkel um den Hals.

»Ich danke dir. Ich danke dir so sehr!« Sie musste schlucken, fand keine Worte, holte tief Luft und roch den würzigen Duft, den er ausstrahlte. Leinen, Hanf, Heu, Seife und Pfeifentabak. »Du bist so gütig, Onkel. Soll ich euch die Taler sofort geben? Sie sind unter meiner Matratze.«

Arnold schob sie ein wenig von sich, sah ihr in die Augen, lächelte.

»Ja, gib mir das Geld sofort. Ich werde es morgen anlegen. Für dich, nicht für den Jungen. Die Kosten für ihn übernehme ich. Das Seelenheil für diese Tat wird trotzdem dir zugutekommen. Vielleicht ein wenig mir, ein wenig nur.«

»Aber das ...«

»Das geht – ganz sicher. Wir müssen es nur noch rechtlich klären. Und das Zimmer einrichten. Das ist deine Aufgabe.« Er hielt sie fest, bevor sie aufspringen konnte. »Morgen, bei Tageslicht. Nun geh ins Bett! Die nächste Woche wird sicher anstrengend. Gott segne dich.«

Kapitel 18

In den nächsten Tagen gab es für Anna allerlei zu tun. Sie putzte die Mansarde gründlich, ein kleiner Ofen wurde besorgt, ein Bett und ein Kasten, für die Sachen des Jungen.

Zuerst schauten die Kinder zweifelnd zu, doch Anna erklärte ihnen geduldig, dass der Junge keine Konkurrenz sein würde, sondern dass sie ihm ein Zuhause geben wollten.

Elisabeth nickte, dann holte sie einen Eimer mit Seifenlauge und half Anna, den staubigen Raum zu reinigen. Aaron half, die einfachen Möbel in das Zimmer zu bringen. Joseph beobachtete alles ganz genau, sagte aber nichts.

Eines Abends klopfte es zaghaft an Annas Zimmertür. Sie lag schon im Bett, es war spät, und sie war müde.

»Anna?« Es war die hohe Stimme des kleinen Joseph.

»Komm rein, mein Herz. Ist etwas mit dir? Geht es dir nicht gut?« Anna setzte sich auf.

»Du, Anna.« Verlegen trat er von einem Fuß auf den anderen. Die Hände hielt er hinter seinem Rücken. »Der Junge kommt doch morgen?«

»Fritz, ja. Morgen zieht er ein. Bis du deswegen aufgeregt?« Anna lächelte.

»Nein, es ist nur so, du hast doch gesagt, dass er ganz, ganz arm ist. Er hat weder Mutter noch Vater und auch keine Geschwister mehr. Unsere Mutter ist ja auch tot, aber den Vater, den haben wir noch. Und dich. Und wir sind nicht ganz arm.«

»Das ist richtig, und deshalb wollen wir etwas mit ihm teilen. Damit er nicht mehr so alleine und so unglücklich sein muss. Das verstehst du doch?«

»Ja.« Langsam kam er auf sie zu, immer noch hielt er die Hände hinter dem Rücken. »Ich habe nachgedacht. Ich konnte nicht helfen, so wie die anderen.«

»Das ist gar nicht schlimm, Spatz.«

»Aber ich wollte doch so gerne auch etwas dazu tun, damit er sich wohlfühlt und willkommen.« Nun streckte er die Arme aus, öffnete die Hände. Er hielt ein kleines Holzpferd auf Rädern und zwei Holzfiguren in der Hand. »Ich möchte ihm das schenken.«

Anna wusste, dass das Pferd sein Lieblingsspielzeug war. Er konnte sich stundenlang damit beschäftigen, lag auf dem Boden, redete mit den Figuren, erfand kleine Abenteuer. Es musste sehr schwer für ihn sein, sich davon zu trennen. Anna überlegte, ob sie sein Geschenk ablehnen sollte. Doch dann nahm sie das Spielzeug und legte es auf ihren Nachtkasten. Joseph wollte etwas geben, von ganzem Herzen wollte er ein Geschenk machen, und das konnte sie ihm nicht abschlagen.

»Das ist eine ganz wunderbare Idee, Joseph. Du bist ein wahrer Christ. Ich bin stolz auf dich.«

Der Kleine senkte den Kopf, er war nur mit seinem Nachtgewand bekleidet, die Füße bloß. Anna sah, dass er fror.

»Willst du zu mir kommen?« Ein paar Mal schon hatte sie ihn zu sich ins Bett geholt, wenn er schlecht geträumt hatte. Sie hob die Decke. Joseph strahlte sie glücklich an und kroch zu ihr ins Bett.

»Ja«, sagte er, kuschelte sich an sie und schlief ein.

Am nächsten Morgen hielt ein Fuhrwerk vor dem Haus. Anna war schon früh aufgestanden und hatte frisches Brot gebacken. Ein reichhaltiger Eintopf köchelte vor sich hin und füllte das Haus mit seinem Duft.

Anna öffnete die Tür. Ein kleiner Junge stieg langsam vom Wagen. Er hatte ein Stoffbündel fest in beiden Händen, drückte es sich gegen den Bauch. Den Kopf hielt er gesenkt.

»Fritz?« Anna lächelte, doch er sah sie nicht an, nickte nur kurz. »Nun komm, Junge. Hier ist dein neues Zuhause.«

Langsam schob er einen Fuß vor den anderen, schaute immer noch nicht auf.

»Du brauchst keine Angst zu haben. Alle freuen sich auf dich.«

Der Junge war größer als Aaron und sehr viel dünner. Überall stachen die Knochen hervor. Er bewegte sich linkisch, so als wäre sein Körper zu schnell gewachsen. Er ging an Anna vorbei, ohne sie anzusehen, blieb in der Diele verunsichert stehen.

Anna rümpfte die Nase. Eine Wolke Gestank stieg von dem Jungen auf, seine Haut war grau, und die Kleidung starrte vor Dreck.

»Immer weiter geradeaus«, sagte sie bestimmend und reckte die Schultern. Dass es nicht leicht werden würde, wusste sie. In der Küche blieb er stehen, sah sich vorsichtig um, hob, schnuppernd wie ein Hund, die Nase und schien den Duft des Eintopfes förmlich in sich aufzusaugen.

Tina sah ihn mit unverhohlener Neugierde an. Sie schüttelte entsetzt den Kopf. Fritz bemerkte ihren Blick, schien plötzlich in sich zusammenzusinken.

Er schämt sich, dachte Anna und war peinlich berührt. Wir müssen ihm die Ankunft so leicht wie möglich machen, Scham ist kein guter Ausgangspunkt. »Tina, setz den großen Kessel mit Wasser auf. Fritz, hilf mir mal, den Holzbottich aus der Vorratskammer zu holen. Du darfst ein Bad nehmen. Saubere Kleidung habe ich auch für dich. Wenn du gebadet und angezogen bist, gibt es Essen.« Sie legte ihm die Hand auf die Schulter. Fritz zuckte wie getroffen zusammen und duckte sich weg.

»Baden?«, murmelte er. »Aber das ist ungesund. Wasser entzieht dem Körper Kraft.«

Anna lachte. »Das ist ein Irrglaube. Ich verspreche dir, nach dem Bad und in sauberer Kleidung wirst du dich wohl und erfrischt fühlen. Sind das deine Anziehsachen in dem Beutel?«

Der Junge warf ihr einen Blick zu, er wirkte gehetzt, presste den Beutel an sich. »Das sind meine Sachen.«

»Ich will sie dir nicht wegnehmen, ich will sie nur waschen.« Anna lächelte beruhigend.

»Nicht nötig«, sagte er leise.

Anna überlegte, wie sie am besten vorgehen sollte. Mit der Zeit würde Fritz sicherlich begreifen, dass sie nur Gutes im Sinn hatte. Ihm jetzt seinen Willen zu lassen würde ihm aber ein falsches Gefühl vermitteln. Er musste sich wohl oder übel den Gegebenheiten des Haushaltes anpassen.

»Komm!« Sie führte ihn zur Vorratskammer. Dort stand die Badewanne. »Wir nutzen meist das Kämmerchen neben der Küche zum Baden. Dann braucht man den Wasserkessel nicht so weit zu schleppen. Fass bitte mit an.«

Fritz war in der Tür stehen geblieben. Sein Blick glitt über die Vorräte. Nur noch ein inzwischen fast steinhartes Stück Speck hing von der Decke, außerhalb der Reichweite der Ratten. Das war alles, was von dem Schwein des letzten Jahres

161

geblieben war. Im November, nach dem Schlachttag würden hier wieder Schinken und Speckseiten sowie Würste gelagert werden. Säcke mit Reis und Mehl lagerten in der Ecke, ein Fässchen mit eingelegten Heringen und Gläser und Töpfe mit eingelegtem Gemüse. Auf Holzladen lagen frische Äpfel und verströmten ihren intensiven Duft. Birnen waren in Stroh gewickelt. Hinten im Hof hielten sie Hühner und hatten somit immer frische Eier.

Verwundert betrachtete Fritz die Regale mit den Lebensmitteln. Anna sah seinen Blick. Sie unterdrückte ein Lächeln.

»Nun hilf mir mal.«

Fritz griff nach der Holzwanne, gab aber seinen Beutel nicht aus den Händen. Die Kammer neben der Küche wurde von dem Herd mitgeheizt, sie nutzten den Raum als Badezimmer.

Bald schon war die Kammer mit Dampfschwaden gefüllt, die sich bewegten, wenn Anna sich bewegte. Sie legte ihm saubere Kleidung auf einen kleinen Hocker und ein Handtuch, dann drückte sie ihm ein Stück Seife in die Hand.

»Baden kannst du alleine, nehme ich an? Falls du noch etwas brauchst, scheue dich nicht zu fragen.«

Fritz stand wie versteinert neben der Wanne. Ihm war der Widerwille anzusehen.

»Es ist nicht gefährlich für deine Gesundheit, glaub mir. Wir alle baden regelmäßig.« Anna ging zur Tür. Sie drehte sich noch einmal zu ihm um. »Je eher du fertig bist, umso schneller kannst du etwas essen.« In der Vorratskammer hatte sie das deutliche Grummeln seines Magens gehört. »Und noch etwas – vergiss nicht, dir die Haare gut einzuseifen und auszuwaschen.«

»Die Haare?« Er sah sie an, als würde sie etwas Unmögliches von ihm verlangen.

»Ja, die Haare.« Anna nickte bestimmend, schloss dann die Tür hinter sich.

»Du lieber Himmel.« Tina stand in der Küche und rührte

Teig. »Er stinkt wie ein Tier. Und er schaut auch so, gehetzt irgendwie.«

»Nicht so laut, Tina, er kann dich hören. Wir wollen doch nicht, dass er Angst vor uns hat und sich schämen muss.«

»Ich würde mich schämen, wenn ich so rumlaufen würde.«

»Vermutlich kennt er es nicht anders. Wir müssen ihm nach und nach unsere Regeln und Gewohnheiten nahebringen. Er wird sich schon fügen.«

»Er hat bestimmt auch Ungeziefer, so wie er aussieht und riecht«, murmelte Tina und kratzte sich. »Hoffentlich ertränkt er die alle im Bad.«

Anna lauschte. Aus der Kammer war nichts zu vernehmen. Als sie nach einiger Zeit immer noch nichts hörte, öffnete sie die Tür. Der Junge stand regungslos neben dem Zuber.

»Zieh dich aus, Fritz!« Anna seufzte. »Tina, nimm einen Lappen und wasch den Jungen. Offensichtlich hat er damit keine Erfahrung.«

»Aber Mademoiselle Anna ...«

»Los, sonst ist das Wasser gleich kalt.«

Leise vor sich hin murmelnd krempelte Tina die Ärmel hoch, dann holte sie tief Luft und betrat entschlossen die Kammer.

Bald schon konnte Anna lautes Plätschern vernehmen.

»Beug dich vor, nun los, Junge. Dein Hals ist so dreckig, dort könnte man fast Wurzeln anbauen.«

Fritz jammerte leise, fügte sich wohl dennoch.

»Schließ die Augen, ich gieße dir jetzt Wasser über den Kopf.«

»Nein.« Es klang verzweifelt, Anna grinste.

»Wie soll ich dir ohne Wasser die Haare waschen? Nun hab dich nicht so, daran ist noch niemand gestorben. Gute Güte, es wimmelt ja auf deinem Kopf, den Läusekamm werden wir auch brauchen.« Tina stürmte in die Küche an Anna vorbei. Das Mädchen schüttelte den Kopf. »So ein Dreck! Das Wasser ist schon fast schwarz.«

»Du machst das schon.« Anna lachte.

Tina holte den Läusekamm. Schon bald hörte man leise Protestrufe und dann lautes Wimmern.

»Hast du dir noch nie die Haare gekämmt? Die Knoten werden wir nicht lösen können, die müssen wir herausschneiden.« Wieder kam Tina in die Küche, nahm die Schere von der Anrichte.

Endlich schien sie fertig zu sein. »Nimm das Handtuch und rubbele dich gut trocken. Dann kannst du dich anziehen.« Als Fritz aus der Kammer kam, leuchtete seine Haut rosig. Er fuhr mit den Fingern durch die feuchten Haare, immer noch sah er eher verstört als erleichtert aus.

»Setz dich!« Anna schob ihm einen Stuhl an den Tisch und stellte ihm eine Schüssel mit dampfendem Eintopf hin.

Fritz setzte sich, legte den Arm um die Schüssel, tauchte die andere Hand in den heißen Eintopf und schlang das Essen gierig hinunter. Den Beutel hatte er zwischen die Beine geklemmt.

Für einen Augenblick betrachtete Anna ihn fassungslos, dann zeigte sie auf den Löffel.

»Fritz, bitte nimm den Löffel.«

Der Junge schaute nicht auf, aß hungrig weiter. Als er fertig war, leckte er sich die Hand genüsslich sauber, griff nach dem Brot, das auf dem Tisch stand. Er warf Anna einen schnellen Blick zu, brach dann einen Kanten vom Brot und wischte damit die Schüssel aus. Erst dann lehnte er sich zurück, rülpste laut und rieb sich über den Bauch.

Anna holte tief Luft, setzte sich ihm gegenüber an den Tisch.

»Fritz, ich weiß, hier ist alles neu und ungewohnt. Doch gleich zu Anfang möchte ich dir einige grundlegende Dinge ans Herz legen. Es gibt jeden Tag warmes Essen und immer reichlich. Du darfst auch nachnehmen. Allerdings essen wir mit Besteck. Immer! Auch du wirst das tun. Wir sind reinlich und waschen uns. Vor dem Essen die Hände, jeden Tag das Gesicht und den Körper. Einmal in der Woche wird gebadet. Wir achten auf unsere Kleidung, wischen nicht die dreckigen Hände daran ab, dafür gibt es Tücher.« Anna überlegte. Waren das zu viele Regeln für den Anfang? Nein, dachte sie dann, er soll sich direkt daran gewöhnen.

»Außerdem rülpsen wir nicht, und auch gekratzt wird sich nicht vor anderen.« Anna lehnte sich zurück. Fritz hatte die Augen zusammengekniffen und den Mund zu einer verächtlichen Grimasse verzogen. »Hast du mich verstanden?«, fragte sie.

»Ja«, antwortete er leise.

»Möchtest du noch etwas essen?«

Obwohl sein Blick begierig zum Herd wanderte, schüttelte er den Kopf.

»Nun gut, ich zeige dir jetzt dein Zimmer.«

Anna ging ihm voran die Treppe hinauf. Mehrfach schaute sie sich um, ob er ihr auch wirklich folgte. Er drückte sich an die Wand und schlich eher, als er ging. Seinen Stoffbeutel hielt er wieder dicht an sich gepresst. Anna öffnete die Tür zur Mansarde. Stolz zeigte sie in den Raum, der nach Schmierseife duftete und nun aussah wie ein nettes Zimmer. Vorhänge hingen vor dem kleinen Fenster, eine Waschschüssel und ein Nachttopf standen auf einem kleinen Schränkchen. Sogar ein schöner Flickenteppich bedeckte den Dielenboden.

Auf dem Tisch vor dem Fenster war das kleine Holzpferd aufgestellt, das Joseph ihm schenken wollte.

»Ich hoffe, du hast hier alles, was du brauchst.« Anna drehte sich voller Erwartung zu ihm um, doch er stand nur da und sah in das Zimmer. Nicht die Andeutung eines Lächelns erhellte sein spitzes Gesicht. Anna war bewusst, dass es für ihn nicht einfach war und er Zeit brauchte, um sich einzugewöhnen.

»Soll ich dich für einen Moment alleine lassen?«

Fritz nickte.

»Du findest mich unten.«

Nachmittags kamen die Kinder aus der Schule. Auch Fritz hatte sie dort angemeldet, aber erstmal wollte Anna überprüfen, was er schon konnte. Doch der Junge hatte sich bisher nicht blicken lassen.

»Wo ist er denn?«, fragte Elisabeth neugierig.

»Er ist in seinem Zimmer.«

»Was macht er denn da?«

Die Frage konnte Anna auch nicht beantworten. Die Kinder gingen in den Hof, um zu spielen. Anna bereitete das Essen. Kurze Zeit später kam Arnold. Seine Stirn war in Falten gezogen, er sah nachdenklich aus. Nachdem er Anna kurz begrüßt hatte, zog er sich in sein Arbeitszimmer zurück.

Es wunderte Anna, dass er sich nicht nach dem Jungen erkundigt hatte, aber sie spürte, dass ihn etwas beschäftigte. Kurze Zeit später rief sie zum Essen. Um Fritz nicht zu überfordern, hatte sie Tina aufgetragen, in der Küche zu decken. Morgens aßen sie dort, aber abends wurde für gewöhnlich die Hauptmahlzeit in der Stube eingenommen.

Die Kinder guckten erstaunt auf den gedeckten Küchentisch.

»Es ist wegen Fritz«, erklärte Anna. »Er muss sich erst langsam an alles gewöhnen. Wir wollen es ihm so einfach wie möglich machen.« Sie stockte kurz. »Ich möchte euch auch bitten, ihn nicht anzustarren. Er muss Tischmanieren erst noch lernen.«

Sie schickte Joseph hoch, um Fritz zu holen. Gemeinsam kamen die beiden Jungen die Treppe herunter und in die Küche. Anna holte den Onkel. Er saß in seinem Kontor über die Bücher gebeugt. Immer noch erschien seine Miene finster. Er folgte Anna in die Küche.

»Ach ja, wir haben ja einen Neuankömmling. Du bist Fritz?« Endlich schaute Onkel Arnold freundlicher. Sorgsam musterte er den Jungen, der jedoch wieder den Kopf gesenkt hielt und sich an die Wand drückte. Die Haare des Jungen standen strubbelig vom Kopf, die Hemdsärmel waren hochgeschoben. Anna konnte die sehnigen Unterarme erkennen, der Junge war harte Arbeit gewöhnt.

»Dann setz dich mal.«

Schweigend nahm der Junge Platz, schaute sich verstohlen um. Anna und Tina stellten die Schüsseln und Platten mit den Speisen auf den Tisch. Alle falteten die Hände, senkten die Köpfe und schlossen die Augen, während der Onkel ein Tischgebet sprach.

Anna vernahm ein leises Rascheln, sie blinzelte zu Fritz. Er hatte die Hand ausgestreckt, griff nach dem Brot und ließ ein Stück in seinem Hemd verschwinden. Sie seufzte. Die Kinder bemühten sich, nicht entsetzt und neugierig zu Fritz zu schauen. Er schlang das Essen hinunter, wieder einen Arm um den Teller gelegt, als befürchtete er, jemand würde ihm etwas wegnehmen. Wenigstens benutzte er den Löffel und die Gabel, auch wenn er das Besteck ungelenk führte.

Nach dem Essen trank er hastig einen großen Schluck von dem verdünnten Bier, biss sich dann auf die Lippen. Offensichtlich versuchte er mit aller Macht die Luft aufzuhalten, die aus seinem Magen hochstieg. Er wischte sich mit dem Handrücken über den Mund, sah Annas Blick und hielt mitten in der Bewegung inne.

Nachdem der Tisch abgeräumt war, nahm Anna Fritz zur Seite.

»Kannst du lesen und schreiben?«

»Meinen Namen kann ich schreiben«, antwortete er leise. »Lesen kann ich ein wenig.«

»Deutsch?« Fast alles wurde in der höheren Gesellschaft auf Französisch geschrieben. Manchmal auch niederländisch.

»Nein, nur Holländisch.« Er runzelte die Stirn.

»Nun gut, dann werden wir von vorne anfangen müssen. Du wirst Französisch und Deutsch lernen. Sobald du die Grundregeln begriffen hast, wirst du auf die Schule gehen.«

»Ich?« Er sah sie entsetzt an, senkte dann aber den Kopf.

»Ich kann misten und Holz hacken ...«

»Na, wunderbar. Natürlich darfst du auch im Haushalt helfen, so wie die anderen Kinder. Wenn du möchtest, kannst du jetzt auf dein Zimmer gehen.«

Fritz stand auf, verbeugte sich leicht vor ihr. Verunsichert schaute er zur Tür. Anna machte eine zustimmende Geste. Der Junge schlich sich hinaus, die Schultern hochgezogen, den Kopf gesenkt und den Rücken leicht gebeugt. Er schien Anna das Sinnbild für Angst zu sein. Sie hoffte, dass er sich schnell einleben und seine Furcht ablegen würde.

Kapitel 19

»Hast du die Zeitung studiert?« Claes stopfte sich nachdenklich eine Pfeife.

»Was meinst du? Den Kongress von Albany? Ja, habe ich. Klingt nicht wirklich gut. Ich fand Benjamin Franklins Ideen nicht schlecht. Zu schade, dass sie abgelehnt wurden.« Abraham schenkte sich Wein ein. »Arnold ist sehr besorgt. Er glaubt nicht, dass das Bündnis mit den Indianern halten wird. Er meint, weitere Feindseligkeiten würden die Handelsrouten nachhaltig beeinträchtigen, was auch für uns zu Verlusten führen würde.«

»Das fürchte ich auch, um ehrlich zu sein. Noch sind England und Frankreich in Übersee beschäftigt, aber in der Südsee nimmt die Piraterie zu. Handelschiffe werden geentert und beraubt.« Claes seufzte. »Und die von der Leyens versuchen hier das Monopol auf die Seidenweberei zu erlangen. Das ist natürlich für die Stadt gut, für uns als Seidenverleger schlecht.«

»Sie werden kein Monopol erhalten, das wird der König nicht zulassen.«

Claes zog eine Grimasse. »Du bist zu gutgläubig, Abraham.«

Die beiden Brüder saßen in der guten Stube vor dem Kamin. Draußen stürmte das Novemberwetter mit aller Macht, der

168

Wind heulte in der Toreinfahrt, fing sich unter der Dachtraufe. Regen prasselte nieder. Hin und wieder jagte ein Windstoß durch den Kamin, und dann füllte Rauch das Zimmer. Abraham legte Holz nach, stocherte die Glut an. Sie hörten Hufklappern im Hof, die Küchentür wurde aufgerissen und zugeworfen. Jemand fluchte lauthals.

»Das ist Adam«, sagte Abraham und hob lauschend den Kopf. »Ist er jetzt schon so dekadent, dass er hierher reitet? Die paar Meter von der Oberstraße?«

Claes lachte. »Er war heute unterwegs, sicher kein Vergnügen bei dem Wetter.«

»Und dann kommt er hierher und reitet nicht nach Hause in die wärmenden Arme seiner Frau?« Abraham verdrehte die Augen.

»Ich glaube, du idealisierst die Ehe.« Claes seufzte. Erst letzte Woche hatte er Margot in Kierst besucht. Ihr Mann war immer noch nicht vollständig genesen, und trotzdem hatte er sich auf die Reise in die Weinbaugebiete gemacht. Die Eisweine wurden jetzt verkauft, und er wollte seinen Anteil sichern.

Margot sorgte sich um ihren Mann, etwas, das Claes nur schwer ertragen konnte. Doch ihre Sorge war eher vernunftbedingt. Liebe empfand sie wenig für ihren Mann, aber es war eine gut funktionierende Partnerschaft. Claes konnte sich das für sich selbst nicht vorstellen, aber wenn er ehrlich war, konnte er sich keine Partnerin vorstellen außer Margot.

Adam kam in die Stube, brachte einen Schwall feucht-kalter Luft mit sich. Er schüttelte sich wie ein nasser Hund, zog den Mantel aus und warf sich in einen der Sessel vor dem Kamin.

»Gibt es hier nichts mehr zu trinken? Wo sind Mutter und Lina? Das Feuer im Herd ist fast heruntergebrannt.«

»Hast du Holz nachgelegt?«, fragte Abraham.

»Ich? Nein. Wofür ist das Mädchen da? Wo ist sie überhaupt? Gibt es keinen Würzwein mehr in diesem Haus?« Adam schnaubte.

»Mutter und Lina sind zu einer Weberin, die im Kindbett liegt.« Abraham stand auf. Er ging in die Küche, schürte das Feuer im Herd und brachte einen Krug verführerisch duftenden Würzwein mit. »Der Wein ist noch heiß genug, er stand auf dem Herd.«

Abraham schenkte Claes und sich ein, setzte sich dann. Für einen Moment sah ihn Adam boshaft an, dann richtete er sich auf und nahm sich einen Becher.

»Was beschert uns die Ehre deines Besuches?«, fragte Abraham spitz.

»Ich habe Unterlagen für Mutter, es geht um die Buchweizenernte im nächsten Jahr.« Adam seufzte. »Hoffen wir, dass wir wieder ein so gutes Jahr haben werden. Dieses war enorm, was die Ernte anging. Der Frühling war mild und feucht, der Sommer trocken. Selten haben wir so gute Erträge erzielt.«

»Gott allein weiß, wie es nächstes Jahr werden wird.« Claes zog an seiner Pfeife.

»Ich hoffe gut, denn die Familie wird sich vergrößern. Katrina ist guter Hoffnung.« Adam prostete ihnen freudig zu. »Es wird sicherlich ein Stammhalter, ein weiterer ter Meer. Der erste Enkel dieses Namens.« Jetzt sah er so zufrieden aus, wie die Katze, die von der Sahne genascht hatte.

»Ein Stammhalter. Soso. Wann wird uns denn das große Glück beschieden?« Claes lächelte. Er spürte den Spott seines Bruders, es machte ihm nichts aus.

»Im Mai wird es wohl soweit sein. Eine gute Zeit für ein Kind. Winterkinder sind oft schwächlich und krank.«

»Eine Nichte, wie schön!« Abraham erhob sein Glas.

»Es wird ein Sohn, sei dir gewiss.« Adam lächelte triumphierend.

»Wir werden es sehen. Allein, die Tatsache freut uns natürlich«, versuchte Claes zu beschwichtigen. »Und Abraham wird auch irgendwann für Nachwuchs sorgen, da bin ich mir sicher.« Er zwinkerte dem jüngsten Bruder zu.

»Was ist mit dir, Claes?« Adam streckte seine Beine dem

170

Feuer entgegen. »Immer noch hoffnungslos in Madam Lobach verliebt? Sie ist inzwischen Großmutter und zu alt, um noch Kinder zu bekommen. Du solltest deine Grenze erweitern und über den Tellerrand schauen. Du hättest im Frühjahr um Mademoiselle te Kloot werben sollen. Sie mag dich, sie ist lieb, nett, ein wenig einfältig, aber bestimmt eine gute Mutter.« Claes schaute zu Abraham, sah dessen zorngerötetes Gesicht. Er antwortete, bevor Abraham dazu kam.

»Mademoiselle te Kloot ist bezaubernd. Sie ist lieblich, alles andere als einfältig und sicherlich eine gute Ziehmutter für Arnolds Kinder. Vorerst hat sie dort ihre Aufgabe, die sie sehr gut erfüllt. Im letzten Jahr konnte ich nur Gutes über die kleinen te Kloot hören, was nicht immer so war.«

»Möglicherweise. Bald aber schon wirst du sicher Übles über sie vernehmen. Sie haben sich da einen Kuckuck ins Nest geholt. Katrina ist außer sich.« Adam setzte sich auf, seine Augen funkelten zornig. »Wie konnte sie nur? Einen Sohn eines Webers, und er wächst auf wie die Kinder des Hauses. Er kann kaum sprechen, nicht schreiben, und Manieren hat er auch nicht. Kratzt sich allenthalben überall und weiß nicht mit Besteck umzugehen. Pfui! Letztendlich kostet er meinem Schwiegervater viel Geld und wofür? Für eine Made im Speck, die das Fleisch verdirbt!« Er wurde laut, redete sich in Rage.

»Bist du noch bei Sinnen, Adam?« Auch Abraham setzte sich auf und lehnte sich vor. Seine Stimme war leise und ruhig, ein sicheres Anzeichen dafür, dass er innerlich kochte. »Anna will Gutes tun, und warum soll ihr das nicht gelingen?«

»Gutes auf Kosten anderer. Gutes auf Kosten des Erbes meiner Frau. Arnold hat einen Hauslehrer eingestellt, denn der Junge beherrscht noch nicht mal die normale Sprache, von Französisch ganz abgesehen. Pah. Gutes. So ein Unfug.«

»Anna meint es tatsächlich gut. Sie agiert im Sinne Gottes, will wohltätig sein.« Claes schüttelte bedächtig den Kopf. »Und Arnold ist Mannes genug, um sich dagegen zu wehren, so er es anders sieht.«

»Er begibt sich mit dem Jungen in Teufels Küche. Hat sich vermutlich einen Satansbraten ins Haus geholt. Ich fürchte um die Familie meiner Frau. Je eher Anna daraus verschwunden ist, desto besser. Sie bringt nur Unheil.« Adam stellte den Becher ab, verschränkte die Arme vor der Brust.

»Anna und Unheil? Bist du krank, Bruder?« Abraham stand auf, er ging unruhig ein paar Schritte. »Ich habe im Leben noch keine Frau erlebt und gesehen, die weniger Unheil im Sinn hat als Anna. Sie denkt nach, und, ja, sie kann tatsächlich denken und logische Zusammenhänge verstehen. Sie ist belesen, gebildet, von Herzen gut. Sie tut dieser Familie, den Kindern gut. Diese Kinder – hast du sie beobachtet im letzten Jahr? Seit Anna da ist? Sie sind aufgeblüht, sie haben sich gestreckt, ins Licht, werden zu rechtschaffenen Menschen. Und was Anna sich mit dem Jungen, mit Fritz, aufgebürdet hat, liegt jenseits deines Ermessens. Es ist eine von Grund auf wohltätige Tat und bringt sie schier an den Rand der Verzweiflung. Doch sie verzweifelt nicht, sie verzagt nicht, sie nimmt es auf sich und arbeitet daran. Mit ihm, für ihn. Gott wird ihr immer wohlgefällig sein.«

»Oh, es scheint, als hätte ich mich getäuscht. Nicht Claes' Herz ist entbrannt für die holde Maid, sondern deines, kleiner Bruder. Glaubst du denn, dass du stark genug bist für so eine gottgefällige Frau?« Adam lachte süffisant.

Claes zuckte zusammen, er wusste, wie empfindlich Abraham war, was seine Gefühle betraf. Selten sprach er über Herzensangelegenheiten. Claes hatte vermutet, dass Abraham Anna wohl geneigt war, doch nun wusste er es sicher. Er seufzte. Anna hatte mit einer Verbindung dieser Art, einer Ehe sicherlich vorläufig nichts im Sinn. Sie war den Brüdern, da war er sich sicher, freundschaftlich verbunden, schätzte den Gedankenaustausch, aber mehr nicht. Sie lebte für die Familie der te Kloots, für die Kinder. Ein Mann hatte, dachte Claes, ganz sicher kein Platz in ihrem Leben. Noch nicht mal sein Lieblingsbruder Abraham.

Nun fiel ihm auf, dass Abraham Anna gegenüber oft schroff und spröde war. Das lag daran, wurde Claes bewusst, dass sie sein Herz erobert hatte, ohne es zu wollen und zu wissen. Wenn er zurückdachte, hatte es noch nie eine Frau gegeben, mit der Abraham sich näher befasst oder gar befreundet hatte. Claes sah Anna wie eine jüngere Schwester und war bisher davon ausgegangen, dass es für seinen Bruder ebenso war. Doch da schien er sich getäuscht zu haben. Verblüfft hörte er sich das eifrige, fast feurige Engagement Abrahams für Anna an. »Stark genug für diese Frau?« Abraham lachte, es klang nicht freundlich. »Ist das die Erfahrung, die du aus deiner Ehe hast? Der Mann muss stark sein? Liebt dich deine Frau denn nicht? Bedeutet Liebe nicht für einander da sein, nicht gegeneinander? Wenn ich stark sein muss, um eine Frau zu ertragen, habe ich wohl falsch gewählt.«

»Was maßt du dir an?« Nun stand auch Adam auf. »Was für lästerliche Worte gibst du von dir? Was willst du damit sagen?«

Claes wollte beruhigend eingreifen, doch in diesem Moment flog die Küchentür auf. Die Männer lauschten. Ihre Mutter kam in die gute Stube. Sie schaute in die Runde.

»Ist das dein Pferd, Adam?«, fragte sie dann missbilligend, während sie das durchweichte Umschlagtuch abnahm und den ebenso feuchten Mantel auszog. »Abraham, sei so gut, und häng die Sachen in die Küche vor den Herd. Claes, gibst du mir bitte einen Becher Würzwein? Kann jemand meine Hausschuhe suchen? Ich muss sie in der Eile irgendwo in der Diele stehen gelassen haben.« Änne ter Meer setzte sich, schnürte die Stiefel auf. Dann streckte sie ihre Füße dem Feuer entgegen, seufzte tief. »Um zu meiner Frage zurückzukommen, ist das dein Pferd im Hof, Adam?«

»Ja.«

»Es ist weder abgesattelt noch versorgt. Es steht da wie ein Häufchen Elend im prasselnden Regen und in der Kälte. Schäm dich, Junge. Entweder bringst du das Tier hier in den Stall, und zwar jetzt, reibst es ab und versorgst es, oder du rei-

173

test sofort nach Hause und tust dort desgleichen mit dem Tier. Alles andere ist nicht akzeptabel.« Sie sah ihren Sohn wütend an. »Wie kannst du nur?«

»Ich wollte eben kurz hier hereinspringen, etwas klären und dann nach Hause reiten …«

»Reite nach Hause, versorg dein Pferd. Alles andere hat weiß Gott bis Morgen Zeit. Geht es um die Mühle?«

Adam nickte.

»Lass uns das morgen besprechen.« Änne lächelte beschwichtigend. »Auf nach Hause zu deinem Weib. Wie ich höre, hast du deinen ehelichen Pflichten Genüge getan?« Sie zog eine Augenbraue hoch. »Glückwunsch. Möge Gott seine schützende Hand über euch halten. Und nun geh, bevor das Tier den Rotz bekommt.«

»Woher weißt du …?«, fragte Adam.

»Geh, Junge. Wir sehen uns morgen!«, sagte Änne bestimmt. Dann zog sie dankend ihre fellgefütterten Hausschuhe über, die Claes ihr brachte, und nahm einen Becher heißen Würzwein.

Claes sah Adam nach, der, ohne ein weiteres Wort zu verlieren, ging. Er hatte ein ungutes Gefühl, was seinen Bruder betraf. Adam war missgünstig geworden, hämisch im Ton und stichelte gerne auf unnötige Weise. Kurz überlegte Claes, ihm nachzugehen, entschied sich dann aber dagegen.

»Wie ist es gelaufen, Mutter?«

»Es ist Vollmond, auch wenn man es bei dem Wetter nicht sehen kann.« Änne wärmte ihre klammen Hände an dem Becher mit Wein. »Das Frühjahr kam dieses Jahr früh und war mild. Offensichtlich haben das eine Menge Familien genutzt.« Sie lachte leise, wurde dann wieder ernst. »Die Hebamme ist pausenlos unterwegs, ein Kind nach dem nächsten kündigt sich an. Diesmal ist es gutgegangen, ein kleiner Junge wurde gesund geboren. Mutter und Kind sind soweit wohlauf. Aber eine weitere Weberin von uns liegt in den Wehen. Ich wärme mich nur auf und schaue danach, was ich dort tun kann.« Sie seufzte. »Es gab keinen großen Kessel, um Wasser zu erhitzen. Das heißt, es gab einen, aber darin versuchte der Vater Bier zu brauen. Es stank erbärmlich nach Hefe und Gerste. Ich habe das Gebräu in den Hof geschüttet. Ich fürchte, er hat es mir übel genommen. Sei's drum, wenn ich nachher losziehe, dann muss Jule unseren Kessel mitnehmen.«

»Es ist nicht deine Aufgabe, Mutter, bei diesem Wetter loszuziehen.« Claes sah sie besorgt an.

Änne lachte. »Meine Aufgabe? Wer stellt mir die? Bin ich nur Mühlenbetreiberin oder Frau ter Meer, von der Familie ter Meer, die etliche Weber beschäftigt? Nein, wir sind keine Adelige, und die Arbeiter sind kein Leibeigentum, aber ich bin trotzdem für sie verantwortlich.« Sie holte tief Luft. »Was Verantwortung heißt, hat uns die kleine Anna te Kloot gelehrt. Wir können und dürfen nicht nachstehen.«

»Nur gut, dass Adam dich nicht hört«, murmelte Abraham. Er schaute zu Claes, erkannte, dass sein Bruder die Worte vernommen hatte, und wandte sich beschämt ab. Hass und Neid, Vergeltung und Missgunst unter Brüdern gehörte sich nicht.

»Ich finde es sehr ehrenvoll, was Anna da getan hat, aber ich denke auch, dass sie einen Schritt zu weit gegangen ist.« Claes nahm wieder Platz. »Arnold hätte dem Jungen eine kleine Rente geben können. Etwas Geld, damit er die nächsten Jahre über die Runden kommt, das wäre ausreichend gewesen.«

»Ich glaube kaum, dass es Anna hauptsächlich um die Versorgung ging.« Auch Abraham setzte sich wieder, stopfte seine Pfeife.

»Befürwortest du ihr Handeln?«

»Ich habe noch keine abschließende Meinung dazu, mein lieber Bruder. Aber es beschäftigt mich in der Tat.«

»Ich halte es für einen Fehler. Der Junge stammt aus einer einfachen Familie. Er wird sich nie in das gehobene Leben eingewöhnen können. Er ist von niederer Herkunft und wird es bleiben.« Claes blickte nachdenklich in das Feuer im Kamin, beobachtete, wie die Flammen sich am Holz hochfraßen.

175

»Das gilt es abzuwarten. Es ist sicherlich keine leichte Aufgabe, die sie übernommen hat, aber sie übernimmt sie klaglos, immer mit einem Lächeln auf den Lippen, und stellt sich den Problemen. Sie besitzt mehr Kraft als manch ein Mann.« Abraham zog an seiner Pfeife, nahm sich einen Kienspan und entzündete sie erneut. Würziger Tabakduft füllte den Raum.

»Wie denkst du darüber, Mutter?«

»Die Zeit wird zeigen, ob es ihr gelingt. Jüngere Findelkinder niedriger Geburt haben sich durchaus des Öfteren sehr gut an ihr neues Leben angepasst. Doch Fritz ist schon zehn.« Änne schloss für einen Moment die Augen, genoss die Wärme und die Gesellschaft ihrer Söhne. »Ich traue es ihr schon zu, sie hat ein großes Herz, und Liebe ist die Zutat, die eine solche Aufgabe zum Gelingen führt.«

Am Sonntag ging die Familie zusammen zum Gottesdienst. Diesmal konnte Claes der Predigt nicht ganz folgen. Immer wieder wanderte sein Blick zur Bank der Familie te Kloot. Vor zwei Wochen war Fritz das erste Mal mit ihnen in der Kirche gewesen. Obwohl seine Familie mennonitisch war, besuchten sie doch wie so viele der einfachen Arbeiter selten oder nie den Gottesdienst.

Der Junge war nun stets ordentlich gekleidet, sauber, die Haare zurückgekämmt und im Nacken zu einem Zopf gefasst. Dennoch bewegte er sich steif und ungelenk, als fühlte er sich in der Kleidung nicht wohl. Am Anfang des Gottesdienstes rutschte er unruhig auf seinem Platz hin und her, konnte seine Hände kaum still halten. Immer wieder legte Anna ihm beruhigend die Hand auf die Schulter. Schließlich fügte sich das Kind, senkte den Kopf und schlief ein. Nicht nur Claes bemerkte dies. Nach dem Gottesdienst gab es eine Menge Getuschel und anklagende Blicke, doch es schien, als würde Anna dies nicht bemerken. Lächelnd und grüßend ging sie durch die Reihen der Gemeindemitglieder.

In den zwei Wochen war der Junge deutlich ruhiger geworden. Er lauschte der Predigt mit mehr Aufmerksamkeit, als Claes sie aufbringen konnte. Anders als sonst konnte Claes sich heute nicht auf die Worte des Predigers konzentrieren. Immer wieder holten ihn seine Gedanken ein. War es recht, was Anna tat? Oder war es unvernünftig? Wie stand Abraham tatsächlich zu ihr und bestand Hoffnung, dass sie die Gefühle seines Bruders erwiderte? Claes fand keine Antwort.

»Anna, wie geht es Euch? Ich habe Euch an den letzten Freitagen vermisst. Dabei habe ich doch eine wunderbare Ausgabe von Shakespeares Sonetten erstanden und wollte sie Euch ausleihen.« Claes lächelte.

»Lieber Claes, das ist fabelhaft. Ich werde sicherlich in den nächsten Tagen die Zeit finden, um sie zu holen. In den letzten Wochen war ich jedoch zu beschäftigt.« Ihr Blick suchte und fand Fritz, der sich in eine Ecke des Kirchhofes drückte. »Wie geht es denn mit ihm?« Claes war ihrem Blick gefolgt.

»Es wird täglich besser, auch wenn es doch viel Mühe macht. Aber der Junge ist nicht dumm. Er lernt fleißig. Habt Ihr ihn heute gesehen? Er folgte sogar der Predigt.«

»Ja, ganz erstaunlich.«

»Nein, eigentlich nicht. Bisher hat er es nur nicht verstanden, er sprach ein Gemisch aus Niederländisch und Deutsch. Französisch nur bedingt. Doch er macht gute Fortschritte.« Sie lachte leise. »Ich möchte nicht so vermessen sein, zu sagen, dass er aufmerksam dem Wort Gottes gelauscht hat. Mit dem Inhalt wird er sich noch nicht auseinandersetzen. Es sind die Worte, die Sprache, die er mehr und mehr versteht, und es scheint ihn zu faszinieren.«

Claes nickte. »Ich kann mich noch daran erinnern, wie es war, als Abraham lesen lernte. Als er begriff, dass zusammengefügte Buchstaben Worte ergaben und diese Worte Sinn machten.«

»So ähnlich wird das für Fritz sein.« Anna nickte ihm zu.

»Ich komme bestimmt in den nächsten Tagen, um mir das Buch abzuholen.«

Kapitel 20

Das Jahr ging vorüber. Am Andreastag, dem dreißigsten November, lieferten die katholischen Bauern ihren Zehnten wie seit jeher auf dem Münkershof ab. Auch die Städter schlachteten um diese Zeit die Mastschweine. Anna kochte Blutwurst, die Speckseiten wurden geräuchert, ein Teil des Fleisches gepökelt. Die Speisekammer füllte sich, es duftete köstlich.

Zu Weihnachten stellten sie einen kleinen Tannenbaum auf, behängten ihn mit Äpfeln und Nüssen. Fritz bestaunte den Baum, allerdings übte die Speisekammer eine größere Anziehungskraft auf ihn aus.

Nach wenigen Wochen stank das Mansardenzimmer. Anna entdeckte verdorbene Essensreste unter der Matratze und in dem kleinen Kasten, in dem er seine Sachen aufbewahrte. Darunter ein Krug mit sauer gewordener Milch. Nachdenklich säuberte sie das Zimmer, nahm den Jungen anschließend beiseite. Immer noch schaute er ihr nicht ins Gesicht. Höchstens einen verstohlenen Blick von der Seite erhielt sie.

»Ich habe dies in deinem Zimmer gefunden.« Anna zeigte auf den Korb mit den Abfällen.

Nervös knetete der Junge seine Hände. Anna ging einen Schritt auf ihn zu, wollte ihm die Hand auf die Schulter legen, doch er zuckte zusammen und duckte sich weg. Sie begriff, dass er Schläge als Strafe gewohnt war.

»Fritz, ich will dich nicht bestrafen. Aber verdorbenes Essen hat im Haus nichts zu suchen. Leidest du Hunger?«

Er schüttelte kurz den Kopf.

»Das wirst du hier auch nicht. Du kannst mich und Tina fragen, wenn du Hunger hast.«

Fritz nickte flüchtig. Er hatte ihre Worte sicherlich verstanden, aber ob er ihnen traute und sich dementsprechend verhalten würde, bezweifelte Anna. Obwohl sie schon viele Fortschritte mit ihm erzielt hatten, blieb ihnen noch ein langer Weg, das war Anna bewusst.

»Und da ist noch etwas. Ich habe das hier gefunden.« Anna holte eine Handvoll Zinnsoldaten hervor.

»Meine.« Fritz wollte danach greifen, doch Anna zog ihre Hand wieder zurück. Wieder schreckte er zusammen.

»Du bist Mennonit, so wie wir auch. Unser Glauben hat gewisse Regeln. Dazu gehört auch, dass wir den Krieg ablehnen und auch den Dienst daran verweigern. Weißt du das?« Fritz zuckte mit den Schultern.

»Es bedeutet auch, dass wir nicht mit Zinnsoldaten spielen. Verstehst du?«

»Sie gehören mir. Mein Vater hat sie mir geschenkt.«

Anna zögerte. Es war vermutlich das letzte Erinnerungsstück, das er von seinen Eltern hatte. Es ihm wegzunehmen, erschien ihr nicht richtig.

»Kannst du die Soldaten nicht einfach nur aufbewahren und nicht damit Krieg spielen?«

Nun hob er den Kopf und sah sie flüchtig an, nickte kaum merklich. In seinen Augen schimmerte es feucht. Anna gab ihm das Spielzeug zurück, drehte danach nervös an ihrem Ring.

»Dann tu sie in deinen Kasten. Ich weiß nicht, ob Onkel Arnold Verständnis zeigen würde. Es muss also unser kleines Geheimnis bleiben.«

Schnell nahm der Junge die einfachen Figuren an sich und steckte sie in die Hosentasche.

Weihnachten kam. Für Joseph hatte sich Anna etwas ganz Besonderes ausgedacht. Sie hatte den Schreiner gebeten, ihm einen kleinen Bauernhof zu bauen und Tiere dazu zu schnitzen. Natürlich auch ein Pferd. Joseph war selig vor Freude. Auch die anderen freuten sich über die Kleinigkeiten, die Anna für sie besorgt hatte.

Neujahr feierten sie zusammen mit ter Meers und einigen

anderen Bekannten. Auch Heinrich Stennes wurde eingeladen. Seit dem Sommer hatte er Anna immer mal wieder besucht, brachte ihr Kleinigkeiten mit oder lud sie zu Ausflügen ein. Er hatte eine charmante und kurzweilige Art, die Anna gefiel. Nach alter Sitte ließen sie Lebensschiffchen in einem Holzbottich schwimmen. Es waren Nussschalen, die mit Wachs gefüllt waren und einen feinen Docht in der Mitte hatten, wurde dieser angezündet, bewegten sich die Boote. Der Brauch sagte, wenn zwei zusammenstießen, würden die beiden im nächsten Jahr heiraten.

Zur Erheiterung aller trafen Arnold und Änne ter Meers Boote aufeinander.

Um Mittenacht gingen sie vor die Tür. Es herrschte eisiges Wetter, der Himmel war sternenklar. Von überall in der Stadt erschollen fröhliche Rufe.

Vom Haus der von der Leyens konnte man den Lichtschein eines Feuerwerks erkennen. Dann hörte man vor der Stadt die unheimlichen Geräusche der Brummtöpfe, das waren kleine Fässchen, bei denen der Boden ausgeschlagen und stattdessen stramm ein Stück Leder übergezogen war. Daran befestigt waren Rosshaare. Wenn man an den Haaren zog, ertönte ein tiefes Brummen.

»Wir treten heran ohne allen Spott,
einen schönen guten Abend bescher euch Gott!
Wir wünschen dem Herrn einen goldenen Tisch,
auf allen vier Ecken ein gebratener Fisch,
und in der Mitte eine Kanne voll Wein,
damit Herr und Frau können lustig sein.
Wir wünschen der Frau eine goldene Kron',
und übers Jahr einen kleinen Sohn.
Wir wünschen dem Knecht einen Sack voll Geld,
damit kann er fahren um die ganze Welt.
Wir wünschen der Magd einen roten Rock,
und alle Tag mit dem Besenstock …«

Diese und viele weitere Strophen sang das Jungvolk, während es um die Wälle herumstapfte. Zum ersten Mal durften Elisabeth und Aaron teilnehmen. Auch Fritz hätte gedurft, doch er wollte nicht.

Nach einer Weile ging die Gesellschaft zurück ins Haus. Tina servierte Würzwein und süße Kuchen. Am prasselnden Kaminfeuer wärmten sie sich auf. Anna stieg die Treppe empor und sah nach Joseph. Er verschlief das Spektakel, lag friedlich in seinem Bett, in der Hand das neue Holzpferd, das zu seinem Bauernhof gehörte. Leise schloss Anna die Tür, stieg in die Mansarde. Fritz war nicht in seinem Zimmer. Verstört schaute Anna in den Schlafzimmern, dann in der Küche und in der Vorratskammer nach. Doch auch dort war der Junge nicht zu finden. Sie nahm ihr Umschlagtuch und ging hinaus in den Hof. Im Stall fand sie ihn schließlich. Dort hatte er sich auf einem Strohballen zusammengerollt. In seinem Schoss lag ein Katzenkind, eines aus dem Wurf einer wilden Katze, die im Stall Quartier bezogen und mit dem Hauskater angebandelt hatte.

»Magst du nicht reinkommen, Fritz?«

Der Junge schüttelte den Kopf.

»Aber es ist doch zu kalt.«

»Die Kätzin ist weg. Schon seit zwei Tagen. Sie hat ihre Jungen einfach zurückgelassen. Drei sind tot, nur dieses lebt noch.«

»Sie hat zu Unzeiten Junge bekommen. Es ist zu kalt, die Mäuse haben sich verkrochen. Sie kann die Kinder nicht nähren.«

»Muss dies auch sterben?« Fritz sah sie mit tränengefüllten Augen an.

Anna seufzte. »Ich fürchte, schon.«

Fritz drückte das kleine Tier noch enger an sich, es maunzte leise. Anna dachte nach.

»Wir können versuchen, es zu füttern. Ein wenig Milch oder Sahne.«

»Wirklich?« Fritz setzte sich auf. »Ich würde alles tun …«

»Ich kann dir nicht versprechen, dass es gelingt.« Anna schüttelte sorgenvoll den Kopf.

»Ich weiß. Aber versuchen können wir es ja.« Er wischte sich die Tränen aus den Augen.

In der Küche fand Anna einen kleinen Korb, den sie mit alten Lappen auspolsterte. Darein legte Fritz das Kätzchen. Es hatte die Augen kaum geöffnet, maunzte. Anna tauchte ihren Finger in eine Schale mit verdünnter Milch, hielt ihn der Katze hin. Zuerst drehte das Tier den Kopf zu Seite, dann aber begann es zu lecken.

»So könnte es gehen. Du musst es versuchen. Gib ihr nicht zuviel, Fritz. Immer nur ein bisschen.«

Sie brachte den Korb und die Milchschale in sein Zimmer. Er setzte sich mit dem Korb vor den kleinen Ofen, nahm die Katze wieder auf den Schoß. Nun leckte sie auch begierig seinen Finger ab.

Fritz sah Anna an, er strahlte. »Vielen Dank, Mademoiselle.«

Anna hatte ihm erlaubt, sie beim Vornamen zu nennen, doch er schien es nicht über sich zu bringen. Vielleicht noch nicht, dachte sie.

»Anna, wo ward Ihr? Wir haben Euch vermisst.« Claes nahm ihren Arm und führte sie zu ihrem Sessel vor dem Kamin.

»Ich habe nur nach den Jungen geschaut.«

»Ihr seid eine wunderbare Ziehmutter«, sagte er so leise, dass nur sie es hören könnte. »Irgendwann werdet Ihr eine wundervolle Mutter sein.«

Anna sah ihn an.

»Vater, ich hoffe, du hast dir das gut überlegt.« Es war Katrina. Ihre Stimme klang laut und erbost. Sie stand auf. »Es ist ein kleiner ungehobelter Weberjunge. Aus einer sehr einfachen und niedrigen Familie. Was nützt ihm eine Schulausbildung? Er wird es sowieso nicht begreifen. Er kann ja noch nicht mal ordentlich sprechen.«

»Katrina, lass das meine Sorge sein.« Arnold versuchte, sie zu beschwichtigen.

»Deine Sorge? Geht es uns nicht alle an? Du hast ihn in unser Haus, unsere Familie aufgenommen. Meine Geschwister müssen tagtäglich mit ihm zusammen sein. Ich habe heute von Joseph zwei unflätige Worte gehört. So etwas hat er vorher nie gemacht.«

»Die Ausdrücke hat er aus der Schule, nicht von Fritz.« Anna setzte sich gerade auf. Katrina funkelte sie böse an.

»Woher willst du das wissen? Aaron hat nie solche Ausdrücke aus der Schule mitgebracht.«

»O doch.«

»Nicht, als ich hier noch lebte, Anna. Die Kinder waren gut erzogen und folgsam. Ich fürchte, sie entwickeln sich nicht zu ihrem Vorteil.«

»Was willst du damit sagen, Cousine?«

»Katrina, bitte ...« Arnold stand auf, ging auf seine Tochter zu. »Wir wollen uns doch nicht am ersten Tag des neuen Jahres streiten.«

»Vater, ich erwarte ein Kind. Es soll sittsam aufwachsen. Aber im Moment habe ich den Endruck, dass meine Geschwister kein Umgang sein werden.«

»Katrina!« Arnold sprach leise, aber deutlich. Anna kannte den Tonfall, so redete er, wenn er erbost war.

»Cousine, es ist nur eine Phase. Joseph probiert diese Worte aus. Aaron hat das letztes Jahr auch getan. Inzwischen lässt er es wieder. Es liegt ganz sicher nicht an Fritz.«

»Nun ja, natürlich verteidigst du dieses Kind. Wegen dir ist er überhaupt erst hier. Du wirst schon noch sehen, welch einen Fehler du damit gemacht hast. Ich hoffe nur, es wird dir nicht zu spät aufgehen. Lumpengesindel ändert man nicht.«

»Katrina!« Arnold schüttelte entsetzt den Kopf. »Wie kannst du nur?«

»Wie konntest du? Du hast dich von ihr um den Finger wickeln lassen.« Katrina zeigte auf Anna. »Sie hat dich eingelullt mit ihrem Gejammer ›der arme Junge‹. Arme Junge, welch ein Unfug! Neulich erst ist in Kleve eine Familie von ihrem Knecht getötet worden. Er nahm alles Geld und verschwand. Lasst den Rüpel erst mal größer werden, dann werdet ihr schon sehen, welche Schlange ihr euch ins Haus geholt habt. Aber bis dahin zählt das Silber oder noch besser, schließt es gut weg! Aber vielleicht macht Anna ja halbe-halbe mit ihm.«

»Jetzt reicht es aber.« Arnold klang bedrohlich ruhig. »Ich weiß, dass du ein Kind trägst, und ich weiß auch hinlänglich, dass Frauen in dem Zustand empfindlich sind und manchmal seltsam werden. Aber ich lasse nicht zu, dass du Anna beschimpfst und solche Verdächtigungen äußerst.«

»Katrina, komm! So musst du dich hier nicht behandeln lassen.« Adam ging in die Diele und holte die Mäntel.

»Man könnte fast meinen, sie hätte dich verhext.« Katrina warf Anna einen verächtlichen Blick zu, dann hob sie das Kinn und folgte ihrem Mann.

Wie versteinert sahen ihr alle nach. Erst als die Tür ins Schloss fiel, regte sich Arnold. »Was für ein unschönes Ende einer bezaubernden Nacht.«

Anna stand langsam auf, sie war kreidebleich. Claes schaute sie besorgt an.

»Soll ich Euch etwas zu trinken holen? Nehmt Euch Katrinas Worte nicht so zu Herzen, Anna. Sie ist aufgebracht und wusste nicht, was sie da sagt.«

»Doch, das wusste sie ganz genau«, flüsterte Anna. Sie ging mit steifen Beinen an Claes vorbei, verließ die Stube. In der Diele blieb sie für einen Moment stehen, lehnte sich an die Wand. Natürlich hatte sie gewusst, dass Katrina die Aufnahme des Jungen in den Haushalt nicht guthieß. Doch dass ihre Cousine derart böse und unheilvolle, ja sogar hasserfüllte Gedanken hegte, hatte sie nicht geahnt.

Ein leises Scharren kam von der Stiege. Anna drehte sich um. Dort saß Fritz zusammengekauert und sah sie mit großen Augen an, seine Unterlippe zitterte.

»Ich würde nie stehlen«, murmelte er kaum hörbar. »Ich würde Euch nie etwas antun.«

Anna spürte die Tränen, die ihr in die Augen stiegen. Sie ging zu ihm, setzte sich neben ihn auf die Stufe, dann legte sie einen Arm um den Jungen, zog ihn an sich. Zum ersten Mal zuckte er vor einer Berührung nicht zurück.

»Das weiß ich, mein Junge.«

»Sie mag Euch nicht, Anna. Sie hasst Euch«, flüsterte Fritz.

»Nein, sie ist nur verwirrt. Mach dir keine Gedanken.«

Arnold kam in die Diele, er sah Anna und den Jungen. Hörbar schnappte er nach Luft. »Hat er es etwa gehört?«

Anna nickte kurz. Arnold trat zu ihnen. Für einen Moment wiegte er schweigend den Kopf.

»Dieses Biest!«, zischte er, dann räusperte er sich. »Fritz, was dort gesagt wurde, war nicht für deine Ohren bestimmt. Wir wissen, dass du ein anständiger kleiner Kerl bist. Wir sind sehr stolz auf dich, denn in den vergangenen Wochen hast du viel gelernt und bewiesen, was alles in dir steckt. Du wirst diesen Weg weitergehen und uns weiterhin stolz machen, nicht wahr?«

»Ja.« Fritz nickte eifrig.

»Gut, dann geh jetzt ins Bett und schlaf.« Anna küsste ihn sacht auf den Kopf. Der Junge tapste die Treppe nach oben, Arnold und Anna sahen sich an.

»Es tut mir so leid, Onkel.«

»Dir hat gar nichts leid zu tun, Anna. Katrina sollte sich in Grund und Boden schämen. Dass sie es nicht gutheißt, dass wir Fritz aufgenommen haben, ist eine Sache, aber diese Anschuldigungen sind hanebüchen.« Er rieb sich mit Daumen und Zeigefinger über die Augen. »Es war eine lange Nacht. Wir sollten zu Bett gehen.«

Die Gäste nahmen ihre Mäntel. Der Abschied erfolgte gedämpft, die fröhliche Stimmung war verdorben.

»Es war ein wunderschöner Abend, Mademoiselle te Kloot.« Heinrich Stennes drückte ihre Hand. »Ich hoffe von Herzen, dass Ihr gut schlaft und nicht wegen einiger unbedacht dahingesagter Worte leidet. Ich würde Euch gerne in den nächsten Tagen zu einer Kutschfahrt einladen. Zu den Wildgänsen am Rhein.« Er lächelte tröstend.

»Ich habe schon davon gehört und würde Euch gerne begleiten, Monsieur Stennes.« Anna versuchte das Lächeln zu erwidern.

Claes nahm sie unerwartet herzlich in den Arm. Bisher war er immer sehr distanziert gewesen, was körperliche Kontakte anging.

»Ach, Anna«, sagte er nur.

Als schließlich alle Gäste gegangen waren, Tina und sie abund aufgeräumt hatten, war es fast schon Morgen. Die großen Kinder waren selig vom Brummtopfsingen zurückgekehrt. Anna gab ihnen heiße Ziegelsteine mit ins Bett.

Als sie endlich die Decke über sich zog, dämmerte es. Frühstück kann sich jeder selber nehmen, dachte sie schlaftrunken und schloss die Augen.

Sie träumte von Claes und einem Ausflug an den Rhein. Als sie erwachte, stand die Sonne hoch am Himmel. Man hatte sie schlafen lassen, stellte Anna beschämt fest. Hastig zog sie sich an.

Sie ging die Treppe hinunter, hörte keinen Ton. Beunruhigt öffnete sie die Küchentür. Über dem Ofen hing ein Topf mit Grütze.

Dann vernahm sie leises Lachen aus der Stube.

Ihr Onkel saß vor dem Kamin, zog an seiner Pfeife und las die Zeitung. Die Kinder spielten alle zusammen friedlich mit Josephs Bauernhof. Auch Fritz war dabei. Er lachte in dem Moment, als sie eintrat, sah sie und stockte erschrocken. Dann aber bewegte er das Holztier, das er in der Hand hatte, und spielte weiter.

»Ein frohes neues Jahr.« Anna lächelte. Die Szene berührte ihr Herz. »Was ist mit dem Kätzchen, Fritz?«

»Noch lebt es, Mademoiselle Anna.« Fritz sah sie nur kurz an, immer noch wirkte er verschämt.

»Welches Kätzchen?« Elisabeth sprang auf. »Worum geht es?«

»Komm!« Fritz nahm sie bei der Hand und erzählte ihr die Geschichte, während sie die Stiege hochgingen.

Es gibt keine Ressentiments zwischen den Kindern, dachte Anna erleichtert. Katrina hat sie nicht verseucht.

Arnold sah von seiner Zeitung auf. »Claes hat nach dir gefragt.«

»Claes?«

»Er wollte ausreiten, es ist kaum eine halbe Stunde her. Geh hinüber!« Er zwinkerte ihr zu. Anna errötete. Ihr Onkel schien zu wissen, wie es um sie bestellt war.

Eilig nahm sie ihren Mantel, lief zum Haus der ter Meers.

Kapitel 21

»Ich dachte, Ihr ruht noch.« Claes lächelte sie an. »Umso besser, dass Ihr wach seid. Mögt Ihr mit mir kommen?«

»Gerne, aber ich muss erst die Stute putzen und satteln.«

»Nicht doch, nehmt Mutters Pferd. Ihr seid inzwischen so sicher im Sattel, und das Tier ist lammfromm.«

Kurze Zeit später ritten sie durch das Niedertor aus der Stadt. Die Luft war klirrend kalt, der Boden gefroren. Die Pferde fassten nur schwer Schritt, tänzelten vorsichtig.

Anna hielt die Zügel straff, konzentrierte sich auf das Tier. Schon bald stand ein feiner Schweiß auf ihrer Stirn.

»Seid ihr ängstlich, Mademoiselle ter Meer?« Claes klang spöttisch.

»Ja.« Anna war nicht nach Scherzen zumute.

»Wirklich?« Ter Meer runzelte die Stirn. »Verzeiht. Der Boden ist hart, das macht die Tiere ängstlich. Wenn Ihr es auch seid, spüren sie es und werden unnötig nervös. Lasst uns hier entlangreiten.« Er drängte sein Pferd nach rechts in die Wallgärten, Anna folgte ihm. Er galoppierte davon, und sie gab der Stute die Zügel frei. Das Tier folgte dem anderen, streckte sich, Anna beugte sich vor, hoffte, nicht das Gleichgewicht zu verlieren.

Ihre Stute kannte sie inzwischen, sie gehorchte auf den kleinsten Zügelzug, auf jede Bewegung der Reiterin. Das Pferd von Änne ter Meer wurde nur selten geritten, es reagierte nicht, wurde schneller und schneller.

Anna zog die Zügel, aber das Tier streckte den Kopf trotzig nach vorne, schüttelte sich kurz, lief wie gehetzt weiter.

Sie überholte ter Meer, er rief fröhlich, dachte noch an ein Wettreiten, bemerkte nicht, dass Anna die Kontrolle verloren hatte.

»Ho! Hoooo!« Beschwichtigend versuchte sie auf die Stute einzureden, zog die Zügel an, doch das Pferd reagierte nicht. Anna sah sich zu Claes um, er schwang fröhlich seinen Hut, bemerkte nicht, dass sie in Not war.

»Claes! Claes, Hilfe!« Anna schrie, klammerte sich am Sattel fest. Das Pferd raste durch die Gärten, die abgeerntet und verlassen dalagen, durch den Hain, den Wall hoch. Dort wurde die Stute langsamer. Anna faste die Zügel nach. »Hooo.«

Doch dann nahm das Unglück seinen Lauf. Ein Fuchs brach durch das Unterholz, stob über den Weg. Die Stute scheute, bäumte sich auf, drehte nach rechts und jagte davon. Anna verlor den Halt, stürzte vom Pferd. Sie schlug auf, vernahm das sich entfernende Hufgetrappel wie durch einen Schleier, dann wurde es schwarz vor ihren Augen.

»Anna! Anna! Um Gottes willen!« Claes kniete neben ihr nieder. Langsam öffnete Anna die Augen, alles drehte und verwischte, ihr Kopf schmerzte, und ihre Lider flackerten.

»Anna! Schaut mich an!« Claes klang sehr besorgt. Wieder versuchte Anna ihn anzusehen, es wollte ihr jedoch nicht gelingen. Es pochte hinter ihren Schläfen.

Claes legte ihr den einen Arm um den Nacken, hob sie vorsichtig auf. Dann trug er sie in Richtung Stadt. Ein Reiter kam ihm entgegen.

»Hilfe! Ich brauche Hilfe.«

Der Reiter näherte sich, und Claes erkannte Heinrich Stennes.

»Was ist passiert?«

»Mademoiselle te Kloot ... das Pferd scheute und hat sie abgeworfen. Sie ist nicht bei Bewusstsein.«

»Ich hole einen Karren. Wartet hier!« Stennes galoppierte davon.

Claes ging langsam weiter. Anna erschien ihm leicht. Ihre Arme baumelten herunter, sie rührte sich nicht. Immerhin hob und senkte sich ihre Brust, sie atmete noch. Er ging zügig, und doch erschien es ihm, als würde die Zeit nicht vergehen und er der Stadt nicht näher kommen. Wo blieb Stennes nur? Ich hätte ihr nicht Mutters Pferd geben dürfen, dachte Claes, es ist meine Schuld. Wenn sie ernsthaften Schaden genommen hat, werde ich mir das nicht verzeihen. O Gott, bitte lass sie zu sich kommen.

Endlich sah er ein Fuhrwerk, das sich in schnellem Tempo näherte.

»Hier, Stennes!«, rief er. Der Wagen hielt vor ihm. Eilig, jedoch behutsam legte Claes die bewusstlose Anna in den Leiterwagen, stieg dann auch auf und hielt ihren Kopf im Schoß. Sie öffnete kurz die Augen, sah ihn verwundert an.

»Anna, wir bringen Euch nach Hause! Es wird alles gut.«

Sie wollte nicken, konnte aber ihren Kopf nicht bewegen. Der Wagen fuhr rumpelnd über die gefrorene Wiese.

Im Frühjahr oder Sommer hätte hier kein Fuhrwerk fahren können, dachte Claes. Sie fuhren über tiefe Furchen, der Wagen schien zu springen. Anna stöhnte laut, drehte sich zur Seite und übergab sich. Claes wischte ihr vorsichtig mit dem Taschentuch über den Mund.

»O nein …«, Anna stöhnte wieder. »Es tut mir leid!«

»Macht Euch keine Gedanken, alles wird gut.«

Wieder schien es ewig zu dauern, bis sie die Stadt erreicht hatten und in die Mühlenstraße fuhren.

»Aus dem Weg, aus dem Weg!«, schrie Stennes und schwang die Peitsche. Das Pferd schnaubte. Vor dem Haus der te Kloots hielt er an, sprang vom Kutschbock und hämmerte mit der Faust gegen die Tür. »Aufmachen! So macht doch auf!«

Claes hob Anna behutsam aus dem Wagen, trug sie zu Tür. Sie war sehr blass, aber wach.

Tina öffnete die Tür. »Gütiger Himmel, was ist passiert?«

»Anna! Das Pferd hat sie abgeworfen. Wo kann ich sie hinbringen?«

Tina wies zur Treppe. »Oben, das Zimmer vor Kopf.«

Claes stieg die Treppe empor. Noch nie war er in dieser Etage des Hauses gewesen. Er stieß die Tür zu Annas Zimmer auf, legte sie vorsichtig auf das Bett. »Holt einen Arzt! Anna, wie geht es Euch?« Er setzte sich auf die Bettkante, nahm ihre Hand.

»Was ist passiert?« Sie sah ihn verwirrt an.

»Könnt Ihr Euch nicht erinnern? Das Pferd scheute, stieg und warf Euch ab.«

Für einen Moment schloss Anna die Augen, dann nickte sie leicht. »Es war mir durchgegangen … dann hatte ich es gerade wieder im Griff, als ein Fuchs aus dem Gebüsch lief.«

»Es war mein Fehler, ich hätte Euch das Tier nicht geben sollen.« Claes schüttelte den Kopf.

»Was ist hier los?« Arnold war die Treppe emporgestürmt, kam nun keuchend in das Zimmer. »Was ist passiert, mein Kind? Bist du verletzt?«

»Ich weiß es nicht, Onkel. Mein Kopf schmerzt, mir ist schwindelig und übel.« Vorsichtig bewegte sie Arme und Beine. »Es scheint nichts gebrochen zu sein. Aber mir ist so schlecht.«

190

»Der Arzt ist gerufen.« Arnold knetete die Hände. Dann drehte er sich um. »Tina, mach Tee. Und setz Wasser auf, einen Kessel voll. Und bring einen Eimer!«

»Wasser?« Fragend schaute Claes ihn an. Arnold wurde rot. »Ach je, der Arzt kam bisher nur, wenn es meiner Frau schlechtging unter den Wehen. Da brauchte man immer Wasser.« Wieder drehte er sich um, rief nach unten. »Vergiss das Wasser, aber koch den Tee und bring den Eimer.«

Nervös lief Arnold zum Fenster, schaute auf die Straße, kehrte wieder zurück an Annas Bett, trat von einem Fuß auf den anderen.

»Lieber Onkel, mir wird ganz schwindelig.« Anna lächelte schwach.

»O Gott, es geht dir schlechter?«

»Nein, aber du bist so unruhig.«

Claes lachte leise. »Ich sehe schon, Euch geht es ein wenig besser.« Er erhob sich, zögerte kurz, bevor er Annas Hand losließ. Erst jetzt wurde ihr bewusst, dass er die ganze Zeit ihre Hand gehalten hatte. »Ich werde dann mal nach den Pferden schauen. Wenn ich darf, würde ich mich gerne später noch einmal nach Euch erkundigen.«

Anna nickte. Claes verabschiedete sich von Arnold und ging. Vor der Tür, in einer kleinen Nische stand Fritz. Claes hätte ihn beinahe nicht bemerkt, doch der Junge zupfte an seinem Ärmel.

»Monsieur ...«

»Fritz? Was machst du denn hier?«

»Mademoiselle Anna ...« Der Junge biss sich auf die Lippen, schaute verlegen zu Boden.

»Sie ist vom Pferd gefallen.«

»Wird sie sterben?«, hauchte das Kind kaum hörbar, doch Claes spürte die Verzweiflung die in den Worten lag. Grundgütiger, dachte er, der arme Junge. Er hat hier kaum Fuß gefasst und nun solch ein Schlag. Vermutlich hat er Angst, wieder alles zu verlieren.

»Nein, nein, sie wird nicht sterben. Es wird ihr ein paar Tage nicht besonders gutgehen, sie wird viel Ruhe brauchen, aber sterben wird sie nicht.« Er strich über den Kopf des Jungen. »Mach dir keine Sorgen, schau lieber, ob du Tina helfen kannst.«

Fritz nickte eifrig und lief eilig die Treppe hinunter. Claes folgte ihm langsam. Im Flur vor der Stube stand Heinrich Stennes.

»Monsieur Stennes, hat man Euch vergessen? Ich bin Euch zu großem Dank verpflichtet. Ohne Euch wäre ich vermutlich jetzt noch unterwegs.«

»Wie geht es Mademoiselle te Kloot?«

»Es scheint ihr besser zu gehen. Auf jeden Fall ist sie wieder bei Bewusstsein.«

»Gelobt sei der Herr!«

In diesem Moment klopfte es an der Haustür, es war der Arzt. Tina führte ihn nach oben. Das Fuhrwerk stand noch immer vor dem Haus.

»Wo habt Ihr das eigentlich so schnell herbekommen?«, fragte Claes ihn.

Stennes räusperte sich. »Das habe ich einem Handwerker abgenommen. Um ehrlich zu sein, ohne ihn zu fragen. Ein Wunder, dass die Stadtwache noch nicht aufgetaucht ist, um mich festzusetzen. Ich denke, ich sollte den Wagen schnellstens zurückbringen.«

Claes lachte. »Tut das.«

Gegen Abend trafen sich die beiden Männer wieder vor dem te Klootschen Haus.

»Habt Ihr schon etwas gehört?«, fragte Heinrich Stennes verlegen.

»Nein, deshalb bin ich hier. Ihr vermutlich auch?«

Stennes nickte. Claes klopfte, Tina öffnete.

»Wir wollten uns nach dem Befinden von Mademoiselle erkundigen.«

Sie führte die beiden in die Stube. Bald darauf erschien Arnold te Kloot.

»Wie geht es Anna?« Claes hatte sich gerade hingesetzt, stand nun wieder auf.

»Sie schläft. Der Arzt konnte außer einigen blauen Flecken und zwei Abschürfungen nichts Besorgniserregendes feststellen. Sie hat Kopfschmerzen. Das wird wahrscheinlich noch eine Weile anhalten. Übergeben hat sie sich auch. Sie muss viel ruhen.«

Claes rieb sich mit der flachen Hand über das Gesicht. »Gibt es irgendetwas, das wir tun können?«

Arnold schüttelte den Kopf. »Im Moment nicht, nein. Aber ich möchte Ihnen beiden einen guten Schluck anbieten. Auf den Schreck, und wir können auf Annas hoffentlich baldige Genesung anstoßen.« Er holte eine Flasche Likör und Gläser, schenkte ihnen ein.

»Monsieur Stennes, habe ich das richtig verstanden, dass Ihr ganz uneigennützig zur Hilfe geeilt seid? Euch sogar großem Ärger ausgesetzt habt?«

»Das war doch eine Selbstverständlichkeit. Ich habe dem Handwerker ein paar Münzen in die Hand gedrückt und mich entschuldigt. Damit war die Sache dann erledigt.«

»Trotzdem gebührt Euch Dank.« Arnold schenkte ihm noch mal nach.

»Habt Ihr Eure Pferde wieder einfangen können?«, fragte Stennes Claes.

»Ja, mein Pferd stand immer noch da. Es schien, als hätte es auf mich gewartet, etwas verdattert, dass ich es so da habe stehen lassen. Die Stute habe ich nach einigem Suchen auch gefunden. Sie lahmt auf dem rechten Vorderbein, geschieht ihr recht.« Dann schüttelte er den Kopf. »Nein, eigentlich ist es meine Schuld. Ich habe die Stute falsch eingeschätzt. Meine Mutter reitet seit einiger Zeit nicht mehr, das Tier wurde kaum bewegt. Anna reitet sicher, aber sie hat noch keine große Erfahrung. Ich hätte das nie zulassen dürfen.«

»Nun macht Euch mal keine Vorwürfe, mein Junge. Solche Dinge geschehen. Wir sind alle schon mal abgeworfen worden.« Arnold prostete ihnen zu. »Ich bin allerdings heilfroh, dass nichts Schlimmeres passiert ist. Das Mädchen ist mir sehr ans Herz gewachsen, sie ist eine Bereicherung für die Familie.« »Sie ist eine Bereicherung für die Stadt.« Stennes trank aus und stand dann auf. »Vielen Dank für Eure Gastfreundschaft, Monsieur te Kloot. Wenn es Euch nichts ausmacht, würde ich mich gerne wieder nach Mademoiselles Befinden erkundigen.«

Fast jeden Abend der folgenden Woche trafen sich die drei Herren in der guten Stube der te Kloots. Stennes und ter Meer erkundigten sich nach Anna, dann tranken sie ein Glas Wein oder Likör, rauchten eine Pfeife und sprachen über Belange der Stadt oder die politische Lage.

Anna ging es von Tag zu Tag besser. In der ersten Zeit plagten sie höllische Kopfschmerzen, jeder Knochen schien ihr wehzutun, und jede Bewegung verursachte Schwindel und Übelkeit. Nach einer Weile gab sich das. Die blauen Flecken schillerten in jeder erdenklichen Farbe, verblassten dann jedoch allmählich.

Der Arzt riet weiterhin zur Ruhe. Fritz schlich sich einmal am Tag zu ihr hinein, zuerst nur zögerlich, dann wurde es ein festes Ritual. Er kam aus der Schule, die er inzwischen besuchte, wusch sich, aß etwas, schaute nach dem Kätzchen und klopfte dann scheu an Annas Tür.

Er erzählte von den Mitschülern, imitierte den Lehrer so gut, dass Anna lachen musste, berichtete von dem Katzenkind. Auch die anderen Kinder kamen, blieben aber nur kurz. Krankheit bedeutete den folgenden Tod für sie, und es fiel ihnen schwer, damit umzugehen.

Nach zehn Tagen ertrug Anna ihr Zimmer und die Eintönigkeit nicht mehr. Sie wollte aufstehen, ließ sich jedoch überreden, sich in der Stube auszuruhen.

Onkel Arnold fuhr nach Gladbach und kaufte eine Chaiselounge. Stolz präsentierte er Anna das Polstermöbel, als sie zum ersten Mal wieder nach unten kam.

»Grundgütiger, Onkel, das ist doch Verschwendung. Ich sieche doch nicht dahin. Mir wird es bald schon wieder so gehen wie immer. Der Sessel hätte es durchaus getan.«

»Nein, hier kannst du die Füße hochlegen und dich ausruhen. Du kannst lesen oder sticken. Nur anstrengende Sachen sollst du nicht tun.«

»Das Möbel muss doch ein Vermögen gekostet haben.« Vorsichtig setzte Anna sich. Ein samtiger Bezug bedeckte die straff gepolsterte Liege. Sie strich über den flauschigen Bezug, lehnte sich zurück. Es fühlte sich gut an, bequem.

»Was das gekostet hat, ist meine Sache.« Onkel Arnold strahlte über das ganze Gesicht. »Wichtig ist nur, dass es dir gutgeht.«

»Wenn Katrina das erfährt, kratzt sie mir die Augen aus«, murmelte Anna und lehnte sich wohlig zurück.

Bald stellte Anna fest, dass sie Lesen und Sticken schnell ermüden ließ, dann pochte wieder der Schmerz hinter den Schläfen. Sie beaufsichtigte die Kinder, fragte die Hausaufgaben ab. Die Kinder waren wieder fröhlich und ausgelassen, nicht mehr so verschreckt. Mit Tina besprach sie den Speiseplan. Dennoch war es langweilig. Umso mehr freute sie sich auf die Teestunde mit dem Onkel und die Abende. Anfangs kamen Claes und Heinrich gleichzeitig, doch dann wechselten sie sich ab. Auch Abraham schaute hin und wieder vorbei. Jedoch war er merkwürdig wortkarg und zurückhaltend. Anna versuchte herauszufinden, ob ihn etwas bedrückte, doch er schüttelte nur den Kopf.

Seit dem Unfall hatte sich die Beziehung zu Claes verändert, befand Anna. Immer schon war er aufmerksam und liebenswürdig gewesen, doch nun schwang eine besorgte und zärtliche Note in seinen Worten mit. Sie lag auf der Chaiselongue, und meist zog er sich einen Sessel heran. Manchmal aber setzte er sich zu ihren Knien auf das neue Möbelstück. Auch berührte er sie hin und wieder flüchtig, ergriff ihre Hand, strich über ihren Arm, was er vorher nie getan hatte. Es schien, als wäre eine Schranke aufgehoben, eine Mauer gebrochen. Glücklich bemerkte Anna jede seiner Berührungen, jede Anmerkung. Sie war sich sicher, dass es nicht mehr lange dauern würde, bis er sich ihr erklärte.

»Habt Ihr die Sonette von Shakespeare gelesen?« Das Buch befand sich aufgeschlagen auf dem Tischchen neben der Chaiselounge.

»Ich habe es versucht, lieber Claes. Es wollte mir so recht nicht gelingen. Mein Englisch reicht, um Nachrichten in der Zeitung zu entziffern, aber so diffizile Texte wie seine Gedichte vermag ich kaum zu entziffern. Es tut mir in der Seele weh, denn das, was ich verstehe, berührt mein Herz.«

»Oh.« Claes nahm das Buch, blätterte. »Ja, das ist gewöhnungsbedürftig. Ich könnte bestimmt an eine französische Übersetzung gelangen. Soll ich danach suchen?«

»Nun ist ja Eure und meine Muttersprache Deutsch, wenngleich wir viel Französisch sprechen und schreiben, lieber Claes. Auch Niederländisch spielt eine Rolle bei uns Mennoniten. Aber einen Text vom Englischen ins Französische zu übersetzen, um ihn dann in Deutsch zu verstehen, erscheint mir falsch. Es ist zu kompliziert. Ich möchte eigentlich die Texte intuitiv erfassen. Verstehen. Begreifen. Wisst Ihr, was ich meine?«

Claes nickte. Er schlug eine Seite auf. »Sonnet Nummer 18.

Shall I compare thee to a summer's day?
Thou are more lovely and more temperate:
Rough winds do shake the dartings buds of May,
And summer's lease hath all too short a date:«,

zitierte er und warf ihr dann einen Blick zu. Anna nickte.

»Sometime too hot the eye of heaven shines,
And often is his gold complexion dimmed,

And every faire from faire sometime declines,
By chance, or nature's changing course untrimed:
But thy eternal summer shall not fade,
Nor lose possession of that faire thou ow'st,
Nor shall death brag thou wand'rest in his shade,
When in eternal lines to time thou grow'st,
So long as man can breathe or eyes can see,
So long lives this, and this gives life to thee.«

Er schluckte, stand auf, schenkte ihnen beiden Wein ein.
»Ein wunderschönes Gedicht. Ein tragisches, aber dennoch ans Herz gehende Gedicht. Es zeugt von ewiger Liebe.«

Anna nahm das Glas, nippte, griff dann nach dem Buch, las die Zeile, die er gerade vorgelesen hatte.

»Shall I compare thee to a summer's day – soll ich Euch mit einem Sommertag vergleichen?«

»Nein, nein, es ist eher ein: Wie könnte ich Euch mit einem Sommertag vergleichen. Ihr seid so viel schöner und ausgeglichener.«

Anna nickte. »Ich verstehe. Manchmal nämlich werden die frühen Maiblüten durch Windböen zerstört. Und des Sommers Rechte sind zu früh wieder vorbei?« Fragend schaute sie ihn an.

»Ja, es geht um des Sommers Kürze, um die Unvorhersagbarkeit des Wetters, was allerdings ein Bild für Leben und Schönheit ist. Macht weiter!«, ermunterte er sie.

»Manchmal …« Anna stockte, überlegte. »Manchmal scheint die Sonne zu hart, zu sehr – ich nehme an, er meint, dass sie alles versengt in einem trockenen Sommer?«

Claes nickte nur, wies auf das Buch. »Es ist ein Bild, weiter, Anna!«

»Manchmal scheint die Sonne zu heftig, dann wieder ist ihr Antlitz … verdüstert? Dann ist ihr goldenes Antlitz verdüstert.« Anna überlegte, die Stirn in Falten gezogen, dann erhellte sich ihre Miene. »Oh, ich verstehe, es sind Wolken, es ist der Dunst …«

»Ja, Anna, aber auch das ist nur ein Bild, eine Metapher. Lest weiter!« Claes nickte eifrig.

»Und jede … jede Schönheit?« Sie sah ihn fragend an, er nickte. »Und jede Schönheit verblasst nach und nach. Sei es durch die Zeit oder ein Unglück.«

»Ja, Ihr erfasst es! Weiter.«

»Aber dein Sommer wird ewig währen und nicht verblassen, auch die Schönheit nicht verlieren, die du besitzt. Nicht mal der Tod wird sich dessen rühmen können, wenn du in seinem Schatten wanderst.« Sie sah auf, blickte ihn an.

»Ja. Weiter, Anna!«

»Denn durch diese Zeilen wirst du unsterblich. So lange ein Mensch lebt und Augen sehen können, so lange wirst du leben durch diese Zeilen.« Anna schloss ergriffen die Augen.

»Für wen hat er das Gedicht geschrieben?«, fragte sie dann. »Welche Schönheit hat er damit unsterblich gemacht?«

»Das ist nicht bekannt, es gibt mehrere Namen.« Claes räusperte sich. »Das ist auch nicht wichtig. Die Worte, die Zeilen, die Gefühle sind wichtig. Er versteht es, sie zu transportieren. Beneidenswert. Ich wünschte, ich könnte das, aber ich kann es nicht. Also bediene ich mich seiner Worte.«

»Ich habe Eure Worte immer als treffend empfunden. Als genügend. Sind nicht Reime eitle Zier? Was muss man Gefühle in Worte verpacken, in Bilder und Metaphern? Ist es nicht gottgefälliger, es geradeaus zu sagen?« Anna zog die Schultern hoch. Hatte sie sich zu weit vorgewagt?

Nachdenklich stopfte ter Meer seine Pfeife, ging zum Kamin, nahm ein Kienholz und zündete den Tabak an. Er zog zwei-, dreimal, kehrte dann zu Anna zurück.

Es roch würzig nach Tabak und süß nach den Äpfeln, die zur Nachreife auf den Fensterbänken und Kaminhaupt lagen. Ein leichter Duft von Leder und rohem Leinen lag auch im Raum. Anna sog die Aromen ein, genoss die Vielfältigkeit.

»Haben Euch diese Worte nicht berührt? Diese Bilder, der Vergleich mit dem kurzen Sommer und seiner Pracht? Ist das nicht viel mehr als ein plattes ›Ich bin Euch gefällig‹?« Claes seufzte. »Ob das im Sinne unseres Glaubens ist? Ich weiß es nicht, ich will es gar nicht wissen. Sonette, Reime berühren mich. Sie machen mich geradezu schwach.« Er lachte leise, sah sie jedoch nicht an. »Schwach und menschlich. Sie bezaubern mich. Es ist doch natürlich, sich bezaubern zu lassen. Mancher Psalm kann das auch. Sagt doch Elias im Psalm einundneunzig: ›Denn er hat seinen Engeln befohlen über dir, dass sie dich behüten auf allen deinen Wegen. Dass sie dich auf den Händen tragen und du deinen Fuß nicht an einen Stein stößest.‹ Psalmen sind Gedichte in anderer Form.«

Anna schwieg und dachte nach. »Aber bei Shakespeare geht es um die Liebe zwischen Mann und Frau und in den Psalmen um die Liebe zu Gott. Das macht schon einen Unterschied.«

»Touché, Mademoiselle.« Claes seufzte. »Es ist spät. Lasst uns übermorgen fortfahren.«

»Bevor ihr geht, habt Ihr ein Lieblingssonett?«

Claes biss sich auf die Lippe, nickte dann. »Doch, ja. Ich habe sie alle gelesen, wieder und wieder. Dies eine ist etwas Besonderes.« Er schlug das Buch auf, blätterte nur kurz, wusste, wonach er suchte.

»That god forbid, that made me your first slave,
I should in thought control your times of pleasure,
Or at your hand th'account of hours to crave,
Being your vasall bound to stay your leisure.
O let me suffer, being at your beck,
Th'imprisioned absence of your liberty
And patience tame to sufferance bide each check,
Without accusing your injury.
Be where you list, your charter is so strong
That you your self may privilege your time
To what you will, to you it doth belong,
Yourself to pardon of self-doing crime.

I am to wait, though waiting so be hell,
Not blame your pleasure be ist ill or well.«

Claes legte das Buch aufgeschlagen auf den Tisch, verneigte sich kurz vor Anna. »Ich wünsche Euch eine erholsame Nacht.« Dann verließ er den Raum.

Anna sah ihm erstaunt nach. Was war passiert? Was bewegte ihn sosehr, dass er gequält ging? Er hatte das Sonett zitiert, aber sie hatte den Sinn kaum verstanden. Nun nahm sie das Buch hoch, las die Zeilen, versuchte sich an einer Übersetzung, erschrak.

»Verhüte es Gott, der mich Euch zum Knecht macht, dass ich Euch kontrolliere und nachher Eure Stunden des Vergnügens abrechne, sei es auch nur in Gedanken. Ich bin Euer Vasall, Euer Diener, da, zu Eurem Vergnügen.

O lasst mich leiden, in Ketten, bis Ihr mich ruft, dann bin ich frei.

Geduldig, gezähmt, nehme ich keine Rüge krumm, klag nicht auf Unrecht oder Unfreiheit.

Ihr bestimmt, bleibt weg, solang Ihr wollt,
Könnt über die Zeit verfügen,
Tut mit mir, was Ihr wollt, die Zeit ist Euer, müsst niemanden belügen.

Ich habe zu warten, auch wenn es die Hölle ist. Euer Leben kann ich nicht verdammen, ob es nun schlecht oder gut ist.«

Galt es im übertragenen Sinn ihr? Was wollte Claes ihr sagen? Anna schüttelte verwirrt den Kopf. So wunderschön die Zeilen auch waren, so bezaubernd sie vorgetragen klangen, den Sinn mochte oder konnte sie nicht begreifen. Verzweifelt legte sie das Buch zur Seite.

Warum, dachte sie und wurde ärgerlich, warum mussten es immer diese Spielchen sein? Wortakrobatik, Metaphern und Bilder. Warum konnte er nicht geradeheraus sagen, was er für sie empfand? Tat er das überhaupt? Liebte er sie? Anna schluckte hart. Claes kam jeden zweiten Abend, las ihr vor, unterhielt sie mit mancherlei Tratsch aus der Stadt, besprach die politische Entwicklung des Landes mit ihr. Er war ihr zugetan, aber wie und weshalb und wie tief? Sah er sie gebunden an die Familie des Onkels und die Kinder und deshalb für ihn unerreichbar? Sie wusste es nicht. Anna klappte das Buch zu, seufzte tief. Lange würde sie das nicht mehr aushalten. Sie musste wissen, was er meinte, von ihr wollte. Ihre Intentionen waren klar, sie liebte Claes von ganzem Herzen.

Kapitel 22

Drei Wochen nach dem Unfall kam Katrina überraschend zu Besuch in die Mühlenstraße. Sie trat in die Stube, zupfte langsam die Handschuhe Finger für Finger von der Hand, schaute sich um.

»Du hattest einen Unfall, liebe Anna?«

Anna holte tief Luft, zählte bis zehn, lächelte gezwungen.

»Dummerweise. Ja.«

»Ich bin noch nie abgeworfen worden, es muss furchtbar sein, so sehr die Kontrolle zu verlieren.« Katrina lächelte böse.

»Es war eine interessante Erfahrung. Nicht wirklich wiederholenswert, aber durchaus interessant. Manchmal im Leben entgleisen einem die Zügel.« Anna räusperte sich.

»Das kann ich mir nicht vorstellen. Sei's drum – dir scheint es wieder besser zu gehen.« Wieder ließ sie ihren Blick durch den Raum wandern. »Du solltest das Mädchen zur Arbeit anhalten. Da vorne in der Ecke sind Spinnenweben. Im Flur habe ich Staub gesehen. Natürlich entschuldigt dich deine Krankheit, aber du solltest schon zusehen, dass das Mädchen die Arbeit verrichtet.«

Sie schaute zur Chaiselounge. »Beaufsichtigen kann man auch von einem so edlen Möbel aus. Ich habe gehört, dass mein Vater sich neu einrichtet. Auf deinen Wunsch?«

»Katrina, magst du dich nicht setzen? Die Sessel sind die gleichen wie früher und immer noch bequem. Neu ist nur diese Chaiselounge. Sie passt wunderbar in die Stube, findest du nicht? Exakt das gleiche Möbel haben die Brüder von der Leyen. Ich glaube, dort hat es dein Vater gesehen und wollte es auch haben.« Sie lächelte, merkte, dass sich die Muskeln verkrampften. »Magst du eine Tasse Tee?«

»O nein, davon hat mir mein Arzt abgeraten. Noch ist unbekannt, wie sich Tee auf die Gesundheit auswirkt. Die einen preisen das Getränk, die anderen halten es für einen Trank des Teufels. Ich möchte keine Gefahr eingehen.« Sie legte die Hand auf den sich wölbenden Bauch. »Schließlich trage ich den Stammhalter der ter Meers in mir.«

Anna schluckte. »Wisst ihr schon einen Namen?«

»Johann, nach Adams Vater.« Triumphierend hob Katrina die Nase. »Es ist der erste ter Meer der nächsten Generation.«

»Und wenn es ein Mädchen wird?«

»Es wird ein Junge. Da bin ich mir sicher.« Katrina lächelte herablassend.

Ich wünsche dir den Sohn tatsächlich, dachte Anna, denn eine Tochter könnte nie mit dieser Niederlage fertig werden.

»Warum ich eigentlich hier bin …« Katrina hüstelte kurz. »Nächste Woche feiern wir unseren ersten Hochzeitstag. Ihr ward noch nie zu Gast in unserem Haus, da Umbauarbeiten Besuche unmöglich machten. Das möchten wir nun nachholen. Eine kleine Gesellschaft, nichts Besonderes, aber wir würden uns sehr freuen, wenn ihr alle kämt.«

»Auch die Kinder?«, fragte Anna erstaunt.

»Meine Geschwister sind natürlich auch herzlich willkommen, selbstverständlich.«

Doch Fritz nicht, dachte Anna und schluckte hart. Er würde nie fragen, sich nie dagegen auflehnen, aber er fühlte sich schon als Kind zweiter Klasse. Sie wünschte, sie könnte etwas dagegen tun, nur fiel ihr nichts ein.

»Das ist wunderbar, ich freue mich sehr und werde deine

Einladung gerne an deinen Vater weitergeben.« Anna lächelte, auch wenn es ihr schwerfiel.

»Wo ist er überhaupt? Ich hatte gehofft, ihn zu treffen. Es gibt so einige Dinge, die ich mit ihm besprechen möchte. Es geht um eine Bürgschaft.« Sie sah Anna an, schüttelte dann den Kopf, verzog das Gesicht. »Ich meinte, es geht um ein Gespräch wegen einer Bürgschaft. Geschäftliche Dinge, das wird dich nicht interessieren, Anna.« Dann hustete sie kurz und trocken. »Wie geht es den Kindern?«

»Den Kindern geht es wunderbar, und dein Vater ist geschäftlich unterwegs. Er will herausfinden, ob es eine Möglichkeit gibt, die einfachen Webstühle umzurüsten, von Band und Gewebe.«

»Umrüsten? Wozu?«

»Ach weißt du, Katrina, bisher hat dein Vater Stoffe weben lassen. Leinen und Wollstoffe. Nun gibt es offensichtlich die Möglichkeit einfache, billige Seide zu verarbeiten, aber dafür müssten die Webstühle umgerüstet werden. Das sind aber technische Dinge, die dich nicht beschweren sollten.« Anna schluckte herunter, was sie noch gerne gesagt hätte. »Ich sage deinem Vater gerne, dass du nach ihm verlangst, sobald er zurück ist.«

Anna sah die Gefühle im Gesicht ihrer Cousine arbeiten, schließlich überzog ein künstliches Lächeln Katrinas Gesicht. »Nun gut. Ich hoffe, du fühlst dich nächste Woche wohl genug, um an der kleinen Feier teilzunehmen. Wir würden uns sehr freuen.« Sie zog ihre Handschuhe wieder an, nickte kurz und verließ den Raum.

Anna schnaubte. Darauf kannst du wetten, Cousine, dachte sie ärgerlich, nur der Tod würde mich davon abhalten, und von ihm bin ich weit entfernt.

Die Woche verging, Claes war auf Reisen, aber Anna fühlte sich inzwischen so gut, dass sie wieder den Haushalt führen konnte. Hin und wieder zog sie sich in die Stube zurück, doch grundsätzlich ging es ihr besser.

Heinrich Stennes besuchte sie weiterhin. Auch wenn die Gespräche mit ihm eher kurzweiliger Natur waren und nicht so tiefschürfend wie die mit Claes, genoss Anna es dennoch. Oder vielleicht auch deshalb, dachte sie manchmal. Claes schenkte sie immer ihre volle Aufmerksamkeit, folgte genau seinen Worten, dachte darüber nach. Sie überlegte bei jeder Antwort, ob sie auch lange genug nachgedacht hatte, ob sie seine Intention auch wirklich erkannte, ob sie nicht zu oberflächlich antworten würde.

Ihr war sehr bewusst, das Claes großen Wert auf Esprit und Geist legte, auf gedankliche Beweglichkeit und auf Tiefe. Nicht immer konnte sie ihm folgen.

Umso entspannter waren die Abende mit Monsieur Stennes. Er brachte sie zum Lachen, unterhielt sie mit Geschichten, hinterfragte die politische Entwicklung nicht und schien das Leben so zu nehmen, wie es kam. Er war Protestant, aber nicht übermäßig gläubig. Das beste Weinjahr interessierte ihn mehr als ein Edikt der Kirche. Es war pures Amüsement.

Am Tag der Einladung bei Katrina zog Anna sich sorgfältig an, bemühte sich darum, keinen Zierrat zu tragen und nicht protzend zu wirken, aber dennoch fein und edel. Ein schier unlösbares Unterfangen. Schließlich lagen drei Kleider zur Auswahl auf ihrem Bett, aber sie stand immer noch im Unterkleid davor und konnte sich nicht entscheiden. Das Graue, das Dunkelblaue oder das Braune? Mit Nackentuch oder lieber ohne? Seufzend setzte sie sich auf den Stuhl.

»Anna«, rief ihr Onkel. »Können wir aufbrechen?«

»Sofort.« Sie stand auf, schloss die Augen und griff nach einem Kleid. Es war das Graue. Schnell zog sie es an, richtete die Haare, zog die Haube über und ging nach unten.

Ihr Onkel musterte sie nachdenklich. »Hast du das Kleid nicht mehr, was du beim Empfang des Kurfürsten getragen hast?«

Anna errötete. »Das Blaue mit dem Muster? Natürlich, es ist in meinem Kleiderkasten.«

»Zieh es an, aber hurtig, wir sind schon spät.«

»Das ist doch aber ... üppig, voller Zier, Onkel.«

»Genau passend für den Anlass. Warum haben sie uns eingeladen? Um das tolle und schöne Haus zu zeigen. Um zu protzen.« Er schnaufte. »Katrina ist meine Tochter, aber sie und ihr Mann verkommen zu Abbildern der von der Leyens, denen sie nacheifern. Es ist ein eitles Gebaren, das ich nicht gutheißen kann. Aber ich lasse nicht zu, dass sie dich als graue Maus tituliert, als unscheinbar. Ja, ja, du glänzt von innen, dazu braucht es kein Kleid, keinen Schmuck, aber das werden sie niemals erkennen, und wir, wir geben uns keine Blöße. Nun geh mein Kind und mach dich hübsch.«

Nachdenklich ging Anna nach oben. Ihr Weg wäre ein anderer gewesen, sie hätte sich umso schlichter gegeben, je mehr die Cousine mit Prunk protzte. Aber es wäre nur ihr eine innere Genugtuung geworden, den Sinn dessen hätte Katrina nie erkannt.

Sie legte das schlichte Kleid und die Haube ab, zog das Gewand aus feinem Stoff an, drapierte die Haare und wand ein Band in den Zopf.

Dann ging sie wieder ins Treppenhaus. Fritz stand auf der untersten Stufe zur Mansarde. Er war nicht eingeladen, im Gegensatz zu den Neffen und der Nichte. Bewundernd schaute der Junge sie an.

»Ihr seid so wunderschön, wie ein Engel«, seufzte er.

»Ich habe mich verkleidet, Fritz. Das bin ich nicht, und du weißt es wohl. Tust du mir einen Gefallen?«

»Jeden.« Er nickte eifrig. »Soll ich Holz hacken?«

Anna lachte leise, spürte jedoch eine große Trauer. Sie wollte den Jungen schützen, ihm Stärke mitgeben auf dem Lebensweg.

»Wir sind jetzt alle außer Haus. Tina ist geschafft von ihrem Tagwerk. Erst letzte Woche ist ein Haus aus Nachsichtigkeit niedergebrannt. Kannst du hier aufpassen? Kannst du jedes Zimmer, jede Kerze kontrollieren und darüber wachen, bis wir wieder da sind? Es ist eine sehr verantwortungsvolle Aufgabe, und ich möchte sie nur jemanden übergeben, dem ich vertraue.«

»Natürlich!« Die kleine, zaghafte Figur des Jungen streckte sich voller Stolz. »Ich werde über das Haus wachen.«

»Sehr schön, Fritz. Ich verlasse mich auf dich.«

Sie waren kaum beim Haus des Adam ter Meer angelangt, als Annas Kopf wieder pochte und schmerzte. Anna zog ein Lächeln einer Maske gleich über ihr Gesicht. Der Onkel hatte recht gehabt, das Haus blitzte und blinkte, Spiegel und Lüster überall, Kristallprismen vervielfältigten den Lichtschein. Die Wände waren mit poliertem Holz vertäfelt, auf dem Boden lagen geknüpfte Läufer, die jeden Schritt dämpften. Das Haus war wunderschön eingerichtet, doch es wirkte künstlich. Anna traute sich kaum, sich zu setzen. Es gab ein Esszimmer, ein Raum nur mit dem Esstisch, den Stühlen und einer Anrichte. Die Tafel wurde von einem Leinentuch bedeckt, das Geschirr war edel und filigran. Das Besteck und die Gläser glänzten poliert.

Alle aßen vorsichtig, bedacht, nichts zu beschädigen. Kein wirkliches Gespräch kam auf, es wurden viele höfliche Floskeln ausgetauscht. Nach dem Essen bat die vor Stolz strahlende Gastgeberin in den »Salon«, die gute Stube. Beinahe wäre Anna ein lautes Lachen herausgeplatzt, als sie die Chaiselongue dort sah. Zwar war der Bezug ein anderer, aber ansonsten glich das Möbel dem im Hause ihres Onkels bis auf das Letzte.

Anna ließ sich darauf nieder, Claes nahm neben ihr Platz.

»Beeindruckend«, sagte er leise.

»O ja. Sauber und rein und so aufgeräumt. Es blitzt und blinkt in jeder Ecke. Keine einzige Spinnwebe.«

»Die Spinnen werden sich hier nicht wohlfühlen, Anna.« Er zwinkerte ihr zu. »Es ist kein Heim, es ist ein Schau-Haus. Wunderschön, aber kann man hier nach einem harten Tag entspannen, die Füße in den dreckigen Stiefeln hochlegen und für einen Moment die Augen schließen?«

»Claes, welch Frevel! Dreckige Stiefel werden im Hof ausgezogen, die Hände in der Küche gewaschen, und auf die Chaiselounge darf man nur mit gänzlich frischer Kleidung.« Claes stand auf. »Oh, dann darf ich hier gar nicht sitzen?« Er lachte, setzte sich wieder. Dann wurde er ernst. »Ich hoffe, mein Bruder ist glücklich.«

»Es ist sein Haus, er sollte es sein.«

»Ja.« Claes nickte bedächtig. »Doch ich bezweifele es. Oder vielleicht auch nicht. Adam waren immer andere Dinge wichtiger als mir. Der Schein und der Glanz faszinieren ihn, das war immer schon so. Mir liegen andere Dinge am Herzen.«

»Bücher«, murmelte Anna.

Claes lachte, nahm ihre Hand, küsste sie. »Ja, Bücher und solche Frauen, wie Ihr es seid.«

Anna entzog ihm ihre Hand. »Werdet nicht übermütig, ich bitte Euch. Vielleicht wäre ich wie meine Cousine, hätte ich die Möglichkeit. Nun habe ich die aber nicht, führe meinem Onkel genügsam den Haushalt und sehe die Kinder wachsen.«

Claes senkte den Kopf, dann schaute er sie an. »Bisher dachte ich, Ihr seid sehr glücklich mit diesem Leben. Habe ich mich getäuscht?«

»Keineswegs. Ich bin glücklich, zumindest zufrieden. Was soll ich mehr erwarten?« Anna verkniff sich ein Lächeln.

»Erwarten?« Claes zögerte. »Eines Tages …«, sagte er dann leise, »eines Tages wird sich der Mann finden, der Euch zum Altar führt. Es wird sein höchstes Glück sein, und er ist zu beneiden, Euch an seiner Seite zu haben.«

»So? Ist das so? Eines Tages? Ich weiß nicht.« Anna senkte den Kopf. Das war nicht die Antwort, die sie sich erhofft hatte.

»Seid Ihr denn unglücklich in Eurer Rolle?« Claes nahm wieder ihre Hand, Anna ließ es zu.

»Nein, nicht unglücklich. Wirklich nicht. Und dennoch, es gibt Momente, da wünsche ich mir mehr. Ich wünsche mir eine Verschmelzung mit einem anderen, bevor … nun ja, bevor mein Sommertag vorüber ist.«

»Shall I compare thee to a summer's day?« Claes lachte leise.
»Ihr seid kein Sommertag, nein, Ihr seid wie ein Feuer, wie ein
ganzer Sommer, so leuchtend. Ihr seid etwas Besonderes,
Anna.«

»Ja, für meinen Onkel.«

»Nicht nur, auch für andere, für mich. Ich bin so froh, Euch
kennengelernt zu haben.«

Anna lachte kurz auf. »Wie das klingt, wenn Ihr das sagt ...«

»Wie klingt es denn?«

»Hohl und nichtssagend.« Anna senkte den Kopf.

»Nein, ich meine das schon so, wie ich es sagte. Euch ge-
bührt ein reiches Leben, ein Mann, der Euch liebt, Euch auf
Händen trägt, Kinder, ein Haus voll davon. Das liegt alles vor
Euch, dessen bin ich mir sicher.«

Anna sah ihn an, ernst und zweifelnd.

»Nun nehmt diese bedrückte Miene aus Eurem wunderbaren Gesicht, lacht und seid fröhlich, Anna. Alles liegt vor
Euch. Alles ist hier, Ihr müsst nur danach greifen.«

»Danach greifen? Wie?«

»Indem Ihr einfach Ihr selbst seid, es wird sich ergeben. Er
wird kommen, der Mann, der für Euch bestimmt ist. Vermutlich ist er schon da.« Claes drückte ihre Hand. »Aber er traut
sich noch nicht, sich zu offenbaren.«

»Welchen Mut bedarf es da, Claes?«

Claes schüttelte den Kopf. »Ihr wollt doch nicht heute, nicht
jetzt eine Antwort auf diese Frage?«

»Wenn nicht heute, wann dann?« Anna schluckte. »Was soll
ich tun? Ihr sagt, so sein wie ich bin, aber etwas anderes geht ja
nicht. Ich bin ich.«

»Und Ihr seid zauberhaft, so wie Ihr seid.«

»Offensichtlich nicht zauberhaft genug oder zu sehr gefangen in äußeren, hemmenden Verhältnissen.«

»O nein, Anna, der, der Euch liebt, tut es mit ganzer Seele,
mit dem Herzen und mit jeder Faser seines Körpers.«

»Wieso seid Ihr Euch da so gewiss?«

»Weil ich ihn kenne, ganz und gar.« Claes nahm ihre Hand, küsste sie. »Zaudert nicht.«

»Claes …«

»Was?«

»Claes, mir geht es ebenso. Meine Gefühle sind klar und rein. Mein Herz schlägt für … nun ja, ihn.« Anna lächelte verzagt. »Ich warte nur auf das endgültige Zeichen von ihm. Ich habe, das ist nicht bekannt, eine Aussteuer. Ich bin nicht völlig mittellos und von meinem Onkel abhängig.« Sie senkte wieder den Kopf.

»Das sollte keine Rolle spielen, es ihm aber leichter machen, da habt Ihr recht.« Wieder lachte Claes leise.

Anna seufzte. Sie spürte, dass sie müde wurde, es pochte hinter ihren Schläfen.

»Geht es Euch nicht gut? War der Abend zu viel? Ihr seid noch in der Rekonvaleszenz, dürft Euch nicht überanstrengen.«

»Ihr habt recht. Es wird mir zuviel.«

»Darf ich Euch nach Hause bringen?«

»Ja.« Anna hoffte, dass er sich nun endlich ein Herz fassen würde.

Die kleine Kutsche von den ter Meers stand vor der Tür. Sie fuhren zur Mühlenstraße. Wieder hielt Claes fürsorglich ihre Hand. Anna wusste nicht, was sie davon halten sollte.

»Claes«, sagte sie, als die Kutsche vor dem Haus ihres Onkels hielt, »ich danke Euch.«

»Keine Ursache, meine Liebe. Ich war der Gesellschaft meines Bruders und meiner Schwägerin sowieso überdrüssig. Mit Euch ist das anders. Ich fühle mich in Eurer Gegenwart sehr wohl.«

»Das beruht dann auf Gegenseitigkeit. Hätte ich damals, als Ihr in die Postkutsche stiegt, geahnt, dass wir einmal so gut befreundet sein werden, ich wäre viel ruhiger nach Krefeld gereist.«

»Ihr habt den Weg bisher wunderbar gemeistert, und ich

hoffe, dass ich Euch noch viele weitere Jahre durchs Leben begleiten kann.«

»O Claes, ja, das hoffe ich auch. Nichts wäre mir lieber, als Seite an Seite mit Euch den Lebensweg zu gehen.«

Claes lehnte sich zurück, zog die Stirn in Falten. Dann ließ er ihre Hand los, senkte den Kopf. »Ich bitte Euch, Anna, mich nicht misszuverstehen. Ich meinte als Freund, als guter Freund. Der Mann an Eurer Seite, der Ehemann kann ich nie und nimmer sein.«

»Oh.« Anna schlug die Hand vor den Mund.

»Schon seit vielen, vielen Jahren ist mein Herz gebunden. Ich liebe eine Frau sosehr, wie man nur einen anderen lieben kann. Doch diese Liebe wird sich nie erfüllen, sie ist gebunden. Ich habe versucht, darüber hinwegzukommen, ich habe versucht, sie mir aus dem Herz zu reißen, sie zu vergessen, aber es will und wird mir nicht gelingen. Inzwischen nehme ich es als gegeben hin und hadere nicht mehr damit.«

»Aber ...«

»Nein.« Claes schüttelte den Kopf. »Es ist so und wird sich nicht ändern. Es ist seit fast zwanzig Jahren so. Ich habe durchaus versucht, mich in andere Frauen zu verlieben, doch es geht nicht. Wenn ich es könnte, seid gewiss, wärt Ihr die beste Wahl. Doch ich kenne mich. Wir würden nicht glücklich miteinander, denn ich könnte Euch nie das an Liebe geben, was Ihr verdient.«

Anna sah ihn sprachlos an. Ihr Leben schien plötzlich in tausend Scherben zu zersplittern. Ohne ein Wort zu sagen, öffnete sie den Wagenschlag und stieg aus.

Sie betrat das Haus, schloss die Tür hinter sich und lehnte sich dagegen. Sie spürte die Tränen, die heiß in ihren Augen brannten, doch konnte sie nicht weinen – noch nicht. An diesem Abend war sie so glücklich gewesen, so unendlich glücklich, denn sie dachte, dass Claes mit all seinen Schmeicheleien und Andeutungen ihr seine Liebe gestehen wollte. Und dann war sie gefallen, so tief wie nie zuvor in ihrem Leben. Er liebte sie nicht und würde es niemals tun.

Wie in Trance ging sie in ihr Zimmer und zog sich aus, legte sich zwischen die kalten Laken. Sie wollte sterben, jetzt, in diesem Moment.

Kapitel 23

Am nächsten Morgen klopfte Tina verzagt an ihre Zimmertür.
»Mademoiselle? Es ist schon heller Tag, wollt ihr nicht aufstehen?«
Anna antwortete nicht. Vorsichtig öffnete das Mädchen die Tür, spähte in das Zimmer. »Mademoiselle? Seid ihr krank?«
Anna lag mit dem Kopf zur Wand. Sie seufzte leise. »Mir ist heute nicht so gut. Ich möchte im Bett bleiben.«
Tina schloss die Tür wieder leise. Kurze Zeit später stand Onkel Arnold in Annas Zimmer. »Was ist mit dir, Kind? Bist du krank? Soll ich den Arzt rufen?«
»Nein, Onkel. Mir ist nur nicht so gut. Bitte lass mich einfach ruhen.«
»Wenn irgendetwas ist, sag sofort Bescheid. Ich habe Tina schon aufgetragen, dir eine kräftige Brühe zu kochen.« Arnold zögerte kurz, verließ aber dann den Raum.

Zwei Stunden später brachte Tina ihr die Brühe. Anna lag immer noch so da wie am Morgen, sie schien sich nicht gerührt zu haben.
»Mademoiselle, wollt Ihr Euch nicht aufsetzen? Nur für einen Moment, hier an den Tisch?«
»Gleich«, sagte Anna kaum hörbar.
Tina stellte die Schüssel ab, überlegte, ob sie noch etwas sagen oder tun könnte, aber ihr fiel nichts ein.
Abends schaute der Onkel wieder nach seiner Nichte. Die Suppe hatte Anna nicht angerührt.
Arnold zog sich den Stuhl ans Bett.

»Anna.« Er seufzte tief. »Anna, bitte dreh dich um. Ich mache mir große Sorgen und überlege ernsthaft, den Arzt zu rufen.«

Langsam wandte sich Anna zu ihm um. Ihr Gesicht war verquollen und gerötet, die Augen klein und voller Tränen. Sie sah erbärmlich aus.

Arnold nickte. »Es ist eine Herzensangelegenheit, nicht wahr? Das habe ich schon befürchtet.«

Anna rieb sich die Tränen in die Wangen. »Ja.«

»Ter Meer?«

Anna nickte.

»Hat er dich beleidigt?«

»O nein, durchaus nicht. Ich war nur so dumm, so unglaublich dumm und einfältig. Ich habe gedacht, gehofft, dass er ... etwas für mich empfindet ... aber er tut es nicht.«

Arnold seufzte. Er hatte eine Flasche Gewürztraminer mitgebracht und schenkte ihnen beiden ein Glas ein.

»Hier, trink, es wird dir guttun.«

Anna nahm das Glas, nippte, trank dann einen größeren Schluck. Sie hatte seid gestern Abend nichts mehr gegessen und spürte die Wirkung des Alkohols sofort.

»Weißt du, Anna, wir alle haben geglaubt und gehofft, dass Claes sich in dich verliebt. Es sah durchaus danach aus. Er schien dir den Hof zu machen, dich zu verehren. Wir hätten es alle sehr befürwortet. Aber offensichtlich kommt er aus seinem eigenen Bann nicht heraus, dabei sind inzwischen so viele Jahre vergangen.«

»Er liebt eine andere.«

»Ja, schon immer, fürchte ich.«

»Sie ist vergeben.«

»Sie ist vergeben, und ich denke, sie erwidert seine Gefühle nicht. Jedenfalls nicht in dem Ausmaß, wie er es sich wünschen würde.«

»Du weißt davon?«

»Wir alle wissen es, auch wenn nicht darüber gesprochen

wird. Diesmal, so hatten wir gehofft, schienst du die Mauer zu seinem Herz eingerissen zu haben. Doch es hat wohl nicht gereicht.«

»Ich habe mich lächerlich gemacht.«

»Du? Nein. Er hat dir das Herz gebrochen, und das ist eine Schande.«

»Ich liebe ihn.« Wieder liefen die Tränen, ein Schluchzen, ein entsetzliches, verzweifeltes Schluchzen stieg in ihr hoch.

»Ach, Kind.« Hilflos nahm Arnold ihre Hand, tätschelte sie. »Du bist noch so jung. Es wird einen anderen Mann in deinem Leben geben.«

»Nein, niemals.«

»Das denkst du jetzt, aber die Zeit wird dich etwas anderes lehren.«

»Ich werde ihm nie wieder unter die Augen treten können.«

»Wem? Claes? Sei nicht albern. Das Schlimmste, was du machen kannst, ist ihm zu zeigen, wie sehr er dich verletzt hat. Sei fröhlich, auch wenn du es nur mit zusammengebissenen Zähnen sein kannst. Ich bin mir jedoch auch sicher, dass er dich nicht absichtlich verletzt hat, dich nicht bösartig getäuscht hat. Vielleicht hatte auch er die Hoffnung, dass aus dieser Freundschaft mehr werden würde, und musste nun erkennen, dass dem nicht so ist. Und es ist sicherlich ehrlicher und besser, das rechtzeitig zu sagen. Stell dir vor, ihr hättet dieses Spiel noch monatelang weitergeführt, deine Liebe wäre gewachsen, dein Schmerz wäre viel schwerer geworden.«

»Noch schwerer? Nein, das ist unmöglich.« Sie vergrub das Gesicht im Kissen.

Arnold lächelte. »Du darfst traurig sein und auch leiden, es gehört zu Herzschmerz dazu. Zu meiner Zeit habe ich das auch durchgemacht.«

»Aber du hast sicher nicht geweint.«

»Täusch dich nicht, Kind. Auch ich kann Gefühle empfinden.«

»So habe ich das nicht gemeint.« Anna schluchzte lauter. Arnold setzte sich auf die Bettkante, nahm sie in den Arm und wiegte sie sachte hin und her. »Shh, shh. Lass es ruhig raus, den Schmerz, die Enttäuschung. Aber danach musst du mir versprechen, wenigstens etwas Suppe zu essen.«

Anna nickte schwach.

»Und du musst mir versprechen, dich in der nächsten Zeit zusammenzureißen.«

»Das kann ich nicht. Ich werde mich nie wieder in der Öffentlichkeit zeigen, nie wieder unter Leute gehen. Alle wissen es sicher und lachen über mich.«

»So ein Unfug! Gedanken werden sich die Leute nur machen, wenn du tatsächlich nie wieder ausgehst. Die nächsten Tage darfst du krank sein und deinen Schmerz pflegen. Ich werde jeden Besucher abwimmeln. Aber nur für eine Zeit, und dann ist es gut. Versprichst du mir das?«

Anna nickte. Sie wusste nicht, ob sie das Versprechen würde halten können, aber für den ersten Moment fühlte sie sich getröstet, auch wenn die schwarze Wolke der Verzweifelung immer noch über ihr hing.

Als Tina ihr wenig später eine weitere Schüssel heißer Brühe brachte, ging es Anna schon ein wenig besser. Sie aß die Suppe ohne Appetit. Dann wusch sie sich das Gesicht, schüttelte die Kissen und die Decke auf, legte sich wieder ins Bett.

In dieser Nacht schlief sie unruhig, träumte wirr und wachte nächsten Morgen wie gerädert auf. Ihr Kopf schmerzte, die Augen waren verquollen, und sie fühlte sich leer und ausgelaugt. Dennoch stand sie auf, wusch sich mit dem kalten Wasser aus dem Krug, zog sich an. Als sie die Tür öffnete, wäre sie beinahe über Fritz gefallen. Er hatte sich vor ihrer Tür auf dem Boden zusammengerollt, nur von einer dünnen Decke bedeckt.

»Fritz?« Anna zog den Jungen hoch, verwirrt rieb er sich über die Augen. »Was machst du hier, Junge?«

»Wie geht es Euch?« Er schüttelte den Kopf, kniff die Augen zusammen, versuchte den Schlaf abzuschütteln. »Seid Ihr noch sehr krank?«

»Nein, nur ein wenig schwach. Jetzt geh schnell in dein Zimmer und versuch noch ein wenig zu schlafen.«

Anna verrichtete den Haushalt, kümmerte sich um die Kinder. Besorgt nahm Arnold zur Kenntnis, wie blass sie war. Kein Lächeln huschte über ihre Lippen. Sie ging früh zu Bett. Am nächsten Tag schickte sie Tina alleine zum Markt. Sie mochte das Haus nicht verlassen, mit niemandem sprechen. Sie antwortete einsilbig und blieb in sich gekehrt.

Heinrich Stennes kam vorbei, aber Anna wollte ihn nicht empfangen.

»Es geht ihr nicht gut. Nichts Besorgniserregendes«, sagte Arnold zu Stennes. »Nur eine leichte Erkältung, aber sie sollte sich schonen.«

»Bestellt ihr meine herzlichsten Grüße. Ich wünsche ihr eine baldige Genesung. Darf ich in ein paar Tagen wieder vorsprechen?«

Arnold war sich nicht sicher. Er mochte Stennes nicht sonderlich, auch wenn er nicht sagen konnte, wieso. Doch Anna hatte sich mit ihm immer amüsiert, und vielleicht würde Stennes sie aus ihrem Kummer holen können.

»Natürlich dürft Ihr wiederkommen. Eure Grüße richte ich aus.«

Auch Abraham kam und wollte Anna besuchen.

»Ich dachte, es ginge ihr besser. Bei der Gesellschaft Eurer Tochter und meines Bruders sah sie vollkommen wiederhergestellt aus. Sie wirkte fröhlich und vergnügt.«

»Es ist nur eine Erkältung.« Arnold räusperte sich verlegen.

Abraham sah ihn nachdenklich an. »Eine Erkältung? Nun gut, ich hoffe, dass nicht mehr dahintersteckt und wir bald wieder das Vergnügen ihrer Gesellschaft haben dürfen.«

Am nächsten Tag brachte Abraham ein Buch für Anna. Auch am übernächsten erkundigte er sich nach ihr. Arnold war es unangenehm, ihn immer wieder wegschicken zu müssen. Gleichzeitig machte er sich aber auch Gedanken um Anna, die immer noch wie verloren wirkte. Des Nachts konnte er sie weinen hören, es zerbrach ihm beinahe das Herz.

Am Sonntag kam sie nicht mit zur Kirche, fühlte sich nicht stark genug.

Drei Tage später stand Abraham wieder vor der Tür, diesmal drückte er Tina einen Brief in die Hand. Der Brief war von Claes an Anna.

Anna nahm den Brief, ging in ihr Zimmer und setzte sich ans Fenster. Eine Weile hielt sie den Brief in der Hand, schaute nach draußen, ohne wirklich etwas zu sehen. Doch dann überwand Anna sich und öffnete das Schreiben.

»Meine liebe Freundin,

ich habe viel über unser letztes Gespräch nachgedacht und auch über die Zeit, die wir miteinander verbracht haben.

Ich muss gestehen, dass ich mich ganz und gar schuldig fühle, dass ich Euch vermutlich großen Schmerz zugefügt und Euch durch meine Worte und Handlungen in die Irre geführt habe.

Dies war, so sei Euch gewiss, nicht meine Absicht.

Liebe Anna, Ihr seid mir eine wichtige Vertraute, eine liebe Freundin geworden. Ihr seid mir ans Herz gewachsen, und ich sehe Euch mit Wohlgefallen und viel ehrlicher Zuneigung. Meine Freundschaft und Sympathie sind aufrecht. Ihr seid wie eine Schwester für mich.

Euer Wohl liegt mir gewiss am Herzen.

Und doch, wenn ich nun darüber nachdenke, muss ich gestehen, Euch Hoffnung gemacht zu haben. Es war unüberlegt, es ist nicht zu entschuldigen, und doch bitte ich um Vergebung.

Liebe Anna, ich dachte, Euch wäre aufgefallen, dass ein anderer, ein liebenswerter Mensch, Euch liebgewonnen hat. Ich bin mir sicher, seine Intentionen kommen von Herzen und er wäre jemand, der Euch die Liebe schenken würde, die Ihr verdient und die ich Euch nie geben könnte.

Schaut Euch um, dann werdet Ihr ihn sehen. Vielleicht seid Ihr nach einiger Zeit bereit, Euer Herz zu öffnen.

Ich wünsche Euch das Beste, hoffe, Ihr mögt bald genesen. Da ich mich nun auf eine längere Reise begebe, kann ich mich leider nicht persönlich nach Eurem Befinden erkunden. Doch ich bin guten Mutes, Euch in ein paar Monaten, wenn ich zurückkehre, glücklich und gesund vorzufinden.

In tiefer und aufrichtiger Freundschaft
Claes ter Meer«

Anna zerknüllte den Brief, warf ihn in die Ecke. Dann stand sie auf, strich das Papier glatt, las ihn noch mal. Wieder und wieder wanderten ihre Augen über die Zeilen. Es gab nichts, was ihr noch Hoffnung machte. Sie hatte überlegt, ihm einen Brief zu schreiben. Sie liebte ihn und wäre auch mit einer Verbindung zufrieden, selbst wenn er ihre Gefühle nicht vollständig erwidern konnte. Sie hatte dennoch gehofft, dass er mehr für sie empfand als nur Freundschaft. Doch dies konnte sie nun ausschließen.

Enttäuschung machte sich in ihr breit, Verzweiflung. Die nächsten Tage überstand sie wie im Traum, einem Albtraum. Immer wieder nahm sie das Schreiben zur Hand. Das Papier wurde dünn, Tränen fielen auf die Buchstaben, die Tinte verwischte. Doch die Worte hatten sich in ihr Gedächtnis eingebrannt.

Nach ein paar Tagen stieg Wut in ihr hoch. Er hatte ihr tatsächlich Hoffnung gemacht, hatte sie umworben. Jede andere hätte dies auch so verstanden. Unter dem Deckmäntelchen der Freundschaft hatte er mit ihren Gefühlen gespielt. Doch nach einiger Zeit verrauchte auch die Wut.

Anna ging wieder zur Kirche, mit ernstem Gesicht lauschte sie der Predigt, sang die langsamen und getragenen Psalmen voller Inbrunst. Auch den Gang zum Markt nahm sie wieder auf. Sie lachte und scherzte mit den Kindern, spielte mit ihnen, erledigte ihre Pflichten und empfing sogar wieder Besuch.

Claes hatte ihr einen anderen Mann ans Herz gelegt, jemanden, von dem er annahm, dass dieser in Anna verliebt war. Wen könnte er gemeint haben? Durch ihren Onkel und die Gemeinde hatte Anna vielerlei Kontakte. Johannes von Beckerrath kam des Öfteren, einige andere auch. Regelmäßig traf sie sich nur mit Heinrich Stennes und Abraham ter Meer. Er war nun immer freitags da, nachdem sie die Routine, an diesem Tag Bücher auszutauschen, wieder aufgenommen hatte. Jetzt, wo sie Claes nicht mehr treffen konnte, machten ihr diese Besuche nur noch wenig Vergnügen. Auch Abraham war wortkarg und zurückhaltend, hatte jedoch immer ein oder zwei Bücher, die er ihr empfehlen konnte. Abraham schien ihre Gemütsverfassung zu erahnen. Die Bücher, die er ihr gab, hatten meist komplizierte naturwissenschaftliche Themen, die Anna faszinierten und von ihren eher trüben Gedanken ablenkten. Anna fragte nicht nach Claes, und Abraham erwähnte nur einmal und nur kurz in einem Nebensatz, dass sein Bruder nach Italien gereist war.

Obwohl es Anna auf der Zunge brannte, biss sie sich auf die Lippen und fragte nicht, was er dort tat und wann er wieder kommen würde. Die nächsten Nächte schlief sie schlecht, das konnte am Vollmond liegen oder auch daran, dass sie sich versuchte vorzustellen, wie wohl Orangen schmeckten. Wie sahen Zitronenbäumchen aus, und war das Licht am Mittelmeer tatsächlich milder als hier?

Sie wischte die Gedanken beiseite, es half ihr nichts. Dass Claes so schnell und so weit fort abgereist war, machte sie wütend. Sie empfand es als feige. Andersherum war sie froh, ihn nicht treffen zu müssen. Immer noch empfand sie tiefe Scham bei dem Gedanken, ihn derart falsch verstanden und sich wie ein junges Mädchen aufgeführt zu haben.

Mit Stennes hatte Claes sich nach Annas Unfall bei Arnold regelmäßig getroffen. Die schienen sich gut verstanden zu haben. War etwa Heinrich Stennes der Mann, den Claes meinte?

Anna beobachtete Stennes genau. Er war nicht so belesen wie die Brüder ter Meer, auch nicht so interessiert. Dafür hatte

er Humor und Witz. Immer wieder brachte er Anna zum Lachen, erzählte erheiternde Geschichten oder spielte lustige
Wortspiele.

Da das stürmische und kalte Wetter des Februars auch im
März noch anhielt, konnten sie keine Ausflüge unternehmen.
Anna war froh, wenn sie ihren Einkauf hinter sich gebracht hatte
und wieder zu Hause war. Zwar liebte sie die gemütlichen
Abende mit ihrem Onkel, doch das schlechte Wetter und die
Dunkelheit trugen nicht dazu bei, dass sich ihre Stimmung bes-
serte.

Eines Abends brachte Heinrich Stennes einen Holzkoffer
mit. Umständlich stellte er ihn auf dem kleinen Tisch am Kamin ab.

»Was ist das?«, fragte Anna.

»Ein Schachspiel.« Er strahlte sie an.

»Wir haben eines.«

»Aber bestimmt kein so schönes.« Vorsichtig baute er das
Spiel auf. Die Figuren waren aufwendig geschnitzt und bemalt.

»Könnt Ihr spielen?«

»Nicht besonders gut.« Anna lächelte.

In den nächsten Wochen spielten sie Abend für Abend. Geduldig zeigte Heinrich ihr die Spielzüge. Immer wieder erklärte
er ihr, wie sie vorschauend spielen musste, wie sie die Züge des
Gegners erahnen konnte. Anna wurde immer besser. Schließlich besiegte sie ihn zwei Mal hintereinander.

Inzwischen war der März weit vorangeschritten, aber das
Frühjahr schien sich Zeit zu lassen.

Stennes kam mit einem weitern Holzkasten an.

»Schach habt Ihr begriffen, und inzwischen seid Ihr so gut,
dass ich mich nicht auf einen Sieg verlassen kann«, neckte er sie.

»Deshalb habe ich gedacht, Euch ein anderes Spiel näherzu-
bringen, falls ihr es nicht schon kennt. Es ist vor allen Dingen
in England bekannt und beliebt.«

»Was ist es denn?« Anna schaute neugierig auf den Kasten.

»Es nennt sich Backgammon und ist eine Mischung aus

Würfel- und Strategiespiel. Wenn Ihr mich also schlagt, waren die Würfel schuld.« Er zwinkerte ihr zu.

»Das kenne ich, habe zumindest davon gehört und auch gelesen. Das Spiel wird auch Wurfzabel genannt.«

»Richtig.«

Es fiel Anna nicht schwer, die Regeln zu begreifen, und von nun an spielten die beiden begeistert Abend für Abend in der Stube. Zuerst hatte Onkel Arnold die abendlichen Treffen begrüßt, lenkte Heinrich Anna doch ab und schien sie aus ihren trüben Gedanken zu holen. Doch allmählich sehnte er sich nach der Ruhe alleine mit Anna zurück. Sie las weniger, befasste sich nicht mehr so intensiv mit dem politischen Geschehen. Auch konnte Arnold Heinrichs Witzen wenig abgewinnen. Te Kloot war froh, als es draußen endlich wärmer wurde. Die Knospen brachen auf, überall blühte es.

Seit dem Unfall war Anna nicht mehr geritten. Nur zaghaft traute sie sich zu Anfang auf ihre Stute, doch schon bald gewann sie die Sicherheit wieder. Auch sie war froh über das bessere Wetter. Die Kinder, denen der lange Winter ebenfalls aufs Gemüt geschlagen war, spielten vergnügt im Hof und auf der Straße. Endlich fühlte Anna sich wieder wohler. Sie ging nicht mehr täglich mit dem Gedanken an Claes zu Bett, stand nicht mehr mit ihnen auf. Allmählich verblasste sein Bild in ihren Erinnerungen.

Kapitel 24

»Allmächtiger! Erst der dicke Hauskater und nun noch eine räudige Katze. Das Mistvieh hat nichts in der Küche verloren.« Laut klang Tinas Stimme durchs Haus.

»Aber sie tut doch nichts.« Fritz schluckte hart.

»Natürlich tut sie was. Sie hat mir ein Stück Speck geklaut.
Bring das Vieh in den Stall!«

»Dort ist es doch zu kalt, und außerdem schläft sie immer
bei mir.«

Anna legte den Korb mit den Stopfsachen beiseite und ging
in die Küche.

»Was ist denn los?«

»Diese dumme Katze hat mir das Stück Speck geklaut, das
ich gleich auslassen wollte. Nur einen Moment habe ich es auf
dem Tisch liegen lassen, und schon hat sie es erwischt.« Ärgerlich zeigte Tina auf das kleine Kätzchen, das verschüchtert
unter dem Küchentisch saß. Fritz krabbelte zu ihr, nahm sie
hoch. Er kraulte sie zwischen den Ohren. Sie streckte ihm den
Kopf entgegen und schnurrte. Das maunzende Handvoll Fell
war eine hübsche, dreifarbige Katze geworden.

Anna lachte leise. »Das war wirklich nicht anständig von ihr.
Haben wir denn keinen Speck mehr?«

»Darum geht es doch gar nicht. Ich kann nicht meine Augen
überall haben. Und eine Katze gehört nicht ins Haus. Nicht
noch eine, wir haben ja schon den fetten Kater.« Ärgerlich verschränkte Tina die Arme vor der Brust.

Fritz sah Anna flehentlich an. Sie strich ihm über den Kopf.
Der Kater war tatsächlich fett und träge geworden. Die Haare
um seine Nase wurden weiß, und manchmal hatte er Schwierigkeiten, auf Annas Schoß zu springen, so dass sie ihn hoch-
heben musste.

»Der Kater wird alt, wir sollten ihn aus dem Dienst des Mäu-
sefängers entlassen und ihm sein Gnadenbrot geben. Er fängt
kaum noch Mäuse. Der Sommer naht, und wir brauchen eine
Katze, die uns das Ungeziefer aus dem Haus hält.«

»Dann soll sie auch ihrer Arbeit nachgehen und nicht meine
Vorräte klauen.«

Anna überlegte. Dadurch, dass das Kätzchen von Hand auf-
gezogen worden war, hatte es nicht gelernt, Mäuse zu jagen.
Sie nahm Fritz zur Seite.

»Du wirst sie ein paar Tage in den Stall sperren müssen. Sie muss lernen, wie man jagt. Sie ist neugierig, geschickt und flink. Es wird ihr nicht schwerfallen, wenn sie es einmal begriffen hat. Sie ist doch dreifarbig.«

»Was bedeutet das?«

»Dreifarbige Katzen sind selten, man nennt sie Glückskatzen. Und diese hier hatte ja schon Glück. Du hast sie gefunden und gerettet. Aber sie muss – so wie wir alle – ihrer Arbeit nachgehen.«

»Darf ich sie denn wenigstens abends zu mir holen?«

Anna schüttelte den Kopf. »Ein paar Tage und Nächte musst du ihr wirklich geben. Danach darf sie wieder ins Haus.«

Fritz senkte den Kopf. »Na gut.«

Er brachte das Tier in den Stall, schloss die Tür von innen. Anna wartete geduldig darauf, dass er wieder auftauchte. Doch er kam nicht. Als das Essen fertig und der Tisch gedeckt war, wollte sie zum Stall gehen, um den Jungen zu holen, doch in diesem Moment klopfte es an der Haustür. Es war Abraham. Sein Gesicht war gerötet, die Augen strahlten.

»Ist Euer Onkel zu sprechen?«

Arnold hatte Abrahams Stimme schon erkannt und kam aus seinem Kontor.

»Herzlichen Glückwunsch, ihr seid Großvater. Eure Tochter ist heute niedergekommen. Meine Mutter schickt mich. Katrina und das Kind sind wohlauf.«

»Gelobt sei der Herr!« Arnold schlug dem jungen Mann kräftig auf die Schulter, die Erleichterung war ihm anzusehen. »Darauf müssen wir anstoßen!«

Abraham ließ sich von ihm in die Stube ziehen. Der Onkel ging in den Keller, holte eine Flasche Rotwein, strich die Spinnenweben vom Flaschenhals und pustete den Staub vom Glas.

»Der Wein ist so alt wie meine Tochter. Ich habe ihn anlässlich ihrer Geburt gekauft und bis zu diesem Moment aufgehoben. Mir wurde versichert, dass er nicht zu Essig werden würde. Ich hoffe, das stimmt.«

Wenn der Wein auf eine gewisse Art wie Katrina war, dann war er ganz sicher bitter und sauer, dachte Anna und schämte sich sofort für den Gedanken. Doch Abraham warf ihr einen Blick zu, der das Gleiche aussagte. Er zog fragend die Augenbrauen hoch und schüttelte leicht den Kopf.

»Ich hatte ja keine Ahnung, dass es heute so weit war. Ist es so schnell gegangen?« Arnold entkorkte die Flasche, schnupperte am Korken, nickte zufrieden.

»Es ging wohl schon gestern los. Heute Nacht kam das Mädchen und holte meine Mutter und die Hebamme. Katrina wollte nicht, dass Ihr Bescheid wisst, bevor das Kind da ist.«

»Das gute Kind, sie wollte nicht, dass ich mir Sorgen mache. Und das hätte ich, denn ich habe eine Frau im Kindbett verloren. Aber ihr geht es gut?«

Abraham wich seinem Blick aus. »Ihr geht es gut, doch ja. Soweit ich weiß. Sie wollte wohl auch erst nicht, dass meine Mutter kommt, aber Jule wurde unsicher, und Adam hat sie dann zu uns geschickt.«

»Nun ja, in solchen Momenten brauchen Frauen eigentlich ihre Mütter. Wie gut, dass Eure Mutter für sie da war.« Arnold füllte die Gläser. »Auf Johann!«

Abraham hustete, räusperte sich dann, nahm das Glas. »Auf Johanna. Es ist ein Mädchen, und die Eltern des Kindes sind deswegen untröstlich.«

»Was?«, entfuhr es Anna. »Sie sind untröstlich, weil es ein Mädchen ist?«

»Nun, es war Adams größter Wunsch, einen Stammhalter zu haben. Er hat schon früh damit geprahlt, als Erster der drei Brüder den Namen weiterzugeben, einen Sohn gezeugt zu haben. Er ist so enttäuscht, dass er heute Morgen wieder bei uns eingezogen ist.«

Arnold starrte ihn fassungslos an. »Grundgütiger, das ist nicht Euer Ernst?«

»Doch. Aber ich bin mir sicher, es ist nur die Aufregung, und er wird sich bestimmt schnell beruhigen.«

»Das will ich bei Gott für ihn hoffen, ansonsten lernt Euer Bruder mich kennen, und zwar von einer Seite, die er noch nicht mal an mir ahnt.« Arnold schüttelte den Kopf. »Ich werde sofort zu meiner Tochter gehen und ihr meine Unterstützung anbieten. Ist das denn zu fassen? Er soll froh sein, dass bisher alles gutgegangen ist, die Gefahr ist ja noch nicht gebannt, das Wochenbett ist tückisch.«

Wieder räusperte Abraham sich. »Katrina hat ausdrücklich gesagt, dass sie Euch heute nicht sehen will. Es tut mir leid.«

Anna nickte. »Ich kann mir vorstellen, dass sie sich ausgelaugt fühlt, erschöpft und traurig. Das ist normal. Sie hat keine Mutter an ihrer Seite, ihr Mann ist gerade schwierig, und sie hat ein neugeborenes Kind. Ich werde gehen und schauen, ob ich bei der Organisation des Haushaltes ein wenig helfen kann. Gerade heute habe ich frische Hühnerbrühe gekocht, da Elisabeth ein leichtes Kratzen im Hals hat. Die Brühe nehme ich mit, sie stärkt Geist und Körper.«

Entschieden verließ Anna den Raum. Sie gab Elisabeth eine Schale Brühe und nahm den Rest mit.

Ein wenig mulmig war ihr, denn Katrina war ihr nicht wohlgesinnt. Dennoch waren sie blutsverwandt.

Jule öffnete ihr die Tür. »Mademoiselle Anna, wie gut, dass Ihr kommt.«

»Gibt es Komplikationen?«

Jule sah sie betreten an. »Es ist ein Mädchen.«

»Das weiß ich. Ist es gesund?«

»Ja, das schon.«

»Und die Mutter auch?«

Jule nickte.

»Wunderbar.« Sie drückte dem Mädchen den Topf in die Hand. »Das ist eine gute Hühnersuppe, gesund für Leib und Seele. Wärm sie auf!« Dann ging Anna an Jule vorbei nach oben. Schon im Treppenhaus hörte sie das Schluchzen ihrer Cousine. Vor der Schlafzimmertür blieb Anna stehen, sammelte sich, trat schließlich ein.

»Katrina – herzlichen Glückwunsch. Wo ist denn die Kleine?«

Katrina vergrub ihr Gesicht im Kissen, weinte lauter. Es waren herzzerreißende Töne.

Anna ging zum Bett, setzte sich und strich ihrer Cousine sanft über den Rücken. »Nun, nun, das Kind ist doch gesund. Beruhige dich.«

»Es ist ... es ist ein Mädchen ...« Inzwischen hatte Katrina Schluckauf vor lauter Weinen. Auf dem Nachtkasten stand eine Flasche Rotwein, entkorkt. Daneben ein Glas, allerdings leer. Anna füllte es. Dann holte sie tief Luft. »Es ist ein Mädchen«, sagte sie mit fester Stimme. »Ein gesundes Mädchen. Darauf trinkst du jetzt.« Entschieden drehte sie ihre Cousine um, drückte ihr das Glas in die Hand. Katrina nahm es, trank einen Schluck, dann noch einen. Schließlich sah sie Anna an. Ihr Gesicht war verquollen, die Äderchen in den Augen geplatzt, sie war verschwitzt und erschöpft.

»Ein Mädchen«, hauchte sie, schluchzte auf.

»Katrina, glaubst du, dass dein Vater dich liebt?«

Ihre Cousine stutzte, sah Anna an. »Natürlich.«

»Genau, das tut er nämlich, und er wäre gerne jetzt und heute hier. Möchte sich mit dir freuen.«

Katrina nippte noch mal an dem Glas. »Adam wollte unbedingt einen Sohn.«

»Das weiß ich. Es war dumm, sich so darauf zu versteifen. Und nun ist es auch egal. Wo ist sie? Wo ist Johanna?«

»Ich habe sie direkt der Amme gegeben.«

Anna seufzte leise. In diesem Moment klopfte es.

»Madame?« Jule öffnete vorsichtig die Tür. »Mögt Ihr eine Schale guter Hühnerbrühe?«

»Das gibt Kraft, Katrina. Du musst wieder auf die Beine kommen.«

»Aber warum? Mein Mann hasst mich, ich habe versagt.«

Anna lachte leise. »Unfug! Mutter ter Meer wird ihm schon

den Kopf zurechtsetzen. Nun iss die Suppe und erhol dich. Mach dir nicht so viele Gedanken. Jule, schick die Amme mit dem Kind zu uns.«

Jule warf Katrina einen Blick zu, doch diese sah sie nicht an. »Die Amme?«

»Die Amme und das Kind. Ich möchte meine Nichte sehen!« Anna lächelte dem Mädchen zu, Jule nickte ergeben und ging.

Kurze Zeit später kam die Amme mit dem Neugeborenen. Es war ein junges Mädchen vom Land, eine üppige Bauerstochter, die viel zu früh Mutter geworden war.

Sie reichte Anna die Kleine. Das Neugeborene hatte die Augen geöffnet, schien Anna anzusehen. Ihre kleinen Fäuste lagen geballt neben dem Kopf, den dunkle, lange Haare bedeckten. Anna bestaunte das kleine Wunder.

»Sie ist wunderschön«, flüsterte sie, bedacht darauf, das Kind nicht zu erschrecken. »Schau nur ihre großen Augen und den Mund. Er ist wie deiner, wohlgeformt, perfekt. Und die langen Haare. Sie wird eine Schönheit und Krefeld auf den Kopf stellen.«

»Anna, sie ist hässlich wie alle Säuglinge.« Katrina wollte das Kind noch nicht mal anschauen. »Sie hat meinen Mund? Lass mich mal sehen«, sagte sie dann.

Anna drückte ihr das Kind in den Arm. »Sie ist wunderschön. Sie wird der ganze Stolz ihres Vaters werden. Warte ab! So wie du.«

Katrina hob den Blick, sah Anna an. »Meinst du wirklich, dass mein Vater stolz auf mich ist? Er liebt dich doch viel mehr.«

Anna zuckte zurück. »O nein, Katrina, denk das nicht, denk das bloß nicht. Dein Vater liebt dich mehr als sein Leben. Er würde alles darum geben, jetzt hier zu sein, dich zu beglückwünschen und deine Tochter zu bestaunen. Er liebt und schätzt dich, doch du stößt ihn immer wieder zurück.«

»Wirklich?« Plötzlich sah Katrina sehr verloren aus.

»Ja, wirklich. Darf ich ihn rufen lassen? Ihm ist es egal ob Mädchen oder Junge, wichtig war ihm nur, dass es euch beiden gutgeht.«

Nach langem Zögern nickte Katrina.

Anna sagte Jule Bescheid, diese schickte einen Boten. Bevor ihr Onkel kam, half Anna ihrer Cousine sich zu waschen und umzuziehen.

Kaum eine halbe Stunde später stand Arnold im Schlafzimmer.

»Du hast eine Prinzessin geboren. Und gut siehst du aus. Lass mich die Kleine sehen.« Geschickt nahm er das Bündel aus ihren Armen. »Was für eine Schönheit! Seht euch nur die Augen an, den wachen Blick.«

Anna stand auf und bewegte sich zur Tür. Niemand schien zu bemerken, dass sie ging. Langsam stieg sie die Treppe hinunter, nahm ihr Tuch, schritt durch die Dämmerung zur Mühlenstraße.

Sie war nur die Cousine, nicht die Schwester, nur die Nichte, nicht die Tochter. Auf einmal sehnte sie sich mehr als jemals zuvor nach einer eigenen Familie. Jemand, zu dem sie ganz gehören würde, mit dem sie Kinder haben könnte, ihre eigenen Kinder. Jemand, der sie lieben würde und den sie liebte.

Änne und Adam kamen ihr entgegen. Seine Mutter redete leise auf ihn ein, die beiden bemerkten Anna nicht. Anna drückte sich in einen Hauseingang. Sie brachte es im Moment nicht über sich, Adam herzlich zu gratulieren.

»Das Kind ist gesund, Adam«, hörte Anna Änne sagen. »Es ist völlig egal, ob es ein Mädchen oder Junge ist. Deiner Frau geht es auch gut, und ihr werdet weitere Kinder haben. Du benimmst dich wie ein kleiner Junge, trotzig und verständnislos. Das hat Katrina nicht verdient. Du reißt dich jetzt zusammen und stehst für deine Familie ein.«

»Ja, Mutter. Du hast ja recht, Mutter.« Adam klang genervt, nicht einsichtig.

227

Müde betrat Anna das Haus in der Mühlenstraße, legte ihr Umschlagtuch weg, nahm die Haube ab und ging in die Küche. Tina saß am Tisch und verlas Bohnen.

»Ich habe Euch Essen warm gehalten. Es steht auf dem Herd. Die Kinder habe ich ins Bett geschickt. Wie geht es Madame Katrina?«, fragte Tina.

Anna nahm sich eine Schale Eintopf und setzte sich zu dem Mädchen an den Küchentisch. »Es geht ihr gut. Das Kind ist wunderschön. Große Augen und lange, dunkle Haare.« Nachdenklich aß sie den Eintopf, ohne etwas zu schmecken. Der dicke Kater strich um ihre Beine, maunzte. Sie hob ihn auf ihren Schoß, kraulte das Tier, das sich wohlig streckte. Plötzlich fiel ihr das Kätzchen ein.

»Ist Fritz auch zu Bett?«

Erschrocken sah Tina sie an. »Fritz? Den habe ich ganz vergessen. Wo ist er denn nur? Ich habe ihn nicht mehr gesehen. Es war so eine Aufregung wegen des Kindes. Euer Onkel schwankte zwischen Freude und Sorge um seine Tochter. Und Wut über seinen Schwiegersohn.«

Anna stand auf, setzte den Kater auf dem Stuhl ab, dann ging sie über den Hof zum Stall. Vorsichtig öffnete sie die Tür, spähte hinein. Es roch intensiv nach Heu und Stroh und dem warmen Geruch von Pferden, diese leichte Süße von gesunden Tieren. Irgendwo in einer Ecke raschelte es, ein Pferd schnaubte leise. Anna schloss die Tür hinter sich. Es dauerte einen Moment, bis sich ihre Augen an die Dunkelheit gewöhnt hatten. Sie ging zum ersten Einstand, dort war ihre Stute. Wegen der sternförmigen Blesse hatte Anna sie Kassiopeia genannt.

»Na, meine Gute.« Anna fischte einen der kleinen, schrumpeligen Äpfel aus dem Trog. Sie waren hart und rochen sehr süß. Das Pferd wieherte leise, schnaubte dann und rieb seine Nüstern an Annas Schulter. Anna gab ihr den Apfel, das Tier nahm ihn vorsichtig mit den großen, weichen Lippen aus ihrer flachen Hand.

Wieder raschelte es in der dunklen Ecke bei den Strohballen. Als Anna dort hinging, meinte sie ein großes Bündel auszumachen. Fritz hockte vor den Strohballen auf der Erde.

»Sie ist weg.« Er zog die Nase hoch.

»Die Katze?«

»Ja, ich habe sie laufen lassen, und sie ist ganz schnell verschwunden, hinter die Strohballen.« Fritz schluchzte leise.

»Sie kommt bestimmt wieder.« Anna zog den Jungen hoch, drückte ihn zärtlich und strich ihm über die Haare, die voller Stroh und Staub waren. »Hast du sie gesucht?«

»Ich bin in jede Ecke gekrochen, war oben auf dem Heuboden, aber ich kann sie nicht finden.«

»Nun lass sie mal erst. Ihr wird alles neu und aufregend vorkommen, aber ich bin mir sicher, sie kehrt zurück.«

»Wie soll ich ohne sie schlafen? Sie hat sich immer zu meinen Füßen zusammengerollt.«

Anna lachte leise. »Das wird schon gehen. Nun komm! Du bist ganz staubig, wir werden dich waschen, dann kannst du etwas essen, und dann wirst du so müde sein, dass du ohne Probleme schläfst.«

Der Junge schüttelte den Kopf, ließ sich aber von ihr mitführen.

Als Anna später nach ihm schaute, schlummerte er friedlich in seinem Bett.

In den nächsten Tagen war sie abwechselnd in der Mühlenstraße und im Haus ihrer Cousine. Die kleine Johanna trank und schlief vorbildlich. Adam schien sich beruhigt zu haben. Katrina erholte sich von der Geburt. Um das Kind kümmerte sie sich kaum, überließ es der Amme. Auch Änne ter Meer war häufig da, half bei der Wäsche und dem Haushalt. Sie war ganz entzückt von der Kleinen.

Nach zwei Wochen stand Katrina das erste Mal wieder auf. Mit straffer Hand übernahm sie die Haushaltsführung, stellte den

Speiseplan um und schickte Jule auf den Markt. Sie entließ Anna ohne Worte des Dankes.

»Ich weiß, was du in den letzten Tagen geleistet hast, Anna«, sagte ihr Onkel abends zu ihr, als sie in der Stube saßen. Der Mai bescherte ihnen warme Tage und laue Abende. Anna hatte das Wetter genutzt, um alle Wäsche zu waschen und zu bleichen. Nun duftete es nach frischem Leinen.

»Das war doch selbstverständlich, Onkel.«

»Offensichtlich war es das für meine Tochter. Für mich nicht, du hast dich um ihren Haushalt und um unseren gekümmert. Sorgfältig und ohne ein Murren. Ich möchte dich dafür belohnen.«

»Nein, Onkel, ich übernehme doch nur die Aufgaben, die mir obliegen. So wie du auch.«

»Und du machst es mit einer Herzlichkeit und Wärme, die mich immer wieder verzaubert und verblüfft.«

Beschämt senkte Anna den Kopf.

»Gibt es irgendeinen Wunsch, den ich dir erfüllen könnte?«

»Nein, ich wüsste nichts.« Anna bückte sich und hob den Kater auf, der zu ihren Füßen saß. Sie schob die kleine Katze zur Seite, die schon auf ihrem Schoß lag. Die Katze war tatsächlich nach zwei Tagen wieder aufgetaucht, zur großen Freude von Fritz. Im Maul trug sie stolz eine tote Maus. Seitdem hielt sie die Speisekammer und den Keller frei von Mäusen.

»Sollte dir etwas einfallen, dann sag es mir ohne Scheu. Ich hatte gedacht, dass du vielleicht einmal deinen Bruder besuchen möchtest. Für eine Woche oder zwei?«

Anna überlegte. Immer noch schrieb sie jede Woche an ihren Bruder, er antwortete jedoch seltener. Seine Briefe wurden kürzer, und die Herzlichkeit zwischen ihnen war verschwunden. Er schrieb über das Geschäft und die Arbeiter, hin und wieder fügte er ein paar Zeilen über Bekannte ein, aber eigentlich lasen sich seine Briefe wie Geschäftsberichte.

»Das ist ein großzügiges Angebot, Onkel, doch ich glaube nicht, dass ich die Reise noch einmal auf mich nehmen möchte.«

»Im Sommer zu reisen ist sehr viel einfacher und bequemer als im Winter.«

Anna schüttelte trotzdem den Kopf. Auf der Reise nach Krefeld hatte sie Claes das erste Mal getroffen, die Erinnerung daran war nun schmerzhaft.

Kapitel 25

»Lasst uns einen Ausflug machen – zum Rhein.« Heinrich Stennes war am Tag zuvor erst aus Frankreich zurückgekehrt. »Ich habe gute Verträge abgeschlossen, und wenn das Wetter mitspielt und die Ernte gut wird, werde ich einen schönen Gewinn machen.« Er fasste Anna an den Hüften und schwang sie im Kreis.

Anna hatte ihn tatsächlich vermisst und freute sich nun, dass er wieder da war. Die Zeit mit ihm war immer kurzweilig und amüsant.

Gemächlich ritten sie über die Felder. Heinrich erzählte ihr von seiner Reise, hatte immer lustige Erlebnisse zu berichten.

»Wie geht es Eurer Nichte?«, fragte er dann.

»Johanna entwickelt sich prächtig. Sie lacht inzwischen. Adam ist ganz vernarrt in seine Tochter, wer hätte das gedacht?«

»Kleine Kinder sind bezaubernd, kleine Mädchen sowieso. Mir wäre es egal, solange das Kind gesund ist und die Mutter alles gut überstanden hat.«

Nachdenklich warf Anna ihm einen Blick zu. Obwohl sie viel Zeit miteinander verbrachten, hatte er nie über seine Vorstellungen gesprochen, was Familie anging.

»Wie steht es um Euch? Möchtet Ihr Kinder?«, fragte er sie nun.

»Gewiss. Kinder sind ein großes Glück. Ich liebe meine

Cousins und Cousine von ganzem Herzen, aber natürlich möchte ich irgendwann eine eigene Familie. Die Kinder werden immer größer, sie brauchen mich nicht mehr so.«

»Das freut mich zu hören, Anna.« Er lächelte geheimnisvoll.

Am Rheinufer suchten sie sich ein lauschiges Plätzchen. Heinrich breitete eine Decke aus, und Anna richtete das Picknick. Sie beobachteten, wie Lastkähne am Treidelpfad stromaufwärts gezogen wurden.

Die Sonne schien von einem strahlenden Himmel, nur wenige Wolken segelten kleinen Schiffen gleich vorbei. Es roch nach frisch gemähtem Heu und sonnenwarmer Erde.

Heinrich nahm eine Flasche Wein aus der Satteltasche und entkorkte sie.

»Lasst uns anstoßen auf diesen herrlichen Tag.«

Anna nahm das Glas, der Wein funkelte im Sonnenlicht wie Bernstein. Er schmeckte süß und fruchtig.

Heinrich setzte sich neben sie.

»Eure Bemerkung über Familie freut mich wirklich. Ich war mir nicht sicher, ob Ihr nicht ganz aufgeht in Euren Verpflichtungen in der Familie Eures Onkels. Manch einer Frau reicht das, sie möchte nicht selbst die Belastung, ein Kind austragen zu müssen, auf sich nehmen.«

»O nein, so ist das auf keinen Fall, auch wenn ich mich in der Mühlenstraße sehr wohlfühle.«

Heinrich nickte und biss sich auf die Lippen. »Vielleicht ...«, er zögerte, lachte dann leise, räusperte sich. »Vielleicht würdet Ihr Euch auch in der Oberstraße wohlfühlen.«

Erstaunt sah Anna ihn an. Heinrichs Haus stand in der Oberstraße. Sein Vater hatte es gebaut. Heinrichs Eltern und Geschwister waren vor einigen Jahren bei einem Brand ums Leben gekommen. Er schien keine weitere Familie zu haben. Ein Mädchen führte ihm den Haushalt, kümmerte sich um das Haus und den Garten, wenn er auf Reisen war. Als Weinhändler war er oft unterwegs.

Er sah ihr lange in die Augen. »Mademoiselle, was ich meine ist … könntet Ihr Euch vorstellen, dort zu leben?«

Anna sah ihn immer noch fragend an. Meinte er tatsächlich das, was sie glaubte? Er würde deutlicher werden müssen, noch einmal wollte sie sich nicht lächerlich machen. Ihr Herz schlug ihr bis zum Hals. Mit zitternden Händen stellte sie das Glas ab.

»Anna.« Heinrich nahm ihre Hand. »Liebste Anna, wir haben in den letzten Wochen und Monaten viel Zeit mit einander verbracht. Ich freue mich immer, wenn ich bei Euch sein darf.«

»Ja …«

»Darf ich hoffen, dass es Euch ebenso geht?«

»O ja.«

»Anna … Ihr ahnt sicherlich schon, was ich Euch fragen möchte …« Er zögerte erneut, sah sie an.

Anna nickte leicht, um ihn zu ermuntern, weiter zu sprechen.

»Anna, Ihr seid mir so lieb und teuer geworden, darf ich hoffen, dass wir noch viel mehr Zeit miteinander verbringen werden?«

»Ja, liebend gerne.«

»Und könntet Ihr Euch vorstellen, den Rest Eures Lebens mit mir zu verbringen?« Heinrich hielt die Luft an, biss sich auf die Lippe. »Würdet Ihr mir die Ehre erweisen, meine Frau zu werden?«

Anna griff sich ans Herz, es klopfte und sprang wild in ihrer Brust, wie ein kleines, gefangenes Tier. Sie verbrachte gerne Zeit mit Heinrich, aber liebte sie ihn? Liebte sie ihn so, wie sie Claes geliebt hatte? Sie war sich nicht sicher. Für einen Moment schloss sie die Augen, überlegte, wie ein Leben mit Heinrich sein würde. Sie lachten viel, hatten viel Vergnügen. Als er fort war, hatte sie ihn vermisst, sich nach seiner Rückkehr gesehnt. Die Gefühle für ihn waren leichter und heiterer als die für Claes. Aber Heinrich erschien ihr auch heiterer und weni-

233

ger ernsthaft als Claes. Ein Leben mit ihm würde bestimmt schön sein, voller Freude. Sie öffnete die Augen, strahlte ihn an und nickte.

»Wirklich?« Er sprang auf, riss sie zu sich hoch, wirbelte sie herum und achtete nicht darauf, dass die Gläser umfielen. »Wirklich? Ihr macht mich zum glücklichsten Mann der ganzen Welt!«

Dann hielt er inne, sah sie an. Ganz vorsichtig und zart strich er ihr eine Haarsträhne aus dem Gesicht, für einen Moment schien die Welt den Atem anzuhalten, er beugte sich zu ihr, behutsam küsste er sie zum ersten Mal. Anna hatte das Gefühl zu zerschmelzen. Sie schlang die Arme um seinen Nacken und erwiderte den Kuss.

Lange saßen sie an diesem Nachmittag am Flussufer, Hand in Hand. Sie schmiedeten Zukunftspläne, genossen das innige Gefühl der Zweisamkeit, schwiegen wie vertraut miteinander, erfüllt vom Gefühl des Glückes.

»Ich werde bei deinem Onkel vorsprechen müssen, so bald wie möglich, am liebsten schon heute Abend.«

»Er wird sicherlich nichts dagegen haben und sich für uns freuen.« Anna lächelte.

»Ich möchte die Verbindung zu dir so schnell es geht besiegeln. Du möchtest sicher in deiner Gemeinde getraut werden, ich habe mir darüber schon Gedanken gemacht, ich hätte nichts dagegen.«

Anna drückte seine Hand.

Gegen Abend kam ein leichter Wind auf, und sie ritten nach Hause. Immer wieder sahen sie sich an, lächelten, lachten.

Noch ein wenig ist dieses Glück unser Geheimnis, dachte Anna plötzlich, noch weiß es niemand außer uns.

Am liebsten hätte sie diesen Zustand noch länger beibehalten, nur um des Gefühls der Aufregung. Glückseligkeit und gleichsam Spannung erfüllten sie. Anna brachte Kassiopeia in den Stall, Heinrich folgte ihr.

»Du, ich bin noch so überwältigt, so angefüllt von Glück, ich kann heute nicht mit deinem Onkel reden. Ich möchte dieses Gefühl noch ein wenig nur für mich behalten.«

Anna starrte ihn an, dann fiel sie ihm um den Hals. »O Heinrich, du glaubst gar nicht, wie glücklich du mich mit diesen Sätzen gemacht hast. Ich fühle und denke dasselbe.«

Im Halbdunkeln des Stalles küssten sie sich leidenschaftlich.

»War es schön?«, fragte Arnold sie, als sie abends gemeinsam in der Stube saßen.

»Ja, wunderschön.« Anna lächelte.

»Geht es dir gut?«

»Aber natürlich, Onkel. Warum fragst du?«

»Deine Wangen sind gerötet, deine Augen glänzen. Du siehst fiebrig aus.« Besorgt schaute er sie an.

»Nein. Mir geht es gut.«

Anna fand kaum in den Schlaf, immer noch war sie ganz erfüllt von den wundervollen Gedanken und Gefühlen. Endlich schlief sie ein, wachte jedoch ein paar Stunden später schweißgebadet auf. Ein grässlicher Albtraum hatte sie gequält. An genaue Bilder konnte sie sich nicht mehr erinnern, nur das Gefühl der Angst, Hilflosigkeit und des Schreckens steckte ihr in den Knochen. Wie konnte das sein? Sollte sie nicht von schönen Dingen träumen? Von der Zukunft mit dem Mann, der sie liebte? Claes hatte gewiss Heinrich gemeint, er hatte gewusst, was dieser für sie empfand. Anna dachte über Claes nach, über ihre Gefühle zu ihm, diese intensive Freundschaft. Inzwischen wusste sie, dass es nur eine Freundschaft gewesen war und nicht mehr. Die Gefühle zu Heinrich waren so anders, viel beschwingter, leichter, viel einfacher.

Es ist Freude und Glück, dachte sie, und deshalb muss es wahre Liebe sein. Liebe darf nicht belastet sein durch dunkle Gedanken und Zweifel. Heinrich hatte sie nie an seiner Zuneigung zweifeln lassen.

Claes hatte dies ganz sicher durchschaut. Dass er Anna davon erzählte, wenn auch in Rätseln und ohne den Namen zu erwähnen, war doch eine Empfehlung für Heinrich. Claes würde immer ihr Freund bleiben und diese Verbindung bestimmt gutheißen. Gerne hätte sie ihm davon erzählt, ihm vor allen anderen, vor ihrem Onkel und ihrem Bruder. Doch Claes befand sich immer noch auf Reisen.

Letzte Woche hatte sie Abraham das erste Mal nach ihm gefragt, aber er hatte nur ausweichend geantwortet. Abraham hatte sich zurückgezogen, war still geworden und ernst. Vielleicht lag das daran, dass er nun die geschäftliche Verantwortung trug, die vorher Claes getragen hatte, dachte Anna. Wieder wanderten ihre Gedanken zu Heinrich. Wie würde das gemeinsame Leben werden? Würde er sie mitnehmen auf seine Reisen? Wollte sie das überhaupt? Was würde mit den Kindern werden? Sie konnte sich vorstellen, sich auch weiterhin um sie zu kümmern, aber nicht mehr so intensiv. Und was war mit Fritz? Darüber hatte sie noch nicht mit Heinrich gesprochen. Fritz, das wusste Anna, hing an ihr, liebte sie und würde eine Trennung nur schlecht verkraften. Aber das Haus auf der Oberstraße war groß, sicherlich war es kein Problem, ihn mitzunehmen.

Am nächsten Morgen erschien sie blass und übermüdet in der Küche. Tiefe Augenringe zeugten von ihrer Schlaflosigkeit.

»Anna, geht es dir nicht gut?« Voller Sorge sah ihr Onkel sie an.

»Ich habe schlecht geschlafen, das ist alles. Mir gehen zu viele Gedanken durch den Kopf.«

»Hast du Sorgen?«

»Nein, Onkel.«

»Du siehst schlecht aus. Magst du dich noch mal hinlegen?«

»Es geht mir gut, wirklich.« Anna wandte sich ab, bereitete das Frühstück.

»Ich muss für ein paar Tage verreisen, muss neuen Flachs und neue Wolle kaufen.« Arnold räusperte sich unbehaglich. »Aber ich kann das aufschieben, wenn es dir schlechtgeht.«

»Grundgütiger, mir geht es nicht schlecht. Natürlich kannst du reisen.« Ärgerlich rührte Anna in dem Topf mit der Grütze. Arnold seufzte leise. Er machte sich Sorgen um Anna, sie schien ihm verändert zu sein. Trotzdem sattelte er kurze Zeit später sein Pferd, packte die Satteltaschen und ritt los.

Als die Kinder nachmittags aus der Schule kamen, fand Anna Elisabeth seltsam blass und still. Das Mädchen hatte keinen rechten Appetit. Gegen Abend hustete sie mehrfach trocken. Anna gab ihr heißen, verdünnten Wein zu trinken, doch der Husten wurde in der Nacht stärker statt besser. Besorgt stand Anna auf und schaute nach dem Kind. Elisabeths Bett war schweißgetränkt, das Mädchen weinte.

»Komm, meine Süße. Leg dich in mein Bett, während ich neue Wäsche hole.«

»Ich kann nicht. Alles dreht sich, Anna, und mein Kopf tut furchtbar weh.«

Anna legte ihr die Hand auf die Stirn, Elisabeth glühte.

»Was tut dir noch weh?«

»Der Hals.«

Anna nahm die Kerze vom Nachttisch. »Mach den Mund auf, so weit du kannst.«

Der Rachen des Kindes war gerötet, die Zunge belegt, aber Anna war froh, keine Schwellung entdecken zu können. Trotzdem deuteten die Zeichen auf Bräune.

Verflucht, dachte Anna, das gerade jetzt, wo der Onkel nicht da ist. Sie fasste das Mädchen unter dem Nacken und den Knien, trug sie mit Mühe in ihr Zimmer. Dort legte sie sie in ihr Bett, deckte sie gut zu.

Dann ging sie in die Küche, holte Tücher und Wasser, setzte Brei für einen Umschlag auf. Sie machte Wadenwickel, Brust- und Halsumschläge. Das Fieber stieg, Schüttelfrost erfasste das Mädchen. Gegen Morgen, als das Schwarz vor dem Fenster langsam zu einem Grau wurde, schlief Elisabeth endlich ein. Anna betrachtete besorgt den Oberkörper des Kindes.

Die Brust hob und senkte sich. Immer wieder fühlte sie nach dem Puls, vorsichtig und darauf bedacht, das Kind nicht zu wecken.

Um fünf in der Frühe hörte Anna, dass Tina aufstand und in der Küche das Feuer schürte. Sie ging hinunter, das Umschlagtuch eng um sich gewickelt. Sie fror vor Müdigkeit, aber die Sorge um Elisabeth hielt sie wach.

»Tina, bitte weck du die Jungen und bereite das Frühstück. Elisabeth ist krank. Ich weiß nicht genau, ob es nur Influenza ist oder die Bräune.«

»Die Bräune?« Erschrocken sah Tina sie an.

»Es könnte sein, muss aber nicht. Wenn die Jungen zur Schule sind, lauf zu Madame Katrina und bitte sie, die Jungen für ein paar Tage aufzunehmen, bis wir wissen, was mit Elisabeth ist.« Anna drehte sich um und ging wieder nach oben, auf halben Weg stockte sie. »Und, Tina, koch bitte eine kräftige Hühnerbrühe.«

Elisabeth hustete krampfhaft, der Husten blieb trocken und klang bellend. Das Fieber war zwar etwas gesunken, aber dennoch stand es schlecht um das Kind. Anna flößte ihr behutsam ein wenig Brühe ein. Elisabeth fror und schwitzte abwechselnd. Anna versuchte alles, um das Leiden zu verringern. Sie hüllte sie abwechselnd in Decken oder machte kalte Umschläge. Sie fühlte sich hilflos und verängstigt. Elisabeth ging es nicht besser, aber auch nicht schlechter. Ihr Hals schwoll nicht zu wie bei der meist tödlich endenden Bräune.

Gegen Mittag klopfte es an der Tür. Anna wartete darauf, dass Tina öffnete, doch es wurde ein weiteres Mal geklopft. Ihr fiel ein, dass sie das Mädchen zu Katrina geschickt hatte.

Müde stand sie auf, ging die Treppe hinunter. Es war ein lauer Spätsommertag, aber sie fröstelte. Sie öffnete die Tür und verschränkte die Arme vor der Brust. Es war fast so, als müsse sie sich selbst festhalten, um nicht auseinanderzubrechen.

»Anna.« Heinrich stand vor der Tür, lächelte sie an. Sein

Lächeln gefror, als er sie sah.»Was ist passiert? Ist etwas passiert? Ich wollte mit deinem Onkel sprechen.«
»Onkel Arnold ist auf Reisen. Er kommt am Ende der Woche wieder. Magst du hereinkommen? Ich habe aber nicht viel Zeit, Elisabeth ist erkrankt.«
»Krank? Was hat sie denn?«
»Ich weiß es nicht. Es kann einfach nur eine Influenza sein oder aber auch die Bräune. Ich wollte warten, bis sie wieder wach wird. Wenn es ihr bald nicht besser geht, muss der Arzt kommen.« Anna rieb sich müde über das Gesicht, strich sich die Haarsträhnen aus der Stirn.
»Arzt? Bräune? Influenza?« Heinrich wich zurück.»Oh, dann wünsche ich dir und dem Kind alles Gute.«
»Magst du nicht wenigstens für einen Moment hereinkommen?«, fragte Anna verblüfft.
»Nein, nein. Ich möchte dich nicht von der Pflege abhalten, die Gesundheit des Kindes geht vor.« Er drehte sich um und ging.
Anna schloss die Tür, lehnte sich für einen Moment erschöpft dagegen. Er hatte recht, die Pflege des Kindes stand im Mittelpunkt. Trotzdem war sie ein wenig enttäuscht. Sie hätte gerne einen Augenblick Zeit mit ihrem Liebsten verbracht, sich aufbauen und trösten lassen. Die Last der Verantwortung wog schwer, nun, da Arnold fort war.
Wieder stieg sie die Treppe empor, setzte sich an das Bett des kranken Kindes. Elisabeth atmete schwer, aber schlief. Sie hustete immer noch, doch nicht mehr so keuchend. Anna setzte sich ans Bett, sah ihre Cousine an. Das Mädchen wirkte so fragil und dennoch so lebendig, es konnte nicht sein, dass eine tödliche Krankheit sie ergriffen hatte. Sollte sie den Arzt rufen? Anna wusste es nicht.
Sie hörte die Tür. Das musste Tina sein. Noch einmal legte Anna die Hand auf die Stirn ihrer Cousine. Warm, zu warm, aber nicht mehr brennend heiß wie in der Nacht.
Anna ging nach unten.

»Tina?«

»Mademoiselle Anna.« Tina drückte sich in die Ecke der Küche.

»Wo warst du?«

»Bei Madame Katrina. Die Jungen dürfen nicht kommen. Ihr ist die Gefahr der Ansteckung zu groß. Es tut mir leid…« Tina wischte sich die Tränen aus den Augen. »Es ist wegen der Kleinen, wegen Johanna. Sie wollen sie nicht gefährden.«

»Ich verstehe.« Anna nickte. In diesem Moment klopfte es wieder an der Tür des Hauses. Anna stöhnte auf. »Ich will keinen Besuch. Wir sind wahrscheinlich sowieso irgendwie aussätzig. Schande. Überall die Kleingeister.« Sie schüttelte heftig den Kopf. Dann wurde ihr klar, dass sie wahrscheinlich ähnlich reagieren würde. Keiner wollte sich eine schlimme Krankheit ins Haus holen, und es war bekannt, dass sich Krankheiten an Menschen festhalten und zu anderen überspringen konnten. Wodurch genau, wusste niemand.

»Soll ich zur Tür gehen?« Tina drückte sich immer noch in die Ecke der Küche, war nicht zum Tisch gekommen, seit Anna dort saß.

Sie hat auch Angst, erkannte Anna. Ganz kurz war sie wütend, dann aber überschwemmte sie Verständnis. Natürlich hatte Tina Angst. Natürlich fürchtete sie sich. Anna rieb sich über die schmerzende Stirn. »Lass nur, ich gehe schon.«

Anna stand auf, ging zur Tür, öffnete diese einen Spalt. Abraham stand dort. Er hielt seinen Hut in den Händen, drehte ihn nervös.

»Anna?«

»Abraham.« Anna holte tief Luft, zwang sich zu lächeln. »Ihr geht besser. Wir haben einen Krankheitsfall in der Familie.«

»Das weiß ich. Elisabeth. Wie geht es ihr denn?«

Erschöpft lehnte sich Anna an den Türrahmen. Sie hätte so gerne geschlafen.

»Ich weiß noch nicht. Das Fieber scheint zu sinken, der Hals ist nicht geschwollen. Sie hustet.«

»Das klingt nach Influenza, nicht nach Bräune.«

»Woher wisst Ihr …?«

Abraham lächelte milde. »Eure Cousine hat ganz aufgeregt einen Boten zu meiner Mutter geschickt. Daher wissen wir es. Katrina war voller Sorge, weil ihr Vater noch vorgestern bei ihr war.«

»Ich hatte sie gebeten, die Jungen zu nehmen, aber sie hat Angst. Ich kann sie verstehen. Der Säugling. Die junge Familie. Dummerweise haben wir keine weiteren Verwandten in der Stadt, zu denen ich die Jungen schicken könnte. Aber es wird schon gutgehen.«

»Wann habt Ihr das letzte Mal geschlafen, Anna?«

»Bitte?« Sie sah ihn verständnislos an.

»Ihr seht desolat aus. Übermüdet.«

Anna verzog das Gesicht, lachte lautlos. »Abraham, ich bin nicht eitel, das ist mir egal.«

»Gerade weil ich das weiß, mache ich mir Sorgen, Anna. Aber weshalb ich hier bin. Wir wissen von der Situation hier. Mutter fragt, ob ihr die Jungen nicht zu uns schicken mögt? Wir sind verwandt, irgendwie. Und wir haben keinen Säugling im Haus. Es wäre uns eine Freude, Euch zu helfen.«

»Wirklich?« Anna konnte es kaum fassen.

»Ja, natürlich. Die Jungen sind doch nicht krank.«

»Noch nicht. Und wenn sie es würden?«

»Und wenn? Dann suchen wir nach neuen Lösungen. Wo sind sie jetzt?«

»In der Schule.«

»Dann hole ich sie von dort. Ihr braucht keine Sachen zu schicken, keine Kleidung. Es gibt eine interessante Abhandlung, in der vermutet wird, dass sich Krankheiten auch über Kleidung übertragen lassen. Ob sie stimmt, weiß ich nicht. Aber ich wäre geneigt, dem zu folgen und es auszuprobieren.«

»Wir sind demnach Forschungsobjekte?« Anna wusste nicht, ob sie entsetzt oder belustigt sein sollte.

Abraham errötete. »Nein, nein … das wäre nur ein Aspekt.

Lieber Himmel, ich schaffe es nie, mich richtig aus zudrü-
cken.«

Nun lächelte Anna. »Schon gut. Ich danke Euch. Ihr seid ein
wahrhaft guter Mensch.«

»Dann darf ich die Jungen holen?«

Anna nickte. Abraham schien noch etwas sagen zu wollen,
schluckte die Worte aber hinunter, verbeugte sich steif, drehte
sich um und ging.

Kapitel 26

Die nächste Nacht war ruhiger. Elisabeth aß ein wenig von
der Brühe, drehte sich dann erschöpft um und schlief ein. Ihr
Husten wurde flacher, das Fieber fiel.

Mit Tinas Hilfe hatte Anna ihr Bett neu bezogen und auch
die Bettwäsche in Elisabeths Zimmer getauscht. Am Nachmittag kochten die beiden Frauen die Laken aus und hingen sie
dann im Hof auf.

Elisabeth hustet nur noch wenig, sie fieberte noch, aber
nicht mehr so hoch.

Anna verbrachte die zweite Nacht am Bett. Sie hatte sich in
eine Decke gehüllt und sich Würzwein warm gemacht. Doch
immer wieder nickte sie kurz ein und schreckte dann hoch, um
nach Elisabeth zu schauen.

Die Nächte, die sie bei ihren sterbenden Eltern verbracht
hatte, waren Jahre her. Anna hatte die Erinnerungen daran verdrängt. Jetzt kamen die Gefühle von damals wieder hoch.
Hilflosigkeit und Ohnmacht.

Elisabeth atmete, hustete, atmete.

Anna stand auf. Es mochte vier Uhr in der Früh sein. Nicht
mehr richtig Nacht und noch kein Tag. Alles war wesenlos, der
Wind stockte. Die Sterne waren verblasst, und die Sonne war
noch nicht am Rand der Horizonts aufgetaucht. Ein tiefes

Schweigen lag über der Stadt. Es war nicht schwarz, nicht grau, nicht dunkel und nicht hell.

Das ist die Stunde der Entscheidung, dachte Anna, seltsam gefühllos. Heinrich war heute da gewesen und hatte sie bitter enttäuscht, aber sie konnte seine Flucht, seine Angst und Distanz verstehen.

Abraham hatte sie überrascht. Dennoch war sie sich nicht sicher, ob er christlich handelte oder aus wissenschaftlichem Grunde. Trotzdem war sie froh, dass die Jungen im Hause der ter Meers vorläufig Zuflucht gefunden hatten, zumindest solange, bis feststand, woran Elisabeth litt.

Die Bräune, den Schafhusten, konnte Anna fast ausschließen. Elisabeths Hals schwoll nicht an. Das Fieber sank. Es mochte eine schwere Erkältung sein, eine Influenza.

Müde rieb sich Anna über die Stirn. Sie sehnte sich nach einem Bett. Ausstrecken und schlafen, alles loswerden, einfach nur träumen.

Der Himmel wollte nicht klar werden. Wolken bedeckten die Sterne. Anna stand am Fenster und schaute nach draußen. Wo blieb der Tag? Doch im Morgengrauen sickerte aus dem verhangenen Himmel nur Nebel herab.

Im Laufe des Tages ging es Elisabeth immer besser. Am Abend aß sie Milchsuppe und lachte verhalten. Anna war erleichtert.

Abraham erkundigte sich nach Elisabeths Befinden, berichtete von den Jungen, die den plötzlichen Umzug in das fremde Haus spannend fanden, fast wie ein Abenteuer, und nichts von der Angst um ihre Schwester mitbekamen.

Anna war dankbar, aber zu erschöpft, um sich mitzuteilen.

In der dritten Nacht war Elisabeth endlich fieberfrei. Anna zögerte nur kurz, schlüpfte dann jedoch unter die Decke zu ihrer Cousine.

Die Sonne stand schon hoch am Himmel, als Anna aufwachte. Erschrocken drehte sie sich um. Elisabeth war wach und strahlte sie an.

»Ich wollte dich nicht wecken, Anna, du hast so tief geschlafen. Ist heute ein Feiertag? Es ist so still im Haus und
doch schon so hell. Und warum bin ich hier und nicht in meinem Zimmer?« Sie lächelte verlegen.

»Geht es dir gut?«, fragte Anna schlaftrunken.

»Ja.«

»Dann ist heute gewiss ein Feiertag.«

Elisabeth erholte sich langsam, aber stetig. Nach zwei weiteren Tagen durften die Jungen wieder nach Hause kommen.
Anna freute sich sehr, obwohl sie die Ruhe auch genossen
hatte. Am Ende der Woche kehrte ihr Onkel zurück. Entsetzt
hörte er sich Annas Bericht an und war sehr froh, dass alles gut
ausgegangen war.

»Ich war so erleichtert, dass ter Meers sich der Jungen angenommen haben.« Anna nahm einen weiteren Strumpf aus dem
Korb, fädelte das Stopfgarn ein.

»Ja, möge Gott es ihnen danken, wir werden es gewiss tun.«
Es klopfte an der Tür, überrascht hob Anna den Kopf. Wer
mochte jetzt zu Besuch kommen? Tina öffnete.

»Es ist Monsieur Stennes, er möchte mit Ihnen sprechen«,
sagte Tina zu Arnold.

Anna hatte Heinrich nicht mehr gesehen. Sie war sich sicher,
dass Elisabeths Genesung sich herumgesprochen hatte. Doch
vielleicht war er geschäftlich eingespannt oder sogar unterwegs gewesen. Ein Leuchten zog über ihr Gesicht. Erstaunt
sah Arnold sie an.

»Mich? Oder möchte er mit Mademoiselle ein Brettspiel
spielen?«

Tina zuckte mit den Schultern.

»Er will mit dir reden, Onkel.« Eine feine Röte überzog ihre
Haut, sie sah ihren Onkel nicht an, nahm den Korb mit der
Flickwäsche und ging in die Küche. Es gelang ihr nicht, den Faden gleichmäßig zu führen, und nach dem dritten Versuch gab
sie entnervt auf.

»Ihr seid so unruhig, Mademoiselle. Soll ich Milch kochen? Das beruhigt.«

»Ja, bitte, Tina.«

Anna konnte leises Gemurmel aus der Stube hören, was die Männer aber sagten, verstand sie nicht. Unruhig erhob sie sich, ging zur Hoftür. Es war ein lauer Spätsommerabend. Fledermäuse zogen ihre hektischen Kreise über dem Hof. Irgendwo bellte ein Hund.

Jemand kam aus dem Haus zu ihr. Anna drehte sich um, es war Heinrich.

»Und?«, entfuhr es ihr.

»Ich bin so froh, dich gesund und munter zu sehen. Ich habe mir große Sorgen gemacht. Deiner Cousine geht es besser, habe ich gehört?«

Anna nickte stumm. Heinrich hatte seine dunklen Haare zu einem Zopf im Nacken zusammengefasst. Die Haare an den Schläfen hatte er sorgfältig zu Locken gedreht. Wie immer war er glatt rasiert, aber ein leichter Schatten lag auf seinem Kinn und den Wangen. Er stand dicht vor ihr, sie berührten sich jedoch nicht. Anna wollte die Hand ausstrecken, mit dem Fingerspitzen über sein Gesicht fahren, und gleichzeitig genoss sie diesen Moment der Spannung. Sie sahen sich an, sahen verzückt die Liebe des anderen. Alles um sie herum schien zu versinken, als gäbe es nur noch dieses einmütige Ineinander von Auge zu Auge. Zitternd holte Anna Luft, und endlich beugte sich Heinrich zu ihr. Ganz vorsichtig und zärtlich berührten sich ihre Lippen. Noch war alles neu und frisch und ungewohnt. Anna schloss die Augen, spürte seine warmen Hände auf ihrem Rücken, schmeckte den würzigen Geschmack des Weines, den er vorhin wohl mit ihrem Onkel getrunken hatte. Seine Haut roch nach Seife und Lavendel und etwas Herbem, das sie nicht einordnen konnte. Nach einem Moment löste er sich von ihr, trat einen Schritt zurück und betrachtete sie im dämmerigen Licht des Abends.

»Wie schön du bist, wie wunderschön!«

»Was hat mein Onkel gesagt?«

»Er war überrascht, hatte nicht damit gerechnet, dass du schon zugestimmt hast. Vielleicht war er enttäuscht, dass du ihn nicht zuerst nach seiner Meinung gefragt hast. Ist er dein Vormund?«

»Rechtlich ist das mein Bruder, aber auch er wird mir keinen Stein in den Weg legen.« Anna zog die Stirn kraus. Hätte sie wirklich den Onkel vorher fragen sollen? Würde er ihrem Urteil nicht vertrauen? Es ging doch um ihr Leben.

»Sei's drum. Deinem Onkel liegt viel daran, dass du glücklich bist, und das geht mir ebenso. Ich hoffe, ich konnte ihn davon überzeugen. In spätestens einem Monat möchte ich dich als meine Frau zum Altar führen. Ich spreche mit dem Pfarrer deiner Gemeinde, kläre die rechtlichen Seiten ab.«

Er nahm ihre Hand, umfasste sie. »Ich liebe dich, Anna te Kloot.«

Anna biss sich auf die Unterlippe. Pures Glück erfüllte sie. »Und ich liebe dich.«

Jemand ritt die Mühlenstraße entlang, das Hufgeklapper hallte in der abendlichen Stille zwischen den Häusern. Dann konnte man in der Ferne laute Willkommensgrüße erschallen hören.

Claes, dachte Anna und wunderte sich, dass ihr Herz plötzlich schneller schlug.

»Liebes, ich gehe jetzt. Sprich du mit deinem Onkel. Morgen sehen wir uns wieder.« Heinrich küsste sie noch einmal so zaghaft und leicht, dass es sich wie der Schlag eines Schmetterlings anfühlte.

Anna blieb im Hof stehen, sah ihm hinterher, sah ihn durch die Toreinfahrt gehen. Schließlich drehte sie sich um und ging ins Haus.

In der Küche saß Tina und verlas Erbsen.

»Die Milch ist inzwischen wieder kalt. Soll ich den Topf noch einmal über den Ofen hängen?« Tina sah sie nicht an, grinste. »Aber vermutlich wurde Eure Nervosität anders beruhigt.«

Anna lachte leise. »Vermutlich hast du recht. Geh zu Bett, Tina.«

Onkel Arnold saß in der Stube, hielt ein leeres Glas in der Hand und starrte in den kalten Kamin. Er schaute nur kurz auf, als Anna den Raum betrat.

»Onkel?«

Arnold schüttelte den Kopf. Behutsam nahm sie das Glas aus seinen Händen, schenkte aus der Flasche nach, die auf dem Tisch stand, nahm sich selbst ein Glas und setzte sich ihm gegenüber.

»Du bist ...« Anna stockte. »Böse auf mich.«

Sein Kopf fuhr hoch, erschrocken sah er sie an. »Böse? Nein, Anna.«

»Ich hätte dich zuvor fragen sollen. Aber ... es war, als wir am Rhein waren, und ich habe nachgedacht und dann auf mein Herz gehört.«

»Du liebst Stennes?«

»Ja. Ja, natürlich.« Anna sah ihn an. Ihr Onkel starrte immer noch in den Kamin.

»Anfang des Jahres hast du Claes geliebt. Bist fast verzweifelt, weil er die Liebe nicht erwiderte.«

Anna senkte den Kopf. »Ja, das ist richtig. Meine Gefühle Claes gegenüber waren falsch. Er hat mich nicht geliebt und ich ihn auch nicht.«

»Ach?« Arnold warf ihr einen fragenden Blick zu.

»Nein, natürlich nicht. Es war eine Schwärmerei für einen Mann, der mir Aufmerksamkeit schenkte. Seine Gefühle waren freundschaftlicher Natur und meine verfehlt. Bei Heinrich ist das anders. Er liebt mich und will mich zur Frau.«

»Nur weil er dich zur Frau will, macht es das nicht anders. Was ich mich frage, ist: Liebst du ihn?«

Anna schluckte. Wieder dachte sie nach. Liebte sie Heinrich? Ihre Gefühle zu ihm waren berauschend, mächtig und von einer Leichtigkeit, die ihr fast Flügel verlieh.

»Ja, ich liebe ihn von Herzen. Er bringt mich zum Lachen, er macht mich froh und glücklich. Wir haben viel Spaß miteinander, es ist kurzweilig und schön.«

»Anna, lass dir sagen, kurzweilig und schön reicht nicht für eine Ehe. Nicht für ein Leben miteinander. Eine Ehe bedeutet nicht, lebenslang Schach oder Backgammon zu spielen. Es bedeutet auch, Krisen zu überstehen, Krankheiten und schlechte Zeiten. Kannst du dir das mit ihm vorstellen?«

»Ja.«

»Wirklich?« Arnold schüttelte den Kopf. »Wirklich, Anna?«

Anna dachte nach. Konnte sie das? Nein, sie konnte es nicht. Aber sie konnte sich diese Szenarien auch nicht mit anderen Männern vorstellen. Ein Leben miteinander musste doch wachsen, sich entwickeln. Ihr Vater hatte immer ihrer Mutter zur Seite gestanden. Kurz hintereinander waren sie gestorben, so als ob es der eine nicht ohne den anderen aushielte. Ihr Onkel hatte zwei Frauen zu Grabe getragen. Beide Ehen hatten nur zehn Jahre gedauert, wie konnte er es beurteilen?

»Ein Leben lang. Ich kann es mir mit Heinrich vorstellen, ja.«

Arnold sah sie endlich an. Schaute in ihre Augen. Er schwieg, dann neigte er den Kopf. »Ein Leben lang. Da kann ich nicht mitsprechen, oder? Schließlich sitze ich hier ohne Gattin an meiner Seite, dabei hatte ich zwei. Aber bei beiden war mein Gefühl intensiv und mächtig. Ich habe sie geliebt und hätte gerne mein Leben für ihres gegeben. Das war mir nicht vergönnt. Und manchmal, ganz selten, hadere ich mit Gott um dieses Schicksal. Ich lebe, und sie sind tot. Ich kümmere mich so gut es geht um unsere Kinder. Sowohl um Katrina, die von meiner ersten Frau stammt, als auch um die anderen drei. Bei beiden Trauungen bin ich davon ausgegangen, dass der Spruch ›Bis das der Tod euch scheidet‹ mich betrifft, ich vor ihnen gehen würde. Das war ein bitterer Irrtum.« Arnold seufzte, nahm die Pfeife aus der Tasche, stopfte sie umständlich. »Nicht ich bin gestorben, sondern sie. Und bei beiden Malen wäre ich ihnen gerne gefolgt, und zwar sofort, so sehr hat mich dieser

Verlust zerrissen. Ich habe bitterlich getrauert, aber da waren Kinder, die mich brauchten, und diese Kinder gibt es immer noch.«

Anna zuckte zusammen. Sie nahm die Verantwortung für die Kinder sehr ernst.

»Sind es die Kinder? Ist es das?«, fragte sie leise.

»Bitte?« Ihr Onkel zog paffend an der Pfeife, sah sie erstaunt an. »Ich meine zu fühlen, dass du mit meiner Entscheidung für Heinrich nicht einverstanden bist. Ist es, weil ich dann zu ihm ziehe, dir nicht mehr den Haushalt führe? Ich würde gewiss alles mit Tina absprechen und mich weiterhin um die Kinder kümmern. Das schwöre ich bei Gott. Ich liebe die Kinder, weißt du das nicht?«

»Wenn ich das nicht weiß, wer dann? Wie kommst du auf so verquere Gedanken? Die Kinder sind groß, das schaffen wir, Anna. Du wirst, das hoffe ich zumindest, da sein, wenn es schwierig wird, wenn es Probleme gibt. Für den Haushalt und die Arbeit kann ich natürlich noch jemanden einstellen und werde es auch tun. Ich hatte dich damals gefragt, ob du kommen möchtest, weil ich eine Bezugsperson für die Kinder suchte. Familie, nicht Bedienstete. Da war aber noch Annelie am Leben. Sie ist ihrer Mutter in den Tod gefolgt, Gott hab sie selig. Elisabeth, Aaron und Joseph werden immer größer. Du hast Gutes an ihnen getan, aber das darf nicht bedeuten, dass dein Leben hinter ihrem zurücksteht.« Wieder zog er heftig an der Pfeife. »Du bist mir ans Herz gewachsen, bist fast wie ein leibliches Kind für mich. Ich wünsche mir für dich nur das Beste.«

»Heinrich liebt mich und ich ihn.«

»Bist du dir da wirklich sicher, mein Kind? Ich will nur, dass du das ehrlich hinterfragst.«

»Er hat mich gefragt, ob ich seine Frau werden will, und ich habe ja gesagt.«

Arnold nickte, stopfte neuen Tabak in die Pfeife, brachte

damit die Glut zum Erlöschen, nahm ein Kienholz und hielt es an den Tabak, zog heftig an der Pfeife, hustete, als die Glut schließlich aufglomm.

»Die Würfel fallen, wie man sie wirft. Manchmal fallen sie nicht sehr geschickt. Ich hoffe, du hast gut geworfen, Anna.«

Sie sah ihn lange schweigend an, trank dann das Glas mit einem Schluck aus und verabschiedete sich zur Nacht.

Lange lag sie in ihrem Bett wach. Sie hatte sich danach gesehnt, ihr Bett wieder für sich zu haben, doch nun vermisste sie den warmen Körper ihrer Cousine, fühlte sich einsam und alleine.

Der Tag verblich in die schwarze Nacht, und immer noch fand Anna keine Ruhe. War Heinrich die richtige Wahl? Liebte sie ihn? Genug für ein Leben, für den Rest ihres Lebens?

Was war Liebe? Und war das so wichtig? War es nicht wichtiger, einen Partner zu finden, mit dem man glücklich sein konnte? Musste es tatsächlich dieses beschriebene, aber von ihr noch nicht gefühlte, absolute Glück sein? Oder wusste sie einfach nicht, wie es sich anfühlte, dabei lag es schon vor ihr, und sie musste nur zugreifen? Anna wusste es nicht, zweifelte. Dann dachte sie an den Moment im Garten, als Heinrich ihr gegenüberstand. Es war nur wenige Stunden her, und soviel Zauber, soviel Gefühl war zwischen ihnen gewesen. Wie er sie berührt und geküsst hatte – das war mehr als nur Sympathie. Heinrich liebte sie ohne Zweifel, und sie liebte ihn. Ihre Entscheidung stand. Mit diesem Gefühl schloss sie die Augen und fiel in einen traumlosen Schlaf.

In den nächsten Tagen ging ihr Onkel ihr aus dem Weg, zumindest hatte sie das Gefühl.

Als Heinrich freudestrahlend kam und ihr sagte, dass der Prediger sie am Sechzehnten des nächsten Monats trauen würde, konnte Anna es kaum fassen. Es waren bis dahin nur noch drei Wochen. Drei Wochen angefüllt mit hektischer Betriebsamkeit.

Erst zweimal war sie im Haus ihres zukünftigen Mannes gewesen und beide Male nur kurz und flüchtig. Jetzt betrat sie das Haus auf der Oberstraße mit anderen Augen, sah sich um, begutachtete es.

Es war ein großes Haus, veraltet und kalt. Es gab nur einen Kamin, der die Küche und die kleine Stube beheizte, die anderen Räume konnten nur durch Kohlepfannen erwärmt werden. Dies und auch die dunkle Täfelung würde Anna so schnell nicht ändern können. Es war ihr im Moment auch nicht wichtig.

Als Anna zwei Tage vor der Trauung ihre Truhe packte, überfiel sie für einen Moment die Schwermut. Seit ihrer Kindheit war sie nicht mehr so unbeschwert und glücklich gewesen wie in den knappen zwei Jahren in diesem Haus. Ihr würden die Abende mit ihrem Onkel fehlen. Wehmütig dachte sie daran, dass er von nun an immer allein vor dem Kamin sitzen würde. Er war so gut zu ihr, und nun verließ sie ihn.

Sie setzte sich auf ihr Bett, schaute sich in dem Zimmer um. Hier hatte sie sich angekommen, aufgehoben und geliebt gefühlt. Nun ging sie einen neuen Weg.

Kapitel 27

Am Tag vor der Trauung wurden ihre Truhe und der Kasten abgeholt. Das Zimmer wirkte plötzlich merkwürdig leer und kahl.

Nur das Brautkleid hing an einem Haken an der Wand. Ihr Onkel hatte ihr einen wunderschönen dunkelgrauen Seidenstoff gekauft, in den winzige rote Rosen eingewebt waren. Daraus nähte sie ein schlichtes, hochgeschlossenes Kleid.

Es klopfte an die Zimmertür.

»Anna?«

»Katrina? Was führt dich zu mir?«

»Ist das dein Kleid?« Katrina betrat das Zimmer, blieb vor dem Kleidungsstück stehen. »So ein schöner Stoff. Schade, dass du nicht mehr daraus gemacht hast.«

Anna schluckte ihren Zorn hinunter. »Mir gefällt es.«

»Hoffentlich gefällt es Heinrich auch.«

»Kann ich irgendetwas für dich tun?«

Katrina setzte sich auf das Bett, sah ihre Cousine an. »Mein Vater schickt mich. Er meinte, ich solle mit dir sprechen.«

»Worüber?«

»Weißt du, bevor ich geheiratet habe, hat mich Mutter ter Meer beiseitegenommen. Du und ich, wir haben keine Mütter mehr, auch keine Tanten. Deshalb hat sie mit mir gesprochen, und ich soll mit dir sprechen.«

Anna räusperte sich. »Es geht um den körperlichen Aspekt der Ehe?«

»Richtig.« Katrina spielte mit einem Taschentuch, drehte und wand es um ihre schlanken Finger.

»Ich weiß im Prinzip alles, was ich wissen muss. Denke ich.«

»Gut. Es tut ein wenig weh beim ersten Mal. Nicht lange und nicht sehr. Es kann auch bluten.«

Anna senkte den Kopf. »Aber ist es nicht auch schön?«

»Nun, manchmal. Es gehört dazu.« Katrina stand auf. »Das und das Kindbett sind Dinge, die wir Frauen ertragen müssen. Im Gegenzug bekommen wir einen Mann, der uns liebt und uns versorgt. Du hast einen guten Griff getan. Stennes ist wohlhabend, seine Geschäfte laufen gut. Er verkehrt viel mit den von der Leyens und anderen Leuten der Oberschicht. Auch du wirst daran Anteil haben.« Wieder blickte sie zu dem Kleid. »Vermutlich wirst du dir aber eine andere Mode angewöhnen müssen. Schlicht ist ja ganz schön, aber so schlicht kannst du dich nicht mehr blicken lassen als Madame Stennes.«

Später saß Anna neben ihrem Onkel. Wie immer, wenn er

seine Enkeltochter gesehen hatte, war er guter Laune und ganz verzückt.

»Darf ich dich etwas fragen?«, begann Anna zögerlich.

»Natürlich. Worum geht es?«

»Katrina hat heute mit mir gesprochen.«

Ihr Onkel senkte den Blick. »Ich hatte sie darum gebeten.« Anna bemerkte, dass er peinlich berührt war. Sie lachte leise. »Es geht mir nicht darum, es ist etwas anderes. Katrina fand mein Kleid zu schlicht. Sie meinte, ich würde mich verändern müssen, um Heinrich eine passende Ehefrau zu sein.«

»Du wirst zwangsläufig auch mit der Mode gehen müssen, wie die anderen Frauen auch. Aber ich glaube kaum, dass Stennes wünscht, dass du dich prunkvoll kleidest. Er hat dich so kennen und lieben gelernt.«

»Das will ich hoffen.«

In dieser Nacht schlief Anna kaum. Als sie aufstand, war es noch früh am Tag, die Welt noch halb im Schlaf. Sorgfältig zog sie sich an. Bis auf einen Schluck Milchsuppe brachte sie nichts hinunter.

Die Kinder erschienen frisch gebadet und sauber gekleidet. Fritz hatte seinen ersten Anzug bekommen, und Anna konnte sehen, wie unwohl er sich in dem steifen Stoff fühlte.

Seit er wusste, dass Anna heiraten würde, war Fritz noch zurückhaltender und stiller geworden. Sie hatte es wohl gesehen, war jedoch zu sehr mit den Vorbereitungen beschäftigt gewesen, um ein Gespräch mit ihm zu führen. Das wollte sie so schnell es ging nachholen.

»Heinrich Stennes und Anna te Kloot, Ihr seid heute hierher gekommen, um im Angesicht Gottes den heiligen Bund der Ehe einzugehen. Gott der Herr ist der Gott des Lebens und der Liebe. Er segnet Eure Liebe und vereint Euch zu einem untrennbaren Paar. Ich bitte Euch nun Eueren Willen vor Gott und den Brüdern und Schwestern der Gemeinde kundzutun.«

Der Prediger hob den Kopf, schaute über das Brautpaar hinweg auf die Gemeinde. »Sollte irgendjemand unter Euch etwas gegen diese Ehe vorzubringen haben, so spreche er jetzt oder möge für immer schweigen.«

Es war still in der Kirche. Der Prediger nickte zufrieden, sah wieder Anna und Heinrich an. Plötzlich hustete jemand laut. Anna zuckte zusammen und wandte sich um.

»Monsieur?« Der Prediger schaute auf. »Ihr wolltet Euch äußern?«

Der Mann schüttelte den Kopf. »Nur ein Husten. Fahrt fort.« Er sah Anna in die Augen. Es war Claes. Anna wusste, dass er zurückgekehrt war, hatte ihn aber noch nicht getroffen. Wollte er ihr etwas sagen?

Der Prediger trat an sie heran, legte ihnen die Hand zum Segen auf und sprach die Worte, mit denen sie vor Gott und den Menschen zu Mann und Frau wurden.

»Reicht nun einander die rechte Hand«, sagte Prediger Remkes. »Gott der Herr hat Euch als Mann und Frau verbunden. Er ist treu und wird zu Euch stehen und das Gute, das er begonnen hat, vollenden. Im Namen Gottes bestätige ich als sein Diener den Bund der Ehe. Was Gott verbunden hat, das darf der Mensch nicht trennen.«

Heinrich beugte sich vor und küsste Anna zärtlich.

Vor der Kirche wurden sie beglückwünscht. Auch die von der Leyens waren anwesend und überreichten Anna eine kleine Schatulle. Claes stand in der Ecke des Kirchhofes. Nachdem Anna die Glückwünsche entgegengenommen hatte, wandte sie sich um. Heinrich sprach mit Friederich von der Leyen.

Für einen Moment zögerte sie, dann ging sie zu Claes.

»Wollt Ihr mir nicht gratulieren?« Anna lächelte ihn an.

Er sah verändert aus, schien älter geworden zu sein. Um seinen Mund hatten sich zwei tiefe Falten eingegraben. Seine Haut war gebräunt. Er hatte deutlich abgenommen.

»Doch Anna, herzlichen Glückwunsch. Möge Eure Ehe voller Liebe und Glück sein.« Sein Blick blieb ernst.

»Geht es Euch gut? Wie war die Reise?«

»Mir geht es gut, danke. Die Reise war sehr interessant. Ich bedaure nur, nicht etwas eher zurückgekehrt zu sein.« Claes räusperte sich, bewegte die Lippen, schüttelte dann den Kopf. »Claes?« Es war Abraham. Er hatte Anna vorhin nur kurz die Hand gereicht und etwas gemurmelt, ohne sie anzusehen. »Claes, kommst du? Mutter wartet.«

»Ich wünsche Euch noch einen schönen Tag.« Die beiden Männer gingen, und Anna blieb mit einem seltsamen Gefühl der Leere zurück.

Das Haus von Heinrich auf der Oberstraße war nicht weit von der Kirche entfernt. Gemeinsam gingen sie dorthin, Onkel Arnold und die Kinder sowie Katrina und Adam. Heinrich nahm Anna bei der Hand.

Als sie das Haus betraten, duftete es köstlich nach Rinderbraten. »Ich habe Klara einen Braten machen lassen, in einer Burgundersoße. Ein Rezept, das ich aus Frankreich mitgebracht habe«, sagte Heinrich. »Ich hoffe, es mundet Euch.«

Der Abend wurde vergnüglich, Heinrich unterhielt gekonnt die Familie mit Anekdoten seiner Reisen. Alle lachten herzhaft, nur in Anna stieg mehr und mehr eine Art der Beklemmung hoch. Wie würde die Hochzeitsnacht tatsächlich werden? Immer wieder sah Katrina sie an und zwinkerte ihr zu. Es war fast schon hämisch, eine Art ›Ich weiß, was auf dich zukommt‹. Anna wischte diese Gedanken weg, es war unchristlich, so etwas zu denken, und sicherlich interpretierte sie den Blick auch falsch.

Endlich verließen die Gäste das Haus. Der Abend war inzwischen weit fortgeschritten. Fritz sah sich sehnsüchtig nach ihr um, winkte lange. Es zerriss Anna das Herz, ihn gehen zu sehen.

Nachdenklich räumte sie den Tisch ab.

»Das brauchst du nicht, mein Herz«, sagte Heinrich. »Das macht Klara. Magst du nicht schon hochgehen? Deine Sachen stehen oben, du musst sie nur auspacken. In der nächsten Zeit werden wir ein paar neue Kleider für dich anfertigen lassen. Die von der Leyens haben uns zu einer Gesellschaft eingeladen. Du bist nun meine Frau, die Frau an meiner Seite. Ich bin Geschäftsmann und muss mich präsentieren, und du stehst für meinen Erfolg, das musst du auch zeigen.«

Anna erstarrte. Ihre Cousine hatte durchaus recht gehabt. Sie griff sich an den Hals. »Heinrich, du weißt aber doch, dass ich Mennonitin bin. Schlichtheit gehört zu unserem Glauben.«

»Deinen Glauben darfst du behalten, dagegen spricht ja nichts. Auch deine Kirche darfst du weiterhin besuchen und ...«, er lachte leise, »unsere Kinder in dem Glauben erziehen. Das alles gestehe ich dir zu. Aber du musst mir auch etwas zugestehen. Ich brauche eine hübsche Frau an meiner Seite, eine Schönheit wie dich. Um zu repräsentieren, das verstehst du doch, nicht wahr?«

Anna starrte ihn an. »Du meinst wie ein Schmuckstück?«

Heinrich nickte.

»Aber du hast mich nicht deshalb geheiratet? Du liebst mich doch als Person, nicht wahr?«

»Anna, sei nicht albern. Geh nach oben und räum deine Sachen ein. Ich werde noch ein Glas Wein trinken und eine Pfeife rauchen. Vielleicht nimmst du dir auch ein Glas mit nach oben. Es ist ein herrlicher Burgunder, er hat eine erstaunlich entspannende Wirkung. Beim Essen hast du kaum etwas getrunken. Du hast doch keine Angst, oder?«

Er sah Anna eindringlich an.

Wortlos nahm sich Anna ein Glas Wein und ging nach oben. Auf die Frage, ob er sie nur als Schmuck geheiratet hatte oder wegen ihres Wesens, hatte er nicht wirklich geantwortet.

Ich bin nur nervös, dachte sie, lege jedes Wort auf die Goldwaage. Er meint es nicht so.

Das Schlafzimmer war klamm und roch muffig. In dem großen Bett hatten schon seine Eltern geschlafen. Heinrichs Zimmer war nebenan. Dies sollte nun ihr gemeinsames Schlafzimmer werden. Über den körperlichen Aspekt der Ehe hatte Anna absichtlich so wenig wie möglich nachgedacht. Das Gespräch mit Katrina hatte ihr wenig gebracht, aber sie waren sich zu fremd geblieben in den zwei Jahren, als dass Anna ihr intime Fragen hätte stellen wollen.

Anna zündete mehrere Kerzen an, öffnete die Fenster weit. Hier war es anders als in der Mühlenstraße, die am Wall lag. In der Oberstraße gab es mehrere Gasthäuser, die sich reger Beliebtheit erfreuten. Die Straße vor dem Haus war breiter und führte einmal quer durch die Stadt. Unruhig war es.

Daran werde ich mich gewöhnen, dachte Anna. Sie öffnete ihre Truhe, nahm das Nachtgewand heraus. Im Krug auf dem Waschtisch war Wasser, aber es roch abgestanden. Anna überlegte, ob sie sich warmes Wasser aus der Küche holen sollte, traute sich aber nicht.

Ihre Sachen wollte sie bei Tageslicht auspacken. In der Ecke des Raumes stand ein Schrank auf gedrechselten Füßen. Anna öffnete die Türen, sie knarrten laut in der Stille des Zimmers. Zwei Motten flogen ihr entgegen, taumelten zur nächsten Kerze, umkreisten das Licht kurz und verbrannten dann im Kerzenschein. Es roch dumpf und staubig nach alter Kleidung und feuchter Wolle. Der ganze Schrank war voller Sachen, die wohl noch von Heinrichs Eltern waren. Schnell schloss Anna die Türen und rümpfte die Nase. Den Schrank würde sie Morgen früh ausräumen und mit Kampfer auswaschen und dann Kampfersäckchen auslegen.

Anna lauschte nach unten. Es war kein Ton zu hören. Der Tag war wolkenbedeckt gewesen, und nun ging ein leichter Nieselregen nieder. Anna verschloss die Fenster, zog die Vorhänge zu. Dann entkleidete sie sich und schlüpfte in das Nachthemd. Sie löschte die Kerzen bis auf eine, die auf dem Waschtisch stand. Der angelaufene Spiegel war am unteren Rand gesprungen. Risse, spinnenwebengleich, zogen sich über das Glas und warfen den Lichtschein vielfältig gespiegelt zurück.

Anna legte sich zwischen die klammen und kalten Laken.

Dort lag sie für eine Weile, aber ihr Herz wollte nicht zur Ruhe kommen. Auf dem Kasten stand immer noch das Glas mit dem Wein. Sie erhob sich und nippte daran. Dann trank sie einen großen Schluck, einen weiteren, verschluckte sich, hustete. Der Alkohol breitete sich in ihrem Magen aus, erwärmte sie. Wieder legte sie sich ins Bett. Die letzten Nächte hatte sie kaum geschlafen, bleierne Müdigkeit machte sich in ihr breit. Anna rollte sich zusammen und schlief ein.

Sie wurde wach, als jemand die Decke beiseite zog. Ein kalter Luftzug brachte sie zum Erschauern. Im ersten Moment wusste sie schlaftrunken nicht, wo sie war.

Heinrich schob ihr Nachthemd grob nach oben, bedeckte fast ihren Kopf.

»Nicht ... was machst du ...?« Anna krümmte sich verschämt.

»Ich will dich ansehen.« Er verschliff die Silben, sprach undeutlich. »Du bist so wunderschön, wie Elfenbein.« Heinrich lachte leise, fuhr mit den Fingerspitzen über ihre Haut, den Oberschenkel, den Bauch.

Anna erschauerte. Das war es nun. So war es. Sie versuchte, sich zu entspannen, sich hinzugeben. Er war ihr Mann und durfte sie so sehen, nackt und bloß, so wie Gott sie erschaffen hatte. Das hochgeschobene Nachthemd am Hals und vor ihrem Gesicht störte sie, sie wollte es gänzlich ausziehen, doch Heinrich hinderte sie daran.

»Nein. Bleib so.«

»Ich kann dich nicht sehen«, wisperte Anna.

»Das musst du nicht.«

Wieder fuhr er sacht mit den Händen über ihren Körper, er atmete schwer. Dann umfasste er ihre Brüste. Zärtlich streichelte er darüber. Anna schloss die Augen. Es war ein schönes Gefühl, sie streckte sich ihm entgegen.

»Daran hast du Spaß, ja?«, fragte er leise keuchend.

»Ja.«

»Wirklich?« Er fasste nach, griff fester zu. Anna zuckte zusammen. Sie hatte nicht damit gerechnet, aber es fühlte sich immer noch lustvoll an.

»Ja«, hauchte sie.

»Du Schlampe, du Hundsfott, du hast Spaß daran?« Er kniff ihr in die Brust, quetschte die empfindliche Haut, kniete sich auf das Bett und drängte ihre Beine auseinander. »Bist du überhaupt noch unberührt?«

Seine Finger stocherten grob zwischen ihren Schenkel, es tat weh.

Anna schrie leise auf. »Heinrich ... nicht ...«

Er lachte rau. »Ich fange erst an.«

»Du tust mir weh.«

»Ja, das hoffe ich.«

Sie spürte mehr, als dass sie es sah, wie er sich die Hose aufknöpfte. Er drang mit einem festen Stoß in sie ein, bewegte sich schnell, stieß wieder und wieder zu.

Anna biss sich auf die Lippen, schmeckte Blut.

Es dauerte nicht lange, dann stöhnte er laut auf, ließ sich auf sie fallen, erdrückte sie fast. Sie roch seinen alkoholgeschwängerten Atem, den Schweiß seines Körpers.

Anna kniff die Augen zusammen.

So war das also, dachte sie, das musste man ertragen. Beim ersten Mal tut es weh, und danach nicht mehr?

Heinrich rollte sich von ihr, grunzte zufrieden und zerrte die Decke über sich. Er hatte sich nicht mal ausgezogen, nur das Beinkleid geöffnet.

Obwohl sie kaum etwas über den Vollzug der Ehe gewusst hatte, eines war ihr klar, es sollte mehr sein als das.

Sie fühlte sich beschmutzt und verletzt, nicht durch den Akt an sich, sondern durch sein Verhalten.

Die Tränen, die sie in dieser Nacht weinte, versickerten lautlos in ihrem Kissen. Am nächsten Morgen erwachte sie vor der Dämmerung. Die Vögel schliefen noch. Heinrich lag mit dem Rücken zu ihr und atmete tief durch den offenen Mund. Anna verharrte für einen Moment, dann stand sie behutsam auf, nahm ihr Kleid und schlich sich nach unten.

In der Küche war alles ungewohnt. Klara, das Mädchen, war noch nicht wach. Anna schürte das Feuer, machte Licht. Am liebsten hätte sie heiß gebadet, aber wo war hier die Wanne? Für einen kleinen Moment überlegte sie, ob sie nicht bis zur Mühlenstraße laufen sollte, dort Wasser erhitzen, den Bottich füllen und dann in ihr Bett dort schlüpfen könnte.

Aber das ging nicht. Vor Gott und der Welt war ihre Ehe besiegelt worden. »Bis das der Tod euch scheide.« Anna stöhnte auf. Vielleicht war es nur der Abend gewesen, ihre Angst und Unsicherheit. Sicherlich würde es beim nächsten Mal besser.

Im Hof war ein Brunnen. Anna schöpfte frisches Wasser, wusch sich in der Küche. Das Blut auf ihren Beinen war getrocknet, wieder und wieder tauchte sie den Lappen in das kalte Wasser und rieb über ihre Beine. Zwischen ihren Schenkeln pochte es schmerzhaft, die Haut dort war geschwollen und wund. Langsam zog sie sich an.

Dann suchte sie in der unvertrauten Küche nach Vorräten, kochte schließlich eine Milchsuppe. Der fahle Geschmack im Mund blieb, es lag nicht an der Milch.

Kapitel 28

Heinrich begrüßte sie freundlich, fast liebevoll, als er in die Küche kam. Er war wortkarg, aber nicht böse.

»Ich muss zu den von der Leyens, sie wollen ein Fest feiern und brauchen Wein.«

Anna sah ihm hinterher, als er ging. Er hatte sie beschimpft und ihr Schmerzen zugefügt. War das nur ein unglücklicher Anfang?

Klara kam auch in die Küche. Jahrelang hatte die Frau den

Haushalt alleine geführt. Ihr war es sichtlich unangenehm, Anna dort zu sehen. Auch für Anna war alles fremd und ungewohnt. Bevor sie sich daran machte, den Haushalt zu übernehmen, wollte sie erst einmal das Zimmer reinigen.

Ich werde mich in kleinen Schritten vortasten, dachte sie. Immer einen Schritt nach dem anderen. Es wird schon gut werden.

Sie räumte den Schrank aus. Die Kleidung von Heinrichs Eltern war von Motten zerfressen und fiel auseinander. Nicht einmal für Bedürftige waren die Sachen noch zu gebrauchen. Auch das Bett bezog sie neu. Sie mochte Klara nicht fragen, wo die Wäsche aufbewahrt wurde. Im Flur stand eine Truhe mit Bettwäsche, die allerdings nach Schimmel roch. Schließlich fragte Anna doch, und Klara zeigte ihr eben diese Truhe.

»Aber die Wäsche riecht moderig und alt. Gibt es keine andere?«

»Der Herr benutzt Seidenbezüge, doch die passen nicht auf das große Bett.« Klara zuckte mit den Schultern und ging wieder hinunter.

Anna zögerte. Sie stand vor der Tür zu Heinrichs Zimmer. Er benutzte Seidenbettwäsche? Das konnte sie sich nicht vorstellen. Solche Dekadenz gab es in Frankreich, am Hof des Königs, aber doch nicht hier. Sie öffnete die Tür, warf einen Blick in sein Zimmer. Hier roch es nicht staubig, so wie im restlichen Haus. Es duftete.

Veilchen, dachte Anna, und Waldmeister, vielleicht auch ein Hauch von Lavendel. In der einen Ecke des Raumes stand ein Schrank, ihm gegenüber ein Kasten, darüber hing ein großer Spiegel. Auf dem Kasten standen Fläschchen und Flakons, Tiegel mit allerlei Cremes. Verwundert betrachtete Anna die Kosmetika.

Tatsächlich war das Bett mit Seide bezogen. Sie strich über den kühlen, glatten Stoff. Alles war sehr ordentlich, kein Staubkorn war zu sehen. Sein Zimmer stand im großen Gegensatz zum Rest des Hauses.

Ich kenne diesen Mann gar nicht, stellte Anna erschrocken fest. Dann schob sie den Gedanken beiseite. Das Bett musste bezogen werden.

Anna nahm einen Packen Wäsche aus der Truhe, schleppte die Wäsche nach unten. Sie erhitzte einen großen Zuber Wasser und wusch.

»Wo trocknet ihr Wäsche, wenn es nass draußen ist?«, fragte sie Klara. »Gibt es einen Speicher?«

»Wir waschen dann nicht. Aber ja, es gibt einen Speicher.« Klara sah sie nicht an. Es fiel Anna jetzt erst auf.

»Was macht ihr im Winter? Im nassen Frühjahr?«

»Wir hatten nicht viel Wäsche zu waschen übers Jahr, nur wir zwei. Und der Herr hat genug zum Wechseln. Natürlich war das immer anstrengend. Wenn eine Gut-Wetter-Zeit kam, musste ich so schnell wie möglich alles waschen und draußen trocknen.«

»Es nieselt, und ich muss die Wäsche trocknen. Was stimmt mit dem Speicher nicht?«

»Er ist staubig.« Klara zuckte die Achseln und drehte sich weg.

Anna stieg in den Dachboden. Es gab nur zwei verdreckte Luken. Die Strohpuppen waren vermodert, Tauben nisteten unter den Balken. Der Boden war mit Dreck bedeckt. Anna kehrte und wischte. Sie kratzte den Dreck von den Dielen. Am Nachmittag war der Raum so, dass man getrost in ihm Wäsche trocknen konnte, doch nun war es zu spät. Ein Dachdecker würde noch vor dem Winter kommen müssen, um das Stroh und die beschädigten Ziegel auszutauschen.

In ihrer Truhe hatte Anna noch Wäsche von ihren Eltern. Es war sehr gutes Leinen, das sie immer mal wieder gewaschen und gebleicht hatte. Sie bezog das Bett damit. Nun duftete es im Schlafzimmer nach Blumen und Schmierseife. Langsam wich die Farbe aus dem Tag, und die Dämmerung fiel ein. Annas Magen knurrte. Heinrich war noch nicht zurückgekehrt.

Sie ging nach unten, Klara war nirgendwo zu finden. Auf

dem Tisch standen noch die Reste des gestrigen Essens, nichts Frisches kochte oder war vorbereitet. Anna wusste nicht, wie das Hausmädchen den Tag verbracht hatte und auch nicht womit. Anna bei der Wäsche geholfen hatte Klara nicht. Anna seufzte.

Sie ging in die Speisekammer, die Vorräte dort waren dürftig. Immerhin hing eine Seite Speck von der Decke, und ein paar Bohnen fand sie auch. Sie kochte einen Eintopf. Dann sah sie sich in der Küche um. Auch hier war es staubig. Die Stube war für die gestrige Feier notdürftig geputzt. Sie würde viel ändern müssen.

Anna setzte sich an den Küchentisch. Wenigstens dieser war sauber geschrubbt und auch nicht so schrundig wie der im Hause te Kloot. Sie nahm ein Buch und las im Schein der Kerzen. Ihre Knochen schmerzten nach dem Tag der harten Arbeit. Immer noch brannte die Wunde zwischen ihren Schenkeln.

Obwohl sie sich sehr bemühte, verschwammen die Zeilen vor ihren Augen. Sie konnte nichts von dem Text aufnehmen. Entnervt gab sie schließlich auf. Heinrich war immer noch nicht nach Hause gekommen. Anna aß alleine eine Schüssel von dem Eintopf, stellte ihn dann zur Seite, ging nach oben. Es war ungewohnt, alleine in einem fremden Haus zu sein. Es roch fremd. Mit vielen, feinen Stimmen schien die Stille zu reden. Erinnerungen, die nicht ihre waren, lauerten in den muffigen Winkeln des Hauses, so wie in den feuchten Räumen alter Häuser Pilze, Ratten und Käfer zu finden waren. Jedes Haus, in dem irgendwann einmal die Leidenschaft Menschen gepackt hatte, war mit solchen Erinnerungen gefüllt. Sie konnte sie nur erahnen, hatte keinen Anteil daran. Es schauerte sie. Die feinen Härchen auf ihren Armen und in ihrem Nacken stellten sich auf. Balken knarrten, und Holz verzog sich ächzend, es regnete inzwischen heftig.

Anna zog die Vorhänge zu, sie waren noch staubig, an den Falten verschlissen und dünn, sie würde sie austauschen müssen. Morgen oder nächste Woche. Es gab so viel zu tun, dass sie fast nicht wusste, wo sie anfangen sollte, und die Last wog schwer.

Anna schlüpfte unter die kalten Laken, genoss den Duft, der sie an zu Hause – an das Haus ihres Onkels erinnerte. Es roch nach sonnengetrockneter Wäsche und Kräutern. Schnell fiel sie in einen unruhigen Schlaf. Irgendwann wurde sie von Gepolter geweckt und wusste im ersten Moment nicht, wo sie war.

Jemand kam die Treppe hoch. Sie war nicht zu Hause, oder doch, es war ihr neues Zuhause, wurde Anna klar. War es Heinrich? Wie erstart lag sie im Bett und lauschte den Schritten. Ohne zu zögern, aber schwankend und leise vor sich hin schimpfend, ging er in das Zimmer nebenan. Sie hörte, wie er die Stiefel auszog und fallen ließ. Danach kehrte wieder Stille ein.

Anna fand nicht mehr in den Schlaf. Die Zeit verging, die Kerze auf dem Tisch brannte immer weiter herunter. Irgendwann vernahm sie leise Schritte auf der Treppe, die Tür des Nebenraums wurde geöffnet und geschlossen. Wer schlich sich durch das Haus? Wer ging in das Zimmer ihres Mannes, und warum war er nicht bei ihr?

Sie bedauerte seine Absenz nicht, noch immer schmerzte es zwischen ihren Beinen. Endlich fiel sie in einen leichten Schlaf, Träume begleiteten sie, Schreie und Stöhnen.

Anna erwachte beim Morgengrauen. Polternd fuhren die ersten Fuhrwerke über die gepflasterte Straße vor dem Haus. Sie streckte sich, stand langsam auf. Sie fühlte sich wie erschlagen. Das Haus war ruhig und still, nichts regte sich.

In der Küche war es bitterkalt, die Tür zum Hof stand auf, schlug langsam im Wind hin und her. Auch das Feuer war erloschen. Anna säuberte den Ofen, entfachte neues Feuer. Weder Eier noch Milch fand sie in der Vorratskammer, auch keinen Sauerteig. Immerhin war ein kläglicher Rest Hefe dort und Mehl. Anna knetete Brotteig, stellte ihn zum Gehen neben den Herd. Heinrich hatte nichts von dem Eintopf gegessen, den sie gekocht hatte. Anna wärmte das Essen auf, aß ein wenig. Dann machte sie eine Liste der Sachen, die sie dringend kaufen musste, und eine zweite Liste mit Dingen, die zu erledigen waren. Alle Räume mussten gründlich geputzt werden, sie brauchte Vorhänge.

Es erschreckte sie, dass nirgendwo im Haus Bücher zu finden waren. Heinrich hatte immer belesen gewirkt, hatte über Bücher gesprochen, Zitate eingeworfen. Woher hatte er dieses Wissen?

Nachdenklich knetete sie den Teig noch einmal durch, buk dann Brot.

Sie hörte Schritte auf der Treppe. Heinrich kam in die Küche, sah Anna nur flüchtig an.

»Guten Morgen. Möchtest du etwas essen?«

»Ich esse fast nie zu Hause. Entweder gehe ich in die Garstube, oder ich esse bei den von der Leyens.« Heinrich hustete, streckte sich dann.

»Ich habe Eintopf gekocht.«

Heinrich schnupperte an dem Topf, füllte sich dann einen Teller und setzte sich an den Tisch. »Du kannst Wasser kochen. Ich will baden. Ich muss heute noch in Richtung Frankreich aufbrechen.«

»Bitte?«

»Wasser kochen, nun los! Der Badezuber steht im Anbau.«

Anna holte den großen Kessel, füllte ihn mit Wasser aus dem Brunnen im Hof und hängte ihn über den Herd.

»Du reist heute nach Frankreich?«

»Ja, ich habe Probleme mit einem Händler.«

»Wie lange wirst du unterwegs sein?«

»Das kann ich nicht sagen, ein paar Wochen vermutlich.« Er wischte sich über den Mund.

»Du wirst ein paar Wochen weg sein?« Überrascht schaute sie ihn an. »Wir haben gerade erst geheiratet.«

»Ich kann es nicht ändern. Von der Leyens wollen einen bestimmten Wein, und den bekomme ich nur in Frankreich. Kocht das Wasser?«

Er holte die Sitzwanne aus dem Anbau und stellte sie in die Küche, dann füllte er sie mit dem Wasser, zog sich aus.

Als Anna klar wurde, dass er in der Küche baden würde, verließ sie den Raum. Natürlich waren sie jetzt Mann und Frau und sollten keine Scham voreinander haben, doch er war ihr noch zu fremd. Ihn bei Tageslicht nackt zu sehen empfand sie als unanständig, obwohl sie wusste, dass es ein falscher Gedanke war.

Sie ging in die Stube, schob die Möbel zusammen und fegte den Raum gründlich aus. Als sie die Teppiche in den Hof brachte, um sie auszuklopfen, kam Klara langsam die Treppe herunter.

»Was hast du dort oben gemacht?«, fragte Anna verwundert.

Das Mädchen zuckte nur mit den Achseln und ging in die Küche. Sie schien es nicht zu stören, dass ihr Herr dort badete, und ihn wohl auch nicht, denn er begrüßte sie freundlich.

Im Hof war eine Stange, über die Anna die Teppiche legte. Mit aller Wucht schlug sie zu, der Staub tanzte im Sonnenlicht. Klara war ein Problem. Sie tat nichts, und unfreundlich war sie auch. Der ganze Haushalt war eine Katastrophe.

Wie soll das nur in den nächsten Wochen gehen?, dachte Anna verzweifelt. Sie hielt inne, Tränen stiegen ihr in die Augen. So hatte sie sich ihr Eheleben nicht vorgestellt. Es erschien ihr wie ein hoher Berg, der nicht zu bezwingen war. Dann kniff sie die Augen zusammen, ballte die Hände und holte tief Luft.

Ich muss nur einen Schritt nach dem anderen gehen, dachte sie. So mancher Anfang war holperig.

Sie schrubbte den Dielenboden der Stube. Schon bald roch es nach Schmierseife und nicht mehr nach Staub. In der Küche saß Heinrich inzwischen wieder bekleidet am Tisch und studierte die Listen, die sie geschrieben hatte.

»Du willst einiges verändern?«, fragte er Anna.

Sie nickte kurz. »Schau, als du noch nicht verheiratet warst, war es sicher besser, auswärts zu essen. Aber für mich alleine zu kochen ergibt keinen Sinn.« Heinrich sah sie lange an, dann nickte er. »Natürlich muss sich einiges ändern. Ich habe sehr lange alleine gelebt. Gib mir Zeit, mich daran zu gewöhnen.«

Anna lachte kurz auf. »Wie willst du dich daran gewöhnen, wenn du auf Reisen gehst?« Dann schüttelte sie den Kopf. »Es tut mir leid. Natürlich musst du deinen Geschäften nachgehen. Es kommt nur so überraschend und unerwartet für mich.«

»Für mich auch, Anna, glaub mir.« Er stand auf und kam auf sie zu. Vorsichtig und zärtlich strich er ihr über die Wange. »Du bist so wunderschön. Ich werde dich schmerzlich vermissen.«

Anna öffnete den Mund, wollte etwas erwidern, doch ihr fielen keine passenden Worte ein.

Heinrich lächelte, so als würde er verstehen, dann küsste er sie leicht auf die Lippen.

In diesem Moment kam Klara in die Küche. »Ich habe Eure Sachen gepackt, so wie Ihr es mir aufgegeben habt. Die Taschen stehen in der Diele.« Sie schien Anna und Heinrich argwöhnisch zu begutachten.

»Danke, Klara. Es wird einige Änderungen im Haushalt geben. Halte dich an Madams Anweisungen.« Er zwinkerte ihr zu.

Anna runzelte die Stirn. Ihr gefiel es nicht, wie die beiden miteinander umgingen. Sie trat zwei Schritte zurück, mochte in so einem privaten Moment nicht von dem Mädchen beobachtet werden.

Heinrich ging in die Diele, kontrollierte die Taschen, dann lief er noch ein Mal schnell die Treppe hinauf, kehrte kurz darauf zurück. Er drückte Anna einen Beutel in die Hand.

»Hier ist Geld. Es sollte reichen, um einige neue Sachen zu

kaufen und die Vorräte aufzustocken. Solltest du mit irgendetwas Schwierigkeiten haben, wende dich vertrauensvoll an die Familie von der Leyen, sie werden dir helfen und dir zu Seite stehen.« Wieder trat er zu Anna, legte erst schüchtern die Hand auf ihre Schulter, umarmte und küsste sie dann. »Es bricht mir das Herz, dich jetzt hier zurückzulassen, mein Engel, aber ich habe keine Wahl. Pass gut auf dich auf.« Anna sah ihm hinterher, als er die Straße hinunterritt. Ihr wurde es schwer ums Herz. Zwei Tage war ihre Ehe erst alt, und schon stand sie wieder alleine da.

Der Geldbeutel war gut gefüllt. Es war mehr Geld, als Anna jemals auf einem Haufen gesehen hatte. Am ersten Tag trug sie die Börse bei sich, aber das Gewicht wog schwer. Nachts verstaute sie das Geld unter ihrem Kissen. Am nächsten Morgen schmerzte ihr der Nacken. Ob das an dem Beutel lag oder an der ungewohnten Arbeit, vermochte sie nicht zu sagen.

Es war ein sonniger Herbsttag, und mittags beschloss sie, zur Mühlenstraße zu gehen.

Die Kinder begrüßten sie jauchzend. Ihr Onkel sah sie nachdenklich und lange an.

»Tina, koch Tee«, sagte er und führte Anna in die Stube. »Wie geht es dir, mein Kind? Du siehst müde aus, erschöpft.«

Anna seufzte. »Ich möchte dich um einen Gefallen bitten, Onkel.« Sie nahm den Geldbeutel hervor und reichte ihn ihm. »Würdest du das bitte für mich aufbewahren?«

Arnold schaute in die Börse. »Allmächtiger! Woher hast du das, Kind?«

»Das ist wohl mein Haushaltsgeld.«

»Warum bewahrt dein Mann das nicht auf? Das kann ich nicht nehmen. Ich kann doch nicht sein Geld nehmen und aufheben.« Arnold schüttelte den Kopf und drückte ihr den Beutel wieder in die Hand.

Anna setzte sich, versank fast in dem Sessel. Ihr tat der Rücken weh, der Nacken. Sie hatte kaum geschlafen und war müde. »Heinrich ist gestern nach Frankreich aufgebrochen. Geschäftlich.«

»Gestern? Zwei Tage nach eurer Hochzeit? Ist er denn von allen guten Geistern verlassen?« Arnold warf ihr einen langen Blick zu. »Gab es Probleme? Ich meine … hattet ihr Streit?« »Nein. Er hat wohl Schwierigkeiten mit einer Lieferung für die von der Leyens. Er war auch nicht glücklich darüber, aber es ist doch sein Geschäft, er musste reisen.« Sie senkte den Kopf, blickte auf die Börse. »Ich habe Angst, das Geld im Haus zu haben. Ich bin doch alleine.«

»Alleine? So, so. Und was ist mit dem Mädchen?«

»Klara? Ich weiß es nicht«, murmelte Anna. Plötzlich liefen ihr die Tränen über die Wangen. »Sie macht nichts. Der ganze Haushalt ist verlottert. In den Schränken sind noch die mottenzerfressenen Sachen seiner Eltern. Alles ist staubig und verdreckt. Ich habe angefangen sauberzumachen, aber alleine ist das schwierig.«

Arnold stopfte sich eine Pfeife. »Hast du das deinem Mann gesagt?«

»Wann denn? Ich habe ihn ja kaum gesehen. Am ersten Tag war er bis abends unterwegs, und am zweiten ist er fort.«

»Nun beruhige dich erst mal, wir werden eine Lösung finden.«

Tina brachte ein Tablett mit Tee, Honig und kleinen Kuchen.

»Tina, hast du nicht eine jüngere Schwester, die eine Anstellung sucht?«, fragte Arnold.

»Nein, das ist meine Cousine Fine. Sie ist siebzehn und sehr gefügig und geschickt. Kochen kann sie noch nicht so gut, aber sie ist willig zu lernen.«

Arnold zog zufrieden an seiner Pfeife. »Dann schicken wir jemanden, um sie zu holen. Sie kann bei Anna anfangen.«

»Wirklich?« Tina strahlte. »Ab wann?«

»Ab morgen. Heute muss Madame Anna erst mal zur Ruhe kommen. Ist ihr Bett bezogen?«

269

»Nein, aber das ist schnell erledigt.« Tina knickste und ging eilig.

»Mein Bett?« Anna hob den Kopf. »Hier?«

»Natürlich. In der Oberstraße erwartet dich keiner. Du schläfst dich in Ruhe aus, und dann sehen wir weiter. Nun gib mir mal das Geld, auch darum werde ich mich kümmern.« Er nahm ihr den Beutel ab, wog ihn in seiner Hand. »Zumindest finanzielle Sorgen hast du vorläufig nicht. Wie lange wird dein Mann unterwegs sein?«

Anna zuckte mit den Achseln. »Ich weiß es nicht.«

Kapitel 29

In dieser Nacht schlief Anna tief und traumlos. Erfrischt und voller Tatendrang wachte sie am nächsten Morgen auf. Im Laufe des Vormittags kam Fine, Tinas Cousine. Arnold ging mit den drei Frauen in die Oberstraße. Er schritt zweifelnd und grübelnd durch das Haus.

»Die Substanz ist gut, aber du hast recht, es gibt viel zu tun. Das schafft ihr drei nicht. Ich werde mich um Hilfe kümmern.«

Nach zwei Wochen erstrahlte das Haus in neuem, frischem Glanz. Es duftete nach Seife und getrockneten Kräutern. Die Vorratskammer war gefüllt, der Hof gesäubert, und der kleine Garten mit den Kräuterpflanzen war wieder gepflegt.

Einzig die Beziehung zu Klara blieb schwierig. In den ersten beiden Tagen war sie entweder nicht zu Hause oder schaute den anderen spöttisch grinsend bei der Arbeit zu. Ihr Zimmer, das hatte Anna inzwischen herausgefunden, war im Anbau und hatte eine separate Tür. Klara konnte somit kommen und gehen, wann sie wollte und ohne dass Anna es mitbekam.

Am dritten Tag riss Annas Geduldsfaden. Das Mädchen war

morgens früh nicht in ihrem Zimmer. Sie hatte den Ofen nicht versorgt, und wieder war das Feuer ausgegangen. Anna schickte Fine zum Schlosser. Als Klara gegen Mittag kam, passte der Schlüssel nicht mehr, und die Tür war verschlossen.

»Du verlässt dieses Haus nicht mehr ohne meine Erlaubnis. Und von jetzt an kümmerst du dich um deine Aufgaben hier, oder du kannst deine Sachen packen und gehen.«

Klaras Blick war für einen Moment fassungslos, dann blitzte es in ihren Augen auf. »Ihr könnt mich nicht rauswerfen. Monsieur hat mich eingestellt, er hat mir auch den Schlüssel gegeben. Ich habe das Recht, zu kommen und zu gehen, wann ich will.«

»Nein, das hast du nicht. Dein Herr ist nicht da, und ich bin seine rechtlich angetraute Ehefrau. Er hat mir die Verantwortung über das Haus und somit auch dich übergeben. Du hast dich zu fügen, oder du kannst gehen, und zwar für immer.«

»Ich glaube kaum, dass das Eurem rechtlich angetrauten Gatten gefallen würde, Madam. Er schätzt mich sehr, vermutlich mehr, als ihr es Euch vorstellen könnt.«

»Dein freches Mundwerk ist unerträglich. Was bildest du dir eigentlich ein?« Schön langsam spürte Anna eine unmächtige Wut in sich hochsteigen.

»Ich sag's nur so, wie es ist. Ich bin seine Dienerin.«

»Davon ist hier aber nicht viel zu sehen. Das Haus ist verdreckt und heruntergekommen.«

»Saubermachen gehört auch nicht wirklich zu meinen Aufgaben. Er schätzt mich aus anderen Gründen.« Klara lächelte süffisant. »Und ich glaube weder, dass er darauf verzichten will, noch dass Ihr seine Bedürfnisse erfüllen könnt.«

Anna schnappte ob dieser Dreistigkeit nach Luft. Klara benahm sich ihr gegenüber genauso, wie es ihre Schwägerin Christine getan hatte. Auch der böse, leicht bedrohliche Unterton in der Stimme erinnerte sie daran. Außerdem konnte Anna sich keinen Reim auf die Worte machen.

»Saubermachen wird von nun an zu deinen Aufgaben gehören. Das ist mein letztes Wort.« Sie drehte sich um und ging mit erhobenem Haupt aus dem Raum. Als sie das leise Kichern der Frau hörte, presste Anna die Lippen zusammen und ballte die Fäuste. Sie würde sich vor dem Mädchen keine Blöße geben.

Überrascht stellte sie fest, dass Klara am Abend den Sauerteig vorbereitet hatte, das Feuer war geschürt, Holz war ordentlich neben dem Ofen gestapelt. Die Töpfe waren geschrubbt, und die Küche blitzte.

Von nun an arbeitete Klara mit, nicht übereifrig und sehr still, aber dennoch zügig.

Als das Haus eine gewisse Sauberkeit hatte, richtete Anna eines der Zimmer im ersten Stock ein. Die alten Möbel warf sie weg, ein neues Bett ließ sie bauen.

»Wer soll dort wohnen?«, fragte Klara.

»Fritz, mein Ziehkind. Er kommt morgen mit seinen Sachen.«

Anna hatte lange mit Arnold über Fritz gesprochen. Seit sie weggezogen war, war er noch ruhiger und schüchterner geworden. Anna schaffte es zwar, fast jeden Tag in der Mühlenstraße vorbeizuschauen, aber viel Zeit für die Kinder blieb ihr nicht.

»Er vermisst dich, Anna, da er sehr an dir hängt«, sagte ihr Onkel bedächtig.

»Ich wollte mich erst mit Heinrich einleben.« Anna seufzte.

»Aber bis er wiederkommt, kann es noch dauern. Heinrich wird es schon verstehen.«

Anna beschloss, Fritz zu sich zu holen. Als sie es dem Jungen sagte, strahlte er über das ganze Gesicht. Noch nie hatte sie Augen so leuchten sehen. Es war die richtige Entscheidung.

»Euer Ziehsohn?«, fragte Klara nun. »Das Arbeiterkind?«

»Ja.«

»Weiß Monsieur davon?«

»Ja«, log Anna. Plötzlich klopfte ihr das Herz bis zum Hals. Sie hatte mit Heinrich über Fritz sprechen wollen, doch nie einen passenden Moment gefunden.

»Und er hat das erlaubt?« Ungläubig sah Klara sie an.

»Ja, natürlich.« Anna drehte sich um und ließ Klara mit offenem Mund dastehen.

»Das kann ja heiter werden«, hörte sie Klara leise sagen.

Ohne zu wissen wieso, verursachte ihr Klara Magenschmerzen. Sie lehnte sich zwar nicht mehr offen auf, schien nun auch die Nächte im Haus zu verbringen und tat ihre Arbeit, doch trotzdem ging etwas Bedrohliches von ihr aus. Wie eine Vorahnung, ein Knistern in der Luft, wenn sich ein Gewitter ankündigte.

Der September wurde zu Oktober. Anna fühlte sich inzwischen zu Hause in der Oberstraße. Sie hatte die Stube gemütlich eingerichtet, Bücherregale anfertigen lassen, die sich auch langsam füllten. Zaghaft und ein wenig beschämt hatte sie Claes gefragt, ob sie weiterhin Bücher ausleihen dürfe. Er hatte freundlich zugestimmt. Die ersten Besuche verliefen schneller und stiller als früher, doch dann brachte er ihr eine Ausgabe der Schriften von Machiavelli. Beim nächsten Treffen fragte er sie nach dem Buch, und sie begannen eine lebhafte Diskussion. Danach schien das Eis zwischen ihnen gebrochen zu sein, und sie führten ihre Freundschaft fort, als lägen nicht ein Jahr und eine Eheschließung dazwischen.

»Ich brauche Bücher«, gestand sie ihm.

Claes lachte lautlos und wies auf die deckenhohen Regale.

»Reicht das nicht? Es sind nun fast dreitausenddreihundert Bücher, die ich mein Eigen nenne.«

»Ich besitze drei. Die Bibel, eine Schrift von Erasmus von Rotterdam und einen Band Sonette. Ich hätte gerne mehr Bücher. Ich möchte sie besitzen.«

»Das kann ich gut verstehen.« Claes blickte auf die Buchreihen. »Ich habe einiges doppelt – in verschiedenen Ausgaben. Andere Bücher werde ich nie wieder lesen. Ich kann Euch gerne einige abtreten.«

»So habe ich das nicht gemeint, Claes.« Sie legte ihm sacht

die Hand auf den Arm. »Ich möchte Bücher kaufen und auch dafür bezahlen. Wenn Ihr unterwegs seid, Ihr kennt doch meinen Geschmack, könntet Ihr nicht auf günstige Gelegenheiten achten? Viel Geld steht mir nicht zur Verfügung, aber ein wenig schon.«

Claes lächelte. »Anna, es wird mir ein Vergnügen sein. Und doch gestattet mir, Euch zu Eurer neuen Sammlung etwas beizusteuern. Es wäre mir sowohl Vergnügen als auch Wohltat.«

Die Abende verbrachte sie nun nicht mehr gemeinsam mit Onkel Arnold, was sie sehr bedauerte, sondern mit Fritz vor dem Kamin. Sie las ihm vor oder lernte mit ihm, brachte ihm Schach und Backgammon bei. Fritz taute sichtlich auf. Immer wenn er einen guten Spielzug getan hatte und sie ihn lobte, huschte ein verschmitztes Lächeln über sein Gesicht. Seine schulischen Leistungen wurden deutlich besser, und er nahm zu, obwohl er gleichzeitig auch wuchs. Bald schon würde er so groß sein wie sie.

Für den Winter, dachte Anna nachdenklich, während Fritz die Spielfiguren aufbaute, werde ich neue Kleidung nähen müssen. Vor den Fenstern herrschte dichtes Oktoberdunkel, der Feuerschein des Kamins spiegelte sich in den Fensterscheiben, so dass es so aussah, als stünde die Stadt in Flammen. Lächelnd lehnte sich Anna zurück. Sie war glücklich und zufrieden. Heinrich hatte sie in den ersten Tagen sehr vermisst. Sich alleine auf das neue Haus mit all den Schwierigkeiten einzustellen, war ihr nicht leichtgefallen. Lieber hätte sie ihren Mann an der Seite gehabt. Anfangs schaute sie täglich die Straße entlang zum Tor, schreckte jedes Mal auf, wenn ein Reiter kam. Die Oberstraße war die Hauptstraße, viele Reiter und Fuhrwerke kamen hier entlang. Mit der Zeit wurde sie gelassener, die Sehnsucht ließ nach. Inzwischen dachte sie nur selten an ihn.

In der Küche köchelte eine gute Suppe vor sich hin, der Duft zog durch das ganze Haus.

Jemand ritt die Straße entlang. Anna hatte sich an das Treiben auf der Hauptstraße gewöhnt und nahm es kaum noch wahr. Doch der Reiter hielt vor dem Haus, sprang ab. Er führte das Pferd durch das schmale Tor. Auch hier war auf dem hinteren Teil des Grundstücks ein Stall. Es gab drei Einstände, doch Heinrich besaß nur ein Pferd. Nach Arnolds Drängen holte Anna ihre Stute hierher. So musste sie nicht erst durch die Stadt zur Mühlenstraße laufen, wenn sie ausreiten wollte. Wer konnte das sein?, dachte Anna und spürte einen Kloß im Hals. Auch Klara, die in der Küche saß und Bohnen verlas, war aufgesprungen. Anna hörte die Tür zum Hof aufgehen und zufallen. Dann ein fröhliches Jauchzen. War das Besuch für Klara? Vielleicht jemand aus ihrer Familie? Anna wusste kaum etwas von Klaras Herkunft. Sie ging in die Küche, schaute aus dem Fenster in den Hof. Das Licht aus dem Haus malte Flecken in der Dunkelheit, doch bis zum Stall konnte sie nicht sehen. Sie wollte keinen Fremden im Haus, der Gedanke verschreckte sie.

Sie konnte die Silhouetten von zwei Menschen erkennen, die langsam über den Hof auf das Haus zukamen. Die eine war Klara, und neben ihr ging ein Mann, er war groß und stattlich, ging mit festem Schritt. Sein Gesicht konnte sie nicht sehen. Er trug eine Satteltasche, Klara eine zweite, die beiden gingen dicht nebeneinander. Bevor sie in die Lichtpfützen am Haus traten, blieben sie stehen und küssten sich.

Anna drehte sich erschrocken um, fühlte sich, als sei sie ertappt worden. Nein, vielmehr so, als hätte sie ein Paar in einem intimen Moment überrascht.

»Anna?«, rief Fritz. »Ihr seid am Zug. Eure Dame ist in Gefahr.« Sie hörte die fröhliche Munterkeit in seiner Stimme. Sollte sie zu ihm zurückkehren und abwarten, wen Klara meldete? Oder sollte sie hier bleiben und den Besucher direkt in der Küche begrüßen? Die Entscheidung wurde ihr abgenommen, die Tür ging auf, bevor sie den Raum verlassen konnte.

»Anna!«

Sie drehte sich überrascht um. Es war Heinrich. Wie vom

Donner gerührt stand sie da, sah ihn an. Er war sonnengebräunt, seine Kleidung starrte vor Dreck, doch seine Augen leuchteten.

»Heinrich«, flüsterte sie und schlug die Hand vor den Mund. »Heinrich.«

Er ließ die Tasche fallen, breitete die Arme aus, und auf einmal löste sich etwas in Anna. Sie lief auf ihn zu, fiel ihm in die Arme.

»Endlich!« Er drückte sie fest, küsste sie aufs Ohr, auf den Hals. Seine Hände wühlten in ihren Haaren, wanderten den Rücken hinunter, strichen über ihre Seiten. Anna schloss die Augen, gab sich ganz dem wohligen Gefühl hin. All ihre Zweifel und Gedanken waren wie weggewischt. Dies war ihr Mann, den sie liebte, mit dem sie zusammen sein wollte. Er war zurückgekehrt, und nun konnten sie ihr gemeinsames Leben aufnehmen. Seine Lippen fanden ihre, er küsste sie, zärtlich, langsam, dann immer fordernder. Seine Hände umfassten ihre Brüste, glitten zur Taille, er zog an ihrem Rock. Anna vergaß alles um sie herum, gab sich ganz dem Gefühl der Liebe hin, der Innigkeit und der Nähe.

Das leise und hämisch klingende Lachen von Klara brachte sie schlagartig zurück in die Realität. Anna drückte Heinrich von sich.

»Warte, nicht hier.«

»Warum nicht?« Er fasste wieder nach ihr, hielt sie fest, küsste sie erneut. Nur mühsam gelang es Anna, ihn ein wenig zurückzudrängen.

»Bitte, Heinrich. Nicht hier …« Sie blickte zu Klara, die in der Tür stand und sie beobachtete.

»Doch!« Er drängte sie zum Tisch, griff in ihre Haare und zwang sie, sich zurückzubeugen. Dann öffnete er geschickt die Knöpfe ihres Kleides, des Unterkleides, entblößte ihre Brust. Er fuhr mit den Fingern über die Haut, umkreiste die Brustwarze, strich langsam darüber, dann beugte er sich vor und saugte daran.

»Heinrich bitte … bitte nicht … Heinrich …« Mit weit aufgerissenen Augen lag Anna halb auf dem Küchentisch, er drängte sich zwischen ihre Schenkel, die eine Hand immer noch fest und schmerzhaft in ihren Haaren, die andere an ihrem Körper. Tränen stiegen ihr in die Augen, sie fühlte sich entblößt, beschmutzt und missbraucht.

Ihr verschwommener Blick traf auf Klara, die nun mit dem Rücken zum Ofen stand, die Arme vor der Brust verschränkt.

O nein, dachte Anna, o nein.

»Bitte, Heinrich, Klara … nicht hier …«

Kurz hob er den Kopf, schaute sich um, sah das Mädchen, lächelte ihr höhnisch zu, dann schob er Annas Rock hoch.

Es tat weh, als er in sie eindrang, es tat weh, als er zustieß, es tat weh, als er ihr in die Brust biss und saugte. Die Schmerzen waren fürchterlich, aber die Schande war noch viel größer. Er nahm sie gewaltvoll und ohne Rücksicht vor dem Mädchen, erniedrigte sie. Zu Anfang jammerte sie bei jedem heftigen Stoß, bei jeder schmerzvollen Berührung von ihm. Dann biss sie sich auf die Lippen. Das wollte sie den beiden nicht geben, nicht auch noch diese Schmach, ihr Jammern und Weinen zu hören. Lustvoll stöhnte er immer wieder auf, atmete keuchend. Den Rock hatte er ihr über die Hüften geschoben, ihr Unterkleid zerrissen, das Oberkleid weit geöffnet. Er selbst hatte nur sein Beinkleid aufgemacht. Der raue Stoff seiner Kleidung scheuerte auf ihrer Haut. Sie nahm das wahr, seinen heißen, keuchenden Atem, der nach Alkohol roch, den festen, schmerzhaften Griff seiner Hände. Schließlich ergoss er sich in ihr, fiel über sie, drückte sie auf die harte Tischplatte. Er lag auf ihr, schnappte nach Luft, blies ihr seinen Atem ins Gesicht. Anna drehte den Kopf angewidert zur Seite. Sie öffnete die Augen, sah Fritz zitternd in der Küchentür stehen.

O mein Gott, dachte sie, das Kind. Und Heinrich weiß noch nichts von dem Jungen.

Geh nach oben, formte sie lautlos mit ihren Lippen. Er sah sie verstört an. Geh nach oben, wiederholte Anna überdeutlich, aber still. Endlich schien der Junge zu begreifen und verschwand.

Ihr Blick wanderte müde und gebrochen zum Ofen, weiter durch den Raum, aber Klara war nicht mehr da. Wann und wie das Mädchen den Raum verlassen hatte, wusste sie nicht. Es war ihr auch egal.

Klara hatte gelacht, erst hämisch, doch dann klang Verzweiflung aus ihrem Auflachen. Es war ein: Jetzt weißt du, was ich gemeint habe. Jetzt weißt du, was ich immer ertragen musste. Es war ein trauriges, mitleidsvolles Lachen, fast ein Weinen. Die Häme war aus Klaras Blick verschwunden, dort standen Verständnis und Anteilnahme. Nun war sie fort und Anna alleine mit dem schnaufenden Mann, der nach Schweiß und Alkohol riechend wie ein Sack über ihr lag und sie auf den Tisch presste. Behutsam schob sie ihn von sich, er richtete sich schließlich auf, sah sie an, leckte sich über die Lippen.

Anna zog den Kopf ein, erwiderte seinen hochmütigen Blick nicht, fügte sich stattdessen.

Er schloss sein Beinkleid, lächelte. »Ich bin froh, wieder zu Hause zu sein.« Dann schaute er sich um, ging langsam durch den Flur in die Stube.

Das Schachspiel, dachte Anna verzweifelt, er wird es sehen und sonst was vermuten. Er weiß nichts von Fritz, und wahrscheinlich war es keine gute Idee, den Jungen hierher zu holen.

Sie stand auf, zog ihr Kleid zusammen, folgte Heinrich langsam und gekrümmt. Es brannte teuflisch in ihrem Schoß, sie fühlte sich wie zerrissen. Überall schien ihre Haut wund zu sein. Ihre Brust pochte, sosehr hatte er gesaugt und gebissen, Blut sickerte durch den Stoff des Kleides.

Er stand staunend im Raum, schaute sich um.

»Du hast ganze Arbeit geleistet. Alles sieht anders aus.« Dann fiel sein Blick auf den Tisch vor dem Kamin. »Mit wem hast du gespielt?«

»Ich habe nur geübt.« Anna versuchte ihn anzusehen, schaffte es nicht.

»Du lügst.« Er lächelte, sagte die Worte leise, fast zärtlich, kam auf sie zu. »Du lügst. Du lügst MICH an?« Plötzlich schwoll seine Stimme an. »Du belügst mich? Alleine? Geübt? Wen willst du hier zum Narren halten?«, schrie er und trat gegen das Tischchen. Es fiel um, die Figuren purzelten zu Boden, einige flogen in den Kamin. Zischend und stinkend verglühte das Horn der Figuren im Feuer.

Heinrich kam auf sie zu. »Mit wem hast du gespielt?« »Da ist niemand, ich schwöre es.« Anna wich bis zur Wand zurück. Sie zog den Kopf ein, zitterte. Noch nie zuvor hatte sie solche Angst gehabt, doch dies war nur der Anfang, fürchtete sie.

»Ich lasse mich nicht belügen, und von einer Frau schon gar nicht, von meiner Frau erst recht nicht.« Er stand nun dicht vor ihr, spuckte die Worte aus. Er hob mit der linken Hand ihren Kopf an, drückte ihre Wangen schmerzhaft zusammen.

»Schau mich an! Und dann sag mir, wer hier war!«

Sie schmeckte Blut auf den Lippen, hatte zu fest zugebissen. »Heinrich …«, flehte sie. »Um Gottes willen, Heinrich …«

Heinrich holte mit dem rechten Arm aus, schlug ihr ins Gesicht. Sie hörte das Klatschen seiner Faust auf ihrer Haut, das Knirschen, als die Nase brach. Schmerz spürte sie nicht. Wie von weitem betrachtete sie die Szene.

Er wird mich umbringen, dachte sie.

»Haltet ein!« Es war die hohe und dünne Stimme von Fritz. »Tut ihr nicht weh!«

Doch der nächste Schlag sauste schon auf Anna nieder. Diesmal traf er das Auge. Sie spürte, wie die Augenbraue aufplatzte, warm lief das Blut über ihr Gesicht. Ihr wurde schwarz vor Augen.

Heinrich ließ sie mit einem Mal los, drehte sich zu dem Jungen um.

»Wer bist du?«, brüllte er.

»Fritz – Fritz Heymer. Sie hat mit mir Schach geübt.« Seine Stimme klang ganz piepsig.

Anna rutschte an der Wand entlang zu Boden. Bitter stieg die Magensäure in ihr hoch, verätzte ihr den Mund. Ihr linkes Auge schwoll zu. Mit aller Macht versuchte sie, bei Bewusstsein zu bleiben.

»Nicht den Jungen ...«, krächzte sie. Nun spürte sie den pochenden Schmerz, ihr Kopf schien sich auszudehnen und zerspringen zu wollen.

»Fritz?« Heinrich schüttelte den Kopf. »Was machst du hier?« Er packte den Jungen am Arm, zog ihn in das Zimmer, schleuderte ihn dann in die Ecke, ging hinterher, riss ihn wieder hoch.

»Dies ist mein Haus! Du hast hier nichts verloren.«

Mit vor Angst weit aufgerissenen Augen schaute der Junge ihn an, er wollte etwas antworten, doch Heinrich schlug schon zu. Mit der geballten Faust boxte er ihm in den Magen. Der Junge schrie kurz auf, krümmte sich dann zusammen. Der nächste Schlag traf seinen Kopf, Fritz fiel vorne über auf den Boden.

»Heinrich ...« Verzweifelt versuchte Anna aufzustehen. »Tu ihm nichts mehr.«

»Halt dich da raus! Mit dir bin ich noch nicht fertig! Und mit ihm auch noch nicht.« Er trat den Jungen nun.

Aus den Augenwinkeln sah Anna eine Bewegung, es war Fine, die bleich und erschrocken in der Tür stand.

»Hol Hilfe«, flehte Anna.

Fine nickte, drehte sich um, die Haustür fiel ins Schloss, als Heinrich wieder zutrat. Das Knacken gebrochener Rippen war zu hören, der Junge wimmerte kurz, verstummte dann.

Anna wischte sich über das Gesicht, ihre Hand war voller Blut, es lief schon den Hals hinab, tropfte auf den Boden.

Mühsam lief sie zu dem Jungen, kniete neben ihm.

»Ich hoffe bei Gott, dass du ihn nicht getötet hast.«

Heinrich lachte rau. Dann packte er sie bei den Haaren, zog sie hoch.

»Hatte ich dir erlaubt, den Bastard ins Haus zu holen? Ich kann mich nicht erinnern.«

Anna hob schützend die Hände vor das Gesicht. Heinrich zog sie an sich, drückte sie fest gegen sich. »Spürst du das? Spürst du meine Männlichkeit? Deine Angst ist erregend.« Anna kniff die Augen zusammen. Was hatte er nun vor? Heinrich schob sie vor sich her zum Sessel, der vor dem Kamin stand. Mit hartem Griff zwang er sie, sich auf den Sessel zu knien.

»Bitte«, hauchte sie, als er ihre Röcke hochschob. »Bitte nicht ...«

Was er dann tat, raubte ihr fast den Verstand. Die einzige Möglichkeit, es zu überstehen, war, es über sich ergehen zu lassen. Sie grub die Zähne in die Unterlippe, schmeckte das Blut. Irgendwann hörte sie hohe, schrille Schmerzensschreie und begriff erst nicht, dass sie es war, die schrie.

Rhythmisch presste er sie gegen den Sessel, stieß wieder und wieder zu. Endlich stöhnte er laut auf und sackte über ihr zusammen. Sein Gewicht lastete schwer auf ihr. Plötzlich wurde Heinrich zurückgerissen, aus ihr heraus, von ihr weg.

»Was in Teufels Namen ...« Es war die wütende Stimme ihres Onkels.

Diese Schmach überlebe ich nicht, dachte Anna. Langsam drehte sie sich um, versuchte ihre Kleider zu ordnen.

»Was machst du hier mit meiner Nichte? Was ist mit dem Jungen? Bist du gänzlich von Gott verlassen, Heinrich Stennes?«

»Fahrt zur Hölle, te Kloot. Es ist mein Haushalt, es geht Euch nichts an.«

»Bei Gott, du täuscht dich. Ich nehme meine Nichte und das Kind mit. Diese Ehe wird annulliert, und ich werde dich anzeigen. Bürgermeister Reches duldet keine Gewalt gegen Frauen und Kinder!« Arnold schnaufte wütend.

»Es ist meine Frau. Was ich mit ihr mache, ist meine Sache. Und das Balg hat hier nichts verloren. Nehmt ihn mit, er gehört Euch.«

Anna hatte sich umgedreht, war in den Sessel gesunken, der

gerade noch als Opferstock ihrer Ehe fungiert hatte. Sie schaute ihren Onkel verzweifelt an, nur mit dem rechten Auge, das linke war zu geschwollen.

»Nein, du täuschst dich. Auch deiner Frau darfst du nicht solche Gewalt antun.« Entsetzt sah er zu Anna. »Lieber Himmel, wie kannst du nur? Wie kannst du diesem Kind ... Nein, unfassbar. Fine!« Er drehte sich um. Das Mädchen stand verschüchtert in der Tür. »Fine, hol den Arzt und die Wache und den Bürgermeister. Jetzt, sofort!«

Diese Worte waren das Letzte, was Anna hörte. Ihre Onkel würde sich kümmern, würde sich um Fritz kümmern. Sie ließ sich in die erbarmungsvolle Dunkelheit fallen.

Kapitel 30

Als sie aufwachte, war es dunkel. Sie konnte nur das rechte Auge öffnen, die linke Gesichtshälfte fühlte sich weich, schwammig und sehr dick an, trotzdem spannte die Haut dort.

Der Rest ihres Körpers schien ein einziges, schmerzbehaftetes Trümmerfeld zu sein.

Mit Mühe hob sie den Kopf, es pochte und trommelte hinter ihren Schläfen. Schon einmal hatte sie sich so gefühlt, doch damals war sie nur vom Pferd gefallen. Diesmal hatte ein anderer Mensch schuld.

Eine Kerze brannte auf der Kommode. Sie war in ihrem Zimmer in der Mühlenstraße. Als sie dies erkannte, ließ sie sich erleichtert zurücksinken.

»Anna?« Es war ihr Onkel, er klang erschöpft.

»Ja.«

»Es tut mir leid.«

Es ist nicht deine Schuld, dachte sie, nur meine. Ich habe den Mann verkannt, ich habe mich auf ein Trugbild eingelassen.

Du wolltest mich warnen. Sie konnte diese Gedanken nicht aussprechen, ihr fehlte die Kraft.

»Fritz?«, hauchte sie. »Was ist mit ihm?«

»Er lebt. Er hat ein paar Brüche und Quetschungen. Aber er lebt und wird es überstehen.« Wieder schnaufte ihr Onkel heftig, stöhnte dann leise.

Er lebt, dachte Anna und schloss die Augen.

»Du wirst wieder hier einziehen, und alles wird gut werden. Heinrich wird seine Reputation verlieren, wenn bekannt wird, was er mit dir gemacht hat. Dieser Unhold!«

Alles wird gut, hatte ihr Onkel gesagt, und sie vertraute seinem Wort.

Der Morgen dämmerte. Das laute Rufen der Wildgänse, die immer im Herbst an den Niederrhein zogen, lag über der Stadt. In Scharen kamen sie, zum Ärger der Bauern, und fraßen die Felder leer.

Das Zimmer wirkte fahl und kalt. Die Kerze war erloschen. Anna sah an die Decke. Nie wieder würde sie aufstehen, nie wieder dieses Zimmer verlassen. Die Schmach war zu groß, größer als das, was sie tragen konnte.

Dann schaute sie zu ihrem Onkel. Er saß in sich zusammengesunken im Stuhl neben dem Bett. Friedlich hockte er da, ruhig. Irgendetwas mutete sie seltsam an, und unter Schmerzen richtete sie sich auf.

Sein Kopf hing schief zur Seite, der Mund war geöffnet. Doch kein Atem bewegte seine Brust.

»Onkel Arnold?«

Er rührte sich nicht.

»Onkel Arnold!«

Anna stand auf, legte die Hand an seine schon kalte Wange. Dann plötzlich liefen die Tränen, die sie die ganze Zeit zurückgehalten hatte. Er war tot.

»Du hast ihn umgebracht. Du bist schuld.« Eisig sah Katrina sie zwei Tage später an.

283

Anna schluckte. »Nein.«

»Doch, schau dich an. Er hat sich wegen dir Sorgen gemacht und ist darüber gestorben. Du trägst die Schuld. Ich will dich nie wieder in meinem Leben sehen. Du hast meinen Vater auf dem Gewissen.«

Es war der Tag der Beerdigung. In der Küche kochte das Essen, das Haus war durchzogen von den Düften nach Fleisch und anderen Leckereien. Anna konnte kaum stehen. Alles tat ihr weh. Die Wunde über ihrem Auge hatte eine dünne Kruste, aber aus ihrem Schoß blutete sie immer noch. Ihr Gesicht war dick geschwollen, die Nase krumm verschoben und blau-grün gefärbt. Durch das linke Auge konnte sie kaum sehen.

»Es tut mir leid.« Krampfhaft versuchte Anna die Tränen zu unterdrücken.

»Es tut dir leid? Das ist nichts zu dem, was ich auf mich nehmen muss.« Katrina schüttelte empört den Kopf. »Du hast uns zu Waisen gemacht, mich und die Kinder. Unser Vater hat sich für dich aufgerieben, ist an Kummer über dich verstorben. Nun muss ich die Geschwister großziehen. Ich danke dir nicht dafür.«

»Aber Katrina …«

»Nichts aber«, schnitt ihre Cousine ihr das Wort ab. »Ich habe mit dem Bürgermeister gesprochen und der mit deinem Gatten. Heinrich hat versprochen, sich von nun an gebührlich zu benehmen. Er nimmt dich und das Ziehkind, so es denn gesundet. Meine Geschwister, die nun gänzlich ohne Vater und Mutter sind, nehme ich zu mir. Ich untersage dir den Kontakt zu ihnen. Offensichtlich reizt du Leute zu Gewalt.«

»Ich reize?« Fassungslos schüttelte Anna den Kopf.

»Nun, zumindest deinen Mann. Es wird schon einen Grund geben, warum er dich so behandelt hat.« Verächtlich schaute Katrina sie an. »Mein Mann ist immer zuvorkommend, aber ich weiß auch, wie ich mich zu geben habe. Das scheinst du nicht zu wissen.«

Anna versuchte den Kopf zu schütteln, doch ihr wurde schwindelig. »Aber ...«

»Noch heute verlässt du dieses Haus, gehst zurück in das Haus deines Gatten. Und komm mir nie wieder unter die Augen.« Katrina drehte sich um und ging.

Anna schaffte es kaum, die Treppe hinunterzusteigen. Jeder ihrer Knochen schmerzte, die Hautabschürfungen brannten. Bei jedem Schritt hatte sie das Gefühl, ein Messer würde sich tiefer und tiefer in ihren Schoß bohren, die Eingeweide durchdringen. Am Fuße der Treppe blieb sie zusammengekrümmt und vor Schmerz keuchend stehen. Wie sollte sie es schaffen, durch die Stadt bis zur Oberstraße zu laufen? Ihr war jetzt schon schlecht vor Schmerz. In der Stube war die Nachbarschaft versammelt, gemeinsam wollte man zur Kirche gehen. Anna hoffte, das Haus vor ihnen verlassen zu haben. Sie wollte keinen Menschen sehen und auch nicht gesehen werden. Sie nahm ihren Mantel, zog ihn mühevoll an, band die Haube. Ihr Kinn schmerzte, man konnte dort die blauen Flecken seiner Fingerabdrücke erkennen.

Sie atmete tief durch, öffnete die Haustür, zuckte erschrocken zusammen. Vor ihr stand Abraham ter Meer, die Hand erhoben.

Panisch wich sie zurück, bis ihr klarwurde, dass er hatte klopfen wollen. Abraham starrte sie an, er öffnete den Mund, schloss ihn wieder, schüttelte den Kopf.

»Gott, was hat er Euch angetan?«, sagte er schließlich leise.

Anna zog den Kopf ein, biss sich auf die Lippen.

»Wo wollt Ihr hin?«

»Nach ...« Nach Hause hatte sie sagen wollen, doch ihr zu Hause war hier und nicht in der Oberstraße. »Ich muss hier fort.«

»Warum?« Fassungslos sah er sie an. »In diesem Zustand gehört Ihr ins Bett, mit Umschlägen.«

Stumm schüttelte sie den Kopf und drängte sich an ihm vorbei.

»Anna, wo wollt Ihr hin?«

»In die Oberstraße.« Sie schluckte. »Katrina hat mich des Hauses verwiesen. Sie macht mich für des Onkels Tod verantwortlich.«

Abraham trat neben sie, legte behutsam die Hand auf ihre Schulter. »Dafür seid Ihr nicht verantwortlich, es ist die Entscheidung Gottes, wann er uns zu sich ruft. Manches Mal ist sie uns Menschen unverständlich, aber wir haben es hinzunehmen.«

Anna seufzte. »Ja.«

»Trotzdem könnt Ihr nicht bis zur Oberstraße laufen. Unsere Kutsche steht angespannt im Hof. Wartet, ich fahre Euch.«

Anna lehnte sich an das kalte Mauerwerk des Hauses. In ihrem Bauch rumorte es. Angst machte sich in ihr breit. Wenn ich das Haus betrete, wird Heinrich mich erschlagen, dachte sie. Aber dann hätten all die Schrecken und Schmerzen ein Ende.

Mit besorgtem Blick half Abraham ihr in den kleinen Einspänner. Er fuhr langsam, damit es nicht zu holperig war, ignorierte die wütenden Rufe des Kutschers hinter ihm.

Anna saß mit schmerzverzerrtem Gesicht neben ihm. Vor Angst war ihr flau im Magen.

»Monsieur Reches hat mit ihm gesprochen. Stennes musste schwören, Euch kein Haar mehr zu krümmen«, sagte Abraham leise.

Anna nickte. Sie glaubte nicht daran, dass Heinrich sich an so etwas hielt. Noch nie im Leben hatte sie so viel Hass und Gewalt gegenübergestanden.

Abraham warf ihr einen verstohlenen Blick zu, sah ihre Hände, die sie im Schoß zusammenballte, bemerkte das zitternde Kinn. Wieder legte er ihr sacht die Hand auf den Arm.

»Anna, Ihr könnt immer zu uns kommen. Unsere Tür steht Euch offen. Ich bin mir sicher, dass Katrina es nicht so gemeint hat. Die Trauer und der Schmerz um den Verlust ihres Vaters haben sie verwirrt. Ganz bestimmt wird sie, wenn sie wieder klar sehen kann, auch für Euch da sein.«

Das glaube ich kaum, dachte Anna, sagte aber nichts.

Abraham zügelte das Pferd, hielt vor Stennes' Haus. Für einen Moment blieb er sitzen, schien zu überlegen.

»Soll ich Euch zu uns bringen?«, fragte er dann leise.

»Nein. Ich muss mich dem stellen. Es ist mein Schicksal, und ich muss es annehmen, egal, was kommt.«

»Ich bewundere Euren Mut.« Seufzend stieg er ab, half ihr vom Kutschbock. Anna öffnete die Tür. Die Luft im Haus roch abgestanden und nach kaltem Rauch. Langsam ging sie die Diele entlang, sie hörte, dass Abraham ihr folgte, und war froh darum.

Dann hörte sie das raue Lachen ihres Mannes. Es kam aus der Küche. Anna blieb stehen, Schweiß lief ihr den Rücken herunter. Prompte Unruhe und quälende Unsicherheit ergriffen sie. Sie hörte Abraham schnauben. Mit forschem Schritt ging er an ihr vorbei zur Küche.

»Stennes, ich bringe Euch Eure Frau. Sie ist auf dem Weg nach oben und wird sich sofort hinlegen. Hinlegen müssen. Sie ist schwer verletzt. Ich vermute, dass Ihr sie dementsprechend behandelt.«

»Meine Frau?« Heinrich lachte böse. »Dieses Weib wollte doch die Ehe annullieren.«

»Da die Ehe nun offensichtlich und vor Zeugen vollzogen wurde, ist das nicht ohne weiteres möglich, wie Ihr sicher wisst.«

»Sie ist also tatsächlich wieder da.« Er schob den Stuhl zurück, stand auf und kam zur Küchentür.

Anna senkte den Kopf, wich seinem Blick aus.

»Ihr wisst, was Bürgermeister Reches zu Euch gesagt hat?«

»Was geht Euch das an, ter Meer?« Heinrich klang eher zornig als verlegen.

Abraham trat einen Schritt auf ihn zu, er war größer als Stennes. »Natürlich geht es mich was an. Durch meinen Glauben bin ich Eurer Frau verbunden. Wir stehen ein für Gewaltlosigkeit, Friedlichkeit und Liebe. Und wir leben das auch. Allerdings«, Abraham senkte seine Stimme, wurde leiser und kälter, »allerdings nicht bis zur völligen Selbstaufgabe. Ich muss Euch leider gestehen, dass ich nicht nur Mennonit, sondern auch Mensch bin.« Er packte Stennes am Kragen, zog ihn noch dichter zu sich heran. »Und als Mensch werde ich es nicht dulden, dass Ihr Eurer Frau noch ein Haar krümmt.«

»Was wollt Ihr dagegen tun? Was könntet Ihr dagegen tun? Eurer Glaube verbietet Euch Gewalt«, fauchte Heinrich und versuchte Abraham wegzudrücken.

»Ja, das ist richtig. Mir verbietet er Gewalt. Aber nicht einigen meiner Arbeiter, die reformiert sind oder gar katholisch. Und es wäre ihnen eine Freude, meinen Anweisungen zu folgen. Glaubt mir, Ihr würdet schlimmer aussehen als Eure Frau zurzeit, auch wenn das kaum vorstellbar ist.« Er ließ Stennes mit einem Ruck los, so dass dieser nach hinten taumelte.

»Schon gut, schon gut. Es war ein Ausrutscher, ein Versehen. Ich war übermüdet und hatte ein wenig getrunken, um mich aufzuwärmen. Ich habe ein wenig über die Stränge geschlagen, das gestehe ich durchaus.«

»Über die Stränge geschlagen?«, zischte Abraham. »Das ist sehr milde ausgedrückt. Bei Gott, ich hoffe, dass Euch das nie wieder passiert. Ich werde ein Auge auf Anna haben.«

Anna hatte sich die Wand entlanggedrückt, stieg nur langsam die Treppe empor.

»Madame Anna«, sagte Abraham. »Ich schicke Euch das Mädchen, Fine. Ich werde sie instruieren, bei jeder Kleinigkeit zu uns zu kommen und Hilfe zu holen. Wir sind da. Seid ohne Furcht.«

Anna war froh, dass das Schlafzimmer ein Schloss mit Schlüssel hatte. Erst als sie diesen umdrehte, fühlte sie sich einigermaßen sicher. Sie hatte durchaus die unbändige Wut in den Augen ihres Mannes gesehen. Dunkel vor Hass waren sie. Wahrscheinlich hasste er sie nun dafür, dass der Bürgermeister und auch Abraham ihn gemaßregelt hatten.

Ich habe das alles nicht gewollt, dachte Anna verzweifelt. Es muss die Strafe für irgendetwas sein, was ich verbrochen habe. Vermutlich war ich die letzten Jahre einfach zu glücklich. Tränen liefen ihr über die Wangen. Sie vermisste ihren Onkel, der Schmerz über seinen Tod wog schwer. Habe ich dich umgebracht, Onkel, dachte sie. Sollte es so sein, tut es mir unermesslich leid, und ich bedaure es immens. Ich brauche dich. Niemand kann dich ersetzen.

Sie war überrascht, wie sehr Abraham ihr zur Seite gestanden hatte. Das hatte sie nicht von ihm erwartet. In den letzten Monaten, seit Claes Rückkehr, war er still und in sich gekehrt gewesen, hatte kaum ein Wort mit ihr gewechselt.

Doch nun sah sie in ihm einen wahren Freund, jemanden, dem sie vertrauen konnte, der für sie da war in den Zeiten der Not. Es beruhigte sie auch, dass er ihr sein Elternhaus als Zuflucht angeboten hatte. Sie konnte sich nicht vorstellen, das Angebot anzunehmen, aber es war trotzdem ein tröstender Gedanke.

Lieber Gott, dachte sie, wenn ich hier in diesem Haus sterben muss, dann lass es bitte schnell gehen.

Kapitel 31

Nach den ersten Wochen voller Angst und Furcht schien sich das Leben wieder zu normalisieren. Annas Wunden verheilten. Der Arzt richtete ihre Nase mit einer schmerzhaften Prozedur, einen Tag, nachdem sie wieder bei Heinrich eingezogen war. Obwohl er ihr eine beruhigende Tinktur gegeben hatte, fiel sie in Ohnmacht. Zwei Tage blieb sie im Bett, schaffte es wegen der pochenden Schmerzen in ihrem Kopf nicht aufzustehen. Jedes Mal, wenn sie sich aufrichtete, wurde ihr schwindelig und übel.

Heinrich reiste ab. Er sagte ihr nicht, wohin und wie lange er fort sein würde, doch das war ihr gleichgültig. Sie war froh, wieder alleine zu sein. Nach zwei Wochen durfte auch Fritz zurückkehren. Sie hatte ihn nicht besuchen können, Katrina ließ sie tatsächlich nicht ins Haus. Annas Herz blutete vor Pein. Endlich konnte sie ihn abholen.

Der Junge war abgemagert und blass. Er bewegte sich vorsichtig, wie auf dünnem Eis, zuckte bei jedem lauten Geräusch zusammen.

»Madame Anna, kann ich nicht in der Mühlenstraße bleiben?«, fragte er sie schüchtern und mit gesenktem Blick, als sie in der Küche zu Abend aßen. »Ich liebe Euch von Herzen, aber...«

»Du hast Angst, das verstehe ich.« Anna zog ihren Stuhl an seinen und fasste seine Hände. »Fritz, ich habe auch Angst. Aber im Haus te Kloot sind wir beide nicht mehr willkommen. Meine Cousine macht mich verantwortlich für den Tod ihres Vaters, meines Onkels. Wahrscheinlich liegt darin ein Körnchen Wahrheit, nur gibt es nichts, was ich hätte anders machen können, außer diesen Mann nicht zu heiraten.«

»Warum?«, fragte er und sah sie mit seinen leuchtend blauen Augen an, die sie an den Frühlingshimmel erinnerten.

»Warum ich ihn geheiratet habe?« Anna schluckte.

»Ja.«

»Weil ich dachte, ich liebe ihn und er mich.«

»Er liebt Euch nicht, Anna.«

»Das weiß ich nun«, flüsterte sie. »Doch es ist zu spät.«

»Er hasst mich.« Der Junge senkte den Kopf.

»Das mag sein, dennoch hat er sich verpflichtet, dich aufzunehmen. Du wohnst jetzt hier. Ich weiß, es macht dir Angst, aber ich bin froh darüber, denn ich brauche dich.«

»Wofür?«

»Damit ich nicht alleine bin und du mich beschützt.«

Er sah sie kurz an, schüttelte dann den Kopf.

»Ich bin zu schwach, Anna. Ich kann Euch nicht beschützen.«

»Doch. Alleine deine Gegenwart gibt mir Halt und Kraft. Und das nächste Mal, falls es dazu kommt, rennst du so schnell du kannst zu den ter Meers und holst Hilfe. Darauf verlasse ich mich, ja?«

Für einen Moment trafen sich ihre Blicke, Fritz nickte. Anna wusste, dass sie sich etwas vormachte, dennoch schöpfte sie Kraft aus der Zuneigung, die sie füreinander empfanden. »Wir sind auch nicht alleine. Fine ist bei uns und ...« Anna schluckte.»... Klara auch.«

Klara hatte sich zurückgehalten. Sie verrichtete ihre Aufgaben flüchtig, sah niemanden an. Manchmal huschte ein Grinsen über ihre Lippen, wenn sie bemerkte, dass Anna Schmerzen hatte. Zumindest deutete Anna das so.

Vielleicht tue ich ihr unrecht, zweifelte Anna. Sie mochte die Frau nicht, konnte aber nicht benennen, warum das so war.

Die Tage vergingen, wurden zu Wochen. Die blauen Flecke wurden gelb, verblassten, verschwanden. Immer noch taten Anna bestimmte Bewegungen weh, aber sie ignorierte den Schmerz, lebte damit.

Weihnachten nahte, und Heinrich kehrte heim. Er war kurz angebunden, beachtete sie und Fritz kaum. Zu Annas Erleichterung verbrachte er die Abende außerhalb und schlief in seinem Zimmer.

Für Anna wurde das gesellschaftliche Leben schwierig. Sie konnte nirgendwo hingehen, wo auch ihre Cousine war, denn diese verließ sofort unter lautem Protest das Haus. Nur in der Kirche, die Anna regelmäßig besuchte, hielt Katrina sich zurück.

Schon bald lud niemand mehr Anna ein. Erst recht nicht, als Heinrich zurückkehrte. Er verkehrte in anderen Kreisen, bezog sie nicht mit ein.

Nur die Familie ter Meer stand fest zu ihr.

Anna freute sich unbändig, zur Neujahrsfeier von ihnen eingeladen zu werden. Sogar Heinrich hatte man mit einer Einladung bedacht.

»Das Konzept der Nächstenliebe beinhaltet auch Vergebung«, sagte Änne ter Meer zu ihr. »Vielleicht hilft ihm der richtige Umgang.«

Heinrich weigerte sich mitzukommen, gestattete aber Anna die Teilnahme. Lange zweifelte sie, ob es sich schickte, zudem fühlte sie sich seit ein paar Tagen unwohl. Sie hatten kein Schwein bei einem Bauern großziehen lassen und mussten zum Winter hin auf die Händler zurückgreifen, die gepökeltes Fleisch anboten. Die Schweinehälfte war sicherlich verdorben, dachte Anna, nachdem sie am dritten Morgen in Folge ihr Frühstück erbrochen hatte. Doch der Eintopf roch gut, und kein anderer im Haushalt hatte Beschwerden.

Schließlich ging sie mit Fritz in die Mühlenstraße. Die Kinder und Jugendlichen zogen mit dem Brummtopf um die Stadt, auch Fritz durfte teilnehmen. Katrina war mit der kleinen Johanna zu Hause geblieben. Adam war da und begrüßte sie kühl. Anna hielt sich zurück, betrachtete das muntere Treiben.

Um Mitternacht blieb sie im Haus, während die anderen in der kalten Nacht vor die Tür traten und das neue Jahr begrüßten. 1756, dachte Anna beklommen, was mag dieses Jahr bringen?

Sie schrak zusammen, als Abraham mit einem Glas Wein zu ihr trat.

»Auf das neue Jahr, liebe Anna.« Nachdenklich sah er sie an. »Ihr seht nicht wohl aus. Geht es Euch gut?« Dies fragte er eindringlich, und Anna wusste, was er meinte.

»Ja. Es ist … erträglich. Mir geht es gut.«

»Ihr seht nicht danach aus. Ihr seid blass und still, nicht wie sonst.« Vorsichtig strich er ihr eine Haarsträhne aus dem Gesicht. »Ich mache mir Sorgen um Euch.«

Betreten schaute Anna zu Boden. Soviel Aufmerksamkeit hatte sie nicht von ihm erwartet. Claes war an diesem Abend nicht zugegen.

»Wo ist Euer Bruder?«, fragte sie und lief rot an, als er das

Gesicht verzog. Es war nicht gerecht von ihr, nach Claes zu fragen, da Abraham sich um sie sorgte.

Abraham lachte kurz auf, es klang nicht belustigt. »Er feiert den Jahreswechsel bei den Lobachs in Kierst. Da, wo sein Herz begraben ist.«

Margot Lobach. Endlich verstand Anna. »So ist das also.« »Ja, so ist das seit nunmehr fast zwanzig Jahren.« Er stöhnte leise. »Ach Gott, Anna. Er ist Euer Freund und wird es immer bleiben.«

»Das weiß ich.« Anna nahm scheu seine Hand, drückte sie. »Mir ist die Freundschaft zu Euch auch wert und teuer. Das wird mir erst jetzt wirklich bewusst.« Sie stockte. »Verzeiht.« Er erwiderte den Druck sanft. »Da gibt es nichts zu verzeihen. Ich bin da, das solltet Ihr wissen und beherzigen, falls Ihr in Schwierigkeiten kommt.«

Anna nahm das Glas, trank einen Schluck. Sofort wurde ihr übel, und sie stürzte in den Hof, erbrach sich.

»Anna?« Änne ter Meer stand neben ihr, strich ihr die schweißfeuchten Haare aus der Stirn.

»Vergebt. Es muss das Fleisch gewesen sein, im Eintopf heute Morgen ...«

Änne schüttelte nachdenklich den Kopf. »Wann hattet Ihr das letzte Mal Eure Blutung?«

Anna sah sie entsetzt an. »Ich weiß es nicht. Ich blute nicht mehr seit ... seit ...«

»Das ist zwei Monate her. Ihr tragt ein Kind unter dem Herzen, da bin ich mir sicher.«

»O nein.« Anna sackte in sich zusammen. »Ein Kind? Von diesem Mann? Das kann nicht sein, wir teilen das Schlafzimmer nicht mehr, seitdem ...«

»Doch, ich glaube schon, dass ihr ein Kind bekommt. Ihr habt Euch verändert, Eure Figur. Nur wenig, aber für erfahrene Augen sichtbar.«

Anna begann zu weinen. Ein furchtbares, entsetzliches Schluchzen.

»Nun, nun.« Änne ter Meer nahm sie in den Arm. »So ein Kind ist doch ein Geschenk. Ich liebe alle meine Kinder. Es war wundervoll, als sie klein waren.«

»Aber Ihr habt auch Euren Mann geliebt.«

Änne dachte einen Moment nach. »Das ist wohl wahr. Trotzdem, das werdet Ihr sehen, es ist ein unglaubliches Wunder, das Kind in sich wachsen zu spüren, die Bewegungen zu bemerken. Und wenn man es nachher im Arm hält, kann man es nur lieben. Egal, welchen Vater es hat. Vielleicht läutert er sich ja auch und wird freundlicher, da er nun Vater wird.«

Das kann ich nicht glauben, dachte Anna.

»Muss ich es ihm sagen?«

»Habt Ihr Angst davor? Männer freuen sich in der Regel, wenn ihre Zeugungsfähigkeit bewiesen ist. Sie sind da manchmal wie kleine Kinder, die stolz etwas zeigen, was sie geschafft haben. Ihr müsst es ihm nicht sagen, in ein paar Wochen wird er es sehen.«

In den nächsten Tagen wurde Anna noch ruhiger als zuvor. Inzwischen war sie sich sicher, dass sie tatsächlich ein Kind trug. Nicht nur die ausgebliebene Blutung sprach dafür, sondern auch der sich sanft wölbende Bauch und die schmerzenden Brüste. Es fiel ihr schwer, sich an den Gedanken zu gewöhnen. Oft verdrängte sie die Erkenntnis, doch die Übelkeit, die sie in Wogen traf, brachten sie in die Realität zurück. Sie war sich sicher, dass Änne sich täuschte und Heinrich alles andere als begeistert sein würde.

Der Januar verging, und zu Annas Überraschung verbrachte Heinrich mehr Zeit zu Hause. Hin und wieder kam er abends zu ihr in die Stube, setzte sich in den Sessel ihr gegenüber und las schweigend die Zeitung. Zwar herrschte keine Wärme zwischen ihnen, doch er schien sorgsam darauf bedacht zu sein, Frieden zu halten.

Einzig Fritz' Anwesenheit billigte er nicht. Den Jungen, den er widerwillig aufgenommen hatte, wollte er so wenig wie möglich sehen und noch weniger hören.

Fritz war immer schon zurückhaltend gewesen, doch nun war er zunehmend in sich gekehrt und begann zu stottern.

Eines Abends im Februar – Anna saß in der Stube und nähte – kam Heinrich aufgeregt nach Hause. Der Wind, der in den letzten Wochen eisige Luft und Schnee aus dem Osten gebracht hatte, hatte gedreht und trug nun nasskalte Meeresluft mit sich. Der Regen prasselte an das Fenster. Den ganzen Tag schon hatte Anna Kopfschmerzen.

Heinrich brachte eine englische Zeitung mit und reichte sie Anna.

»Am 15. Januar haben England und Preußen in Westminster einen Vertrag unterschrieben.« Er klang gehetzt.

Anna überflog den Artikel. »Es geht um Unterstützungsgelder?«

»Richtig. Schon seit dem letzten Jahr streiten sich Frankreich und England um die Vorherrschaft in Übersee.«

»Aber was geht das Preußen an?«

»Der König hat sich bisher immer aus den Streitigkeiten gehalten, doch der englische König ist auch Kurfürst von Hannover, und es ist König Friedrich wahrscheinlich nichts anderes übrig geblieben, als Partei zu beziehen.«

»Aber der Quell des Übels liegt doch auf der anderen Seite des Meeres.« Anna schüttelte den Kopf. »Damit haben wir doch nichts zu tun. Oder wird Seine Majestät jetzt Truppen dorthin entsenden?«

»Das wohl nicht, es geht eher um die Subsidien. England braucht Geld, und wenn König Friedrich sich nicht darauf eingelassen hätte, hätten wir einen Feind im eigenen Land. Nun aber wird sich Frankreich gegen Preußen wenden. Das führt zum Krieg. Verdammt!« Er schlug mit der rechten Faust in die linke Hand, stand auf, lief durchs Zimmer, setzte sich wieder, scharrte unruhig mit den Füßen.

»Als Bürger dieser Stadt hast du doch nichts zu befürchten. Du kannst nicht in den Kriegsdienst gepresst werden.«

»Darum geht es nicht, Anna. In Frankreich sind meine Geschäftspartner, ich beziehe vorwiegend französischen Wein. Ein Krieg könnte das Ende meiner Geschäfte bedeuten.« Wieder ballte er die Faust.

Anna drückte sich in ihren Sessel. Sie spürte seine Wut, auch wenn diese nun nicht gegen sie ging.

»Ich werde morgen in aller Herrgottsfrühe losreiten und sehen, ob ich noch was retten kann, bevor es zum Krieg kommt.« Er stand auf, ging zur Tür. »Klara, pack meine Satteltaschen!«

Auch wenn die letzte Wochen friedlich gewesen waren, verspürte Anna eine Erleichterung, als er abreiste. Langsam ließ sich ihre Schwangerschaft nicht mehr verbergen, die Übelkeit ließ zwar nach, aber nun wuchs der Bauch, so dass sie ihre Kleider auslassen musste.

Immer noch ging sie jeden Freitag zu ter Meers, um Bücher zu tauschen. Oft entwickelten sich interessante Diskussionen um die Texte.

Mitte März klarte das Wetter endlich auf, die Luft wurde milder. Die ersten Narzissen steckten ihre Köpfe aus der Erde. Beschwingt ging Anna durch die Stadt zur Mühlenstraße. Abraham öffnete ihr und führte sie in die kleine Bibliothek.

»Claes ist unterwegs. Ich soll Euch herzlich grüßen und Euch dieses Buch geben. Es sind die Schriften von Daniel Bernoullis über das Sankt Petersburg Paradoxon.«

»Oh, wie wunderbar. Wir haben uns neulich ausführlich darüber unterhalten. Wie ist Eure Meinung zu dem Thema?« Anna legte den Mantel ab und setzte sich.

»Ich sehe es wie Bernoullis. Es ist keine Sache, die man grundlegend bewerten kann. Die Nützlichkeit liegt im Auge des Betrachters. Das ist ja nicht nur ein materieller Gedankengang, sondern erstreckt sich auf viele Bereiche des Lebens.« Abraham lächelte sie an.

»Ihr meint also, keine Situation kann jemals grundsätzlich erläutert werden? Sie ist immer abhängig von den beteiligten Menschen?«

»Seht Ihr es anders, Madame Anna?«

»Nun ja, ein Gewinn ist ein Gewinn ist ein Gewinn. Das ist so, und daran gibt es nichts zu rütteln.«

»Wenn Ihr hundert Taler gewinnen würdet – und ich lasse jetzt mal den Wetteinsatz außen vor –, dann wäre das für Euch ein größerer Gewinn als für die Herren von der Leyen bei der gleichen Summe.«

»Und trotzdem bleibt es die gleiche Summe. Ich verstehe, was Ihr meint, die Summe hat nicht den gleichen Wert. Aber ...« Sie dachte nach. »Eine Mahlzeit ist eine Mahlzeit. Für Euch und mich genauso wie für den König.«

Abraham lachte leise. »Das ist richtig, aber nur wenn man es auf den Begriff reduziert. Der König wird ein Mahl, von Euch liebevoll zubereitet, wahrscheinlich verschmähen, während es für mich ein Festessen wäre.«

Auch Anna lachte nun. Sie nahm das Buch hoch. »Des Lebens Wonne ist verschieden groß, da habt ihr recht. Ich werde es in aller Ruhe studieren, sagt Eurem Bruder meinen herzlichen Dank.« Sie lehnte sich zurück und legte die Hand auf den Bauch. Zum ersten Mal verspürte sie erstaunt ein leises Pochen, wie den Flügelschlag eines Schmetterlings. War das mein Kind?, dachte sie überrascht.

Abraham betrachtete sie. »Ihr erwartet ein Kind?«

Anna nickte. »Im Sommer wird es kommen. Im Juli.«

Abraham senkte den Kopf. »So ist das also. Seid Ihr ... ich meine, versteht Ihr Euch ...?«

Anna rieb sich über die Stirn. »Er ist unterwegs, jetzt schon über einen Monat. Er macht sich Sorgen wegen seiner Geschäftsbeziehungen und dem drohenden Krieg.«

»Ich glaube auch, dass ein Krieg kommen wird. Alle Zeichen deuten darauf hin.«

Anna hatte seine Frage nicht beantwortet. Sie wusste nicht, was sie sagen sollte. Obwohl Heinrich zuletzt friedlich, fast schon freundlich gewesen war, traute sie diesem Frieden nicht.

Erst Ende April kehrte Heinrich erschöpft zurück. Seine Kleidung starrte vor Dreck. Ohne ein Wort mit ihr zu wechseln, ging er direkt in sein Zimmer und schloss sich ein.

Am nächsten Tag erschien er gegen Mittag in der Küche, verlangte heißes Wasser für ein Bad.

»Klara und Fine sind unterwegs«, sagte Anna leise. »Kannst du dich noch einen Moment gedulden?«

Für sie wurde es zunehmend mühseliger, schwere Sachen zu heben. Ihr Rücken schmerzte dann, und es zog im Bauch.

»Nein!« Sein Ton erlaubte keine Widerrede.

Anna füllte den großen Kessel nur bis zur Hälfte mit dem Wasser aus dem Brunnen, holte mit dem Krug weiteres Wasser. Als es kochte, brachte sie schnaufend den Kessel in die kleine Kammer.

Heinrich hatte sich entkleidet, seine Sachen lagen in einem Haufen auf dem Boden. Er stand mit dem Rücken zu ihr. An der Wirbelsäule entlang bedeckten tiefe Kratzer seine Haut.

»Nun mach schon«, brummte er ungeduldig und drehte sich zu ihr um. Anna wandte den Blick ab, schüttete das heiße Wasser in den Badezuber.

»Bitte, Heinrich.«

Sie wollte gehen, doch er hielt sie am Arm fest, betrachtete sie lange.

»Du erwartest ein Kind?«

»Ja.«

»Von wem?«

Anna stockte der Atem. Das konnte er unmöglich so meinen, wie es klang. »Von dir. Es kommt im Juli.«

»Von mir? Willst du mich für dumm erklären?«

Anna sah ihm in die Augen. »Nein, es ist dein Kind. Niemand anderes hat mich vor dir berührt, und niemand wird es jemals wieder tun, auch du nicht.«

»Ach? Du willst dich also vor deinen ehelichen Pflichten drücken?«

Anna sah, wie sein Glied anschwoll, er lächelte kalt. Sie riss sich los und verließ eilig den Raum.

Es war ein Fehler gewesen, ihm zu trotzen, er duldete keinen Widerspruch. Anna hoffte, dass er dies über das Bad vergessen würde. Sie nahm ihren Mantel und ging. Auf der Straße wandte sie sich erst nach links, dann nach rechts, wusste nicht, wohin sie gehen sollte. Schließlich ging sie zur Kirche.

In dem schlichten Raum war es kühl. Das Sonnenlicht fiel durch die hohen Fenster, malte Muster auf den Steinboden. Anna setzte sich in eine Bank, senkte den Kopf und betete.

Nach einer Weile hörte sie ein Geräusch. Jemand öffnete die Tür, ein Lufthauch streifte sie. Sie drehte sich nicht um, hielt den Kopf weiterhin gesenkt.

»Anna?« Überrascht trat Claes zu ihr. »Was macht Ihr hier?«

Sie sah ihn mit einem gequälten Lächeln an. »Ich wollte einen Moment zur Ruhe kommen und mit Gott sprechen.«

»Desgleichen wollte ich auch. Ich komme oft hierher, um alleine zu sein. Ich finde, die Kirche strahlt einen ganz besonderen Frieden aus.«

Anna nickte. Er setzte sich neben sie, faltete die Hände und schloss die Augen. Für eine Weile saßen sie nebeneinander, schwiegen. Es war kein unangenehmes Schweigen, keine beklemmende Wortlosigkeit.

Schließlich stand Claes auf, seufzte leise.

»Bedrückt Euch etwas?« Anna war auch aufgestanden, streckte sich.

»Ach, Anna, mich bedrücken keine großen Sorgen.« Traurig lächelte er. »Nur Erinnerungen und eine begrabene Hoffnung.«

Anna senkte den Kopf. Er sprach von seiner Liebe zu Margot Lobach. Wie tief musste diese Liebe sein, wenn sie schon so lange unerfüllt und ohne Hoffnung anhielt?

Gemeinsam verließen sie die Kirche.

»Ich hoffe, Euch am Freitag zu sehen.« Claes tippte sich an seinen Hut und verabschiedete sich.

Langsam ging Anna zurück in die Oberstraße. Sie hatte tatsächlich Ruhe und Frieden gefunden, die Unruhe war von ihr abgefallen. Heinrich würde ihr nichts tun, sie trug sein Kind unter ihrem Herzen.

Kapitel 32

An diesem Abend ging sie früh zu Bett. Heinrich hatte schweigend das Essen verschlungen, dabei eine Flasche Wein geleert. Nach dem Essen ging er in die Stube und öffnete die nächste Flasche. Obwohl er weder laut wurde noch großartig etwas sagte, lag eine stumpfe Wut über ihm.

Anna schloss sich in ihrem Zimmer ein. Die Dämmerung fiel sanft über die Stadt, der große Mond stand am Himmel, wurde hin und wieder von Wolkenfetzen verdeckt.

Auf Heinrichs Geheiß hatte sie einen Schmorbraten zubereitet, zusammen mit Steckrüben und Sellerie. Der Duft war durchs Haus gezogen, und noch immer roch es intensiv danach. Anna öffnete das Fenster, lehnte sich in den Fensterrahmen und sah in die Stadt. Da und dort schien hell der Kerzenschein nach draußen, die Kamine rauchten. Obwohl der März mild zu Ende ging, war es abends frisch. Sie legte die Hände auf ihren Bauch, streichelte ihn. Das Kind bewegte sich. Inzwischen konnte sie Ännes Worte nachvollziehen, es war tatsächlich ein Wunder, dieses Leben in sich zu spüren. Und auch die Liebe zu dem ungeborenen Leben wuchs stetig in Anna.

Sie drückte sanft mit den Fingern auf den Bauch, kurze Zeit später spürte sie genau an der Stelle ein leichtes Klopfen von innen. Sie wiederholte es an der anderen Seite, und wieder schien das Kind zu antworten. Entzückt spielte sie einige Minuten dieses Spiel, stellte sich die winzigen Hände und Füße vor, die von innen gegen den Bauch traten oder boxten. Langsam wurde es zu kalt am offenen Fenster. Sie schloss es, zog die Vorhänge zu, dann entkleidete sie sich und ging zu Bett. Die Kerze auf der Kommode ließ sie brennen. Das flackernde Licht, das hinuntersank und wieder aufleuchtete, hatte etwas Beruhigendes.

Es musste tief in der Nacht sein, als sie von einem lauten Poltern geweckt wurde. Erschrocken richtete sie sich auf. Jemand war vor ihrer Tür, die Klinke wurde hinuntergedrückt, doch die Tür war verschlossen. Heinrich ruckelte an der Tür, drückte wieder und wieder die Klinke.

»Mach auf, Weib!« Wenn sie sich ganz still verhielt, so täte, als ob sie schliefe, vielleicht würde er dann von seinem Vorhaben ablassen und in sein Zimmer gehen.

Nun klopfte er heftig gegen die Tür. »Anna, mach die Tür auf, oder ich trete sie ein.« Er verschliff die Silben und sprach undeutlich. In seiner Stimme lagen Wut und Verachtung.

Anna faltete die Hände. »Lieber Gott, hilf mir, hilf mir jetzt.«

Wenn ich ihm nicht aufmache, dachte sie, wird er die Tür eintreten und noch wütender sein. Zitternd vor Angst stand sie auf, Panik ergriff sie, und die Furcht ballte sich in ihrem Magen zusammen. Langsam ging sie zu Tür, drehte den Schlüssel um. Die Tür sprang auf, und Heinrich trat ein. Er schloss die Tür hinter sich und drehte den Schlüssel um. Anna war mit ihm gefangen. Keuchend stand er da und betrachtete sie lange. Das dünne Nachthemd ließ ihren Bauch größer erscheinen. Auch ihre Brüste waren gewachsen. Sein Blick blieb daran hängen, er leckte sich über die Lippen.

»Warum nicht gleich so?« Er lachte rau.

»Heinrich, bitte, tu mir nichts«, flehte sie.

»Wieso sollte ich dir etwas tun?« Er holte tief Luft, atmete nun ruhiger. Aus jeder Pore stank er nach Alkohol. Langsam streckte er die Hand aus, Anna wich zurück, doch er folgte ihr. Am Bett blieb sie stehen.

»Du bist meine Frau, ich habe ein Recht, dir beizuschlafen.«
Anna schloss die Augen, der bittere Geschmack der Furcht
füllte ihren Mund.

»Denk an dein Kind …«, flüsterte sie.

»So es denn meins ist und du nicht rumgehurt hast.« Seine
Hände berührten sacht ihre Schultern, er fuhr mit der flachen
Hand über ihre prallen Brüste, streichelte sie sanft. Dann
fasste er ihren Bauch an, behutsam, fast zärtlich. Sein Atem
ging schneller.

Vorsichtig zog er ihr das Nachhemd aus. »Dreh dich, damit ich
dich von der Seite betrachten kann. Ich fand üppige Frauen
schon immer sehr appetitlich. Und schwangere noch mehr. Der
Gedanke, dass dort mein Kind ist, ist fast berauschend.« Er
sprach leise, keuchend. Anna biss sich auf die Lippe, versuchte
das Zittern zu unterdrücken. Immer noch hatte sie die Augen geschlossen, konnte ihn nicht ansehen, hatte Angst vor der nächsten Berührung. Heinrich stand vor ihr, betrachtete sie, streichelte dann über ihre nackte Haut, umkreiste die Brustwarzen,
strich über ihren Po, dann drückte er sie sanft auf das Bett.

Sie konnte hören, dass er sich seiner Kleidung entledigte,
traute sich immer noch nicht zu gucken. Er legte sich neben
sie, berührte sie zärtlich. Er strich über ihren Körper, streichelte sie an Stellen, die sie sich selbst kaum anzufassen traute.
Langsam entspannte sich Anna, genoss das Gefühl. So hatte
sie es sich vorgestellt, liebevoll und sanft.

Heinrich zog sie an sich, legte sich vorsichtig über sie, küsste
ihren Hals, fuhr mit der Zunge langsam zu ihrer Brust hinunter, umkreiste die Brustwarze, saugte leicht an der Knospe.

»Gefällt dir das?«, fragte er.

Anna nickte.

»Ja, das gefällt dir?«

»Ja«, hauchte Anna.

Dann biss er zu. Der Schmerz durchzuckte sie, sie schrie
schrill auf.

»Sei still, sonst wirst du was erleben!«, fuhr er sie an.

Das tue ich doch schon, dachte sie verzweifelt.

Er griff ihre Hände, zwang sie, sie hinter ihren Kopf zu legen, hielt sie mit einer Hand fest. Mit der anderen Hand fuhr er zwischen ihre Beine. Die Berührung, die zuvor so sanft und schön gewesen war, wurde nun brutal und schmerzhaft. Er zwängte ihre Beine auseinander, drang in sie ein.

Mein Kind, dachte Anna, lieber Gott, schütze mein Kind!

Sie biss sich auf die Lippen, verkrampfte sich unter den heftigen Stößen. Tränen liefen ihr die Wangen hinunter. Schnaufend kam er zum Höhepunkt und ließ sich von ihr fallen. Anna verharrte regungslos. Schon bald beruhigte sich sein keuchender Atem, wurde tief und regelmäßig, er war eingeschlafen.

Vom Fenster zog es kalt über ihren schweißnassen Körper. Am liebsten wäre sie unter die Decke gekrochen und gestorben. In ihrem Bauch rührte sich das Kind, es lebte. Dankbar dafür schloss Anna kurz die Augen. Diesmal hatte er sie nicht geschlagen, trotzdem tat ihr Körper weh. Ihr Schoß brannte, und dann wurde ihr Bauch ganz hart.

Langsam richtete sie sich auf, der Zopf hatte sich gelöst, und ihre Haare ergossen sich wie ein weicher Wasserfall über ihren Rücken. Ihre Handgelenke taten weh und verfärbten sich. Anna nahm das Nachthemd, zog es über. Wieder wurde ihr Bauch hart, ein stechender Schmerz zog vom Rücken nach vorne. Anna legte die Hände auf den Bauch, spürte die Bewegung des Kindes, das beruhigte sie ein wenig. Vorsichtig stand sie auf, bedacht darauf, Heinrich nicht zu wecken. Sie ging zur Tür, schloss sie auf und trat in den Flur. Dann ging sie langsam die Treppe hinunter. Warme Feuchtigkeit rann an ihren Schenkel hinab.

Bitte, gütiger Gott, lass es kein Blut sein, bitte, lass mich dieses Kind behalten, dachte sie verzweifelt.

In der Küche zündete sie zwei Kerzen an, der Lichtschein zuckte über die Wände. Sie nahm kaltes Wasser aus dem Krug, befeuchtete einen Lappen und wusch sich überall dort, wo er sie mit seinen Händen und Lippen berührt hatte. Erleichtert stellte sie fest, dass sie nicht blutete, es war sein Samen, der wieder aus ihr hinauslief.

Wieder wurde ihr Bauch hart, es schmerzte. Diesmal musste sie pusten, um den Schmerz auszuhalten.

Es ist die Kälte, dachte sie, und die Müdigkeit. Sie sehnte sich nach ihrem Bett, traute sich aber nicht mehr in ihr Schlafzimmer. Langsam stieg sie die Treppe hoch, öffnete die Tür zu Fritz' Zimmer. Er schlief tief und fest. Vorsichtig schlüpfte sie zu ihm unter die Decke und kuschelte sich an ihn. Er murmelte etwas im Schlaf, wachte aber nicht auf. Fritz roch nach Seife, nach Kind und Pferd. Anna schloss die Augen, sog den Geruch ein und merkte, wie die Anspannung von ihr wich. Immer wenn Heinrich da war, verbrachte der Junge viele Stunden im Stall und spielte dort mit den Katzen. Seine Katze war in der Mühlenstraße geblieben, im Haus ihres Onkels, wo jetzt Katrina wohnte. Endlich schlief sie ein.

Anna wachte auf. Es war immer noch dunkel. Sie war so steif, dass sie sich kaum rühren konnte. Ihr Rücken schmerzte, und ihre Muskeln waren angespannt, als wäre sie in der Nacht vor etwas davongelaufen.

Leise stöhnend stand sie auf. Sie war nur mit dem Nachthemd bekleidet, ihre Kleidung war im Schlafzimmer. Und dort war auch Heinrich. Anna schlich sich über den Flur zur Tür und lauschte. Ihr Mann schnarchte laut. Vorsichtig öffnete sie die Tür, betrat das Zimmer. Er rührte sich nicht. Die Luft roch abgestanden nach Wein und Schweiß. Angeekelt verzog sie das Gesicht, nahm ihre Sachen eilig vom Stuhl und verließ das Zimmer wieder.

In der Küche zog sie sich an und bereitete das Frühstück. Erst gegen Mittag erschien Heinrich. Er sah sie kaum an, aß hastig und verließ das Haus. Anna war froh darüber.

Als sie am Abend zu Bett ging, stellte sie entsetzt fest, dass er den Schlüssel mitgenommen hatte. Angst erfasste sie. Würde er wiederkommen? Würde er wieder seine Rechte einfordern?

Sie schlief über der Angst ein und fand, als sie ein paar Stunden später verkrampft aufwachte, dass sich die Angst in verzehrende Furcht verwandelt hatte. Das war noch schlimmer. Sie lauschte in die Nacht, hörte Schritte die Treppe hochkommen, hielt verkrampft die Decke fest. Die Angst stieg in ihrem Körper immer höher und schnürte ihr den Hals zu. Ruhig atmen, tief atmen, dachte sie, aber es wurde nur ein stoßweises Keuchen daraus. Auf einmal war der bohrende Schmerz in ihrem Bauch wieder da. Sie streckte sich aus, versuchte sich zu entspannen, legte die Hände auf den Bauch. Die Schritte hielten vor ihrer Tür, verweilten für einen Moment, gingen weiter. Dann fiel die Tür des Zimmers nebenan ins Schloss. Anna stöhnte erleichtert auf. Sie schlief irgendwann ein, wachte von ihren eigenem Weinen auf. Am Morgen versuchte sie sich einzureden, dass das Leben eben einfach weitergehen müsse.

Die Tage danach nahm sie wie durch einen Schleier wahr. Tagsüber ging sie übermüdet ihren Tätigkeiten nach, nachts fiel sie in einen unruhigen Schlaf. Der Monat strich vorbei, Heinrich hielt sich von ihr fern, es wurde April. Dann ging Heinrich auf Geschäftsreise, diesmal nur für eine Woche. Wieder kam er missmutig zurück, der Krieg schien unabwendbar. Er hatte versucht, seine Geschäfte in die Pfalz und nach Spanien zu verlegen, aber die Konkurrenz war hart.

Zwei Abende verbrachte er trinkend vor dem Kamin. Am dritten kam er zu ihr. Wieder war er erst zärtlich, erregte sie langsam, trotz ihrer Ängste. Dann nahm er sich ohne Rücksicht sein Recht. Er schlug sie nicht, behandelte sie aber lieblos und grob. Anna fühlte sich benutzt und beschmutzt, aber sie ertrug es, ohne sich zu wehren, nahm es hin.

Von da an kam er etwa einmal die Woche nachts zu ihr und nahm sie. Jedes Mal fühlte sie sich besudelt, doch der Bauch wuchs, das Kind bewegte sich, und das tröstete sie darüber hinweg.

Im April besetzten französische Verbände die englische Insel Menorca und stationierten Truppen auf Korsika. Am 17. Mai erklärte Frankreich England den Krieg.

Der April und der Mai waren ungewöhnlich trocken und sonnig. Ende Mai fuhren die befreundeten Familien an den Rhein. Anna konnte nicht mehr reiten. Heinrich hatte einen Einspänner gekauft und begleitete sie. Katrina war ihr gegenüber immer noch kühl, akzeptierte aber inzwischen Annas Anwesenheit.

Die Kinder spielten am steinigen Flussufer, der Rhein führte nur wenig Wasser. Nach dem Picknick stopften sich die Männer ihre Pfeifen.

»Österreich wird versuchen, Schlesien zu erobern«, sagte Heinrich.

»Das wird Königin Maria Theresia nicht gelingen, Russland ist mit England verbündet.« Abraham streckte sich auf der Decke aus, genoss die Sonne.

»Ich verstehe immer noch nicht, was Preußen mit dem Konflikt in Übersee zu tun hat.« Anna versuchte eine bequeme Position zu finden.

»Der englische König ist der Kurfürst von Hannover, Anna. Frankreich wird versuchen, Hannover zu besetzen. Damit hätten sie ein Faustpfand gegen England. König Georg von England wird alles daran setzen, sein Stammland zu halten, deshalb auch der Vertrag Seiner Majestät«, erklärte Claes.

»Frankreich und Österreich sind verfeindet, von der Seite besteht keine Gefahr«, meinte Abraham.

Heinrich schüttelte den Kopf. »Ich traue Königin Maria Theresia alles zu. Sie wird ein Bündnis mit Frankreich eingehen, vielleicht sogar mit Russland. Die einzige Chance, die König Friedrich hat, ist, Sachsen zu besetzen. Sachsen ist ein wohlhabendes Land.«

»Ihr glaubt, Preußen wird sich aktiv beteiligen?«, fragte Claes.

»Es wird Ihrer Majestät nichts anderes übrig bleiben. Die Franzosen werden versuchen, Hannover zu erobern. Das kann und darf König Friedrich nicht zulassen. Der schlimmste Fall wäre ein Bündnis zwischen Frankreich, Österreich und Russland. Auf meiner letzten Reise habe ich von Verhandlungen gehört. Es sind nur Gerüchte, aber meist steckt in solchen Gerüchten ein wahrer Kern.« Heinrich verzog sein Gesicht, schüttelte den Kopf. »Schon jetzt wird es immer schwieriger, die Grenzen zu überqueren.«

»Aber warum tragen die beiden Länder ihren Konflikt nicht in Übersee aus?« Anna stand auf, sie konnte nicht mehr auf dem Boden sitzen. Sie presste die Hände in ihr schmerzendes Kreuz.

»Wir haben Klappstühle im Wagen.« Abraham sprang auf und holte ihr einen Stuhl.

»Vielen Dank, aber ich glaube, ich gehe ein paar Schritte.«

»Natürlich kämpfen sie auch in Übersee. Aber Frankreich ist England auf den Meeren unterlegen. Bisher ist Russland mit England verbündet, doch das kann sich ändern. Die Zarin will ihr Reich nach Westen ausdehnen. Ihr Augenmerk liegt auf Kurlande.« Claes schnaubte leise. »Als Tauschobjekt für Polen würde sich Ostpreußen anbieten. Die Großmächte sehen in König Friedrich keine sonderliche Gefahr, fürchte ich. Ein weiterer Krieg wird sich kaum vermeiden lassen, da habt Ihr recht, Stennes.«

Anna ging langsam zum Flussufer. Der Gedanke an einen Krieg beunruhigte sie. Abraham folgte ihr.

»Welch ein wunderschöner Tag!« Er sah sie mit seinen dunklen, warmen Augen nachdenklich an. »Geht es Euch gut?«

»Es sind schon so viele Kriege ausgefochten worden, muss denn noch ein weiterer sein? Warum können die Staaten das nicht mit Diplomatie lösen?«

»Schon Machiavelli hat festgestellt, dass die eigenen Interessen der Staatsmänner immer höher gewertet werden als das Wohl aller. Die Überlegung, dass Frankreich Hannover besetzen will, ist nicht von der Hand zu weisen. Damit könnten sie England unter Druck setzen und Hannover zum Tausch für Kolonien anbieten. Der Reichtum liegt in Übersee, und es geht immer um Macht und Geld.«

Anna setzte sich auf einen großen Findling am Ufer. Sie wandte ihr Gesicht der Sonne zu, schloss die Augen und schob die Ärmel hoch.

Zischend zog Abraham die Luft ein. Anna sah ihn erstaunt an, dann folgte sie seinem Blick. Ihre Unterarme waren übersät mit blauen, gelben und grünen Flecken. Beschämt ließ sie die Ärmel darübergleiten.

»War er das?«, fragte Abraham leise.

Anna schluckte hart. »Es ist nicht so, wie es aussieht.«

»Nein? Wie dann?« Abraham wandte sich ab, schüttelte entsetzt den Kopf. Dann drehte er sich wieder ihr zu. »Mein Angebot steht immer noch. Ihr könnt jederzeit bei uns Zuflucht suchen. Jederzeit.«

»Abraham, Ihr wisst so gut wie ich, dass ich das nicht kann. Ich bin vor Gott und der Welt mit Heinrich vermählt, trage sein Kind unter dem Herzen. Ich hätte kein Auskommen für mich und das Kind. Meine Mitgift reicht nicht, um davon den Rest meines Lebens zu bestreiten.«

»Ich würde für Euch aufkommen«, beschwor er sie.

Anna sah ihn lange an, ihre Blicke tauchten ineinander, tauschten stumm Botschaften aus. Anna senkte den Kopf. »Euer Angebot ehrt mich, aber ich kann es nicht annehmen. Es ist moralisch nicht vertretbar, und Euer Ruf und der Eurer Familie wäre ruiniert.«

Abraham seufzte. »Ich schwöre bei Gott, wenn er Euch schlimmer verletzt, wird es das Letzte sein, was er tut.«

»Ich glaube, das ist ihm bewusst.« Anna stand auf. Schweigend gingen sie zurück zu den anderen.

Abraham beteiligte sich nicht mehr an den politischen Diskussionen, welche die anderen hitzig führten. Er betrachtete Heinrich, dunkle Wut lag in seinem Blick.

Als sie aufbrachen, ritt Abraham für einen Moment neben Heinrich.

»Stennes, Eure Frau ist etwas ganz Besonderes, etwas, worauf man achtgeben sollte.«

Heinrich warf ihm einen Blick voller Verachtung zu. »Ach ja? Warum macht Ihr Euch so viele Gedanken um eine Frau, die nicht die Eure ist?«

»Weil ich Madame sehr schätze.«

»Ich hoffe nur, Ihr seid nicht einem ähnlichen Wahn verfallen wie Euer Bruder Claes.« Heinrich lächelte hämisch. »Er würde ja am liebsten nach Kierst ziehen.«

Abraham nickte bedächtig. »Es gibt immer tausend Erklärungen für böse Taten, die nicht nur blaue Flecke auf der Haut hinterlassen, sondern auch eine kostbare Seele verletzen. Aber nicht eine der Erklärungen entschuldigt die Tat.« Er tippte an seinen Hut und gab dem Pferd die Sporen.

Kapitel 33

Dem warmen Mai folgte ein feuchter Juni. Am 9. des Monats erklärte England Frankreich den Krieg. Durch seine Spione erfuhr König Friedrich von den Annäherungen zwischen Russland und Frankreich. Er bekam eine Abschrift der Pariser und Petersburger Verträge, wusste nun von der Allianz zwischen Frankreich, Österreich und Russland.

Als Russland seine Truppen in Bewegung setzte, mobilisierte König Friedrich seinerseits die Regimenter in Schlesien und Ostpreußen. Er wollte vor dem drohenden Angriff gewappnet sein.

Anna begrüßte den Regen, der die Luft endlich abkühlen ließ. Durch die fortschreitende Schwangerschaft hatte sie sehr unter der Hitze gelitten.

Heinrich befand sich wieder auf Reisen, und Anna genoss die Ruhe. Sie nähte Säuglingskleidung, bereitete ein Zimmer für das Kind vor. Die Liebe zu dem ungeborenen Wesen wuchs ins Unermessliche. Sie konnte es kaum erwarten, das Kind in den Armen zu halten.

Ende Juni drehte der Wind erneut. Der Wind kam nun aus Süden und trug Sand mit sich, der alles mit einem feinen Film bedeckte und die Luft stickig machte. Anna schaffte es nicht mehr, durch die Stadt zu den ter Meers zu gehen, auch der kurze Gang zur Kirche machte ihr zu schaffen. Der große Bauch mit dem Kind zog nach unten, ihr Rücken schmerzte, und sie fand nachts kaum in den Schlaf.

Änne ter Meer betrachtete sie nachdenklich, als sie eines Tages zu Besuch kam. Anna war bleich, dunkle Ringe lagen unter ihren Augen, die Hände und Füße waren geschwollen.

»Hat die Hebamme Euch schon besucht?«, fragte sie und schenkte ihnen kühle Zitronenlimonade ein.

»Im letzten Monat war sie da und fand alles bei bester Ordnung.« Anna wischte sich mit dem Unterarm über die Stirn.

»Ihr solltet sie konsultieren. Euer Aussehen gefällt mir nicht.«

»Es sind sicherlich nur die Hitze und die Luft. Das Atmen fällt mir schwer. Es sind nur noch wenige Wochen, bis das Kind zur Welt kommt.«

Änne schüttelte den Kopf. »Das glaube ich kaum. Es sollten nur noch ein paar Tage sein. Manchmal tritt am Ende der Zeit eine Vergiftung auf, die das Leben von Mutter und Kind gefährdet.«

Erschrocken sah Anna sie an. »Was kann man dagegen tun?«

»Ich schicke Euch nachher das Mädchen mit Himbeerblättern. Daraus kocht ihr einen Aufguss und trinkt ihn. Heute Abend noch und morgen früh wieder. Der Aufguss wird bitter schmecken, Ihr könnt ihn mit Honig süßen. Sobald die

Wehen einsetzen, lasst mich rufen. Ich würde Euch gerne beistehen.«

Anna nickte dankbar, sie hatte gehofft, dass Änne ihr dies anbieten würde.

Wie aufgetragen bereitete sie den Aufguss zu. Er war tatsächlich bitter, und in der Nacht überfiel Anna eine heftige Übelkeit. Sie bekam Magenkrämpfe. Zitternd erbrach sie sich in ihr Nachtgeschirr, kalter Schweiß stand ihr auf der Stirn. Sie fror, und gleichzeitig war ihr heiß. Immer und immer wieder krampfte sich ihr Magen zusammen. Ihr ganzer Bauch wurde hart, und der Schmerz zog in den Rücken. Anna stand auf, hielt sich am Bettpfosten fest. Plötzlich lief ihr warme Flüssigkeit die Beine hinunter.

Das Kind, dachte sie, das Kind kommt. Sie schaffte es kaum, die Tür zu erreichen, immer wieder zwangen die Krämpfe sie in die Knie. Mühsam öffnete sie die Tür, wollte Fine rufen, doch ihre Kehle war wie zugeschnürt, der Mund trocken und die Zunge aufgequollen. Ich muss einen Schluck trinken, dachte sie verzweifelt, aber der Krug mit dem Wasser stand an ihrem Bett, und bis dahin würde sie nicht kommen. Die nächste Wehe überrollte sie. Anna ging schreiend in die Hocke. Es war ein hoher, gellender Schrei, der gegen die Wände schlug und zu ihr zurückkehrte. Wimmernd hockte sie auf dem Boden, versuchte Luft zu bekommen. Fine lief die Treppe hoch, das Licht der Kerze, die sie in der Hand hielt, warf seltsame Schatten.

»Madame?«

»Das Kind kommt«, presste Anna zwischen zusammengebissenen Lippen hervor. »Hol Hilfe! Madame ter Meer und die Hebamme.«

»Soll ich Euch nicht erst ins Zimmer helfen?« Besorgt schaute Fine sie an.

Anna schüttelte den Kopf und scheuchte sie mit einer Geste davon. So hatte sie sich die Geburt nicht vorgestellt. Wie Messerstiche trafen sie die Schmerzen, schienen sie zu zerreißen. Wieder schrie sie gequält auf.

»Anna?« Bleich und verängstigt stand Fritz vor ihr. »Anna, kann ich was tun?«

Er half ihr auf, und Anna lehnte sich auf ihn, als die nächste Wehe kam. Irgendwie schaffte er es, sie zum Bett zu bringen. Anna sah an sich herunter, schweißfeucht klebte das Nachthemd an ihrem aufgeblähten Körper. Sie atmete flach und hektisch. Immer noch lief es warm an ihren Beinen herunter. Es roch süßlich und gleichzeitig wie Eisen. Anna hielt sich am Bettpfosten fest, fürchtete die nächste Wehe. Sie traute sich nicht, sich hinzulegen, und hatte das Gefühl, in einer Pfütze zu stehen.

»Hol Tücher«, keuchte sie zu Fritz. Der Junge reagierte nicht. Entsetzt schaute er auf den Boden. Anna folgte seinem Blick. Blut bedeckte den Boden. »Geh, Fritz, hol Tücher!«

Es schien eine Ewigkeit zu dauern, bis Fine endlich wiederkam. Der Vollmond stand groß und fast orangen am Himmel, schien in das Zimmer.

»Die Hebamme kommt später, noch eine andere Frau liegt in den Wehen. Sie meinte, bei Euch als Erstgebärende würde es sicher noch dauern.« Schüchtern blieb Fine in der Tür stehen. »Aber Madame ter Meer wird gleich hier sein.«

Wie durch einen Nebel aus Schmerzen drangen die Worte zu Anna. Wieder und wieder krümmte sie sich zusammen, klammerte sich an das Bett. Es gab nichts, was sie gegen die Schmerzen tun konnte; sie waren kaum auszuhalten.

Gott, ich sterbe, dachte sie.

»Grundgütiger, was für eine Schweinerei!« Es war Änne, die schnaubend im Zimmer stand. Fritz hatte Tücher auf die Blutlache geworfen und dann voller Furcht den Raum verlassen. »Fine, räum das weg und koch Wasser. Ich brauche saubere Tücher und heißes Wasser.«

»Die Hebamme …«, flüsterte Anna. Ihre Lippen waren aufgesprungen und blutig gebissen. Ihr Kiefer war so verkrampft, dass die Muskeln wie Knoten hervorstakten.

»Die Hebamme hat zu tun, Kind. Aber ich bin da. Seit wann hast du Wehen?«

312

Anna schüttelte den Kopf, sie hatte jedes Zeitgefühl verloren. Besorgt sah Änne sie an.

»Das hat so keinen Sinn. Das Kind kommt, und du musst es zulassen. Ich weiß, dass es wehtut, aber stemm dich nicht gegen den Schmerz. Geh in ihn hinein, begleite ihn. Atme tief in den Bauch. Hierhin.« Sie legte Anna eine Hand kurz unter den Nabel auf die zum Platzen gespannte Haut.

»Ich kann nicht, ich sterbe ...«

»Das wirst du gewiss, wenn du dich nicht darauf einlässt. Atme, Anna, hol tief Luft und atme.«

Anna schloss die Augen, die Anwesenheit der erfahrenen Frau beruhigte sie etwas. Sie spürte Ännes Hand auf ihrem Leib und versuchte dorthin zu atmen. Wieder kam eine Wehe und zog ihren Körper mit aller Macht zusammen. Anna biss die Zähne aufeinander, quetschte einen hohen Schrei durch die wunden Lippen.

»Anna, Anna, ganz ruhig. Mach den Mund auf! Hörst du mich, Anna? Öffne deinen Mund und versuch einen tiefen Ton. Ein Ahhhh. Versuch es, los!«, befahl Änne.

Anna folgte Ännes Weisung, so schwer es ihr auch zuerst fiel. Sie schaffte es kaum, den Mund zu öffnen, derart verkrampft waren ihre Kiefermuskeln. Sie schrie laut und gellend.

»Anna, such dir einen tiefen Ton.« Änne stand neben ihr, die eine Hand am Bauch, die andere in Annas Kreuz gedrückt. »Atme zu meiner Hand hin.«

Anna tat, wie ihr geheißen. Plötzlich wurde alles leichter, die Schmerzen ließen nach.

»Das machst du gut. Und jetzt musst du dich hinlegen, damit ich nachschauen kann, wie weit du bist.« Änne drückte sie zum Bett.

»Nein, nein ...« Wild schüttelte Anna den Kopf.

»Doch.«

»Ich kann nicht ...« Anna klammerte sich an das Bett, wie Schraubstöcke umfassten ihre Hände den Bettpfosten.

»Nun gut.« Änne seufzte, dann kniete sie sich hin, tastete

Annas Bauch ab, fasste zwischen ihre Schenkel. »Es ist zuviel Blut«, murmelte sie besorgt. »Bewegt sich dein Kind noch? Kannst du es spüren?«

Anna antwortete nicht. Fine betrat verängstigt den Raum, brachte heißes Wasser und saubere Tücher.

»Du hilfst mir jetzt«, bestimmte Änne.

»Ich? Ich kann das nicht. Ich war noch nie bei einer Geburt dabei.«

»Einmal ist immer das erste Mal. Nun mach schon, wasch dir die Hände und komm! Wir müssen Anna hinlegen. Wenn das Kind jetzt nicht kommt, sterben beide.«

Abraham hatte seine Mutter in die Oberstraße gebracht. Nun ging er unruhig in der Stube auf und ab. Er fühlte sich, als sei er der werdende Vater. Nach und nach hatte die junge und lebenslustige, die belesene und intelligente Frau, die allen Widrigkeiten des Lebens zu trotzen schien und fast immer heiter und zuversichtlich blieb, sein Herz erobert. Er hatte ihre Freundschaft mit Claes zuerst mit Unverständnis, dann mit Neid betrachtet. Im Laufe der Monate war aus dem Gefühl der Zuneigung, das er ihr von Anfang an entgegenbrachte, mehr geworden. Erst sah er sie als eine Frau, die es zu beschützen galt. Dann bewunderte er ihren Mut. Dann verliebte er sich in sie. Und sie vermählte sich mit Heinrich Stennes. Im ersten Moment war Abraham wie vor den Kopf gestoßen. Er konnte sich nicht erklären, warum Anna diesen Mann zum Ehemann gewählt hatte. Abraham wandte sich von ihr ab, befasste sich mit astronomischen Problemen, mit Mathematik, mit Naturwissenschaften und doch kamen seine Gedanken nicht von ihr los. Immer wieder fragte er sich: Was würde Anna dazu sagen, darüber denken? Überhaupt hatte sie einen großen Platz in seinen Gedanken. Irgendwann wurde ihm klar, dass er sie liebte. Als sie von Stennes geschlagen und misshandelt wurde, hätte er den Mann am liebsten umgebracht. In den folgenden Monaten hinterfragte er immer wieder seine Gefühle, wollte sie als gute Freundin behalten und schätzte die Unterhaltung mit ihr, aber er schaffte es nicht, seine Gefühle auszuschalten. Stennes' Worte nach dem Picknick am Rhein waren wie Dolche und trafen tief. War es eine Art Familienfluch, sich in Frauen zu verlieben, die außerhalb der Reichweite waren? Beging er denselben Fehler wie Claes, dessen Herz seit fast zwanzig Jahren an Margot Lobach hing, eine unerreichbare Größe. War Anna das für ihn auch?

Ihre Antwort war deutlich gewesen, sie würde Heinrich nicht verlassen, würde alles auf sich nehmen und ihr Schicksal ertragen.

Wieder hörte er die Schreie aus dem oberen Geschoss und zuckte wie getroffen zusammen. Anna litt, und er litt mit ihr. Das Kindbett war immer eine Gefahr für das Leben einer Frau, und obwohl sie nicht die seine war, sorgte er sich um sie mehr, als es ihm zustand.

Lieber Gott, betete er, lass sie leben. Bitte, lass sie leben, und ich werde mich damit zufriedengeben.

Er belog sich und wusste es.

»Nun komm, zieh das Tuch fest um ihren Bauch und drücke nach unten«, wies Änne Fine an.

»Wie fest?« Das Mädchen hatte die Augen geschlossen, den Kopf abgewandt. Sie hatten Anna auf das Bett gelegt, ihre Beine hochgezogen. Das Blut floss bei jeder Wehe stoßweise aus Annas Körper. Sie schrie nicht mehr, wimmerte nur noch. Änne wusste, dass Anna starb, wenn das Kind nicht schnell geboren wurde.

»So fest du kannst, nun scheu dich nicht. Mach, wenn dir was am Leben deiner Herrin liegt.« Änne schaute Anna an, doch diese hatte die Augen geschlossen. »Anna, du musst jetzt das Kind gebären. Press es hinaus! Jetzt!«

Mit letzter Kraft bäumte sich Anna auf. Sie starb, sie wusste, dass es sie zerriss und sie diese Pein nie überleben würde. Doch Änne zog das Kind hervor, es jammerte leise, und die Schmerzen hatten ein Ende, so plötzlich, wie sie gekommen waren.

Es lebt, dachte Anna glücklich und ließ sich in die Schwärze der Ohnmacht sinken.

»Es steht nicht gut um Anna«, sagte Änne besorgt. »Sie hat viel Blut verloren. Ich werde hier bleiben.«

Abraham nickte. »Hat sie eine Chance?«

»Natürlich. Sie ist eine junge und gesunde Frau.« Müde rieb sie sich über die Stirn.

»Kann ich etwas tun?«

»Nein, Abraham. Oder doch. Nimm den Jungen mit. Er leidet und macht sich große Sorgen. Lenk ihn ab und beschäftige ihn.«

Abraham nahm den verstörten Fritz mit in die Mühlenstraße. Lina, das Mädchen, kochte eine Milchsuppe. Der Tag dämmerte gerade erst. Verstohlen gähnte Fritz. Er war sehr blass und sah erschöpft aus. Den Weg über hatte er kein Wort gesagt, den Kopf gesenkt gehalten.

»Du bist müde, nicht wahr? Hast nicht geschlafen diese Nacht?« Abraham lächelte ihm milde zu.

»Sie … sie … sie hat so geschrien. Ist sie nun tot?« Pure Verzweifelung lag in seinem Blick.

»Nein, Fritz, Anna ist nicht tot. Sie hat sehr gelitten heute Nacht, aber meine Mutter ist bei ihr und wird sich um sie kümmern. Anna geht es bestimmt bald besser.«

Der Junge nickte, schien ihm aber nicht zu glauben. Schweigend löffelte er die Milchsuppe.

Abraham ging in sein Zimmer, um sich frisch zu machen, als er zurückkehrte, war der Junge am Tisch eingeschlafen. So erschöpft war das Kind, dass es nicht wach wurde, als Abraham es ins Bett legte.

Auch er fühlte sich zerschlagen nach der langen Nacht voller Sorgen, doch er fand nicht zur Ruhe. Immer wieder lauschte er auf den Schritt seiner Mutter, die hoffentlich gute Nachrichten mitbringen würde.

Erst gegen Abend kam Änne ter Meer nach Hause. Tiefe Sorgenfalten lagen auf ihrem Gesicht.

316

»Wie steht es um Anna?« Abraham reichte seiner Mutter einen Becher Würzwein.

»Nicht gut. Ich habe den Arzt kommen lassen, aber auch er konnte nicht viel tun. Sie blutet stark, ist nicht bei Bewusstsein. Das Mädchen hatte sich ausgeruht und wacht nun bei ihr. Ich brauche ein paar Stunden Schlaf und frische Sachen.«

»Und das Kind?«

»Es lebt. Wir haben eine Amme geholt.« Änne seufzte. Sie legte sich hin, schlief ein paar unruhige Stunden, stand wieder auf und ging zurück zur Oberstraße. Dort setzte sie sich neben Annas Bett. Die junge Frau war unruhig, wimmerte. Änne fürchtete das Kindbettfieber. Annas Stirn und Hände waren klamm und schweißfeucht. Irgendwann nickte Änne ein, wachte bei Morgengrauen auf. Anna lag mit leicht geöffnetem Mund da. Änne sprang auf, fasste nach ihrer Hand. Sie war warm, aber nicht heiß. Langsam drehte Anna den Kopf, öffnete die Augen, sah Änne an.

»Das Kind?«

»Es lebt, es geht ihr gut. Es ist ein kleines Mädchen.« Erleichtert strich sie Anna übers Haar. »Und dir wird es auch bald besser gehen. Soll ich das Kind holen?«

Anna nickte. Es fiel ihr schwer, sich aufzurichten; sie fühlte sich schwach, aber es gelang ihr.

Noch nie in ihrem Leben war sie so glücklich gewesen wie in dem Moment, als Änne ihr das Kind in den Arm legte. Verzaubert betrachtete sie ihre Tochter, bestaunte die kleinen Finger, die zu Fäusten geballt waren. Sie strich zärtlich über den Kopf, die feinen Haare.

»Danke«, sagte sie leise zu Änne. »Ich bin mir sicher, dass Ihr uns beiden das Leben gerettet habt.«

Es dauerte eine Weile, bis Anna sich von der Geburt erholt hatte. Doch dann genoss sie das Leben als Mutter.

Kapitel 34

Erst Ende August kehrte Heinrich zurück. Anna hatte sich Sorgen gemacht, wie er auf das Kind reagieren würde. Es war ein Mädchen, und obwohl er es nie ausgesprochen hatte, so befürchtete sie, dass er, genau wie Adam, einen Stammhalter vorgezogen hätte. Doch Heinrich überraschte sie. Verzückt nahm er das Kind hoch, schaute es an. Dann reichte er es vorsichtig an Anna zurück.

»Wie hast du sie genannt?«

»Marijke. Ich hoffe, das war in deinem Sinne.«

»Marijke. Ein wunderschöner Name, passend zu einem wunderschönen Kind.« Stolz richtete er sich auf. »Ich bin Vater.«

Verblüfft sah sie ihn an, wusste nichts zu sagen.

»Wo ist Klara?«, fragte er dann.

Anna senkte den Kopf. »Das weiß ich nicht. Vor einigen Wochen hat sie nachts das Haus verlassen und ist nicht wieder gekommen. Sie nahm ihre Sachen mit. Ich habe nach ihr forschen lassen, aber das war bisher vergebens.«

Heinrich nickte nur.

Vorsichtig nahmen sie das Familienleben auf. Heinrich schien sich tatsächlich verändert zu haben. Er war ruhiger geworden und gelassener. Anna betete, dass es nicht nur eine vorübergehende Veränderung war.

Im Frühherbst kamen nun oft die Brüder ter Meer zu ihnen, um mit Heinrich die politische Lage zu erörtern.

Auch Claes und Abraham hatten Marijke in ihr Herz geschlossen. Manchmal stieß auch Adam zu ihnen. Katrina war wieder schwanger, und diesmal ging es ihr nicht gut. Anna besuchte sie hin und wieder, meist traf sie Änne bei ihr, die versuchte, Katrina beizustehen. Änne hatte sich eine Erkältung zugezogen, die nicht abklingen wollte.

»Mutter geht es nicht gut«, sagte Abraham besorgt, als er in der Stube der Stennes Platz nahm. »Aber sie will sich einfach nicht schonen.«

»In all den Jahren war Mutter selten krank. Gepflegt hat sie viele. Sie kann sich nicht an den Gedanken gewöhnen, dass nun die Rollen vertauscht sind.« Claes seufzte. Er schenkte Wein ein und reichte ihnen die Gläser. »Ihr habt übrigens recht behalten mit Eurer Prognose. König Friedrich hat Schlesien besetzt. Ich habe eine Zeitung aus Frankfurt mitgebracht.« Er gab Heinrich die Zeitung.

»Ich habe eine neuere Zeitung heute aus Amsterdam erhalten. Darin steht, dass Sachsen am 16. Oktober kapituliert hat. König Friedrich ist es jedoch nicht gelungen, Österreich zu schlagen.« Nachdenklich schüttelte Heinrich den Kopf. »Preußen könnte in Teufels Küche kommen, wenn nun alle drei auf einmal gegen uns losschlagen.«

»Das Schlimmste, was uns passieren kann, ist, dass uns der Reichskrieg erklärt wird«, meinte Abraham. »Schließlich hat König Friedrich mit dem Einmarsch in Schlesien Landfriedensbruch begangen.«

»Ihm blieb nichts anderes übrig.« Heinrich gab Abraham die Zeitung aus Amsterdam. »Auch in Übersee toben die Schlachten. Es ist erschreckend. Und es versaut mir das Geschäft. Ich werde in den nächsten Tagen wieder aufbrechen müssen. Die Handelswege werden immer schwieriger, wobei die Franzosen noch keine Skrupel haben, mit mir zu handeln.«

»Die von der Leyens haben sogar einen Zuwachs zu verzeichnen. Seide wird immer noch gekauft, und die Adelshäuser scheint es nicht zu interessieren, ob ein Krieg herrscht. Sie wollen sich prunkvoll kleiden.« Claes schnaubte. »Über dreihundert Webstühle haben die von der Leyens nun. Und es werden mehr. Sie erdrücken die Konkurrenz.«

»Seid Ihr in Schwierigkeiten, Claes?«, fragte Anna.

»Noch nicht. Wir weben und bleichen Leinen, kaum Seide. Posamenten weben wir zudem, im Gegensatz zu den von der

Leyens, und da haben wir auch Zugewinne. Es ist erstaunlich. Die Welt mit ihren einfachen Menschen hält den Atem an, aber die Adeligen protzen sich auf und feiern ungeachtet der Kriege.«

»König Friedrich hat die Stadt freigestellt, hier dürfen keine Soldaten gepresst werden. Das zumindest ist gut«, meinte Heinrich. »Und das haben wir euch Mennoniten zu verdanken.«

»Der Preis dafür ist hoch, denn auch wir müssen uns freikaufen. Doch da die Geschäfte laufen, ist es möglich. Seine Majestät wird froh über jeden Taler sein, den er erhält, denn die Staatskasse ist leer.«

»Die von der Leyens werden einen ordentlichen Batzen abdrücken, sie brauchen ihre Weber. Außerdem wollen sie das Monopol auf die Seidenweberei. Krefeld ist tatsächlich eine reiche Stadt, aber um welchen Preis? In den Weberviertteln ist die Ruhr ausgebrochen. Dort sind die engen Häuser mit den kinderreichen Familien. Durch den trockenen Sommer sind die Dyks ausgetrocknet, und nun steht der Schlamm mit den Fäkalien dort knöcheltief.« Claes nahm sein Glas, trank nachdenklich. »Ein wunderbarer Tropfen. Wo habt Ihr ihn her?«

»Aus der Pfalz. Ich habe versucht, ihn den von der Leyens schmackhaft zu machen, doch sie bestehen auf französischen Weinen, auch wenn diese inzwischen das Dreifache kosten. Die Zölle werden höher, die Wege gefährlicher.«

»Dann verdient Ihr auch an dem Krieg, selbst wenn die Beschaffung der Ware mühseliger wird.« Abraham lächelte gequält.

»Das ist richtig, Monsieur ter Meer. Aber glücklich macht es mich nicht. Ich war dieses Jahr kaum zu Hause. Und so wird es auch in Zukunft sein.«

Anna senkte den Kopf. Schon bald nach seiner Rückkehr hatte Heinrich die nächtlichen Besuche in ihrem Schlafzimmer wieder aufgenommen. Obwohl er tagsüber friedlich und zuvorkommend war, sein Kind augenscheinlich liebte, er charmant zu Gästen war, behielt er doch sein raues Wesen im Bett bei. Er schlug sie nur selten, erregte sich aber an ihrer Angst und ihrer Pein. Da Klara nicht mehr da war, kam er öfter als zuvor. Er berauschte sich an ihrem milchgefüllten Busen, an ihrer veränderten Figur, die nun weiblicher war. Sie war froh zu hören, dass er wieder abreisen würde, und schämte sich für den Gedanken. Als sie den Kopf wieder hob, sah sie Abrahams nachdenklichen Blick auf ihr. Fragend hob er die Augenbrauen, Anna sah ihn nur starr an, versuchte, jede Gefühlsregung zu unterdrücken.

Der Oktober wurde zu November, die Tage waren kurz und trübe. Die Ruhr breitete sich in der Stadt aus.

»Ich glaube, Madame ter Meer ist sehr krank«, berichtete Fine, als sie vom Markt kam. Dieses Frühjahr hatten sie ein junges Schwein gekauft und bei einem der Bauern in Inrath mästen lassen. Nun näherte sich der Andreastag, der Schlachttag. Anna freute sich auf das frische Fleisch, auf die Blutwurst, die sie nach altem Rezept bereiten würde, und auf die Speckschwarten. Nur Rindfleisch und Fisch kauften sie bis dahin auf dem Markt. Auf dem Grundstück hinter dem Haus hatte Anna einen Hühnerstall errichten lassen und ein Gehege für Gänse. Auch besaß Heinrich einen Wallgarten. Dort hatte Anna Kohl und Zwiebeln anbauen lassen, Rüben und Möhren. Ein paar Obstbäume gab es auch, so dass nun der Vorratsraum und der Erdkeller gut gefüllt waren.

»Madame ter Meer ist krank? Immer noch?« Anna sah das Mädchen besorgt an.

»Sie liegt danieder, das erzählte Lina, ihre Magd.« Fine verstaute die Einkäufe. »Ich weiß aber nicht, was sie hat.«

Anna nahm schweigend ihren Mantel. Es nieselte und fror, das Kopfsteinpflaster war rutschig und glatt. Sie brauchte länger als sonst, um zur Mühlenstraße zu gelangen. An der Tür empfing sie Claes.

»Geht nach Hause, Madame Anna.« Sein Blick war bedrückt.

»Eure Mutter ist krank.«

»Das ist richtig. Sie hat die Ruhr«, sagte er kaum hörbar.

»Furchtbar.« Anna drängte sich an ihm vorbei in den Flur, hastig zog sie den Mantel aus. »Wo ist sie?«

»Anna, um Gottes willen, Ihr könnt nicht zu ihr. Ihr müsst an Euch denken, an Euer Leben, Euer Kind.«

Anna hielt für einen Moment inne, dann drehte sie sich um und schaute ihn an. »Ja, wie recht Ihr habt. Seit wann ist Eure Mutter krank?«

»Seit gestern. Letzte Woche war sie mehrfach bei unseren Webern. Auch dort ist die Krankheit ausgebrochen. Sie hat versucht zu helfen.«

»So wie sie es immer tut. Claes, ich verdanke ihr mein Leben und das unserer Marijke. Jetzt endlich habe ich die Gelegenheit, etwas gutzumachen. Eure Mutter ist immer selbstlos und für alle da. Sie kümmert sich, sie ist wie die gute Seele der Stadt. Sie hilft Armen und Bedürftigen, steht Frauen in ihren schwersten Stunden bei, hat immer einen Kanten Brot und ein gutes Wort. Für jeden. Sie lebt die Nächstenliebe.« Anna holte tief Luft. »Und nun ist Eure Mutter krank, die Frau, die kaum in ihrem Leben krank war. Und vielleicht braucht sie jetzt Hilfe, Unterstützung und auch Liebe. Ich möchte ihr etwas von dem zurückgeben, was sie mir gegeben hat. Was die ganze Familie ter Meer mir gibt. Beständig.« Sie ging den Schritt zurück zu Claes, der immer noch in der offenen Tür stand, und legte sacht eine Hand auf seinen Arm. »Ihr seid eine tolle Familie, eine ganz besondere Familie.« Ganz sachte hauchte sie einen Kuss auf seine Wange, sog den Geruch seiner Haut ein, der ihn, vermischt mit Leder und Pfeifentabak, so markant machte. Immer noch schlug ihr Herz für Claes, auch wenn es ohne Hoffnung auf Erwiderung war.

Claes sah sie an, Wärme lag in seinem Blick, aber keine Liebe. »Meine Mutter ist in ihrem Zimmer, im ersten Stock die zweite Tür links. Es gibt wenig Hoffnung für sie, die Erkältung hat sie ausgezehrt, und die Ruhr tut nun ihr Übriges. Sie weiß, wie es um sie steht. Eure Anteilnahme ehrt Euch, Madame Anna, aber schießt Ihr nicht über das Ziel hinaus? Ihr habt Mann und Kind ...«

»Würdet Ihr so reden, wenn Madame Lobach hier stünde?«

Anna sah ihn wütend an. »Gewiss nicht. Von ihr würdet Ihr es erhoffen.« Sie drehte sich um und eilte die Treppe hoch.

In Ännes Zimmer roch es nach abgestandener Luft, nach Erbrochenem und Fäkalien. Mehrere Kerzen brannten, in einer Schale glimmten Kräuter. Anna würgte, öffnete beherzt das Fenster und ließ die kalte, aber klare Luft in den Raum. Dann wandte sie sich zum Bett. Änne ter Meer schien in sich zusammengefallen zu sein, war geschrumpft und wirkte wie ein verschrumpelter Apfel. Anna legte ihr die Hand auf die glühende Stirn, murmelte beruhigende Worte. Dann ging sie in die Küche und erwärmte Wasser. Sorgfältig und behutsam wusch sie die kranke Frau. Die Nacht verbrachte sie an ihrem Bett.

Gegen Morgen wurde ihr Atem flach und unregelmäßig. Anna weckte die drei Brüder, die im Wohnzimmer nächtigten. Immer wieder flößte Anna der Frau Brühe ein, wusch den kranken Körper. Gegen Mittag kam Änne wieder zu Bewusstsein. Sie würde die Krankheit überleben. Erleichtert teilte Anna dies den Brüdern mit. Abraham und Claes beteten dankbar. Nur Adam stand steif auf.

»Lina soll mir ein Bad richten. Mit sehr heißem Wasser. Jetzt, sofort. Und unser Mädchen soll saubere Kleidung bringen. Die Sachen hier kannst du verbrennen. Ich will nichts von der Krankheit in mein Heim schleppen.«

Anna sah ihn verächtlich an. Die Kälte in seiner Stimme entsetzte sie.

»Jetzt habe ich mir umsonst zwei Nächte um die Ohren geschlagen. Hoffentlich haben wir uns nicht angesteckt.« Adam schnaubte verärgert.

Anna wusch sich ausgiebig mit Wasser und Seife, Tränen rannen ihr die Wangen hinunter, sie machte daraus eine Zeremonie und hoffte, dem Tod zu entkommen.

Das Weihnachtsfest und auch den Jahreswechsel verbrachten die Familien gemeinsam. Änne erholte sich nicht ganz, sie wirkte kleiner und wie durchscheinend. Anna brachte sie eine tiefe Dankbarkeit entgegen. Sogar Katrina war freundlicher zu Anna, doch diese traute dem Frieden nicht.

In der Silvesternacht nahm Katrina immer wieder die kleine Marijke auf den Arm. »Sie ist hinreißend, das muss ich zugeben.« Und was willst du nicht zugeben?, dachte Anna. Doch sie war froh über den engen Kontakt, über das Gefühl, eine Familie zu haben. Johanna, Katrinas Tochter, war ein süßes kleines Mädchen, hoffnungslos von ihrem Vater verzogen. Auch Claes und Abraham verwöhnten sie, wo es nur ging.

Anna taten die anderen Kinder leid. Elisabeth hatte in diesem Jahr einen ordentlichen Schuss getan, sie war groß und knochig, fast schon dürr. Die Proportionen ihres Körpers stimmten nicht mehr, und das ließ sie sich unwohl fühlen. Anna wusste, dass sich das geben würde, doch konnte sie es dem Mädchen nicht vermitteln.

Elisabeth kam häufig nach der Schule in die Oberstraße, kümmerte sich rührend um Marijke. Über ihr Leben bei Katrina verlor sie kaum ein Wort. Einen wirklich glücklichen Eindruck machte keines der drei Kinder. Anna hätte sie gerne zu sich geholt, aber dies würde Heinrich nie zulassen.

Anna war froh, als der traurige und lange Winter endlich zu Ende war. Im April kehrte er jedoch kurzfristig mit einem Kälteeinbruch zurück. Sie hatten schon Zwiebeln gesetzt und Kohl ausgesät.

»Es riecht nach Schnee«, meinte Fritz eines frühen Morgens.

»Nein, ich kann keinen Schnee und kein Eis mehr sehen, ich möchte, dass es endlich warm wird.« Anna ging zur Tür und öffnete sie. Tatsächlich lag der kalte Geruch von Schnee in der Luft. Später am Tag fielen einzelne Flocken, tupften gegen die Fensterscheiben. Am Abend drehte der Wind. In der Nacht regnete es. Das Wasser rauschte und gurgelte an der Dachtraufe. Am nächsten Morgen war der Himmel strahlendblau und klar, wie vom Regen reingewaschen.

Ein zarter Duft lag in der Luft nach frischem Gras und den ersten Blüten. Anna ging langsam durch den kleinen Garten. Überall blitzte das Grün aus der Erde. Es war ein Sehnsuchtsversprechen, der Winter war endgültig besiegt.

Anna pflückte frischen Giersch, der ganz glänzend war und dessen Blätter sich noch nicht entfaltet hatten. Sie kochte eine kräftige Suppe mit den frischen Kräutern. Auch Bärlauch fügte sie hinzu.

Der Mai war wieder nass und kühl, aber im Juni wurde es warm. Es stand nicht gut um Preußen. Tatsächlich war am 17. Januar der Reichskrieg gegen König Friedrich ausgerufen worden. Gleichzeitig unterzeichneten Russland und Österreich ein Allianzabkommen. Dem folgte am 1. Mai ein französisch-österreicherisches Offensivbündnis. Die einzigen Verbündeten Preußens waren nun nur noch England und Hessen-Kassel sowie Braunschweig und Hannover. König Georg war in Übersee gebunden und konnte Preußen nicht helfen.

Mitte Juni beschlossen ter Meers zusammen mit Familie Stennes einen Ausflug zum Levenhof zu machen. Die Stute, die sie gegen das jüngere Arbeitspferd getauscht hatten, hatte wieder gefohlt, und dieses Fohlen würde ihnen gehören.

Gisbert Scheuten, ein Cousin zweiten Grades von Änne ter Meer, wollte dies Ereignis ausgiebig feiern und versprach ein Spanferkel.

Die Frauen fuhren in ihren Kutschen, die Männer ritten nebenher. Anna beneidete sie. Seit letztem Jahr war sie nicht mehr geritten, und sie vermisste das Gefühl, die Bewegung und auch den Wind im Gesicht, wenn sie ihrer Stute Zügel gab. Obwohl sie nur eine knappe Dreiviertelstunde zum Levenhof brauchten, hatten sie beschlossen, die Nacht dort zu verbringen.

Die Baumschließer öffneten ihnen den Durchlass an der Hückelsmay. Seit Ausbruch des Krieges waren die Wachen an den Durchlässen der Landwehr verstärkt worden. Nachdenklich betrachtete Anna die Soldaten mit ihren Bajonetten und Säbeln. Sie hoffte, dass der Krieg nicht in die Nähe Krefelds gelangen würde.

Ein großes Feuer brannte im Hof des u-förmig angelegten Guts. Der Flötgraben umfloss das Gelände, sicherte es nach Süden hin ab. Im Schatten der großen Walnussbäume waren Tische und Bänke aufgestellt, es hab kühles Bier und Apfelwein. Henriette Scheuten hatte Brote gebacken, die köstlich dufteten und noch dampften. Gesalzene Butter, Griebenschmalz und Apfelkraut standen auf den Tischen. Mit lautem Gejohle stürzten sich die Kinder darauf.

Die fast zweijährige Johanna rannte stolpernd hinter den großen Kindern her, jammerte, weil sie nicht schnell genug war. Fritz drehte um und nahm sie auf den Arm. Lächelnd sah Anna ihm hinterher. Er liebte die kleinen Kinder, vor allem Marijke vergötterte er. Katrina hatte am Anfang des Jahres einen gesunden Jungen zur Welt gebracht. Endlich gab es wieder einen Johann ter Meer. Die Geburt war leicht und kurz gewesen, Anna beneidete sie darum. Den Säugling hatten sie mit der Amme in Krefeld gelassen.

Anna nahm Marijke, breitete eine Decke im Halbschatten unter den Bäumen aus und legte das Kind darauf. Dann lehnte sie sich an die noch sonnenwarme Mauer, betrachtete ihre Tochter, die glucksend versuchte, die Füße zu fassen.

Gisbert Scheuten schlachtete am anderen Ende des Hofes das laut quiekende Ferkel. Es wurde ausgenommen, das Blut aufgefangen und zu Wurst gemacht. Schon bald drehte der Knecht das Schwein über dem Feuer, knisternd tropfte das Fett in die Glut. Es duftete köstlich.

Elisabeth, Aaron und Joseph hatten sich aus Weidenruten Angeln gebaut und versuchten, in der Flöt Fische zu fangen. Über den Gräben stand dumpf die Hitze, an den Biegungen um das Gut war der Graben mit Entengrütze bedeckt. Johanna, die sich aus Fritz' Arm gewunden hatte, lief zu ihnen. Für einen Moment blieb sie erstaunt stehen, doch dann machte sie einen großen Schritt. Die Entengrütze war jedoch nicht fest genug, um sie zu tragen, und das Kind fiel ins Wasser. Versteinert vor Schreck standen die drei Großen am Ufer und schauten auf das kleine Mädchen, das unterging, strampelte, versuchte, Luft zu holen, und nur Wasser schluckte. Sie konnten sich nicht rühren. Fritz suchte Johanna, sah sie aber nirgendwo. Dann bemerkte er die drei Kinder und ging zu ihnen. Mit einem Satz sprang er in die Flöt und zog Johanna heraus, er reichte sie keuchend Elisabeth.

Anna hatte den Tumult bemerkt, sie stand auf und ging in diesem Moment zu den Kindern. Beherzt nahm sie die inzwischen leblos wirkende Johanna aus Elisabeths Armen, drehte das Kind um und klopfte ihm kräftig auf den Rücken. Johanna würgte, hustete und spuckte dann das Wasser aus, das sie verschluckt hatte. Danach heulte sie wie ein Hofhund, laut und gellend. Anna drehte sie um, drückte das nasse Kind an sich und wiegte sie beruhigend. »Sh, sh, ist doch alles gut, mein Liebes.«

»Was ist passiert? Warum schlägst du mein Kind?« Katrina riss ihr das Kind aus den Armen, worauf die Kleine noch lauter weinte. »Sei still, Johanna, und sag mir, wer dir was getan hat. Wer hat dich ins Wasser geschubst?«

Johanna verstummte augenblicklich. Sie zog die Nase hoch, hustete noch mal, drehte sich dann um und zeigte auf Fritz, der gerade aus der Flöt stieg. Wie ein begossener Pudel stand er da, Entengrütze und Algen hingen an ihm, eine Pfütze bildete sich zu seinen Füßen.

»Du hast meine Tochter ins Wasser gestoßen?« Katrinas Stimme stieg zu einem Kreischen an. »Wolltest du sie umbringen? Ich weiß sowieso nicht, was du hier verloren hast, du gehörst noch nicht einmal zur Familie. Ich werde dafür sorgen, dass du gehen musst.« Sie drehte sich um und stapfte wütend davon.

Anna sah ihr entsetzt nach, schaute dann die Kinder an. »Was genau ist passiert?«

»Ich … ich … ich ha … habe sie nicht geschu … schubst.« Fritz hatte Tränen in den Augen, wandte sich beschämt zur Seite.

»Hat er wirklich nicht, Cousine Anna.« Elisabeth schüttelte den Kopf. »Sie ist in das Wasser gestiegen, dachte wohl die Entengrütze wäre Gras. Keiner hat sie geschubst. Wir waren so erschrocken, dass wir gar nichts tun konnten, die Jungen und ich. Aber Fritz ist direkt hineingesprungen und hat sie herausgezogen.«

»Er hat ihr das Leben gerettet. Glückwunsch, mein Junge, wir sind stolz auf dich.« Claes war hinzugekommen, er nickte Fritz zu. »Du solltest dich aber geschwind umziehen. Nasse Kleidung – auch bei dem schönen Wetter – ist nicht gesund. Und ihr«, sagte er zu den anderen, »sucht euch eine andere Stelle zum Fischen, hier ist alles verloren. Die Fische sind vor Schreck schon bis zum Rhein geschwommen.« Er nahm Anna beim Arm. »Madame, möchtet Ihr ein Glas Wein? Etwas Brot? Kuchen ist auch da und andere Köstlichkeiten. Bis das Ferkel gar ist, wird es dauern. Aber bei dem, was Scheutens aufgetischt haben, brauchen wir das Schweinchen gar nicht mehr, wir werden vorher satt.« Er lachte leise.

»Ja.« Anna senkte den Kopf, hob ihn dann wieder und sah Fritz an. »Monsieur hat recht. Zieh dich um, Junge! Und Gott sei gedankt, dass du so beherzt gehandelt hast. Es gibt keinen Grund, sich zu schämen.«

Fritz schüttelte nur den Kopf. Anna hätte ihn am liebsten in den Arm genommen, aber das ziemte sich nicht für einen Jungen seines Alters.

»Madame?« Claes zog sie mit sich. »Bier, Wein, Apfelwein? Was darf ich Euch bringen. Hab ich Euch schon mal gesagt, dass Eure Tochter ein wahrer Wonneproppen ist? Sie lacht ohne Unterlass.«

Anna folgte ihm, schaute sich jedoch zweifelnd nach Fritz

um. Er stand immer noch am Rand des Grabens, während die anderen Kinder inzwischen eine bessere Stelle zum Fischen suchten.

Kapitel 35

»Es sieht nicht gut aus für Preußen.« Heinrich wischte sich das Fett von seinem Kinn, nahm ein weiteres Stück Spanferkel. »Die Franzosen stehen auf der rechten Rheinseite. Es ist nur eine Frage der Zeit, wann sie gegen Hannover vorrücken, und wir liegen genau in ihrer Marschrichtung.«

»Das ist nicht dein Ernst?« Anna sah ihn erschocken an. Der Nachmittag war so friedlich. Marijke war auf der Decke eingeschlafen, ließ sich von dem Trubel nicht aufwecken. Die Kinder fischten und spielten, selbst Johanna hatte sich wieder beruhigt. Hin und wieder wehte ein Dufthauch von der Obstwiese herüber, verdrängte den Geruch des Feuers und des gebratenen Fleisches.

Anna hob den Kopf, lauschte dem Lachen der Kinder, dem steigenden und fallenden Gesang der Grillen in der Heide, die das Gehöft umgab.

»Doch, Anna, die Gefahr besteht durchaus. Die Regimenter der Franzosen wurden zusammengezogen. Und gleichzeitig hat König Friedrich die Bedrohung im Osten. Dort greift Russland an. Niemand weiß, wie sich das entwickeln wird. Gerade weil auch der Reichskrieg erklärt wurde.«

Claes lachte auf. »Die Reichsarmee ist doch nun mehr als lächerlich. Eine Observationstruppe, die schauen will, wie sich die Lage entwickelt. Noch sind die Karten frisch gemischt und alles ungewiss.«

»Na ja, Claes. Gut sieht es trotzdem nicht aus. König Ludwig von Frankreich ist inzwischen mit Königin Maria Theresia und der Zarin verbündet, und alle drei stehen gegen England und Preußen. Und dann hat auch noch das Reich gegen Preußen den Krieg erklärt. Jetzt fehlt nur noch, dass die Schweden angreifen. Wir wären dann komplett eingekreist und hätten vier Feinde. Wie könnte der König das bewältigen?« Abraham schüttete ihnen allen Wein nach.

»Du hast recht, es sieht nicht gut aus, aber wir haben England als Verbündeten.« Claes nahm das Glas, trank.

»England?« Heinrich lachte lautlos. »Die sind in Übersee gebunden. Ich habe Zeitungsberichte gelesen über Schlachten dort, da wird mir angst und bange. Sie sind eine Seemacht, aber auf dem Land ist ihnen Frankreich offenbar überlegen.«

»Das heißt? Sie werden ihrem Vertag nicht folgen und Preußen ins offene Messer rennen lassen?« Claes schüttelte ungläubig den Kopf.

»Monsieur ter Meer, das ist zu weit gedacht, meines Erdenkens nach. Das setzt ja schon eine gewisse Art von Böswilligkeit voraus, und wer mag die König Georg von England und Kurpfalz Hannover zuzutrauen? Keiner hat damit gerechnet und vermutlich unsere Majestät als Letzte, dass Frankreich, Russland und Österreich sich zusammenschließen. Jeder der drei hatte Advertisements gegen den anderen, aber der Machthunger scheint zu groß und Preußen ein zu kleiner Feind. Wenn sie Preußen erobert haben, werden die alten Streitereien um die Vorherrschaft wieder aufflackern.« Heinrich grinste. »Das Ferkel ist köstlich.«

Inzwischen brach die Dämmerung herein, die kleinen Kinder waren zu Bett gebracht worden, die größeren aßen oder tollten auf dem Hof umher. Nachtfalter umflatterten das Feuer und die Fackeln. Neben dem Haus war ein Beet mit Waldmeister. Anna sog den süßen Geruch ein.

Sie fühlte sich prall gefüllt von all den leckeren und doch bodenständigen Speisen. Ein frisches Brot und gute Butter waren oft besser als Leberpastete oder Schweinsbäckchen.

Katrina sah Anna die ganze Zeit schon wütend an, hatte aber nichts gesagt. Jetzt richtete sie sich auf. »Ich frage mich, warum dieses Kind mitgenommen wurde?«

Anna hob überrascht den Kopf.»Was meinst du?«

»Monsieur Stennes, Ihr seid ein gebildeter und besonnener Mann, mir will einfach nicht aufgehen, warum Ihr Euch mit so einer Last abgebt. Fritz Heymer gehört nicht zur Familie. Und heute hätte er beinahe meine Tochter umgebracht.«

»Grundgütiger, Katrina, das ist einfach nicht wahr. Er hat ihr das Leben gerettet.« Anna schob ihren Stuhl zurück.

»Das sehe ich anders. Er hat sie in das Wasser geschubst. Sie hat es mir gesagt.«

»Elisabeth sagte, er wäre zu dem Zeitpunkt noch gar nicht dabei gewesen. Johanna dachte, die Entengrütze wäre Gras. Sie ist ganz alleine in die Flöt gestiegen. Und Fritz hat sie wieder herausgeholt. Wir müssen ihm dankbar sein.«

»Ich glaube meiner Tochter mehr als diesem Bengel, der noch nicht einmal richtig sprechen kann. Und meine Geschwister halten undankbarer Weise zu ihm, nur weil sie eine Weile zusammengelebt haben. Ich jedenfalls finde es unglaublich, dass er überhaupt hier ist. Er ist nicht mit uns verwandt, hat hier nichts zu suchen.«

»Sei nicht albern, Katrina.« Änne ter Meer sah ihre Schwiegertochter strafend an.»Vor Gott sind wir alle gleich, und der Junge hat sich hervorragend gemacht.«

Anna schnappte hörbar nach Luft. Claes legte beruhigend die Hand auf ihren Arm.

»Immer langsam mit den jungen Pferden, Schwägerin. Ich habe auch die Erklärung deiner Geschwister gehört, sie klang durchaus glaubwürdig. Warum hätte Fritz Johanna ins Wasser schubsen sollen, um sie dann gleich darauf wieder herauszuziehen? Das entbehrt jeder Logik, findest du nicht?« Claes sah sie nachdenklich an.»Ich glaube kaum, dass Fritz schwimmen kann, und er konnte nicht wissen, wie tief die Flöt an dieser Stelle ist. Er hat sich in Lebensgefahr gebracht, um dein Kind zu retten.«

»Nun ja, Schwager, dass du für Anna Partei ergreifst war ja zu erwarten. Ich sprach jedoch Monsieur Stennes an.« Katrina lächelte boshaft.

Heinrich stopfte seine Pfeife, er zündete sie an, zog daran. »Das ist keine ganz leichte Frage, Madame ter Meer. Einerseits ist Fritz nicht mit uns blutsverwandt, andererseits gehört er zu unserem Haushalt. Als Euer Vater verstarb, musste ich die Vormundschaft für Fritz übernehmen. Außerdem war es der Herzenswunsch meiner Frau, und den erfüllte ich natürlich gerne.« Er zwinkerte Anna zu, es lag ein gehässiger Zug um seine Lippen. Anna wusste, dass sie für dieses Gespräch bezahlen würde.

»Und außerdem, Madame ter Meer«, fuhr Heinrich fort, »ist ja, Gott sei gedankt, Eurer Tochter nichts Schlimmes passiert. Sie ist ein wenig nass geworden, das ist alles.«

»Sie war sehr verschreckt, hatte Todesangst!« Adam schüttete sich Wein ein. »Ihr solltet noch überdenken, ob Ihr den Jungen wirklich behaltet. Er ist doch inzwischen zwölf und könnte wunderbar in die Lehre bei einem der Weber gehen.«

»Fritz wird die Schule zu Ende machen, und dann werden wir sehen, was aus ihm wird. Wenn er Euch aber derartig stört, werden wir ihn selbstverständlich nicht mehr mitnehmen.« Anna biss sich wütend auf die Lippen, als sie Katrinas triumphierendes Lächeln sah.

Claes räusperte sich. »Soweit ich mich recht erinnere, hat Gisbert zunächst mich eingeladen, um das Füllen zu feiern.« Er warf dem Gastgeber einen Blick zu, dieser nickte. »Ich habe dann gefragt, ob ich noch andere Gäste mitbringen dürfte, und das wurde mir freundlicherweise gestattet. So kam es zu diesem schönen Ausflug. Ihr seid meine Gäste, und wir alle sind Gisberts Gäste. Selbstverständlich gehört auch Fritz dazu.«

»Ich habe noch Kirschkompott, möchte jemand?«, fragte Henriette Scheuten.

Dankbar für den Themenwechsel, nahmen sie an.

Anna stand auf. Am Himmel stand der Mond wie eine große Scheibe polierten Silbers. Sie ging bis zur Flöt, das Wasser gluckerte, Frösche stimmten ihr Nachtkonzert an. Von der Heide wehte ein würziger Duft herüber. Anna seufzte tief. Sie liebte Fritz wie ein eigenes Kind, und es tat ihr weh, dass er so abgelehnt wurde. Er war sensibel genug, um es zu spüren und darunter zu leiden. In diesem Moment hasste sie Katrina aus ganzem Herzen für ihre boshafte und arrogante Art. Katrina war gesegnet mit einem wundervollen Aussehen, einem Mann, der sich liebevoll um sie bemühte, zwei gesunden Kindern und einem gutgehenden Geschäft. Sie hatte so viel mehr als Anna, die in ihrer Ehe gefangen war, und trotzdem verspritzte sie Neid und Missgunst wie eine Schlange.

»Anna?« Erschrocken drehte sie sich um. Abraham stand hinter ihr, er trug zwei Gläser mit Wein. »Möchtet Ihr?«

Sie nahm ihm ein Glas ab, trank einen Schluck und seufzte tief.

»Ich weiß, dass sie Euch ärgert, aber grämt Euch nicht. Was Ihr dem Jungen Gutes tut, wird Euch einst belohnt werden, da bin ich mir sicher.«

»Bis dahin ist aber noch ein langer Weg. Fritz würde niemandem etwas zuleide tun.«

»Das weiß ich, Ihr wisst es, und Claes weiß es auch. Über Adam vermag ich nicht zu urteilen, wir sind uns zu fremd.« Abraham führte sie zu ein paar Baumstämmen abseits des Hofes. Hierhin fiel kaum noch der Lichtschein des Feuers und der Fackeln. Sie setzten sich, schwiegen. Anna starrte in den Himmel. Immer mehr Sterne schienen zu erscheinen, je länger sie guckte.

»Schaut dort drüben, die Plejaden. Mit dem Teleskop kann man den Gasnebel um sie herum erahnen.« Abraham sprach leise, aber aus seiner Stimme war die Begeisterung zu hören. »Es sind Gashaufen, wusstet Ihr das?«

»Gas? Nein, Sterne sind glühende Gesteinsbrocken.«

»Es gibt eine interessante Schrift von Immanuel Kant, die ›Allgemeine Naturgeschichte und Theorie des Himmels‹. Er hat das Buch schon vor zwei Jahren herausgebracht, aber ich habe erst vor kurzem ein Exemplar erwerben können. Natürlich ist es eine Hypothese, doch für mich ist sie stimmig.«

»Gas? Im Himmel? Aber das löst sich doch auf.«

Abraham lachte. »Natürlich gibt es auch Materie in den Galaxien. Kant geht davon aus, dass sie immer wieder verbrennen und neu entstehen. Anziehung und Abstoßung, glaubt er, sind die Triebfedern.«

»Das kann ich mir nicht vorstellen.«

»Ach, Anna, es gibt so viele Dinge, die schwer vorstellbar erscheinen, doch die Wissenschaft entwickelt sich weiter. Ich bin beeindruckt von den verschiedenen Theorien und Gedanken. Doch auch ich kann mir nicht alles vorstellen. Kant meint, dass es auch in anderen Galaxien Leben geben müsse, und das lässt sich schwer mit meinem Glauben verbinden.«

Anna überlegte, nippte an dem fruchtigen Apfelwein. »Aber warum nicht? Gott ist allgegenwärtig. Warum sollte er nicht auch auf anderen Planeten Leben erschaffen haben?«

Abraham schnaubte kurz belustigt auf. »Ein Punkt für Euch. Warum eigentlich nicht, da habt Ihr recht.«

»Was ist noch für Euch schwer vorstellbar?« Anna genoss Abrahams Gegenwart. Er strahlte Ruhe und Gelassenheit aus, hatte einen feinen Humor, den sie inzwischen schätzen gelernt hatte.

»Oh, es gibt eine Menge Dinge, die ich nicht nachvollziehen kann. Manche Dinge will ich auch nicht verstehen, Boshaftigkeit zum Beispiel, Neid und Missgunst, so wie wir sie heute erlebt haben. Und dann gibt es so Dinge wie Liebe, die mir wie ein Rätsel erscheinen.« Nun klang er sehr ernst.

»Aber die Liebe ist doch etwas Wundervolles.«

»Möglich. Ich liebe Bücher, ich liebe gutes Essen, ich fühle mich eng mit meinem Pferd verbunden. Ich liebe gute Gespräche mit Euch. Aber ein so tiefes Gefühl, wie es manche Menschen für andere empfinden, ist mir fremd.«

Anna lachte leise. »Vermutlich habt Ihr dafür nur noch nicht den richtigen Menschen getroffen.«

»Das meine ich nicht, Anna. Mich verwirrt es, dass Claes ohne einen Funken Hoffnung und Erwiderung dieses quälende Gefühl über Jahre aushält und wohl auch aushalten muss.«

Der Tag kühlte merklich aus. Über den Ufern der Flöt begann sich der Dunst zu senken und die Umgebung unwirklich zu machen. Vom Hof her erklang lautes Lachen und fröhliche Stimmen.

»Nun ja, Abraham«, sagte Anna nachdenklich. »Platon sagte: Die Maßlosigkeit der Liebe ist eine Krankheit der Seele. Vielleicht hat er damit recht. Aber ich habe auch keine Antwort auf die Frage, was Liebe tatsächlich ausmacht.«

Sie stand auf, strich ihr Kleid glatt. Furcht erfasste sie. Angst eilte ihr voraus auf den Hof, zu dem Gehöft, auf dem sie die Nacht verbringen würden. In der Tiefe der Angst wusste sie, was sie erwartete.

Heinrich hatte über Gebühr getrunken. Er schwankte, als sie zu ihrem Zimmer gingen. Marijke schlief nebenan zusammen mit Fritz und Fine in einem Zimmer. Kurz schaute Anna bei ihnen hinein, deckte das Kind noch mal zu, küsste sie sanft. Fritz drehte sich unruhig um, murmelte im Schlaf, wachte aber nicht auf. Behutsam schloss sie die Tür hinter sich, ging in ihr Zimmer. Heinrich saß auf dem Bett, starrte auf den Boden.

Anna versuchte, sich klein zu machen, unsichtbar. Sie zog sich aus, mit dem Rücken zu ihm, nahm das Nachthemd und wollte es überstreifen, doch er stand schon hinter ihr.

»Leg es weg!«, sagte er rau. Dann strich er ihr über die Schultern, den Rücken, den Po. Sie hörte, wie er sich aus seiner Kleidung nestelte, er hatte Probleme mit den Haken und Knöpfen, fluchte.

Anna blieb regungslos stehen, ihr Atem war flach und hektisch. Die Angst ballte sich in ihr zusammen, doch sie würde sich gehorsam in alles fügen, was er ihr zumutete.

»Du hast Strafe verdient, das weißt du«, sagte er mit einem

bitteren Auflachen. »Deine Cousine hat mich vor allen anderen bloßgestellt.«

»Nein«, hauchte Anna und wartete auf den ersten Schlag, doch er kam nicht.

»O doch, wertes Weib.« Nun holte er aus, Anna spürte es an dem Luftzug, schloss die Augen und biss die Zähne aufeinander. Doch er schien den Schlag noch hinauszuzögern.

»Du hast dich als guter Mann erwiesen, als gnädig Fritz gegenüber, als wohlmeinend und herzlich. Das wird deiner Reputation zugutekommen«, flüsterte Anna.

»Was?« Heinrich brüllte mit einem Mal. »War ich das vorher nicht? Muss ich mir eine Reputation erkämpfen? Habe ich etwa keinen guten Ruf? Ich verkehre fast täglich bei den von der Leyens. Was sind deine Freunde, die ter Meers, denn gegen sie? Nichts. Kleine Weber mit kleinen Unternehmen. Das große Geld und die Welt liegen bei den von der Leyens und ihresgleichen.« Dann holte er aus.

Es überraschte Anna schmerzhaft, dass er nicht mit der nackten Hand schlug, sondern mit einem Weidenzweig. Dieser war biegsam, federte und hinterließ sicherlich tiefe Striemen. Er musste den Zweig am Ufer der Flöt geschnitten haben. Sie zuckte zusammen, versuchte nicht aufzuwimmern, obwohl sie tief in ihrem Inneren wusste, dass es dann schneller ging. Er ergötzte sich an ihrem Leiden. Wenn sie es nicht zeigte, machte er weiter, solange, bis sie zusammenbrach. Erst dann war er zufrieden und nahm sie.

Auch diesmal war es so, nach einigen Schlägen wand sich Anna zitternd am Boden, flehte um Gnade. Er schleifte sie zum Bett, warf sie auf den Bauch. Dann drang er in sie ein, fiel nach wenigen Stößen keuchend über ihr zusammen. Sie schob ihn zur Seite und kroch unter die Decke. Ihr Blick glitt müde durch den Raum, in der einen Ecke leuchtete der Schein einer kleinen Kerze. Dann sah sie, dass die Tür zum Flur aufstand. An den Rahmen klammerte sich Fritz, er wischte sich verzweifelt und entsetzt die Tränen aus dem Gesicht.

O mein Gott, dachte Anna, ihr wurde schlecht. Was hat er alles mit angesehen, der arme Junge? Bevor sie aufstehen und zu ihm gehen konnte, schloss sich die Tür wieder lautlos und wie von Geisterhand. Anna ließ sich in die Kissen sinken. Still rannen die Tränen der Scham über ihre Wangen.

Der nächste Morgen war einer dieser wunderschönen Sommermorgen, die mit dichtem Nebel anfangen, der sich aber bald auflöste. Die Köpfe der Pferde und des Viehs trieben in der Luft über dem Dunst. Als sie sich zum Frühstück im Hof trafen, war der Nebel verschwunden; nur noch wenige Tröpfchen glitzerten juwelengleich in den Spinnenweben.

Abraham sah Anna lange traurig an, ging dann zu ihr und berührte sie flüchtig an der Schulter.

Hat er es auch mitbekommen, dachte sie entsetzt und drückte sich an ihm vorbei, als sei er ein Hindernis.

Fritz stocherte in der Buchweizengrütze, sah nicht auf, als sie sich neben ihn setzte. Schweigsam aßen sie. Danach wurden die Kutschen beladen.

»Fritz, kannst du eigentlich reiten?«, fragte Claes den Jungen, der blass am Tisch saß.

»Ja, aber nicht besonders gut.«

»Traust du dir zu, mein Pferd zu reiten? Es ist lammfromm, braucht aber eine feste Hand. Ich nehme eines der Tiere von Scheuten mit und will ihn mal ausprobieren.«

»Darf ich? Wirklich?« Nun strahlten die Augen des Jungen.

»Natürlich, sonst hätte ich es dir nicht angeboten. Ich bleibe auch an deiner Seite.« Claes zwinkerte ihm zu.

»Danke«, sagte Anna leise, als sie an ihm vorbei zu ihrer Kutsche ging.

Kapitel 36

Das Jahr lief schlecht für König Friedrich und die Preußen. Die russische Armee rückte bis nach Memel vor, und tatsächlich griffen die Schweden aus dem Norden an und besetzten einige Hafenstädte. Auch gegen die Reichsarmee musste der König kämpfen, schlug sie jedoch bei Rossbach. Im Spätsommer ging Heinrich wieder auf Reisen. Bald darauf stellte Anna fest, dass sie erneut ein Kind trug. Der Herbst zog feucht und kalt viel zu früh ein, vernichtete mit anhaltenden Regengüssen einen Teil der Apfelernte. Auch das Getreide, das noch nicht eingeholt worden war, verfaulte auf den nassen Feldern. Anna erkältete sich und wurde den hartnäckigen Husten nicht los. Sie war müde und antriebsarm, schaffte es kaum, zusammen mit Fine die Wintervorräte zu lagern. Jeden Abend ging sie erschöpft zu Bett, fand aber nicht in den Schlaf. Am Andreastag wurden wie immer die Mastschweine geschlachtet. Anna kochte stundenlang Blutwurst. Ihr war schwindelig und übel, kalter Schweiß brach ihr aus, und es stach im Unterleib. Schließlich konnte sie nicht mehr und legte sich zu Bett. In dieser Nacht verlor sie das Kind. Sie trauerte bitterlich über den Verlust, wollte sich nicht recht erholen. Ihre Freunde sahen diesen Zustand mit Sorge. Der Winter stand ins Haus, und bisher war er Anna jedes Mal aufs Gemüt geschlagen.

Das Weihnachts- und das Neujahrsfest verbrachten sie bei Stennes. Heinrich hatte Kontakte zur französischen Armee aufgebaut und belieferte diese nun mit Wein. Er verdiente ein Vermögen daran und freute sich diebisch. Auch die Geschäfte der von der Leyens liefen weiterhin gut, die kleineren Geschäftsleute spürten jedoch den Krieg. Voller Sorge studierten sie die Zeitungen und lauschten den verschiedenen Berichten. Es stand nicht gut um Preußen.

Während die Kinder in der Neujahrsnacht wieder mit dem

Brummtopf um die Stadtmauern liefen und fröhliche Lieder sangen, saßen die Erwachsenen vor dem Kamin. Johanna, der kleine Johann Adam und Marijke schliefen friedlich. Wehmut erfasste Anna, wenn sie Katrinas Sohn betrachtete. Obwohl der Beischlaf mit ihrem Mann einen bitteren Beigeschmack hatte, wünschte sie sich sehnlich ein weiteres Kind.

»Nur noch Stralsund haben die Schweden halten können«, sagte Abraham. »Feldmarschall Lehwalds hat sie aus den anderen Hafenstädten erfolgreich vertrieben.«

»Dafür musste ihn König Friedrich aus Ostpreußen abziehen. Dort steht den Russen nun alles offen. Lange werden sie nicht auf sich warten lassen.« Claes rieb sich müde über die Stirn. »Es steht schlecht, auch um die Wirtschaft. Die Bauern müssen hohe Abgaben leisten. Wo soll das noch hinführen?«

»Ich kann mich nicht beklagen. Vielleicht solltet Ihr auch den Handel mit den Franzosen aufnehmen. Die Soldaten wollen ihren Sold ausgeben und nicht horten. Keiner weiß in diesem Krieg, wie lange er noch lebt«, sagte Heinrich spöttisch. »Und ihnen ist es egal, ob sie überteuerte Preise für schlechten Wein zahlen, solange sie etwas zu trinken haben.«

»Gut, aber wir handeln nicht mit Wein, sondern mit Tuch und Bändern. Noch können wir unsere Weber bezahlen, aber das Geld wird knapper. Die Mühle werde ich schließen müssen, sie rentiert sich nicht mehr. Vor allem, weil uns dieser Herbst eine Missernte beschert hat.« Claes massierte sich den Nasenrücken. Er sah seine Mutter an, die traurig den Kopf gesenkt hielt. In dem letzten Jahr und nach der schweren Krankheit hatte sie viel von ihrer Kraft verloren. Sie konnte die Mühle nicht mehr führen, und für Claes und Abraham war es eine zusätzliche Belastung. Solange die kleine Mühle noch Gewinn abgeworfen hatte, waren sie zufrieden gewesen, doch nun musste eine Entscheidung fallen.

»Dann müsst Ihr Euch umorientieren. Die ganze Welt ist im Wandel, doch es werden sicher wieder bessere Zeiten kommen.« Heinrich schenkte Wein nach. »Nehmt ruhig, es ist kein Fusel.«

»Auch die Flachsernte war nicht berauschend, obwohl Leinen ja noch immer gefragt ist, haben wir jetzt Probleme. Ich werde versuchen, Flachs aus den Niederlanden zu beschaffen.« Adam nahm das Glas, das Heinrich ihm reichte. »Allerdings möchte ich nicht lange reisen, unsere Familie wird sich im kommenden Jahr, so Gott will und alles gutgeht, wieder vergrößern.«

Anna sah überrascht auf und dann zu Katrina. Stolz und zufrieden saß diese da und streichelte über ihren Bauch. Sie wirkte wie die Katze, die von der Sahne genascht hatte. Die Worte drangen in Anna ein und taten weh. Änne legte ihr mitfühlend die Hand auf den Arm.

In diesem Jahr war der Winter zwar kalt, aber sie wurden mit blauem Himmel und viel Sonne entschädigt.

Eines Morgens Ende Januar kam Abraham zu Anna.

»Das Wetter ist verlockend, die Luft klar und rein. Ihr seit lange schon nicht mehr ausgeritten, Madame Anna. Wäre dies nicht der passende Tag, um wieder damit zu beginnen?«

Anna wischte sich die Hände an der Schürze ab, warf einen zweifelnden Blick nach draußen. Abraham hatte recht, beschloss sie. Es nutzte nichts, sich im Haus zu verstecken. Sie ließ ihre Stute satteln, und kurze Zeit später ritten sie durch das Doppeltor aus der Stadt hinaus.

Hinter der Burg Krakau begann der dichte Bockumer Wald, sie machten einen großen Bogen um ihn herum. Anna genoss die frische Luft und die Abwechselung. Abraham erzählte ihr von einem Besuch in Düsseldorf, wo er versucht hatte, die Geschäfte zu beleben.

»Es ist mühselig, aber wir scheinen es zu schaffen. Ich habe einen interessanten Mann kennengelernt, Engelbert vom Bruck, ein Freigeist und sehr belesen. Er sucht eine Anstellung, und ich empfahl ihm bei den von der Leyens vorzusprechen.«

Sie plauderten über dies und das, kehrten schließlich in die Stadt zurück, als das Licht blasser wurde, die Farben nicht mehr leuchteten.

Von da an ritten sie regelmäßig gemeinsam aus. Anna merkte, wie gut es ihr tat. Auch nahm sie ihre Freitagsbesuche in Claes' Bibliothek wieder auf. Sie las viel, diskutierte wieder gerne mit den beiden Männern. Heinrich gefiel das nicht, aber er begab sich auf Reisen, was Anna erleichterte.

Eines Tages kam Fine vom Markt und brach in der Küche zusammen. Sie fieberte hoch. Anna brachte sie in ihr Zimmer, bereitete Tinkturen und machte Umschläge. Doch das Fieber wollte nicht sinken.

Im Armenhaus der Stadt hatte es vor zwei Wochen mehrere Fälle von Blattern gegeben, fiel Anna ein. Noch war kein typischer Ausschlag an Fine zu sehen, doch das konnte dauern. Anna hatte in Radevormwald eine Blatterepidemie miterlebt und wusste, wie furchtbar die Krankheit werden konnte.

Sie schickte den Knecht zu Katrina und bat sie, Marijke und Fritz aufzunehmen, doch davon wollte ihre Cousine nichts wissen. Sie würde sich nicht den Tod ins Haus holen, ließ sie ausrichten. Wieder erbarmte sich die Familie ter Meer.

Anna pflegte Fine aufopferungsvoll. Oft genug hatte die Magd ihr in schwierigen Situationen zur Seite gestanden, und sie wollte diese Taten wiedergutmachen.

»Die Krankheit breitet sich aus«, sagte der Knecht, der das Haus nicht betrat. »Fünf Menschen hat es heute erwischt, habe ich am Schwanenmarkt gehört.«

»Ist gut, Jupp. Besorg dir Essen in der Garküche oder geh zu ter Meers. Ich weiß noch nicht, was Fine hat. Schüttelfrost und Schluckbeschwerden, es könnte auch eine heftige Influenza sein.«

»In die Garküche gehe ich bestimmt nicht. Wer weiß, wo der Tod überall lauert. Ich habe mir hinter dem Stall eine Feuerstelle gebaut und werde schon zurechtkommen, Madame. Aus dem Wallgarten habe ich drei ordentliche Hasen mitgebracht und neue Fallen ausgelegt. Einen behalte ich, die anderen ziehe ich für euch ab und hänge sie vor das Küchenfenster.«

»Ich danke dir.« Erschöpft wischte Anna sich über den Kopf und ging zurück zu Fine. Schon den vierten Tag lag das Mädchen danieder, ihr Zustand wurde immer schlimmer. Sie war kaum bei Bewusstsein, stöhnte vor Schmerzen. Anna strich ihr sanft mit einem kalten Lappen über die Stirn und entdeckte die ersten Pusteln. Am Abend war das Gesicht, die Hände und Füße der jungen Frau mit Pocken bedeckt, die immer mehr aufquollen. Es stank entsetzlich nach Eiter. Immer wieder wusch Anna Fines Körper ab, versuchte ihr mit Lindenblütenextrakt Linderung zu verschaffen. Doch in der dritten Nacht nachdem die Pocken aufgetreten waren, verstarb Fine. Anna weinte bittere Tränen um die treue Magd.

Der Totengräber kam erst am nächsten Tag. »Sie sterben wie die Fliegen, Madame. Fünf Tote gestern, sieben heute, und es liegen noch jede Menge Kranke in den Häusern. Es ist ein wahres Elend.«

Anna räucherte Fines Zimmer aus, verbrannte ihre Sachen und die Matratze. Auch ihre eigene Kleidung, die sie getragen hatte, übergab sie dem Feuer. Dann badete sie ausgiebig in fast kochendem Wasser. Ihre Haut brannte, als sie sich trocken rubbelte. Sie fühlte sich elend und erschöpft, hatte Angst, sich angesteckt zu haben. Was würde aus Marijke werden und aus Fritz? Der Gedanke war so furchtbar, dass sie ihn beiseiteschob. Vor Angst zu sterben wollte sie sich nicht hinlegen. Bei Kerzenschein und einem Becher Würzwein setzte sie sich in die Stube und las. Doch bald fielen ihr die Augen zu. Frierend wachte sie auf, es war tiefe Nacht. Sie holte sich eine Decke und schlief im Sessel. Am nächsten Morgen war sie steif und verspannt. Doch kein Fieber brach aus.

Die nächsten zwei Wochen verbrachte Anna isoliert und alleine in dem großen Haus. Nur der Knecht brachte ihr hin und wieder Neuigkeiten und frische Milch. Dabei blieb er im Hof und sprach durch das angelehnte Fenster mit ihr. Die Seuche war kurz, aber heftig über die Stadt gekommen. Inzwischen nahmen die Todesfälle ab, und keine Neuerkrankung kam hinzu. Auch in den umliegenden Dörfern und Städten waren Blattern aufgetreten. Überall starben Menschen. Vierzehn Tage waren vergangen, und Anna war gesund geblieben. Endlich traute sie sich, die Kinder wieder abzuholen. Tränen der Erleichterung liefen ihr über die Wangen, als sie ihre Tochter liebevoll in die Arme schloss.

»Ich bin Euch sehr zu Dank verpflichtet, Claes.«

»Nein, ich denke, das war eine Tat der Nächstenliebe. Außerdem mögen wir Eure Kinder. Endlich war mal wieder Leben im Haus.« Er lächelte sie traurig an. »Die Blattern haben schlimm zugeschlagen. Nicht nur in Krefeld, sondern auch in Moers, Wesel und Kempen. Sogar Kierst blieb nicht verschont. Monsieur Lobach verstarb letzte Woche.«

»Ja, es ist furchtbar. Wie eine dunkle Wolke, wie ein böses Omen für etwas Drohendes, noch Schlimmeres. Ein Unheilsversprechen.«

»Wenn ich an solche Dinge glauben würde, dann wäre das durchaus so. Aber Ihr habt recht. Der Krieg kommt näher. Zwölf Hannoveraner wurden in Krefeld einquartiert, die Franzosen haben Stellungen in Fischeln bezogen.« Nachdenklich schaute Claes nach draußen zum Wall.

»Wir wollen beten, dass sie weiterziehen.« Anna seufzte.

»Ich werde nach Kierst reiten und schauen, ob Madame Lobach meiner Hilfe bedarf. Danach muss ich nach Köln und geschäftliche Dinge ordnen. Ich bin sehr froh, Euch bei guter Gesundheit zu sehen, und hoffe, Ihr passt auf Euch auf bis zu meiner Rückkehr. Bitte schränkt die ausgedehnten Ausritte ein. Man kann nie wissen, was passiert. Und sorgt für Vorräte. Wir haben uns ein Ferkel in den Stall geholt, für den Fall, dass die Truppen die umliegenden Höfe plündern.«

Anna küsste ihn zum Abschied leicht auf die Wange. Inzwischen verband sie mit ihm nur noch eine tiefe und ehrliche Freundschaft.

Sie hielt sich an seinen Rat, kaufte ein junges Schwein und fütterte es mit Küchenabfällen. Marijke war ganz begeistert von dem Tier und liebte es, ihm Brotkanten in das schnüffelnde Maul zu schieben. Der Mai verging, immer mehr Truppen versammelten sich am Niederrhein. Die Stadt hielt den Atem an, und doch musste das Leben weitergehen. Die fünfzehnjährige Tochter des Bauern, der immer ihr Mastschwein hielt, wurde die neue Magd. Grete war zuerst sehr verschüchtert, fügte sich aber in alles. Die grundsätzlichen Dinge der Küche, wie Brotteig ansetzen und Milchsuppe kochen, beherrschte sie. Trotzdem war sie kaum ein Jahr älter als Fritz. Anna beobachtete die beiden des Öfteren, wenn sie im Hof miteinander tollten oder den alten Kater ärgerten. Es lag keine Arglist oder anderes Interesse in diesen Taten, es war einfach nur kindliche Verspieltheit, auch wenn die beiden an der Schwelle zum Erwachsensein standen.

Anfang Juni kehrte Heinrich zurück, blieb jedoch nur zwei Tage. Anna berichtete ihm von den letzten Wochen, erzählte von Fines Tod.

»Das nächste Mal, Weib, bringst du eine Kranke zum Kloster. Die können sie pflegen. Du setzt nicht noch mal mein Kind einer solchen Gefahr aus. Und die Kleine ist die neue Magd? Die ist ja nur Haut und Knochen. Da ist nichts dran, kein Busen, kein Hintern.«

»Sie ist fünfzehn, Heinrich.«

»Nun gut, dann besteht ja noch Hoffnung.« Lüstern leckte er sich über die Lippen.

Anna trug das Essen auf, als es an die Haustür klopfte. Es war Abraham.

»Ich habe gehört, dass Ihr wieder in der Stadt seid, Monsieur, und wollte wissen, ob es Neuigkeiten gibt.«

»Bitte setzt Euch doch.« Anna legte ein weiteres Besteck auf, stellte ihm einen Teller hin. Abraham sah gespannt zu Heinrich.

»Ich muss morgen schon wieder los« sagte Heinrich und

schnitt den Braten auf. »Es sieht ernst aus. König Georg hat Ende letzten Jahres Prinz Ferdinand von Braunschweig zum Kommandeur der alliierten Truppen ernannt. Im letzten Winter drängte dieser die französische Armee an der Aller und Weser zurück.«

»Davon habe ich gehört. Seit April befindet sich der Hauptteil der französischen Truppen westlich des Rheines, während die alliierte Armee im Münsterland ist. Seit dem 2. Juni soll Kleve besetzt sein.«

»Das ist richtig. Sie haben Schiffe für eine Schiffsbrücke in den Niederlanden bauen lassen.«

»Was wird nur folgen?« Abraham nickte Anna dankend zu, als sie ihm ein Glas Wein reichte.

»Prinz Ferdinand von Braunschweig ist ein zielstrebiger Mann, ein guter Militär. Er wird die Franzosen angreifen und versuchen, sie zurückzudrängen. König Friedrich kann nur noch versuchen, sein Hauptland zu schützen. Es sind zu viele Kriegsplätze, er kann nicht offensiv handeln, auch wenn England viel Geld hat fließen lassen. Über viertausend Taler sollen es gewesen sein, so hörte ich.«

»Was habt Ihr denn vernommen? Wo stehen die Truppen jetzt?«

»Die Franzosen sammeln sich in Neuss. Der Vormarsch aus dem Süden hat längst begonnen. Gott alleine weiß, was uns erwartet.«

»In Neuss? Um Gottes willen! Sie werden noch hierher kommen?« Anna legte ihr Besteck zur Seite.

»Das weiß Gott allein – und Prinz Ferdinand.« Heinrich nickte bedächtig. »In der Haut Euerer Verwandten auf dem Levenhof möchte ich nicht stecken. Die Flöt wird sie nicht vor plündernden Soldaten schützen.«

Abraham seufzte. »Ja. Sie sind sehr besorgt. Die kleinen Kinder sind schon hier in der Stadt. Scheutens haben viele Verbindungen und Verwandte. Natürlich haben wir uns auch angeboten.« Er stieß die Luft aus. »Große Sorgen machen wir uns um Claes. Er war in Köln und wollte dieser Tage nach Hause kommen. Hoffentlich kommt er unversehrt heim.«

»Das hoffe ich auch«, murmelte Anna besorgt.

»Du und auch kein anderer dieses Haushalts sollte in den nächsten Tagen die Stadt verlassen. Noch nicht mal zum Wallgarten solltet ihr gehen.«

»Aber die Himbeeren sind reif, und auch die Rübchen müssen geerntet werden.«

»Anna, du gehst nirgendwo hin außer zum Schwanenmarkt. Und das meine ich ernst.« Heinrich schlug mit der flachen Hand auf den Tisch.

»Ihr Gemahl hat recht, Anna. Es ist zu gefährlich. Wer weiß, wie es weitergeht.«

Das Hauptquartier der alliierten Truppen Englands und Preußens befand sich am 20. Juni 1758 in Kempen, westlich von Krefeld. Die französische Armee lagerte am 19. Juni verteidigungsbereit nordwestlich von Krefeld in Sankt Tönis, das französische Hauptquartier lag im Süden in Fischeln. Immer enger zogen sich die Linien um die Stadt.

Am 22. Juni erklomm der Heerführer der alliierten Armee, Prinz Ferdinand von Braunschweig, die Kirchtürme in Krefeld, um die Lage zu erkunden. Er wurde nicht mit Jubel begrüßt, zu groß war die Angst der Städter. Truppen besetzten die Stadt, der Bürgermeister wurde gezwungen, Quartierscheine für die Offiziere auszustellen.

Immer bedrohlicher wurde die Lage für die Samt- und Seidenstadt am Niederrhein.

Da Heinrich wieder aufgebrochen war, zog Anna zu ter Meers. Alleine mit den Kindern mochte sie nicht in ihrem Haus bleiben.

»Du weißt, es wird Gerede geben«, sagte Katrina schnippisch. »Es schickt sich nicht, für eine verheiratete Frau zu einem Junggesellen zu ziehen, selbst wenn Krieg herrscht.«

»Abraham ist mein Freund. Das kannst du nicht so meinen,

wie du es sagst. Außerdem lebt deine Schwiegermutter auch noch.« Anna war empört. »Oder möchtest du uns Obhut bieten?«

»Ich? Da sei Gott vor. Du gehst doch nirgendwo hin, wenn dieses Findelkind nicht dabei ist, und er hat bei mir nichts verloren. Ich traue ihm nicht.«

Entrüstet wandte Anna sich ab. Ihr war klar, aus welcher Ecke Gerede kommen würde. Doch das war ihr gleichgültig. Abraham war ein guter Freund für sie, mehr nicht, und sie hatte sich nichts vorzuwerfen.

Am frühen Morgen des 23. Juni lag tiefe Stille über der Stadt. Noch nicht einmal die Vögel zwitscherten. Irgendwas würde geschehen.

Die alliierte Armee brach von ihrem Lager in Kempen auf. Die Truppe wurde dreigeteilt. Ein Teil, unter General von Spoerken, marschierte auf Krefeld zu. Das Zentrum, unter General von Oberg, und der rechte Flügel, unter Herzog Ferdinand persönlich, marschierten auf Sankt Tönis zu.

Zu dieser Zeit lagerten die Franzosen mit siebenundvierzigtausend Mann südlich der Landwehr mit Vorposten in Krefeld.

Prinz Ferdinand erklomm den Kirchturm in Sankt Tönis und bestimmte, dass General Oberg gegen die Durchlässe der Landwehr an der Hückelsmay und am Stock vorgehen sollte.

Gegen acht Uhr ließ der Prinz den Vormarsch fortsetzen. Der morgendliche Dunst löste sich auf, und die Sonne erstrahlte vor einem tiefblauen Himmel. Die sommerliche Idylle wurde abrupt von den Staubwolken, die die Truppen aufwirbelten, dem Wiehern der Pferde und dem Ächzen der Protzen unterbrochen. Die Schlacht hatte begonnen. Bei Katrina setzten die Wehen ein.

Kapitel 37

Claes ritt im Licht des frühen Morgens Richtung Rhein nach Kierst. Wie jeden anderen, der den Blattern zum Opfer gefallen war, so betrauerte er auch Margots Gemahl Carl. Er war ein ehrbarer Mann gewesen, der sich gut um seine Familie gekümmert hatte. Ob wirklich tiefe Liebe zwischen den Eheleuten geherrscht hatte, bezweifelte Claes. Seine Gefühle für Margot waren unverändert. Immer wieder in den letzten Jahren besuchte er sie, doch sie brachte ihm nur Freundschaft entgegen. Vielleicht änderte sich das ja nun, da ihr Mann gestorben war, hoffte Claes. Natürlich würde er das Trauerjahr abwarten, bevor er ihr einen Antrag machte. Trotzdem wollte er seine Anteilnahme zeigen und ihr seinen Beistand zusichern.

Er ritt durch das Tor auf den gepflasterten Hof des Gutes, übergab dem Knecht die Zügel.

Margot Lobach saß im Hof auf einer Bank und zupfte Johannisbeeren von den Rispen.

»Meine lieber Claes.« Sie erhob sich und wischte sich die rot gefleckten Hände an der Schürze ab. »Wie schön, Euch zu sehen.«

»Madame Margot, kein schöner Anlass führt mich zu Euch. Ich wollte Euch mein Beileid aussprechen.«

Margot senkte kurz den Kopf. »Ja, Carls Tod war grauenvoll. Ich bin jedoch froh, dass die Blattern niemanden sonst erwischt haben. Carl war schon lange krank und geschwächt, er hatte seit dem Winter ein Fieber in den Gelenken.«

»Es freut mich sehr, Euch bei guter Gesundheit zu sehen.« Margot setzte sich wieder auf die Bank in der Sonne, Claes nahm neben ihr Platz. »Zudem wollte ich Euch meinen Beistand anbieten, so Ihr ihn braucht.«

»Das ist sehr freundlich von Euch, lieber Claes. Aber Gottlieb Baes, ein guter Freund der Familie und Gutsherr drüben bei Linn, steht mir in allen Belangen zur Seite. Ich glaube, Ihr habt ihn das ein oder andere Mal hier getroffen.«

»Ich kenne Monsieur Baes. Ein guter und freundlicher Mann.«

Margot lächelte. »Ja, das ist er. Wir sind schon lange gut befreundet. Er hat mir in den letzten Tagen und Wochen sehr geholfen. Ich wüsste nicht, was ich ohne ihn gemacht hätte.« Sie zögerte kurz, sah dann Claes an. »In dieser Zeit ist uns klargeworden, dass wir mehr füreinander empfinden als nur Freundschaft.«

Claes stockte der Atem. »Bitte?«

Margots Gesicht nahm einen roten Schimmer an, ihre Augen leuchteten. »Nun, ich nehme an, man nennt es Schicksal. Oder Liebe. Natürlich werden wir das Trauerjahr abwarten. Bleibt Ihr zum Essen?«

Claes sackte in sich zusammen. Damit hatte er nicht gerechnet. Sein Herz pochte schmerzhaft, sein Mund war auf einmal wie ausgetrocknet. Er stand auf, fühlte sich schwindelig, holte tief Luft. »Nein«, sagte er dann und schüttelte den Kopf. »Leider treiben mich Geschäfte nach Köln. Knecht, mein Pferd!«

Wie in Trance verließ er den Hof. Tief in Gedanken ritt er durch die Heide. Nach zwei Tagen hatte er Köln erreicht. Immer wieder musste er Truppen ausweichen. Obwohl er seine Geschäfte erfolgreich abwickeln konnte, stellte sich keine Freude ein. Claes fühlte sich wie ausgehöhlt. Margots Eingeständnis, dass sie Gottlieb liebte, brach ihm das Herz, so glaubte er. Doch nach und nach wurde ihm klar, dass nicht sein Herz zerbrochen war, sondern ein Traum, den er fast sein ganzes Leben geträumt hatte, wie eine Seifenblase zerplatzt war. Eine Last fiel von ihm ab. Endlich konnte er mit der unerfüllten Liebe zu Margot abschließen.

Schließlich ritt er heim. Wieder brauchte er länger als erwartet. Da er die französischen Truppen in Neuss vermutete, reiste er über Mönchengladbach. Am Morgen des 23. Juni kam er nach Anrath. Unruhe, die er sich nicht erklären konnte, lag in der Luft. Sein Pferd tänzelte nervös. Beruhigend klopfte Claes ihm auf den Hals. Plötzlich vernahm er das, was sein Pferd schon längst gehört hatte. Stimmengewirr, das mehr und mehr anschwoll, Hufgetrappel und Pferdeschnauben. Irgendwo wieherte ein Pferd laut auf, sein Tier hob den Kopf und erwiderte den Ruf. Claes trieb es an, näherte sich der Kirche St. Johannes. Vor dem Portal standen zwei Soldaten und hielten mehrere Pferde. Zu Claes' Überraschung trugen sie die hellblauen Uniformen der Husaren. In den letzten Tagen hatte er immer nur die schmutzig weißen Röcke der Franzosen gesehen.

Beunruhigt ritt er zum Ortsrand. Dort bot sich ihm ein schreckliches Bild. Soldaten, Hunderte von Soldaten, nein, Tausende mussten es sein, die da marschierten. Ihre rotweißen Hosen zum Teil verschlammt und vor Dreck starrend bis zum Gurt. Ganze Regimenter, Bataillon auf Bataillon, zogen an ihm vorbei. Unwirklich erschien Claes die Szene. Jeweils acht Mann nebeneinander und mehr als zwanzig dahinter marschierten im Karree, die Musketen links geschultert, Munitionstasche und Bajonett am Lederzeug, die Rockschöße zur Seite hoch geknöpft. Die Sergeanten mit der langen Pike am Arm trieben sie ostwärts. Immer mehr Verbände zogen vorbei, teilweise marschierten die Regimenter nebeneinander, dazwischen bahnte sich die Artillerie zu Fuß ihren Weg. Kaltblüter zogen die Protzen, einachsige Kutschböcke, die die Munition enthielten und gleichzeitig Zugfahrzeug für die Kanonen waren. Die Kanoniere eilten beidseits der Gespanne, bereit, bei jeder Bodenwelle in die Speichen zu fassen und die Batterie weiter voranzubringen. Melder galoppierten die Marschsäulen entlang, Offiziere ritten zusammen, wechselten kurze Worte und trennten sich wieder. Nervöse Anspannung lag über den Truppen, es roch nach Staub, Schweiß und Leder.

Wie versteinert betrachtete Claes die aufziehenden Soldaten, als auch noch Batterien bespannter Artillerie herankamen. Zügig passierten sie den Ortsrand. Vorne weg der Geschützführer, im Gesicht ganz grau vor Müdigkeit und Anspannung. Sechs starke Pferde brauchte es, ein Geschütz zu bewegen. Dicht auf folgten die Kanoniere und Pferdehalter auf ihren Tieren.

Claes stellte sich im Sattel auf, wo kamen die nur alle her? Er folgte dem Ortsrand ein kurzes Stück nach Westen, hielt sein Pferd an und blickte fassungslos voraus. In der Ferne konnte er den Berschelsbaum erkennen. Am Berschelsbaum befand sich eine Brücke, die über die Flöt, einen Wassergraben, führte. Vor dieser schmalen Brücke, am jenseitigen Ufer, drängte sich Truppenteil um Truppenteil, Infanteristen versuchten, die Flöt beidseits der Brücke durchs Wasser zu queren.

Plötzlich vernahm er Donnergrollen, doch am sattblauen Mittagshimmel standen keine Wolken. Wieder grollte Donner aus Norden, jenseits der Landwehr.

Der Herr stehe mir bei, dachte er, Kanonen, es sind Kanonen, die da donnern. Mittlerweile war aus dem Donnern ein unablässiges Grollen geworden. Claes wendete sein Pferd, trieb es an. Er würde im Gasthof in Anrath Schutz suchen. Unheilvoll und bedrohlich drang das Grollen der Kanonaden von der Landwehr herüber. Einzig die ihn umgebenden Truppen schienen unbeeindruckt vom Gefechtslärm. Unbeirrt setzten die Soldaten ihren Marsch fort.

Claes erreichte den Ortsrand Anraths, bog um die erste Hausecke, um an der Kirche vorbei zurück zum Gasthaus zu gelangen, als er die Straße von schweren Pferdefuhrwerken versperrt vorfand. Einen Moment irritiert blieb er auf der Straßenmitte stehen.

»Platz da, Gevatter!«, herrschte ihn der Kutscher des ersten Wagens an.

»Warum geht's nicht weiter?«, scholl es vom zweiten.

Claes versuchte sein Pferd zu wenden, doch das Tier sträubte sich. Es hatte die Augen angstvoll aufgerissen, die Nüstern aufgebläht.

351

»Monsieur!« Ein Reiter drängte sein Pferd zwischen Hauswand und Wagen vorbei und kam auf Claes zu. »Im Namen des Königs, gebt die Straße frei!« Endlich gelang es Claes, das Pferd zu wenden. Er ritt das kurze Stück zum Ortsrand zurück, der Reiter schloss zu ihm auf.

»Monsieur, entschuldigt den rüden Ton meiner Männer. Ich bin Leutnant von Stakeln.«

»Ter Meer, Claes ter Meer. Ich bin auf dem Rückweg von einer Geschäftsreise, wollte heute noch meine Heimat Krefeld erreichen. Ich hatte nicht damit gerechnet, hier preußische Truppen zu treffen. Mir wurde gesagt, dass die Truppen weiter westlich lagern würden.«

»Monsieur ter Meer, Ihr werdet heute nicht nach Krefeld gelangen können. Der Franzose hält die Durchlässe der Landwehr besetzt und wird Euch kaum passieren lassen.«

Entsetzt starrte Claes ihn an. »Der Franzose ist vor Krefeld?«

»Ja. Ihr befindet Euch mitten im Aufmarsch einer angriffsbereiten Armee. Monsieur, bringt Euch in Sicherheit! Mein Befehl lautet, diesen Munitionstrain den Batterien nachzuführen! Euch viel Glück!« Er stob davon.

Anrath quoll über vor durchziehenden Truppen, dort würde er keine Zuflucht finden. Nach Krefeld würde er heute auch nicht gelangen. Kurz überlegte er, bei Lobachs unterzuschlüpfen, doch dazu müsste er den Truppen folgen, was ihm als nicht ratsam erschien. Als letzte Möglichkeit blieb ihm der Levenhof, der eine halbe Schrittmeile entfernt war. Entschlossen gab er seinem Pferd die Sporen und ritt nordöstlich in Richtung Flöt. Die Heide wirkte wie gepflügt, alles war niedergetrampelt, von Gespannen zerfurcht und aufgewühlt. Er musste sein Pferd zügeln aus Sorge, dass es sich vertrat und stürzte.

Claes hielt auf das kleine Wäldchen nördlich des Sturmeshofs zu, dort gab es eine Furt, die er nutzen würde, um die Flöt zu überqueren, um zum Levenhof zu gelangen. Er ließ sein

Pferd kurz saufen, trieb es dann durch die Flöt. Hoch spritzte das Wasser auf, es reichte dem Tier bis knapp an den Bauch. Ängstlich legte das Tier die Ohren an. Sie erreichten das andere Ufer, und Claes dankte Gott. Nun würde er den Hof seiner Verwandten, der in einer Schleife des Grabens lag, sicher erreichen.

Wie ausgestorben lag der Hof nun in seiner Sichtweite. Eine geisterhafte Stille schwebte über allem, unterbrochen nur von dem dumpfen Grollen der Kanonen. Das wachsende Gefühl der Unwirklichkeit erfasste Claes. Dies war ein böser Traum, dies konnte nicht wahr sein. Staubkörnchen tanzten in der Sonne wie in einer Lichtwolke.

Doch dann drangen die Rufe der Soldaten wieder zu ihm. Die Truppen kamen zum Stehen.

Nicht hier, dachte Claes, bitte, lieber Gott, lass sie nicht hier kämpfen. Er hatte sich nicht in Sicherheit gebracht, sondern in das Zentrum des Sturm begeben.

Die Geschütze wurden abgeprotzt, in Stellung gebracht und zur Landwehr hin ausgerichtet. Die Kanoniere brachten Pulver zu den Kanonen, stapelten kleine Kugelpyramiden neben ihnen. An den Flanken der Truppen sammelte sich die Kavallerie.

Die Soldaten bildeten Pelotons, die Gefechtsgliederung der Infanterie. Zügig bildeten sich aus der marschierenden Kompanie eine doppelte Schützenlinie, jede Linie mehr als achtzig Mann stark. Dicht an dicht rückten die Soldaten auf, berührten sich fast an den Schultern. Das zweite Glied machte nun einen Schritt zur Seite, so dass die Soldaten genau hinter dem Schulterschluss der Vordermänner zu stehen kamen. Die anderen Kompanien verfuhren in gleicher Weise und schlossen bündig hinter der Schützenlinie der ersten Kompanie an. So bildete ein Infanteriebataillon aus dem Marsch ein zehn bis zwölf Glieder tiefes Peloton.

Claes wurde angst und bange. Ihm wurde klar, dass die gesamte Armee an der Flöt angetreten war.

Sie werden die Übergänge der Flöt nehmen wollen, um gegen die Franzosen an der Landwehr vorgehen zu können, dachte er entsetzt. Im gestreckten Galopp ritt er auf den Hof zu und nun sah er die Pelotons der Franzosen, keine dreihundert Schritte von ihm entfernt.

Ein heulendes Zischen gefolgt von grässlichem Donnern zog über Claes hinweg. Dumpf fuhren die Kanonenkugeln in den Heideboden und ließen Erdfontänen vor den Franzosen aufsteigen. Von Panik getrieben, erreichte er den Levenhof, saß ab und stürmte ins Hauptgebäude des Dreiseitenhofes. Die Tür fiel krachend ins Schloss, und Claes sackte zu Boden, um Atem ringend und am ganzen Leib zitternd.

Die Tür der Küche am anderen Ende der Diele wurde vorsichtig geöffnet. Gisbert Scheuten starrte Claes entsetzt an.

»Monsieur Claes? Wie kommt Ihr hierher?«

Atemlos winkte Claes ab. »Eine lange und unglückliche Geschichte. Ist Eure Familie etwa noch hier?«

»Die Kinder haben wir vor einigen Tagen schon in die Stadt gebracht. Wir wollten den Hof und das Vieh nicht alleine lassen. Das war ein Fehler, wie uns heute Morgen klar wurde. Aber da waren die Franzosen schon aufmarschiert und alles zu spät.«

Ein helles Pfeifen erklang, kam näher und wurde immer schriller. Es war offenbar direkt über ihnen. Claes zog den Kopf ein, als es in einem dumpfen Krachen endete. Das Fenster links neben ihm zersplitterte, die gegenüberliegende Wand staubte auf, als faustgroße Stücke aus dem Mauerwerk gerissen wurden.

»Kartätschen«, schrie Scheuten. »Jetzt setzen sie die Franzosen unter Kartätschenfeuer.«

Claes nickte. Diese Geschosse explodieren über dem Ziel und setzen Hunderte Musketenkugeln oder Metallstifte frei, die Wirkung war verheerend.

Gisbert kam auf ihn zu, sah sich um. »Mein Gott«, murmelte er, »hoffentlich überleben wir diesen Tag.«

Claes' Pferd wieherte schrill auf, er hatte es im Hof gelassen. »Verdammt! Mein Tier.« Er eilte zur Tür, wollte sie aufreißen, schrie auf vor Schmerz. Kartätschenkugeln hatten die Tür durchschlagen und ellenlange Späne aus dem Holz getrieben, diese standen nun wie Stacheln in den Raum. Einen Span hatte sich Claes in den Daumenballen seiner linken Hand getrieben. Er riss die Tür auf, spähte in den Hof. Dort lag das Pferd auf der Seite, Blut rann aus einer tiefen Wunde an seiner Flanke. Auch der Bauch war aufgerissen, die Gedärme quollen heraus. Es hatte die Augen weit aufgerissen, Blut lief ihm aus Nüstern und Maul.

Claes wollte zu dem Tier laufen, doch Gisbert hielt ihn an der Schulter fest. Er war durch den Flur zu Claes geeilt. »Kaspar! O mein Gott, ich hätte Kaspar in den Stall bringen sollen.«

»Jetzt ist es zu spät.« Gisbert schaute sich um. Keine Soldaten waren auf dem Hof zu sehen. Wieder schrie das Tier entsetzlich auf, drehte sich auf der Seite liegend um seine eigene Achse. Gisbert zog ein Messer aus seinem Gürtel, geduckt lief er über den Hof zu dem getroffenen Tier. Er riss den Kopf des Pferdes nach hinten und durchschnitt die Kehle mit einem Ruck. Blut spritzte auf, Gisbert sprang zurück und eilte wieder in die Sicherheit des Hauses. Er wischte sich die blutverschmierten Hände an der Hose ab.

»Was habt Ihr getan?«, rief Claes entsetzt.

»Es hatte eine Bauchwunde und wäre elendig krepiert.« Gisbert Scheuten schluckte hart. Er liebte Pferde, aber er wusste, er hatte dem Tier Gnade erwiesen. »Wir können hier nicht bleiben, Claes. In den hinteren Räumen sind wir sicherer.«

Claes stieß zischend den Atem aus. Ein letztes Mal blickte er in den Hof zu seinem treuen Gefährten. Tief im Inneren wusste er, dass Gisbert recht getan hatte. Er schloss die Tür, schob den Riegel vor, dann folgte er Scheuten nach hinten in die Küche.

Henriette Scheuten stand vor dem Tisch und betete laut. Die

Magd und die beiden Knechte sowie der halbwüchsige Sohn der Familie saßen um den Tisch, die Köpfe gesenkt und die Hände gefaltet. Wieder heulten Artilleriegeschosse heran, gefolgt von dem Knattern einer Musketensalve. Das Grollen der Kanonen schien nicht mehr zu verstummen. Unablässig konnte man die aufprallenden und explodierenden Geschosse hören, immer wieder erzitterte das Haus. »Hier.« Gisbert reichte Claes einen Becher Branntwein. Dankend nahm Claes den Becher und trank. Er zog sich den Holzsplitter aus dem Handballen, es blutete nur leicht. Achtlos wischte er seine Hand an der Hose ab, ging zum Fenster. »Was hat Euch hierher verschlagen?«, fragte Madame Scheuten und wies die Magd an, die Suppe aufzutragen. »Krieg oder nicht, es muss gegessen werden.«

»Ich war geschäftlich in Köln, bin über Gladbach geritten, weil ich hörte, dass der Franzose in Neuss lagern soll. Ich vermutete, dass die Preußen dort angreifen würden, doch als ich heute Morgen Anrath erreichte, kam ich in den Aufmarsch der Truppen. Zurück konnte ich nicht mehr. Die Landwehr zu durchqueren würde mir auch nicht gelingen. Mir war jedoch nicht klar, als ich hierher ritt, dass ich mich direkt in das Zentrum der Schlacht begab. Ich vermutete den Angriff östlicher, in Richtung Fischeln.«

»So hatten wir auch gehofft. Aber der Prinz hat anders entschieden.« Scheuten seufzte.

»Die Preußen wollen den Übergang über die Flöt. Sie wollen die Franzosen an der Landwehr angreifen«, sagte Claes, während er aus dem Fenster spähte.

Von der Küche aus konnten sie nach Nordosten blicken. Die Flöt verlief hier von West nach Ost und umgab die Rückseite des Hofs Leven wie ein großes U. Vom Fenster aus übersahen sie den weiteren Verlauf der Flöt ostwärts bis zum Klörenhof. Die Höfe lagen gut tausendzweihundert Schritt auseinander. Zwischen diesen war auf dem rechten Ufer ein

Peloton Hannoveraner Grenadiere aufmarschiert, unablässig, über die Flöt hinweg, auf eine Abteilung Franzosen feuernd. Die französischen Linien waren bereits in Unordnung geraten. Die Soldaten bemühten sich nach Kräften die entstandenen Lücken zur Mitte hin durch Aufrücken zu schließen und schnellstens feuerbereit zu werden.

Durch den sich lichtenden Pulvernebel am rechten Ufer konnte Claes sehen, wie das erste Glied der Hannoveraner einen Schritt aus der Formation heraustrat, dichtauf dahinter das zweite. Die Musketen wurden angelegt, und knatternd brach die Salve. Aus dem Pulverqualm tauchten die Musketenschützen auf, die eilends die Pelotonfront freigaben, damit die nachfolgenden Glieder den Feuerkampf aufnehmen konnten.

Claes blickte hinüber zu den Franzosen und traute seinen Augen kaum. Wo sich eben noch die Mitte der französischen Infanterie befunden hatte, klaffte nun eine ungefähr fünfzig Mann breite Lücke, bis ins vierte oder fünfte Glied tief. Davor lagen Verwundete, Sterbende und Tote, teilweise übereinander, blutüberströmt, grässlich entstellt und verstümmelt. Überlebende versuchten, unter ihren Kameraden hervorzukriechen, Verwundete zogen sich am Heidekraut über den Boden und bemühten sich verzweifelt, aus der Linie zu gelangen. Ein Soldat blickte wie suchend auf den Boden, bückte sich und hob seinen Arm auf, dort kniend betrachtete er scheinbar unverwandt die stark spritzende Blutung, wo gerade noch seine linke Schulter gewesen war.

Voller Entsetzen beobachtete Claes die Szenerie, unfähig wegzuschauen. Über die verwundeten und toten Leiber hinweg stiegen die nachfolgenden Soldaten nach vorne, um sich neu zu formieren. Mitten in ihrem Bemühen wurden die Soldaten von der nächsten Salve der Hannoveraner erfasst. Männer strauchelten, fielen nach vorne oder kippten hintenüber, wurden von den Beinen gerissen oder sanken einfach zu Boden. Verwundete rannten laut schreiend davon, ein Wahnsinniger stach mit seiner Muskete um sich und bajonettierte einen Kameraden, bis ihn ein beherzter Offizier mit seiner Pistole erschoss. Schwerverwundete flehten um Hilfe oder starben wimmernd. Mitten in diese Hölle krachte die nächste Musketensalve. Nun gab es kein Halten mehr. Von Panik getrieben, suchten die Überlebenden des Bataillons ihr Heil in der Flucht. Jeder war sich selbst der Nächste und rannte, über Verwundete, Sterbende und Gefallene hinweg, um sein Leben. Die Hannoveraner hatten ein Einsehen und stellten das Feuer ein. Aufkeimender Jubel der Grenadiere wurde sofort unterbunden. Mit gezogenem Säbel trat ein Offizier vor die Front, die Grenadiere nahmen ihre Musketen aus dem Anschlag, entspannten die Hähne, schulterten die Waffen und traten zurück in die Formation. Die Soldaten machten links um und setzten sich in Marsch, auf Hof Leven zu.

»Sie kommen, Euren Flötübergang zu nehmen«, sagte Claes zu Monsieur Scheuten. Dieser nickte wortlos und starrte wie abwesend zum Fenster hinaus.

Die Grenadiere waren keine hundert Schritt mehr entfernt, als die französische Artillerie unter die Marschierenden fuhr. Einschläge ließen das Wasser der Flöt turmhoch aufspritzen, gewaltige Brocken wurden aus der Uferböschung gerissen. Ein Geschoss schlug auf den Boden, prallte ab und fegte diagonal durch die Reihen der Soldaten, eine Schneise des Todes hinter sich ziehend. Körperteile, Köpfe und Grenadiermützen wirbelten durch die Luft, zerrissene Körper sanken zu Boden, Verwundete schrien. Im Laufschritt versuchte die Truppe aus dem Wirkungsbereich der Kanonen zu gelangen, als unter unbeschreiblichem Heulen die nächste Lage heranflog. Kartätschen explodierten über der Truppe und machten deren Ausweichbewegung zur ungeordneten Flucht. Dem kommandierenden Offizier fuhr eine Kartätschenkugel von oben zwischen linker Schulter und Hals in den Leib und trat an seiner rechten Hüfte wieder aus, die Gedärme mitreißend. Den Säbel noch an der rechten Schulter, ging der Mann in die Knie, fiel vorneüber und lag still. Ohne Unterlass jaulten Geschosse heran, die Einschläge wanderten die Flanke der Fliehenden entlang, kamen immer näher, und mit grauenhaftem Getöse schlug es im Hause ein. Dort, wo sich gerade noch der Küchentisch befand, zerbarst die Hauswand, und die Decke stürzte herab. Anna, dachte Claes verzweifelt, als er vom Fenster an die Wand geschleudert wurde. Er war schon bewusstlos, bevor er auf den Boden schlug.

Ein hohes, schrilles Schreien drang wie gedämpft in sein Bewusstsein. Claes wusste zuerst nicht, was für ein Geräusch das war. Mühsam versuchte er die Augen zu öffnen, doch es wollte ihm nicht gelingen. Er wischte sich über das Gesicht, das mit Staub bedeckt war. Es knirschte zwischen seinen Zähnen, seine Augen brannten. Verzweifelt rieb er sich den Staub von den Lidern, riss endlich die Augen auf. Über ihm schien die Sonne von einem strahlenden Himmel, doch die Luft war angefüllt mit Staub und Qualm. Es roch seltsam metallisch und gleichzeitig scharf nach Pulver. Außerdem lag der Geruch verbrannten Fleisches und schwelenden Feuers in der Luft. Hustend und keuchend richtete Claes sich auf. Er bekam kaum Luft, sein Brustkorb erschien ihm wie eingedrückt, die Kehle zugeschnürt.

Wieder wischte er sich über das Gesicht, erstaunt bemerkte er das Blut an seinen Händen, doch bis auf die Wunde im Handballen konnte er nichts entdecken. Dann schmeckte er das Blut, das aus seiner Nase floss. Auch aus den Ohren blutete er.

Langsam sah er sich um. Statt des Raumes war nur noch ein Trümmerfeld zu sehen. Allein der Herd an der Seite stand, auch die Suppe in dem Topf kochte noch. Vor dem Herd, den Schöpflöffel erhoben, stand die Magd. Sie war es, die schrie. Dann ließ sie die Arme sinken und sackte in sich zusammen.

Der Tisch war nicht mehr da, die Knechte auch nicht, und auch Henriette und ihr Sohn waren verschwunden. Es dauerte eine Weile, bis Claes realisierte, dass die Wand und die Decke auf diesen Teil des Raumes gefallen waren und ihn unter sich begraben hatten.

Er hörte ein Schnaufen, sah sich um. Gisbert Scheuten lag neben ihm, sein Bein war in einem seltsamen Winkel verdreht. Auch er blutete aus Nase und Ohren. Claes versuchte sich aufzurichten, es wollte ihm nicht gelingen. Sein Kopf schmerzte, ihm war schlecht und schwindelig. Noch immer verspürte er ein heftiges Stechen in der Brust.

Er sah an sich herab. Ein spitzer Holzscheit, gut eine Spanne groß, hatte sich rechts zwischen die Rippen gebohrt. Noch blutete es kaum. Claes wusste, dass das Holz die Wunde verschloss, bis er es herauszog. Er ließ sich zurücksinken, versuchte zu Atem zu kommen.

»Einnehmen und sichern. Los, los!«

Die Schlacht ging weiter. Claes schaute nun durch die weggeschossene Wand direkt auf die Heide in Richtung Hückelsmay. Die Hannoveraner hatten die Flöt überschritten, formierten sich neu. Die Artillerie wurde nachgezogen, in Stellung gebracht, geladen, gerichtet und abgefeuert.

Das Peloton der Hannoveraner rückte feuernd gegen die Franzosen vor. Diese wichen zurück. Verwirrung herrschte in ihren Reihen. Befehle wurden geschrien, Fahnen geschwenkt.

»Wer da?« Ein Soldat in der blau-rot-weißen Uniform der Hannoveraner kämpfte sich durch die Staubwolken in den jetzt nur noch halben Raum.

»Erbarmen«, krächzte Claes.

»Verwundete?«

»Drei.«

Der Soldat sah sich kurz um, verließ dann den Raum wieder.

»Verwundete, keine Feinde«, hörte Claes ihn rufen.

Er schloss die Augen, seine Kehle brannte trocken, immer wieder musste er husten, und jede Bewegung, jeder Atemzug tat ihm weh. Langsam sackte er weg das Dunkel der Bewusstlosigkeit. Anna, dachte er noch, hoffentlich geht es ihr gut, und das Gefecht wird nicht bis in die Stadt getragen.

Als er wieder wach wurde, lag er auf einem schmalen Bett. Durch das Fenster, dessen Glas zersplittert war, schien das unwirkliche Licht von vielen Feuern. Eine Frau wischte ihm mit einem Lappen über die Stirn. In seinem Kopf pochte es schmerzhaft, hinter der Stirn zog sich alles zusammen. Ihm war übel, und ein helles Pfeifen in seinen Ohren überdeckte das Geräusch seines Atems.

»Wer seid Ihr?«, brachte er mühsam hervor. Er hatte ihr Gesicht schon mal gesehen, konnte aber keinen Namen damit verknüpfen.

»Madame Klören. Wir sind hierher geflüchtet. Der Franzose hat unseren Hof niedergebrannt.« Sie schüttelte den Kopf, Tränen machten ihre Augen feucht und glänzend. »Der Levenhof steht noch. Ein Feuer wäre beinahe ausgebrochen, doch wir konnten es löschen.«

»Was ... was ...« Claes fehlten die Worte.

»Die anderen?«

Er nickte stumm.

»Madame und Monsieur sind schwer verletzt.«

»Madame?«

»Ja, Henriette konnten wir aus den Trümmern bergen. Sie hat etliche Wunden, ist nicht bei Bewusstsein, aber sie lebt. Der Sohn nicht, er wurde von den Trümmern erschlagen, genauso wie die beiden Knechte. Monsieur Scheuten lebt auch, er hat aber das Bein böse gebrochen. Und die Magd ist verrückt geworden. Wir mussten sie einsperren.«

Claes strich sich über das Gesicht. Sein ganzer Körper schmerzte. Das Grollen der Kanonen war verstummt, die Erde zitterte nicht mehr unter den Einschlägen. Doch andere Töne drangen nun zu ihm. Das entsetzliche Schreien und Stöhnen der Verwundeten. Claes richtete sich auf, Lichtblitze erschienen vor seinen Augen.

»Ihr solltet ruhig liegen bleiben, Monsieur ter Meer. Ihr hattet einen langen Holzsplitter in der Brust. Wir haben ihn entfernt, aber es hat heftig geblutet.«

»Was … wie ist … die Schlacht …?«

»Wir haben gesiegt. Die Franzosen haben sich zurückgezogen. Tausende von Toten liegen auf der Heide, noch mehr Verwundete. Es ist ein Grauen.«

»Und Krefeld?«

»Die Stadt blieb verschont.«

Der Herr sei gelobt, dachte Claes und schloss wieder die Augen.

Den nächsten Tag verbrachte er noch auf dem Levenhof, dann ließ er sich nach Krefeld zurückbringen. Sein Kopf schmerzte, und auch die Wunde in der Brust bereitete ihm Beschwerden. Doch er war froh, endlich wieder zu Hause zu sein.

Kapitel 38

Die Franzosen waren in Richtung Köln abmarschiert. Preußen hatte sie in der Schlacht an der Hückelsmay vernichtend geschlagen. Siebenundvierzigtausend Franzosen verloren gegen nur dreiunddreißigtausend Alliierte. Trotzdem war die Lage weiter ungewiss. Die Heide an der Hückelsmay hatte sich in ein blutiges Schlachtfeld verwandelt. Tausende Soldaten waren gestorben, noch mehr verletzt. Das Wasser der Flöt war rotbraun gefärbt vom Blut. Die Schreie der Verwundeten, ihr Stöhnen und Wimmern waren die ganze Nacht und auch am nächsten Tag noch zu hören. Es war ein furchtbares Grauen.

Das Gefecht hatte Abraham mit anderen Bürgern von der Stadtmauer aus verfolgt. Anna verbrachte den Tag, der heiß und stickig war und überdeckt von dem andauernden Grollen der Kanonen, zusammen mit Änne bei Katrina. Schon am frühen Morgen hatten bei ihr die Wehen eingesetzt. Diese Geburt gestaltete sich schwieriger als die beiden anderen zuvor.

Besorgt ließ Änne die Hebamme kommen. Obwohl sie schon viele Geburten begleitet hatte, so war es diesmal anders. Katrina schrie unter den Schmerzen, wollte sich nicht anfassen lassen. Doch schließlich stellte die Hebamme fest, dass das Kind falsch lag. Gegen Abend war es immer noch nicht geboren, und Katrinas Kräfte schwanden. Die drei Frauen beschworen sie, sich noch einmal Mühe zu geben. Das kleine Mädchen kam blau angelaufen zur Welt. Es war fraglich, ob es die nächsten Tage überleben würde.

»Warum muss es so schwer sein, Leben zu schenken?« Anna wischte sich den Schweiß von der Stirn.

»Weil es etwas ganz Besonderes ist, eine Gnade, die wir zu schätzen wissen sollten.« Änne reichte Anna ein Glas kühler Limonade. »Aber dieser Tag hatte einen bitteren Beigeschmack. Ich bin froh, dass das Donnern der Kanonen aufgehört hat. Mein Kopf schmerzt. Kommt, lasst uns zu Abraham gehen und hören, was geschehen ist.«

Abraham saß im Hof des Hauses auf einer Bank. Mit knappen Worten berichtete er von dem Kampf. Das Entsetzen über so viel Gewalt und Grausamkeit war bei ihnen allen groß.

Am nächsten Tag ging Anna besorgt die Treppe zum Obergeschoss des Hauses in der Mühlenstraße hinauf. Claes war heute Morgen angekommen. Sie waren überrascht und schockiert, als sie erfuhren, wo er gewesen war, und dankten Gott, dass er den Tag überlebt hatte.

Doch er war fiebrig und übergab sich mehrfach. Anna hatte Wickel gemacht, die Verletzung in seiner Brust kontrolliert. Die Wunde war zwar geschwollen, doch eiterte sie nicht. Der Arzt, den sie sofort riefen, untersuchte ihn lange.

»Er hat Schäden durch den Druck erfahren. Als das Geschoss einschlug und die Wände fielen, ist er zwar nicht vom Gestein verletzt worden, sondern von dem Luftdruck.« Besorgt schüttelte der Arzt den Kopf.

»Was meint ihr damit? Er hat Verletzungen durch die Luft erhalten?« Abraham rieb sich über das Kinn. Er war froh, dass sein Bruder zurückgekehrt war, doch Claes' Zustand versetzte ihn in Sorge. »Was können wir da tun?«

»Ja, das Blut aus seinen Ohren und der Nase sprechen dafür, so was hat man des Öfteren schon beobachten können. Weshalb das passiert, ist ungeklärt und bleibt ein Rätsel. Er braucht Ruhe, Ruhe und nochmals Ruhe. Ein Aderlass könnte vielleicht auch noch helfen, das sehen wir morgen. Die Wunde muss versorgt werden, aber sie sieht nicht so gefährlich aus, scheint sich zu schließen. Eine Infektion kann jedoch noch kommen. Zwei Rippen sind gebrochen, die habe ich gerichtet und bandagiert. Und nun können wir nur beten und abwarten.«

»Er wird sich erholen«, sagte Änne ter Meer zuversichtlich. Am nächsten Tag ging es Claes etwas besser. Er konnte aufstehen und war fieberfrei. Sein Kopf schmerzte noch, doch die Brühe vertrug er gut. Es überraschte ihn, dass Anna bei ihnen wohnte, und es stimmte ihn froh. Anna, dachte er, bei dir waren meine Gedanken, als ich glaubte, mein letztes Stündlein hätte geschlagen. Du bist mir nahe, seit Jahren schon, und es war mir einfach nicht bewusst, was ich für dich empfinde. Ich hätte dich freien sollen, damals, als es noch möglich war. Ich habe meine Chance vertan. Aber vielleicht gibt es andere Möglichkeiten und Hoffnung für uns. Diesmal werde ich nicht jahrelang abwarten.

Er lächelte sie strahlend an, als sie zu ihm kam und ihm Essen brachte. Anna freute sich, dass es ihm besser ging. Sie hoffte, die Krise sei überwunden.

Die nächsten Tage verbrachten sie friedlich und ruhig, verfolgten jede Meldung, die aus den verschiedenen Lagern kam. Die Armeen zogen weiter, und Anna nahm ihre Sachen und ging zurück zur Oberstraße. Obwohl sie nun wieder in ihrem eigenen Haus wohnte, besuchte sie ter Meers fast täglich. Anfang Juli verschlechterte sich der Zustand von Claes. Er konnte nichts zu sich nehmen, war fiebrig. Das Fieber stieg und stieg. Der Arzt, den Abraham eilig und besorgt rief, konnte die Ursache des Fiebers nicht herausfinden. Die Wunde in der Brust heilte gut und sauber. Er riet zu Aderlass und Umschlägen mit Heilerde. Doch Claes ging es immer schlechter. Er fiel in einen Fieberwahn, redete wirr.

»Wer ist Kaspar?«, fragte Anna Abraham leise.

»Sein Pferd. Ich weiß nicht, was mit dem Tier ist. Claes wurde mit einer Kutsche hierher gebracht.« Besorgt sah er zum Bett. »Welche Krankheit wohl in ihm wütet? Es scheint nicht gut um ihn zu stehen.«

»Claes ist stark und war immer gesund, Abraham. Es wird nur die Schlacht sein, die ihn krank macht. Er hat Fürchterliches gesehen.«

»Möglich ist das durchaus, und doch sorgt mich das hohe Fieber. Er wird schwächer und immer verwirrter.«

Anna rieb sich müde über die Stirn. Sie lief zwischen den beiden Häusern in der Mühlenstraße hin und her. Das Kind ihrer Cousine hatte nicht überlebt, und Katrina kämpfte mit Kindbettfieber. Änne saß wie teilnahmslos an Claes' Bett. Es schien, als ob ihre Lebensgeister zugleich mit denen von Claes wichen.

Eine Kompanie Braunschweiger zog in die Stadt ein. Die Offiziere wurden bei wohlhabenden Kaufleuten einquartiert. Da Heinrich auf Reisen war, blieb Anna verschont. Auch ter Meers wurde niemand zugewiesen, da immer noch nicht sicher war, welche Krankheit Claes in sich trug.

Inzwischen waren fast zwei Wochen seit der Schlacht vergangen. Claes wurde immer schwächer. Er war selten bei Bewusstsein, aß nichts mehr. Anfangs schrie er oft vor Schmerzen, doch konnten sie nicht feststellen, woher diese kamen. Mit der Zeit wimmerte er nur noch. Anna und Abraham wachten abwechselnd bei ihm, versuchten, ihm Flüssigkeit einzuflößen.

Am Sonntag, den 9. Juli, ging Anna verstört zum Gottesdienst. Sie betete lang und innig für Claes und Katrina. Für beide gab es kaum noch Hoffnung. Auch wenn ihre Cousine ihr oft zugesetzt hatte, den Tod wünschte sie ihr nicht. Abraham und Änne waren nicht zur Kirche gekommen. Nach dem Gottesdienst ging Anna besorgt in die Mühlenstraße. Abraham stand im Hof und rührte sich nicht. Langsam ging sie zu ihm, legte ihm die Hand auf die Schulter.

»Abraham?«

Er schüttelte stumm den Kopf, sah sie nicht an.

»Was ist mit Claes?« Die Frage blieb ihr fast im Hals stecken. Ein Gefühl wie feuchter Sand füllte plötzlich ihren Magen.

»Er wird sterben. Es ist nur noch eine Frage von Stunden.«

»O nein!« Annas Augen brannten, doch die Tränen wollten nicht fließen.

»Anna, ich begreife das nicht. Mein Bruder war alles für mich. Er war immer für mich da. Ich verstehe nicht, warum Gott ihn uns nimmt. Der Arzt hat jetzt entdeckt, woran Claes krankt.«

»Und?«

»Es ist eine kleine Wunde an der Hand, dort ist der Wundbrand aufgetreten. Wir haben es übersehen.«

»Man kann die Verletzung aufschneiden und die bösen Säfte herausfließen lassen.«

»Das probieren wir, aber wahrscheinlich ist es zu spät. Dieser nagende Kummer in mir, dieser Schmerz…« Er seufzte verzweifelt auf. »Es ist nicht durch Worte mitteilbar, nicht zu bewältigen.«

»Ihr werdet es ertragen müssen.« Sie schob ihre Hand in seine, umfasste sie mit den Fingern. Endlich drehte sich Abraham zu ihr um. Sein Gesicht war zerfurcht, tiefe Schatten der Müdigkeit lagen unter seinen Augen. Er schluchzte auf, und Anna schloss ihn in die Arme. Ganz rau fühlte sich seine nur flüchtig rasierte Wange an ihrer an. Er stieß Klagelaute aus, die von ganz unten aus seiner Kehle zu kommen schienen. »Oh, Anna…«

»Sh, sh.« Sie strich ihm über den Rücken, wiegte ihn hin und her, versuchte ihn zu trösten, wie man ein kleines Kind tröstet. Dabei war ihr klar, dass es keinen Trost gab.

Sie blieb bei ihm, setzte sich mit Abraham und Änne zu

Claes ans Bett. Claes kam nicht mehr zu Bewusstsein und schlief kurz nach Mitternacht für immer ein.

Abraham weinte haltlos. Seine Trauer war unerschöpflich, eine Wunde, die sich nie schließen würde. Änne sackte nur weiter in sich zusammen, sprachlos vor Kummer.

Anna schickte den Knecht zu Adam, um diesen über Claes' Tod zu informieren. Der Knecht kam mit der Mitteilung zurück, dass Katrina das Schlimmste überstanden hatte und wahrscheinlich genesen würde. Abraham schaute Anna an, und sie wusste, was er dachte. Nicht immer war Gott gerecht. Am Dienstag den 11. Juli, wurde Claes ter Meer zu Grabe getragen. Der Prediger nahm einen Psalm als Text für die Grabrede.

»Herr, was ist der Mensch, dass du dich seiner so annimmst, und des Menschen Kind, dass du ihn so achtest? Ist doch der Mensch gleichwie nichts, seine Zeit fähret dahin wie ein Schatten.«

Nein, dachte Anna, ein Schatten war er nicht. Er hat viel Gutes getan, war voller Freude am Leben und voll der Gerechtigkeit. Für immer werden wir sein Andenken in unseren Herzen tragen. Es tat Anna weh, zu sehen, wie sehr Abraham litt. In den letzten Tagen waren sie sich, vereint in der Sorge um Claes, noch nähergekommen.

Änne zog sich in sich selbst zurück. Sie sprach kaum, weinte stumm. Ihr Gesicht war zerfurcht vor Kummer und Schmerz.

Warum prüfst du sie so sehr, Herr?, dachte Anna verzweifelt.

In den nächsten Wochen blieb das Schicksal der Stadt ungewiss. Die Truppen marschierten hierhin und dorthin.

Mitte Juli zogen sich die Preußen und ihre verbündeten Truppen zurück, zur großen Bestürzung der Bevölkerung. Nur eine Kompanie Braunschweiger blieb in der Stadt. Die Verwundeten, die bis dahin im Kloster gepflegt worden waren, wurden nach Uerdingen gebracht. Schwerverwundete Franzosen zogen in das Kloster ein.

Anna sah den Zustand von Abraham und Änne mit Sorge. Beide versanken in ihrer Trauer. »Gestern Abend habe ich einen Kometen am Himmel gesehen. Wenn ich nicht so wissenschaftlich dächte, würde ich hoffen, es wäre ein Zeichen von Claes – dass er über uns wacht.« Abraham seufzte.

Sie hatten sich zu einem Mahl im Haus Stennes' zusammengefunden. Heinrich war am Morgen von seinen Reisen wiedergekehrt, und alle hofften auf zuversichtliche Neuigkeiten. »Das ist doch ein schöner Gedanke. Hattet Ihr mir nicht mal erklärt, dass Sterne Gasansammlungen sind? Vielleicht leuchten dort die Seelen.«

»Ach, Anna, nein. Kometen sind keine Sterne, Kometen sind Gesteinshaufen, die durch den Himmel jagen. Sie leuchten nicht selbst, so wie die Sterne, die ihr Gas verbrennen, so nimmt man an.«

»Abraham, wissenschaftliche Erklärungen sind gut und wichtig. Aber manchmal braucht das Herz eine Hoffnung, an die es sich klammern kann. Warum nicht diese? Muss man alles erklären, für alles eine Formel finden?«

Heinrich schob seinen Teller weg. »Können wir jetzt mal den spiritistischen Teil beenden? Oder den wissenschaftlichen, wie auch immer ihr das seht. Es geht um unsere Zukunft, und ich fürchte Böses.«

Sie diskutierten die politische Lage. Am Morgen war die Feldbäckerei der Armee durch die Stadt gezogen. Alles in allem standen die Vorzeichen schlecht.

Bedrückt gingen die Gäste nach Hause. Anna räumte das Esszimmer auf, machte die Küche fertig für den nächsten Tag. Sie zögerte das Zubettgehen so lange hinaus, wie es ihr möglich war. Schließlich half nichts mehr. Müde ging sie die Treppe empor. Wie würde Heinrich nach all den Monaten sein? Was würde er ihr antun? Sie öffnete zaghaft die Tür zum Schlafzimmer, doch ihr Gemahl schlief schon und schnarchte laut. Anna zog das Nachtgewand an, kroch unter die Decke und blieb am äußersten Rand des Bettes. Mitten in der Nacht wurde sie wach. Ihr Mann war an sie herangerückt, fasste sie an, schob das Nachthemd hoch und bestieg sie. Es überraschte sie, dass er sie nicht peinigte, nicht schlug und demütigte. Er befriedigte seine Lust, drehte sich um und schlief wieder ein.

Es könnte auch anders sein, dachte Anna. Ihr fielen die zärtlichen Berührungen von Abraham ein, wie er ihr die Haare aus dem Gesicht strich, ihre Hand fasste. Es musste auch anders möglich sein, die ehelichen Pflichten zu vollziehen, gnadenvoller, liebevoller. In der letzten Zeit hatte sie viel an Abraham gedacht, und sie schämte sich für ihre Gedanken. Es gehörte sich für eine verheiratete Frau nicht, so zu denken. Und doch konnte sie ihre wachsende Zuneigung zu Abraham nicht verleugnen. Sein Seelenkummer war ihr näher und wichtiger als jede Sorge Heinrichs, die sich eh nur um Geld und Geschäfte drehte. Heinrich, das wusste sie inzwischen, war ein Blender. Er las keine Bücher, befasste sich nicht mit Wissenschaft, Fortschritt oder schöngeistigen Gedanken. Alle Zitate und Gedanken hatte er aufgeschnappt, bei Gesellschaften der von der Leyens und auf ihren Bällen. Auf Heinrich war sie hereingefallen, aber Abraham war anders. Er war auch anders als Claes, in den sie sich im jugendlichen Überschwung verliebt hatte. Claes hatte mit Witz und nettem Gebaren immer vor Abraham gestanden, ihn verdeckt. Doch Anna war klargeworden, dass Abraham viel ehrlicher, näher und aufrichtiger zu sich und auch zu ihr stand, als Claes es jemals gekonnt hätte. Sie war verheiratet, und auch wenn ihr Herz für einen anderen Mann schlug, so änderte es nichts an der rechtlichen Seite. Sie würde sich nicht trennen können.

»Die gelben Husaren haben die Stadt verlassen.« Fritz saß am Küchentisch und aß. Er war groß geworden in den letzten Monaten, war nun fast fünfzehn Jahre alt. Seine Stimme war tief, ein leichter Flaum zeigte sich auf Kinn und Wangen. Er wirkte unzufrieden.

»War etwas in der Schule?« Anna füllte ihm den Teller erneut.

»Nein, da läuft alles gut.« Fritz runzelte die Stirn.

»Aber dich beschäftigt doch etwas.«

Fritz lehnte sich zurück, wischte sich mit der Serviette den Mund ab. »Die Preußen sind nach Lippstadt gezogen.«

»Ja, es scheint ein großes Durcheinander zu sein. Abraham hat mit dem Postmeister von Rodemann gesprochen. Angeblich ist das Hauptquartier nun in Wassenberg. Und die Franzosen haben Hessen-Kassel erreicht.« Nachdenklich sah sie Fritz an.

»Michel te Kamp ist mit den Husaren gegangen.« Fritz senkte den Kopf. »Und noch drei weitere Rekruten, die sie hier angeworben haben.«

»Michel?« Überrascht blickte Anna auf. »Das kann ich gar nicht glauben. Er wird doch seine Mutter nicht alleine mit den Schwestern zurück lassen.«

»Doch. Er fand, er müsse seine Vaterlandspflicht erfüllen.«

»Es ist gegen den Glauben, Fritz.«

»Manchmal muss man Dinge aus Überzeugung tun, sich für etwas einsetzen, woran man auch glaubt.«

Anna nickte. »Er ist nur wenige Jahre älter als du. Es beeindruckt dich?«

Fritz kaute verlegen auf der Unterlippe. Schließlich nickte er. »Anna, du hast mich aufgenommen, ich habe dir viel zu verdanken, und das ist mir bewusst. Ich werde die Schule abschließen und einen guten Beruf erlernen können, das ist mehr als ich jemals alleine erreicht hätte oder bei meinen Eltern, Gott hab sie selig.«

»Das weißt du nicht. Die Wege des Herrn sind unergründlich.«

»Möglich, das sagt der Prediger ja auch immer, aber meistens, wenn es um schreckliche Dinge geht, wie Tod oder Krankheit.«

»Ja, aber auch gute Dinge kann man nicht voraussehen, und

manchmal überraschen sie einen unverhofft. Doch darum geht es dir nicht.« Anna stand auf und holte eine Flasche Wein, sie schenkte sich ein Glas voll, verdünnte den Wein für ihren Ziehsohn mit Wasser.

»Nein, darum geht es mir nicht.« Fritz zögerte, dann trank er einen Schluck Wein. Seine Wangen färbten sich rot, und er vermied es, Anna anzusehen. »Ich wusste, dass Michel sich anwerben lassen wollte. Und ich habe überlegt, ein wenig mit meinem Alter zu schummeln und mich auch rekrutieren zu lassen.«

Anna schluckte. Das bittere Gefühl der Beklemmung legte sich auf ihre Brust. »Warum?«, fragte sie leise. »Bist du hier so unglücklich?«

»Nein, ich bin nicht unglücklich. Ich liebe dich und Marijke von Herzen.«

»Ist es wegen Heinrich?«

»Ich weiß, dass er nicht gut zu dir ist, dass er dich quält. Ja, das weiß ich. Aber daran kann ich nichts ändern. Das ist die eine Sache. Ich kann dir nicht helfen, Anna.«

»Du brauchst mir nicht zu helfen. Heinrich hat uns ein Zuhause geboten, er versorgt uns gut, es mangelt an nichts.«

Außer an Liebe, dachte sie bedrückt. Fritz war sensibel, er spürte diese Dinge.

»Ich habe darüber nachgedacht, nicht weil ich hier unglücklich bin, sondern weil ich etwas im Leben erreichen möchte.«

»Aber das wirst du, Junge, da bin ich ganz sicher.«

»Ich verdanke das jedoch dann allein dir und deiner Großmut, deinem guten Herzen. Aber ich alleine habe damit nicht gezeigt, dass ich Manns genug bin, mein Leben zu meistern.«

»Und du meinst wirklich, Fritz, dass du als Soldat dazu die Möglichkeiten hättest?«

»Sieg, Ehre und Ruhm könnte ich erlangen.«

Anna stand auf, nahm ihre Haube und ihr Tuch. »Komm mal mit.«

Zögernd folgte Fritz ihr. Sie gingen zum katholischen Kloster. Dort war das Lazarett der Franzosen eingerichtet worden. Auf schmalen Pritschen und auf Strohlagern lagen etliche Verwundete. Die Hitze stand in dem Raum, Fliegen surrten ohne Unterlass, ein dumpfes Brummen. Schreie erschollen immer wieder, die Verwundeten stöhnten oder wimmerten gequält. In der Luft lag der süßliche Geruch von verwesendem und abgestorbenem Fleisch, von Blut, Erbrochenem und Exkrementen. Die Wundärzte hatten viel geleistet, aber zerfetzte Glieder konnte man nicht retten. In den Tagen nach der Schlacht war die Knochensäge mannigfaltig zum Einsatz gekommen. Auch jetzt noch mussten Glieder amputiert werden, wenn der Wundbrand einsetzte. Das Leiden war entsetzlich.

»Das ist die andere Seite von Sieg, Ehre und Ruhm, Fritz. Jeder Soldat setzt sein Leben aufs Spiel. Und viele, viele sterben. Aber diejenigen, die nicht sterben, sondern nur verwundet sind, haben ein noch schrecklicheres Schicksal. Sie werden zu Krüppeln.«

»Ja.« Bleich schaute der Junge sich um.

»Natürlich sind die aufmarschierenden Soldaten in ihren Uniformen ein schöner Anblick, Die Trommeln, die Fahnen, es sieht alles bunt und lustig aus. Es ist Gemeinschaft, und natürlich erfüllt es einen mit Stolz, sich für das Vaterland einsetzen zu können. Doch jede Medaille hat eine Kehrseite.« Anna zog den Jungen wieder auf die Straße, ging heimwärts.

»Kannst du dir denn wirklich vorstellen, anderen Menschen das Leben zu nehmen? Sie zu töten?«

Fritz senkte den Kopf.

»Oder kannst du dir vorstellen, deinen Feinden so etwas anzutun? Sie derart zu verletzen, dass ihr Leben nie wieder erträglich sein wird?«

»Das habe ich so nicht gesehen.«

»Nun hast du es gesehen, nun weißt du, was Krieg auch bedeutet. Mit Sieg, Ruhm und Ehr hat es wenig zu tun. Eher mit Dreck, Hunger, Schmerzen, Leiden und anderen Strapazen. Du kannst deinem Vaterland und dem König auch anders dienen.«

»Aber die Franzosen sind unsere Feinde.«

»Das stimmt, und doch bleiben sie Menschen.«

»Ich werde darüber nachdenken«, sagte Fritz leise. Anna hoffte, dass er die Lektion gelernt hatte. Es würde ihr das Herz brechen, wenn er zur Armee ginge. Ihre Gedanken wanderten zu Madame te Kamp. Sie wohnte zwei Häuser weiter auf der Oberstraße. Vor ein paar Monaten war ihr Mann verstorben und ließ sie mit den fünf Töchtern und dem einen Sohn zurück. Anna mochte die Familie, die auch in der Gemeinde tätig war. Wie musste sich die arme Frau fühlen, nun da ihr Sohn zu den Truppen gegangen war? Anna beschloss, die Familie in den nächsten Tagen zu besuchen und ihnen Unterstützung anzubieten.

Kapitel 39

Ende Juli standen die Franzosen vor den Toren Krefelds. Große Unruhe ergriff die Stadt. Mit viel Getöse fielen die Truppen in die Stadt ein, durchsuchten die Straßen und Häuser. Nur mit Glück konnten die letzten in der Stadt verbliebenen Husaren durch das Fischelner Tor entkommen. Mehrere Soldaten liefen durch die Straßen und gaben lautstark kund, dass jeder die anwesenden Preußen und verbündeten Truppen anzugeben hatte, ansonsten drohe die Todesstrafe. Die gefangengenommenen und verwundeten Franzosen wurden abtransportiert. Noch mal ließ man ausrufen, dass die preußischen Truppen gemeldet werden sollen, wenn man nicht im Tor erhängt werden wolle.

Es war eine furchtbare Nacht für Krefeld. Dort, wo den Franzosen die Türen geöffnet wurden, plünderten sie. Wo man ihnen nicht die Tür öffnete, wurden diese eingetreten. Am Morgen waren die Truppen vorerst abgezogen, und ein Bild der Verwüstung bot sich.

Stennes hatten Glück gehabt, die Oberstraße war von den Plünderungen kaum betroffen. In der Mühlenstraße sah es anders aus. Am Abend kamen die befreundeten Familien bei Stennes zusammen. Anna hatte Kalbfleisch besorgen können und servierte den aufgelösten Freunden einen saftigen Braten. Heinrich entkorkte Weinflaschen, reichte aber auch Branntwein, um die Nerven zu beruhigen.

»Es war furchtbar.« Änne neigte in der letzten Zeit vermehrt dazu, in Tränen auszubrechen. Sie drückte ihr Taschentuch gegen die Augen. »Gut, dass Claes das nicht mehr erlebt hat.«

»Viel schlimmer und bedenklicher fand ich unsere eigene Bevölkerung.« Abraham nahm ein Glas Wein, lehnte sich zurück und tätschelte seiner Mutter beruhigend den Rücken. »Die Franzosen haben geplündert, das ist wahr. Doch ihnen folgten unsere aufrührerischen Mitbürger und etliche Bauern. Eine Schande für Krefeld war die Nacht.«

»Die Bauern kann ich noch verstehen. Ihre Höfe wurden arg in Mitleidenschaft gezogen. Die Soldaten haben ordentlich gewütet.« Adam steckte sich eine Pfeife an. Das würzige Aroma des Tabaks wehte durch den Raum.

»Das ist keine Entschuldigung.« Auch Heinrich zog an seiner Pfeife. »Ich fürchte, die Franzosen werden Krefeld besetzt halten. Wir müssen uns zumindest darauf einstellen.« Er lachte leise. »Für mich ist das kein Problem. Ich habe gute Kontakte zu ihnen.«

Abraham sah ihn pikiert an. »Nun ja, sie sind immer noch unsere Feinde.«

»Aber das müssen sie doch nicht wissen, mein Guter. Mögt Ihr noch Wein?«

In den nächsten Wochen verstärkten die Franzosen den Druck auf die Stadt. Krefeld durfte keinen Kontakt zu den Preußen und den mit ihnen verbündeten Truppen aufnehmen, ansonsten würde die Stadt in Brand gesetzt werden. Die Franzosen verlangten Brot von der Stadt, tausendzweihundert Laibe à zwei Pfund. Allerdings gab es auch ein Zugeständnis der

Feinde. Die durch die Plünderungen entstandenen Schäden, von denen die Offiziere nichts gewusst hatten, sollten gemeldet werden. Es wurde eine Entschädigung versprochen.

Zu Annas Bedauern blieb Heinrich in der Stadt. Er wollte seine Kontakte nutzen, war davon überzeugt, dass der Niederrhein französisch werden würde.

Die Geplänkel liefen hin und her, nicht immer war klar, wo die Franzosen standen und was die Preußen und ihre Verbündeten unter Kontrolle hatten. Im Herbst aber wurde immer sicherer, dass Krefeld unter französischer Fahne stand. Schlimmer noch, das Winterquartier der französischen Armee würde in die Stadt verlegt werden.

»Jeder in der Stadt muss eine Kontribution bezahlen. Ich habe heute achtundvierzig Taler für meine Mutter und mich entrichtet.« Abraham streckte seine Beine dem Feuer entgegen. In den letzten Wochen war er gealtert, wirkte reifer und ernster. Die Traurigkeit war nicht aus seinem Blick gewichen.

»Wie geht es Eurer Mutter?«, fragte Anna und gab ihm einen Becher mit Würzwein.

»Nicht gut. Sie hatte vor zwei Nächten schlimme Krämpfe im Bauch. Jetzt ist sie geschwächt und liegt danieder. Der Arzt hat ihr Aufgüsse verschrieben und Schonkost. Ich hoffe, sie erholt sich bald.«

»Bitte richtet ihr unsere besten Wünsche aus. Solltet Ihr Hilfe benötigen ...«

»Danke, Anna.« Abraham trank von dem heißen Wein. Es war empfindlich kalt geworden, und ein eisiger Wind heulte durch die Straßen. »Ich habe gehört, dass heute französische Kommissare angekommen sind.«

»Das stimmt. Sie wählen die Speicher aus für ihre Magazine.« Heinrich seufzte. »Außerdem sollen Schweizer Soldaten kommen, um die noch nicht gezahlten Kontributionen zu pfänden. Immer noch weigern sich einige Kaufleute zu zahlen. Das ist dumm.«

»Ich kann es verstehen«, murmelte Anna und beugte sich über ihre Näharbeit. »Warum sollen wir für sie bezahlen?«

»Weil Krieg herrscht und die Franzosen den Niederrhein besetzt halten. Ich finde es vernünftiger, zu zahlen als geplündert zu werden, das wäre nämlich die Alternative.«

»Ja. Es wird noch schwer für die Stadt werden, wenn wirklich das Hauptquartier kommen sollte«, meinte Abraham. »Das ist so sicher wie das Amen in der Kirche. Heute sind zwei Kommissare durch die ersten Häuser gegangen. Jeder wird verpflichtet, Ställe zu bauen und Soldaten aufzunehmen.« Heinrich stopfte seine Pfeife. »Unser Grundstück ist klein, wir werden nur vier Pferde aufnehmen müssen samt ihren Reitern. Vielleicht kann ich auch meinen Einfluss geltend machen und sie auf zwei runterhandeln.«

»Ich finde den Gedanken furchtbar, dass wir den Feind beherbergen müssen«, sagte Anna leise.

»Anna, Ihr müsst Euch von diesen Gedanken trennen. Wir sind nur Figuren in einem großen Spiel. Und wir werden uns anpassen müssen. Hass und Wut bringen uns nicht weiter, sondern machen die Situation nur schwieriger.« Abraham erhob sich. »Habt Dank für den Wein und die Gespräche. Ich werde nach Hause gehen und mich um meine Mutter kümmern.«

Auf dem Neumarkt wurde ein Platz hergerichtet, um Holz aufzustapeln. Von den umliegenden Gehöften wurde elftausend Maß angefordert. Außerdem wurden fünfundneunzigtausend Bretter verlangt, um damit die erforderlichen Ställe zu bauen. Unruhe lag über der Stadt. Abraham wurde angewiesen, in der Scheune neben der Mühle Platz für zwölf Pferde zu schaffen. Auf Adams Grundstück sollte dieser Ställe für zehn Pferde bauen, da sie keine Scheune hatten und der vorhandene Stall zu klein war.

Am 12. November gingen der Generalquartiermeister, der Quartiermacher und der Magistrat durch die Stadt und besichtigten die Häuser. Zwei Tage später wurden diejenigen Städter mit Strafe bedroht, die noch nicht angefangen hatten, die Ställe zu bauen. Hektische Betriebsamkeit, gepaart mit einem gewissen Grollen, erfasste die Stadt.

Abends trafen sich die Männer bei Stennes. Durch Heinrichs gute Verbindungen zu den von der Leyens erfuhr er oft Dinge eher als andere.

»Alle Häuser wurden nummeriert. An den Straßenecken und in regelmäßigen Abständen sollen Laternen aufgehängt werden«, berichtete Heinrich.

»Wozu das?«

»Damit sich in den dunklen Ecken niemand verstecken kann und es keine Überfälle gibt. Die Franzosen haben wohl schon die ein oder andere schlechte Erfahrung gemacht.«

»Man hat ein ›R‹ über unsere Tür geschrieben, es bedeutet ›reserviert‹.« Abraham verschränkte die Arme vor der Brust.

»Das ist hier auch geschehen.« Anna seufzte. »Mich macht der Gedanke ganz krank, dass wir über Weihnachten Franzosen im Haus haben werden.«

»Zu je zehn Pferden hat man ein Bett bereitzustellen. Es reicht auch eine Strohschütte. Decken, so habe ich gehört, bringen sie selbst mit.« Heinrich räusperte sich. »Die Stadt wird übervölkert sein. Hoffen wir, dass keine Krankheiten ausbrechen.«

»Der ganze Markt ist voll mit Marketendern. Unsere Händler erfreute das nicht gerade.«

»Das wird sich nicht ändern lassen, vermute ich.« Adam zog eine Zeitung aus der Tasche, reichte sie Heinrich. »In der Zeitung von Harlem steht, dass die Russen gezwungen waren, die Belagerung von Kolberg mit Verlusten aufzugeben. Endlich eine gute Nachricht.«

Ende November bezogen die Franzosen nach und nach Quartier in der Stadt. Sobald sie eingezogen waren, fingen sie an ihre Quartiere umzuändern. Es wurden Kamine gebaut, Mauern durchbrochen und vielerlei mehr. Das führte zu großem

Unmut in der Bevölkerung, zumal sehr schnell der eine oder andere mit schneller Kelle hochgezogene Kamin zu brennen begann. Mehrfach entging die Stadt nur knapp einer Feuersbrunst.

Auch bei Stennes zogen zwei Offiziere ein. »Enchanté, Madame. C'est Major Jean Paul de Demisec et voici Capitan Gaston du Belmont.« Die beiden verneigten sich. Anna wich erschrocken zurück. Sie erkannte die Männer. Ihre Gesichter hatten sich in ihr Gedächtnis eingebrannt. Es waren die beiden Franzosen, die damals die Postkutsche überfallen hatten. Ihre Hand zuckte zu ihrer Kehle. De Demisec hatte ihr die Kette ihrer Mutter vom Hals gerissen und sie höhnisch lachend eingesteckt. Claes war tot, es gab keinen Zeugen, den sie hätte benennen können. Und selbst wenn, die Chance auf Vergeltung, oder gar die Kette wieder zu erlangen, war verschwindend gering. Die beiden Franzosen waren skrupellose Räuber, trotzdem würde sie mit ihnen unter einem Dach leben müssen.

Wortlos wies sie ihnen den Weg zu ihren Räumen. Fritz war in Marijkes Zimmer gezogen. Ihm genauso wie Anna erschien das besser. Beide sorgten sich um das Kind. Heinrich tat es ab, er sah keine Gefahr in den Gästen, vielmehr hoffte er auf neue Geschäftskontakte.

Anna bereitete den Offizieren Essen, wies das Mädchen an, ihnen Badewasser zu erhitzen. Sie aß nicht mit den Gästen, zog sich früh in ihr Schlafzimmer zurück. Aus der Stube klang lautes Lachen und Stimmgewirr. Heinrich hatte den beiden Offizieren gewiss Wein gereicht und verbrachte nun einen netten Abend mit ihnen. Voller Furcht wartete sie. Immer wenn er übermäßig trank, bestand er auf seinen ehelichen Rechten. Sie wusste, was sie erwartete. Der Vorhang am Fenster hob und senkte sich, schien nicht nur durch den Wind bewegt zu werden, sondern gleichsam selbst zu atmen. Anna versuchte, sich dem Rhythmus anzupassen, ruhig zu werden und sich mit ihrer Angst anzufreunden. Es wollte ihr nicht gelingen.

Spät in der Nacht stieß Heinrich die Tür auf, polternd knallte sie gegen die Wand. Erschrocken fuhr Anna im Bett hoch.

»Madame, warum ward Ihr so unhöflich zu unseren Gästen?« Heinrich lallte.

»Heinrich, ich bitte dich, komm ins Bett und schlaf deinen Rausch aus.«

»Meinen Rausch ausschlafen? Bis du des Teufels? Ich will meinen Rausch ausleben.« Er lachte laut und höhnisch. »Los, zieh dich aus und dreh dich um. Ich will dein pralles Hinterteil genießen.«

»Heinrich, bitte!«, flehte Anna, doch dann zog sie sich stumm aus, drehte sich auf den Bauch. Sie wusste, Widerstand brachte nichts. Er würde sich nehmen, was er haben wollte. Sie schloss die Augen und biss sich auf die Lippen, erwartete die Schläge, doch Heinrich rührte sich nicht. Das Schweigen war noch unerträglicher, ihre Furcht steigerte sich ins Unermessliche. Schließlich hob sie den Kopf und sah sich um. Im flackernden Licht der kleinen Kerze stand ihr Mann und leckte sich genießerisch über die Lippe. Er genoss ihre Ungewissheit, ihre Furcht, die sein Schweigen hervorrief. Dann endlich näherte er sich dem Bett, warf seine Kleidung achtlos von sich. Der erste Schlag war eher aufhelfend als bestrafend. Er genoss Annas Aufstöhnen, ihre verkrampfte Haltung, ergötzte sich an ihrer Angst.

In der letzten Zeit war er deutlich friedlicher gewesen, nicht zärtlich, eher gleichgültig. Hatte den Beischlaf schnell vollzogen, mal hier gebissen, dort gekniffen, doch wirklich misshandelt hatte er sie nicht mehr. Nun schien ein Damm gebrochen zu sein. Er ließ all seine Wut, seine Lust am Quälen an ihr aus, achtete jedoch peinlich genau darauf, dass er ihr keine Verletzung im Gesicht oder an den Händen zufügte. Nachdem er sich befriedigt hatte, drehte er sie um und biss sie zwischen den Schenkeln. Anna heulte auf, krümmte sich dann verzweifelt zusammen. Es tat mehr weh als jeder Schlag, den er ihr jemals zugefügt hatte. Stumm weinte sie in ihr Kissen. Heinrich nahm seine Sachen und ging nach nebenan in sein Zimmer, leise vor sich hin pfeifend.

Am nächsten Morgen wollte Anna nicht aufstehen, sie wollte sterben, jetzt und hier. Nie wieder wollte sie Heinrich ansehen, geschweige denn von ihm angefasst werden. Der Gedanke, ihm Essen bereiten, seine Wäsche waschen, ihm freundlich gegenüber sein zu müssen, bereitete ihr Übelkeit. Erst spät kam sie in die Küche, konnte sich kaum bewegen, sosehr schmerzten die Wunden, die keiner sah.

Grete sah sie bedrückt an, schien zu wissen, was in der letzten Nacht passiert war. Müde strich sich Anna eine Strähne aus dem Gesicht und buk Brot. Die französischen Offiziere waren charmant und zurückhaltend. Anna traute ihnen nicht und versuchte, so wenig Zeit wie möglich mit ihnen zu verbringen. An diesem Abend ging sie jedoch mit in die Stube, beugte sich über ihre Flickarbeit und lauschte den Gesprächen. Anna war mehr als froh, dass Heinrich in sein eigenes Zimmer ging und sie in der Nacht nicht belästigte. Trotzdem löste es Panik in ihr aus, als er am folgenden Tag verkündete, dass er wieder auf Geschäftsreise müsse und sie alleine mit den Franzosen bleiben würde. Vor Weihnachten, so versprach er, wolle er wieder zurück sein.

Anna fühlte sich leer und verloren, alleingelassen mit den Fremden. An diesem Abend hieß sie Grete das Essen bereiten und ging zum Haus der ter Meers.

»Der Kommandant hat mehrfach ausrufen lassen, dass jeder, der Marketender aufgenommen hat, sie sofort ausquartieren müsse.« Zufrieden lehnte sich Adam zurück. »Die Händler der Stadt sollen unter der Besatzung nicht leiden.«

»Na wunderbar«, murmelte Anna.

»Heute sind ein Bauer und seine Mutter von der Wache ins Gefängnis gebracht worden. Sie waren voller Blut. Er hat wohl einen Franzosen erschlagen, der Ochsen über seine Felder getrieben hat. Die beiden werden sicher in den nächsten Tagen hingerichtet.« Katrina erzählte dies mit einem fast lüsternen

Unterton. Anna senkte beschämt den Kopf. Wie tief waren sie gefallen? Was würde noch folgen? Würden sie sich gegenseitig an die Besatzer verraten?

»Immerhin«, meinte Abraham und ließ den Blick nicht von Anna, die so ungewohnt still und in sich gekehrt der Gruppe beiwohnte, »sind die letzten Nachrichten um den König besser. Er ist nicht mehr vollständig von Feinden umgeben und kann in diesem Winter Luft holen und Kraft schöpfen.«

»Und im Frühjahr geht das Schlachten und Töten von vorne los.« Anna stand auf. Es war heiß und stickig in dem kleinen Raum. Sie hatten sich in der Bibliothek versammelt, die Stube den Besatzern überlassen. Sie ging in den Hof. Klar leuchtete der Sternenhimmel über ihr. Nur dann und wann zogen Wolkenfetzen am Mond vorbei. Die Luft war kalt und roch nach Schnee.

»Was beunruhigt Euch, Anna?« Abraham war ihr gefolgt, legte ihr flüchtig die Hand auf die Schulter.

Anna zuckte zusammen. Sofort wich er wie getroffen zurück.

»Ihr wirkt so bedrückt.« Abraham zog die Stirn in Falten. »Hat Euch jemand verletzt?«

Anna kniff die Augen zusammen, biss sich auf die Innenseite der Wange. »Nein, nein. Mir geht es gut«, quetschte sie hervor.

Abraham sah sie lange nachdenklich an. »Das stimmt nicht. Ich kenne Euch lange genug, Anna. Etwas bedrückt Euch. Kann ich Euch nicht helfen?«

Anna schüttelte stumm den Kopf.

»Vertraut Ihr mir nicht?« Abraham klang plötzlich unsicher und verletzt.

»Doch, Abraham, aber helfen könnt Ihr mir nicht.« Anna schluckte hart. Bitter schmeckte es in ihrem Mund.

»Heinrich?«

Anna hob den Kopf und sah ihn mit großem Augen an. Was wusste er von ihrem Eheleben, von den Qualen? Was wussten die anderen? War sie schon längst Gespött der Gemeinde oder Opfer von falschem Mitleid? »Die arme Anna, sie hat es doch schwer mit ihrem Mann«, schoss ihr blitzartig durch den Kopf, und wie getroffen wich sie zurück.

»Er ist wieder gefahren und lässt Euch allein. Ist es das, Anna?« Abraham blickte sie unsicher an.

Anna erstarrte.

»Habe ich etwas Falsches gesagt?« Seine Stimme wurde fast unhörbar, er senkte den Kopf.

Die Anspannung fiel von Anna ab, er machte sich nicht über sie lustig. Tief holte sie Luft, und dann sprudelte es aus ihr heraus, wie ein Wasserfall, der den Damm gebrochen hatte.

»Die beiden Offiziere, die bei uns einquartiert sind – ich kenne sie. Ich habe sie schon einmal getroffen und keine guten Erinnerungen daran. Aber niemand weiß davon, und niemand wird mir glauben. Es ist auch fast ein ungeheuerlicher, ein unglaublicher Zufall, dass gerade diese beiden Männer bei uns einquartiert wurden.« Sie atmete tief durch. »Ich kann es gar nicht erklären. Oder doch, ja, aber ich kann es nicht beweisen. Diese beiden Männer haben vor fünf Jahren die Postkutsche überfallen. Die Postkutsche, in der ich hierher reiste. Sie haben mich beraubt …«

»Nein!« Abraham schüttelte den Kopf.

Anna stieß gequält die Luft aus. »Ich wusste, dass Ihr mir nicht glaubt.«

»Nein! Anna, ich glaube Euch doch. Claes hat damals davon berichtet. Sie wollten … wollten … sie wollten … Euch schänden.«

Anna drehte sich weg, Tränen schossen ihr in die Augen. Plötzlich war die Szene von damals wieder wie real.

»Anna!«, sagte Abraham eindringlich. »Seid Ihr Euch sicher, dass dies die Männer sind?«

»Zweifelt Ihr wirklich?«, flüsterte sie.

»Nein. Grundgütiger. Nicht an Euch und nicht an Eurer Aussage. Weiß Heinrich davon?«

Anna schüttelte den Kopf. Abraham trat an sie heran, legte die Hände auf die Schultern und drehte sie zu sich um, dann zog er sie an sich. »Anna, zieht hierhin! Bitte! Nur solange Euer Gatte unterwegs ist.«

Anna lehnte sich an ihn. Sie spürte die raue Wolle seiner Joppe, roch den feinen Geruch von Tabak, Pferd und Seife und ihm selbst. Ein angenehmer Geruch. Langsam, zart und behutsam strich er über ihren Rücken, ihre Haare. Hier will ich bleiben, dachte sie mit einem Mal, hier will ich mich fallen lassen und ankommen. Doch dann wurde ihr klar, wie irrsinnig der Gedanke war. Sie rückte ab von ihm, richtete ihre Haube, strich ihr Kleid glatt. »Das Angebot kann ich unmöglich annehmen. Katrina wäre die Erste, die darüber herziehen würde, und sie würde es in die Stadt tragen. Es geht nicht.«

»Haben die Männer Euch erkannt?«

»Ich glaube nicht. Und ich werde ihnen auch nicht viel Gelegenheit dazu geben.« Entschlossen, tapfer zu sein, ging Anna zurück zu den anderen. Abraham folgte ihr bedrückt.

Kapitel 40

Am Morgen des 9. Dezember wurde der Marschall de Contades erwartet. Um zehn Uhr stellte sich die Garnison vom Fischelner Tor bis zur Unterkunft des Marschalls in Doppelreihen auf. Gegen ein Uhr kam die Kriegskasse unter der Bedeckung zweier Kompanien Dragoner, dann wurde der Fahnenmarsch geschlagen und der Marschall betrat die Stadt. Er war bei Friedrich von der Leyen untergebracht worden. Er besah sich alles und befand, dass er zufrieden sei. Die Stadt atmete erleichtert auf.

»Bei Adam ter Meer ist heute Nacht Feuer ausgebrochen.«
Atemlos stürmte Fritz in die Küche. Anna sprang auf.

»O nein!«

»Beruhigt Euch, Madame Stennes, es konnte gelöscht werden.« Catharina te Kamp war Fritz gefolgt. Nachdem Michel te Kamp rekrutiert worden war, hatte Anna vermehrt Kontakt zu der Witwe te Kamp gesucht. Catharina war mit knapp achtzehn nun das älteste Kind zu Hause. Sie half wo sie konnte, wurde jedoch von dem melancholischen Wesen ihrer Mutter erdrückt. Anna hatte das Mädchen ein paar Mal zu sich eingeladen. Nun sah Catharina in Anna eine mütterliche Freundin. Anna hatte nichts dagegen, das Mädchen war freundlich und aufgeschlossen.

Am nächsten Tag verkündeten Ausrufer in der Stadt, dass jeder zehn Liter Löschwasser im Haus haben müsse, ansonsten drohe eine Strafe von zehn Talern. Langsam gewöhnten sich die Städter an die Besatzung. Der Marschall sorgte dafür, dass es ruhig blieb in der Stadt. Plünderungen waren nicht erlaubt, und Übergriffe der Soldaten sollten sofort gemeldet werden.

De Demisec und de Belmont waren zu Annas Erleichterung ruhige Gäste. Zumindest solange, wie Heinrich nicht in der Stadt war. Abends, nach dem Mahl setzten sie sich hin und wieder zu Anna in die Stube. Sie lasen schweigend Zeitung oder spielten eine Runde Karten, während Anna ihre Stopf- und Näharbeiten erledigte. Immer verabschiedete sie sich früh zu Bett, wollte nicht allzu viel Zeit mit ihnen verbringen, aber auch nicht unhöflich wirken.

»Ich wünsche Euch einen geruhsamen Schlaf«, murmelte Anna am Vorabend des Weihnachtstages und stand auf.

»Je vous souhaite une bonne nuit.« Jean-Paul de Demisec war aufgestanden und verneigte sich leicht. »Vous êtes séduisantes.«

Anna hustete und gab vor, seine Schmeicheleien nicht gehört

zu haben. Wie jede Nacht schloss sie ihre Schlafzimmertür sorgfältig ab. Seit einigen Tagen war sie immerzu müde. Sie schob es auf das trübe Wetter, das keine richtige Helligkeit aufkommen ließ.

Am nächsten Morgen bereitete sie gerade das Frühstück, als Heinrich in den Hof ritt. Er warf dem Knecht die Zügel zu und trat ins Haus.

»Heinrich! So früh?« Anna wischte sich die Hände an der Schürze ab.

»Ich war schon gestern Abend vor der Stadt, aber die Wachen haben mich nicht durchgelassen, also musste ich bei einem Bauern nächtigen. Ich will sofort ein heißes Bad, das Strohlager war unerträglich und vermutlich voller Wanzen.«

Anna schob ihm eine Schüssel mit Buchweizengrütze und Speck hin, setzte dann den großen Kessel mit Wasser auf.

Am Abend waren sie bei ter Meers zum Weihnachtsfest eingeladen. Heinrich wirkte müde und war schweigsam. Es gab unterschiedliche Berichte über den Stand der Dinge. Auf Annas Bitten hin war auch die Witwe te Kamp mit ihren Töchtern eingeladen.

»Habt Ihr etwas von Eurem Sohn gehört?«, fragte Änne.

Witwe te Kamp schüttelte den Kopf. »Nein, nichts. Ich weiß noch nicht mal, bei welchem Regiment er nun ist. Es ist furchtbar. Wie konnte er mir das nur antun?« Sie nahm ein Taschentuch und tupfte sich über die Augen.

Fritz sah beschämt zur Seite. Er hatte nie wieder von irgendwelchen Plänen gesprochen, zur Armee zu gehen, und Anna war froh darüber.

»Ja, es ist ganz furchtbar, ein Kind zu verlieren.« Änne ter Meers Gesicht zerfurchte vor Trauer.

»Eine Soldatendirne ist heute ausgepeitscht und aus der Stadt vertrieben worden«, sagte Catharina te Kamp. Anna wusste, dass das Mädchen schnell vom Thema ablenken wollte, denn ihre Mutter steigerte sich jedes Mal in die Trauer um ihren Sohn hinein, so als wäre er schon gefallen.

»Catharina! Woher weißt du das?«, fragte Henrike te Kamp
entsetzt.

»Ich habe es gesehen, Mutter.«

»Ich wünsche nicht, dass du dich in der Stadt herumtreibst!«

»Das habe ich doch gar nicht, ich war beim Fleischer und
beim Fischhändler, um für die Feiertag einzuholen.«

»Die Franzosen sind recht streng, was Sitte und Ordnung
angeht. Und trotzdem wird es weiterhin Dirnen geben, dort,
wo Soldaten sind.« Abraham stand auf. »Ich werde unseren
Offizieren noch etwas Wein anbieten. Auch für sie ist Weihnachten.«

Zum Jahreswechsel wurde Heinrich zu den von der Leyens
eingeladen. Sie veranstalteten für den Marschall und seine höchs-
ten Offiziere ein Fest. In diesem Jahr durfte die Jugend nicht
mit dem Brummtopf um die Stadt ziehen. Überall herrschte
gedrückte Stimmung, nur bei den von der Leyens wurde ausgelassen gefeiert. Anna musste ihren Mann begleiten. Sie war
erstaunt, welchen Prunk und welche Köstlichkeiten der Sei-
denbaron seinen Gästen auftischte, während die Bauern in der
Umgebung hungerten. Durch die hohen Abgaben hatten sie
fast all ihre Einkünfte verloren, und die durchziehenden Truppen hatten die Felder verwüstet. Die Preise für Mehl und
Gemüse waren gestiegen, so dass mancher Weber nun auch
den Gürtel enger schnallen musste. Die Familien, die zu Quar-
tieren ausgewählt wurden, hatten ihre Besatzer zu ernähren,
ohne dafür einen Ausgleich zu bekommen. Anna war froh, ein
zusätzliches Schwein gemästet zu haben. Der Speck und das
gepökelte Fleisch würden sie über den Winter bringen.

Doch die Tische des Seidenbarons bogen sich vor Wild-
bret, fetten Braten, Geflügel und Pasteten. Wein und Bier flossen reichlich. Musiker spielten auf, und schon bald wurde getanzt.

Anna hielt sich im Hintergrund, wenngleich Heinrich sie
immer wieder nach vorne holte. Er hatte ihr ein Kleid aus gel-

ber Seide gekauft. Auch wenn es ihr ausgezeichnet stand, fühlte sie sich in dieser leuchtenden Farbe doch unwohl. »Darf ich Euch um diese Pavane bitten?« Es war Jean-Paul de Demisec, der Anna fragte. Sie schüttelte stumm den Kopf. »Aber, Anna, du wirst doch unserem Gast einen Tanz gewähren können.« Heinrich schob sie zu de Demisec. »Natürlich tanzt meine Frau mit Euch. Ich bin mir sicher, später wird auch noch ein heiterer Branle gespielt werden.« Seufzend fügte sich Anna und reichte de Demisec die Hand. »Excellent, Pigeonneau. Ihr seid eine wunderschöne Frau, ein Edelstein.«

Anna senkte den Kopf, antwortete nicht. Sie empfand die schmeichlerischen Worte des Offiziers als unredlich. Immer wenn sie ihm beim Tanz die Hand reichen musste, drückte er diese und zwinkerte ihr zu. »Nun scheut Euch nicht, mit mir zu tanzen, ich habe Güter.« Wieder zwinkerte er ihr zu. »Ich habe wahre Reichtümer gehortet. Ich bin ein wohlhabender Mann.«

Soso, dachte Anna, Ihr habt Güter? Alle vermutlich gestohlen, wie die Kette meiner Mutter.

»Und ich bin eine verheiratete Frau, Monsieur.« Sie lächelte gezwungen und löste sich aus seinem Griff.

Sie war froh, als der Tanz vorbei war, doch Heinrich nötigte sie, einen Brandle mit de Demisec zu tanzen.

Als jedoch zur Allemande aufgespielt wurde, nahm Heinrich die Hand seiner Frau und führte sie auf die Tanzfläche. Dieser Tanz wurde mit ineinander verschlungenen Armen getanzt und galt als sehr intim.

Erschöpft und angeheitert kehrten sie in den frühen Morgenstunden nach Hause. Heinrich bot den beiden Franzosen noch Branntwein an. Anna war froh, sich zurückziehen zu können. Ihre Füße schmerzten, und hinter ihren Schläfen pochte es. Viel lieber hätte sie die Neujahrsnacht mit ihren Freunden und Vertrauten verbracht. Sie schlüpfte aus den Schuhen, massierte sich kurz die Füße, dann öffnete sie das

Fenster und lehnte sich nach draußen, schaute in Richtung Mühlenstraße. Das Bild der Stadt wirkte so anders, seit die Hauptstraßen durch Laternen beleuchtet wurden. Es schien künstlich und seltsam, so als wollten die Franzosen auch die Nacht zum Tag machen. Anna sog die kühle und klare Luft tief ein. Obwohl die Kälte wie kleine Nadeln auf ihrer Haut stach, tat ihr die frische Luft nach der stickigen des Ballsaales gut. Schließlich schloss sie das Fenster und ging zu Bett. Von unten hörte sie lautes Gegröle und Gelächter. Sie verdrängte den Gedanken an Heinrich und was er ihr antun könnte, wenn er zu Bett kam. Doch er kam nicht.

Am nächsten Vormittag erst stand Anna auf. Über dem Haus lag eine ungewohnte Stille. Sie wusch sich mit kaltem Wasser, zog sich an und ging nach unten. Grete rührte in der Küche in einem Topf. Müde strich sich Anna über die Stirn, immer noch hatte sie Kopfschmerzen. Dann schaute sie in die Stube. Dicht wie eine Glocke hingen die Ausdünstungen der drei Männer, die wie erschlagen in den Sesseln hingen und schliefen, über dem Raum. Überall standen geleerte Flaschen, halbvolle Gläser. Da die beiden Franzosen Cigarettes rauchten, hatte Heinrich ihnen Teller gegeben, um die Stummel auszudrücken. Angewidert rümpfte Anna die Nase, dann öffnete sie die Fenster weit, ließ die kalte Luft in den Raum strömen. Heinrich schlug die rot geäderten Augen auf, sah sie wütend an.

»Was soll das, Weib? Willst du uns umbringen?«

»Mitnichten. Ich wollte euch nur Luft zuführen, damit ihr nicht erstickt.«

Sie ging eilig in die Küche, bevor Heinrich einen Streit vom Zaun brechen konnte, und schloss die Tür hinter sich.

»Wo sind die Kinder?«

»Fritz hat Marijke zu den te Kamp mitgenommen. Er dachte, dies sei besser, als wenn sie hier stört. Die Männer werden mächtig Kopfschmerzen haben, wenn sie aufwachen.« Grete lächelte verschmitzt.

»Wohl wahr. Sie wachen jetzt auf oder holen sich einen ordentlichen Husten. Ich habe die Fenster aufgerissen, der Gestank ist ja nicht zu ertragen.«

»Den Herrn wird das nicht erfreuen, Madame.« Grete sah sie erschrocken an.

»Möglich, aber hier ist kein Freudenhaus und auch kein Gasthaus.« Anna wusch sich die Hände und begann dann eine ordentliche Mahlzeit zuzubereiten. Später am Tag würden die Männer nach salzigem Essen verlangen.

Das Jahr nahm seinen Lauf. Heinrich freundete sich immer mehr mit den beiden Franzosen an. Diese erfreuten sich an dem gastfreundlichen Haus, und immer öfter versammelten sich Offiziere in der Stube der Stennes', um Karten zu spielen und Wein zu trinken. Anna machte Heinrich Vorwürfe. Die Besucher aßen und tranken maßlos, so langsam wurden ihre Vorräte knapp. Aber Heinrich lachte nur darüber.

Die pfälzischen und württembergerischen Truppen waren seit Beginn des Jahres nicht mehr im Dienste Frankreichs. Das freute die besetzte Stadt, doch die Freude blieb verhalten.

Am 12. Januar 1759 starb die Prinzessin von Oranien, und Krefeld trauerte, waren die Einwohner doch den Oraniern lange verbunden gewesen.

Der Marschall reiste ab nach Versailles. Zuerst befürchteten die Krefelder, dass nun der strenge Zug auf das Regiment gelockert würde, doch als kurz darauf ein Soldat Spießruten laufen musste, weil er Lebensmittel gestohlen hatte, waren sie erleichtert. Die angespannte Lage hielt sich jedoch. Katholische und reformierte Jugendliche strichen abends durch die Straßen und sangen aufrührerische Lieder. Die Patrouille verfolgte sie, aber bekam kaum einen der jungen Männer zu fassen.

Der Marquis de Armentieres wohnte nun in dem Quartier des Marschalls bei Friedrich von der Leyen. Er gab einen Ball für die Kaufleute der Stadt. Wieder musste Anna mit Heinrich teilnehmen, wieder ging es bis zum Morgengrauen. Am nächsten Morgen war Anna so übel, dass sie nicht aufstehen konnte. »Herrgott, Weib!«, schimpfte Heinrich erbost. »Wir haben Gäste, und du hast dich zu kümmern.«

»Bei dem lieben Herrn Jesus, hab Erbarmen, Heinrich. Ich kann nicht, mich schwindelt, und ich sehe Sterne vor Augen.«

»Du stehst auf!« Er zog sie hoch, trat sie in den Rücken, zwang sie, sich anzuziehen. »Und nun brate Speck und Eier, wir haben Hunger.«

Anna quälte sich in die Küche. Als sie sich beim Geruch des fettigen Specks übergeben musste, wurde ihr bewusst, dass sie wieder ein Kind trug. Einerseits freute sie sich, aber dennoch hatte sie Angst. Heinrich trank mehr als zuvor, war kälter und abweisender ihr und auch Marijke gegenüber geworden. Fritz und Marijke verbrachten viel Zeit bei den te Kamps oder den ter Meers, um ihm zu entgehen.

Ende Februar feierten die Truppen ausgelassen Karneval. Der Marquis de Armentieres richtete einen Karnevalball für die Wachsoldaten aus, dann einen für die Offiziere, die in Neuss stationiert waren. Die Herren von der Leyen luden zum Abschluss der tollen Tage den Marquis und sein Gefolge sowie alle Offiziere nach Haus Leyenthal ein, dem großen Besitztum der Familie außerhalb der Stadtmauern.

Auch Heinrich wurde eingeladen sowie einige Kaufleute der Stadt. Dazu gehörten auch die Herren ter Meer. Abraham sträubte sich gegen die Einladung. »Dieses heidnische Getue ist mir tief zuwider. Dieser ekelhafte Prunk und Protz.«

»Du kannst dich nicht ausschließen, mein Sohn. Es ist wichtig, dass wir den Kontakt suchen und halten.« Änne ter Meer zog das Umschlagtuch fester um sich. Sie hatte stark an Gewicht verloren, wirkte geschrumpft und fast durchscheinend.

»Das ist mir bewusst, Mutter. Es geht auch nicht um normale und freundschaftliche Kontakte, die ich ja halte und pflege, es geht um das wilde Treiben. In diesem Maße ausgelassen zu feiern schickt sich nicht.« Doch fügte er sich. Gegen Abend ritt er, bekleidet in seinem guten Anzug mit dem steifen Kragen, nach Haus Leyenthal.

Schon von weitem konnte er die Musik und das laute Treiben hören. Das Haus war hell erleuchtet, Fackelkörbe aus Eisen standen im fahlen Schnee, der durch das Feuer schimmerte, als würde er brennen.

In langer Reihe standen die Kutschen in der Einfahrt. Abraham gab die Zügel seines Pferdes einem Knecht, der herbeigeeilt war und das Pferd wegführte. Als Abraham das Haus betrat, wurde er freundlich von Friedrich von der Leyen begrüßt. Der große Saal war hell erleuchtet. Viele der französischen Offiziere und auch einige der Krefelder Herrschaften trugen Masken, zum Teil mit Perlen, Pailletten und Federn geschmückt. Überhaupt wirkte das lebhafte Treiben ausgesprochen farbenfroh und heiter. Wein und Bier flossen im Übermaß, die Tafeln bogen sich unter den Speisen.

»Ich hatte nicht gedacht, dass Ihr kommt.« Anna lächelte ihn erfreut an. Sie stand am Fenster, ein wenig abseits vom lauten Getöse. Die Musiker stimmten erneut ihre Instrumente und spielten dann ein Menuett.

»Wohl fühle ich mich hier nicht. Ihr hattet vermutlich keine Wahl?«

»Nein.« Anna schüttelte den Kopf. Sie trug ein Kleid aus grüner Seide, Heinrich hatte ihr etliche schillernde Kleider gekauft und bestand darauf, dass sie diese anzog.

Abraham musterte sie nachdenklich. »Sehr schön seht Ihr aus, aber ungewohnt.«

»Ich komme mir vor wie ein Pfau. Mit Mühe und Not konnte ich mich gegen eine der albernen Masken wehren.« Ärgerlich zog Anna die Stirn kraus. »Ich hoffe, das Frühjahr zieht schnell ein und die Truppen verlassen wieder die Stadt. Alles verändert sich, und nicht immer sind die Veränderungen gut. An die Straßenlaternen habe ich mich inzwischen wohl gewöhnt, auch wenn es unnatürlich erscheint, nachts helle Straßen zu haben.«

Auch an diesem Abend musste Anna mehrfach mit Jean-Paul de Demisec tanzen. Wieder ekelte sie sich vor seiner servilen Art. De Demisec wurde immer aufdringlicher, je mehr er trank. Abraham versuchte, Anna von ihm abzuschirmen, doch Heinrich hatte augenscheinlich Gefallen an dem Spiel gefunden. Er genoss es, dass seine Frau begehrt wurde, und ergötzte sich an ihrer offensichtlichen Pein. Gegen Morgen fuhren sie nach Hause. Abraham ritt besorgt neben der Kutsche her. Anna erschien ihm sehr bleich und ängstlich. Er wusste jedoch nicht, wie er sie beschützen sollte. Heinrich bat ihn nicht mit herein, und Abraham blieb nichts anderes übrig, als sich zu verabschieden. Mit einem unguten Gefühl ritt er davon.

Gaston de Belmont blieb so zurückhaltend und still wie in den Wochen zuvor. Doch de Demisec und Heinrich beschlossen, noch einen Absacker zu trinken. Anna wollte sich verabschieden, aber Heinrich zwang sie, bei ihnen zu bleiben.

»Wir haben Gäste, und ich erwarte, dass du eine gute Gastgeberin bist«, zischte er ihr zu.

»Ich bin müde, und mir geht es nicht gut.«

»Stell dich nicht so an, hole lieber noch eine Flasche Branntwein und einen Teller für die Cigarettes der Herren.«

Widerwillig befolgte Anna seine Anweisung.

»Eure Frau ist eine wahre Pracht, Monsieur Stennes. Vous avez l'air fascinante, Madame.« De Demisec grinste teuflisch.

Anna senkte den Kopf, von dem stickigen Qualm wurde ihr schlecht, sie bekam kaum Luft. Der Geruch von Parfüm, Puder und Schweiß füllte zudem noch den Raum.

»Ja, meine Frau ist ein Prachtweib.« Heinrich lallte nun schon.

Anna war froh, als die Männer endlich beschlossen, ins Bett zu gehen. Gemeinsam stiegen sie die Treppe hoch, die Männer lärmten und lachten laut. Anna hoffte, dass die Kinder nicht wach wurden. Auf dem Treppenabsatz vor den Schlafzimmern blieben sie stehen.

»Darf ich um einen Gute-Nacht-Kuss bitten, Madame?«

Lächelnd schaute de Demisec sie an, Begierde lag in seinen Augen. Er musterte sie, schien sie mit den Blicken auszuziehen.

»Das schickt sich nicht«, murmelte Anna erschrocken.

»Nun hab dich nicht so, gönne dem Offizier einen Kuss!« Heinrich lachte, es klang nicht freundlich.

Beschämt beugte Anna sich vor, hauchte de Demisec einen Kuss auf die Wange. Er fasste nach ihr, presste sie an sich. Seine Lippen drängten sich an ihre, er schob ihr die Zunge in den Mund. Würgend versuchte Anna sich zu befreien. Seine Hände glitten über ihren Körper, fest kniff er sie in den Po. Anna drängte ihn weg.

»Monsieur!«, rief sie entsetzt. »Was erlaubt Ihr Euch?«

»Jean-Paul, lass Madame in Ruhe!« Gaston de Belmont versuchte, seinen Kameraden von ihr wegzuziehen in Richtung der anderen Schlafzimmer.

»Geh ins Bett und lass mich!« De Demisec stieß ihn beiseite.

»Jean-Paul, ich bitte dich!«

Heinrich betrachtete die Szene höhnisch grinsend. »Meinen Segen habt Ihr, wenn Ihr noch einen zweiten Kuss wollt.«

Anna griff hinter sich, tastete nach dem Türgriff ihres Zimmers, doch de Demisec war schneller. Er fasste sie an den Schultern und zog sie wieder an sich, küsste sie heftig. Er schmeckte nach scharfem Alkohol, Tabak und schlecht gepflegten Zähnen, wieder musste Anna würgen. Sie wehrte sich gegen seinen Griff, aber er war stärker. Seine Hand fuhr über ihre Brüste, er griff in ihren Ausschnitt und riss das Kleid entzwei. Voller Panik schloss Anna die Augen. Was würden die Männer mit ihr tun?

»Nun reicht es, Monsieur!« Heinrich trat auf sie zu.

»Nein!« De Demisec keuchte nun. »Ihr könnt mir nicht den Nachtisch anbieten und dann wieder wegnehmen.«

Plötzlich ging alles ganz schnell. Heinrich sprang zu de Demisec, riss ihn von Anna weg. Gleichzeitig zog er de Demisecs Degen aus dem Gürtel, hielt ihn ihm vor die Brust.

»Zurück!«, schrie er. Mit der linken Hand langte er nach Anna, stieß sie zurück. Anna griff nach der Türklinke, verfehlte sie aber, strauchelte, schrie auf und stürzte die Treppe hinunter. De Demisec reckte den Kopf über Heinrichs Schulter, um nach ihr zu sehen, stolperte, schwankte auf Heinrich zu.

»Bleibt stehen, Mann«, rief Heinrich. Doch de Demisec taumelte kurz, stürzte dann und fiel direkt in den gestreckten Degen, den Heinrich ihm entgegenhielt. De Demisec schrie auf, röchelte, Blut spritzte.

»O mein Gott!« Heinrich sah erschrocken auf den sterbenden Offizier, ließ die Waffe fallen und riss die Hände hoch. »Das habe ich nicht gewollt.«

»Mörder! Ihr seid ein gemeiner Meuchelmörder!« rief de Belmont. »Hiermit nehme ich Euch in Gewahrsam.«

»Was ist passiert?« Fritz hatte die Tür von seinem und Marijkes Zimmer geöffnet. Voller Entsetzen starrte er auf den Treppenabsatz.

»Geh, Junge, und hol die Wache. Jetzt!«, befahl de Belmont. Er hatte seine Pistole gezogen und zielte auf Heinrich.

»Es war ein Unfall, das habt Ihr doch gesehen.« Heinrich klang plötzlich ernüchtert.

»Was ich gesehen habe, ist, dass Ihr meinen Kameraden gereizt und bedroht habt. Mit einer gezogenen Waffe. Und diese steckt nun in seiner Brust!«

Kapitel 41

»Öffnet die Tür!« Jemand hämmerte an die Haustür. Erschrocken erschien Grete von ihrem Raum hinter der Küche. Sie lief zur Tür, schob den Riegel auf, Abraham drängte sie zur Seite und eilte zur Treppe. Am Fuß der Treppe lag Anna zusammengekrümmt.

»Um Gottes willen, Anna! Was ist passiert?« Er richtete sie auf, sie sah ihn verstört an, wimmerte leise. »Ich bin noch mal zurückgekommen, stand vor der Tür und hörte plötzlich lautes Gebrüll.« Erst jetzt richtete er seinen Blick nach oben. Blut ran die Treppen hinunter. Am oberen Treppenabsatz stand der bleiche Heinrich, die Hände erhoben. Jean-Paul de Demisec lag ihm zu Füßen, seine gebrochenen, seelenlosen Augen weit aufgerissen. Ein kleines Rinnsal Blut lief aus seinem Mundwinkel.

»Monsieur Stennes hat meinen Kameraden erstochen!«, sagte de Belmont kalt.

»Das ist nicht wahr. Es war ein Unfall. Das habt Ihr doch gesehen, er ist gestolpert und in die Waffe gefallen«, sagte Heinrich mit flehender Stimme.

»Die Waffe hattet Ihr gegen ihn gezogen.«

»Nur um meine Frau zu schützen, er wollte sie schänden.«

»Nachdem Ihr sie ihm angeboten hattet. Das alles wird der Richter entscheiden. Junge, hol jetzt die Wache. Grouille-toi!«

Fritz hatte sich schnell etwas angezogen, drückte sich nun an Heinrich und der Leiche vorbei und eilte die Treppe hinunter, bemüht, nicht in das Blut zu treten. Abraham hatte Anna sachte aufgehoben und trug sie in die Küche.

»Anna, was ist mit Euch?«

Sie presste mit schmerzverzerrtem Gesicht die Hände auf den Leib.

»Ich bin die Treppe hinuntergefallen. Ich fürchte, ich verliere das Kind«, wisperte sie und schloss die Augen, biss sich auf die Lippen.

»Ihr tragt ein Kind? Ich bringe Euch zu meiner Mutter.« Abraham drückte sie an sich und hob sie wieder hoch, dann verließ er mit ihr das Haus, ohne sich noch mal nach Heinrich umzusehen.

Die nächsten Tage erlebte Anna wie einen schrecklichen Traum. Heinrich war inhaftiert worden. Er hatte die Waffe gegen einen französischen Offizier gerichtet und diesen getötet.

Wie es nun zu dem Todesfall gekommen war, konnte nicht mehr endgültig geklärt werden, befand der Marquis. Aber ein französischer Offizier war nach einem Streit erstochen worden, und darauf stand die Todesstrafe. Anna blieb bei ter Meers, auch Fritz und Marijke wurden geholt.

Zwei Tage bangte Anna um das ungeborene Kind, verlor dann den Kampf. Die Blutungen wurden immer stärker, und schließlich gab es keine Hoffnung mehr, obwohl sie Monsieur de Nien, den zweiten Arzt des Hauptquartiers, hinzuzogen. Er zuckte mit den Achseln. »Man kann nichts tun. Die Blutungen werden das Kind ausschwemmen. Es tut mir leid. So etwas passiert.«

Ihr fehlte die Kraft, um zu trauern. Am Morgen des vierten Tages nach der Tat klopfte es laut an die Tür des Hauses in der Mühlenstraße. Drei Soldaten verlangten nach Madame Stennes. Der Marquis und der Kommandant hatten angeordnet, dass Heinrich im Fischelner Tor im Beisein der Bevölkerung der Stadt als abschreckendes Beispiel gehängt werden solle. Anna musste an der Hinrichtung teilnehmen und anschließend den Tod ihres Mannes bestätigen.

»Ich kann nicht, bitte nicht!«, flehte sie. Doch die Soldaten zeigten keine Gnade, es war ein Befehl.

»Ich begleite Euch.« Abraham nahm ihren Arm. Anna strauchelte, stolperte, es schien ihr unmöglich, einen Fuß vor den anderen zu setzen. Ihr Herz pochte gegen die Rippen, als wolle es ausbrechen. Ihr Mund war trocken, und die Zunge klebte an ihrem Gaumen, das Schlucken fiel ihr schwer. Sie wollte Heinrich nicht sehen, seiner Hinrichtung nicht beiwohnen.

Der Platz vor dem Fischelner Tor war dicht gefüllt. Mehrfach waren die Ausrufer durch die Stadt gelaufen und hatten die Strafe des Heinrich Stennes verkündet. Auch Friedrich von der Leyen war anwesend. Er reichte Anna die Hand. »Ich habe alles versucht, meinen ganzen Einfluss geltend gemacht, doch das Wort des Offiziers wog stärker. Somit ist Euer Mann ein Mörder. Ich kann das nicht glauben, er war mir immer stets zu Diensten, und ich konnte mich vertrauensvoll auf ihn verlassen. Es tut mir leid, Madame Stennes.« Anna suchte nach Worten der Erwiderung, fand keine. Stumm wandte sie sich ab. Die Soldaten in ihren weißen Uniformen und den hohen Hüten bildeten eine Gasse. Unter Trommelwirbeln wurde Heinrich mit verbundenen Händen zum Tor geführt. Das Urteil wurde noch mal verlesen, doch zu Anna drangen die Worte nur gedämpft. Sie starrte Heinrich an. Etwas mehr als drei Jahre waren sie verheiratet. Sie hatte sich der Illusion hingegeben, ihn zu lieben, und er hatte sie gequält. Doch trotzdem wünschte sie ihm nicht den Tod, schon gar nicht diesen Tod. Heinrich wurde umgedreht, der Strick um seinen Hals gelegt. Man hatte ihn gefragt, ob er einen Sack über den Kopf haben wollte, doch das lehnte er ab. Seine Augen glitten suchend über die Gesichter der Menschenmasse. Dann fand er Anna, sah sie fest an. Sein Blick war voller Verachtung. Er gibt mir die Schuld, dachte Anna entsetzt. Sie zitterte. Abraham legt schützend den Arm um ihre Schultern, murmelte beruhigend auf sie ein, doch seine Worte drangen nicht zu ihr durch.

Unter einem Trommelwirbel zogen zwei Henker an dem Strick, die Schlinge zog sich um Heinrichs Hals, dann wurde er langsam hochgehievt. Die Adern an seinem Hals und seinen Schläfen traten hervor, seine Augen wurden groß, jämmerlich versuchte er nach Luft zu schnappen. Als seine Füße den Boden nicht mehr berührten, fing er heftig an zu strampeln, es sah aus, als wolle er vor dem Tod davonlaufen. Sein Körper zuckte, schwang hin und her, erschlaffte nach einem letzten Aufbäumen. Die Trommler hielten inne. Ein grausames Schweigen lag über der Menge. Es schien endlos lange zu dauern, die Zeit wollte nicht vergehen, immer noch zuckte der Körper.

Es begann zu schneien. Schneeflocken, die mit luftiger, sanfter Ruhe herabsanken. Nur noch sacht schaukelte Heinrich im Tor. Langsam wurde er heruntergelassen. Blase und Darm hatten sich im Todeskampf entleert. Diese Schmach erschien

Anna am schlimmsten, sie wusste, dass er mit Würde sterben wollte, doch die war ihm vom Tod genommen worden. Zwei Soldaten eskortierten Anna zur Leiche, sie musste seinen Tod bestätigen. Wie gelähmt starrte sie auf sein Gesicht, das immer noch gerötet war. Die Augen herausgequollen und verdreht, die Zunge steckte blau zwischen den verzerrten Lippen. Er war wahrhaftig tot.

Wie Anna in die Oberstraße gekommen war, wusste sie später nicht mehr zu sagen. Auch die nächsten Tage liefen wie in Trance ab. Heinrich wurde beerdigt, auch dort war sie anwesend, konnte sich aber nicht mehr an die Predigt erinnern.

Änne ter Meer tat alles, um Anna zu unterstützen und sie aus ihrer Starre zu holen. Die junge Frau hatte nicht eine einzige Träne vergossen, sie schien in einen Status der Stumpfheit und Apathie gefallen zu sein.

Eine Woche später klopfte es an die Haustür der ter Meers.

»Monsieur, da ist ein Offizier der Franzosen. Er möchte Madame Stennes sprechen. Sein Name ist Gaston de Belmont.«

»Großer Gott, was will er von ihr?« Abraham trat in den Flur. Gaston hatte nicht abgewartet und war schon in die Diele getreten.

»Excusez-moi. Ich muss Madame sprechen. Alleine.«

»Monsieur, ich glaube kaum, dass das eine gute Idee ist. Ihr habt ihren Mann an den Galgen gebracht.« Abraham räusperte sich verärgert. Er wollte jede weitere Aufregung von Anna fernhalten.

»Es ist wichtig, glaubt mir.«

»Es geht ihr aber nicht gut genug. Versucht es später noch einmal.«

»Ich werde versetzt. Morgen schon verlasse ich die Stadt. Ich bitte Euch, ich habe nicht vor, ihr noch mehr Schmerz und Kummer zuzufügen. Davon hatte sie schon genug.«

Abraham sah den Mann nachdenklich an. Irgendetwas in seinen Worten berührte ihn. Er glaubte de Belmont.

Anna hatte den Wortwechsel gehört. Langsam kam sie die Treppe herunter.

»Monsieur?«

»Enchanté, Madame.« De Belmont verneigte sich.

Anna ging voraus in die Stube, setzte sich an den Kamin und wies de Belmont den anderen Sessel zu. Schweigend setzte er sich, musterte sie aufmerksam. Anna strich sich verstört eine Haarsträhne aus dem Gesicht. Was wollte er von ihr? Was konnte er noch wollen?

»Madame«, sagte er schließlich. »Es tut mir aufrichtig leid, dass Euch soviel Schmerz zugefügt wurde.«

Anna sah ihn fassungslos an. Was meinte er damit? Er war es gewesen, dessen Aussage Heinrich an den Galgen gebracht hatte.

»Ich weiß, dass Euer Mann Euch nicht gut behandelt hat, und trotzdem scheint Ihr ihn zu betrauern.« De Belmont rieb sich über das Kinn. »Das verwundert mich. Ich dachte, Ihr würdet Euch erlöst fühlen, erleichtert.«

Anna schnappte nach Luft. Bisher hatte sie jeden Gedanken an ihre Ehe und an ihren Mann zurückgedrängt, schaffte es nicht, sich damit zu befassen. Sie wollte weder Trauer noch Erleichterung zulassen. Nun wurde ihr bewusst, dass gewisse Dinge ihrer Ehe nicht unbemerkt geblieben waren. Gaston de Belmont hatte es gewusst, Jean-Paul de Demisec bestimmt auch. Beschämt senkte sie den Kopf.

»Euer Mann hat meinen Kameraden erstochen. Auch wenn es ein Unfall war, er hat die Waffe gegen ihn gerichtet.« De Belmont hustete, schaute ins Feuer, sah dann Anna wieder an. Er griff in die Tasche seines Offiziersrockes. »Mein Kamerad war kein ehrenhafter Mann. Das wisst Ihr genauso gut wie ich. Früher oder später hätte er die Rechnung für seine Taten bekommen, vermutlich wäre er im Duell gestorben.« Er zog etwas aus der Tasche, hielt es in der geschlossenen Hand. »Ich kann und mag nicht darüber urteilen, ob sein Tod gerecht war, das steht mir nicht zu, aber ich betraue ihn nicht. Er hat viele schändliche Taten begangen.«Wieder räusperte er sich, dann streckte er die Hand aus, hielt sie Anna hin.»Ich kann es nicht wiedergutmachen, auch nicht den Verlust Eures Gatten, aber ich kann Euch etwas geben, was Euch gehört und einige Jahre unrechtmäßig in de Demisecs Besitz war. Er hatte so einige Dinge in seinem Besitz, die nicht ihm gehörten. Er raubte um des Raubens willen. Seine Familie ist reich, er tat es nie des Geldes wegen, nur wegen des Nervenkitzels.« De Belmont schluckte.»Die Kette fand er reizvoll, weil sie ihn an Euch erinnerte, zuerst. Dann hat er sicherlich vergessen, dass sie in seinem Mantel eingenäht war. Ich nicht.« Er öffnete die Hand. Es schimmerte golden im milden Licht des Feuers.

Anna hielt den Atem an, beugte sich dann vor. Auf seiner Handfläche lag eine Kette. Es war die Kette ihrer Mutter, die de Demisec damals geraubt hatte. Also hatten die beiden Männer die ganze Zeit gewusst, wer sie war.

»Nehmt, sie gehört Euch!«

Erst zögernd, dann hastig griff Anna nach der Kette, hielt sie hoch, sie war unversehrt. Sie schloss die Finger um das Schmuckstück und presste die Hand an ihre Brust. Sprachlos sah sie ihn an. De Belmont erhob sich.

»Ich reise ab. Ich hoffe sehr, dass Ihr Euch erholt und dass Euer Leben von nun an glücklicher verlaufen wird. Vielleicht erkennt Ihr irgendwann, dass der Tod Eures Gatten eine Erlösung war, für ihn und für Euch. Au revoir.« Er wartete nicht darauf, dass sie etwas sagte, stand auf und verließ den Raum. Anna hörte die Haustür hinter ihm ins Schloss fallen. Auf einmal schien eine Wand in ihr einzubrechen, Tränen schossen ihr in die Augen. Ein ersticktes Schluchzen, ein atemloses, schreckliches Schluchzen erklang aus ihrer Kehle.

»Anna!« Abraham stürmte in das Zimmer.»Hat er Euch etwas getan?«

Anna schüttelte den Kopf, immer noch war sie unfähig zu sprechen. Abraham trat zu ihr, nahm sie in den Arm und hielt sie fest.»Alles wird gut, es wird alles gut werden, ich verspreche es Euch.«

»Ja«, brachte sie schließlich hervor.

»Was hat er gewollt?«

»Er hat mir die Absolution gegeben«, flüsterte Anna. »Und die Erlösung. Bewusst und willentlich.«

»Ich verstehe nicht?«

»Nein, aber ich verstehe nun. Es gibt einen Gott, er ist gütig und gerecht.«

Für Preußen sah es 1759 nicht gut aus. Der König konnte nur noch sein Kernland verteidigen. Der Herzog von Braunschweig wollte im Frühjahr die Franzosen vom Niederrhein vertreiben, scheiterte aber in der Schlacht bei Bergen. Die Russen und Österreicher vereinigten ihre Truppen unter General von Daun. König Friedrich versuchte sie anzugreifen und wurde bei Kunersdorf vernichtend geschlagen. Für eine kurze Zeit löste sich das preußische Heer auf. Doch die Verbündeten Frankreich, Österreich und Russland nutzten die Gunst der Stunde nicht, um Berlin einzunehmen. Streitigkeiten innerhalb des Bündnisses waren dafür verantwortlich. Dieser Umstand rettete den preußischen Staat.

Krefeld blieb weiterhin von den Franzosen besetzt. Anna hatte sich in ihr Haus auf der Oberstraße zurückgezogen. Mehrfach hatten sie das Treppenhaus geschrubbt, schließlich das Holz mit feinem Sand abgeschmirgelt. Trotzdem konnte man den Schatten der Blutspuren noch erahnen. Dank des guten Geschäftskontos ihres Mannes hatte Anna keine finanziellen Sorgen. Nach und nach löste sich ihre innere Anspannung, sie begriff, dass sie nun tatsächlich frei war und in Frieden mit Fritz und Marijke leben konnte, und sie blühte auf. Es gab einige Bewerber, die das Geschäft, die Weinvorräte und die Handelsbeziehungen kaufen wollten. Anna ließ sich Zeit damit, die Angebote zu prüfen.

Immer noch traf man sich regelmäßig, um die politische Lage zu erörtern. Oft bei den ter Meers, denn Änne ter Meer konnte nur noch selten das Haus verlassen, sie litt schwer an der Gelbsucht.

»Gestern Abend habe ich einen Kometen beobachten können. Er zog seine Bahn über den Himmel. Da es klar war, konnte ich den Schweif gut durch mein Teleskop erkennen.« Abraham schenkte Wein ein, reichte Pfeifentabak.

»Astrologen haben gesagt, dass es der Komet von 1682 sein soll«, meinte Adam.

»Das ist gut möglich. Es wird diskutiert, dass Kometen auf einer großen Bahn durch das All fliegen.«

»Ich habe gehört, dass die Preußen sich aus Böhmen zurückziehen mussten«, sagte Johann Lobach, der in die Stadt gezogen war und dem Anna schließlich den Handel ihres Mannes verkauft hatte. Zusammen mit den Geschäftsverbindungen, die sein Vater ihm vermachte, hatte er nun eine der größten Weinhandlungen am Niederrhein. Lobach hatte sich dem Freundeskreis angeschlossen und umwarb Catharina te Kamp.

»Ja, das meldete auch die französische Zeitung von Köln.« Abraham seufzte. »Gott gebe, dass dieser Krieg ein Ende nimmt.«

»Das ist noch lange nicht in Sicht, Bruder. Aber der Marquis de Contades soll in den nächsten Tagen aus Frankreich zurückkommen. Vielleicht zieht er dann die Truppen endlich ab. Die Stadt hat genug unter der Besatzung gelitten.« Adam zündete seine Pfeife an.

Am 4. Mai kehrte der Marquis de Contades tatsächlich zurück, er wurde von den höheren Offizieren freudig begrüßt, und Friedrich von der Leyen gab ihm zu Ehren eine Gesellschaft. Der Marquis erteilte an diesem Abend noch den Befehl an die Truppen, am nächsten Morgen abzumarschieren.

In den nächsten Tagen ging alles drunter und drüber in Krefeld. Als am 8. Mai die Truppen bis auf hundert Mann Wache die Stadt verlassen hatten, atmeten die Bürger erleichtert auf.

Am 20. Mai ging Anna mit Fritz und Marijke zur Kirche. Zum ersten Mal seit Ausbruch des Krieges wurde die Taufe vorgenommen. Es war ein feierlicher Moment, als die achtzehn Männer und Frauen getauft wurden. Der Tag war sonnig und schön, und die befreundeten Familien beschlossen, ein Picknick in den Wallgärten zu machen. Vielerlei war durch die Besatzer zerstört worden, doch die Obstbäume hatten geblüht und trugen nun Fruchtansätze. Der Waldmeister duftete süß. Sie brachten kalten Braten, frisches Brot und gesalzene Butter mit, die Kinder bekamen Sauermilch, und die Erwachsenen tranken Limonade und verdünnten Wein.

Nach dem Essen nahm Abraham ein Buch hervor und las. Anna legte sich auf die Decke in den Schatten und genoss die Wärme. Marijke saß vor ihr und spielte mit einer Stoffpuppe.

Plötzlich stupste das kleine Mädchen die Mutter an.

»Mutter, heute in der Kirche, das war schön.«

»Ja.« Anna lächelte. Marijke hatte sich gut entwickelt. Ein paar Mal fragte sie nach ihrem Vater, aber da Heinrich so oft auf Reisen gewesen war, dachte sie nicht weiter darüber nach, dass er nicht mehr da war. Anna wusste nicht, ob sie dem Mädchen später erzählen sollte, wie ihr Vater gestorben war. Vermutlich würde sie nicht daran vorbeikommen, denn auch jetzt noch war es ein beliebtes Klatschthema, und ein paar Mal hatte sie Leute hinter ihrem Rücken wispern hören: »Da geht die Frau von dem Franzosenmörder.«

»Aber, Mutter, warum wurden die Leute mit Wasser begossen?«

»Das war die Taufe. Sie haben sich zu ihrem Glauben bekannt.«

»Konnten sie sich denn nicht zu Hause waschen so wie wir auch?«

Anna schaute verblüfft hoch, dann biss sie sich auf die Lippen, um das Lachen zu unterdrücken. Ihr Blick traf den Abrahams, er schüttelte grinsend den Kopf und ließ sich dann langsam zurücksinken, legte das Buch auf sein Gesicht. Seine Schultern zuckten vor Lachen.

Anna überlegte, wie sie ihrer Tochter den Geist der Taufe nahebringen konnte, doch Marijke war mit den Gedanken schon woanders. »Mutter, darf ich noch von den herrlichen Küchlein, die Grete gebacken hat?«

»Ja, darfst du.«

Kapitel 42

Anna fühlte sich so wohl wie lange nicht mehr. Entspannt und ohne Sorge konnte sie den Ausflug genießen. Etwas später stand sie auf, um ein paar Schritte zu gehen.

»Darf ich mitkommen?«, fragte Catharina te Kamp schüchtern. Anna nickte freundlich. Schweigend gingen sie unter den Obstbäumen hindurch. In einigen Gärten war das Gras gemäht worden, und es duftete süß nach frischem Heu. Anna hing ihren Erinnerungen nach. Sechs Jahre war sie nun in Krefeld, hatte Schönes aber auch Schreckliches erlebt. Tod, Geburt, Krankheiten. Doch auch Freundschaft und einen Hauch von Liebe. Wie gerne hätte sie Claes heute bei sich gehabt, nur als Freund. Ihr war bewusst, dass das, was sie in ihrem Leben für Liebe gehalten hatte, falsch war. Liebe musste ein Gefühl sein, welches sie noch nicht kannte und vermutlich auch nie erleben würde. Aber Freundschaft, so dachte sie, ist ausreichend, vielleicht sogar erfüllender.

»Darf ich Euch etwas fragen, Madame Anna?« Catharinas Stimme klang leise und unsicher.

»Natürlich.« Überrascht sah Anna auf.

»Johann Lobach … er neckt mich immerzu. Warum tut er das?«

Anna lächelte. »Ich glaube, er mag Euch.«

»Aber er zieht mich immer auf. Er lacht über mich, meine Haare, weil sie leicht rötlich sind – er nennt es rostig oder ruft mich Kupfertopf. Über meine Augen, über alles. Es ist mir unangenehm.«

»Er meint es nicht so. Es ist freundlich gemeint, aber ich verstehe Euch, er schießt gerne über das Ziel hinaus.« Anna beschloss, ein paar Worte mit dem jungen Mann zu wechseln. Catharina seufzte. »Nun gut, aber … ist das immer so? Ich meine, ist das immer so schwierig, wenn man jemanden mag?« »Mögt Ihr ihn denn?« Anna sah das junge Mädchen amüsiert an. »Das weiß ich gar nicht recht. Er kann ja auch sehr charmant sein. Und lustig. Aber eigentlich möchte ich mich noch gar nicht für ihn interessieren. Ich habe ein wenig Angst … vor der Zukunft und vor allem, was es bedeutet. Versteht ihr das?« Das Gesicht des Mädchens war rot angelaufen, und sie kaute auf der Innenseite ihrer Wange.

»Catharina, du bist erst achtzehn. Natürlich ist das noch viel zu früh. Du hast noch jede Menge Zeit, herauszufinden, was und wen du wirklich willst.«

»Aber weiß man es, wenn man ihn trifft? Habt Ihr es gewusst?«

Anna blieb stehen, zog hörbar den Atem ein. Catharina stoppte neben ihr. »Es tut mir leid. Ich wollte nicht … ich meine … Euer Mann … Lieber Jesus, wie konnte ich nur?« Sie schlug die Hände vor das Gesicht.

»Es ist schon gut.« Anna holte tief Luft. »Sollen wir uns dort auf den Baumstamm bei dem Graben setzen?«

Catharina folgte ihr mit gesenktem Kopf. Sie setzten sich auf den Baumstamm. Über dem Wasser flogen schillernde Libellen. Ein Frosch sprang erschrocken in den versumpften Graben, über dem die Wärme flimmerte.

Anna sah in das trübe Wasser. Ein schlammtiefer Tümpel. So ist mein Leben auch, dachte sie. »Wisst Ihr, ich habe keine Ahnung, wie das ist.«

»Und ich dachte, Ihr hättet auf alles eine Antwort.«

»Macht Euch auf eine große Enttäuschung gefasst. Ich habe für viele Dinge keine Antworten. Natürlich dachte ich, dass ich meinen Mann liebe, als ich ihn ehelichte. Nein, falsch, ich habe ihn tatsächlich geliebt, nur war er nicht so, wie ich meinte, dass er sei. Menschen zu durchschauen ist nicht immer einfach. Und oft täuscht man sich. Aber ich fürchte, auf das Risiko muss man sich einlassen.«

»Aber dann gibt es keine Sicherheit?«

Anna überlegte. »Ich fürchte nicht. Du bist noch so jung, du kannst dir wirklich viel Zeit lassen und Menschen besser kennenlernen. Vertrau dann auf dein Herz und auf deinen Bauch. Prüfe den anderen und dein Gefühl.«

»Vermisst Ihr Euren Mann sehr?«, fragte Catharina leise.

Anna seufzte. »Heinrich? Ich weiß nicht. Nein, eigentlich nicht. Das mag daran liegen, dass er geschäftlich oft unterwegs war«, log sie.

Zum ersten Mal gestand sie sich ein, dass sie Heinrich auch deshalb derart schnell in ihr Herz gelassen hatte, weil sie von Claes so bitter enttäuscht gewesen war. Hätte sie auf ihren Onkel gehört und länger gewartet, wäre ihr bestimmt klargeworden, dass Heinrich ein Blender war. Es war eine Lektion, die sie bitter gelernt hatte. Noch einmal würde ihr das nicht passieren, und sie würde dafür Sorge tragen, dass auch Catharina dies nicht erleben musste.

»Ja«, sagte das Mädchen nachdenklich. Sie zögerte, schluckte.

»Liegt dir noch etwas auf dem Herzen?«

»Ja, Madame Anna. Aber ich weiß nicht, wie ich fragen soll.«

»Frag einfach.«

»Die Sache mit der Ehe, also dieser ... andere Aspekt. Dies ... also, man gibt sich dem anderen hin ...« Catharina zögerte wieder. »Ist es schlimm?«

Im ersten Augenblick wusste Anna nicht, was sie sagen sollte. Die Frage traf sie wie ein Tiefschlag, auf den sie nicht vorbereitet war. Fassungslos sah sie über die Wiesen. Lieber Gott, was antworte ich dem Mädchen? Ich weiß es doch selbst nicht, wie es normalerweise ist. Ich habe das Grauen erlebt, aber es kann und darf nicht immer so sein. Es kann nicht sein, dass es den Frauen bestimmt ist, in diesem Maß zu leiden. Sie beschloss zu lügen. »Nein, es ist nicht schlimm. Es ist die Erfüllung, es ist die größte Nähe, die man erfahren kann, außer mit Gott.« Catharina nickte erleichtert. »Ich danke Euch. Ich habe sonst keinen, den ich fragen kann. Mutter möchte keine intimen Gespräche führen. Nicht mit mir und auch mit niemanden sonst. Sie leidet. Sie hat den Tod meines Vater nicht verwunden, und dass mein Bruder zur Armee gegangen ist, hat sie vollends zerstört.«

»Es ist gut, dass du für deine Geschwister da bist. Schenke ihnen Lachen und Geborgenheit, sie brauchen es, und Eure Mutter ist zu schwach, um es ihnen zu geben. Die Mädchen sind noch so klein, und immer nur Trauer und Trostlosigkeit um sich zu haben, lässt sie verwelken wie Blumen ohne Wasser. Und Ihr erfüllt Eure Aufgabe gut.« Anna stand auf, lächelte plötzlich schelmisch. »Ihr könntet doch Monsieur Lobach bitten, Euch zu helfen. Ausflüge mit den Kindern zu machen oder andere Dinge. Dann erkennt Ihr sicher, wie tief seine Zuneigung wirklich ist.«

Catharina grinste. »Das ist eine gute Idee. Ich danke Euch.«

Sie gingen zurück zu den anderen. Fritz spielte mit Marijke ein Würfelspiel. Abraham betrachtete die beiden, räkelte sich in der Sonne und strahlte die pure Lust am Leben aus, am Atmen. Annas Herz machte einen Sprung. Dieser Freund war ihr wichtig, doch als Mann konnte und wollte sie ihn nicht sehen. Er schaute zu ihr auf, lachte sie an. Seine Augen versprühten ein Feuerwerk. Sofort verschloss Anna sich. Sie traute ihren Gefühlen nicht, wollte niemanden an sich heranlassen.

Das Jahr verging. Preußen gewann eine Schlacht gegen die Reichsarmee, die sich daraufhin zurückzog. Der Sommer war sehr warm und trocken. Im letzten Jahr hatten die Bauern einen Großteil der Ernte durch die Schlachten und die lagernde

Armee verloren, dieses Jahr mussten sie wieder fürchten, keine guten Erträge einzufahren.

Die befreundeten Familien trafen sich zu Ausflügen und richteten kleine Gesellschaften aus. Abraham hatte Claes' Bücher geerbt. Inzwischen verlieh er die Bücher nicht nur an Anna, sondern auch für wenig Geld an andere Familien. Auf seinen Geschäftsreisen schaute er immer mehr nach Büchern denn nach Wolle und Seide. Außer Anna kamen nun auch Witwe te Kamp und andere freitags, um Bücher auszuleihen und über die gelesenen Bücher zu diskutieren. Diese Treffen dehnten sich immer weiter aus, manchmal ging man erst spät in der Nacht auseinander. Sie begannen, gemeinsam Texte zu lesen und zu besprechen. Anna genoss den intellektuellen Austausch. Ihr Leben erschien ihr so leicht und wunderbar wie nie zuvor. Nur der fast sechzehnjährige Fritz machte ihr Sorgen. Immer öfter traf er sich abends mit anderen Jugendlichen. Unter den katholischen und den reformierten Jungen war eine Art Streit ausgebrochen, den sie bisher in harmlosen Prügeleien und mit Schmähliedern ausübten. Doch auch der Magistrat der Stadt sah das Gebaren mit Sorge und verbot die abendlichen Treffen am Schwanenmarkt. Daraufhin verlagerten die Jungen ihren Treffpunkt vor das Hülser Tor.

Anna hatte das Gefühl, nicht mehr an Fritz heranzukommen. Er lernte gut und war fleißig. Auch seine Pflichten erledigte er ohne Murren. Doch sobald er diese erledigt hatte, schlich er sich aus dem Haus und kehrte erst spät und oft nach dem Zapfenstreich nach Hause zurück. Anna wurde bewusst, dass Fritz ein Vater fehlte. Heinrich hatte diese Rolle nie eingenommen. Claes war eine Weile für Fritz nicht nur eine Respektsperson, sondern auch ein Vertrauter gewesen. Abraham konnte und wollte diesen Part nicht übernehmen. Er versuchte wohl mit Witz und Charme an den Jungen zu gelangen, um ihm ein Freund zu sein, doch Fritz nahm dieses Angebot nicht an. Anna verging vor Sorge, doch es gab nichts, was sie tun konnte.

Da sie sich nun in einer größer werdenden Gruppe am Freitag zum Büchertausch trafen, hatte Anna kaum noch alleine Kontakt zu Abraham. Mehrfach bat er sie, mit ihm auszureiten, doch der Herbst war kalt und feucht und lockte nicht zu Ausritten. Immer öfter wenn sich die Familien trafen, war Abraham still und zurückhaltend. Als sein Geschäftspartner Christoph Taschner, mit dem er eine Wollweberei betrieb, nach Hessen reiste, um Wollgarn zu kaufen, starb Christophs knapp einjährige Tochter. Die Gesetze der Stadt besagten, dass Tote innerhalb von achtundvierzig Stunden beerdigt werden müssen, und so übernahm Abraham die Rolle des Vormunds bei der Beerdigung des Kindes. Dies nahm Abraham merklich mit. Er griff vermehrt zu religiösen Texten, suchte Antworten auf die Frage nach der Grausamkeit und Ungerechtigkeit des Lebens. Im Spätherbst unternahm er eine längere Reise zu Verwandten nach Emmerich.

Anna vermisste ihn. Sie sehnte sich nach den entspannten und lustigen Gesprächen, der Ruhe und Gelassenheit, die er ausstrahlte. Ihr fehlte die Wärme seiner Freundschaft. Doch je mehr sie darüber nachdachte, umso klarer sah sie, dass er sich ihr in den letzten Monaten mehr und mehr entzogen hatte. Lange grübelte sie darüber nach, warum das so war, aber sie fand keine Antworten. Hatte sie irgendetwas gesagt oder getan, was ihn abstieß? Sie hatte sich verändert, wurde ihr bewusst. Sie war freier und sorgloser als jemals zuvor in ihrem Leben. Finanziell war sie abgesichert, und als Witwe hatte sie einen rechtmäßigen Status in der Gemeinde. Und doch fehlte etwas in ihrem Leben. Sie sehnte sich nach Geborgenheit und Nähe, obwohl sie gleichzeitig Panik davor hatte. Manchmal wachte sie morgens auf und die Schatten der Erinnerung legten sich über sie. Erst nur wie ein leichter Dunst, doch dann immer dichter und dunkler. Sie kamen näher, legten sich auf sie, schnürten ihr den Hals zu. An diesen Tagen fürchtete sie, dass plötzlich das Hufgetrappel eines Pferdes im Hof zu hören war und sich dann die Tür öffnete und Heinrich heimkäme, um sie wieder zu quälen. Nie wieder, das schwor sie sich in solchen Momenten, würde sie jemandem soviel Macht über sich einräumen.

Kurz vor Weihnachten machte sie einen einsamen Spaziergang vor den Toren der Stadt. Die Äcker schienen im Nebel zu schlafen. Schnee fiel, blieb aber nicht liegen, feuchter Frost verwandelte die Büsche und Sträucher in riesige Pelztiere. Ihr Atem hing wie eine dichte Wolke vor ihr.

In der Ferne erschien ein Reiter, unwirklich sah er aus, wie er durch den Nebel ritt. Anna blieb stehen. Irgendetwas kam ihr an der Gestalt bekannt vor. Angst erfasste sie. Sie wollte sich umdrehen und nach Hause laufen, doch sie konnte sich nicht bewegen. Der Reiter kam näher, und als er etwa zweihundert Fuß von ihr entfernt war, erkannte sie Abraham. Die Anspannung fiel von ihr ab. Er hielt kurz vor ihr, sprang ab.

»Anna.«

Sie lächelte ihn an, sagte aber nichts. Ihre Blicke tauchten ineinander, sandten Fragen aus, gaben aber keine Antworten. Das seltsame Gefühl der Unwirklichkeit schwappte wie eine Welle über Anna.

»Ihr wart lange unterwegs«, sagte sie schließlich, als das Schweigen zu lange dauerte.

»Ja. Aber ich bin froh, wieder nach Hause zurückzukehren. Ich hoffe, es geht allen gut.« Er nahm den Zügel des Pferdes, langsam gingen sie nebeneinander her in Richtung Stadttor.

»Eure Mutter leidet wieder an der Gelbsucht. Die Anfälle kommen immer öfter und dauern länger.«

Abraham seufzte. »Es gibt wenig, was man dagegen tun kann. Ich hoffe, sie bleibt uns noch lange erhalten.«

Wieder schwiegen sie. Es war, als hätte sich etwas zwischen sie geschoben und die frühere Leichtigkeit ihrer Gespräche verdrängt.

»Geht es Euch gut, Anna?«

Sie nickte stumm.

»Werden wir das Weihnachtsfest gemeinsam verbringen?«

»Ich denke schon.«

Am Stadttor verabschiedeten sie sich voneinander, ungelenk und schüchtern wie zwei Fremde. Anna ging nach Hause, spürte den Kloß der Enttäuschung wie einen Stein in ihrem Magen liegen. Sie hatte das sichere Gefühl, ihn enttäuscht zu haben, wusste aber nichts dagegen zu tun.

Das Weihnachtsfest kam und ging. Abraham und Anna blieben distanziert. Es tat ihr weh, aber sie verschloss sich und verdrängte die Frage, warum dies so war.

Am Neujahrsabend durften die Jugendlichen wieder mit dem Brummtopf um die Stadt ziehen. Wieder hatte ein Teil der französischen Truppe Winterquartier in Krefeld bezogen, doch diesmal nicht die Heeresführung. Entsprechend ruhiger war es zur Erleichterung der Städter.

Nachdem sie Neujahrsgrüße mit den Nachbarn ausgetauscht hatten, gingen die Familien wieder in die warme Stube. Nur Anna blieb noch einen Moment auf der Straße stehen, starrte in den Himmel. Sie hörte das Summen der Stille, unterbrochen nur von den entfernten Gesängen der Jugendlichen.

Ich bin glücklich, dachte sie und wusste, dass sie sich belog.

Kapitel 43

Abraham fiel es zusehends schwerer, sich mit der Wollweberei zu beschäftigen. Er überließ die Entscheidungen zum größten Teil seinem Partner Christoph Taschner. Er selbst las viel, informierte sich über das Verlagswesen und Wege der Druckerei. Es ärgerte ihn, dass manche Bücher nicht zu bekommen waren, viele Schriften nicht gedruckt wurden. Insgesamt verspürte er eine große Unzufriedenheit mit seinem Leben. Er wusste, er stand an einem Scheideweg, aber konnte nicht um die Biegungen und Wendungen sehen. Ihm fehlte Claes schmerzlich. Sein Bruder war sein bester Freund und engster Vertrauter gewesen. Mit ihm hatte er über fast alles sprechen können. Sein Tod hatte eine Lücke gerissen, die er nicht zu füllen wusste.

Mürrisch und wortkarg nahm er an den Gesellschaften der Freunde teil, verließ sie oft früh. Immer wieder blieb sein Blick an Anna hängen, er hasste sich dafür. Sie stand in der Blüte ihres Lebens, wirkte sicher und zufrieden. Ihre Freundschaft schien jedoch einen Riss erhalten zu haben, und Abraham konnte sich ihr distanziertes Verhalten ihm gegenüber nicht erklären. Er wusste, dass sie sehr unter ihrem Mann gelitten hatte. Nun hatte er das Gefühl, dass sie ihre Angst und Wut auf ihn projizierte.

Gott, was hat Heinrich dir angetan, dachte er oft wütend, wenn er die düsteren Schatten in ihrem Blick sah. Früher hatte er die Hand auf ihre Schulter legen können, waren flüchtige Berührungen selbstverständlich gewesen und ohne jede Bedeutung, doch nun zuckte sie zurück, wich ihm aus. Ihr Verhalten tat ihm weh.

Der Winter zog sich lange hin, aber endlich schmolz das Eis. Zwei Tage lang regnete es heftig, danach lag der Duft des Frühlings in der Luft, und die Natur schien reingewaschen zu sein, bereit, nun wieder mit aller Macht neues Leben hervorzubringen.

Katrina trug wieder ein Kind und streckte stolz den Bauch hervor. Der Tod ihres Kindes im letzten Jahr hatte sie verändert, weicher gemacht, nachsichtiger. Sie rümpfte nicht mehr die Nase, wenn Aaron und Fritz zusammen ausritten. Die beiden Jungen würden im Sommer die Schule beenden und dann gemeinsam in Moers bei dem Schwager der Familie als Saytt- weber ausgebildet werden.

Die Familien waren zum Rhein gefahren. Im Frühjahr hatte es mehrfach Hochwasser gegeben und die Wiesen und Deiche überschwemmt. Nun war das Wasser wieder zurückgegangen. Es roch würzig nach Kräutern und Gras.

»Pass auf Marijke auf!«, rief Anna Fritz hinterher, als die Kinder zum Fluss liefen, um dort zu spielen. Sie beschattete ihre Augen und beobachtete die Kinder für einen Moment.

»Wird er Euch fehlen?«, fragte Abraham, der ihren Blick gefolgt war.

»Ja. Und Marijke auch. Es wird still werden im Sommer.« Verstohlen betrachtete Anna Katrinas wachsenden Bauch. Abraham wusste, wie sehr sie sich noch ein Kind gewünscht hatte.

»Er ist ja nicht aus der Welt und auch nicht für immer weg. Die Jungen werden uns oft besuchen kommen.« Er rieb sich nachdenklich über das Gesicht.

»Aber es wird nicht mehr dasselbe sein.« Anna seufzte. »Ich weiß, er muss und wird seinen Weg gehen und ich muss ihn gehen lassen.«

»Fritz verdankt Euch viel.«

»Möglicherweise, aber ob ich ihm wirklich einen Gefallen getan habe? Noch hat er nicht recht seinen Platz im Leben gefunden.«

»Das wird schon. Durch Euch hat er Liebe erfahren.« Abraham berührte ihre Hand flüchtig, Anna zuckte zusammen, als hätte er sie verbrannt. Er wich getroffen zurück, sein Mund war plötzlich trocken, und das Schlucken fiel ihm schwer.

Alle waren nun zum Ufer gegangen, die Kinder hatten ihre Schuhe ausgezogen, die Hosen hochgekrempelt und die Röcke gerafft und wateten lachend und kreischend durch das seichte Wasser. Nur Anna und Abraham waren am Picknickplatz verblieben.

Abraham fasste sich ein Herz. »Anna, geht es Euch gut?«

Überrascht blickte sie auf, sah ihn schweigend an. Dann und wann wurde das Gelächter der Kinder herübergeweht, ansonsten konnte man nur das Zirpen der Grillen und das an- und abschwellende Summen der Bienen hören.

»Warum fragt Ihr mich das?«, brach Anna schließlich das Schweigen.

»Ich weiß nicht, Ihr kommt mir verändert vor.«

»Verändert? In welcher Hinsicht?«

Abraham setzte sich auf, kramte in seiner Jackentasche, als suche er dort die richtigen Worte, zog jedoch nur seine Pfeife hervor.

»Natürlich habe ich mich verändert, Abraham. Ich habe erkannt, dass ich viele Fehler in meinem Leben begangen, einige wirklich falsche Entscheidungen getroffen habe. Damit muss ich nun leben.« Ihre Stimme klang schroff.

Ich wünschte, dachte er verzweifelt, ich könnte dir geben, wonach du suchst. Ihm wurde bewusst, dass er sie mehr liebte als alles in der Welt, und gleichzeitig spürte er die tiefe Ablehnung, die sie ihm entgegenbrachte. Prompte Unruhe und quälende Unsicherheit erfassten ihn.

»Man ist vor falschen Entscheidungen und Fehlern nicht gefeit. Niemand von uns«, sagte er leise. »Doch muss ja nicht alles schlecht sein.«

Anna überlegte. Unruhig suchte sie nach einer bequemeren Position, stand schließlich auf. »Wollen wir ein paar Schritte gehen?«

Dankbar, dass sie das Gespräch weiter fortführen wollte, und mit dem Wissen, dass Bewegung manchmal den Gedankenfluss anregte, folgte er ihr.

»Anna, habe ich etwas getan …?« Er stockte. »Habe ich Euch mit irgendetwas verletzt?«

»Ihr mich?« Anna blieb stehen, sah ihn an. »Wie kommt Ihr darauf?«

»Ich meinte, Eure Ablehnung zu spüren, und war mir nicht bewusst, wieso das so ist.«

»Ablehnung? Ja, die habe ich auch gespürt und mich gefragt, welchen Fehler ich begangen habe.« Sie schloss die Augen, ihre Unterlippe zitterte leicht.

Abraham begriff nicht, was sie meinte. »Ihr habt einen Fehler begangen?«

»Das muss ich doch, sonst hättet Ihr Euch nicht von mir

zurückgezogen. Ich habe das Gefühl, unsere Freundschaft ist dahin. Doch warum?« Abraham ging langsam weiter, dachte nach, forschte in seinen Gedanken und suchte nach dem, was sich verändert hatte. Plötzlich wurde es ihm klar. Es war, als hätte jemand einen Vorhang beiseitegezogen. Zuvor war Anna verheiratet gewesen, gebunden. Ihre Freundschaft hatte nur den einen Aspekt gehabt, sie konnte nie zur Partnerschaft werden. Doch nun war sie frei.

»Anna, Ihr bedeutet mir viel. Mehr als ich zu sagen vermag.« Wieder blieb er stehen. Zögernd griff er nach ihren Händen, fürchtete sich davor, dass sie abermals zurückweichen würde, doch diesmal ließ sie die Berührung zu. »Ihr seid sehr wichtig in meinem Leben. Diese Freundschaft hat mir schon immer sehr viel bedeutet.«

»Abraham …«

»Bitte lasst mich ausreden, bevor mich der Mut verlässt. Diese Freundschaft ist wichtig für mich, jedoch empfinde ich weitaus mehr für Euch.«

Nun zuckte Anna zusammen. Ihr Atem ging stoßweise, sie schluckte, suchte nach Worten, bewegte die Lippen erst tonlos, doch dann endlich fand sie die Worte.

»Abraham, Ihr seid mein bester Freund. Ihr wart immer für mich da und habt mir Halt gegeben. Ich empfinde viel für Euch, doch ich fürchte, ich kann Euch nicht mehr entgegenbringen als dies, als Freundschaft. Ich weiß nicht, wie viel Ihr von meiner Ehe wisst, wahrscheinlich genug. Ich könnte nie wieder zulassen, dass mich jemand so … so … behandelt.«

Abraham schüttelte schweigend den Kopf. »Traut Ihr mir das zu?«, fragte er schließlich gepresst.

»Ich habe es Heinrich auch nicht zugetraut.« Die Worte drangen wie Messer in ihn ein und taten weh.

Sie löste ihre Hände von seinen, trat einen Schritt zurück. »Es tut mir leid.«

Für einen Moment rührte sich keiner von beiden.

»Das kann nicht Euer Ernst sein, Anna«, flüsterte Abraham getroffen.

»Wenn Ihr erlebt hättet, was ich erlebt habe, würdet Ihr verstehen. Ich kann es einfach nicht zulassen.« Tränen stiegen ihr in die Augen, doch die sah Abraham nicht mehr. Er hatte sich umgedreht und ging mit steifem Schritt davon. Anna sah ihm fassungslos hinterher, begriff nicht, dass er ging.

Abraham kehrte zurück zum Picknickplatz, löste die Zügel seines Pferdes, sprang auf und ritt von dannen, ohne sich umzusehen nach Anna und den anderen.

In der Mühlenstraße packte er seine Taschen, schrieb seiner Mutter und seinem Geschäftspartner Briefe, in denen er kurz erklärte, dass er eine längere Reise antrat. Schon gegen Abend, bevor die anderen vom Rhein zurückgekehrt waren, hatte er die Stadt verlassen. Am nächsten Tag erreichte er Goch und kehrte bei seinem Freund Matthias von Beckerath ein. Überrascht begrüßte ihn dieser. Doch Abraham blieb nicht, auch wenn sein Freund ihn dazu drängte. Er reiste weiter nach Kleve, von dort ging es nach Niemwejgen. Er sah kaum die schöne Landschaft, die kleinen Ortschaften durchquerte er eilig. Es war wie eine Flucht, ein Weglaufen vor sich selbst und Anna. Er schiffte sich ein und fuhr nach Rotterdam. Auch dort hielt er sich nicht lange auf. Mit einer Trekscheut, einer Schleppbarke, fuhr er weiter nach Delft. Abends kehrte er bei Bekannten oder in kleinen Gasthäusern ein, nachts trank er schweren Rotwein, um einschlafen zu können. Doch die innere Unruhe konnte er nicht besiegen.

Leyden und Harlem waren die nächsten Ziele, Amsterdam folgte. Nach Wochen der Irrreise kam er in Emmerich an. Hier wohnte sein Cousin Dietrich.

»Was ist mit dir, Abraham? Du wirkst fahrig und abgemagert? Bist du krank?«, fragte er ihn, als sie abends zusammensaßen.

Abraham hatte mit niemandem über seinen Kummer gesprochen, hatte sich selbst nicht damit beschäftigt.

»Ich laufe davon«, gestand er nun ein.

»Wovor?«

»Vor mir selbst und der bitteren Erkenntnis, versagt zu haben.« Nach und nach erzählte er, erst zögernd, doch dann brach es aus ihm heraus. »Madame Stennes hat Bitteres durchgemacht, Abraham. Sie wird Wunden der Seele haben, die sich nicht so einfach schließen werden.«

»Das weiß ich nun auch.« Abraham strich sich müde über das Gesicht, massierte sich den Nasenrücken. »Ich habe den Fehler gemacht, mit der Tür ins Haus zu fallen. Ich hätte ihr mehr Zeit geben müssen. Zeit der Ruhe und des Friedens. Ich hätte mich ihr langsam annähern müssen und ihr zeigen sollen, dass sie mir vertrauen kann.«

Dietrich wiegte bedächtig den Kopf. »Ich glaube kaum, dass dir das gelungen wäre. Du hättest nur deine Zeit verschwendet mit unnötiger Hoffnung. Was ist nur mit euch ter-Meer-Jungen los, Claes hatte sich doch auch so unglücklich verliebt? Du weißt nun, woran du bist, und wirst ihr hoffentlich nicht dein Leben lang nachtrauern.«

»Ich liebe sie.«

»Das ändert aber nichts daran, dass sie dich nicht liebt. Damit musst du dich abfinden.«

»Und wenn ich das nicht kann?«

»Dann musst du damit leben.«

Abraham verbrachte eine Woche in Emmerich, führte viele Gespräche, machte Spaziergänge. Er schrieb seiner Mutter einen langen Brief. Sie antwortete prompt, war froh, von ihm zu hören, und hatte sich Sorgen gemacht. Abraham schämte sich für seinen überstürzten Aufbruch. Langsam kam er zur Ruhe. Er wusste, es gab in Hinsicht auf Annas Gefühle keine Hoffnung, zuviel hatte sie durchlitten. Doch er wollte nach seiner Rückkehr versuchen, wenigstens die Freundschaft zu ihr zu halten.

Dietrich überredete ihn, noch eine Woche länger zu bleiben,

daraus wurden schließlich drei. Nach fast zwei Monaten kehrte Abraham ruhiger und gefestigter und trotzdem voller Wehmut und Ernüchterung nach Krefeld zurück.

Seine Mutter schloss ihn erleichtert in die Arme. »Gut schaust du aus«, sagte sie dann, nachdem sie ihn lange gemustert hatte. »Breiter bist du geworden, du wirkst reifer.«

»Breiter?« Abraham lachte leise. »Das verdanke ich Annemeike, Dietrichs Frau. Sie hat mich gemästet wie eine Gans kurz vor Martini.«

Am Abend kamen Abrahams Partner Christoph Tauschner und Adam vorbei.

»Ihr ward lange unterwegs.« Christoph sah ihn nachdenklich an.

»Es tut mir leid. Ich habe Euch kläglich im Stich gelassen. Ich werde versuchen, es wiedergutzumachen. Ich habe in Amsterdam eine Seidenfabrik besucht. Dort stehen die Webstühle in einer Halle und nicht in den Häusern der Weber. Eine interessante Idee.«

Er berichtete über die Reise, erzählte von den vielen Dingen, die er gesehen hatte. »Im Hafen lag ein Seehandelsschiff, welches sechsunddreißig Schritt misst. Ein Kriegsschiff habe ich nicht gesehen.«

»Es sieht nicht gut aus«, sagte Adam. »Die Franzosen haben das rechtsrheinische Gebiet sicher bis hinauf nach Kassel. Die Schweden sitzen in Pommern. Ostpreußen, Sachsen und Schlesien sind in der Hand der Gegner.«

»Es sieht nicht so aus, als würde sich König Friedrich noch lange behaupten können.«

»Wollen wir nicht das Schlimmste annehmen. Noch ist der Prinz von Braunschweig nicht geschlagen, und er ist ein genialer Stratege.«

»Gibt es auch gute Nachrichten? Was macht deine Frau, Adam?«

»Sie hat letzte Woche einen gesunden Jungen entbunden, du

bist wieder Onkel. Die Geburt war leicht und schnell. Sie erholt sich gut.«

»Meinen Glückwunsch.« Abraham freute sich aufrichtig. Nach Anna fragte er nicht, und niemand erwähnte sie.

Abends als die Dämmerung hereinfiel, ging Abraham in den Speicher. Er hatte große Dachluken einsetzen lassen, um auch bei schlechtem Wetter und großer Kälte das Teleskop nutzen zu können. Nun ließ er seinen Blick über die Stadt wandern, schaute zur Dionysiuskirche. Dort wohnte Anna, dorthin hatte er sein Herz verschenkt. Große Nachtfalter taumelten um die Laternen. Ein leichter Wind kam auf und trieb den Duft des Heus von den Wiesen über die Stadtmauer. Innerhalb von Sekunden kann man aus der Kurve getragen werden, dachte er traurig, nichts ist sicher, weder das Glück noch das Unglück.

In den nächsten Tagen versenkte er sich in Arbeit. Einige Reparaturen mussten vor dem Winter am Haus getan werden. Außerdem musste er sich wieder in die Buchhaltung der Weberei einarbeiten. Ihm blieb kaum Zeit, trüben Gedanken nachzuhängen. Und doch war da so etwas wie eine Lücke, ein luftleerer Raum.

»Wie geht es Madame Anna?«, fragte er schließlich seine Mutter am Ende der Woche.

»Anna? Sie befindet sich auf dem Weg der Besserung. Ich war heute noch da, sie kann inzwischen wieder aufstehen.«

»War sie krank?«

»Krank? Nein, sie wurde niedergestochen. Wusstest du das nicht? Es gab etliche Überfälle in der letzten Zeit und Plünderungen. Jan Gravmann wurde vor sechs Wochen vor der Stadt erstochen.«

»Sie wurde überfallen?« Abraham nahm seinen Hut und verließ das Haus. Das Herz pochte ihm bis zum Hals.

Kapitel 44

Anna sah Abraham davonreiten, sein Umriss verschwamm, und Tränen liefen ihr die Wangen hinunter. Sie wusste, sie hatte ihn mit ihren Worten verletzt. Langsam kehrte sie zu den anderen zurück, trocknete ihre Tränen und versuchte, heiter und gelassen zu wirken. Zwar waren die Freunde verblüfft über Abrahams plötzlichen Aufbruch, doch sie hinterfragten es nicht.

Als Anna wenige Tage später erfuhr, dass Abraham überstürzt zu einer längeren Reise aufgebrochen war, bereute sie ihre Worte. Hätte sie es nicht auch freundlicher, diplomatischer sagen können? Der Sommer war sehr heiß und drückend. Anna litt unter Kopfschmerzen und der Hitze. Wehmütig nähte sie Kleidung für Fritz, der in wenigen Wochen zusammen mit Aaron die Stadt verlassen würde.

Eines Abends saßen sie zusammen im Hof und tranken gekühlte Limonade. Fledermäuse zogen ihre Kreise über ihnen, irgendwo bellte ein Hund, und die Frösche in den Gräben sangen ihr Abendkonzert.

»Ich habe nun fast alles für deine Truhe zusammen. Einen warmen Mantel wirst du noch brauchen, Fritz.«

»Ich kann doch den vom letzten Jahr nehmen, Anna.«

»So wie du gewachsen bist?«

»Kann man nicht die Säume auslassen?«

»Nein, du sollst ordentlich gekleidet sein in der Fremde.«

»Moers ist keine Fremde. Es ist nur eine gute Stunde zu Pferd.«

»Dann jagst du es aber ordentlich.« Anna lächelte. Sie hatte ihm Heinrichs Pferd geschenkt, ein Geschenk, das Fritz kaum annehmen wollte. »Ich habe die Miete für dich schon bezahlt, auch deine Mahlzeiten und den Unterstand für das Tier für ein Jahr im Voraus.«

»Ich weiß nicht, wie ich dir danken soll.« Beschämt senkte er den Kopf. »Du tust so viel Gutes für mich, wie kann ich das jemals wiedergutmachen?«

»Indem du ordentlich lernst, mein Junge. Mach dir keine Gedanken, ich tue es gerne und bin sehr stolz auf dich. Du hast den zweitbesten Abschluss der Schule.«

»Ja, nur Aaron ist besser.« Fritz räusperte sich. »Wir haben ähnliche Schicksale, Aaron und ich, vielleicht verstehen wir uns deshalb so gut. Auch er hat keine Eltern mehr. Aber im Gegensatz zu mir hat er noch Familie.«

»Sind wir immer noch nicht deine Familie?« Bestürzt sah Anna ihn an.

Fritz schluckte, rieb sich über den Hinterkopf. »Ich liebe dich, wie man eine große Schwester oder eine Mutter nur lieben kann. Und auch Marijke gehört zu mir und hat einen festen Platz in meinem Herzen. Und doch weiß ich nicht, ob ich wirklich ›Familie‹ bin. Nein, ich weiß, dass ich es nicht bin. Ich gehöre nur dank deiner unendlichen Güte zu diesem Haushalt.«

»Du zählst die Blutverbindung immer noch stärker als die des Herzens?«

»Rechtlich ist das so.«

»Ich als Frau kann dich nicht adoptieren. Ich kann noch nicht einmal dein Vormund sein. Ich war froh, dass Adam und Abraham diese Rolle nach Heinrichs Tod übernommen haben.«

Unruhig rutschte Fritz auf seinem Stuhl. »Ja.« Es klang gequält.

»Bist du damit nicht einverstanden?«

»Als Heinrich …« Er zögerte. Sie hatten nie über die Hinrichtung gesprochen. Anna erfuhr einige Wochen später nur durch Zufall, dass Fritz sich unter die Menge gemischt und der Hinrichtung beigewohnt hatte. Es schockierte sie, aber sie hatte nicht den Mut, ihn darauf anzusprechen. »Als Heinrich starb … war ich … ich war … erleichtert und zugleich verstört.« Er warf Anna einen schnellen Blick zu.

»Verstört? Erleichtert?«

»Nun ja, erleichtert, weil du nun nicht mehr leiden musstest. Ich weiß, dass er dich … nicht immer freundlich behandelt hat.« Fritz senkte den Kopf, hustete nervös. »Ich dachte, du würdest froh sein über seinen Tod. Und ich bin mir sicher, dass der andere Offizier ihn genau deshalb an den Galgen gebracht hat. Wegen dir.«

Anna holte tief Luft. Sie schämte sich. Ihre Hand fuhr zu ihrem Hals. Seit damals trug sie die Kette ihrer Mutter wieder.

»Aber gleichzeitig wusste ich nicht, wie es weitergehen würde. Was auf dich und mich zukommen würde. Ich hatte Angst, ins Armenhaus geschickt zu werden oder in eine Anstellung. Ich bin ein Zwitterwesen, nicht Baum, nicht Borke. Habe die höhere Schule besucht, habe Latein gelernt und Philosophie gelesen, und doch entstamme ich keiner der gehobenen Familien wie die anderen Kinder auf der Schule. Aaron hat wenigstens das – einen Namen.«

Anna legte dem Jungen die Hand auf die Schulter. Jahrelang hatte er nur aus Haut und Knochen bestanden, egal, wie viel sie ihm zu essen gab. Aber nun spürte sie dort feste und harte Muskeln. Er wurde zum Mann.

»Du wirst dir deinen eigenen Namen machen.«

»Vielleicht. Aber ich bin auf dein Geld angewiesen und weiß nicht, ob ich dir das jemals zurückzahlen kann.«

»Habe ich das verlangt? Heinrich hat mich nicht gut behandelt, ja, damit hast du recht. Aber er hat mich als wohlhabende Frau zurückgelassen. Und ich schätze, er hat für seine Schandtaten bitter bezahlt und schmort nun in der Hölle.« Anna stieß heftig die Luft aus. »Wenigstens dafür war er gut. Und wenn ich sein ganzes Geld in dich und deine Ausbildung stecke, so halte ich es für gut angelegt.«

»Aber was, wenn du wieder heiratest?«, flüsterte Fritz plötzlich. »Ich bin nicht dein Kind, Marijke ist es, aber ich bin es nicht und werde es nie sein.«

Anna setzte sich gerade auf. »Hast du davor Angst? Ich habe

nicht vor, mir noch mal eine Ehe anzutun. Für mich seid ihr beide gleich, du und Marijke. Sie wird von ihrem Vater irgendwann das Haus erben. Aber auch ich habe Geld und habe gerade einige Renten gekauft. Ich lasse Abraham als Halter eintragen und werde testamentarisch verfügen, dass du das Geld bekommst, sollten die Renten ausgelöst werden. Abraham vertraue ich. Ansonsten stehen dir die Erträge zur Verfügung. Du sollst nicht mittellos dastehen, falls ich sterbe.« »Was Gott verhüten möge.« Fritz stand auf. »Anna, ich weiß nicht, was ich dazu sagen soll. Ich danke dir und bin sehr gerührt. Ich liebe dich.« Er wandte sich ab, wartete nicht auf eine Erwiderung und ging ins Haus.

Anna blieb sitzen und hing ihren Gedanken nach. Was, wenn du wieder heiratest? Das habe ich nicht vor, hatte sie gesagt. Und doch vertraute sie Abraham so sehr, dass sie ihm ihr Geld überschrieb. Sie konnte sich nicht vorstellen, dass Abraham dies missbrauchen würde, aber sie hatte sich auch nichts von dem vorstellen können, was Heinrich ihr angetan hatte.

Nein, sagte sie sich, ich kenne Abraham besser, er ist nicht so. »Traut Ihr mir das zu?«, hatte Abraham sie entsetzt gefragt. »Ich habe es Heinrich auch nicht zugetraut«, antwortete sie an diesem unleidigen Nachmittag vor einigen Wochen. Sie hatte damit deutlich impliziert, dass sie genau das tat, es Abraham zuzutrauen, auch gewalttätig ihr gegenüber zu werden. Stimmt das, fragte sie sich nun verzweifelt. Traue ich es ihm zu? Und wenn ja, warum vertraue ich ihm dann das Geld für mein Kind an, denn Fritz war ihr Kind, ihr Sohn, den sie in den vergangenen Jahren zu lieben gelernt hatte.

Nein, dachte sie plötzlich, das ist ja gar nicht wahr. Es liegt nicht an ihm, und nein, ich traue es ihm nicht zu. Auf einmal vermisste sie seine Gesellschaft und Freundschaft schmerzlich. Was hatte sie getan? Sie hatte ihn kalt abgewiesen, getrieben von ihrer Angst, für die er nichts konnte. Abraham, das wurde ihr deutlich bewusst, war immer für sie da gewesen und nicht nur für sie, sondern auch für ihre Kinder. In Zeiten der

Not, als niemand anderes zu ihr stand, war er mit offenen Armen da gewesen und hatte sie aufgefangen.

Er liebt mich. Das ist es also, das ist Liebe. Und ich habe meine Chance vertan, habe ihn weggeschickt. Sie krümmte sich zusammen und weinte bitter.

Die nächsten Wochen vergingen nur langsam. Der Sommer blieb heiß, der Rhein führte so wenig Wasser wie kaum zuvor. Oft fuhren sie an den Fluss, denn wenigsten herrschte dort eine frische Brise. Jedes Mal, wenn sie am Ufer waren, hatte Anna einen sauren Geschmack im Mund. Hier hatte sie eine Schlacht mit sich selbst geschlagen und verloren. Zu spät war es ihr bewusst geworden. Von Abraham gab es kaum Neuigkeiten. Er reiste durch die Niederlande, war schließlich bei seinem Cousin in Emmerich untergekommen. Nichts zeugte davon, dass er bald nach Hause kommen würde. Er schrieb Änne Briefe, Adam, manchmal auch seinem Partner. Anna erhielt keine Zeile. Sie vermisste seine Freundschaft kläglich.

»Der Platenhof wurde geplündert.« Adam streckte sich in der Sonne aus. Katrina saß an seiner Seite, schnaufte. Sie stand kurz vor der Entbindung. »Ich habe Angst vor der Geburt«, hatte sie Anna gestanden. »Wirst du mir zur Seite stehen? Ich weiß, auf dich kann ich mich verlassen, Cousine.«

Verblüfft hatte Anna sie angesehen und dann genickt. Vielleicht war das nun ihre Bestimmung. Sie hatte in den letzten Monaten Änne oft zu Geburten und Krankheitsfällen begleitet. Madame ter Meer verfügte über ein umfangreiches Wissen über Kräuter, Aufgüsse und Salben. Nach und nach gab sie ihr Wissen an Anna weiter. Die beiden Frauen hatten festgestellt, dass sie gut Hand in Hand arbeiteten. Da ich keine eigenen Kinder mehr haben werde, kann ich wenigstens so meinen Beitrag in der Gemeinde leisten, dachte Anna.

»Man hört immer öfter von Plünderungen und Überfällen. Es sind keine französischen Soldaten, sondern unsere Leute, die gesetzlos handeln.« Madame te Kamp schnitt das Brot an, reichte es herum.

»Viele Leute haben Haus und Hof verloren, die Ernten wurden vernichtet, die hohen Abgaben. Ich möchte die Taten nicht entschuldigen, aber ich kann eine gewisse Verzweiflung nachvollziehen«, sagte Anna.

»Ich bitte dich, Anna.« Adam sah sie strafend an. »Auch der Hof unserer Verwandten, der Scheutens, wurde bei der Schlacht getroffen, ihre Ernte vernichtet. Deshalb plündern und rauben sie dennoch nicht. Sie bauen den Hof wieder auf, genauso wie die Klörens, die es noch härter getroffen hat. Man hilft sich gegenseitig, statt sich etwas wegzunehmen. Das ist doch kein Weg und nicht entschuldbar.«

»Ich entschuldige es nicht, Adam, ich verstehe nur, wie es zu solchen Verzweifelungstaten kommen kann.« Anna schnaubte empört.

»Ja? Ihr versteht es? Ich nicht. Und ich glaube auch nicht, dass es Verzweifelungstaten sind. Diese Menschen sind Verbrecher von Geburt und haben nun durch den Krieg eine Rechtfertigung gefunden.«

»Verbrecher von Geburt? Von Geburt an schlecht? Ach, und wer teilt so was ein?«

»Das sind Veranlagungen. Schlechte Familien.« Adam rümpfte die Nase. »Das müsstet Ihr doch wissen, Anna.«

Anna verkniff sich die Erwiderung. Wieder einmal vermisste sie Abraham schmerzlich. Er hätte gewusst, wie mit Adam zu diskutieren war. Außerdem hatte sie den Seitenhieb durchaus verstanden und war froh, dass Fritz nicht dabei war. Er und Aaron hatten vor zwei Tagen die Stadt verlassen, um ihre Ausbildung anzufangen. Es war deutlich ruhiger im Haus, auch wenn Fritz nie laut gewesen war. Nun waren sie nur noch zu dritt. Grete, Marijke und sie. Der Knecht wohnte über dem Stall. Anna seufzte traurig.

Ein paar Tage später ließ sie ihre Stute satteln. Das Wetter war herrlich. Endlich war ein leichter Wind aufgekommen und hatte die drückende Hitze vertrieben. Weit hinten am Horizont standen Wolken und versprachen einen abendlichen Regen, den die Erde und die Gärten dringend brauchten. Seit einiger Zeit ritt sie wieder an die Stellen, die sie mit Abraham besucht hatte. Heute entschloss sie sich, an Haus Leyenthal und an der verlassenen Burg Krakau vorbei bis in den Bockumer Wald zu reiten. Dort war es sicherlich kühler.

Wie oft waren sie gemeinsam hier entlanggeritten, hatten sich unterhalten, diskutiert, Bücher besprochen oder auch die Natur untersucht.

Abraham hatte ihr seltsame oder außergewöhnliche Pflanzen gezeigt, Moose und auch Pilze. Er war ein aufmerksamer Beobachter, interessierte sich für alles in der Natur. Immer noch lieh sie sich Bücher aus, sie hatte freien Zutritt zu dem Haus in der Mühlenstraße. Für Änne war sie ein gern gesehener Gast. Aber Bücher auszuleihen und zu lesen, ohne sie anschließend mit Abraham besprechen zu können, war nur ein halbes Vergnügen.

O Gott, dachte sie, lass ihn zurückkommen. In Gedanken vertieft, ritt sie am Waldrand entlang. Sie sah weder die drohenden Wolken, die sich unter dem drehenden Wind auf einmal auftürmten, noch die Männer, die hinter den Bäumen lauerten. Ihre Stute schnaubte und tänzelte nervös. Anna schob das darauf, dass sie die ganze Zeit Schritt geritten war und das Pferd nun endlich laufen wollte. Sie gab Zügel nach und trieb das Tier an, wählte den Pfad durch die Bäume. Als das Pferd strauchelte und fiel, konnte sie nichts tun. Aus Reflex klammerte sie sich in die Mähne, doch das Tier ging in die Knie, und Anna wurde über den Hals hinweg auf den Waldweg geschleudert. Durch das trockene Laub fiel sie nicht allzu hart. Verwirrt setzte sie sich auf, tastete nach Verletzungen.

»Geld, Madame! Gebt alles, was Ihr habt!« Rechts und links von ihr standen plötzlich zwei Männer. Sie trugen die Hüte tief in die Stirn gezogen. Ihre Kleidung war dreckig und zerrissen. Sie stanken nach Schweiß und Alkohol.

»Was zum Teufel ...« Anna richtete sich auf, nicht auf den schmerzenden Knöchel achtend.

»Gebt uns Euer Geld, und Ihr könnt von dannen ziehen.« Der Mann lachte rau.

Anna dachte nicht nach, sie versetzte ihm eine Ohrfeige.

»Geht zur Hölle! Wo ist mein Pferd?« Ihre Stute stand am Wegrand, zitterte etwas, schnaubte, schien aber nicht verletzt zu sein. Nun entdeckte Anna die Grube im Weg, die durch Reisig abgedeckt gewesen war. Sie war nicht tief genug, um das Pferd wirklich zu Fall zu bringen, oder Anna war zu langsam gewesen.

»Zur Hölle? Madame will frech werden?« Wieder lachte der Mann höhnisch. Anna wandte den Kopf ab, seinem Mund entströmte ein fürchterlicher Gestank.

»Nehmt meine Börse und lasst mich ziehen.« Anna griff an ihren Gürtel

»Finger weg.« Es war der andere Mann, der nun kaum verständlich sprach. In dem Moment, in dem sie das Messer in seiner Hand aufblitzen sah, kam er auch schon auf sie zu. »Habt ihr eine Waffe?«

»Nein«, stammelte sie, doch er stach schon zu. Verblüfft hörte sie das Reißen des Kleides, spürte nur entfernt den Schmerz, als das Eisen ihre Haut durchbohrte.

»Ich habe gar kein Geld bei mir«, murmelte sie.

»Qui est là?«, rief jemand.

Die beiden Männer ließen von ihr ab und verschwanden im Wald.

»Allmächtiger!« Nur von weitem und wie durch eine Wand hörte Anna die Stimme. »Da liegt eine Frau.« Jemand beugte sich über sie, hob sie hoch.

»Sie ist verletzt, Joseph, sie blutet.«

»Wir müssen sie in die Stadt schaffen.«

»Kassiopeia«, flüsterte Anna.

»Madame? Seid Ihr bei Bewusstsein?«

Anna schaffte es kaum die Augen zu öffnen. Wie durch Sirup nahm sie alles wahr. »Kassiopeia …«

»Seid Ihr gestürzt?«

Anna nickte, sie hatte keine Kraft für Erklärungen, warm und dick spürte sie das Blut aus ihrer Seite laufen. Der Mann hob sie auf ein Pferd, Arme hielten sie fest. Jeden Schritt, jede Bewegung nahm sie schmerzhaft wahr, doch sie dankte Gott, am Leben zu sein. Als sie sich der Stadt näherten, zitterte Anna, sie merkte, dass ihre Kraft schwand. Am Himmel leuchteten die ersten Blitze wie Fackeln auf.

»Wohin?«, fragte der Mann besorgt.

»Mühlenstraße. Zu ter Meers.« Anna wusste, Änne würde sich um sie kümmern. In dem Moment, als sie durch das Doppeltor ritten, prasselte der Regen auf sie herab. Der Mann gab seinem Pferd die Sporen, gefährlich rutschte es auf dem nassen Pflaster.

»Um Gottes willen, Anna!« Änne ließ sie ins Gästezimmer bringen und schickte das Mädchen zur Oberstraße, um Grete und Marijke zu holen.

»Kassiopeia«, murmelte Anna immer wieder.

»Das sagt sie die ganze Zeit schon«. Ihr Retter schüttelte verwirrt den Kopf. »Wir konnten uns keinen Reim darauf machen. Ihr Pferd stand am Weg, es ließ sich problemlos einfangen, wir haben es Eurem Knecht übergeben. Sie sagte, sie sei gestürzt. Sie hatte Glück, dass wir des Weges kamen und sie sahen. Bei dem Wetter draußen …« Inzwischen stürmte es.

»Kassiopeia heißt ihr Pferd«, erklärte Änne schmunzelnd.

Sie ließ den Männern ein Mahl richten und etwas zu trinken bringen.

Als sie Annas Kleidung auszog, um nach der Verletzung zu schauen, zuckte sie zusammen. »Lina, ruf den Arzt!«

Anna hatte Glück, es war nur eine Fleischwunde, die nicht allzu tief ging. Trotzdem hatte sie einiges an Blut verloren.

Der Magistrat kam und auch die Wache der Franzosen, um sie zu befragen. Anna versuchte, so gut es ging, Auskunft zu geben. Doch von den Männern war keine Spur mehr zu finden. Entweder versteckten sie sich in den Tiefen des Waldes oder waren weitergezogen. Es war wahrscheinlich Annas Glück, dass die beiden Reisenden des Weges gekommen waren. Offensichtlich hatten die Räuber deshalb das Weite gesucht und weder Annas Börse noch ihr Pferd mitgenommen.

Nach ein paar Tagen konnte sie in die Oberstraße zurückkehren. Sie war zwar immer noch geschwächt, aber eindeutig auf dem Weg der Besserung.

Als es des Abends heftig an der Tür klopfte, saß sie in der Stube und las. Inzwischen stand der Herbst vor der Tür. Noch hingen die Blätter an den Bäumen, doch sie glühten schon in den Farben, die ihren bunten Abschied verkündeten. Manchmal, wenn sie spätabends noch in den Hof trat, lag in der Luft schon der erste klare Geruch als Vorbote des Winters.

Abraham trat in die Stube, wartete nicht, bis Grete ihn angekündigt hatte. Anna schoss das Blut in die Wangen.

»Abraham …«

»Anna.« Sie sahen sich stumm an, dann begannen sie gleichzeitig zu sprechen.

»Ich habe lange nachgedacht …«

»Als Ihr damals …«

Sie hielten inne, lachten nervös.

»Setzt Euch! Kann Ich Euch etwas anbieten? Ein Glas Wein? Grete!«

Zögernd nahm er Platz. Nun schwiegen beide, fanden keinen Anfang. »Ihr wolltet etwas sagen?« Anna schenkte den Wein ein, den das Mädchen gebracht hatte.

»Ihr zuerst, Madame.«

Anna biss sich auf die Lippen. Abraham senkte den Kopf.

»Nun gut. Wie geht es Euch? Ich habe erst gerade von Eurer Verletzung erfahren.«

»Ich hatte Glück im Unglück, es heilt gut.«

Er nickte. »Anna, ich war eine Weile fort, habe viel nachgedacht. Was ich an diesem Sommertag gesagt habe, war unüberlegt und Euch nicht gerecht. Es war quasi ein Überfall wie der der Räuber. Mir ist es aber ein Bedürfnis, Euch meine Freundschaft zu Füßen zu legen ohne weitere Forderungen und Ansprüche.«

Anna sah ihn mit großen Augen an, holte dann tief Luft. »Abraham, Ihr seid mehr als großmütig. Ich bewundere Euch dafür. Ich bin diejenige, die sich entschuldigen muss. Ich habe Euch mit Heinrich gleichgesetzt, ohne nachzudenken, was ich Euch damit antue. Ein unverzeihlicher Fehler.« Kurz zögerte sie, sprach dann weiter. Die Worte kamen plötzlich leicht heraus, leichter, als sie gedacht hatte. Oft genug hatte sie sie in den letzten Wochen in dem Meer ihrer Gedanken gewälzt und gewaschen, so dass sie alle Kanten und Ecken verloren hatten, abgeschliffen waren, rund und gefügig wie Kieselsteine, trotz ihres Gewichts. »Die ganzen Jahre wart Ihr mir ein treuer Freund, mehr als das. Ihr wart immer für mich da, habt mich gestützt, mir zugehört, ward einfach anwesend, wenn ich Euch gebraucht habe. Ich habe es wie selbstverständlich hingenommen, habe den Wert nicht erkannt, den dieses Geschenk hat. Ihr seid schon lange mehr als ein Freund, mehr als ein guter Freund. Ihr seid mein Vertrauter, mein Gefährte. Ich schätze Euch mehr, als ich sagen kann, und zwischen uns ist schon lange mehr als Freundschaft.«

»Anna.« Fassungslos sah er sie an.

»Es ist so, und inzwischen weiß ich es deutlich, lieber Abraham. Doch ich habe Angst, mehr als das, nackte Furcht, wenn ich darüber nachdenke, was es darüber hinaus bedeuten würde. Da sind dann die alten Dämonen meiner Ehe, die mir ihre Fratzen zeigen. Es ist ungerecht Euch gegenüber, denn Ihr seid gewiss nicht so wie Heinrich. Das seid ihr doch nicht, nicht wahr?« Ihre Stimme war zu einem kaum hörbaren Zittern herabgesunken.

Abraham schüttelte den Kopf. Er stand auf, ging zu ihr, kniete sich neben ihren Sessel. Zögernd legte er den Arm auf ihre Schulter, ihre Blicke tauchten ineinander, wurden endlich zu einem warmen, weichen Kuss. Er schloss sie in die Arme, hielt sie behutsam fest.

»Ich werde dir nie wehtun, so ich es vermeiden kann, Anna. Ich liebe dich.«

Nachher wusste Anna nicht mehr, wie sie die Treppe hoch und in ihr Schlafzimmer gekommen waren. Sanft, fast andächtig zog er sie aus. Für eine Weile betrachtete er die noch rote Narbe unter ihren Rippen, legte die Fingerspitzen darauf.

»Wird es dir wehtun?«

Anna schloss die Augen, schüttelte stumm den Kopf. Er küsste sie lange und sachte, dann immer hungriger und fordernder. Sie taumelten zum Bett. Abraham zögerte, er wusste nicht, was er ihr zumuten konnte, traute sich nicht. Seine Finger glitten über ihre glatte Haut, da und dort spürte er die Narbe der Striemen und Schläge. Er vergrub sein Gesicht in ihre Haare, atmete ihren Duft ein.

»O mein Gott, Anna. Was hat er dir angetan?«

»Sh.« Sie zog ihn an sich, auf sich, öffnete sich ihm. Zärtlich liebten sie sich, liebten sich im gleichen Takt. Es war so anders, so viel schöner, als Anna es jemals erfahren hatte, dass ihr die Tränen in die Augen stiegen. Später lagen sie ineinander verschlungen da, Haut an Haut, fremder Herzschlag an dem eigenen, wie ein einziges großes Wesen. Berauscht atmete Anna seinen Duft ein, ein wenig Pfeifentabak, Seife und er selbst.

Ich bin angekommen, dachte sie glücklich.

Kapitel 45

Die nächsten Tage verbrachten sie hektisch. Etliche Formalitäten mussten erledigt werden. Das Haus in der Oberstraße gehörte Anna, doch Marijke würde es erben. Abraham beschloss, zu Anna zu ziehen. Ein rechtlicher Vertrag musste aufgesetzt werden.

Die Trauung sollte am 26. Oktober stattfinden. Änne war außer sich vor Glück.

»Ich habe gefürchtet, das gibt nie etwas. Und doch habt ihr euch beide gefunden, da ihr euch so sehr braucht. Dafür danke ich Gott.«

»Du hast es immer gewusst, nicht wahr?«, fragte Anna schüchtern.

Änne räusperte sich. »Ja«, sagte sie schließlich. »Als du vor sieben Jahren in die Stadt kamst, hast du uns fast alle verzaubert. Auch Claes. Ihn zuerst. Eine Weile habe ich gehofft, du hättest die Mauer zu ihm durchbrochen, aber sie stand schon zu lange. Der arme Junge hat seine Illusion immer mit sich getragen. Es hat mir immer leidgetan, aber man konnte es nicht ändern. Doch dann merkte ich, wie sehr Abraham dich mochte. Er war noch zu jung, und es fehlte ihm an Reife, um die Gefühle wirklich zu verstehen und zu deuten. Als er es tat, war es zu spät.«

»Aber Claes hat es gewusst«, sagte Anna nachdenklich. »Er sagte mir damals, bevor er auf seine lange Reise ging, dass es jemanden gäbe, der mich ehrlich und von Herzen lieben würde. Ich habe seine Worte missverstanden und gedacht, er hätte mir Heinrich empfohlen.«

»Ach Gott, was für ein Missverständnis! Ich bin mir sicher, Claes hat seine Worte bitter bereut. Heinrich konnte er nie leiden. Aber nun wird alles gut.« Änne schloss sie in die Arme. »Abraham und du, ihr seid füreinander bestimmt.«

Sie planten ein kleines Fest nur unter Freunden und Familie. Auch te Kamps wurden eingeladen.

»Habt Ihr keine Angst?«, fragte Catharina schüchtern und zog eine Grimasse.

»Angst? Wovor?«

»Na ja, vor der Nacht?«

Anna lachte, es brach aus ihr heraus, als wäre es gegen ihren

Willen, stark und plötzlich. »Nein, dazu habe ich keinen Grund.«

Verwundert sah die junge Nachbarin sie an, stimmte dann scheu in das Lachen ein. »Ich vergaß, es ist ja nicht Euer erstes Mal.«

Das ist es nicht, dachte Anna, aber doch ist es so neu und anders. Sie wusste nun, dass die kurzen Momente, in denen sich Liebende wirklich berühren und begreifen, das wahre Glück waren.

Vielleicht, dachte sie erstaunt, kann ich es auch nur deshalb wirklich schätzen, weil ich das Gegenteil kenne und einmal durch die Hölle gegangen bin.

Während Anna und Abraham ihre Hochzeit planten, schritt der Krieg unerbittlich voran. Die Zeitungen meldeten Ende September, dass die Kriegsschauplätze hauptsächlich in Schlesien lagen. König Friedrich, Marschall Daun und General Laudon lieferten sich eine Schlacht nach der anderen. Hannoversche Soldaten standen bei Rheinberg und vor Wesel. Preußische Husaren waren in Uerdingen stationiert. Am Niederrhein wurde Kleinkrieg geführt.

Anna schickte Mitte Oktober einen Boten nach Moers, um Fritz nach Hause zu holen. Der Junge wusste noch nichts von ihrer Verlobung mit Abraham. Sie wollte es ihm persönlich sagen, dachte daran, dass sie ihm noch im Sommer versichert hatte, nie wieder heiraten zu wollen. Doch er kannte Abraham und mochte ihn. Sicherlich würde er sich mit ihnen freuen.

An diesem Tag hing der Himmel voller Regenwolken, es nieselte wie so oft am Niederrhein, doch die Tropfen waren so fein, das man sie weder sah noch wirklich spürte. Man hatte nur das Gefühl, ein nasses Tuch würde sich auf die Haut legen.

Aufgeregt trat Fritz in die Stube. »Was ist passiert, Anna? Warum hast du mich holen lassen? Etwas mit Marijke?«

Anna lachte. »Nein, mein Junge. Setz dich! Erzähl von deiner Ausbildung, geht es dir gut?« Sie ließ den Blick über ihn gleiten. »Bei Gott, ich glaube, du hörst gar nicht auf zu wachsen. Hast du Hunger? Möchtest du etwas essen?«

»Ja, ja und ja.« Fritz grinste, wurde dann wieder ernst. »Warum hast du mich geholt?«

»Erst erzählst und isst du, dann sage ich es dir. Nichts Schlimmes, glaube mir.«

Mit leuchtenden Augen berichtete Fritz von seinem neuen Leben und der Ausbildung. Aaron und er waren wohlgelitten und fühlten sich wohl. Sie teilten ein Zimmer, aber es war groß genug für beide. Das Essen war reichlich, wenn auch nicht so schmackhaft wie aus Annas Küche. Anna lächelte, bemerkte seinen schelmischen Blick. Nachdem er zwei Portionen gebratenes Huhn gegessen hatte, wischte er sich den Mund ab und lehnte sich zurück. »Warum bin ich hier?«

Anna schenkte ihnen beiden ein Glas Wein ein. Ein wenig fürchtete sie diesen Augenblick, doch dann wusste sie sicher, dass die Entscheidung für Abraham die richtige war. Er hatte gefragt, ob er bei dem Gespräch dabei sein sollte, doch Anna lehnte es ab, bedankte sich jedoch bei ihm. Sie wusste, Abraham war in jeder Hinsicht besorgt um sie. Doch diese Hürde musste sie alleine nehmen.

»Fritz, es hat eine entscheidende Wendung in meinem Leben gegeben.«

»Ja?«

Anna nickte lächelnd, spürte den Blutstrom in ihren Schläfen. »Ich habe mich entschlossen, wieder zu heiraten.«

»Was?«

»Ja. Ich werde am Sonntag Abraham ter Meer ehelichen.«

»Nein!«

»Doch. Wir sind sehr glücklich.«

»Das … nein. Das … Anna … nein …«

Das letzte Mal hatte er vor zwei Jahren gestottert, als die französischen Offiziere einquartiert wurden. Überrascht sah Anna ihn an.

»Doch, Fritz. Wir haben beschlossen zu heiraten. Wir lieben uns.«

»Da ... da ... das kannst du ni ... nicht tun, Anna.«

»Aber warum nicht?«

»Was wenn er auch ...?«

»Fritz, Abraham liebt mich. Er würde mir nie was tun.«

Fritz sprang auf, er zitterte. »Das hast du doch bei Heinrich auch gedacht.« Dann stürmte er in den Hof. Anna sah ihm nach. Was sollte sie tun? Hinter ihm her gehen und ihn beruhigen oder ihm Zeit geben, selbst zur Ruhe zu kommen? Sie entschloss sich zu Letzterem. Grete brachte Marijke ins Bett, Anna war alleine in der Küche. Das Feuer glomm schwach. Ihr Atem schien das einzige Geräusch auf der Welt zu sein, alles andere hatte aufgehört zu existieren, nur sie war noch da. Fritz hatte die Nachricht nicht so angenommen, wie sie gehofft hatte. Die Zeit verging und schien doch nicht weiterzugehen. Sie lauschte auf Schritte vor der Tür, aber sie konnte keine hören. Vor den Fenstern herrschte dichtes Oktoberdunkel. Der Wind frischte auf, schlug gegen das Haus. Je mehr Zeit verstrich, umso mehr schnürte ihr die Angst die Kehle zu. Wo konnte er sein? Sie nahm ihren Mantel, das Tuch und setzte die Haube auf, beschloss, ihn zu suchen. Der erste Weg führte sie in den Stall. Mit Entsetzen stellte sie fest, dass er sein Pferd genommen hatte.

»Jupp? Sattel meine Stute. Sofort. Und bring sie in die Mühlenstraße.« Anna hatte nicht die Ruhe zu warten.

Die Laternen in den Straßen flackerten im Wind, der immer heftiger wurde. Er kam von Norden und trug kalten Regen mit sich. Anna lief gehetzt durch die Stadt in die Mühlenstraße.

»Anna? Was ist passiert?« Abraham zog sie ins Haus.

»Fritz.« Anna schnappte atemlos nach Luft.

»Was ist mit ihm? Du hast es ihm gesagt?«

Anna nickte.

»Und?«

Sie stieß den Atem aus. »Er war erbost und ist verschwunden. Was mach ich jetzt?«

»Erbost?«

»Abraham, er hat viel mitbekommen. Mehr als jeder andere. Wollte mir immer helfen, zur Seite stehen und konnte es nicht. Er hat Angst, dass du … das mir dasselbe …« Sie schluchzte auf. »Bitte missversteh mich nicht.«

»Ich weiß, was du meinst, schon gut. Beruhige dich. Wo kann er sein? Mit wem ist er befreundet?«

»Ich weiß es nicht. Außer Aaron hat er keine Freunde. Er hat das Pferd genommen.«

»Ist er zurück nach Moers?«

»Vielleicht.« Anna hielt die Luft an, ihr kam ein schrecklicher Gedanke. »Die Husaren sind in Uerdingen.«

»Und? Was hat das damit zu tun?«

»Fritz hat schon einmal mit dem Gedanken gespielt, sich freiwillig zu melden. Damals, als Michel te Kamp sich hat rekrutieren lassen.«

»Wie bitte? Er will zur Armee?« Abraham wandte sich um. »Ich sattle mein Pferd und reite nach Uerdingen.«

»Abraham, es ist nach zehn, wir können die Stadt nicht mehr verlassen.« Anna klang zutiefst verzweifelt.

»Wir sicherlich nicht, du bleibst hier. Aber ich, ich habe Beziehungen.« Er griff in die Jackentasche und ließ ein paar Münzen klimpern. »Sei ohne Sorge, mein Herz.«

Als er mit dem gesattelten Pferd in der Toreinfahrt erschien, hatte Anna schon ihre Stute bestiegen, die der Knecht ihr brachte.

»Bei Gott, Anna, du kannst nicht mitten in der Nacht durch Kriegsgebiet reiten.«

»Du kannst es doch auch.« Sie trieb ihr Pferd mit einem lauten Schnalzen an.

»Weib, du überraschst mich immer wieder. Was bin ich froh, dich gefunden zu haben.« Abraham überholte sie. Er bestach die Wache am Tor mit einem ordentlichen Handgeld. Sie ließen sie passieren. In der Heide war es seltsam dunkel. Anna hatte sich an die Laternen gewöhnt, die nachts die Straßen beleuchteten. Wolken jagten über den Himmel, verdeckten immer wieder den leuchtenden Mond, der sein silbernes Licht nur spärlich vergoss. Der Weg erschien Anna zuweilen wie ein mit Metall beschlagenes Band. Pfützen glänzten im schwachen Licht. Vor den Toren Uerdingens war das Lager der Preußen.

»Halt! Wer da?« Die Stimme des Soldaten klang angespannt. Sie zügelten ihre Pferde.

»Abraham ter Meer, Weber aus Krefeld, und Frau. Wir vermuten, dass unser Mündel versucht, sich rekrutieren zu lassen.«

»Ein Rekrut? Nun, dagegen haben wir nichts. Wir können jeden Mann gebrauchen.« Die Wache lachte rau.

»Er ist noch nicht mündig, und ich bin sein Vormund. Sollte er wirklich versuchen sich einzuschreiben, werde ich meine Verbindungen spielen lassen. Es ist Euch trotz Krieg nicht gestattet, minderjährige Kinder zu pressen.« Abrahams Stimme hatte einen deutlichen Frostrand.

»Ist das so ein großer Dürrer?«

Abraham schnaubte ärgerlich. »Sein Name ist Fritz Heymer.«

»Seinen Namen weiß ich nicht. Steigt ab und geht dort entlang, Monsieur. Dort solltet Ihr ihn finden.«

Als Anna an der Wache vorbeischritt, pfiff der Mann leise.

»Ihr braucht die Unterstützung Eurer Frau, kein Wunder, dass der Junge etwas Ordentliches werden will und zur Armee kommt.«

Anna drehte sich zu ihm um und funkelte ihn an, ihre Augen waren kalt wie Glasmurmeln. Der Soldat lachte nur.

Sie fanden Fritz in einer Gaststube. Er schlief, die Arme auf einem groben Holztisch verschränkt und den Kopf darauf gebettet.

»Bei Gott, Fritz.« Anna setzte sich neben ihn, legte den Arm um seine Schultern. Er schreckte hoch, sah sie an, als wäre sie ein wildes Tier. »Fritz, was machst du hier?«

Wütend schüttelte er ihren Arm ab. »Was wohl? Ich kaufe Wolle.«

Abraham zog sich einen Stuhl heran, setzte sich ihnen gegenüber. »Junge, du weißt, du machst dich schuldig, wenn du dich rekrutieren lässt ohne meine Unterschrift? Du bist nicht mündig.«

»Na und? Was schert es Euch? Ihr solltet froh sein, mich los zu sein.«

»Fritz …« Anna biss sich entsetzt auf die Lippen. Abraham machte ihr ein Zeichen, still zu sein.

»Warum, Junge?«

»Ihr wollt sie doch ehelichen, nicht wahr?« Ärgerlich wies er mit dem Kopf auf Anna. »Da habt Ihr doch schon Marijke am Hals. Ich gehöre nicht dazu, nicht dahin.«

»Gefällt dir deine Ausbildung nicht?«

»Was hat das damit zu tun?«

»Ich habe dir eine Frage gestellt, beantworte sie bitte.«

Fritz zögerte, senkte dann den Kopf. »Doch, schon.«

»Du bist unseres Glaubens. Ist das nicht in deinem Sinne?«

»Was?«

»Du hast mich schon richtig verstanden. Du warst Mennonit von Geburt an, Anna hat dich weiterhin in dem Glauben erzogen. War das nicht in deinem Sinne? Wärst du lieber katholisch oder reformiert?«

»Nein.«

»Aber unser Glauben bedeutet, dass wir gewaltfrei handeln, das weißt du doch, oder?«

»Ja.«

»Meinst du, die Armee ist gewaltfrei?«

»Ihr versteht gar nichts, ter Meer. Ihr begreift nichts von meinem Leben. Wer bin ich denn? Ein Nichts. Ich habe keine Familie, keine vernünftige Abstammung, kein Geld, nichts. Natürlich ist die Armee nicht gewaltfrei und natürlich widerspricht das unserem Glauben, aber manchmal muss man solche Schritte tun, um ein eigenes Leben zu erlangen. Das habe ich nämlich nicht. Ich bin nur Mündel.« Fritz holte tief Luft. Ich bin Euer Mündel. Ein Spielball, mit dem man verfahren kann, wie man will.«

»Verfahren kann, wie man will.« Abraham wiederholte die Worte nachdenklich. »Wo ist denn so mit dir verfahren worden? Weil du diese Ausbildung zum Webermeister machst? Es gefällt dir also nicht?«

»Ach, Ihr wollt mich nicht verstehen. Aaron macht die Ausbildung, und was ist danach? Er wird in Adams Betrieb einsteigen. Und ich? Ich bin dann Webermeister, aber ich habe keinen Familienbetrieb, in den ich einsteigen kann.«

»Das ist es?«

Fritz holte tief Luft, senkte dann den Kopf. »Nein. Das ist es nicht. Nicht wirklich. Ich kann Anna nicht beschützen. Früher war ich zu schwach, und nun bin ich zu weit weg. Dann kann ich auch ganz gehen und muss sie nicht mehr leiden sehen.«

Nun war es Abraham, der tief Luft holen musste. »Ich verstehe«, sagte er knapp. Er stand auf, ging ein paar Schritte, setzte sich wieder und zog seine Pfeife aus der Tasche, nahm den Tabaksbeutel, stopfte die Pfeife langsam und bedächtig. »Ich kann nur erahnen, was du erlebt hast, was du mitbekommen hast. Es ist nichts gegen das, was Anna durchmachen musste.«

Anna senkte den Kopf.

»Und trotzdem hat sie mich erwählt, mir das Vertrauen geschenkt, ihr ein guter Ehemann zu sein. Das habe ich ihr nämlich versprochen.« Abraham stockte. »Traust du ihr so wenig Urteilsvermögen zu?«

»Sie hat einmal den Fehler begangen«, murmelte Fritz.

»Aus Fehlern lernt man, Junge. Und deine Ziehmutter ist nicht beschränkt. Aber ich gestehe, es war für uns beide nicht einfach. Und ich gestehe noch etwas. Ich liebe sie. Und ich will nicht, nie wieder, dass sie leidet. Und deshalb bin ich hier. Denn du brichst ihr das Herz, wenn du dich rekrutieren lässt.

Sie würde unendlich leiden. Das will ich nicht, nie und nimmer.« Er steckte die Pfeife an, zog daran. »Aber es gibt noch einen anderen Aspekt. Anna hat ihre Tochter. Marijke wird das Haus der Stennes irgendwann erben, so Gott will. Darüber gibt es einen Vertrag. Ich habe bisher keine Kinder. Ich hoffe, Gott schenkt uns welche. Und doch gehörst du zur Familie. Ich habe den Antrag beim Magistrat gestellt, dich zu adoptieren.«

Sowohl Anna als auch Fritz sahen ihn erstaunt an.

»Das … davon wusste ich nichts«, flüsterte Anna.

»Es sollte mein Hochzeitsgeschenk an euch beide sein.«

Anna schüttelte den Kopf. »Du bist unglaublich.«

»Ich liebe dich, Anna. Und dich auch, Fritz. Glaub es oder lass es. Aber lasst uns jetzt nach Hause reiten, es ist spät.«

Vier Tage später war die Trauung von Anna Stennes, geborene te Kloot, und Abraham ter Meer in der Mennoniten-Kirche in Krefeld.

Am Abend vor der Trauung fühlte sich Anna verloren und alleine. Fritz und Marijke schliefen friedlich in ihren Zimmern. Auch Grete war schon zu Bett gegangen. Kurz entschlossen nahm Anna ihre Haube und ihr Tuch und ging in die Mühlenstraße.

»Anna?« Überrascht sah Abraham auf. Er saß in der Bibliothek über ein Buch gebeugt, hatte versucht zu lesen, doch nachdem er zum dritten Mal dieselbe Seite überflogen hatte, wollte er aufgeben. Der morgige Tag würde einen neuen Lebensabschnitt für ihn einläuten. Er spürte seine Anspannung.

»Was machst du hier?«

»Ich wollte zu dir, Abraham.«

»Bringt es nicht Unglück, wenn der Bräutigam die Braut vor der Hochzeit sieht?«

»Dann schließ einfach die Augen.«

Danksagung

Vor vier Jahren machte mich mein Bruder, Historiker des Bistums Münster, auf ein Buch aufmerksam: »Das Tagebuch des Abraham ter Meer«. Es gab noch wenige Exemplare des 1936 im Zelt Verlag, Krefeld, erschienenen Buches, und eines davon kaufte ich. Abraham ter Meer schrieb das Tagebuch von 1758 bis 1769. Es gibt Einträge zum Wetter, zur politischen Situation, zu besonderen Begebenheiten, aber auch sehr persönliche Worte.

Ich begann mich mit der Familie ter Meer, einer Posamentenweberfamilie aus Krefeld, zu beschäftigen und kam schon bald auf die Besonderheiten der mennonitischen Gemeinde in Krefeld.

Zu meinem großen Glück war der Pastor der Gemeinde, Christoph Wiebe, sehr aufgeschlossen, als ich ihm von meinem Projekt erzählte, über die ter Meers einen Roman zu schreiben.

Er versorgte mich mit vielen Informationen, kopierte mir Fachartikel und führte mich durch die 1692 erbaute Kirche der Gemeinde.

Das Thema »Mennoniten in Krefeld« ist sehr komplex, und ich konnte es nur am Rande streifen. Wer sich dafür interessiert, sollte das Buch »400 Jahre Mennoniten in Krefeld« lesen.

Für die wertvolle Hilfe möchte ich mich ganz herzlich bei Pastor Wiebe bedanken.

Im Laufe meiner Recherchen stieß ich auf Anna te Kloot. Sie hat genauso zu der Zeit gelebt wie Abraham ter Meer und die meisten anderen Figuren meines Romans. Da allerdings oft nur Eckdaten, die mir mein Bruder besorgte, aus der Zeit bekannt sind, habe ich diesen Romangestalten ein fiktives Leben eingehaucht.

Obwohl der Roman auf tatsächlichen Begebenheiten beruht, ist es doch Fiktion. Das Leben dieser Menschen, ihre Gedanken und ihr Handeln mögen ganz anders gewesen sein, als von mir geschildert.

In dieser Zeit wütete der Siebenjährige Krieg. Auch Krefeld wurde in Mitleidenschaft gezogen. Am 23. Juni 1758 trafen an der Hückelsmay siebenundvierzigtausend Soldaten unter französischer Flagge auf dreiunddreißigtausend preußische Soldaten. Einen Tag lang tobte die Schlacht an der Landwehr vor den Toren Krefelds.

Im Restaurant »Landgasthof Hückelsmay« war ein kleines Museum eingerichtet. Das Diorama zeigt sehr anschaulich die Schlacht. Vielen Dank für die Zeit, die ich im Museum verbringen durfte.

Trotzdem fiel es mir schwer, die militärischen Schachzüge zu verstehen.

Mein größter Dank gilt Thomas Schueren, der nicht nur abermals der weltbeste Testleser war, sondern mir auch geduldig wieder und wieder den Schlachtaufbau erklärte.

Darüber hinaus schickte er mir Bilder von Uniformen, Waffen, Kutschen und etliches mehr.

Sein Zuspruch, seine Kritik und seine Hilfe haben das Buch zu dem gemacht, was es für mich ist – ein wunderbarer Roman.

Imke Haesloop danke ich für ihre Erklärungen zu Rossmühlen im Besonderen und Pferden im Allgemeinen. Für ihre Freundschaft und Beurteilung danken möchte ich auch meinen Mädels, Jacqueline, Margit, Simone, Gudrun – ihr seid alle klasse.

Meinem Agenten Dirk Meynecke und dem Aufbau Verlag danke ich dafür, dass dies Buch realisiert werden konnte.

Es gab viele Leute, die mich unterstützt und mir geholfen haben, nicht alle habe ich hier erwähnt.
Fehler wird es vermutlich trotzdem geben, sie sind auf meinem Mist gewachsen.

Zum Schluss gebührt meiner Familie Dank. Sie ertragen mich, wenn ich in andere Welten abtauche. Sie halten mich aus, wenn meine Gedanken woanders sind. Sie hören mir zu, wenn ich darüber reden muss. Sie trösten mich, wenn es nicht so läuft, wie ich es mir vorstelle. Sie sind für mich da, und ich liebe sie.

Und C. – »So long as men can breathe or eyes can see, So long lives this, and this gives life to thee.« Shakespeare, Sonnet 18.

Ulrike Renk
Träume aus Samt
Das Schicksal einer Familie
576 Seiten. Broschur
ISBN 978-3-7466-3698-6
Auch als E-Book lieferbar

»Die Menschen hinter meinen Figuren existierten wirklich.«

Ulrike Renk

August, 1940. Amerika soll für Ruth Meyer und ihre Familie das Land der Freiheit werden. Endlich haben sie es geschafft, aus Europa zu fliehen. Doch wird man sie als deutsche Juden in der Fremde willkommen heißen? Die Zeichen stehen zunächst nicht zum Besten. Kaum am Hafen angekommen fällt Ruths Vater auf Betrüger herein. In Chicago, der vorerst letzten Station ihrer Odyssee, versucht Ruth sich einzurichten und Arbeit zu finden. Immer sind ihre Gedanken bei ihren Verwandten, die in Deutschland zurückbleiben mussten. Bald aber hat sie noch andere Sorgen. Ein junger Mann wirbt um sie – leider ist er Soldat und muss in die Hölle des Krieges, der sie gerade entkommen ist.

Eine dramatische Familiengeschichte, die von Deutschland über England in die USA führt. Von der Autorin der Bestseller »Die Zeit der Kraniche« und »Tage des Lichts«

Ulrike Renk
Die Zeit der Kraniche
Roman
515 Seiten. Broschur
ISBN 978-3-7466-3356-5
Auch als E-Book lieferbar

Zeiten des Aufruhrs

Nach dem dringlich herbeigesehnten Ende des Krieges besetzen die sowjetischen Truppen das Land. Viele Gutsfamilien verlassen ihre Heimat und ziehen in den Westen. Auch Gebhards Brüder und seine Mutter. Er jedoch kann sich einfach nicht dazu entschließen, das Land seiner Väter zu verlassen. Dann wird er denunziert und verhaftet. Frederike droht das gleiche Schicksal. In letzter Sekunde schafft sie es zu fliehen – aber wird ihr ein Neuanfang gelingen? Und was ist mit Gebhard?

Der Abschluss der großen Ostpreußen-Saga von Bestsellerautorin Ulrike Renk

Regelmäßige Informationen erhalten Sie über unseren Newsletter.
Jetzt anmelden unter: www.aufbau-verlag.de/newsletter

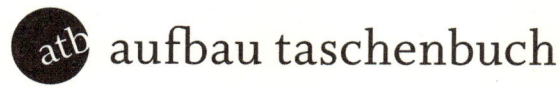

Ulrike Renk
Das Versprechen der australischen
Schwestern
Roman
608 Seiten. Broschur
ISBN 978-3-7466-3603-0
Auch als E-Book lieferbar

Schicksalhafte Jahre zwischen Sydney und Hamburg

Drei Schwestern, zwei Kontinente: Jede der drei ist ihren Weg gegangen. Elsa arbeitet in Sydney, Mina hat nach Jahren endlich ihren heimlichen Verlobten William geheiratet, und Carola lebt glücklich mit Werner in Hamburg. Doch dann ist ihr aller Glück in Gefahr: Nicht nur ein Todesfall erschüttert die Familie in ihren Grundfesten, sondern es bricht auch der Erste Weltkrieg aus. Plötzlich leben Carola, Elsa und Mina in verfeindeten Ländern. Wird das Band, das die drei Schwestern zusammenhält, stärker sein als die Schatten des Krieges?

Das bewegende Leben der australischen Schwestern zwischen Krieg und Frieden

Regelmäßige Informationen erhalten Sie über unseren Newsletter.
Jetzt anmelden unter: www.aufbau-verlag.de/newsletter

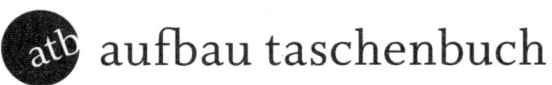

aufbau taschenbuch